外国语言文学高被引学术丛书

陈福康 ◎ 著

日本汉文学史（中）

上海外语教育出版社
外教社 SHANGHAI FOREIGN LANGUAGE EDUCATION PRESS

图书在版编目（CIP）数据

日本汉文学史：上、中、下 / 陈福康著. -- 上海：
上海外语教育出版社，2024
（外国语言文学高被引学术丛书）
ISBN 978-7-5446-7884-1

Ⅰ.①日… Ⅱ.①陈… Ⅲ.①日本文学—文学史研究
Ⅳ.①I313.09

中国国家版本馆CIP数据核字(2023)第169578号

出版发行：**上海外语教育出版社**
（上海外国语大学内） 邮编：200083
电　　话：021-65425300 (总机)
电子邮箱：bookinfo@sflep.com.cn
网　　址：http://www.sflep.com
责任编辑：梁晓莉

印　　刷：上海盛通时代印刷有限公司
开　　本：635×965　1/16　印张 62.75　字数 1052 千字
版　　次：2024 年 2 月第 1 版　2024 年 2 月第 1 次印刷

书　　号：ISBN 978-7-5446-7884-1
定　　价：228.00 元

本版图书如有印装质量问题，可向本社调换
质量服务热线：4008-213-263

目　录（中册）

第三章

江户时代

一、引言

 江户幕府是日本经过镰仓幕府、室町幕府之后的第三个也是最后一个幕府。江户幕府始于德川家康被任命为"征夷大将军"的庆长八年(1603),止于德川庆喜宣布"大政归还"于天皇的庆应三年(1867),先后共历十五代大将军执政。这二百六十五年间,因为幕府设在江户(今东京都),故称"江户时代";又因始终是德川家族世袭全国最高统治权位,故也称"德川时代"。很多日本历史学家又称这一时代为"近世"。

 江户时代相当于从中国的明代后期到清代后期,其年代跨度与清代差不多长,但其开始和结束均比清代早四十九年。我国清代,有长达百余年的"康乾盛世";与此相似或曰更盛,整个江户时代,除了"大阪之阵"(1614—1615)、"岛原之乱"(1637—1638)外,几乎都处于和平、发展状态。江户后期,西方帝国主义魔爪伸向东方,但首先伸向的是中国,使日本幸运地仍然处于相对安然的国际环境。因此,江户幕府统治较之镰仓幕府和室町幕府来,可以说是空前的稳定,整个社会的经济获得很大发展。随着城市的繁荣,以手工业者和商人为母体的町人阶层壮大起来,压倒了武士阶层和僧侣阶层。城市中武士阶层赖以生存的经济基础,被町人阶层的商业经济所削弱了;而寄生于武士阶层的僧侣阶层,自然更失去了以前的经济、政治地位。

 江户时代的和文学,反映了町人阶层的崛起及其精神需要。町人阶层的文化程度是不高的,因此,此时诞生的小说以及俳谐、狂歌、川柳等传统的和文学,均朝着日益通俗化和庶民化的方向发展。照此推想,高雅难懂的汉文学在江户时代该是无繁荣之地了?然而恰恰相反,江户汉文学同时也得到了顺利发展,从创作人员和作品的数量来说,从汉文学的普及程度和基础来说,都远远超过了前几个时代。其艺术技巧也达到非常高的水平。

江户时代的汉文学,与此前的五山文学有很大的不同。五山文学到室町后期,已极度不振,仅在少数诗僧那里保存着一缕不绝之脉而已。而一入江户时代,社会渐趋安定,汉文学便像重放的鲜花,再次成为日本文坛美丽的风景。当然它植根的土壤已经很不一样了。如果说汉文学的王朝时代主要是宫廷贵族文学,而汉文学的五山时代主要是禅寺僧侣文学,那么汉文学的江户时代则主要是儒林学者文学,故又有人称其为"士庶文学""儒者文学"等。

江户时代,日本汉文学再次登上高峰,为其历史上的第三次,也可以说是整个汉文学史的最高峰。这一时期的汉文学,具体又可略分为三期。

十七世纪,从德川家康就任将军的庆长三年(1603),到第五代将军德川纲吉去世的宝永五年(1708),可称前期。此是江户汉文学的草创时期,主要流行于研究中国儒家经典的学者之间,如藤原惺窝及其门生林罗山、那波活所、松永尺五等为代表的程朱学派,和以中江藤树为代表的阳明学派等。这些学者创作汉诗,主要是作为儒者的"余技"。也就是说,江户前期汉文学基本上是从属于儒学的。当然,此时也有个别作者,如石川丈山这样的学者和元政这样的僧人,是专注于汉诗创作的,但人数较少。石川丈山曾筑诗仙堂,请画家狩野探幽画了汉魏至唐宋的中国诗人三十六人之像,敬悬堂上,每天吟咏其间。赖山阳《论石川凹》云:"抛剑授毫岂等闲,现身欲列古诗班。领他三十六峰碧,却乞残烟向五山。"可见,即使此时的专业诗人,也还只是被人视为"乞残烟"于五山诗僧之余绪。

十八世纪,从宝永六年(1709)中御门天皇即位、德川家宣成为将军,至天明六年(1786)第十代将军德川家治死去的五位将军统治时期,是江户汉文学的中期。这是江户汉学、汉文学的繁盛时期,最大的特点是有几个大的汉学流派形成,如以荻生徂徕为核心的蘐园学派、以伊藤仁斋为代表的古义学派、以木下顺庵为首的木门学派等等。他们在创作上大多提倡中国明代李攀龙、王世贞"文必秦汉,诗必盛唐"的主张。李攀龙所编《唐诗选》此时在日本风行,完全取代了五山时期的《三体诗》等汉诗教科书,从而使这一时期的汉文学带有古典主义的色彩。正如后来中国学者俞樾所说:"家有沧溟(李攀龙)之集,人抱弇洲(王世贞)之书,词藻高翔,风骨严重,几与有明七子并辔齐驱。"(《东瀛诗选序》)这样的风气披靡于日本文坛后,久而生弊,引起不满,又有一些有才气的诗人奋起革新。祇园南海以清新之声发唱,江村北海继之,并著《日本诗史》,转而推崇宋诗。他的弟子市河宽斋致力于汉诗创作,时人比之为日本的白居易和陆游。这时日本诗坛的风气为之一变。而他们提倡宋诗,是为了以宋诗的平实诗风来匡正明七子的肤浅之病。正如菅茶山在《复古贺太郎右卫门书》中说的:"述实事,写实际,不效前人颦,不学时世妆,乃始为非伪诗也。"总之,江户中期古学隆盛,汉诗文创作备受重视,而随着以明代李、王为依归的风尚转变为提倡学宋诗,汉文学发展的道路更得到了拓展。

从天明七年(1787)德川第十一代家齐成为将军,到庆应三年(1867)的八十年间,江户幕府最后五位将军的统治时期为江户汉文学后期,乃是其浑成时期。这时,反古文辞学派迅速崛起,主张兼容并蓄唐宋明清诸代诗歌风格的折衷学派主宰日本文坛。著名文人、诗人辈出,各擅胜场。如宽政(1789—1800)三博士(柴野栗山、尾藤二洲、古贺精里)、江户四家(市河宽斋、大窪诗佛、柏木如亭、菊池五山),还有关西的文豪菅茶山、赖春水、赖山阳等等,尤其是九州的广濑旭庄,均为一时俊彦。此时,汉诗更加深入知识阶层,成为必修的学业。诗社峰起,诗集的印行也盛极一时,达到日本汉文学史上的第三个辉煌的巅峰。各具特色的诗人,争相歌唱,还出现了大量平民诗人及一些所谓的闺秀作家。他们的作品较深刻且多方面地反映了十九世纪日本的社会生活。江户幕府末期,还出现了一些主张"尊王攘夷"、强调"大义名分"的"志士",如吉田松阴、佐久间象山等人,写出了一些悲壮激昂的诗。总之,江户后期的汉文学已完全独立、成熟,内容十分丰富,兴盛一时,并延续到明治时代。

江户汉文学复兴的原因,除了前面提到的政治安定、经济复苏等基本条件外,还有一些必不可少的条件。首先,是新的统治者对儒学的大力扶持和奖励。室町后期,禅林堕落,未能维持风雅,失去了学问和文学中心的地位。不仅如此,有的寺院还成为伤风败俗、藏垢纳污之所在。连当时以口语演出的狂言,也多有讽刺僧侣陋行丑态的作品。即使进入相对太平的江户时期,一些僧人的恶行仍然没有多少收敛。以僧侣为狎客对象的"游女街"急速"繁荣"起来。还有一些寺院从事药材、当铺、钱庄、旅馆、澡堂、饭店等经营。因此,当德川家康夺得天下后,自然无法再利用佛教和僧寺作为其统治国家的精神中心。而家康早在大名今川家作人质的时候就刻苦读书,掌握了相当深厚的儒学知识。庆长五年(1600),他招请藤原惺窝讲经史。八年,他又支持林罗山聚徒讲授《论语》。有人出于忌妒,向朝廷打小报告,说什么未经敕许岂可讲学。廷议难定,但征询新任征夷大将军的家康时,家康笑答:"匹夫讲道,值得嘉励。"于是,众多大名均纷纷效法大将军,跟随藤原惺窝等儒士学习经史。家康重用林罗山,为林家后来代代执掌大学头打下了基础。家康还鼓励设立学校、刻印图书、开办图书馆等等,从此开启了一个以儒学为官学的新时代。儒士学者的地位大大提高,并成为汉文学创作的基本作者。

其次,是因为进入和平时期,以战功获取名利地位的途径走不通了;相反,一般人只有通过研究、讲习学问,才能受到尊敬,得到较高的地位。像江村专斋、林罗山、松永尺五、那波活所、堀杏庵、山崎闇斋等人,都是"学而优则仕"。这也给了一些人以很大的刺激。而写作汉诗文,无疑是显示自己学问修养的最好手段。这样也促进了汉文学的发展。而求学必须有书,尽管幕府采取锁国政策,但中国书籍仍然通过长崎这个窗口大量输入。另一方面,江户时代日本印刷技术和出版业取得快速发展,也有力地促进了汉文学的繁荣。室町末年,西方传教士向日本传入了印刷机器,丰臣秀吉侵略朝鲜时也掠夺了一些印刷机和铜活字。日本国内对于书籍的巨大需求,加上印刷技术和条件的改善,大大推动了出版事业的发展。所谓的"敕版"、庆长木活本《孝经》《孟子》都可作为当时出版水平的代表。特别是德川家就刊行了不少书,据猪口笃志所举,就有庆长四年(1599)出的《孔子家语》《三略六韬》,五年出的《贞观政要》,七年出的《武经七书》,十年出的《东鉴》《周易》,元和元年(1615)出的《群书治要》,等等。此外,还有如藤原惺窝也在庆长四年(1599)出版了《文章达德录纲领》,直江兼续在庆长十二年(1607)刊行了要法寺版《文选》,那波活所在元和四年(1618)出版了活字版《白氏文集》(后来中国的《四部丛刊》本即据此),等等。

再者,江户幕府重视教育事业,形成了争相创办学校、积极培养人才的好风气。这当然也给汉文学的发达打造了基础。德川氏曾把林氏的家塾升格为幕府直属的官方学校,叫昌平黉,培养了大批高级人才。此外,幕府直属的学校还有甲府的徽典馆、骏府(静冈)的明新馆、佐渡的修教馆、日光的学问所、长崎的明伦堂等等。于是,各地诸藩也竞相仿效,大建藩校。著名的有鹿儿岛的造士馆、熊本的时习馆、福冈的修猷馆、萩的明伦馆、备前的闲谷黉、金泽的明伦堂、水户的弘道馆、会津的日新馆、米泽的兴让馆等等。此外,社会上的有识之士和乡绅也开办了不少私塾,如大阪的怀德堂等等。而汉籍的研读和汉诗文的写作,正是这类学堂教学的重要内容。

江户汉文学的中心,一开始并不在江户。京畿地区为日本自古以来的文化中心,王朝时代和五山时代均是如此,江户初期也仍然是汉文学的中心。江户时代最初的汉文学作者,即那些汉学家,有的就出身于京都五山学僧系统,如藤原惺窝、林罗山等人皆是。惺窝曾剃发入相国寺,罗山则在建仁寺讲学,此外如石川丈山也曾为僧。而松永尺五、伊藤仁斋与其子东涯等人,则在京都堀川开馆讲学。另外,提倡阳明学的中江藤树,也住在离京都很近的近江。

然而,随着时间的推移,学问的中心便逐渐移到江户。特别是林罗山被幕府任命为儒官,这成为日本汉学中心从京都移往江户的标志。还有木下顺庵亦赴江户为儒官,古文辞学的大家荻生徂徕也到江户,与伊藤仁斋一派相对立,开启了日本汉学界的新时期。到了元禄年代(1688—1703),连优倡技艺之徒也都集中到江户,江户便成了名副其实的江户文化的中心。汉文学之花也以江户为中心向全国开放。

二、惺窝与其门生

藤原惺窝(1561—1619)是振兴日本近世儒学的第一人,也是讲述江户汉文学必须首先提到的人。他名以肃,略称肃,字敛夫,号惺窝,又号北肉。京都人,为藤原定家十二世孙,其父任官参议中纳言。惺窝自小颖悟,后祝发为僧,入相国寺。二十几岁时,才学称五山第一,成为相国寺首座。江村北海《日本诗史》称:"是时五山诗学尚盛,其中有以才锋称者,而遇惺窝则折北不支。以故名重释氏。"三十岁时,在大德寺与朝鲜使臣金鹤峰、许山前会谈,了解到朝鲜半岛和中国大陆学界的现状,便立志学习程朱之学。翌年,关白秀次召集五山诗僧在相国寺联句,惺窝只参加了一次便不去了,令秀次大为不悦,于是他避难到肥前名获屋,在那里认识了德川家康。文禄二年(1593)应家康邀请赴江户,为讲《贞观政要》《大学》等。翌年因母丧返回京都,不久还俗,住二条铜驼坊。《日本诗史》载:"虽归儒后,不畜妻妾,不御酒肉。人或诘之,则曰:'我归儒也,崇其道耳。

不我知者谓为食色。吾德不足服人，不能不避嫌耳。'"因痛感当世无善师，于庆长元年(1596)毅然渡明求学，可惜船行失败，漂流到鬼界岛。回京都后，遂专心钻研和讲授朱熹注《四书》。其时，朝鲜学者羌沆见到他，据说曾叹曰："朝鲜国三百年，未闻有如此人！"庆长五年(1600)关原之战，德川家康赴京都，时诏惺窝为讲经史。加藤清正、细川忠兴等大名也慕名而拜他为师。他的门人有名的很多，最著名的有人称"藤门四天王"的林罗山、松永尺五、那波活所、堀杏庵，还有石川丈山、吉田素庵、武田道庵等等。著有《惺窝先生文集》十八卷、《文章达德录纲领》六卷、《寸铁录》二卷等等。其中，文集由水户藩主德川光圀捐资出版，后光明天皇作序。天皇为人作序是极罕见的，也算是他的死后殊荣吧。

惺窝以振兴儒学为己职，所作诗文不算多，诗多为七绝，今略引几首以见其风格。如《长啸子灵山亭看花戏赋》，是1606年惺窝应木下胜俊之邀访京都东山灵山亭赏花时的戏作。诗中五用"花"字，四用"君"字，且用同一字押韵，均是有意为之，却令人觉得风趣可诵。江村北海评曰："一时游戏之言，体格亡论已；然意致曲折，足证温藉。"引录如下：

> 君是护花花护君，有花此地久留君。
> 入门先问花无恙，莫道先花更后君。

《游大德寺》亦颇风趣，末句犹佳：

> 喝雷棒雨响西东，知是高僧住此中。
> 野性由来无个事，瘦藤挑月倚秋风。

《病余立秋口号》一诗，写出了作者永恒不变的是好学：

> 聚散无恒世态恒，病来辜负旧交朋。
> 新秋凉意起予者，万卷陈编一盏灯。

《诣天满之菅庙，迅笔书小诗，聊充赞礼，盖有思梦之旧咏，因及兹》则歌颂了菅原道真：

> 偶谪尘中亚圣才，元知天上一灵梅。
> 花其文思实芳德，六百年来又几回？

《山下孤村浑舍阒尔无人，隔林闻樵唱》有晚唐风格：

> 兴入吟脾暮色幽，孤村淡月四山秋。

> 比邻掩户无人事，时有樵歌响岭头。

《山居》一诗，则是惺窝归终那年的作品：

> 青山高耸白云边，反听樵歌忘世缘。
> 意足不求丝竹乐，幽禽睡熟碧岩前。

总的看来，他的诗似乎仍不脱五山诗风，但如果放眼整个江户汉诗史的话，就能看出他的始作之功。正如友野霞舟《锦天山房诗话》说的："国初诸老皆专攻经学，不复留意于辞章，虽间有所作，多以语录为诗，或以国雅为诗，若非白沙、定山(按，两人为中国明初经学家)之遗，则亦五山禅衲之余也。惺窝禀间出之质，绍不传之统，揭斯道于既坠，启来学于无穷，其功伟矣！然而，时文运始胚未融，故其诗句俚浅，未免向者所谓之弊也。……且始作者难为力，继起者易为功，安得既享三牲八珍之美，而忘汙尊抔饮之朔哉！"所以，友野霞舟编选江户汉诗选集《熙朝诗荟》，即首录惺窝之作，"以冠诸编，以示国家文明之运所由兴矣"。

林罗山(1583—1657)是惺窝门下第一高足。仕德川家康，为江户官学之鼻祖。他名忠，又名信胜，字子信，号罗山。京都人。其家本姓藤原，因祖先居住在加贺的林乡，故改姓林。十三岁时入建仁寺大统庵向古涧慈稽和尚学习，法号道春。古涧因其聪敏，劝他剃发专修，他却不愿而归家自学，日夜手不释卷。十八岁时读了朱熹注的《四书》，即以在日本振兴程朱之学而自许。二十岁时下帷开讲《论语朱注》，为船桥秀贤向朝廷告发，不料却得到德川家康的嘉许。二十三岁时，拜惺窝为师。同年，拜谒家康，应答如流，家康赞为"真有用之才"。二十五岁时，被家康聘为顾问，以儒官身份参与幕政，历仕家康、秀忠、家光、家纲四代将军。此时幕府的外交文书等几乎都出自他之手笔。明历三年(1657)，江户大火，烧毁了他的书库。他悲叹道"天丧我"，不出旬日而亡，享年七十五岁。罗山的著作多与儒学有关，有《罗山文集》《罗山诗集》各七十五卷，还有《本朝神社考》《贞观政要谚解》等，达百余种之多！其子林鹅峰、孙林凤冈继承他的事业，袭任幕府官学总监，在儒学方面均有很高造诣，著述甚多，后人称"林氏三代"。

江户学者江村北海在《日本诗史》专论关东诗坛的第四卷中，一开头就写到林罗山，认为"罗山林先生际会风云，首唱斯文于东土(按，指关东)，芝兰奕叶，长为海内儒宗，无俟曹邱生也"(按，曹为汉代辩士，曾大力揄扬季布，后因以"曹邱生"为荐引的代称）。晚清著名学者俞樾选编《东瀛诗选》，亦首列林罗山，并称："其时东国学术中衰，罗山受业于惺窝之门，读朱子《论孟集注》《学庸章句》，遂聚徒讲程朱之学。至今彼国讲宋学者，犹祖罗山焉。国人原善著《先哲丛谈》，首惺窝，次罗山。罗山之在东国，亦可称筚路蓝缕以启山林者矣。《丛谈》称'罗山洽博，于天下之书无不读。其所著百有余部，集百五十卷，虽词不工，其言足徵者甚多'。余谓，不工何病？大辂始于椎轮，岂当较其工绌哉！"俞樾认为罗山"其古诗善押险韵，气力雄厚，已足使举鼎膑绝者望而却步矣"。

《罗山文集》收文近千篇，《罗山诗集》有诗四千六百三十九首，数量确实不少。据原念斋(1774—1820)《先哲丛读》载，韩国使臣俞秋潭回国前夕，将《扶桑壮游百五十韵》交罗山，罗山一夜间酬和一百五十韵，第二天追复韩使，令韩使惊奇不已。因此，其子林鹅峰在《罗山文集》序中说："举世皆谓儒宗、文豪、诗杰，悉皆备于一人，不亦难乎。"

罗山的诗数量虽多，非常精彩的倒也不常见。小诗有味者如《溪边红叶》，从红叶联想到喝了酒的陶渊明：

> 晴岚妆染晚秋山，锦树殷红映碧湾。
>
> 莲社板桥霜后叶，色如彭泽有酡颜。

《月前见花》亦尚可吟：

> 淡月映栏花气浓，春宵好景胜秋中。
>
> 不明不暗胧胧影，于色于香剪剪风。

《敬悼北肉藤先生》是在其师惺窝病故时写的：

> 只恐天将丧此文，自今謦欬不能闻。
>
> 光风一夜秋风梦，月隐中庭草树云。

律诗如《夜渡乘名》(乘名为地名)，程千帆欣赏其颔联，认为"状乘舟夜渡甚工致"：

> 扁舟乘霁即收篷，一夜乘名七里风。
>
> 天色相连波色上，人声犹唱橹声中。
>
> 众星闪闪如吹烛，孤月微微似挽弓。
>
> 渐到尾阳眠忽觉，卧看朝日早生东。

至于俞樾称赞的善押险韵、气力雄厚的古诗，今亦举其一首《向阳生赋春雪，其韵颇险，欲和之，如箝在口然，强次之以示焉》。向阳生就是他的儿子林鹅峰。引录如下：

> 六英年后见，风景有谁堪。
> 峙笠吴天昵，加霜楚户三。
> 大鹅绒嚣嚣，长尘尾毵毵。
> 冰穗簑边乱，洞泉喉里甘。
> 沙搏凝霡霂，光冷染山岚。
> 隔竹声将碎，误梅手欲探。
> 豕奇辽水左，雉矞越裳南。
> 宿麦蝗先瘗，寒花鸟不含。
> 粉妆翻净倮，玉屑吐清谈。
> 炼做仙家药，紫红压菊潭。

令人注目的还有，在林氏诗集的"杂体"部分，还收有三首词，均为和加藤明友之作。如《更漏子·和加藤敬义斋〈秋思〉》：

> 夜曼曼，风凛凛，梦里锦衾角枕。忽惊起，斜红残，只见月转栏。
> 叶声声，虫唧唧，忍清怨抛锦瑟。窈窕深，君门遥，独坐侍早朝。

从艺术上说，意境、词藻还不错。但正如著名汉文学研究者神田喜一郎指出的，"是无法评论巧拙的作品，因为连初步的平仄押韵的法则都不懂，单求符合字数而已；说是填词，实际上根本不入格。然而其冥行摘埴的精神，而达到如此水平，也是令人十分感慨的。"（《日本填词史话》）

这里顺便提及加藤明友（1621—1683），名潜，字子默，号敬义斋，别号勿斋。他与中国旅日学者朱舜水、陈元赟都是好友，而且与林家三代人（林罗山、林鹅峰、林梅洞）亲交密往，唱和不绝。神田喜一郎认为他是兼明亲王之后数百年日本填词的复兴者。可惜的是，他的词作及其他汉文学作品尚待发掘。

为叙述方便起见，此处再提及继承林罗山官职的他的三子林鹅峰及林鹅峰的儿子林梅洞。林鹅峰（1618—1680）名恕、春胜，字子如、之道，通称春斋，号鹅峰、向阳子等等。曾师事那波活所，又从松永贞德（尺五之父）学。儒学方面的著述甚多，又编有《唐百人一诗》《本朝百人一首》等诗集。他也喜欢写汉诗，甚至病后须静养时也诗兴不减，如《九月十三日夜坐六义堂玩月》：

> 诗癖病余犹未休，秋晴六义小堂游。
>
> 眼前有月句难就，唐宋群贤在上头。

辛丑(1661)年，他读了流传到日本的明末发现的宋元之际诗人郑思肖的《心史》，写了一首七律《书〈心史〉卷尾》。这是所知日本人对《心史》的最早的题咏：

> 赵氏山河无寸土，一编《心史》阿谁知?
>
> 胡元称帝鲁连耻，德祐纪年彭泽诗。
>
> 东汉中兴虽有待，南风不竞巨堪悲。
>
> 铁函若换铁锥去，可见沙头狙击时。

林鹅峰的长子林梅洞(1643—1666)亦善诗，可惜过世较早，也于此附带提及。他名憝，又名春信，字孟著，通称又三郎，号梅洞，又号勉亭。俞樾哀其早逝，对他评价颇高，《东瀛诗选》中称他"承其家学，耳濡目染，固已殊矣。性又早慧，十一岁能赋诗，一时名誉远播高丽。乃年止二十四岁而卒，临终语其弟谓：'无他恨，惟公则国史草稿未成，私则家塾五科之举未定耳!'使天假之年，必能绳罗山之武，为其国一代名人也。"梅洞死后，其弟与友人刻其遗诗。俞樾评曰："诗甚多而皆纤小之题、游戏之作，然其敏慧绝人则可见矣。如斯人者，殆亦昌黎所谓翠松碧梧者乎?""集中有'苟得即笔'数十条，盖其未成篇之句也，亦颇有可诵者。如云'案上有黄老，闺中无素蛮。''密竹半窗黑，幽苔一径青。''山童来觅蕨，野蝶下寻花。''草色媚春雨，山颜醉夕阳。''幽径苔青微雨后，寒郊橘绿淡烟中。''蓬山云远紫虹阙，荻渚风闲白鹭家。'皆佳句也，前有小序云：'学者行之余也，诗者学之余也，兴者诗之余也。林子曰：三余可惜。'语亦有致。"

今举其咏蜘蛛的小诗《九月晦日，偶开小窗望园林，忽见黄叶挂蛛网而作》：

> 九月将过寒气催，露霜满目晚窗开。
>
> 蛛丝亦是惜秋否，网住风前落叶来?

梅洞偶作长篇古风，亦有可读者，如《古调一篇寄道荣》：

> 惠我以泥金烂烂之扇，寄我以珠玉粲粲之章；
> 招卿以藜灯半夜之谈，赠卿以梅花一朵之芳。
> 扇以摆世上昏埃之污，章以发笔下文光之长；
> 谈以慰风窗雪屋之寂，梅以现冰肌玉骨之妆。
> 故园梦迷千里路，旅檐月落一亩宫。
> 羁愁簇簇腊余雪，壶酒唤起苏长公。
> 沧波漫漫东海上，侨居想象陆放翁。
> 竹洞芝园又葵轩，三日真成小会同。
> 梅花勒寒动诗兴，黄鹂先春报新声。
> 喜看手中挥健笔，一挥应有风雨惊。
> 兰薰化人吾岂敢，唯愿长拍洪厓肩。
> 我邦素有君子风，幸遇唐虞太平年。
> 奇材定有匠石顾，良马增价伯乐前。
> 远游有方卿须记：登楼勿说王仲宣。

惺窝门下真正以诗闻名的，是与林罗山同龄的石川丈山(1583—1672)。江村北海《日本诗史》谓："宽文中(按，1661—1673)称诗豪者，无过于石川丈山、僧元政。"(关于僧元政，本书后面再写。)丈山名凹，初名重之，字丈山，号六六山人、四明山人、凹凸窝、大拙、乌麟子等等。三河(今爱知县)人，祖上世代仕于德川家。他作为武士曾为德川氏征战，颇骁勇，有军功，但后因故得罪被黜，离开德川，屏居京都。三十三岁时入寺为僧。随即折节游于惺窝门下。惺窝读其诗，认为将来必为诗家。丈山还长于书道与茶道。因家贫，又须赡养老母，遂仕于纪州浅野侯，又随浅野氏赴广岛。五十二岁时母逝，遂辞官返回京都。在比叡山西南麓一乘村建"诗仙堂"而居，并命狩野探幽画了从汉魏到唐宋三十六位中国大诗人的像，题诗其间，日日吟哦于像下，誓不入城一步。一生不婚，享年九十而逝。《日本诗史》说："丈山出处，在世之口碑。已武且文，隐操亦卓然"，"可谓伟人也"。

丈山晚年自觉足寿、足隐、足诗，遂于八十三岁时，以《三足》为题撰诗一首：

> 顽寿八十三，退隐三十岁。

杂诗千余篇，总足了一世。

丈山在生前自编了《覆酱集》四集，死后门人师川孙十郎又续编了十六卷。卷首有野间三竹写的序，序中引有朝鲜人权伏(号菊轩)的话，认为可称他为"日东李杜"。可见丈山当时的名气确实不小。但是，若将他比作中国的李白、杜甫，无论如何是不伦的过誉。俞樾《东瀛诗选》称他："惟以诗文自娱，著述甚富。昔周罗睺执笔赋诗，一如上马入阵，如斯人者，殆其流亚矣。武将能文，亦足多也。"又说："晚年诗尤多，然多警句而少佳章，殆由老笔颓唐，不事推敲也。"俞氏的评价比较公允。俞氏摘录他的"警句"如："老树叶零早，深枝实落迟。""蜗篆传羲画，莺簧继舜韶。""暴雨水皆立，低云山若浮。""枯苔得雨绿，老叶先秋黄。""心深山转浅，身瘦道仍腴。""齿落食无味，身癯坐有脈。""急风翻倦鸟，仄径避来人。""寒花无夙陨，冷蝶不高飞。""宿鸟辞枝弱，游鱼聚水深。"确实都是妙联。又如"丁年三尺剑，老境一枝筇"，十字足尽此老一生。至云"有客瓢饮空，无妻缊袍敝"，则其老怀落寞亦可想见矣。不过，丈山诗中也有不少平平之作和"和臭"之句。

江村北海也认为韩人称他为"日东李杜"是"溢美"，"不俟辩论"。"然当时诸儒咏言，率出于性理之绪余，乏温柔旨；而丈山梦寐山林，襟怀潇洒，如'窗间残月影，枕上远钟声'，'风柳起莺懒，山花留马蹄'，'半壁残灯影，孤床落叶声'等，意象闲雅，殊可讽咏。"这在惺窝的弟子中也是最突出的。

丈山最有名的一首诗，是《富士山》：

仙客来游云外巅，神龙栖老洞中渊。

雪如纨素烟如柄，白扇倒悬东海天。

这首诗流传甚广，后来人们提到日本的象征富士山时，几乎就必然提到此诗，尤其是"白扇倒悬"一句，十分精彩，但仔细推敲起来却犹有可议。"白扇倒悬"，显然只有折扇才像(且折扇本是日本人的发明，北宋时始传入中国)，不可能是团扇；然而，折扇却无"柄"，只有团扇才有。这一点，近代日本学者盐谷温就曾指出过。再有，富士山上根本就没有山洞，第二句又是什么意思呢？有人以为是描写火山(神龙)，"洞中渊"则指火山口，这勉强可通；但"仙客来游"，如一想到有火山喷发的危险，又岂非大煞风景？不过，中国旅日文人陈元赟(1587—1671)也对此诗评价甚高："起得遒壮,结得精巧,真得奇观,可谓佳绝。"

我们再来欣赏丈山的一些佳诗。如《幽居即事》,近藤春雄的《日本汉文学大事典》还作为专门条目。此诗淡雅而有情致,末联则自叹无杜甫之诗才:

> 山气殊人世,常喧太古情。
>
> 四时云树色,一曲洞泉声。
>
> 雨湿莺衣重,风暄蝶袖轻。
>
> 为诗虽至老,未使鬼神惊。

《闲游二首》之一[①]:

> 读书扫窗前,览物仁庭际。
>
> 水减池鱼忙,雨歇山蝉嘒。
>
> 岩泉涤炎蒸,杖屦助流憩。
>
> 永醒梦中梦,独游世外世。

《溪行》,亦同属潇洒闲逸之诗:

> 高岩浅水边,回眺弄吟鞭。
>
> 野径菅茅露,田村篁竹烟。
>
> 溪空莺韵缓,山尽马蹄前。
>
> 懒性与云出,又应先雨还。

《重阳雨》一诗,先隐隐自比晋人孟嘉,后又以诗不及陶潜而深感遗憾:

> 篱边湿帽山间雨,秋色使人思孟嘉。
>
> 贫似渊明诗未似,羞将白发对黄花。

他也有写得不错的七律,如《幽事》:

> 积雨经旬喜快晴,寒来老疾瘦峥嵘。
>
> 秋花不似春花艳,宵月争如晓月清。
>
> 林岳风兴黄叶乱,山村日落翠岚横。
>
> 逍遥枕上逍遥梦,更入蓬莱忘世情。

---

① 研究者马歌东指出,此诗原作为六韵五言排律,俞樾删去末二联,使成五律。马歌东认为"协其声律,去冗存精,剪缀成章,洵有'点铁成金'之妙"。

惺窝门下所谓"四天王"，除了林罗山外，还有崛杏庵、松永尺五和那波活所。堀杏庵（1585—1642）名正意，字敬夫，号杏庵、吉庵、苏巷、敬庵等。近江（今滋贺县）人。初学医，庆长十年（1605）始师事惺窝，其后在京都讲授《大学》，有公卿等人来听。庆长十六年（1611），受广岛的浅野幸长之聘讲学。元和八年（1622），德川义直（即后来的尾张藩主）娶浅野之女，并提出希望有学者作为陪嫁，浅野便派杏庵去尾张。杏庵颇受义直的尊重，时相随从拜谒将军等。后并为后水尾院等讲《大学》等。宽永十三年（1636），杏庵还受幕府之命接待朝鲜来使，以汉文作笔谈，朝使对他的学问表示佩服。

杏庵有诗文集《杏阴集》，今引录数诗。《三岛宿》描写了山路奔波的辛苦：

> 露宿风餐百里程，士峰三月送吾行。
>
> 明朝欲上笪根路，叠崄层峦心不平。

《近江舟中》则显得优哉游哉：

> 吹送西风超叶舟，忘机江鸟戏蘋洲。
>
> 饱看四面平湖景，水色山光一色秋。

《梨花带雨》亦反映闲适之心情：

> 梨花忽绽一东栏，白云为肌更不寒。
>
> 淡淡洗妆春夜雨，朝来枝上露阑珊。

《对山待月》极有情趣：

> 危坐楼台待月光，远山已黑近山黄。
>
> 秋风亦似解人意，断送浮云挂半璜。

《夜闻啼雁》则似颇带寥落怆惘之感：

> 夜闻啼雁倚桑枢，前者成行后者呼。
>
> 天际回头寻落处，数声远过洞庭湖。

松永尺五（1592—1657），名遐年，字昌三，尺五是他的号，出于杜甫诗"去天仅尺五"。山城（今京都）人。父亲是有名的歌人，祖母则是惺窝的姐姐，因此松永很早就成为惺窝的门生。他做秀才时就有名气，为丰臣秀赖所招，讲《书经》，满座惊叹。后来，他的声誉更高，收徒数千。而且，以片桐且元为首的诸侯争相招聘，他一概谢辞。庆安五年(1652)，他六十一岁时，后光明天皇赐宅地于禁阙之南。而他平时对人言："我非富贵，亦不至贫窭。藏书万卷，诗文三千篇，此外更无他望。"门下有名的弟子有木下顺庵、贝原益轩等。

松永的诗文，后编为《尺五堂全集》。和林罗山相似，他真正的佳作也并不多，不如丈山。今举几首，如《春月》：

> 共爱朦胧夜，吟风凭小栏。
> 梨花瑶弄影，柳絮雪何寒。

《十四日游木下顺庵亭赏月》：

> 风晴秋日落，岭上绝微云。
> 排闼薆莹玉，临池水晒纹。

《途中》一诗，状景颇为生动：

> 稻畦千顷若铺毡，白鹭双飞斜日边。
> 远村幽树晚烟里，豆人寸马画屏前。

《新村》描写山树，亦令人清明悦目：

> 山眉画黛万红零，恰若朝来宿酒醒。
> 蜀魄声中春已去，林容依旧眼终青。

惺窝门下"四天王"中最年轻的是那波活所(1595—1648)，名方，字道圆，号活所。后改姓祐生，名觚。播磨(今兵库县)人。父为藩医，后弃医学儒。活所少年好读书，十八岁始谒惺窝，作《杜鹃》诗，得惺窝激赏。诗如下：

> 杜鹃春破后，相唤不成群。
> 子美诗中泪，尧夫桥上闻。
> 一声真识气，再拜亦忧君。
> 空骇晓窗梦，月昏数片云。

此诗不算杰作，但显示了他的才气。活所在仕途上远不如师兄林罗山腾达。二十九岁才应加藤广忠之招，去肥后(今熊本县)任藩儒，七年后辞职返京,后又任纪州藩(今和山歌县)儒官。怀才不遇的心情和为稻粱奔波的生活,也反映于他的诗作。如《对书》一诗,作于四十五岁时:

> 西边千里走东边,尺寸无功始惘然。
>
> 万卷藏书应笑我,生涯馀得几多年!

也许正因为郁郁不得志,所以他更寄情志于诗文。如四十七岁时所作之《辛巳元日》:

> 南州本自好山川,风暖梅开百可怜。
>
> 复是诗材满天地,羞无杰作答新年。

他的《秋怀》一诗,表明他最引为同调的是宋玉的悲歌和杜甫的愁诗:

> 宋玉悲歌杜甫愁,楚风唐律信风流。
>
> 乌残红柿雨余蕈,笑胜锦枫霜后秋。

《读本朝文有感》,则表明他最重视日本汉文学史上三善清行的“封事”一类忧国忧民的作品:

> 文粹复抽文粹中,十余卷子是雕虫。
>
> 一篇封事少人识,日月争光善相公。

江村北海的《日本诗史》中,介绍了他的《游东求堂》诗,认为是“雅驯”之作:

> 寂寞将军庙,无边草木肥。
>
> 苔深过客少,松卧古人非。
>
> 流水几时尽,行云何处归?
>
> 长嗟山路暮,幽鸟傍吾飞。

《日本诗史》又称活所“长子木庵,克绍其业,为一时儒宗”。那波木庵(1614—1683),名守之,字元成,号木庵、老圃堂。十七岁赴江户,师事林罗山。后仕纪州藩(今和歌山县),为二代藩主光贞的侍讲,又教授藩子弟。后以老病致仕,在京都设帷教学。江村北海称:“自惺窝至木庵,文学相承。木庵最以毅直称,而其诗多圆畅者。”如《游金阁寺》(诗中“应永”是日本南北朝时代年号):

> 相国遗踪在，荒蹊松竹幽。
>
> 青山千古色，金阁几人游？
>
> 山影浮寒水，林声报素秋。
>
> 遥怜应永日，临眺令吾愁。

又《禅林寺看花》：

> 过眼山花片片飞，如云如雪映斜晖。
>
> 共凭百尺楼台上，自使游人忘暮归。

在江户前期的汉文学创作中，藤原惺窝及其门生的作品占有核心的地位。尽管他们的作品中真正有诗味的佳作不是很多，但他们开拓了江户近三百年以儒士为主的汉文学的新风。

三、木下顺庵等学者

比藤原惺窝的门生年龄稍小的同时代人，主要活动在京畿一带的著名儒者，还有中江藤树、山崎闇斋、木下顺庵等。藤树是日本阳明学的开山祖，闇斋则是日本三大朱子学派之一、崎门学的鼻祖，而顺庵乃是继惺窝之后著名的教育家，门生极多。他们的学问并不完全相同，各有特色和造诣，在汉文学创作方面也各有贡献。

中江藤树(1608—1648)，名原，字惟命，通称与右卫门。因其庭栽有藤树，门生称其为"藤树先生"，便自号藤树。别号西江、颐轩、默轩等。他生于近江(今滋贺县)，祖父为伯耆(今鸟取县)米子藩主加藤的家臣，因而九岁时去米子，后又因领主转封而迁居伊予(今爱媛县)大洲。十五岁时祖父去世，三年后父亲也病故，藤树遂袭郡奉行职。二十七岁时，因思母，去职归乡，办家塾授门徒。学生有熊泽蕃山、渊冈山、泉仲爱等。三十三岁时，他得到《王龙溪语录》，始知姚江之学。三十七岁时购得《阳明全书》，惊喜之至，称为"一生之大幸"，倾力钻研阐述。可惜四年后即病故。但他因此成为日本阳明学派的鼻祖，被称为"近江圣人"。明治四十年(1907)被追授为正四位。

藤树一生著作不少，多为儒学著作，汉文颇有功力，"和臭"不多。所作汉诗不够诗味，常作说教。以下二首写给学生的诗，算是可读者。《送熊泽子还备前》：

> 旧年无几日，何意上旗亭。
>
> 送汝云霄器，嗟吾犬马龄。
>
> 梅花鬓边白，杨柳眼中青。
>
> 惆怅沧江上，西风教客醒。

《戊子夏与诸生见月偶成》：

> 清风满座忘炎暑，明月当天绝世尘。
>
> 同志偶然乘兴处，不知不识唐虞民。

山崎闇斋(1618—1682)，名嘉，字敬义，称嘉右卫门，号闇斋，晚号垂加。生于近江(今滋贺县)伊香立郡，其父仕木下侯，以医为业。随父移住京都。闇斋自幼聪颖，八岁读《四书》及《法华经》，十五岁落发为僧。二十五岁时还俗，攻读朱子文集。后更在京都收徒讲学。闇斋以程朱理学为宗，以宋学为正经，主张"大义名分论"。四十一岁时赴江户，井上正利、保科正之、加藤泰义诸侯均师事之。四十八岁时应会津藩主之邀，赴会津任教，门生先后有六千余人，其中有浅见斋、三宅尚斋、佐藤直方，人称"崎门三杰"。闇斋晚年转奉神道，创垂加神道。死后有《垂加文集》等。

江村北海认为闇斋"诗章非其本色。要之，其所以不朽在彼(按，指其儒学)，而不在此也"，并批评"《名贤诗集》载闇斋诗百首，可谓伧父不知好恶也"。但闇斋之诗章亦偶有颇具情致者，如《秋莺》：

> 居诸代谢四时中，花散叶浓复见红。
>
> 忽有金衣公子啭，秋风影里听春风。

又如《有感》：

> 坐忆天公洗世尘，雨过四望更清新。
>
> 光风霁月今犹古，只缺胸中洒落人。

《赠山休序》一文作于闇斋三十六岁时，文字简洁，颇见功力：

> 唐之贾浪仙，初为浮屠，韩昌黎所劝，去之。宋之肯庵圆悟，与朱紫阳游，而终于浮屠，未闻其临终寻一尺巾帛裹头而死也。紫阳岂不有言？而其言岂不及昌黎哉？然则去之与否，在其人也耳矣。
>
> 靖月川者，予为僧时之友。兹岁癸巳，毁衣钵，改称山休。於乎，滔

滔焉天下皆佛也。不惑者少，惑而悔者尠。祝发胡服而去之者，贾后鲜闻。然贾也耽诗，有"贾岛佛"之名，是可惜也。若夫般若汤、水梭花之求而还俗者，不足称也。今山休则异于是，予其不嘉乎？于是序以赠之。山休姓山野内氏，豫州之产也。

文中"般若汤"为酒之隐语，"水梭花"为鱼之隐语，读之令人发噱。

木下顺庵(1621—1699)，名贞干，字直夫，又字平之允，号锦里、顺庵、敏慎斋、蔷薇洞等。出生于京都，自幼好学，僧人天海奇之，纳为法嗣。十三岁时，应大纳言乌丸光广之命，作《太平颂》赋，词旨淳正，乌丸光广将之献给后光明天皇，受到天皇赞赏。二十二岁时游学江户，后返京都拜藤原惺窝门人松永尺五为师，学朱子学。尺五期以大器。顺庵潜心读书，学业大进，后设帷授徒，名声甚著。四十岁时，加贺(今石川县)藩主厚币招聘为儒官，顺庵辞之，并曰："先师松永尺五之子，承家学而未仕，家道屡空。请用其人，得所愿焉。"藩主深受感动，与尺五之子一并聘之。后又随藩主去江户。在此前后，山崎闇斋、熊泽蕃山也在江户，三人名声相当。天和二年(1682)，任五代将军德川纲吉侍讲。元禄七年(1694)，受命修国史。七十八岁时病逝，谥靖恭先生。

顺庵为江户时代初期汉诗的重要作家，在当时影响很大。荻生徂徕认为："锦里先生者出，而扶桑之诗皆唐矣。"服部南郭也认为："锦里先生实为文运之嚆矢。虽其诗不甚工，首唱唐。"不仅如此，他从教二十余年，门下还培养出很多著名的诗人和学者，如新井白石、室鸠巢、雨森芳洲、祇园南海、榊原篁洲(以上人称"木门五先生")、南郭南山、松浦霞沼、三宅观澜、服部宽斋、向井沧州(以上人又称"木门十哲")，此外还有木下净庵、木下竹轩、益田鹤楼、西山西山、胜田云鹏、石原鼎庵、冈岛石梁、冈田竹圃等。因此，顺庵实为藤原惺窝之后的一代宗师。宽文十二年(1672)顺庵与水户光圀结交，在江户游学时又与中国旅日学者朱舜水结为忘年友。他的"敏慎斋"号即为朱舜水所赠。

以下引录他十三岁时所作《太平颂》：

皇帝陛下即祚以来，物无违拒，朝廷清明，无有欺蔽。光被四表，格于上下，克明俊德，以亲九族。九族既睦，平章百姓。省刑罚，薄税敛，深耕易耨。耕夫推畔，渔竖让陆。是以四海之内，学校如林，庠序盈门。遥集文雅之圃，翱翔乎礼乐之场。国家殷富，上下交足。卿士庶人，黄童白叟，踊跃欢呀，或庆于庭，或歌于市，或抃于野。太平之期，适当此时。皇帝神圣，通达先古，听聪视明，惟精惟一。天锡皇帝宠臣硕辅，博闻遐观，以置左右，亿载万年，下民无敢侮。天锡皇帝与天齐寿，登兹太平，无怠永久，亿载万年，为父为母。而后既让位今上，移殿内园。其基德也，隆于姬公之处岐；其垂仁也，富乎有殷之在亳。泽至四海，配天光宅。冠道德，履纯仁，被六艺，佩礼文。含淳咏德之声盈耳，登降揖让之礼极目。其宫室也，体象乎天地，经纬乎阴阳。据神灵之正位，效大紫之圆方。张千门而立万户，顺阴阳以开闿阖。其中有灵囿。草则藋蒳豆蔻，姜汇非一，江离之属，海苔之类，扤白蒂，御朱蕤，光色玄晃芬馥。木则枫柟豫章，柠桐枸榔，絲杭柂栌，松梓椅桐，擢本千寻，垂阴万亩，攒柯挐茎，重葩掩叶。故凤凰巢其树，麒麟臻其圃，神爵栖其林，甘露零其庭。春见椿花，开八千寿；夏和薰风，弹舜五弦；秋因菊花，延百岁龄；冬因尺雪，知丰年瑞。其灵沼，黄龙游其渊，醴泉流其塘，於牣鱼跃。鸟则玄鹤白鹭，黄鹄鸂鶒，鸽鸹鸧鹥，凫鹥鸿雁，沈浮泛滥乎其上。孟子所谓贤者而后乐，此可谓是也。臣生乎穷巷之中，童蒙无知，虽然，遭斯清世，敢不略陈其愚衷！

这篇歌功颂德的赋中，用了大量中国经典中的成句。如"光被四表"诸句出自《尚书》，"省刑罚"诸句出自《孟子》，"耕父推畔"诸句出自《史记》，"下民无敢侮"句出自《诗经》等。可窥知顺庵从小读书之博深。作为一个少年，是不容易的。当然，从汉文学角度看，毕竟露出稚气，骈偶时有不工，不可讳言。

而《樱冈记》一文作于成年后，可见笔力已大进：

名山胜景，蔽于古、显于今者，必有泽美之智举之始，爱物之仁成之终，而后其名可以播远近而垂永久也。所谓"美不自美，因人而彰"。昔闻其言，而今信其事矣。

肥阳距城数里所，有堆冈，曰佐波，加州太守藤公食采之部内也。冈之势，起自平地，不与众山接。坡陀如鳌伏，曼延如龙走。厥初人不知其为胜矣。先太守行部也，一望之觉有异焉。命剪榛秽，屏蔺翳，树亭于顶，艺樱于傍，改名樱冈。意筹心谋，设置略备，而有故不果。公乃继先志，益为构筑，更造亭馆，以为游衍之所。

其观览之壮也，华甍粉壁之矗矗，闾阎街陌之区别，郁郁葱葱，隐映乔木修竹之间者，佐贺城郭之繁丽也。白水一条，宛转曲折，带荧绳直，鳞朝霞、练晚烟者，小城河流之明媚也。柔柘千村，沃野万顷，田中之庐，伍伍什什，参差交错者，再熟之稻，而陆海之富也。连峰叠峰，崇丘漫阜，茂林修麓，自西而北，自北而东，罗列绵亘，不可名状，而所谓天山、圆通、岩藏、清水、祇园、高城、水上者，此中佳处，而浮屠之窟宅也。至若岐海之环其南也，雨色晴光，千态万容，涌白熨碧，舸经舫纬，往来不绝，渔网朝晒，蜃火昏明，斜雁独鹤，没于岛云浦雾之外，浩渺乎莫知其所极矣。且温泉岳之隔海，阿苏之异州，遥青远黛，献奇几席之下，效怪眼眶之际。凡数十百里之景象，于是乎钟矣。

呜呼，盛矣哉！先太守之举美也，而取之于榛莽翳会之余，则可谓择而精者也矣。今满冈花树，敷荣烂熳，凝云堆雪，居人悦，游客娱，埃苦由之排遣，尘劳以之消歇，熙熙然逍遥春台和煦之内，则公之成物也，可谓敦厥爱者也矣！然则四方之士，往来乎此者，必指之曰：创揽胜地，善善之智也；恢张先业，亲亲之仁也。智以始之，仁以终之，于其国家，又何有哉？彼乐山与水，则逸政之余事，而其英名茂实，垂于不朽也者，昭昭可期焉耳矣。

余之谒公于京东，述其涯略，求为之记。余尝辱先太守之知，其遗美之彰，喜而不辞，遂据所闻而书。

其晚年自题小像一文，短而有味，录存一读：

眉目颧颧，面全体未全；语默动静，神传心自传。缥囊细帙，生死文字间；褒衣博带，陪侍鹓鹭班。舒之则有物有则，日用不知；卷之则无声无臭，世共相移。用舍行藏，焉为有，焉为亡？呜呼噫嘻，我与尔有是夫！

顺庵子寅亮称其父以道德性命为根柢，以博闻多识为枝叶，诗赋则残膏剩馥而已。因此，顺庵亦不以诗人自命。今略引其诗数首，以见一斑。五言《稚松》，当寄寓其教书育人之意：

> 稚松三四尺，直立影森森。
>
> 昂壑虽无势，凌云自有心。
>
> 相期霜干老，不受岁寒侵。
>
> 嘉树勤封植，会成君子林。

《春雨》一首，中间二联体物甚妙：

> 细细连朝雨，欲晴不肯晴。
> 柳边看有色，花上听无声。
> 湿翼归鸿重，衔泥乳燕轻。
> 薰炉春昼静，相对畅幽情。

《草津朝烟》，非但状景如画，而且关心民生：

> 江村晨气起，片片若云扬。
> 笼日碧纱薄，牵风素练长。
> 渔舟时隐现，民舍半遮藏。
> 可识邦长富，人烟满水乡。

《对雪有感》朱门白屋一联及末联，极为精彩，真可作"宦箴"。在日本汉诗中甚为难得：

> 凛冽连朝雪，凭轩独自吟。
> 有山留夜月，无树不春林。
> 城市朱门会，郊村白屋心。
> 居温念寒苦，复可作宦箴。

七言绝句《咏燕》，亦寓深意，可为宦箴：

> 乌衣路远几艰关，入幕如曾识我颜。
> 莫厌茅堂旧巢陋，雕梁画栋是冰山。

七律《爱莲池》，则从宋代理学家周敦颐的《爱莲说》化出：

> 芙蓉池上小桥东，日日来临思未穷。
> 花映晨曦红烂灿，叶擎凉露碧玲珑。
> 三秋影落濂溪月，十里香浮曲院风。
> 居不求安君子志，莫嫌永在此泥中。

《春雨》对仗句工，益见高怀：

> 寒食清明看已迁，轻风细雨发春妍。
> 无声暗滴花间露，有色偏添柳上烟。
> 润入西畴麦盈陇，云低南浦草连天。

乍寒乍暖晴何日？一榻炉薰隐几眠。

顺庵门下出的很多优秀诗人，我们将在后面再写。这里再附说几位名气没有顺庵等人大的江户前期近畿地区学者。

大井雪轩，名守静，字笃甫，通称汶山，号雪轩、蚁亭。摄津（今大阪府）人。生没年不详，大致卒于延宝中（1673—1681）。江村北海《日本诗史》称其家世业贾，"少志学，博综群籍，最好藏书。凡奇书珍篇，必捐重货典之，殆致数千卷。后来京师讲说。所著有《蚁亭摭言》。诗集手所选定，名《覆篑编》。不袭时风，自为一家。"江村欣赏他的《送春》，认为"萧散有趣"：

烟林布绿葛原东，迟日芳菲不负公。

春去春神呼不返，乌纱巾上落花风。

但江村又批评"集中数用奇字僻语"，认为"殊远风雅"。例如其有诗句云："柳巷昼弹浑不似，杏村夕酌醉如泥。"还有诗句以"护花时"对"共惜春"等。所谓"浑不似"是乐器名，"醉如泥"乃酒杯名，"护花时"和"共惜春"都为鸟名。确实，这些用语太僻了，连我们中国研究者也难懂。但弄懂后，却也雅致。

江村北海《日本诗选》中录有他的《郊行有感》一诗，颇堪赏吟：

春径风香里社边，池塘留梦草如毡。

水涯僧院梨花雪，竹里人家柴火烟。

伏枥谁求千里马？齐眉徒忆五噫贤。

行行有感示归去，华顶峰头暮月悬。

村上冬岭（1624—1705），名友伶，字漫甫，号冬岭。京都人。师事那波活所。为医而兼儒者，宗程朱之学。与伊藤坦庵、伊藤仁斋、江村毅庵等交游，善诗文，有《冬岭诗文集》。据江村北海《日本诗史》，"当时诸儒，会读《二十一史》，会月数次，又结诗社，并轮会主，必有酒食。临期会主或有他故，冬岭必代为主。以故社会绵绵二十有余年。"江村称赞冬岭之诗："精深工整，超出前辈。元和以后（按，1624年后）七言律，到此始得其体。"并举其《梅花》为例：

名园桃李竞婵娟，独自清寒倚竹边。

东阁题诗人动兴，西湖载酒鹤迎船。

　　点苔欲效霏霏雪，傍柳偏含淡淡烟。

　　何处金茄明月下，晓风咽断更凄然。

又如《秋夜宴伏见某楼》：

　　秋入水乡鸣荻苇，壮游不用赋悲哉。

　　丰城剑气冲星起，北海樽酒乘月开。

　　万顷鸥沙吞梦泽，千帆贾舶溯蓬莱。

　　此翁矍铄人争说，物色行看到钓台。

又如《小集席上作》：

　　青樽岁晚思难禁，共见头颅霜色深。

　　慷慨堪收灯下泪，低垂姑任世间心。

　　愁边一笑比双璧，老后分阴重寸金。

　　薄宦身闲亦天幸，清时莫作独醒吟。

冬岭也写绝句，如《田家》：

　　羁思官情两不知，春耕夏耨綦成丝。

　　门前垂柳长拂地，不为别离折一枝。

　　贝原益轩(1630—1714)，名笃信，字子诚，通称久兵卫，初号损轩，后号益轩。筑前(今福冈县)人。其父为医，仕黑田侯。益轩早年亦学医，后其兄元瑞教他读《四书》而转学儒学。明历三年(1657)赴京都，向山崎闇斋、木下顺斋、松永尺五等人学习。初学陆王之学，三十六岁时读了明人陈建的《学蔀通辨》后，转而学程朱之学，并在京都讲学。然而到晚年，又对程朱之学产生怀疑，写了《大疑录》一书。益轩博学强记，除了经史、诗文等以外，还研究养生、本草等实用之学，著有著名的《益轩十训》(家训、君子训、大和俗训、乐训、和俗童子训、五常训、家道训、养生训、文武训、初学训)。江村北海在《日本诗史》中说："元和以来(按，1615年后)，称饶著述者，东涯、徂徕之外，盖无如益轩者。其所撰，不为名高，勤益后人，乃至家范、乡训、树艺、制造，亹亹恳恳。"并说："余少时不解事，意轻其学术，今而思之，殊为忏悔！"江村还认为"其诗亦朴实矣"，但奇怪的是《日本诗史》却未引其诗。今举其八十五岁临终时的辞世诗二首(按，"涯"字古又可读若"也")：

平生心曲有谁知？常畏天威欲勿欺。

存顺没宁虽不克，朝闻夕死岂不悲！

幼求斯道在孤怀，德业无成凤志乖。

八十五年为曷事？读书独乐是生涯。

江村又提及益轩的侄子贝原耻轩(1664—1700)，说他"志尚如同舅氏(按，当是叔父)，著述数种，诗亦颇占地步"。耻轩名好古，字敏夫，通称市之进，号耻轩。从小跟益轩学，后又成益轩养嗣子，并与益轩一起仕于福冈藩主，教藩士子弟。可惜三十七岁即逝世，今我们未见其诗作。江村还提到贝原存斋，说"余未详其人"。今知贝原存斋(1622—1695)是益轩的哥哥，名回道、元端，字子善，号存斋。亦为福冈藩儒。《日本诗史》引其晚年所作《三月尽作》一首，江村评为"可谓知道之言"：

今年花事今宵尽，衰老难期来岁春。

风光别我我何恨？留与后人千万春。

宇都宫遁庵(1633—1709)，名的，字由的，通称三近，号遁庵、顽拙、三近子。周防(今山口县)人。其父为岩国藩士。他早年赴京都，师从松永尺五。后仕岩国藩为儒臣，同时开家塾教学生。延宝三年(1675)四十三岁时，因著《日本古今人物志》触犯了幕府的忌讳，而被关囚数年。后赴京都讲学，元禄四年(1691)又被招为儒臣。他著述甚多，与木下顺庵、安藤省庵一起，被称为"尺五学派的三庵"。江村《日本诗史》称："有《遁庵诗集》，弟子恕方者辑录，其序云先生著述罹灾，今所存特晚年作云云。余阅其集，诗犹千余首。七绝最多，至七百首。"可见其创作力颇旺。江村引其中一首：

海色茫茫山色长，孤舟风雨转凄凉。

天涯一夜愁人梦，半在京城半故乡。

江村认为："悽怆婉约，可称佳作。其他则芜陋浅俗，可笑者不鲜。十删其九，则可不朽矣。"其五言诗，亦有可赏者，江村亦举一首：

好花三月锦，啼鸟几弦琴。

千竿遮昼日，一榻纳微凉。

人见竹洞(1638—1696)，本姓小野，名节，故简称野节。字宜卿、子

苞,号竹洞、鹤山、葛民、括峰,通称又七郎、友元。平安(今京都)人,其父
是医生。他幼年赴江户,从学林罗山及林鹅峰,善汉诗文,并助林氏完成
《续本朝通鉴》。又与木下顺庵等人编述《武德大成记》。故放在此处一
述。竹洞曾非常认真地向旅日的中国大学者朱舜水学习中国文化。(1991
年日本汲古书院〔出版社〕出版的《人见竹洞诗文集》中,收有他写给朱
氏的不少信。今存朱氏在日遗墨中亦有多则《答野节书》。)他还曾认真
地向旅日中国僧人、琴师东皋心越(1639—1695)学习古琴,有诗《孟夏初
八日闻心越禅师弹琴,谢以鄙诗,师赐和且别示古风一首,偶有官事扰之,
阻月顷,日欲往访其草而未果矣,故和前韵二章以呈之》,其一云:

> 东方君子国,上世曾有琴。
>
> 之绝中华信,无嗣大雅音。
>
> 越师来万里,更传山水心。
>
> 初疑鸣凤下,后思潜龙吟。
>
> 洋洋熙春曲,雨洒松竹阴。
>
> 盈耳自忘形,不觉清夜深。

诗中"东方君子国"乃自称日本。中国古琴早就传入日本,但一度中
绝,至江户时东皋心越携琴赴日,竹洞乃第一批受学弟子。"初疑"诸句
描写颇为生动。心越还于1685年赠竹洞以明朝1564年嘉靖古琴一张,竹
洞谢诗两首,序及诗曰:

> 东皋禅师赠仆以一古琴,而喻曰:"欲待知音者,并传其道。今欣遇
> 雅尚,不得已为赠。"仆深感恩笃之言,且自愧之。其为琴也,龙池之
> 有数十字之题者,所谓嘉靖甲子制,及今百二十一年也。经中朝乱离之际,
> 能免兵燹而到此,可谓物之幸也。仆谓题佳名于琴腹而请之,师即题曰"云
> 和天籁",而其下以"衡华"二字为印,又书"存古"二字,各以古篆文。
> 仆择良工彫之,以为家宝。因作二章,且谢嘉惠,且述妙曲,以呈之二首。
>
> > 手授宝琴恩更多,一挥天籁起云和。
> >
> > 音传嘉靖百余岁,心在平湖十顷波。
> >
> > 先把朱弦弹未练,犹思玉轸琢如磨。
> >
> > 老师操曲极高妙,难继阳春白雪歌。
> >
> > 曲调洋洋日本东,老师弹起古淳风。
> >
> > 双眸高照金徽上,八指飞扬玉缕中。

出水游鱼聚荻岸，抟云鸣凤下长空。

相思千里知音友，明代遗贤马季翁。

四、诗僧元政

　　江户前期，虽五山文学衰敝已久，禅林中却奇迹般地出现了一位著名诗人，那就是僧元政(1623—1668)。江村北海《日本诗史》称："宽文中(按，1661—1672)称诗豪者，无过于石川丈山、僧元政。"由于元政鹤立鸡群，当时禅林中无可并述者，又不宜归入其他诗人群，所以本书为他专辟一节。

　　元政本江州士族，姓菅原、石井，名日政，通称吉兵卫，号日峰、妙子、空子、幻子等。自幼俊异，初谒建仁寺九岩禅师时，九岩叹曰："何物老媪，生此宁馨儿！"十九岁时，随母游泉州拜日莲像，即表示三愿：一出家，二父母长寿，三读天台三大部。二十六岁时，从妙显寺日丰老师得度，定居于京南深草瑞光寺。元政持律甚严，又侍亲极孝。他曾选择佛教中孝子事迹，编成《释氏二十四孝》，序而行之。他将父母从高槻迎至寺侧居住，日夜服事，双亲均于八十七岁高龄而逝。母亲逝后二十七日，元政因病亦亡，年四十六岁。

　　元政酷爱汉诗文。他三十四岁时所作元旦新居诗，已哄传京都，有洛阳纸贵之誉。而他的诗学大进，更与三十七岁万治二年(1659)时得识的中国旅日文人陈元赟(1587—1671)有密切关系。元政年少元赟三十六岁，但二人萍水相逢，一见如故，结为忘年交。元赟向他介绍了中国明代的公安派文学，元政一拍即合，尤喜袁中郎。日本后来出版的原念斋《先哲丛谈》记曰："元政诗文慕袁中郎。此邦奉袁中郎，盖以元政为首，而元政本因元赟知有中郎也。元政书云：'数月之前，探市得《袁中郎集》，乐府妙绝不可言。《广庄》诸篇，识地绝高。《瓶史》风流，可想见其人。又尺牍之中言佛教者，其见最正。余颇爱之。因足下言，知有此书，今得之读之，定足下之赐也。'"可知公安派作品其时已流传至日本，只是陈元赟的大力推荐，元政才认真阅读，从而深深地影响了他的汉文学创作。

　　元政与元赟酬唱不断。宽文三年(1663)，他们出版了合作诗集《元元唱和集》。这是中日文化交流史上的一大佳话。书前有元政写的序，今抄录如下，以见其汉文之妙：

> 诗者，心之声而志之色也。触乎事，感乎物，而为之声，为之色。而心之所至，志之所之，人皆不同，则诗亦非一矣。是以有禅者之诗、儒者之诗、幽人之诗、骚人之诗。读其诗而知其人，人焉廋哉。然余视元赟老人之诗，或赋、或比、或兴，应物为态，始无定迹。非禅焉，非儒焉，非幽人焉，非骚人焉；而似禅也，似儒也，似幽人也，似骚人也。种种色色，千变万态。如水中之月，不可把焉；如空中之花，不可摘焉。欲读其诗而知其人，何由得乎？呜呼，老人其诗家犹龙耶？余与老人赠答之篇多，老人取焉授剞劂氏，题曰《元元唱和尘外塤篪集》。余怪之，谓物之相契也，以其类也，如所谓'元白''刘白'，则唱和亦可也；惟老人，中华鸿儒，地异人异，而才高调高，年又最高，省吾何以契之乎？然盐梅虽殊，有所以和焉；竹肉不齐，有所以合焉。吾之与老人所契，盖亦如是而已矣，又奚怪耶？客曰：缁素唱和，古亦有诸？余曰：灵一律师于刘长卿，契嵩禅师于杨公济是也。嵩特有《山游唱和集》，老人此举不为无据矣。

文中"人焉廋哉"，用《论语·为政》语。"犹龙"，为《史记》记孔子称老子之语。"元白"指元稹与白居易，"刘白"则是刘禹锡与白居易。亦可见元政于中华文化修养之深。序中对元赟诗评价甚高，元政并有句曰："人无世事交常淡，客惯方言谭每谐。"又曰："方言不须译，却有颖舌在。"可知元赟是懂一点日语的。这对他们的交流自然更有利了。但是，据中国研究者梁容若看，元赟虽然是元政的师长，《元元唱和集》却多由元政主唱，而且"和章亦或不能工力悉敌，使人有青出于蓝之感"（《陈元赟评传》）。

元政还有《草山集》，流行亦广。梁容若甚至认为集中"有些描写自然景物的诗，空灵有风趣，非元赟所能及"。今见元政致元赟信中，常有请教诗文之语，如："山野试笔，诗谒二篇，系之楮尾，冀者勿靳细评而为皮里阳秋。"又如："呈览病课一轴，辱蒙垂音，细赐批评，如弄死蛇作活龙，痛快痛快，于是顿觉宿疴如洗。"这些，作尺牍文学看，亦属上品，也已得明人小品精神。同时，正如梁容若指出的："可知元政著作，实多由元赟点定。把同时人石川丈山的《覆酱集》和元政的《草山集》比较，丈山虽然享大年负盛名，高自期许，而累句和习，涨望皆是，远不如草山诗的爽朗妥帖，可知元赟大有造于深草诗僧。"（《陈元赟评传》）其实，丈山亦与元赟相识，只不过交往没有元政那样深。二元之间有首尾十年的密切往来。

元政的汉文，这里再引录一篇《放鳖叙》：

> 城池之浒，有鳖之负一矢盘跚而上者，意似待人而乞怜也。吾法喜友佐氏之仆，得之而归，即欲烹而啖焉。佐氏闻之，艴然而怒，蹙尔而恻，乃为拔其箭，而塞其疮以神膏。犹恐有染指者欺之，而使老奴之信乎事者，放之池。予见之，叹息之久矣，自语曰：乌虖鳖也，汝不见夫神龙邪？九渊之底，灭而自守也，弋者不慕焉，渔者不得窥焉；一奋身而飞腾，则雷逐电随，云行雨施，人无知其所以然也。汝得其曳尾乎涂中，而未知其泅渊潜，曝日游水，流连而忘反，纵虽其藏六于壳里，免野干之害则有之矣，脱少年之弹则未也。而今而后，见时而出，见机而入，毋妄曝，毋妄游。泥涂之中，是汝之宫也；深渊之底，是汝之室也。自得其所，莫复外游也。若夫至于负山吞舟，则吾不知。

这是很生动的寓言，文笔流畅，置于明人小品中亦不逊色。文中"曳尾""负山"诸语，用庄列典故；"泅渊潜"则出自扬雄《反离骚》；"藏六""野干"诸语则见诸《杂阿含经》。元政应用自如，可窥其功力。

元政的诗，俞樾《东瀛诗选》指出其"极富，然多彼教语"。但俞樾在卷三十六中选了他四十八首诗后，又在卷三十九中选了他三首诗。可见对其诗十分喜欢。今在此引见数首。

宽文二年(1662)，京都大地震，二元均有诗纪之。元政诗写得惊心动魄：

> 震眩欲拔磬，大地似奔湍。
> 屋簸楼船动，墙扇帷幕寒。
> 经函飞霹雳，砚水起波澜。
> 西没与东涌，少人知所安。

元政的闲适诗写得也不错，如《草山晚眺》：

> 爱山频出门，投杖坐松根。
> 秋水界平野，暮烟分远村。
> 露升林表白，星见树梢昏。
> 自觉坐来久，苍苔已有痕。

《草山偶兴》颈联甚佳，具见性情：

> 晦迹烟霞避世尘，云松为屋竹为邻。
>
> 闲中日月不知岁，定里乾坤别有春。
>
> 会面何嫌青眼友，慈颜每爱白头亲。
>
> 门前流水净如练，好是无人来问津。

元政又有《省亲》一诗，更令人感到亲切：

> 一钵随缘却有方，双亲在处是家乡。
>
> 归来自作婴儿态，喜色温如笑满堂。

《草山集》中见其小诗《栗》一首，生动可喜，历来诗人描写不多：

> 叶间累累猬毛青，陵轹西风未肯零。
>
> 霜后嫣然开口笑，便看猿子满山庭。

江村北海《日本诗史》云："或曰元政得《袁中郎集》，悦之以为帐秘。"而袁中郎祖述白香山，欲矫七子套熟，去其陈腐，而其弊失诸率易浅俗。江村认为"或说恐然"。而实际元政学中郎还是很成功的，中国学者梁容若对其的评价，就较江村为高。如元政有一首叠字诗《春夜不寝，戏和袁中郎渐渐诗》，就是一则好例：

> 春水渐渐深，高岩渐渐卑，
>
> 百花渐渐满，圆月渐渐亏。
>
> 学者渐渐繁，道人渐渐稀，
>
> 文章渐渐盛，真气渐渐衰。
>
> 佛儒博稽古，禅诵巫失时。
>
> 舍己欲随物，相反与己离。
>
> 太末不泊焰，雅俗自参差。
>
> 请息诸缘务，长随天人师。

袁中郎的《渐渐诗》原文是："明月渐渐高，青山渐渐卑。花枝渐渐红，春色渐渐亏。禄食渐渐多，牙齿渐渐稀。姬妾渐渐广，颜色渐渐衰。贱当壮盛日，欢非少年时。功德黑暗女，一步不相离。天地犹缺陷，人世总参差。何方寻至乐，稽首问仙师。"中郎和元政的诗，都带有游戏性质。但中郎主要写的是个人生活，表达的是及时行乐的思想；而元政则涉及批判世道文风,表达的是佛门的参透。元政的诗形式上模仿中郎,精神上则新辟天地,尤其"学者""文章"两联,今日诵之,如写时况。元政还有步唐代诗僧拾得诗,同为和尚,更是得心应手,几可乱真。

袁中郎也写过一些仿照僧偈的诗和寒山、拾得之调。他与好友陶石篑相别,曾写了十首短诗组成《别石篑》,非常特别。诗句短则三字,长到九字;各诗八句为多,也有十句、十二句、十四句的,甚至只有三句的也有。不古不今,亦因亦创,不用典,近口语,自成一种风格。元政注意到中郎《别石篑》诗的特殊风格。在宽文二年(1662)一次与元赟分别之日,便完全步韵袁诗,也写了这样十首诗,并自比于袁陶间的深挚友情。元赟接诗后,亦勉力次韵奉和。梁容若认为,元赟的水平似不及元政。这里引录元政的《送元赟老人十首并引》,以为欣赏:

> 余尝暇日与元赟老人共阅近代文士雷何思、钟伯敬、徐文长等集,特爱袁中郎之灵心巧发,不借古人,自为诗为文焉。今岁九月初,既夜正长,而风遽冷,寂寂不寝,灯下拥被,独阅石公之集,读至《别石篑诗》,忽感老人将有尾阳(按,即名古屋)之行矣,因效石公韵,缀狂斐十首,以拟阳关曲,但不知所以裁之。录呈藻鉴,伏希慈斤,幸幸!
>
> 一、别赟老,别而遇又别,此别意难言,谁假苏张舌?昔不曾知君,今何思君切! 吾无文雅交,无文道将灭!
>
> 二、君视吾何如? 君吾文章友。世上名利客,总是非吾偶。与君倾心肠,为君岂喋口。斥鷃相顾突,大鹏遇希有。
>
> 三、邂逅遇尾城(按,即名古屋),至今已四载。今年会洛阳(按,即京都),来往劳孤拐。清谈无点俗,相忘如痴呆。君能言和语,乡音舌尚在。久狎十知九,傍人犹未解。
>
> 四、禄薄身自安,免狼狈其尾;薄禄犹为祸,劳君逾远水。远水君莫辞,不劳耐稚子。胜彼奔走士,终岁履无底。
>
> 五、学佛不学禅,解经不解义。读书不读文,作诗不作字。久忘人间世,何物更为祟。这般孟浪子,亦有同臭味。遂莫逆于心,相视共如醉。唱和何所似,童子竹马戏。
>
> 六、水有沧溟,栖万里鲸鲵;竹有嘉实,止千仞凤凰。鲵得其处,不

美人世界；凤得其实，不愿人膏粱。天地之间，物各有主，奈何曲己随人
而翕张！

七、西天圣，东土圣，一知妙，一知命。天下人，听两令。吾谁属？
释为姓。公孰依？孔为证。孔若衰，释若盛。公强立，文昌祠，虽老矣，
幸未病。

八、公本大唐宾，七十六老人。吾少公卅六，才调况非伦。不知何凤世，
合如车双轮。不忍暂时别，作诗泪沾巾。

九、重重关山，远远洛水，子忆老亲，亲忆幼子。别日猿鸣，归时雀跃。
以别之哀，为归之荣。欲升天者，必先沈渊；欲沈渊者，必先冲天。要脱八苦，
勿乐三禅。

十、能早归来否？绾之祝早归，第三桥边柳。

五、堀川派诗人等

比木下顺庵年龄略小，因在京都堀川创办私塾而名闻学界的诗人伊
藤仁斋，是古学派（古义学）的鼻祖。其子伊藤东涯继之，成为日本当时汉
学界对抗朱子学派的一大势力。伊藤父子同时在汉文学创作方面也有引
人注目的成绩，被人称为堀川派，而与顺庵的木门派、徂徕的蘐园派同时。
当然，后来的实际影响是不及木门、蘐园两派的。

伊藤仁斋（1627—1705），名维桢，字源佐，号仁斋，又号古义堂。因所
居堂前有海棠一株，故又号棠隐。斋名诚修。门人私谥为古学先生。因
生于京都堀川，后又在堀川办私塾，因此伊藤父子又被称为堀川派。仁斋
十一岁时始读《大学》。家长要他学医，不从，决心以儒学立身。至中年，
开始对宋儒之学产生怀疑，认为朱子学有乖孔孟本义，又认为《大学》非
孔子遗书。于是遂著《论语古义》《孟子古义》《大学发挥》诸书，自立一
家之说。

仁斋生为长子，侍亲至孝。延宝时（1673—1681）肥后藩主以俸禄千
石为聘，但他以老母需侍奉为由谢绝，因此更为人敬重。江村北海《日本
诗史》说："（伊藤）东涯《盍簪录》曰：'先人教授生徒，四十余年，诸州之人，

无国不至。唯飞骅、佐渡、壹岐三州人不及门。执谒之士以千数.'要之亦豪杰之士也。"仁斋虽以古学派之祖而闻名，但他年轻时却是一个沉醉于诗赋创作的才子。十九岁时，他随父游琵琶湖，登园城寺，即赋诗《湖水》：

> 古来云此水，一夜作平湖。
>
> 俗说尤难信，世传诓亦迂。
>
> 百川流不已，万谷满相扶。
>
> 天下滔滔者，应怜异教趋。

又赋诗《园城寺绝顶》：

> 山行六七里，往到杳冥中。
>
> 船远闲闲去，天长漠漠空。
>
> 岭环村落北，湖际寺门东。
>
> 男子莫徒死，请看神禹功。

两诗的艺术性平平，但情景略备，兼有抒怀，在江户初期的青年诗人中亦属可读之作。随着他学问功力的加深，其诗文也更加思致确实、辞理平稳。在有关仁斋的行状中称他为文专宗唐宋八大家，而对所谓《文选》浮靡之习、明代钩棘之辞皆不取。明代文章只取唐荆川(顺之)、归震川(有光)、王遵岩(慎中)三家。另外，他在《童子问》等文中认为："《三百篇》之后，唯汉魏之际，遗响尚在。厥后唯杜少陵氏之作，为庶几矣。""唯杜甫平生忧国爱民，忠愤感激，一皆寓之于诗。"江村北海《日本诗史》称："概其为人，宜不屑声律也。而诗间有有旨趣者，殊可嘉称。"而中国学者俞樾在《东瀛诗选》中也认为："东国人之治汉学，仁斋始之，而物茂卿(按，即获生徂徕)成之也……其著《论孟古义》等书，在宽文之初(按，即1661年顷)，在我朝则康熙初也，顾亭林、毛西河诸先生之书未出矣……然则仁斋一生以宋学始，诗亦多康节《击壤》之遗音……盖其人原不必以诗传也。"所谓"不屑声律""不必以诗传"，实际也可视作对其诗艺术水平总体不算高的另一种讲法。这里我们挑选若干较胜之作作一评述。

《与诸友游贺茂得薰字》一诗，我国当代学者孙望认为作者"以其余力为文学。若此寻常分韵应酬之作，亦自闲雅清润，朗朗可讽"：

> 游历丛祠下，长吟日未曛。

> 酒携新酿至，题取古诗分。
>
> 细雨林偏净，斜风草自薰。
>
> 更添庙前水，应是北山云。

程千帆认为《嵯峨途中》"清微淡远，颇近中唐"。诗中所谓"阿宣与通子"，是陶渊明孩子的名字。该诗写出了《归去来兮辞》中"稚子候门"的温馨境界：

> 十里嵯峨路，往还天欲昏。
>
> 钟声云外寺，树色雨余村。
>
> 相伴只筇竹，所携唯酒樽。
>
> 阿宣与通子，双立候柴门。

仁斋自甘寂寞，其攻读中国典籍的情景，在《即兴》一诗中有生动的描写：

> 疏松翠竹冷秋堂，汤沸火炉茶气香。
>
> 门径萧条少人到，时看《大学》两三章。

他的《咏菊花》，也表明对中国文化精神的赞美：

> 和靖梅花茂叔莲，从来左袒是陶渊。
>
> 清芬自溢三三径，幽赏先期九九天。
>
> 唯有鸡冠堪侍伴，更无桃李竞婵娟。
>
> 仙葩那借文人笔，遗世高情口口传。

他的《渔父图》实际是其晚年的一幅自画像。在安心隐居孜孜研究学问的同时，也颇有自负：

> 两鬓皤皤霜雪垂，芦州水浅吐花时。
>
> 好将整顿乾坤手，独向江湖理钓丝。

仁斋有子五人：东涯、梅宇、介亭、竹里、兰嵎，都有俊才之名，而尤以长子东涯(字源藏)和末子兰嵎(字才藏)为胜，人称仁斋的"首尾藏"。

伊藤东涯(1670—1736)，名长胤，字源藏，号东涯，别号恺恺斋。谥号绍述先生。幼受家学，博览强记，二十一岁时著《刊谬正误》。通经史，善诗文。纪州藩主以五百石招聘之而不应，甘以处士而终。文章学唐宋八大家，诗宗杜甫。东涯著述极多，但在学术上主要承继和阐述其父仁斋的思想和观点，没有表达什么自己独到的见解；然而，人们认为他的学力及汉文学水平后来实际超过乃父。甚至连一向自视甚高且不赞同古义派的荻生徂徕也说："脱侏儒鴃舌之习，仿佛于华人之言者，海内唯伊源藏二三辈。"江村北海《日本诗史》则指出其诗："亦一时钜匠。近人动辄曰：东涯诗冗而无法，率而无格。噫，谈何容易！东涯篇章最饶。余阅其集，有润丽者，有素朴者，有精严工整者，有平易浅近者，体段难齐。余虽生后时，犹及识东涯。其人温厚谦抑，口讷讷似于不能言者，与今时学者自托龙门，倨傲养名，懒惰失礼者不同也。人有乞诗，则无论贵贱长少，黾勉应之。大名之下，乞者日众，所谓卷轴之积，如束笋者。是以其所作，有历锻炼，有出率意，毕竟无害为大家。"可知东涯汉文学创作数量巨大，其中颇有优秀之作。西岛兰溪《敝帚诗话》则曰："东涯平淡率易，如昭烈皇帝遇诸葛丞相。余一日在友人斋头阅《绍述集》，不觉日暮移，戏谓其人云：'余坐了春风半日。'"可见其诗平易耐读。

《夏夜绪方老人宅小集次韵》虽为应酬之作，但生动地写出了他的书生本色：

> 尝把诗书代钓耕，岂将奔走买名声。
> 飞轩风入自三面，高树月升初二更。
> 在翰墨中长是乐，栽花木外百无营。
> 相逢之处非生客，一夜灯前俱眼明。

他的《早春漫书》，也表达了他这种可贵的情操：

> 岁晚吾非奔走人，春回不是拜趋身。
> 图书三百六十日，唤作清时一逸民。

《自嘲》一诗，反思了读书人对社会的意义所在：

> 日出而兴日入眠，眼惊岁月暂时迁。
> 坐糜谷帛更无用，浪说读书学圣贤。

他的《放言》，也是带有这种自嘲和反思的：

> 字因漫笔人呼古，诗不成章却类真。
> 食粟而今无一事，放言阅尽几春秋。

东涯安贫东道之佳诗，又可举《春日雨中》：

> 家无厅事堪旋马，门有清泉可濯缨。
>
> 好树当窗常输绿，异禽驯砌不知名。
>
> 一场春梦涵花影，六尺藤床湿雨声。
>
> 不信长安城里住，过墙蜂蝶自柴荆。

首句反用《宋史·李沆传》："厅事前仅容旋马"，可见比李沆更属廉介。"濯缨"一词当然出自《沧浪歌》，亦见东涯对中国诗文之熟稔。"一场春梦涵花影"，程千帆认为"尤胜陆鲁望之'满身花影倩人扶'也"。末句则巧妙反用唐代王驾《雨晴》之妙句："蛱蝶飞来过墙去，却疑春色在邻家。"盖过墙蜂蝶，固无嫌于穷富也。

东涯的一些乡村田园诗，亦清新可爱。如《山村冬暮》：

> 千树叶皆脱，一村灯始明。
>
> 山前收小市，渐听夜舂声。

又如《田园四时杂兴》之"夏"：

> 东菑遗饷倚桑阴，梅子如弹秧似针。
>
> 双鹭联拳窥水浅，归牛浮鼻怯溪深。

东涯推崇杜甫，有《读杜工部诗》：

> 一篇诗史笔，今古浣花翁。
>
> 剩馥沾来者，妙词夺化工。
>
> 慷慨忧国泪，烂醉古狂风。
>
> 千古草堂在，蜀山万点中。

东涯最值得一读的诗，当推《观里村昌亿法眼所藏东坡先生真笔》，记述了中国珍贵墨宝流至东瀛，极有史料价值。其诗序曰："苏长公《题陈迁叟园竹》五言十韵，并豫章黄太史跋语四十字，皆手笔也。癸未(按，1703年)之夏，予得观之于里村丈之室，盖大阁丰臣所赐其先世者。联璧双凤，相映一纸，可谓希世之珍也。"据考查，《题陈迁叟园竹》一诗，未见于苏轼诗集，亦未见于今编《全宋诗》。黄庭坚之诗跋今亦未见《全宋文》。不知该件文物今尚保藏于扶桑否？东涯此诗，程千帆点评为："诗笔挥洒自如，亦似坡老。"引录如下：

坡老胸中墨，吐出满园竹。

淋漓数行字，逸响润枵腹。

果然饫真味，不须顾粱肉。

压倒无前人，元轻白又俗。

当时奸谀辈，贬斥尽耆宿。

流祸及遗文，污蔑不一足。

毁折与焚燎，徒掩天下目。

风涛万里外，阳侯相约束。

词翰千岁新，岂唯万镒玉？

高堂张素壁，纵观徒踯躅。

　　诗序中提及"大阁丰臣"即丰臣秀吉，曾侵占朝鲜。此件墨宝乃掠自朝鲜，见东涯所著《盍簪录》。此处诗中写到的"阳侯"，为一僻典，《淮南子·览冥训》："武王伐纣，渡于孟津，阳侯之波逆流而击。"高诱注："阳侯，陵阳国侯也。其国近水，溺水而死。其神能为大波，有所伤害，因谓之阳侯之波。"诗句意为：苏黄的墨迹运至日本时，连海波之神也相互约束，不使风涛损坏此一珍宝。用典及诗意均极为精彩，难得！

　　伊藤兰嵎（1694—1778）为仁斋第五子，名长坚，字才藏，别号启斋、应蘧、六有轩、柏亭、抱膝斋等。私谥绍明先生。享保中（1716—1736）曾任纪州德川家儒官。在其逝世一百五十年纪念时曾印有他的遗著《绍衣稿》。今引其《偶作》一首：

天南天北相思情，岁岁年年违玉京。

海内文章今堕地，有谁更作凤凰鸣？

　　堀川派诗人，除了伊藤仁斋父子外，还有仁斋的学生中江岷山、并河天民、小河立所、荒川天散、笠原云溪等，以及东涯的学生奥田三角、山田麟屿、原双桂、青木昆阳等。不过，无论是创作成就，还是艺术名声，这些弟子大多似乎远不及"木门派"（木下顺庵的学生），连他们的作品也不易寻找。以下略举数人。

　　北村笃所（1647—1718），名可昌，字伊平，通称伊兵卫，号笃所。京都人。伊藤仁斋的学生。据伊藤东涯《盍簪录》，在仁斋的门生中，笃所与小河立所相从最久，众推为上足。笃所曾在京都教授生徒，负笈者四方云集，朝绅为之弟子者亦众。元禄九年（1696）为大和（今奈良县）芝村藩儒，

任藩主侍讲,兼教诸生。江村《日本诗史》引其《和州道中作》一首:

> 飞雪寒风天漠漠,长途短晷意匆匆。
>
> 闲云本是无情物,底事营营西复东?

笠原云溪,生卒年不详,享保中(1716—1736)逝世,享年六十余。山城(今京都府)西冈人。本姓小笠原,名龙麟,字子鲁,通称玄蕃,号云溪。据稍晚江村北海《日本诗史》云,云溪"诗名显著一时,到今遐陬僻境之士,尚啧啧称焉。盖自惺窝先生讲学于京师,百有余年于兹,其间虽有以诗赋文章称者,风俗未漓,学必本经史,以翰墨为绪余,而云溪独以诗行"。江村还说:"是时仁斋门人中岛正佐者,专业讲说,而所讲不出《四书》,终始循环,一日数席,诸州生徒,辐凑其门。云溪居止,接近正佐,乃以诗授人,生徒以为便。于是,云溪诗名传播四方,亦京师学风一变之机会也。"这是一段有趣的史料,说明当时日本汉学十分兴旺,有"一日数席"的讲课,并且出现了专门"以诗授人"的讲习班,还很受欢迎。江村又说:"云溪没,门人竹溪者钞其遗稿,梓而行之,名《桐叶编》。其诗妩媚足自喜,而气骨纤弱。如律诗全篇佳者几无,绝句则间有堪录者。"《日本诗史》录五绝一首:

> 雷驱残云去,雨随返照收。
>
> 逐凉多少客,立尽柳塘头。

又录七绝一首:

> 白屋寒深古毳裘,朔风彻晓未全收。
>
> 家童预识雪将至,行汲前溪一曲流。

俞樾《东瀛诗选》录其七绝二首,其《春望》云:

> 花柳重重轻霭浮,东风春满帝王州。
>
> 朱帘翠幙笙歌起,人在夕阳树外楼。

荒川天散(1654—1735),名秀,字敬元、景元,号兰室、天散,通称善吾。《东瀛诗选》录其诗三首。其《寂寂》一诗甚佳:

> 寂寂幽人宅,寥寥秋暮天。
>
> 风檐翻树叶,雨径湿茶烟。
>
> 慵卧元非病,独居却似禅。

> 睡余无一事，目送雁行连。

杉信生(1699—1768)，字子适，但马(今兵库县)出石人。医生。伊藤东涯门人。余不详。江村北海《日本诗选》选其《九日》一首，颇可读：

> 书剑飘零叹远游，登高此日倍离忧。
> 几家绿酒龙山饮，何处黄花栗里秋。
> 江上形容空老病，城中风雨自乡愁。
> 谁知异客思亲切，起向天涯回白头。

龙山为晋人孟嘉九月九日登高落帽处，栗里为晋大诗人陶渊明居地。此诗用典、对仗具见功力。

谷麋山(1701—1773)，阿波(今德岛县)人，名鸾，字子祥，通称左仲，号麋山。儒医。师事伊藤东涯，著有《谷氏助字解》等专著，所作汉诗编有《芙蓉诗集》。今录数首，如《山窗夜雨》：

> 松风吹雨入孤亭，灯火灭明夜色青。
> 旅思天涯深若海，萤照寂寥度疏棂。

《僧院》：

> 一径遥通山水涯，藤萝绵绵挂松枝。
> 老僧礼佛烧香处，岭上白云无尽时。

奥田三角(1703—1783)，名士亨，字嘉甫，号三角，又号兰灯、南山，通称宗四郎、清十郎。伊势(今三重县)人。师从伊藤东涯。仕津藩。有《三角亭集》《枕山楼诗集》等。读其《九月望》一律，似乎为官清廉：

> 摇落西风木叶鸣，萧条四壁老虫声。
> 天街扫却纤云影，秋月独余千里明。
> 褐短常忧霜露冷，官闲幸守箪瓢清。
> 方闻砧杵夜深捣，双泪谁堪桑梓情。

又有《秋景》一诗，颇新丽：

> 风寒素女绣机边，染出山山红楼鲜。
> 独有飞流千尺许，长留清白挂青天。

原双桂(1718—1767)，名瑜，字公瑶，通称三右卫门，号双桂、尚庵。

京都人。十岁起师事伊藤东涯。又曾学医。后在京都开塾。又仕肥前唐津藩主,被移封于下总古河。其学后来出离东涯,自成一说,对朱子学派、徂徕学派、仁斋学派均有所批评。著有《双桂集》等。其诗如《寒夜听霜钟》,有晚唐风韵:

> 残灯影暗草堂幽,梦觉西窗寒月流。
>
> 天外霜钟何处落,风吹半夜入乡愁。

《江边春望》也属可读,其景如在目前:

> 落日西江上,春光雨后天。
>
> 行帆孤岛外,归雁一峰前。
>
> 风处浮云断,涛间初月悬。
>
> 渺茫千里色,客思转悠然。

还有泽村琴所(1686—1739),名维显,字伯阳,号琴所、松雨亭,通称宫内。先入东涯之门,后改学徂徕学。江村北海《日本诗史》评曰:"其诗虽乏藻绘之美、铿锵之音,而清澹雅整,足称作家。五言律最当行矣。《早行》中联云:'林瞑栖禽散,江平宿雾流。钟残黄叶寺,露满白芦州。'"他的七绝《冬夜感怀》,为怀念亡兄而作,颇为感人:

> 梦断山房夜更长,曾游回首感沧桑。
>
> 连床相对人何在?月照鹡鸰原上霜。

略与伊藤父子同时而又活跃在京都一带的鸟山芝轩(1655—1714),在此附带一叙。他名辅宽,字硕夫,通称左太夫、五郎太夫,号芝轩、入斋、鸣春、逃禅居士等。京都人。终身未仕,以教授唐诗为乐,并自称为诗人。徂徕称其诗为"晚唐宗匠"。有《芝轩吟稿》《芝轩略稿》等。俞樾《东瀛诗选》选其诗,称"时有新意",并举《秦始皇》一诗后两句为例,认为"亦未经人道也"。诗曰:

> 弃掷皇坟与圣经,漫求仙药究蓬溟。
>
> 盛称水德真堪笑,不救咸阳火一星。

《岁暮戏占》是他的自绘像:

> 寒裘暑葛裁何窄,薄饭粗茶饱不多。
>
> 三百余旬如此度,飘萧有鬓一头陀。

《岁朝口占》不仅也写安于清贫，尾联更语重心长：

> 胆气壮时堪自夸，今朝忆旧谩咨嗟。
>
> 老怀于世浑无味，衰眼逢春别有花。
>
> 渔艇钓蓑从鄙事，方书药物作生涯。
>
> 寄言吾党诸英俊：莫乐荒游掷岁华！

芝轩的五言也有佳作，如《题某禅师庵壁》，末句用东汉逸民庞公采药鹿门山的典故：

> 林树梅过半，庵居窄近江。
>
> 人敲花里户，僧坐雨中窗。
>
> 口自忘言默，身惟与影双。
>
> 参禅如可得，我效鹿门庞。

江村北海《日本诗史》云："余少年时，已闻江若水诗名，以为摄（按，摄津，今大阪府）之巨擘，未知有硕夫也。"其实，入江若水比芝轩（硕夫）小十六岁，还是芝轩的学生呢。江村又说："迄为邸职，以吏事数往来浪华（按，今大阪府），一日访葛子琴，见架上有《芝轩吟稿》，乃知硕夫之遗稿。携归逆旅，读之一宵，始叹其作家。其才大率与若水颉颃，细论之，步骤不及若水，而韵度胜之，咀嚼觉有余味。"这是颇高的评价。江村引其二诗。一为七绝《上巳》：

> 不向江边泛羽觞，雨中闭户兴偏长。
>
> 松梅细研桃花露，临得兰亭字几行。

又一首七绝《归田》：

> 谙得农耕羹著华，桑田数亩即生涯。
>
> 荷锄未减初年力，拟向东菑更艺麻。

江村还写到芝轩的儿子鸟山香轩（1687—1729）。他名辅门，字通德，通称孙平次、冈之助，号香轩、细香轩。江村引录其少作《淀河舟中》一诗：

> 舟行三五里，帆影受风斜。
>
> 绿涨鸭头浪，白分燕尾沙。
>
> 山光笼野色，蓼叶杂芦花。
>
> 落日孤城外，炊烟和暮霞。

江村评云："体裁明媚，可称合作。如论其才局，似胜乃翁。特怪尔后寥乎无闻。苗而不秀欤？稆稄而不出欤？"今我们则更不得而知了。

最后还有濑尾拙斋(1691—1728)，名维贤，字俊夫，通称源兵卫，号用拙斋、拙斋。京都人。他曾师从伊藤仁斋及荻生徂徕。在京都开书铺奎文馆。与入江若水交游。江村北海《日本诗史》谓："其诗追步若水，而更浅率矣。"如《访江山人》一诗，就是写给若水的：

> 一路断桥外，孤村杳霭中。
>
> 柳垂前夜雨，花落暮春风。
>
> 白屋经年漏，青山与昔同。
>
> 浮生须痛饮，浅水月朦胧。

六、德川光圀与水户学者

日本用汉文修史的事业，历来与汉文学的发展有着密切的关系。可是，整个五山时代社会动荡，基本没有大规模撰史的活动。进入江户时代后，停滞已久的修史事业再次受到重视。一开始，是以林家为中心进行的。正保元年(1644)，林罗山奉幕府之命，开始修撰《本朝编年录》。但只进行到半途便中辍了。其子林鹅峰继之，到宽文中(1661—1673)，林鹅峰在忍冈的别墅内设立国史馆，率领其子林春信、林信笃，以及人见宣卿、坂井政朝等分别执笔，而自任总裁。宽文十年(1670)，书成，呈览将军。这就是一百三十卷的《本朝通鉴》，记事从所谓神武天皇始，到后阳成天皇止，为编年体。书中将神武天皇说成是中国春秋时代吴泰伯之后，德川光圀看了不高兴，便停止刊印，并产生了自己另行主持撰写一部《大日本史》的想法。其实，五山时代禅僧中岩圆月就曾因为相信倭人为吴泰伯后裔，而遭到幕府的迫害。林氏父子不过是相信和继承了中岩的看法而已，他们未曾遭到迫害，已属侥幸。德川光圀在水户召集了一批学者从事修史活动，很自然地形成了一个水户学派，也很自然地成为江户前期汉文学创作的一个小中心。

适逢其时，中国明朝灭亡，中国大学者、明遗民朱舜水(1600—1682)亡命日本，1665年应德川光圀的邀请到水户留居讲学。光圀对朱舜水极为尊敬,以宾师事之。朱舜水在日本从事教学二十多年,培养了一批日本学者(不局限于水户学派)。他对日本的文化建设,当然包括汉文学的发展,作出了极重大的贡献。

德川光圀(1628—1700)为将军德川家康之孙,水户城主德川赖房的第三子。字子龙,号梅里。私谥义公。他不仅是水户藩第二代的藩主、江户前期的政治家,同时也是一位汉学家和汉诗词作者。他十八岁时读司马迁《史记》,立有学史修史之志。明历三年(1657),着手组织编纂《大日本史》,采用纪传体。他个人著作有《常山集》《西山随笔》等。他的诗颇有可诵之作,今略引几首。如《立秋雨》:

> 大火已西流,郊墟凉气浮。
>
> 暑残梧叶雨,洗出一天秋。

又如《对雪忆七妹》:

> 稔中徐起倚窗看,白雪地天同一般。
>
> 腐冽冬风度庭树,一枝已折一枝寒。

《初冬听夜雨述怀》:

> 傍径细流寒水清,东篱秋暮布金英。
>
> 四山叶落风萧索,雨滴灯前无限情。

《写字双》一首则巧用叠字:

> 重重累累岑复岑,绿绕西山深复深。
>
> 时时举白斟复斟,陶陶击节吟复吟。

《旅馆闻雁得洲字》写旅愁亦生动:

> 云飞水宿友相求,尔亦来宾添我悠。
>
> 寒外影横千里月,他乡断肠一天秋。
>
> 悲风传恨子卿信,暇日销忧王粲楼。
>
> 声荡旅情闻不耐,哀鸣啄下稻粱洲。

尤其值得一提的是,在《常山文集》中我们看到有他创作填写的三十首词。正如著名学者神田喜一郎说的,作为日本人,写了这么多词,实在可说是空前的。据有关史科,光圀填词是受明末赴日禅师东皋心越的直接指导的。因此,光圀的词作要比林罗山父子写得好得多,至少在平仄和押韵方面都有了很大的进步。但据神田喜一郎研究,光圀对汉词的兴趣,在当时似乎是一个孤立的存在,对他周围的人以及后辈没有什么影响。光圀去世后,日本的填词创作又中断了约五十年。

光圀的词中记述了他聘请心越禅师住持水户岱宗山天德寺,见《菩萨蛮·贺明心越禅师住常陆岱宗山》:

> 当时久泣荆人璞,如今喜遇成王琢。拯溺百川东,靡然草上风。
> 岱宗青未了,云破朦而暸。这个万年藤,永挑无尽灯。

光圀又有《菩萨蛮·送月坡师》:

> 西来洒法东渐水,一朝飞锡归乡里。别恨作么生,不堪无限情。
> 匆匆何处去,莫奈辞之遽。分袂涕沾胸,相期摩顶松。

《鹊桥仙·七夕》一词也尚可一读:

> 累累瓜果,芬芬香粉,乞巧棚明星酒。年年更不负佳期,也永矢天长地久。　　隔河牛女,填桥乌鹊,何比人间合偶。只忧耕织失其时,天帝责惰农慵妇。

又有《一剪梅·者乐亭下即兴》亦一录之:

> 者乐亭边绋系舟,身在轻舟,心若虚舟。海云风静思悠悠,天亦悠悠,水亦悠悠。　　醉了眼醒醒却拭,恣放遥眸,近入诗眸。微吟缓步却登楼,月转南楼,日没西楼。

德川光圀有这样的汉文学水平,那么,在他招聘下集中于水户的一批文人形成了一个汉文学创作的群体,就毫不为奇了。

佐佐十竹(1634—1698)就是光圀为修史而招聘的一位学者。他本姓前野,名宗淳,字子朴,通称介三郎,号十竹斋。十五岁曾出家,在京都妙心寺落发,改名祖淳。随黄檗隐元禅师在多武峰持律苦修,遍访名僧,精修佛道。后因对佛教产生怀疑,还俗改修儒学。负笈江户,师事朱舜水,得德川光圀器重,成其近侍。元禄元年(1688),任彰考馆编修史总裁。他的诗文,编有《十竹斋文集》十卷、《十竹斋诗稿》二卷。

他的《出京诗》,表达了放弃佛道后努力学习儒学的决心:

> 误入空门二十秋,改衣此日赴东洲。

功名宝贵非吾愿，学业不成死不休！

《松遐年友》则颂扬高洁的节操：

一与青松结作邻，种亦久要老龙鳞。

为怜凛凛岁寒操，羞见世间轻薄人。

比佐佐十竹年龄小的有安积澹泊(1656—1737)，名觉，幼名彦六，字子先，号老圃，又号澹泊斋，通称觉兵卫。澹泊十岁师从朱舜水，朱氏对他要求很严，因而很早就学会汉语。朱氏对人说："吾东渡以来，授句读者多矣，皆不可，独彦六善诵。"天和三年(1683)入水户彰考馆，参与编纂《大日本史》。从此致力史学，以博洽称。元禄五年(1692)增加俸薪，任史馆总裁。享保八年(1723)，奉命编辑德川光圀遗著《常山文集》。澹泊为人谦虚，奖掖后进。虽然他精通汉语，为文少有和臭颠倒之弊，但并不自负傲慢，即使学生改动他的文章也毫不介意。常与室鸠巢、新井白石切磋，又与荻生徂徕、平野金华等交流。又因其家祖祖辈辈以武功显，他也能讲习武技的奥义。著有《澹泊斋文稿》八卷、《湖亭涉笔》四卷等。尤其是《湖亭涉笔》乃考史杂著，先于清代钱大昕《二十二史考异》约五十年。

澹泊有《书逐日功课自实簿后》一文，乃自题幼年读书作业本，文中极生动地记述了朱舜水(文恭)先生指导他学习的往事，很有感情。该文也是中日文化交流史上珍贵的史料：

陆放翁跋《渊明集》曰："吾年十三四时，侍先少傅，居城南小隐，偶见藤床上有渊明诗，因取读之，欣然会心。日且暮，家人呼食，读诗方乐，至夜卒不就食。今思之，如数日前事也。"觉事文恭先生，年亦十三四。以至十五，才三年间耳。所附之书，不过《孝经》《小学》《大学》《论语》此数卷，皆先生亲点句读所口授者也。觉甫十岁，先人疾即危笃，而先生适以是年来水城（按，即水户）。先人力疾跃然而喜曰："此千载一时也！"禀明政府，以备弟子之列，从至武江（按，指江户）。明年归省，而先人不起矣。间一岁，先生又来水城，以心许先人，遂有"吴季札挂剑"之喻。携还武江，晨夕课读。先生命觉作一簿，援笔而题，逐日书其功课，即此是也。当时并几横卷习句读者，今井弘济、五十川刚伯、服部其衷，与觉四人。而三子皆无簿领，不知何故，于觉一人有此举乎？盖以顽钝无知，不能成立，故督责如此其严也。然其时共肄业者，或死或老，皆无闻焉。

如觉者，不啻弗驰弗驱，真驽马之下材，不及数子远甚。而今兹蒙命，校雠先生文集，纫绎简点，沈潜反复，得与于斯文，岂非后死者之幸欤？虽轻尘不能增泰岳之高，抑亦足以酬先人之志之万一矣！今其朱点句读之书，宛然具在。其余先生自书缘由《小李将军画轴》，义公（按，即德川光圀）镌"朱舜水遗物也"六字，押印镌刻紫檀笔筒，并是先生殁后义公所赐觉者。片言只字，皆藏而宝护之。凡吾子孙，当敬之如神明！其有沦落丧失者，非吾子孙！昔李文饶作《平泉记》，亦云"坏平泉一草一木者，非吾子孙"！觉素敬文饶之文章事业，而至此语则不服。夫以堂堂李唐之大臣，出将入相，民所瞻依，而顾恋恋于一树一石，曾不能及庞德公之以安遗子孙，不几明暗之倒置者乎？觉之所以宝啬此物，寰异于此；而所以戒饬子孙，则一也。咫尺函丈，请肆简谅，距今四十余年，亦如数日前事。已知喜陶诗，殆至忘食，觉在当时，勉强佔毕，倦惟思睡，饥惟思食。人之贤不肖，相去如此辽远。亦因书之，以为子孙之戒！

澹泊之诗，亦引二首，其《渡久慈川》，状景生动。末联意境陡转，发人深省：

> 鹭夸矶石上，枯柳傍崖欹。
>
> 二水分流处，千峰欲暮时。
>
> 平原樵唱远，积雪与蹄迟。
>
> 渡口行舟急，偏惊岁月驰。

其《仙波舟中即景》亦极有韵味，可圈可点：

> 近时钟鸣报夕阳，柳边停棹惜春光。
>
> 白樱点破松林碧，晴雪飘香落野航。

栗山潜锋(1671—1706)亦水户史官，名愿，一名成信，字伯成，通称原助，潜锋为其号。潜锋为山崎闇斋的再传弟子，因鹈饲錬斋之荐，仕八条宫尚仁亲王。十八岁时，即撰保元至建久(1156—1198)之史为《保建大记》，闻名于时。元禄元年(1688)亲王逝世，他即去江户讲学，未久应德川光圀之聘去水户，累迁至史馆总裁。潜锋资性聪明，文笔畅利，不幸英年早逝。据说他的史识高过新井白石诸人。著作今存《弊帚文集》二卷，其中《读陈蕃传》《猫说》《陶渊明赞》等，均是短文，笔锋犀利，值得一读。如《陶渊明赞》，有讽世之意：

醉者反醒矣，醒者方醉矣。非醉之不醉也，而所醉者酒焉耳；非醒之不醒也，所醉者世情官况、尘埃泥土、态状千万也。醉于利，醉于法，醉于色，醉于肉，醉于佛法，醉于阴阳，终身不醒，岂徒千日之云乎！柴桑里陶潜渊明所醉者，醪而已。其志迥然，蝉蜕尘埃，而醺醺醉人之物，无所动其中也。使屈子议之，则为同醉者耶？将为独醒者耶？

又如《猫说》，是一篇精彩的寓言，有柳宗元小品风格：

西邻老爷家畜一猫，抚爱百端，膝之有年矣。窃盗尘污，一不以问。虽其家人，不得辄骂。以故饮食大率猫之馂也。吾家每食，遽焉必来，伺候案前。其头与睛，随箸上下。家人厌之，或投之骨，则走就之。嚼噆未尽，乃复如初。村有怯犬，街儿所鞭，猛狗见逐，往往在吾堂下，每为猫投骨，扬尾帖耳，欣欣然欲复就之，猫圆目不瞬，藏爪缩身，为向鼠状，犬巡逡而去。朝餐晡食，以之为常。犬既无食，日以怯懦。猫以为得其术，益以不畏。乍会逸犬过堂下，猫卒然直前，欲复胁之，逸犬乃衔之而去。今世之恃势恃外以侮其下者，未有不为逸犬之得也。

与潜锋同时有文名的，还有三宅观澜(1674—1718)，名缉明，字用晦，通称九十郎，号观澜、端山。初师浅见斋(1652—1711)，后入木下顺庵门。元禄十年(1697)赴水户，任水户藩儒员，在彰考馆参与修《大日本史》。宝永七年(1710)出任彰考馆总裁。正德中，赴江户，因新井白石之荐，任幕府儒官。年四十五即病逝。著有《观澜集》《萍水集》等，《大日本史》的正成、义贞、长年诸朝记事出于他之手。据说兼有史识与文才。

观澜的汉文水平颇高，今引其短文《题东坡骑驴图》，可见一斑：

吾邦之学，中坠于浮屠氏。其徒专以坡公诗话之旷达、胸襟之脱洒为尚。而世人往往为其所眩，遇公以衲子羽流、与世相遗之辈；至夫经济措置之才，与委身怀主之诚，则惘然无论而及之者矣。余故题此像曰："岂知戴笠骑驴客，即是匡时救世人？"观者察诸！

观澜的汉诗佳者不多，江村北海《日本诗史》中还举例批评他诗中"徒事对偶，粘景不切"等毛病。此处引两首可读者。《和碧于亭春兴》云：

炉底余香扑鼻微，远林花落雨将飞。

筑峰罩在烟波上，一点春愁雁北归。

《松宇小集》：

> 桃花无语倚篱笆，烟坞西头数暮鸦。
>
> 银烛不摇深院雨，胡琴一曲说平家。

"平家"即十一世纪日本武士集团的平氏，后为另一武士集团源氏所灭。诗的末联颇有唐诗"白头宫女在，闲坐说玄宗"的味道。

七、木门派诗人

前已述及木下顺庵对江户前期汉文学的贡献。而他更大的贡献，还在于他开门授徒几十年，培养了一批卓有成绩的汉文学家。如榊原篁洲、新井白石、室鸠巢、雨森芳洲、祇园南海等，人称"木门五先生"；此外还有其他不少木门诗人享誉于时，有人选过《木门十四家诗集》。

榊原篁洲(1656—1706)，名玄辅，字稀翊，通称小太郎、元辅，号篁洲。本姓下山，因外祖父榊原抚育成人，故改姓。篁洲少年时师事木下顺庵，在木下家住读三年。后潜心学问，别辟蹊径，为折衷学派(考证学派)的创始人物。贞享四年(1687)，听从木下之劝，赴纪州仕德川家为儒官。篁洲一生学术著述颇多，又有《篁洲诗集》《艺窗诗稿》等。他的诗似乎深受宋诗的影响。如《月下落叶》，颇有落暮之叹：

> 朔吹鸣枯木，寒蟾照屋东。
>
> 声干驰石径，影淡下霜空。
>
> 已透林间白，偏添砌际红。
>
> 明朝莫扫叶，唯惜岁华穷。

又如《初冬偶兴》，还写出了报国无门之情：

> 萧然茅屋晚，岁月促穷阴。
>
> 种种风吹鬓，凄凄日照襟。
>
> 霜花颓古径，冻叶下寒林。
>
> 素食谁无耻，空怀报国心。

篁洲也颇善状景，如《春光催柳》：

> 江城丽日渐迟迟，弱柳含黄欲作丝。
>
> 弄影东风如有意，殷勤摇曳不停吹。

《冬夜雨》，本是又冷又阴，但他却写得颇有生意：

> 阴云敝日暮天催，渐听风声送雨来。
>
> 一室题诗分烛影，千年论事画炉灰。
>
> 萧疏犹入后凋树，渐沥潜沾将发梅。
>
> 至后初知生意动，明朝欲向井泉回。

新井白石(1657—1727)的名气就更大了。他初名玙，后改名君美，字在中，一字济美，通称与五郎、与次右卫门、传藏、勘解由，号白石，别号勿斋、紫阳、天爵堂、锦屏山人等。白石自幼好学，有神童之称。贞享元年(1684)拜木下为师。元禄六年(1693)，经木下推荐，仕于甲府藩主松平纲丰。纲丰后成为德川幕府第六代将军(改名家宣)，白石遂获重用，为家宣将军及其子、第七代将军家继之辅助幕臣，左右朝政，革新政治，清除奸恶，改铸金银货币等。人称"正德之治"。白石通史学，又善训诂学，亦擅诗文，著有《白石诗草》等。又有《白石先生余稿》，他死后于1735年出版，清朝翰林院编修郑任钥作序，称其诗"雄思杰构，秀丽绝伦，盖彬彬有三百篇之遗风"。江户后期著名学者、诗人赖山阳则将他与祇园南海、梁田蜕岩、秋山玉山并称为"正德四家"。江村北海《日本诗史》不仅称他"才兼经济，数参大议，其著撰往往国家典刑"，而且盛赞他"天受敏妙，独步艺苑，所谓锦心绣肠，咳唾成珠，吃语谐韵者。索诸异邦古诗人中，未可多得者。"西岛兰溪《敝帚诗话》亦激扬曰："白石典雅富丽，刻琢精妙，亦人中之麟凤，艺园之正朔。如三神山在海水缥缈之中，丹楼参差交影，可见不可至也。"又据雨森芳洲所著《橘窗茶话》说，韩人索《白石诗草》者，陆续不已，可见异邦人犹且玉之。

《日本诗史》曾举一事："又冬日过某家，主人请诗。白石求题，主人书'容奇'二字示之。白石解其意，辄作七律一首。"所谓"容奇"，乃据日语"雪"的训读而杜撰之词。白石此诗"句句徵我邦(按，指日本)雪，一座服其敏警"云：

> 曾下琼锋初试雪，纷纷五节舞容闲。

> 一痕明月茅淳里，几片落花滋贺山。
>
> 提剑膳臣寻虎迹，卷帘清氏对龙颜。
>
> 盆梅剪尽能留客，济得隆冬无限艰。

正因为他用的是"日本典故"，所以在我们读来不解其意之处甚多，但能从形式上欣赏。如"卷帘"一句即典出《枕草子》，言一次大雪后，藤原氏问左右侍从："'香炉峰雪'如何？"清少纳言随即卷起帘子，请中宫凭栏远眺。左右都盛赞清少纳言博学敏睿，藤原氏也深为感动，因为白居易有诗句曰："遗爱寺钟欹枕听，香炉峰雪拨帘看。"

江村《日本诗史》又说："或问余曰：'子极称白石，诗至白石，蔑以加乎？'曰：非也。如天受，诚蔑以加矣；若夫揣摩锻炼，尚有可议者。要之，天受之富，吐言成章，往往不遑思绎，是以疵瑕亦复不鲜。"江村列举白石送人至长安一绝以说明：

> 红亭绿酒画桥西，柳色青青送马蹄。
>
> 君到长安花自老，春山一路杜鹃啼。

江村指出："四句中，二句全用唐诗。夫剽窃，诗律所戒，而炼丹成金犹可言也；以铅刀代镆铘，将谓之何？'草色青青送马蹄'，本临歧妙语。草色送马蹄，言春草承马蹄；以柳代草，蹄字无着落，殊为减价。"江村此论很有说服力，柳字之改，实为败笔。江村在该书另一处还指出："白石天授超凡，辞藻绝尘，诚不可及，若就其全集论之，清雅透婉，绚彩溢目；而悲壮沈郁、浑雄苍老者，集中几无。"

不过白石送人之诗中佳作也不少，今举《送复轩之南海》，程千帆认为"弥有古意。拟选体而不雕饰，佳作也"：

> 春风扬白花，吹江江水碧。
>
> 化作水中萍，忽如江上客。
>
> 浮云东北集，飘扬无定迹。
>
> 结欢犹未久，为此风波隔。
>
> 春色何时归，秋光亦可惜。
>
> 明月一千里，永怀伤今夕。

又有《己巳秋到信夫郡奉家兄》，写乡思宛转，兄弟情深。颈联一用谢灵运与谢惠连手足相应之典，灵运每见惠连，便有佳句，如"池塘生春草"；又用苏轼、苏辙兄弟唱和，常咏"对床夜雨"之句之典。结联自李白"浮云蔽白日""我寄愁心与明月"化出：

> 远送朱轮出武城，清秋孤剑赋东征。
>
> 故园丘墓松楸冷，长路关山鸿雁惊。
>
> 芳草池塘他日梦，夜床风雨此时情。
>
> 登楼相望浮云隔，空寄愁心对月明。

他的《读秦纪》，亦表明对中国史典的熟悉，同时透露出他对史事的洞达：

> 霜刃一销皆入秦，咸阳铜狄为传神。
>
> 莫言天下浑无事，犹有江东学剑人。

白石虽一度得幕府重用，但至第八代将军德川吉宗继任后，便失去信任，甚至宅邸也被"借用"入官。其时他有《卜居作》一诗，以记伤感：

> 满城花柳半凋残，叹息人间行路难。
>
> 乌鹊月中三匝急，鹡鸰林下一巢寒。
>
> 还问东海乘槎去，且对西山拄笏看。
>
> 楚客十居堪可赋，耻将愁思托幽兰。

他本来是相当自信的，有《自题肖像》云：

> 苍颜如铁鬓如银，紫石稜稜电射人。
>
> 五尺小身浑是胆，明时何用画麒麟？

后又有《偶作》，终归伤老叹衰：

> 绿骑之琴绿水歌，能听此曲几人多？
>
> 天风吹发如飞雪，白日西流奈老何。

总起来看，白石诗宗唐，尚杜诗，重视声律。据说他对中国的《诗人玉屑》等书下过功夫，所以在日本汉诗人中被称为名家亦非偶然。

西山西山(1658—1688)，名顺恭，字健甫，通称健助，号西山。本姓阿比留，对马人，原在本藩任书记，二十八岁时赴江户，入木下顺庵门。他与另一位木下的学生南部南山，因名号妙趣相对，人称"木门二妙"。江村北海《日本诗史》称他"勤苦读书，才思敏赡"。又记他"年二十九，病

将死,悉焚诗稿曰:'吾辈诗文,何用遗为?'"他有《五绝二首次白石韵》,显示了淡泊自甘的人生态度:

> 系马门前柳,惊飞枝上莺。
>
> 莫论盘味乏,茗碗话平生。
>
> 懒睡三竿日,梦中闻啭莺。
>
> 跫音报诗客,佳趣枕头生。

有《竹间纳凉》诗,亦描写闲淡生涯:

> 不堪三伏暑,相避绿筠丛。
>
> 密叶能遮日,繁枝自动风。
>
> 脱衣悬石上,散发卧林中。
>
> 闲入华胥国,觉来月在空。

西山还特别擅长吟诵野趣幽景,如《古寺》:

> 古刹半荒废,绿苔壁上交。
>
> 虚廊蛛结网,寒殿雀营巢。
>
> 碑字经年改,佛头饱雨坳。
>
> 僧愁宇间漏,欲葺日芟茅。

又如《郊行》,状景极有味。其颈联曾被江村北海《日本诗史》引录,赞为"殊佳":

> 春日迟迟鞋底闲,郊村佳趣隔人寰。
>
> 遥峰半出青云际,小渎斜分垅亩间。
>
> 竹外无家群鸟下,松阴有寺一僧还。
>
> 行吟忽觉渡头暮,短艇撑来傍柳湾。

南部南山(1658—1712),名景衡,字思聪,号南山、子聪,又号环翠园。长崎人。本姓小野,少孤,为南部草寿(?—1688)的弟子,后成其嗣子,遂改姓。草寿离开长崎去富山任藩儒,南山遂从肥后柳川藩儒安东省庵(1622—1701)学。又据江村北海《日本诗史》,南山"初在长崎,学诗于闽人黄公溥、杭人谢叔且。后从义父在越中,遂游学东都,受业木门。"据江村说,其同门新井白石编的"《停云集》曰:子聪为人,温恭笃谨,精通经史,文才富赡。"南山的史学著作有《环翠园史论》。又自己删定诗集,名《唤起漫草》。同门祇园南海编选过一本木门五诗人的集子《钟秀集》，将南山之作置于卷首，其次才是新井白石、冈岛石梁、雨森芳洲、松浦霞沼等。南海在序中说，所以将南山列于首位，是因为他认为"南山之诗，字熟意熟情又熟，风流温藉，浓态横生，正如谢安携妓游东山"。西岛兰溪《敝帚诗话》也认为"南山意思圆熟，如林处士泛舟西湖，优游自得，不知世间又有富贵"。

南山的很多比较优秀的诗，风格近似陶渊明，平淡通俗。而且他在一些诗中表示，他在精神追求上也是自觉地向陶渊明学习的。例如，他的《闲居口号》便说：

> 烟霞堪寄迹，麋鹿又随人。
>
> 富贵非吾愿，陶潜即是伦。

他还有《题渊明画》一诗：

> 晋代衣冠竞富荣，高风清节有先生。
>
> 衡门遗世园林里，黄菊犹含隐逸情。

他还特别擅长于写组诗，常常是一个题目就是十首。如《夏日闲适》就有十首，其中一首写道：

> 闲居无杂事，自足忘尘气。
>
> 架晒唐虞典，案舒《左》《国》文。
>
> 雨过苔径滑，风度药栏薰。
>
> 高隐非吾道，何同麋鹿群？

中间二联对仗颇佳，颈联显示他对中国典籍的热爱。但尾联则表明他不愿隐居遁世，与麋鹿为伍，这与前面所引他的《闲居口号》是矛盾的。这首诗可能作于年轻气盛时。后来，他在新井白石推荐下，曾仕于富山藩。致仕后，赋闲于江户，作有《除夜书怀》，作了反思：

> 我昔少年时，满怀客气充。
>
> 怀轻千里驹，志吞万丈虹。
>
> 染翰耽末技，操觚炫雕虫。
>
> 盘根与错节，欲并手国工。
>
> 志趣何碌碌，深惭度不洪。
>
> 嗟咤如有得，悔悟始冰融。

> 古道在经纶，何求文字中？
>
> 读破千卷书，把玩须渊冲。

可见此时他认为沉湎于诗文创作不过是雕虫末技，少年客气乃志趣不宏，而应该读破经典，把握哲理渊冲。他的这种思想转变大概形成于三十五六岁时。他有在江户怀念富山的旧居的《怀环翠园十首》，在序中便说自己"官况已索然"。据江村北海《日本诗史》引《橘窗茶话》曰："韩人吴南老，尝览子聪《怀环翠园诗》'雁归塞北长为客，梅发江南暗忆人'句，极口称赞。"江村认为该七律十首"其中佳句实多"，并引录数联："窗客西岭多看雪，圃学东陵半种瓜。""生前不负十千酒，死后何须八百桑？""细雨红桃应委径，轻烟绿竹定过墙。""唧花鸟近书窗语，煮茗泉环竹坞过。""欲见春山常洗竹，因怜夜雨亦栽蕉。"确实均是佳句！这里选录其中两首：

> 洞口渔郎我未知，年来宦迹久踌躇。
>
> 人生七十已过半，客路三千常有余。
>
> 中夜听鸡增感慨，一时画虎愧吹嘘。
>
> 文章于世成何补？休谓丹心不负初。
>
> 江上春来雁几群，归飞遥度万山云。
>
> 谁怜叔夜不堪俗，自美仲连能解纷。
>
> 徒有寸心怀暗恨，却无尺璧献明君。
>
> 多情试倚楼头望，花事阑珊落日曛。

上诗强烈表明深感宦途乏味，欲如雁归飞。昔魏晋时嵇康（叔夜）不愿为官，在《与山巨源绝交书》中痛言为官之"七不堪"，其中之一是"不喜俗人，而当与之共事，或宾客盈坐，鸣声聒耳，嚣尘臭处，千变百伎，在人目前"。南山以"谁怜叔夜不堪俗"七字，精彩地运用了这一典故。

与西山、南山同龄的室鸠巢（1658—1734），是"木门五先生"之一。名直清，字师礼，号鸠巢，别号沧浪。其父为医生。鸠巢生于江户，幼时聪慧过人，十三岁即于上野赏樱赋诗。宽文十二年（1672），年仅十五，即应加贺藩主之招讲《大学》。加贺侯深为赏识，叹曰："真英物也。宜养成其材，以为天下之器。"遂赠学资，令赴京都师从木下顺庵深造。木下也称赞他："忠信笃敬，有志圣学，吾益友也。"他还曾游学于山崎闇斋的学生羽黑迁庵(1629—1702)。后来,他在答迁庵书中说:"于义理,必得高明之许可,以自信;于文辞,则必得木翁之品题,以自足。私心自谓二公为天下知己。故平生今世唯以二公为乐。"鸠巢于元禄十年(1697)回金泽教授藩士子弟。正德十年(1711)又经新井白石的推荐到幕府任儒官,为吉宗将军的侍讲并咨询政务。

鸠巢极为崇敬平安时代汉文学大师菅原道真。延宝九年(1681)曾诣拜北野菅公庙,通宵祈祷,并作了有名的《祈菅神自警文》。文中写道:"维相公生以道德忠义显于当时,死有神灵以庙食于百世,方今天下众庶莫不尊信。矧维相公实我儒之先师,为本朝文学之祖。"在正文之后,鸠巢又列出十一条以自誓,如"对案之间,惰念将生,呼起正念,可痛惩之,暂时不可忽",又如"读书之时,凝定志意,不可急速,又明张心目,不可蹉跌"。最后说:"右十一条,欲铭心肝而操守之。——在天之照览,敢告百神之灵。"可见他自励甚严,能取得优异成绩实非偶然。

鸠巢侍双亲甚孝。因客居他乡日久,诗文中常常惦念父母。如《自贺州赴京道中作》:

> 故园有老亲,游子傍风尘。
>
> 垂柳千丝恨,飞蓬万里人。
>
> 关山朝策马,野渡暮迷津。
>
> 桑梓村烟起,依依动晚春。

他的《中秋》一诗也颇感人:

> 碧空如水月华流,万里无云独倚楼。
>
> 乡路关山横笛里,归心日夜大刀头。
>
> 谁知天上一轮月,分照人间两地愁。
>
> 自一离家事行役,年年辜负故园秋。

又有《春日思亲》,也堪一读:

> 五更残梦绕阶除,忽忆慈亲生我初。
>
> 林际闲行陪仗屦,帘前春诵授诗书。
>
> 家庭事事多遗爱,风物年年感故居。
>
> 独有荐新祠庙日,终朝和露摘园蔬。

其父逝世后,鸠巢携老母移居金泽,善养其终。

鸠巢以朱子学者闻名于世，诗文乃其余绪。他还乐于提携青年，曾有荻生徂徕的门生平野金华，以自己得意之文请他审评。鸠巢一读称善，金华再请指正，鸠巢遂删去二十字、增添五字。不料金华却为之不悦，以此请教服部南郭，南郭不能决；又请教于徂徕，徂徕沉吟久之，乃曰："如此方始成文。"由此，连徂徕门下也都敬重鸠巢。

鸠巢的文章，以《山崎氏切铳刀记》为最有名。此外如《鸠巢记》《祭大石良雄文》《清晖阁记》《邻花楼记》《扬雄论》《读苏轼〈范增论〉》等，亦为佳作。其后，江户学者斋藤正谦在《拙堂文话》中认为："室鸠巢、物徂徕出，扶桑之文始雅矣。徂徕文才最雄，光焰万丈，一时风靡从之；恨陷溺于李王古文辞，文运将隆而流其毒焉。要之，功罪不相掩矣。鸠巢才虽少逊，识见平正，至今学者作文稍知韩欧之可贵者，不可谓非其力也。"可知鸠巢大力推崇唐宋散文，纠正当时一味模仿明代李王古文辞之弊。他在《答堀正修书》中就称赞韩柳欧苏之文"识趣之高，功力俱到"，而批评"今之为文者异于是，务为驰骛乎空荡，不知结构之有法"。

鸠巢论诗首推三百篇，又崇尚唐诗。江村北海《日本诗史》认为："沧浪诗，五言古体学陶而未得其自然；七言古风、五言近体师法少陵，尚隔垣墙；七言近体祖袭盛唐诸家，而往往出明人径蹊；若夫五言排律，学力与才气相驾，豪健腾踔，最为当行。"西岛兰溪《敝帚诗话》认为："鸠巢体裁颇大，如曹参当国，宁失质野，能负大任。"中国学者俞樾则认为"其诗则颇有唐音，不涉宋派"（《东瀛诗选》）。前已引其诗数首，此处再举几首。如《富士山》，亦为名诗：

> 上帝高居白云台，千秋积雪拥蓬莱。
>
> 金鸡咿喔人寰夜，海底红轮飞影来。

又如《送青地伯契丈适东都》一诗，中国学者程千帆认为乃"送别诗正格，是学唐有得者"，孙望也认为其"颔联气韵，直逼盛唐"：

> 阳山三叠暂盘桓，相送西楼月色残。
>
> 剑气遥侵宵汉动，马蹄远蹑塞云寒。
>
> 离家还忆倚闾望，许国何言行路难。
>
> 万里秋高如见雁，为书数字报平安。

《新年早监城门》，虽是颂皇之作，端丽雅饬，程千帆认为亦"盛唐诸公遗烈也"：

> 画戟森森华烛收，东来佳气入楼浮。
>
> 春归沧海三千里，日出扶桑六十州。
>
> 花外钟鸣起鹓鹭，柳边雪尽散骅骝。
>
> 太平时节古难遇，只恐冯唐易白头。

至于江村盛赞的五言排律，这里亦引录一首《归田》：

> 自始从官役，无日忘丘山。
>
> 矧伊桑榆景，值我将老年。
>
> 鱼跃不襄陵，兽挺宁在渊？
>
> 违性少所宜，归耕南野田。
>
> 邻并八九家，屏迹白云间。
>
> 晨出随众后，暮还居人前。
>
> 团团远村树，荒荒近市烟。
>
> 牛羊日夕下，返景在山巅。
>
> 醉卧东轩下，愉悦在自然。

柳川沧洲(1666—1731)，名三省，字鲁甫，通称小三次，号沧洲。摄津(今兵库、大阪间)人。本姓向井，因出继为柳川震泽(1650—1690)养子，遂改姓。江村北海《日本诗史》曰："从木下顺庵学。学成不仕，授徒讲学。或曰，元和以来(按，1615年后)从事翰墨者，虽师承去取不一，大抵于唐祖杜少陵、韩昌黎，于宋宗苏、黄、二陈、陆务观等。至云溪(按，笠原云溪，已见前述)始右唐左宋，而犹未及初、盛、中、晚之目。沧洲出，而后始以盛唐为正鹄。"可见沧洲在日本汉诗发展史上，也是一个比较关键的人物。可惜现在的日本汉文学史书及《日本汉文学大事典》中多未及此人，实为不妥。江村又说："余谓是之时，物徂徕唱古文辞于关东，称杨明季李于鳞、王元美，轻俊子弟靡然争从，然京师未有为其说者；而今诵沧洲诗，骎骎乎明人声口。盖气运所鼓，作者亦莫知其然而然也。"他又说："沧洲教授有方，其门人多成材。其最显者：石山伯卿、上柳公通，及长野方义、渡边士乾、大桥叔圃之徒。沧洲卒后，皆能守旧学，文会无渝。"但这些人多已湮没于历史的尘灰中了，我们后面可谈到的只有上柳公通(四明)。

江村《日本诗史》选录了沧洲的《送人之美浓》：

> 西风万里动关河，摇落何堪送玉珂。
>
> 迟暮谁怜平子赋？清时犹唱伯鸾歌。
>
> 路连山岳愁云台，天入江湖旅雁多。
>
> 闻道浓阳秋水阔，莫将蓑笠老烟波。

此诗江村又选入《日本诗选》，并称赞"沧州七律，一时之选"。《日本诗史》又选有他的七绝《咏晓莺》：

> 香雾冥冥夜色深，黄莺啼处月初沈。
>
> 无端唤起梅花梦，能使春心满上林。

又选有五绝《关山月》，则全然是仿唐：

> 青海孤云尽，天山片月寒。
>
> 高楼人不寐，半夜望长安。

中国学者俞樾在《东瀛诗选》的补遗卷匆匆补录了沧洲五首诗，而未及评说。其中也包含《送人之美浓》一首。这里再录俞樾所选的《新年书怀》，当是诗人晚年之作，亦收于江村《日本诗选》中：

> 晴窗睡起向春阳，杨柳参差日影长。
>
> 羞对菱花问勋业，笑斟柏叶附行藏。
>
> 天涯兄弟书千里，海内交游梦一场。
>
> 恨值新年却无赖，衰年多病两相将。

沧洲学生之诗，江村《日本诗史》仅举长野方义(字之宜)，曰："往余于友人壁上，睹其诗数首，今偶记一首《秋闺怨》。"因存传不易，录于下：

> 摇落寒砧秋晚催，黄花戍客几时回？
>
> 伤心最是南归雁，万里飞从君处来！

雨森芳洲(1668—1755)亦"木门五先生"之一。名俊良，又名东、诚请，字伯阳，号芳洲，又号橘窗。少年时学医，十八岁入木下顺庵门。元禄二年(1689)经木下推荐，出任对马藩儒官。芳洲精通中文的俗话俚语，还懂朝鲜语，以至朝鲜人戏之曰："君操诸方之语，而殊熟日本。"与同门的新井白石、室鸠巢相比，他更加敬重获生徂徕，并曾将自己的儿子也送至徂徕门下。只是后来见徂徕弟子行为放纵，才又将儿子唤回。他还像蘐园派那样，自取三字汉名雨森东。江村北海曾说，"徂徕尝唱复古，傲睨一时人士，特于芳洲称扬啧啧，殆不可解"，因为二人治学和创作倾向很不同。这也是一件奇事。芳洲精力充沛，八十一岁时开始努力于和歌创作，据说在四五年内将《古今和歌集》读至千回，并写了一万首和歌。又据说他将《庄子》读了八百遍。因为他有这样奇异的治学毅力，所以学问渊博。著有《橘窗茶话》一书，内容广杂，其中也写到作诗之法，说自己案上所置诗集，以陶渊明为首，李、杜为二，韩、白、东坡为三。不过，日本的研究者认为，芳洲的汉文写得不错，诗则不怎么样。江村北海《日本诗史》称："芳洲长于文，而不长于诗。晚年常对人曰：'吾无诗才，生平所作无虑数百千首，而可视人者不过数十首也。'"

芳洲因精通华音，所以他写的汉文无扦格之弊，如《垂裕堂记》一文，为其代表作，用了俗话体，颇为罕见。此处引其短文《纪事》，亦使用了俗语，令人忍俊：

> 观诸戏场，旦为贞妇，生为义夫，莫不令观者感心挥泪，称赞无已；戏完则仍旧庸夫俗子耳。讲书如我辈者，皆一优人耳，可愧！有一儒讲小学，演说孝弟之道，天花乱坠。有一丫鬟进，曰："太娘请。"乃努嘴曰："我方讲书，老婆子有何急事唤！"此儒中一蠹贼也。

芳洲诗佳者不多，这里亦略选两首。如《偶作》：

> 梧桐满林凋晓雪，酒空宾散静高堂。
> 星河影入寒江动，鸿雁声连绝塞长。
> 遥夜挑灯添客意，荒村捣杵断人肠。
> 由来弹铗慨慷士，不耐秋风吹敝裳。

《中秋无月》：

> 灏气苍茫暮色浮，谁教明月暗中流？
> 透帘烛影千家静，泣露虫声四壁愁。
> 望断天峰难命酒，兴阑武镇怕登楼。
> 半铛茶冷坐长夜，应惜狂轻一度秋。

这两首七律还是写出怅惘悲凉之感，颇朗朗可诵者。

在"木门五先生"中，年龄最小、才气最高的，当数祇园南海(1677—

1751)。他又与新井白石、梁田蜕岩一起,被时人称为"诗苑三大家"。江村北海《日本诗史》也认为:"余按我邦诗,元和(按,1615—1624)以前,唯有僧绝海;元和以后,渐有其人,而白石、蜕岩、南海其选也。"南海初名正卿,后改名瑜,字伯玉,号南海,别号蓬莱、铁冠道人、观雷、湘云主人等。出身于纪伊(今和歌山县)藩医之家。元禄二年(1689)入木下顺庵门下学诗,即显示出非凡的才华。一日,他与新井白石、南部南山、松浦霞沼、榊原篁洲等人集于雨森芳洲寓所,各以《边马有归心》为题赋诗。南海走笔赋曰:

> 远逐将军度雪山,九秋大漠剑华间。
>
> 胡尘四起风悲塞,羌笛一声月照关。
>
> 却恨曾逢伯乐顾,长伤未得旄头闲。
>
> 沙场几岁摧毛骨,何日华山休战还?

诗一出,举座皆惊,难以想象这样老成的诗竟出自一位少年。新井白石称赞说:"此诗雄浑悲壮,后来足以任诗文。"第二年,在某次聚会上,有人出一句上联求下联:"鸢飞鱼跃活泼泼",南海应声而对:"光风霁月常惺惺"。众人称其敏捷巧妙。(不过,我认为"光风霁月"要改为"霁月光风"才与上联平仄相对;而"常"对"活"并不工。)

又据说,元禄五年(1692)的春分之日,有人试其才,命他赋诗,他从午时至子时,共作五律百首。又有人疑其事先有腹稿准备,便在秋分之日再次临时出题考他,他又从午时起,对坐谈笑,信笔挥霍,夜未半而得百首。通计前后,凡二百首而无一句雷同,众人于是大佩服。其师木下顺庵曾赠诗夸赞曰:"十八山东妙,声名世共闻。卮言甜如蜜,藻思涌如云。人称斗南一,马空冀北群。百篇不终日,行看任斯文。"友人雨森芳洲也曾赠诗曰:"吾党祗夫子,高才本不羁。穷年唯有酒,开口便成诗。"

又有一日,众人聚会在木下顺庵的丽泽书院,分韵作诗,南海分得"用"字,写了这样一首《捣衣诗》:

> 谁家少妇惊秋梦,玉杵夜寒捣练用。
>
> 夜夜凤城月色高,朝朝燕山雪花重。

雨森芳洲认为此诗"'用'字险韵,而今用得妙";有人认为"四句中,说题意者仅一句,其余均与'捣衣'不相关",而南海则说:"显所不言捣衣,即所以得题意。"后来,南海论诗,更提出"影写"之说。也就是讲究言外之意,诗的余韵,避免词意浅露。这有点像王渔洋的"神韵说",但确实有其独到之处。南海曾举例说明,比如邀人赏花,如写请柬,无非是"即辰敬陈小酌,奉屈文驾过叙,伏冀惠顾勿辞"之类。但如以诗相邀,则可写:"春雨旬已浃,吟床旦独坐。莓苔深数寸,履痕谁踏破?"这样写,岂非风雅多多!倘若再写成:"有酒有花易负春,半为风雨半为尘。今日晴明若不饮,花落啼鸟亦笑人。"那就更有含蓄不尽的韵致了。南海还看出了宋诗中的一些弊病,称为"三气病""二嗜癖"。所谓"三气病",指俗气、霸气、头巾气;所谓"二嗜癖",指喜写饮食诗和所谓理路之句。这也是有点道理的。

南海壮年时为纪州藩儒。后因坐事,贬谪至海上孤岛数年。正德元年(1711)被召还,原因是让他接待朝鲜使臣,由此恢复儒职。南海一生汉文学创作甚多,因厌恶徂徕派的模拟剽窃,曾作讽刺文《诗盗判》。他有与新井白石的唱和诗三十首,载于白石所编撰的《停云集》中。可惜他的诗集只编了初集就没再往下编。对他的诗,江村北海《日本诗史》也曾指出其弱点:"南海唯是一味绮丽,后勤超脱,却屑屑乎纤巧矣。"西岛兰溪《敝帚诗话》则指出:"南海概有明初之语,浓艳秀拔,如赵皇后舞踏于堂上,杨太真出浴于华清,秀色可餐,而少苍老之态。"今录其诗数首以作欣赏。《吹笛》颇有唐音:

> 送君长亭风雨愁,美人玉笛古凉州。
>
> 半酣不识青衫湿,吹断莲湖六月秋。

《中秋游明光浦》亦具新意:

> 明光浦上月明光,露湿桂花细雾香。
>
> 城里管弦十万户,不知渔唱在沧浪。

《叶声》体物细腻,兼有幽情:

> 山径秋寒识鹿行,夕阳僧院扫还轻。
>
> 梢头未必学松韵,几度风檐作雨声。

《田子信寄书问生计,答以诗》,孤峻高洁:

> 望拜坛边贵水渍,孤松为友鹿为群。
>
> 地连熊野远临海,窗对龙门常锁云。
>
> 樵路围棋逢橘叟,石田种药学桐君。

生涯应付一杯酒，依旧犹成无用文。

与此相似的还有《渔父》：

一笠一蓑一钓竿，行无车马首无冠。

生涯只见烟波上，醉里不知风雪寒。

宿鹭眠鸥俱是侣，白苹红蓼定何滩？

休论舟楫江湖险，君看人间行路难。

他还擅长以咏物诗抒发自己的感情，如《咏红梅》：

美人在时人如花，美人去后花似人。

花尚呼成未开红，人去难逢三五春。

东风梦觉悄无语，枕痕潮颊朱未匀。

肠断春去花亦老，红雨狼藉扑锦茵。

再如《咏白鹭》：

孤高清瘦绝埃尘，唯与汀鸥堪日亲。

疏柳寒堤雪漠漠，青莎白石水粼粼。

凉风不惜遗挥扇，生计谁争伴钓纶。

一半斜阳林影晚，群飞非是负游人。

有一首《咏怀》，还显示他也有豪壮之气：

少小远游才气雄，青袍白马醉关中。

美人舞罢邯郸月，壮士歌寒易水风。

一掷千金惟有胆，百年五尺敢言躬。

书生未必老糟粕，请看剑华冲白虹。

他的长篇古风中也颇有可咏者，如《金龙台》，程千帆认为"刻意追摹太白，时复近之，惟不能落想天外耳"：

忽倾三百杯，直上金龙台。

不穷千里目，何消万古哀？

下视天下士，贤愚混尘埃。

名利良微物，钟鼎非我才。

匹夫抱璧良其罪，祸福徇人因自媒。

朝取封侯夕菹醢，蹑珠之客为谁来？

牢耶石耶何累累，土山渐台作死灰。

况复我生非松乔，白日西飞难再回。

百年开口一大笑，身后鸿名何在哉！

当歌意气乍奔逸，傍人莫怪玉山颓。

唯愿手弄云间月，万古千秋照金罍。

堀南湖(1684—1753)，近江(今滋贺县)人。名正修，字身之，通称藏、七太夫，号南湖、习斋。他是堀杏庵的曾孙。从小继家学，师从木下顺庵。精《易》理，善诗文。元禄八年(1695)即应广岛藩之邀为儒臣。江村北海《日本诗史》称"其学广搜博采，强记绝人"，又说："南湖夙好吟哦，暇日多游五山诸刹，与僧徒相唱酬。当是之时，海内方宗唐及明诗，而南湖独祖宋。最尚子瞻。故誉之者曰'一时无二'，毁之者曰'诗无所解'。要之，南湖才识出群。如曰：'一径年年藓，四时日日花。''梅每枝枝好，雪教树树妍。''曲渚舟横草，深山钟度花。'虽非大雅中正之音乎，天造奇逸，自有妙处。且古曰：'宁为鸡口，莫为牛后。'如其言，则南湖亦艺苑夜郎王矣哉！"由此可知，南湖是一位很有独立见解的诗人，可惜后来日人所撰汉文学史书中竟未提及，其诗今亦难见。江村《日本诗选》又称："南湖自少好诗，至老不倦，篇章几乎万首。学博才优，号为一时巨匠。其诗清新奇发，警妙不少；但意主独造，规律多乖，以故难入选录，可惜耳。"江村《日本诗选》录其两首。一为《海云席上次某叟韵》：

石径寒潭畔，翩然下翠微。

野梅过雪吐，山鸟畏人飞。

闲计孤藤杖，老身一纸衣。

偶逢林客话，潇洒竹间扉。

又一首为《次韵鼎洲师》：

避世工夫谁若君？山林城郭本相分。

巽南踪迹六环月，湖北梦魂一衲云。

春色上梅择枝折，雪声度竹倚窗闻。

泉溪脉脉久寻取，汀鹤沙鸥不与群。

海云、鼎洲估计都是僧人(本书后面写到的僧海云，从年龄看，不是一人)。两诗都有可玩之句,不愧"清新奇发"之誉。南湖更与僧百拙为忘年交,本书下面将写到百拙。

八、徂徕与蜕岩等

江户汉文学至元禄年间(1688—1703)获得很大的发展。因为此时幕藩体制相对稳定,产业迅速发达,交通日趋便利,城市愈发繁荣,这些也便促使服务于德川幕府及其他藩主的儒官、学者们开始改变纯然"求道"的心态,而以"盛世"文人的派头来适应社会的需要。在学术方面,程朱学派日渐衰微,而所谓古文辞学派(又称复古学派)则开始崛起。这派学者的汉文学作品也有很大的进步,出现了一批有影响的作者。这一古文辞派的开创者是荻生徂徕(1666—1728),他不仅是一位大学者,同时又是汉文学的一代巨擘。以他为首的"蘐园诗派"在江户文坛上影响很大,执江户文坛牛耳长达六七十年。这一节我们先写徂徕其人。

徂徕名双松,幼名传次郎,字茂卿,通称总右卫门,号徂徕,别号蘐园。本姓物部,因此他又有汉名曰物茂卿。其父方庵,为德川纲吉将军的侍医。徂徕五岁识字,九岁学作诗,十岁作文。九岁时作过:"龙蛇指下走,珠玉手中生。松树万年绿,梅花每岁芳。"虽然连韵也未协,却被奉祭于菅公庙。延宝七年(1679),父方庵被流放到上总国(今千叶县)农村,十四岁的徂徕随之,苦读《大学谚解》诸书。十七岁,从外祖父学兵法。元禄三年(1690),遇大赦返回江户,遂于芝浦开馆授徒,讲朱子学。此时生活极艰苦。至九年(1696),始仕于将军纲吉的近臣柳泽吉保,为书记官,俸禄累升至五百石。连纲吉将军也常常到吉保家来听徂徕讲学,颇得纲吉青睐。据《先哲丛谈》,徂徕"初卜居芝街,赤贫如洗。增上寺前有豆腐坊,见其志大意坚,遂日日赠以豆腐渣。后至食禄,赠米三斗报之。"徂徕有过这样类似韩信遇漂母的人生经历,对其性格的形成和创作风格的形成,当有重要影响。

徂徕颇得纲吉将军的信任,时得赏赐。并特命为纲吉的秘密咨询人员,参与时政。宝永元年(1704),柳泽吉保被转封甲府,翌年又奉命巡视国内,徂徕随行,当时所作游记《峡中纪行》甚为有名。完成任务后,归江户。不久纲吉死,吉保也随之失势,他对徂徕说:"尔后,余不忍以俗事苦卿。卿宜去市中住，交天下学者，博日本第一之名，以荣我藩。"徂徕深受感动，去市中住，开始公然创立门户，号召天下 。他虽然仍食旧禄，但既不作往日的刀笔吏，也不做大臣的掌书记，而成为自立自由的学者。他在吉保官邸时，就有学生服部南郭、安藤东野、三浦竹溪等人；此时名声更大，四方从游者更多，其塾隐然蔚成学界大国，山县周南、太宰春台等人相继入门。这时，他对朱子学产生怀疑，认为宋儒对六经的注释多有谬误，须按照古辞义才能真正理解；在文学上，他认为应向明人李攀龙、王世贞学习。他在《答屈景山书》中说："不佞从幼守宋儒传注，崇奉有年。积习所锢，亦不自觉其非矣。……暨中年，得二公之业以读之，其初亦苦难入焉。盖二公之文，资诸古辞，故不熟古书者，不能以读之。"在《答安澹泊书》中也说，因久读而熟之，"不复须注释，然后二家集甘如啖蔗。于是回首以观后儒之解，纰缪悉见。"

徂徕因此鼓励弟子们在文学、经学两方面向李、王古文辞学习，并撰著《蘐园随笔》，批评和嘲讽以伊藤仁斋为首的传统学者，甚至还挖苦红极一时、自由出入庙堂的新井白石。1716年，德川吉宗继任将军，起复一些纲吉时代的旧人，徂徕也得以露面于政坛。在学术上，他由古文辞学进而提出"圣人之道"，以此非难宋儒，于享保二年(1717)出版了《辨道》一书，接着又出了《辨名》。因此更被朱子学派视为圣门之大异端者，成为被攻击的中心。而他则积极回击，能文善辩，名声大著，高足云集。能与其抗衡的只有京都的伊藤东涯而已。他在《赠于季子序》中自豪地说："予倡古文辞于关东十年，海内噘然向风，豪杰之士往往裹粮以至者，西薄大海之滨。"又不无遗憾地说："而京洛(按，指关西京都一带)则寥寥亡闻焉。"他逝世时，年六十三，当时正下一场少见的大雪。他自语自言："海内第一流人物，物茂卿将殒命，天为使此世界银。"莞尔而逝。

永富独啸庵(1732—1766)称赞徂徕说："偃武以来(按，即指国内稳定以来)，豪杰之士四人：山鹿素行、熊泽蕃山、伊藤仁斋、物徂徕是也。"(山鹿是林罗山的学生，熊泽是中江藤树的学生，二人都为儒者，在汉文学方面建树不多。)雨森芳洲则认为："徂徕一代豪杰，不得以常儒视之。博学文章，海内无双。"江村北海说："物徂徕以杰出才，驾宏博学，不能守旧业，遂以复古创立门户。……终能海内翕然，风靡云集，我邦艺文为之一新，而才俊亦多出其门。"而他本人也自视甚高，竟说："如我学术者，神武以来几人耶？""若合伊藤仁斋之道德、熊泽了介之英才、余之学术为一，则东海第一圣人出矣。"他恃才傲物,视众儒如蝼蚁,甚至说:"余无他嗜玩,唯啃炒豆而诋毁宇宙人物而已!"他自己出入权贵之门时也毫无恭屈之态,即使青年时依附柳泽吉保,也保持着自尊。

不过,他的狂放不羁,也引来微词及反面的评价。如《先哲丛谈》一书中,即引其门生太宰春台《紫芝园漫笔》云:"徂徕翁以海量能容自许,人亦以此称之。余谓徂徕翁固能容,然能容学者,而不能容常人;能容文才之士,而不能容礼法之士;而能容其人,而不能容其言。是未为能容也。又曰,徂徕先生见识卓绝,知道甚明,周南以为邹鲁以后无是人者。非过论也,惟其行不及其所知,殆所谓行不掩者欤?盖先生之志在进取,故其取人以才,不以德行。二三门生亦习闻其说,不屑德行,唯文学是称。是以徂徕之门多跅弛之士。及其成才也,特不过文人而已,其教然也。外人既以是讥先生,纯(按,即春台)亦尝窃不满先生,此先生之所以鸡肋视纯也。书云:'非知之难,行之惟艰。'先生有焉。"连他的学生都这样说,可知问题确实存在。前引雨森芳洲称赞徂徕之语,但接着芳洲则又说:"只是在大纲上有差,为憾耳。"芳洲曾将儿子送入徂徕门下,后来却又召回,说:"家塾失序,非托少年之所。"由于徂徕议论偏激,又"不屑德行,唯文章是称",加上名大易遭谤,一些与他不同见解的儒者便纷纷撰文写书批判他。有名的就有宇野明霞的《论语考》、石川麟洲的《辨道解蔽》、蟹养斋的《非徂徕学》及《辨复古》、平瑜的《非物氏》、森东郭的《非辨道》《非辨名》、五井兰洲的《非物》、中井竹山的《非徵》及《闲距余笔》、服部苏门的《燃犀录》、富永沧浪的《古学辨疑》、石川香山的《读书正误》等等。

徂徕有关儒学的见解及是非,我们这里且不谈;他关于汉文学的见解,确实相当深刻,然而也有偏颇。猪口笃志认为,江户汉文学因徂徕而一变。此前儒者不过是"作汉文",只求达意而已,未从理论上研究汉文学。从文学理论上提出见解的,实自徂徕始。他提出的口号是:"世载言以迁,言载道以迁","不求诸道,而求诸辞"。他认为,六经皆文。故学孔子亦必从学文章始。因此,必取同时代或相近时代的文学相互参照,必须由古文而解释古文。他饱读孟、荀、贾、晁之议论,左、国、史、汉之叙事,屈、扬、相如之风雅,及老、庄、韩非、吕览、淮南、文选之绚烂丰腴,而对唐宋文则弃之蔑如,以为辞繁意乏。当时茅坤所编"唐宋八大家"之书已渡来日本,学者珍视之,又流行《古文真宝》《文章轨范》类书。但他认为《古文真宝》是商贾为利而作,不足珍;《文章轨范》是为科考而辑,偏于策论,不及叙事,算什么"轨范"! 他又认为所谓"八大家"乃茅氏私言,欧不能与韩柳比肩,东坡不应与老泉、颍滨并论。他还认为六经、十三经乃文章之最妙者,今人应溯其源,何必追逐区区唐宋之末流。因此,他仿效李、王,大写拟古文。斋藤正谦在《拙堂文话》中多次评价说:"余常谓物徂徕有才,而堕于邪径。……徂徕材大学博,与王弇州(按,即王世贞)东西屹对,并为旷世伟人。恨二人所由皆不正,其作使后人厌恶。余常谓学在识而不在才,若使二人识见醇正,虽古人亦必敛襟避之矣。弇州、徂徕之学,博于沧溟(按,即李攀龙),固不待言矣。二人之才大于沧溟,又有江与海之别也。而二人心醉沧溟,误其一生,理之不可解者也。徂徕自言:'倚天之宠灵,奉于麟氏(按,即李攀龙)之教。'余谓:使徂徕不奉于麟,本邦文章谁出其右者? 岂非其不幸哉!"

与斋藤正谦持相似看法的,还有中井竹山(1730—1804),他在《非徵》中说得更激烈:"徂徕以王、李之文,为古学之津梁,喷啧不容口,其崇奉亦至。然王、李龌龊竖子,其所作为,割裂纂组之工,摹拟剽窃之务,何有如此古文? 不过所谓鸡鸣狗盗之雄耳! 且诳诱谬信,称古文在此,遂置其巧于牛鼎,移之于古经,以为得圣门之真,龃龉亦甚。此犹市井细民,读杂剧本子,以为实际,因以论古今治乱之迹,谈源、平、藤、橘之事,以咻广座,令识者在旁捧腹!"

其实,徂徕独崇李王,贬低唐宋文学,固有不妥,其流派末绪更导致拟古、剽窃;但徂徕对朱子派的批评也有可取之处,他对日本汉文学的发展还是有贡献的,他本人的诗文则仍属日本汉文学史上的重要作品。江户后期友野霞船的《锦天山房诗话》说得比较公允:"建囊以来,文运始阐,儒士辈出,弦诵稍盛,至诗文尚循五山禅衲之陋习,萎苶不振。蘐老颖迈之资,桀骜之才,刻励揣摩,别出手眼,首唱古文辞,大声疾呼,以夸后进,海内风靡,文体为之一变,其功伟矣。其诗虽粗率,而另有一种通邕痛快处,诸子皆不能及焉。惜夫急于成家,轻诋前贤,动立异说,不免执拗怪僻之病。诸附和之者,又从而鼓之,稍长浮夸放荡之弊。故身殁未久,攻者四萃,殆无完肤。余谓徂徕之于斯文,犹桓文之于周室也,功之首,罪之魁,庶几乎得其中焉。"

徂徕的文章,有名的有《天狗说》《拟家大连檄》《纪昌俊袭义经第》《后慧林寺殿机山霸主影堂上梁文》《风流使者记》《福善祸淫论》《答安澹泊》《答屈景山》等。今引《风流使者记》中的《猿桥》一则,是可谓惊心动魄的文字：

> 逾狗目岭，有新田，一名恋冢。以至鸟泽驿，皆山路也。日暮，仆从疲甚。民家远，无炬火前导，轿夫脚探岩稜以进。时或蹈虚而踬，轿辄跳其肩上不已，杌陧欲坠者数。遂下轿冥行，以及所谓猿桥者处，前行者还报：桥板穿，且梁桡如不支，不可行。踌躇久之，会一傔探店者操炬来，店主人亦来迓。相语：是猿王所架，长十一丈，达水际三十三寻，而水深亦三十三寻。则命傔跳身栏外，而左手据栏，右手垂炬倒照，从旁下瞰，黑深，火力短不及。傔益俯其身臂，遂致火炎逆上，欲烧手，辄遽弃，坠至水际乃灭。予缘是得目送及其未灭而睹仿佛也。皆如其言。桥下无一柱，从两岸累钜栈架起。上者必出下者外尺许，愈累愈出，以得相近而桥之。诚神造也。崖光滑无缝罅，如削立然。土人云：岩腹有釜，神蛇穴焉。岁旱，民聚汲竭其釜中水，蛇见则雨。惊问：何以得至釜处。乃云：土人生于土，长于水，虽束其手足投桥下，不死。闻者皆吐舌。又问：崖石如无缝，岂苔滑使然欤？云：连一驿百家，在一片石上，则是川亦一大石渠耳。益骇异闻。遂宿于驿。夜寒甚。

江村北海《日本诗史》认为，"徂徕诗有二体：初年作，瘦劲雄深；后来，影响李、王，勤作高华之言。要之，诗非其所长也。"今亦略引数首。其《酬涌谷麟上人见寄》一诗，中国学者孙望认为全从"山云"生发，中涉释理。"聊以赠"者，是上人诗及上人一片自在岩云之心意耳。程千帆则指诗中"相"字乃去声，此作平声韵，亦白璧微瑕云：

> 麟公修道深山里，俯视山云涌谷起。
> 空翠缥缈结楼台，时复随风散锦绮。
> 锦绮片片中宫商，楼台一一发异香。
> 乃知六尘本无碍，何尝空中观色相。
> 上人因之写为诗，无心犹似出岫姿。
> 自言山中无所有，聊以赠汝知不知？

五律《江上田家》融情于景，可称妙品：

> 门巷随江曲，田家篱落稀。
> 岸低洗耕具，雨霁晒蓑衣。
> 小犊负薪饮，扁舟刈麦归。

> 儿童沙上戏，鸥狎不高飞。

七律《春日怀次公》，是写他的学生山县周南的，但以友人视之，感情深挚。江村北海《日本诗选》说："结句一时游戏，固非常格；但初联雄伟，后联突兀，此翁本色。以故选录耳。"引录如下：

> 黯淡中原一病夫，登楼落日满平芜。
>
> 沧溟春涌涛声大，菡萏晴摇雪色孤。
>
> 五斗时能愈我渴，千秋未必须人扶。
>
> 只缘寂莫悲同调，苦忆周南县孝儒。

其《暮秋山行》，风格亦朴实老到，全首对仗甚工：

> 青壑听猿度，白云立马看。
>
> 萧萧皆落木，历历几晴峦。
>
> 九月征衣薄，千山秋日寒。
>
> 乡心何廓落，鸟道自艰难。

他的《甲阳客中》，描写了明月高悬富士山上的独特美景。因为中国大诗人李白《望庐山五老峰》有"青天削出金芙蓉"之句，于是日人即将"芙蓉"作为咏富士山的熟语：

> 甲阳美酒绿葡萄，霜露三更湿客袍。
>
> 须识良宵天下少，芙蓉峰上一轮高。

徂徕虽鼓吹明诗，但他的《少年行》，孙望认为"风韵洒脱，俨然盛唐气概"，程千帆也认为"龙标摩诘之遗韵也"：

> 猎罢归来上苑秋，风寒忆得鹔鹴裘。
>
> 分明昨夜韦娘宿，杜曲西家第二楼。

徂徕的《寄题丰公旧宅》则是一首显露其崇尚侵略邻国错误思想的劣作：

> 绝海楼船震大明，宁知此地长柴荆。
>
> 千山风雨时时恶，犹作当年叱咤声。

据说徂徕并没有去丰臣秀吉对朝鲜、"大明"发动侵略时期的基地名护屋，就凭想象感受了战神丰臣的"当年叱咤声"。

比徂徕年龄略小、主要活动于关西的著名诗人梁田蜕岩(1672—1757),初名邦彦,后改名邦美,字景鸾,号蜕岩,别号龟毛、瘂三子。蜕岩七岁时师从大桥平兵卫,学习《孝经》和小学。十一岁,拜朱子学派的人见鹤山(1620—1688)为师。十八岁,又以山崎闇斋为师。他少年时家境穷困,但兴趣广泛,信神道,修佛典,通禅学,习剑术,喜武谈兵,人称"儒霸"。文学上,爱读韩柳诸家,诗多受教于新井白石。元禄十年(1697)受聘于美浓(今岐阜县)加纳藩,为藩主世子讲授《中庸》《孟子》《诗经》《后汉书》《通鉴》等。享保四年(1719),任播磨(今兵库县)明石侯之藩儒。宽延二年(1749)退休,又在家开私塾,名景德馆。蜕岩一生为人授业解惑,长达五六十年。江村北海在《日本诗史》中回忆说:"余弱龄在赤石,始谒其人,既已幡幡然矣。而薰然和煦,毫不修边幅,且天性爱才,循循诱奖,不以所长加人。"

蜕岩被称为一代诗豪,赖山阳又将他与新井白石、祇园南海、秋山玉山一起誉为"正德四家"。他有《九日》诗云:

> 琪树连云秋色飞,独怜细菊近荆扉。
>
> 登高能赋今谁是?海内文章落布衣。

此诗非常豪迈地表达了他的自信。蜕岩诗文出入诸家,不守一格,风格屡变。原念斋《先哲丛谈》中引用蜕岩的自述云:"余初学宋欧、苏,而旁放翁、简斋;中年学唐,祖祢李、杜,缘饰以钱、刘诸家;又退学明,甘为王、李银鹿;亡几,为袁中郎,为徐文长;而遂以初盛唐为标准,弇州、济南为门户。"而据其子邦鼎说,蜕岩晚年最喜白居易。

俞樾在《东瀛诗选》中说:"蜕岩以诗豪一时,意见屡改,格调数变,而要其归则有明王李一派也。余所见者止后编(按,指《蜕岩集》后编)四卷,未见前编,是时蜕岩年逾八十矣,其前编之诗,工力或当更胜于此。然尝鼎一脔,已足知其旨也。"由于俞樾未见其全,所以他说的"其归"就显然不确切了。猪口笃志指出,《蜕岩集》前编从古体到律绝均可诵,而后编则略差,只是律绝对句精严,但充满苍老之气。然而尽管如此,俞樾仍然选了二十多首,并摘录了一些佳联,如:"冶心灰里藏余烬,世味甘中带小酸。""候鸟听来竹输肉,名花买到口言钱。""寒厨肉菜聊谋夕,小苑莺花不负人。""白发几人同甲子,青灯此夕守庚申。"认为"皆有风趣,非徒摹七子风调者"。

　　而江村北海《日本诗史》认为："今读其集,譬犹上昆仑之丘,步步是玉;入栴檀之林,枝枝是香。诗至于此,宜无遗论,而犹有未尽善者,何也?蜕岩用才太过耳。张茂先谓陆士衡曰:'人常恨才少,而子更患其多。'余于蜕翁复云。"江村在该书另一处又说:"蜕岩天纵之才,奇正互用,变幻百出,神工鬼警,孤高独立于古今之间。惜乎用才太过,如前论者。盖用才太过,有伤风雅。譬之士庶陪侯家谯席,有时笑谑歌唱,亦无害也;太过,则有类俳优。"江村北海对蜕岩的微词亦可发深思。而西岛兰溪《敝帚诗话》同意北海说的"奇正互用,变幻百出"的评价,虽然认为蜕岩诗略欠蕴藉,而似不病其"用才太过",以其在日本诗人中少见也:"蜕岩豪壮奇伟,变化百出,奇正互用,殆不可端倪,温藉少让,纵横有余,本邦诗人涉古未有之,如李晋王兵发太原,旌旗蔽日,戈戟刺天,而部下自一多胡人。"

　　今略举其佳诗以鉴赏之。《秋夕泛琵琶湖》二首,状景甚佳,意态洒然:

> 湖北湖南暮色浓,停篙回首问孤松。
> 沧波两岸秋风起,吹送叡山云里钟。
>
> 琵琶湖上白云秋,苍树依微竹岛幽。
> 神女楼台何处是?徒教明月照扁舟。

《赋得梦归乡》,如幻如真,感情诚挚:

> 海上飘零久不归,梦魂一夜逐云飞。
> 仙人剪竹成青舸,神女缝花作锦衣。
> 落日深烟迷驿路,西风古柳认柴扉。
> 北堂鹤发醒犹在,泣向残灯问断机。

《赋得孤村灯》,也写出了漂泊心境:

> 客里风霜鬓易斑,寒驴日暮下西山。
> 前村何处可投宿?一点寒灯深竹间。

凭吊古战场的《登铁拐峰》则发人遐思:

> 古垒乌啼不见人,岭云涧水共伤春。
> 谁知夜半风前笛,吹落梅花作战尘。

蜕岩还写过一些风趣而警拔的小诗,如《杂咏》中的几首:

> 道学先生迷道学,风流才子醉风流。

山钟惊破二家梦，万壑云收月满楼。

痴猿烦臂水中月，瞎马信蹄岸畔花。
寄语空门诸慧衲，莫将猿马误生涯。

贪心为稻鱼千里，肉眼谈天垣一方。
终身未了长沙意，枉费石膏兼大黄。

蜕岩于长篇古风也颇擅长，今录一首《读无染尊者画鸡行有感赋赠》：

扶桑之山有三鸡，金承玉声石继之。
石嗉一号天下应，日轮展海烟雾披。
嗟乎，神物不可得而见，蜀高荆矮各有宜。
仙窟桃花流水岸，驿路茅店残月坿。
朱冠露湿倚修竹，锦翼沙暖拂游丝。
叔世无复纪宵子，羿羿漫付五百儿。
恨使髦士草斗撽，骄而恃力羊沟危。
尚德怜才今谁是？俨然无染大禅师。
一观画鸡深感叹，走笔金屏题新诗。
诗成扬翘喷生气，墨华添彩益淋漓。
法中严距坚于铁，能知其雄守其雌。
阳春白雪天籁发，鹤猜犀伏不敢窥。
吾栖儒林七十载，了了劣于鹞佳时。
饮啄因人素餐久，每误报更屡怛恨。
不美陈宝二童瑞，不美鹩鸐五色奇。
安得精心妙觉一如宋家鸟，细谭玄理相逐随！

诗中怪字甚多，也不知原书有无误植。如"佳"是雏鸡，见《尔雅·释畜》；"羿羿"是鸡叫声，又是人呼鸡声，见《说文解字注》。恐怕现在没人知道吧？此诗经过俞樾斧正，据蔡毅对照，"俞樾断然删去其中'却悲禅关假鸣客'等四句。从全诗风调看，这几句俗白直露，删去更显古雅，俞樾不愧为大手笔。"①

---

① 蔡毅，《俞樾与〈东瀛诗选〉》，《中国诗学》第五辑，南京：南京大学出版社，1997年。

　　与徂徕、蜕岩同时，还有两位诗僧万庵、大潮值得同时一提。此二人且均与徂徕有交往，也有一些书中称此二僧为徂徕门生。二人亦为朋友。五山时代以后，寺院久失风雅，偶有能诗僧侣便颇引人注意。

　　万庵(1656—1739)，名原资，别号芙蓉轩，江户人。幼年即喜写诗，因为聪明，人称"小文殊"。出家后，师事南英祖梅。与荻生徂徕及其门生亦多因诗交往。诗名昭著，徂徕及南郭、松下乌石(1693—1772)、中井竹山等人均为推赏。徂徕竟认为乃中华缁流所无，南郭则称其日本释门无二。晚年筑芙蓉轩而闲居作诗，一日忽将诗稿焚毁。临终时作《终期将至自书赠乌石山人》一诗。遗作被编为《江陵集》，又有手稿《解脱集》，后二书被合编为《万庵集》。

　　俞樾《东瀛诗选》云："万庵之诗，在释子中卓然成家。物徂徕极推重之，谓'不特东方，亦中华缁流所无'，并谓支公休上人悉瞠乎其后。虽推许稍过，然其诗实搉有众长，不名一格，非蚓窍蝇声所能望，且亦非似击壤一派，徒以理语为诗也。观其自汉魏六朝，下至唐宋元明诸家之作，无所不拟，拟之无有不似，虽不免虎贲中郎之诮，然亦可见其致力之深矣。生平为诗甚多，得百十首辄录成一集，始甚爱惜，未久即焚弃之，弟子辈莫测其旨。殁后存诗止四卷，盖晚年所作未及焚烧者也。然其临终自书赠乌石山人曰：'属君千古意，今日绝弦时。天地苍茫里，江陵一部诗。'则亦未始无意于身后名也。"

　　读万庵诗《赋沙际路》，眼前如画，耳边有声：

> 绿渚春归草色齐，江头一路绕沙堤。
> 行人独去斜阳里，树影潮声送马蹄。

《深夜写诗》亦新清可读：

> 梦断神清寂寞时，飕飕凉雨洒松枝。
> 明朝也恐还多事，深夜挑灯写小诗。

《大堰暮春瞑兴》写京都大井川、岚山风光，颇得唐人遗韵：

> 茅垣寂寞对青峦，野寺钟声云外残。
> 一径春深人不到，瓦松花老暮风寒。

　　万庵还擅长写怀古诗，如有《怀古八首读野史作》，均写日本古事。又如《重题一览亭》诗，亦凭吊抒怀之佳作：

突兀孤亭俯梵轮，镰山遗迹望来新。

霸图尚拥千峰色，兵气长消六幕尘。

雨断龙池涵落日，花飞鸟道散余春。

松萝深锁题诗壁，啸咤风云忆古人。

万庵还写过不少拟古风，兹录其《拟三峡流泉歌》，以鉴赏其由琴声而想象中国三峡奇景的妙诗：

我行昔不到巴东，三峡流泉在梦中。

携琴何客过三峡，写取流泉归瑶匣。

银屏珠箔清风起，宴处闻君弹绿绮。

倏忽舟行两岸间，何知坐倚层轩里。

初听春水百滩回，忽怪秋声万壑哀。

月明夜静幽湍语，电起云蒸巨石摧。

踌蹰敛容还舒抚，玄响流离绕栋宇。

风和落木度流商，雨杂啼猿飘刻羽。

闻说阮家制曲新，险危寥廓妙通神。

大潮(1676—1768)，名元皓，字月枝，号大潮、松浦，别号一鲁。幼年即出家，师事黄檗宗禅僧化霖道龙。至二十一岁，登黄檗山，拜谒独湛性宝，并师从之。而独湛本是中国福建莆田人，是清初随隐元法师赴日说法的高僧。大潮得独湛指点，汉文学水平当亦大有提高。又据说，大潮还曾向一个叫国子静的人学习汉语。大潮得享九旬高龄，留下《松浦诗集》《鲁寮诗谒》等诗集。俞樾《东瀛诗选》认为："松浦虽释子，然其诗惟一联云'不因人有死，安识我无生'略见西来大意，其余则皆诗人之诗也。盖松浦曾与物徂徕、服南郭诸君游，其诗学有自来矣。"但其实，大潮的《鲁寮诗偈》就充斥佛理释语，缺乏诗趣，俞樾显然没有看到，或不把它当作诗。大潮的诗，大多平平，今选其较可读者数首。如《子规啼》：

远游春欲暮，宁忍子规啼。

数声当落日，目送乱山西。

《幽居》：

荣者不知厌，穷者不堪忧。

同是生死徒，共归一荒丘。

安心法如是，宁用为身谋？

比来爱嘉遁，种桂山之幽。

时就白云荫，或依明月秋。

山禽啼树杪，蔓草鹿呦呦。

樵童偶此过，竹边闲放牛。

归路吹横笛，余响满林楸。

《访徂徕生》：

此日薰风解素襟，远途窈窕且追寻。

谢家子弟疏狂剧，庐阜交朋隐约深。

龙气少年曾射斗，凤鸣近代孰知音？

禅余自拟捉蛇手，不让从君碎古琴。

《宿圆成寺》：

溪村深处是君家，古树森森落日斜。

道路怯寒来宿好，满林风雪著天华。

江村北海《日本诗史》卷四称万庵、大潮"二僧殊与物门诸子相欢，诗名高于一世。我邦释门诗，元和(按，1615—1624)以前，推绝海义堂；元和以后，推万庵、大潮。余读《江陵集》，又读《松浦集》，二僧工力大抵相当；而如才华，则万庵似进一筹。"然而江村在《日本诗史》卷三又与万庵相比较而提到"能诗善书"的僧百拙，并说："余尝论元和以后释门之诗，以百拙对万庵，人无信者。盖其无信者，以诗体玄黄相判也。如其资才，二僧斤两大抵相称，无有轻重；但其志尚相反，轨辙异途耳。盖万庵欲莫以禅害诗，百拙欲莫以诗害禅。故万庵诗，诗必诗人之语；百拙诗，诗必道人之语。是以万庵诗高华雄丽，百拙诗深艰枯劲。并是假相有意，非其本相也。有时出于其无意者，万庵未必无道人之语，百拙间或有诗人之语。"江村在此将百拙跟万庵相比较前，又说百拙"与(堀)南湖诗盟法契，往来唱和"。他在《日本诗选》卷三又说："百拙为南湖方外友，诗契冥合，唱和最多。其诗体裁颇肖，才力亦相伯仲。"因此，这里有必要写到百拙。

百拙(1708—1790)，名元养，号百拙，又号元椿、茅庵、苇庵等。今日本学者的汉文学史书中均未提及百拙，其作品也不易找。江村在其《日本诗史》中例举了百拙"有诗人之语"之作两首。一为《春雨书怀》七首之一：

> 梅花落尽李花开，褉事将来细雨来。
>
> 半幅疏帘人寂寞，前村野水洗苍苔。

又一首为《湖上采莲歌》：

> 西湖十里玻璃绿，隔岸仄闻采莲曲。
>
> 蕙带萾裙风自香，荷花如锦人如玉。
>
> 荷柄断时须肠断，藕丝纤纤知难续。
>
> 画桡归去歌声遥，夕阳波上湖山缚。

俞樾的《东瀛诗选》，从江村《日本诗选》中选了百拙一首《淀川舟中行》(第三句"身游"原作"身升"，当为俞氏修改)：

> 寒林鸦背夕阳红，疏柳桥边买短篷。
>
> 唯觉身游天碧上，不知坐在月明中。
>
> 隔洲犬吠孤村火，罢钓人归一橹风。
>
> 思算往年过几度，满头惭愧雪蓬松。

又见《日本诗选》选有百拙《自玉壶楼归途历马山》，亦可一读：

> 流水寒山路，绝顶驻奚囊。
>
> 一帆天影远，孤客鹤吟长。
>
> 生熟茱萸饭，高低禾黍黄。
>
> 树阴过卓午，归策尚相忘。

在这一节最后，我们再附述一位无所归属又久被忘却的江户中期诗人端春庄(?—1788)。春庄名隆，字文仲，号春庄。江户人。生平不详，仅知他是清田儋叟(1719—1785)的学生。江村北海在《日本诗史》一书的最末，写到"湮晦无闻，而其实好诗善诗者，亦复不尠……如端文仲，为善诗者。文仲东都人，失意去乡西游，穷困益甚。前日播磨堀生，口占文仲《秋日游巨椋湖》诗三首，记得一首。"于是江村在他的这本名著的最后，记录和保存了他偶尔听来而又幸而记得的这一首佳诗。可见，文学史云云，实在充满了偶然性。

> 欲得新诗漫独游，斜阳半晌又为留。
>
> 菰蒲经雨沙初冷，雁鹜畏人禾未收。

山色独明危塔外，水烟徐起去帆头。

终宵弄月知何处？万顷汪汪风露秋。

九、徂徕的弟子

荻生徂徕的汉学著述和汉文学作品，在当时和后来都风靡日本，而且还流传至国外。如在朝鲜，便有柳得恭、李德懋、金正喜等人撰文给予好评。在中国，文人钱泳（1759—1844）在道光十六年（1836）将徂徕的《辨道》《辨名》二书附上《日本国徂徕小传》，作为"海外新书"出版。该中国版被徂徕的隔代崇拜者藤泽东畡（1794—1864）得到后，还兴奋地设宴庆贺，记于其所作《荣观录》中。原德斋在《先哲像传》一书中，也收载了钱泳为徂徕的书写的序。

徂徕有很多学生。他的学说被他们继承，形成了所谓"蘐园派"。他的学生也很多都从事汉诗文创作，有的成就卓著，师徒一起推动了汉文学的发展。即使在徂徕去世以后，他的众多弟子还在日本汉文坛上占领风骚约七十年之久。以下便一一作些介绍。

太宰春台（1680—1747），本姓平手，名纯，字德夫，通称弥左卫门，号春台，又号紫芝园。其父仕信州（今长野县）饭田侯，元禄元年（1688）致仕，移居江户。故春台生于饭田，随后生活于江户。年稍长，仕于出石侯松平忠德。曾因母病，提出辞职，竟被出石侯禁锢。解锢后，赴京都研学有年，闻荻生徂徕倡导古文辞学，在安藤东野介绍下拜师入门，成为徂徕的著名弟子。徂徕逝世后，春台成为蘐园派在经学方面的代表人物。

春台晚年对其老师徂徕颇有议论（本书前面也有过引述），见解有所不同，主要因为两人性格和学风有异。徂徕为人豪爽傲狂，不拘小节；春台则端毅严谨，不苟言笑。徂徕治学，时议论政治；春台则偏重道德，后又强调经世实用。在对待所谓古文辞方面，春台后来也提出了颇为独到的见解。他不仅赞同徂徕的观点："今日读书，以西汉以上古书为先。如多读古书，东汉以后之书便大多易读易解。古学非难事。读古书，学古文辞，便视古如视今。此为先师之教，纯等服膺之处也。"（《紫芝园国字书》）同时又指出：

> 今我党学员，才知弄笔，即言古文辞。观其为文，乃抄古文成语，而联缀之而已。文理不属，意义不通。譬如众坐之中，东西南北，宾客杂遝，士女群居，言此言彼，或泣或笑，剿说雷同，纷纷扰扰，不可适听状。噫，亦可厌哉！（《文论·二》）

他又抨击曰：

> 予观今之为古文辞者，务剿窃古人之成语云云。夫鸟有反舌，善作百鸟之声而不能自鸣，故亦名为百舌。今之为古文辞者，何以异于是？（《文论·三》）

这样就直率地指出了自己所属的徂徕派的一些文人在汉文写作方面的弊病。自揭其短，这对汉文学的发展是很有意义的。春台甚至对自己的恩师也坦诚地谈了自己的看法：

> 徂徕先生有好奇之癖。中年好古文辞，由是遂通古训，奇矣。遂守之不变十余岁，殁。余惟先生豪杰之姿，自小至老，学术变化，若假之以年，不久必觉古文之非，决不终好之，则其文亦必一变。惜也，天降年之不永，不及最后一变而殁！（《读李于鳞文》）

他相信自己的老师如果天假以年，也会改变一些看法与爱好的。他还指出徂徕的"好奇之癖"，就是"先生乃概用古字，文不必古，而徒使人苦其难读，亦好奇之过也"（《书徂徕先生遗文后》）。这是一针见血的批评。徂徕推崇明诗，尤其是李攀龙（于鳞）之诗；而春台则认为"殆乎臭腐"，"譬如断旧偶人之足，以为新偶人之手"，"其诗大抵多用故事，饾饤成章，非以写情胜者，徒斗才而已"。他还认为，"向使徂徕先生不死十年，必见明诗之可厌，不复好之。纯非敢违先师而立异说，昏愚偶见明诗大异于唐诗也。"（以上均见《诗论附录》）可见，春台在汉文学创作方面提出了自己的主张，所论虽不免尖刻，但他反对一味追求古辞古字，反对剿窃成语剿说，提倡"天造不假人士"，提倡"以写情胜"。这些都是正确的。江村北海也在《日本诗史》中认为："春台虽偏窄，自信甚确。是以议论透彻，多痛快语，自有过人者。"

春台晚年甘于清贫，辞却所有藩主的馈赠，在砺川紫芝园中专心读书写书。他撰有很多学术专著，汉文学作品主要有《春台诗抄》《紫芝园漫笔》等。

他的汉诗，江村北海认为"亦可观"，我们略举几首。

春台在拜徂徕为师前，早年曾与安藤东野一起从中野㧑谦(1667—1720)游。《哭㧑谦先生》一诗深有感情。尤其中间两联，睹物思人，如在目前：

> 昨日歌梁木，今朝失哲人。
> 遗书空倚壁，坐席已生尘。
> 架插如椽笔，窗悬漉酒巾。
> 从来子平愿，已矣九泉身。

《登白云山》节奏快畅而有余韵，令人想起毛泽东的诗句"九嶷山上白云飞，帝子乘风下翠微"：

> 白云山上白云飞，几户人家倚翠微。
> 行尽白云云里路，满身还带白云归。

《稻丛怀古》则富有历史的苍茫感：

> 沙汀南望浩烟波，闻说三军从此过。
> 潮水归来人事改，空山迢递夕阳多。

他的古风写得也不错，如《湖上送别》，不仅写出了依依惜别之情，而且痛述了知音之难有：

> 送君湖上路，携手湖水浔。
> 湖水阔万顷，湖水深千寻。
> 万顷似君怀，千寻比我心。
> 宇宙何茫茫，人世少知音。
> 匠石叹无质，伯牙破坏琴。
> 不见季布信，一诺胜百金。
> 名誉何足道？令德独所钦。
> 攀辕且相留，春酒聊堪斟。
> 临别忽忘言，永啸复长吟。
> 去矣客行士，亹勉惜光阴！

安藤东野(1683—1719)是徂徕在江户初开塾时的早期弟子。他名焕图，字东壁，号东野。原姓泷田，其父为羽黑藩主的医官；因早年丧父，被安藤氏收为养子，赴江户学习时便改姓安藤。初亦师从关宿藩儒中野㧑谦，学朱子学。宝永三年(1706)在甲府柳泽吉保家任职，后即入柳泽家儒官获生徂徕门学诗文。后因病辞职，回家疗养。

　　据说东野的文才很受徂徕欣赏，可惜年仅三十七岁即咯血而死。斋藤正谦在《拙堂文话》中叹曰："藤东野在徕门，才识迥出于等辈，非终身守李王者矣。惜乎不幸短折，不见其变也。"当时僧大典也说："蘐园徒善文章者，独藤东壁。"东野死后，徂徕即嘱搜集其遗文刊行。但《东野遗稿》三卷是在他死后二十年才出版的，前有太宰春台、秋元子帅、山县周南等人的序。江村北海《日本诗史》中认为："其诗在蘐园诸子中，虽华藻不竞，而浑朴可称。"中国学者俞樾《东瀛诗选》认为他因早逝"故遗诗不多，然亦足以传矣"。今读其诗，特别胜出者少见，用语亦时见不通。如他养病期间写的怀念诸友一诗："城东野老咀金华，只树猗兰不树麻。梦断春台孝先睡，昆仑山上月婆娑。"其中嵌用了平野金华、本多猗兰、太宰春台、山县周南(孝孺)、山井昆仑等人的名号，似乎很巧，感情也许也很深挚，但文辞有不通处。今选其诗数首于此，以见一斑。

　　《夜渡湘水》，因不闻他到过中国，或是其想象之作：

> 不过湘累庙，一楫上孤舟。
>
> 哀猿夜愈切，何处更悲秋？

《白山杂咏》：

> 不知玄渚钓，结宇白山阴。
>
> 三径酒家熟，四邻花木深。
>
> 农桑从客告，诗名答虫吟。
>
> 世路悠何限，生涯绿水琴。

《寄人》一诗，用中国鸿雁传书之意，颇有情致：

> 去年雪里含愁别，独坐今朝梅送香。
>
> 只缘音书慰遥念，每闻鸿雁立斜阳。

　　东野也善于写长诗，《农事忙》一首十分难得，恍如一幅农村风俗画。结句引出"里胥"(乡间小吏)，发人深思，可谓"欲知心腹事，尽在不言中"。可与菅茶山《备中途上记路人话》一诗对读：

　　桑麻叶密荫村墙，枳壳花飞满古庄。

　　时雨晓浓闻布谷，条风夏冷被菰蒋。

　　悉言南亩苗堪树，况复西畴麦上场。

　　载饷儿童新袯襫，蒸藜妇女旧裈裆。

　　黄醅拍榼宁论肉，白汗随犁奈作浆。

　　彭令孤舟棹几日，少游下泽辗何乡？

　　久从蓁莽埋羊径，惟识泥途侵马缰。

　　为欲里胥颜色好，归来蹄酒事祈禳。

　　此诗除末联外，对仗工整，甚为难得。最后三联，一用晋人陶渊明《归去来兮辞》"或命巾车，或棹孤舟"句意，二用东汉人马少游之语："士生一世，但取衣食裁足，乘下泽车，御款段马，为郡掾吏，守坟墓，乡里称善人，斯可矣！"（见《后汉书·马援传》），三用西汉人蒋诩在家辟三径，唯与羊仲等隐士交往之典，最后欲为"里胥颜色好"而代农人祈祷。以见诗人真可称"善人"也！

　　徂徕门下最有名的两大高足，一是前已写到的太宰春台，另一个就是服部南郭(1683—1759)。南郭名元乔，字子迁，号南郭，别号芙蕖馆、周雪、观翁等。出生于京都，十四岁到江户，十六岁仕于幕府重臣柳泽吉保，师从于徂徕，学古文辞学，创作汉文学，时与太宰春台齐名。三十四岁致仕，设馆授徒。一时文人学者以不识南郭为耻。徂徕殁后，执江户文坛牛耳三十年。同门太宰春台、安藤东野、山县周南、平野金华等人死后的碑文皆出其手。晚年为肥后(今熊本县)细川侯厚礼招聘，参与政事。南郭著述甚多，汉文学创作方面主要有《南郭先生文集》四十卷、《南郭绝句诗集》一卷等。

　　江村北海《日本诗史》中说："盖徂徕没后，物学之门，分而为二。经义推春台，诗文推南郭。"春台以大力治经学，文学乃其余事；而南郭则更重诗文，并善画，又擅和歌。江村将南郭与新井白石、梁田蜕岩、祇园南海相比较，认为"南郭天授不及白石，工警不及蜕岩，富丽不及南海；而竟难为三子之下者"。亦即承认南郭仍属第一流诗人也。西岛兰溪《敝帚诗话》曾形象地说："南郭纪律严正，而有颂容，如轮扁作轮，手得心应；又如周公负扆朝诸侯，威严可畏，温和可爱。"而友野霞舟《锦天山房诗话》则指出，"服南郭天才秀润，加姤风流洒落，照映于一时。是以赤羽之声，薰灼于四方,海内翕然推为诗宗,无复异议";但至江户后期,"诗风大变,专以清新空灵为宗,唾弃此种诗,斥为伪体,每举黄金白雪以为笑具矣。今遗集具在,其得失可得而议焉"。霞舟认为:"盖其五古乐府过于模拟,七古换韵无法,近体拘束于声调,不得大驰骋。应酬牵率,排比支缀,体裁虽合,意兴索然,乏变化故也。虚心论之,当时之称许,固为太过;今时之矫枉,亦未得中。如舍短取长,则纵使不得为冠古之绝才,亦不失卓然为一名家也。"而俞樾在《东瀛诗选》中独选南郭之诗为一卷,并说:"其全集中论学之作殊尟,似于经学微不逮焉。然其诗则颇有出蓝之叹。"

俞樾还在《东瀛诗选》中提及南郭"《文集》中有《寐隐解》一篇,以寐为隐,余甚喜诵之。盖以世事劳形苦心,而托寐以忘焉。词旨洒然,意其为人殆有得于蒙庄之学者乎?"俞氏不轻于誉人,既然他这么喜欢,我就花大气力找得原文,原题为《寐隐辩》,文虽略长,仍照引于下,供大家鉴赏:

> 予性好卧,卧斯静,静斯寐,寐斯忘。非好其卧,好其静以至忘而已矣。自壮岁,时或寒温不时,食饮失节,每得微疾,必入暗室,闭户塞牖,设褥施帏,寐通日夜,以连二日三日,厌而后起,其间不服药饵,病亦自疗,以是为常。比岁齿已逾七十,精神日衰,支体月瘒,每事困惫,不复能气率体,于是旧癖愈甚,夜率以人定就寝焉,寐乃彻旦,不问食时与隔中,朝夕食间,亦时倦事乃卧。故昼日六时,复含其半供寐。固命室人,自寐为期,不欲警觉,其间亡论家事大小,一勿令闻,即有外干,谢不令通。或有客来请见者,室人计穷,遮辞以病,或以不在焉,使至则留唉觉。
>
> 于是室人交谪我曰:"家私不问,可以已矣;人世常伦,交际亦大矣。今乃四方君子,闻君之高义,为之踵请者,岂徒哉?而为君贪惰,寐客数刻,故谢遣废之。亢简之毁,亡有所阙乎?且人寿百岁,夜眠之所弥,几居其半,今君乃复三分之废二,于古人'孳孳之意,唯日不足'谓之何?"
>
> 予乃哂曰:"嘻,可怜哉!汝辈与吾居有年,而犹且被累流俗,其固一至此邪?居,予语汝!
>
> "夫人生在世,奚为哉,奚不为哉?得丧祸福,死生存亡,穷达贫富,毁誉成败,怨恩取与,饥渴寒暑,是事之变,纷乎多哉?日夜相代乎前,互为其根,不知其始,不知其终,果有真者哉?人将混芒乎其中,形与之日徂,无异骐骥之驰过隙,交臂失之,起索之故吾而不得焉。犹且喜怒哀乐,

虑叹变慹，姚佚启态，矜巧能，饰名誉，窃窃焉为知为得焉。其行尽如驰，而莫之能止，心形俱疲，不识为名邪，为利邪？其为形也亦妄矣！果奚为哉，奚不为哉？虽不足为，而不可不为者，其为不免矣！

"夫既观其为妄，烦之为劳，不可强已。欲免为形者，莫如弃世，弃世则无累。然人将有逃在山林、溪谷、江海之中者，非不遥然美焉；而吾生长都会之间，四体不勤，五谷不分，肌粗骨强，耕稼自食，未能也；食芋栗，厌葱韭，自以味之极，未能也。人将有寻五岳、游名山不返者，非不跂然望焉；而吾常糊口都会人聚之间，今乃远游，无计裹粮，且质弱体重，飘然轻举，纵意所之，未能也。人将有逃棋局诸戏，若逃禅诵者；而吾之拙劣，皆所未习，未能也。人将有逃醉乡，枕藉糟麴者；吾虽好酒，肠胃不健，不能痛饮，酩酊沈冥，无所知觉，以至乘亦弗知，坠亦弗知，而其神得全，未能也。是数者，既于吾无所得焉矣。吾之所以寐为乐，人皆有之，而反以为无益，而弗知其所得焉。

"汝欲闻寐之说邪？今夫寐者，其熟也，无思无虑，如有思有虑则不得焉，是一隐也；当其酣寐也，疾雷破山、风振海，耳无闻也，大旱焦，而不热也，河汉沍，而不寒也，青蝇营营，不能仆缘，聚蚊成雷，不能侵肌也，是亦一隐也；梦为鸟乎，厉天高翔，神经乎大山而无介也，梦为鱼乎，潜著自若，入乎渊泉而不濡也，天地之大乎，万物之多乎，亦弗知也，是亦一隐也。

"若乃客来请者，匪我求客，客求我，而其所求何欤？吾无财，不能使人富；吾无势，不能使人贵焉。予少好读书，僻事奇字，为其有问欤？然既已老矣，副墨洛诵，昔日所闻，今已还之参寥，附之疑始，则所见问，百不记一，不能为空空者竭焉，对虽终日，有觍面目而已，纵直寄焉，无益彼此。

"至若夫二三交游，平生知我熟我者，然乎哉？然则为不知己者诟厉也。不知悠悠之徒，宁以我为不贤，绝而不通，不几足以为逃乎？是亦一隐也。故云，卧斯静，静斯寐，寐斯忘。寐之为隐，不亦大乎？

"吾家无素业勤可以承焉，贱人分定，少不勤行，长不竞时。是故进则不能取富贵，以复宗族也；退则不能励名节，见推乡闾。如醉如梦，忽忽以及今耄矣，然幸遇至平之世，衣食都会之间，咨寐偷生，为游惰之民，而时丰人淳，衣食家足矣，多若水火，求无不与者。故以及汝辈，不知饥寒，优游卒岁，于事已足矣，又奚役役苦心劳形为哉！静然可以补病，眦搣可以休老，无寐若焉已！"

　　客有为庄周之言者，即予说难之曰："子今以人生为妄，则似矣；然古之真人，其觉自忘，今子乃以觉所见为妄，以寐所得为忘，不知亦梦之中又占其梦焉也。且有大觉，而后知此其大梦也。则子今以是为患，是其梦未始觉者邪？乃抗爽言以自适焉，顾未至邪？"

　　予曰："然，有是言也。虽然，予则谓人生在妄中，譬犹鱼在水中，一息有存，则不可离，必矣。且万世之后，一遇大圣，知其解者，其有焉，而不能旦暮遇之，则吾侪鄙人之常累，为觉为梦，未能大忘，亦恒物之大情也。故且以生为妄，假寐托其忘而已。且若子之说，予与汝皆梦也。吾妄言之，子妄听之可也，子奚难之深也！"

　　南郭文赋有名者尚有《蜘蛛端砚记》《岚山樵唱集序》《祭儿恭文》等。此处不及列举。至其诗，俞樾认为："五七言古诗，气韵高古，且有词藻；而七律尤所擅长，沈雄博厚，俨然有少陵遗韵。在东国诗人中固卓然成家者也。"南郭诗中最常为人称引者有《夜下墨水》：

> 金龙山畔江月浮，江摇月涌金龙流。
>
> 扁舟不住天如水，两岸秋风下二州。

　　墨水即江户的墨田川(今称隅田川)，流经今东京都东部，注入东京湾。金龙山指浅草的待乳山，上有金龙山圣天宫。墨水之畔风光美丽，但诗人独写月夜江景，迥然脱俗。据《近世丛语》卷四，"物徂徕曰：服部南郭《下墨水》、平金华《发深川》、高兰亭《泛三叉》之作，锵然玉振，皆不易得也。乃折简写之，贴著床壁。"人称"墨水三绝"。但据说赖山阳对此诗评价不高，在其论诗绝句中称"口角宫商音响浮，句中义味未深求"云。

　　南郭的《镰仓怀古》共七首，也被称颂一时，直到大正时期，评论家结城蓄堂仍认为镰仓怀古之诗首推南郭此七首七律。今引录其一：

> 相中吊古此盘旋，霸主楼台建久年。
>
> 雄略不终三世幕，远图唯有八州船。
>
> 马空窟里留寒影，鹤去冈头入晚烟。
>
> 行到琵琶桥上望，依然海岳媚春天。

　　被视为南郭最高杰作的，是长篇《明月篇》和《小督词》。小督为高仓天皇(1168—1180在位)宠幸的宫女，擅抚琴。当时平清盛欺君擅权，骄奢傲蛮，逼小督出宫，又令其削发为尼。南郭模仿白居易《长恨歌》，描述这段史事，共三十六韵。《明月篇》则标明"效初唐体"，乃效步初唐卢照邻《长安古意》、骆宾王《帝京篇》、张若虚《春江花月夜》等七言歌行体名篇，婉转流润，回环往复，又运用了中国大量有关月亮的典故，具见功力，可咏可叹。兹不嫌其长，录《明月篇，效初唐体》以为鉴赏：

> 长安八月秋如水，夜色纤尘空万里。
>
> 河汉已收星欲稀，江天初照月相似。
>
> 琪树银台玉露垂，交衢大道金风起。
>
> 千丈光攀帝阙间，三条影满人家里。
>
> 帝阙人家不作眠，夜行夕燕月明前。
>
> 相看来饮张公子，谁识遨游美少年。
>
> 娼家百膳餐为玉，戚里千金酒作泉。
>
> 齐什陈篇歌相见，佳人少妇照相怜。
>
> 未拟夜长还秉烛，何须昼短却开筵。
>
> 鸦黄蝉鬓景氤氲，月下流杯把向君。
>
> 好取侯家白玉案，请看主第冰绡裙。
>
> 扁舟几处堪乘兴，一石此时谁厌醺。
>
> 别有君王望月台，步辇乘茵永夜回。
>
> 琼槛翩翩桂子坠，瑶池濯濯菱花开。
>
> 合欢殿里争相待，连理帏中不独来。
>
> 合欢连理彻通宵，神女行云不待朝。
>
> 月色中天相掩映，容光满殿共妖娇。
>
> 须臾一曲命鸾舞，俄尔三更吹凤箫。
>
> 细腰掌上凉风发，鬓发笄边轻雾飘。
>
> 鬓发细腰悲昔游，凉风轻雾不胜愁。
>
> 秦川机上璇玑色，长信宫中玉树秋。
>
> 秋去秋来空裂素，相望相忆几登楼。
>
> 团团皎皎孤轮在，脉脉盈盈一水流。
>
> 千里相望天一色，一天望月长相忆。
>
> 长江何处采芙蓉，近里谁家悲促织？
>
> 但见长江<u>白杨黄</u>，但闻近里捣衣裳。

闺中花鸟年年变，<u>沙上王孙岁岁长</u>。
关山一路徒劳梦，尺素九回空断肠。
妆阁初疑明镜景，卧床犹摘画帘霜。
霜洁镜明簟色寒，素手红颜独夜看。
可怜素手环中缓，应惜红颜镜里阑。
一夕悲忧<u>短发</u>白，百年欢洽远人难。
远人对此泪沾襟，中宵荧荧起微吟。
希逸毫端霜露陨，<u>仲宣楼上岁年深</u>。
<u>楼上</u>摇情已翳翳，万户千门落月低。
<u>此时</u>月落情难歇，落月今宵望转迷。
唯有远山长河色，斜影沉沉落月西。

此诗俞樾收入《东瀛诗选》时作了少许修改，上面文字下划线的，即为俞樾有改动者。其中"沙上王孙岁岁长"一句，被改作"塞外风沙夜夜凉"，改得很好；其他我认为大多也可以不改；但"仲宣楼上岁年深"一句，俞樾改成"仲景楼上岁年深"，则不妥。仲宣指王粲，王粲依刘表，怀才不遇，登当阳城楼，作《登楼赋》，后即成文人不得志的典故。"仲景楼"则不知何指。史上有东汉张机字仲景，但张机非文学家，乃名医，且其人并无与"楼"有关的故事。其他也没有什么叫"仲景"的文学家，即使有也不能与谢庄并提，也没有"仲景楼"的典故。因此我认为俞樾改错了，或者就是刻印时手民之误。程千帆、孙望的《日本汉诗选评》据《东瀛诗选》选录了此诗，但将"仲景楼"改回"仲宣楼"，可见他们也认为俞樾改错了。

江村北海《日本诗史》在将南郭与新井白石、梁田蜕岩、祇园南海作了一番比较后，肯定"南郭能守地步，不求胜于一句一章，而全功于一卷一集"，并指出："今阅其集，初编瑕颣颇多，二编十存二三，三编四编最粹然矣。乃知此老剪裁，老益精到。因谓作者无才则已，有小才而欲大用之，丑态毕露，最可戒也。大才大用，诚为快绝；而仅欲快绝，易侵三尺。十分之才，每用六七分，正是诗家极至工夫。南郭能解此义，百尺竿头，不肯进步，反是难至地位。"这一段论述，颇耐咀嚼，也值得每个文学创作者深思。

山县周南(1687—1752)，名孝儒，字次公。因生于周防(今山口县)之南，故号周南。其父仕于萩(今山口县北部)之毛利家为儒官，以朱子学者知名于时。周南从小刻苦学习，父教甚严，据说每天在二楼读书，并被撤去梯子，不准随便下楼。周南遍读儒老佛医诸书，也读小说野史。十九岁时，随父去江户，成为徂徕的早期弟子。当时徂徕之学尚无后来那样的地位，周南和安藤东野热心师事之，同时实际也是襄助之，使徂徕名声远扬，加上太宰春台、服部南郭、平野金华等人相继入门，俊才云集，徂徕派于是盛显于世。因此，徂徕对待周南便与其他弟子不同，居于学生与友人之间。这从前面写到的徂徕《春日怀次公》一诗即可看出。周南学成归去，即承其父职，任萩的明伦馆馆长，后来培养了不少人才。江村北海在《日本诗史》中说："余谓近时文士得行志，莫若次公。"正德元年(1711)，朝鲜使节到赤间关，毛利侯派儒者接待，周南即是其中年轻的一位。周南以汉诗和笔谈的方式与韩使交流应酬，获得韩使赞赏。周南有文集十卷，又著有《作文初问》等书。不过今存诗文中特别值得一读的作品并不多。兹略引两首以见一斑。《玉江秋月》描写的是大阪湾幽美的夜景：

> 一碧瑠璃凝不流，波光始白月盈楼。
>
> 笙歌忽入西风起，人住广寒宫里秋。

《镰仓览古》则写得萧瑟苍凉：

> 湘水烟横返照明，关河空领霸王城。
>
> 海边驱石人先老，山上填溟鸟自鸣。
>
> 百里停云总杀气，一林高树皆秋声。
>
> 可怜孤鹤归华表，犹停此冈飞晚晴。

平野金华(1688—1732)，名玄中，又名玄冲，字子和，通称源右卫门，号金华。陆奥国(今青森县)人。幼丧父母，为舅父抚养长大，初学医行医，后弃医而改学儒学。与太宰春台一样，先拜中野㧑谦为师，后改投荻生徂徕门下，终为"蘐园七子"之一。曾任常陆(今茨城县)守山侯的儒官。金华为人豪放不羁，侠义慷慨，好饮酒畅言，时游酒肆娼家。人称狂者，而自谥文庄。有人问徂徕何以不责备金华，徂徕说他是千里驹，如管得太严，恐将逸去。金华有《金华稿删》等遗作存世。他较有名的一首诗是《早发深川》，深川即今东京隅田川下游。前已提及此诗与服部南郭的《夜下墨水》及高野兰亭的《月夜三叉江泛舟》一起为徂徕所激赏，被誉为"墨水三绝"。其诗如下：

> 月落人烟曙色分，长桥一半限星文。
>
> 连天忽下深川去，直向总州为白云。

金华的《冬日杂诗》则颇有不平之气：

> 十年何所有？华发感吾生。
>
> 茅屋雨声暗，寒灯曙色清。
>
> 淹留怜薄宦，偃蹇怪虚名。
>
> 相值轻肥客，扬扬意气横。

徂徕于1728年逝世，金华所作《哭徂徕先生》深有感情：

> 牛门春色自悲伤，海上风烟竟夕阳。
>
> 一代文宗溟渤外，千秋事业白云长。
>
> 尘环新失凤鸾翼，天上何归奎壁光？
>
> 涕泪长含长别恨，招魂几断楚人肠。

金华曾有诗赠服部南郭，有句云："白发如丝混兄弟，中原二子奈虚名。"江村北海却认为金华有点不自量力，并且不赞成世人将他们二位并称。他认为金华之诗"有太佳者，有太不佳者。太佳者体格雄华，金石铿锵；太不佳者浅陋支离，剽窃陈腐。如出二手，亦唯负才不能精思耳。"

本多猗兰（1691—1757），原姓滕，远祖为藤原氏。名忠统，幼名驹之助，字大乾，号猗兰，晚号拙翁。猗兰之号，出自孔子幽谷见兰而弹琴曲《猗兰操》的故事。猗兰的祖先曾屡建战功，关原之战后移住三河（今爱知县）的西尾，元和三年（1617）大阪之役后移居近江（今滋贺县）的膳所。猗兰即出生于膳所，十四岁时其父去世。猗兰师事徂徕。宝永四年（1707）任伊予守，享保四年（1719）任江户幕府大藩头，十年（1725）任若年寄，十七年（1732）转封伊势（今三重县）神户藩主，直至延享三年（1746）退隐。他虽历任幕府要职，但并未废学，仍时作诗文。存世有《猗兰台集》和《猗兰子》等。其诗略举数首，如《中秋登城楼》：

> 风满红枫月满楼，江山事事使人愁。
>
> 昔时天上闻吹笛，今日惟逢摇落秋。

《秋日忆故人》：

> 莼鲈遥望对秋风，故国音书行雁空。

> 帆影江南天际色，茫茫更入白云中。

《灯下独酌四更雨急因作》：

> 李白百杯吾岂惊，当时自称酒中名。
> 灯花今夜四更落，醉气牵眠入雨声。

《秋日偶成》：

> 徐步病生难远攀，独入园林心自闲。
> 弹琴长啸蟠松下，杯酒偏怜流水间。
> 秋气早来明月涧，寒云近绕雪华山。
> 杳然时忆归田赋，都邑宦游双鬓斑。

《秋夜》：

> 花前把酒恨春风，花尽风寒秋叶红。
> 一代宠荣兴废有，流年诗赋姓名空。
> 病来枕席伤霜露，梦断乡关叹燕鸿。
> 时听钟声传半夜，月轮停午片云中。

如上所述，猗兰一生似乎春风得意，宦途畅通；然而他的诗中却多有伤愁之作，而且写得还颇生动。这也是一种有趣的现象。

守屋峨眉(1693—1754)，名焕明，字秀纬，通称小十郎，号峨眉山人。早先从父学医，后向安藤东野学儒学。更赴江户师事荻生徂徕。享保九年(1724)仕大垣藩为儒医。与服部南郭、平野金华等人亲交。江村北海《日本诗史》称其"亦有重名"，并载录其诗一首：

> 窗对芙蓉含雪色，槛当沧海抱潮声。
> 万家榆柳传新火，千里莺花背旧程。

江村认为此诗"太佳"。其实只是对杜甫名诗"两个黄鹂鸣翠柳，一行白鹭上青天。窗含西岭千秋雪，门泊东吴万里船"的颠倒模仿。江村又说《吴宫怨》小绝亦佳"，今则未见。

大内熊耳(1697—1776)，名承裕，字子绰。因出生于陆奥(今青森县)三春的熊耳村，乃取以为号。熊耳的远祖，是百济的明帝的太子余琳。熊耳十岁丧父，自小好学。十七岁时赴江户，师事古文辞学者秋元澹园，后又因澹园的介绍师从于徂徕。他后又去京都，拜访过伊藤东涯。又去长崎，在那里讲学约十年。此时他获得李攀龙的《沧溟先生集》,十分喜爱,便手抄了一遍,每日拜读。后来他又回到江户,在浅草讲学,名声甚高。又在澹园的推荐下赴肥前(今佐贺县)仕于唐津藩。熊耳以古文辞学知名于世,时人称为"当今于鳞(李攀龙)"。连服部南郭也说:"熊耳文章刻意学沧溟,故肖之。方今秉笔拟李者甚众,而皆不能及。"而熊耳正是受到南郭指导的,所以他在文章中凡提到南郭必称先生。熊耳有文集传世,门人滕南丰作序。另还有《壶丘诗稿》留存。今录其诗数首。《春日郊行》写春光充满生气:

> 东郊春色满,曳杖步青芜。
>
> 戏蝶过园逐,流莺隔树呼。
>
> 花深迷曲径,柳袅傍平湖。
>
> 谁识浮游地,风光醉玉壶。

《早春过长坂督人墓下有感》则是另一番心情:

> 墓道人行少,坟孤残雪前。
>
> 山河仍旧色,苔鲜入新年。
>
> 亲友多先逝,文章殊未传。
>
> 独余迟暮感,为尔一潸然。

他的《晓发关宿》写旅情甚佳,而更值得欣赏的是颈联流露的关心民生的思想:

> 关门晓发大河阴,鸡叫城头月欲沈。
>
> 人渡寒潭秋水暗,鸟栖幽壑宿云深。
>
> 稻粱行遍怜民业,霜露看繁伤客心。
>
> 回旨东方天渐白,依稀树杪见遥岑。

高野兰亭(1704—1757),名惟馨,字子式,号兰亭,别号东里。兰亭的先祖本姓高石,世为贵族,受封于喜连川。后失封归农,至其祖父始赴江户经商,改姓高野。其父善俳谐、连歌,为人豪爽,但不善理财,家道渐衰。兰亭从小聪明好学,四岁习书法,六岁学于佐桥玄龙,十岁入徂徕门下。徂徕甚为器重,称为"才抵赵璧连城"。可惜他十七岁时双目失明,心情极其沮丧。此时徂徕及时鼓励他说:"学者亦多术矣。博闻强识,目力与为多焉,非子所宜也。先王四教,诗居其一。今之诗,羼古之诗也。行衢道者不至。用志不分，乃凝于神。大雅久不作，其将在子乎！"兰亭受到激励和启示，遵照师训，专力于诗。三百篇以下，至汉魏六朝、唐明大家之名作，均熟记于心。诗风豪壮，尤擅五七言近体，成为江户中期著名诗人，在蘐园派中有人将他与服部南郭并称。但江村北海在《日本诗史》中则为他定位为："其诗剪裁整密，音韵清畅，虽不及白石、蜕岩、南郭等大家名家，在小家数则可称上首者。"据说兰亭作诗过万首，但至晚年多被其焚毁。去世后，门生搜集遗作不满千首，编为《兰亭先生诗集》十卷。

他的《月夜三叉口泛舟》，前已提及与服部南郭的《夜下墨水》、平野金华的《早发深川》被合称为"墨水三绝"，深得徂徕赞赏：

> 三叉中断大江秋，明月新悬万里流。
>
> 欲向碧天吹玉笛，浮云一片落扁舟。

《墨水览古》同写此川，更饱含历史沧桑之感：

> 空林精舍墨河头，梅子祠前吊远游。
>
> 华表莓苔封旧色，佳城杨柳乱春愁。
>
> 孤村云拥长堤树，二国潮通古渡舟。
>
> 此地犹余怀土泪，大江千里向西流。

《偶成》写郁郁不得意，这类诗兰亭写过很多：

> 空堂岁晚转凄清，短褐哀歌意不平。
>
> 湖海百年还浪迹，风尘万事任浮生。
>
> 佳人自爱倾城色，老骥何堪伏枥情。
>
> 偃蹇衔杯看玩世，安论身后有功名。

又如七律《自遣》：

> 十载风尘伏枕过，谁堪垂老易蹉跎。
>
> 曲中流水知音少，世上浮云侧目多。
>
> 楚璧空怀三刖泪，汉关还忆五噫歌。
>
> 何当更问烟霞路，初服裁来结薜萝。

兰亭还写过五律《自遣二首》，今选其一：

> 蹉跎违世路，偃蹇老江湖。
>
> 裘敝黄金尽，诗成白雪孤。

交游怀异代，天地哭穷途。

伏枥看如此，悲歌扣玉壶。

他的《寄子祥》，也是写怀才不遇和遭妒忌排挤：

朱邸多奇士，高才只尔思。

主应知骏骨，众自妒蛾眉。

附凤人争望，屠龙技可悲。

即怀明月璧，按剑总堪疑。

以上所引皆为近体，其实他的古体也颇有可诵者，如《秋夜长》：

星斗阑干小红楼，河汉如练月如钩。

此时此夜空踯躅，弹筝自唱将归曲。

可怜明月长相思，可怜秋夜长相悲。

相思相悲不相见，红锦纷絮泪如霰。

秋夜一何长，郎情不可忘。

自起拭清砧，操杵捣衣裳。

合欢床下莎鸡鸣，窗前梧桐夜有霜。

绮窗将晓正惆怅，秋风吹拂芙蓉帐。

中国学者俞樾在《东瀛诗选》中认为："自物氏（徂徕）倡为古文辞，门下极一时之盛，而推翘楚者则惟服南郭、高东野二子云。东野论诗，大旨谓：宋元之世，诗道衰息；明兴，王李二公揭旗鼓于中原，诗道复盛；然王博而杂，李精而密，欲法唐人者，非修于鳞氏之业，复于何得之乎？其宗尚如此。今读其七律，信为有明七子一派。虽不免虎贲中郎之诮，然词藻高翔，风骨严重，固亦一时之杰作也。"俞樾选其诗多达一百十七首，而且还摘录其七律中佳句多达十五联，并说："如此等句，置之《沧溟集》中，不能辨楮叶。"

石岛筑波（1708—1758），名正漪，字仲绿，后改名艺，字子游，号筑波、颖川。远江（今静冈县）人。其父为滨松藩士。筑波六岁从叔父石岛正侯学四书五经。及长，师事徂徕，后又受学于南郭。学成后短期任远江滨松藩儒官。因其为人豪放不羁，无意仕途，遂辞官，在常陆（今茨城县）的筑波山下隐居，自称筑波山人。宽保二年（1742）在江户驹达的吉祥寺侧开私塾"芰荷园"，教授弟子。后归滨松。南郭曾称其"才学兼备"，可惜中年殂谢，未尽其才华。有《芰荷园文集》等。他学宗徂徕，但也不固执门户之见。他的诗《邻花》，可能也含蓄地表达了他对学问不守固常的意思：

> 坐见邻园桃李春，枝枝烂漫隔墙新。
>
> 送香终日东风起，何必斯时问主人？

他的《芝浦夜泛》，情景交融，音色均凄清，与如今东京湾之繁华夜色截然两个世界：

> 孤舟一夜下渔汀，波响何堪篷底听。
>
> 含雨江天无月色，篝灯处处乱如星。

他的七律也很有功力，今举数首，如《月夜听琴》：

> 明月晴云悲素秋，携琴有客共登楼。
>
> 青山乘月层层出，绿水穿云滚滚流。
>
> 影落飞鸿天际舞，声低别鹤曲中愁。
>
> 弹来似诉知音少，千载钟期何处求！

《筑波闲居奉寄怀云梦越公，公好琵琶》也绘声绘色：

> 大江西望晚来波，摇落催寒入楚歌。
>
> 风起白蘋时雨度，霜深红楼夕阳多。
>
> 三秋浊酒愁中尽，十载浮云客里过。
>
> 遥忆真人天际趣，琵琶曲罢月婆娑。

江村北海《日本诗史》称他"以诗才雄豪称于一时"，并引其游京师一诗：

> 敝裘仗剑入西京，自比能文陆士衡。
>
> 谁见篇章焚笔砚，岂将诗赋让簪缨？
>
> 一时羊酪无人问，千里莼羹动客情。
>
> 洛下书生夸博物，寥寥未闻茂先名。

此诗自比为西晋能文的陆机和张华，为自己的不得志而不满，未免有点"狂"，以致江村北海说其诗"往往神气轩鼐，笔端活动。若济以精细，则可为词坛旌门。惜乎其人轻躁，下笔亦复疏率耳"。

最后再写一位久已被人忘却的徂徕的学生冈井嵃洲(？—1765)，名孝先,字仲锡,通称郡太夫,号嵊洲、沧浪。曾先后任水户藩儒、高松藩儒。
江村北海《日本诗史》写到"近时高松侯文学冈仲锡",认为他"有文辞",
并引录其一诗,称为"婉顺可诵"。诗云:

> 渺渺春波夕照微,白苹风起鸟双飞。
> 曾攀杨柳江桥上,杨柳挂丝人未归。

十、徂徕的再传弟子

以上所述蘐园派诗人,均是徂徕的入室弟子;而有的研究者还把本
书前面写到的僧万庵和大潮也算作这一派,也自有道理(但他们似乎没有
"入室")。更有一些诗人,是徂徕的再传弟子,有的甚至在徂徕逝世以后
才拜徂徕的弟子为师的。他们中的著名诗人,我们也专立一节。

山根华阳(1694—1771),名之清,幼名久三郎,通称七郎右卫门,字子
濯,号华阳。华阳与山县周南一样,也是周防人。他拜周南为师,因此是
徂徕的再传弟子。他生于周防之南的海边的华浦村,仿周南之号为华阳。
华阳最初从伊藤东涯学古义学,三年后归来,正好周南也从江户归来讲授
古文辞学,华阳遂舍古义学而学古文辞学,成为周南门下的俊才。同时,
他又向服部南郭通信请教。所以把他归入蘐园派更是不错。后来,他也
成为萩藩的儒官,并任藩校明伦馆的馆长。遗著有《华阳先生文集》十卷。

华阳的诗《听晓莺》仅短短二十字,但构思巧妙。因耳闻莺声而起床,
打开窗后却只见晓月梅花,真是画中有声:

> 黄鸟鸣何处?晓窗帘户隔。
> 起求梦里声,月落梅花白。

华阳还有一些描写脱俗超尘的心境的诗,如《午睡》:

> 净簟明窗暑色空,偃然高卧领凉风。
> 功名那向人间觅?百载荣枯一梦中。

《夏日游山泉》:

> 清泉百尺白云寒,石蟀涓涓绕翠峦。
> 避暑此游堪洗耳,傍人应作许由看。

这里要顺便提前写到华阳的儿子山根南溟(1742—1793),名泰德,字有邻,通称六郎,号南溟。他自小受家学,后亦仕萩藩为侍讲,又任明伦馆学头座所勤。其学信奉徂徕的古文辞学。善诗文。嗜酒,自称酒禅。有《南溟诗集》三卷。其诗如《夏夜泛舟》,堪与上引其父《夏日游山泉》媲美:

> 溯洄鼓棹意飘然,无限凉风夜满船。
>
> 明月清江天一色,坐疑身在斗牛边。

又如《旅泊闻猿》,末句显然从李白"两岸猿声啼不住"和张继"夜半钟声到客船"等名句中化来。可知南溟对唐诗读得很熟:

> 落月长江千里秋,风吹木叶下寒流。
>
> 晓来未结还家梦,两岸猿声到客舟。

秋山玉山(1702—1763),名仪,又名定政,字子羽,通称仪右卫门,号玉山、青柯等。肥后(今熊本县)鹤崎人。其父本姓村上,后又称中山氏,玉山因从小过继给肥后藩医秋山需庵当养子,故改姓秋山。其养母的哥哥水足屏山(1671—1732)为藩儒,私淑徂徕,倡古文辞学。玉山从小向舅父学习,打下深厚的儒学基础。十九岁时为藩主灵云公擢为儒员,二十三岁随藩主赴江户,入昌平黉,在大学头林凤冈门下学习十余年,同时又在蘐园师从服部南郭学习诗文。因此,玉山当属徂徕的再传弟子。他常代林凤冈讲课,名声大扬。林氏死后归肥后,任藩主侍读。延享五年(1748)创立时习馆,任督学,从学弟子千余人,因此被誉为肥后国文教事业之祖。临逝世时,索纸笔,写下"清镜无底,冰月似我"八字,亦可见出他的汉文学修养和人格追求。

玉山所交多为蘐园学者,但并不存门户偏见。友野霞舟《锦天山房诗话》中就说:"玉山不专建门户,博综众家,掇菁咀英。取其友于当世,亦犹是也。苟有可取者,则不问其同与否矣。故其诗经营挥洒,颇极变化。歌行最琳琅可诵,一气孤行,别开生面。"而玉山自己则以为五绝写得最好,据说一次在公宴上竟说:"自开辟以来,亘无如臣之五绝者。"虽然可能是醉后狂语,亦可见其自诩。他的文章也不错,曾登富士山而作《富岳记》三千余言,服部南郭称许为:"此神仙中文。天地有富岳,乃始有此文。"涩井太室(1720—1788)为《玉山遗稿》作序云:"方其下笔之际,心不奇其境不就,言不得其奇不发。及其未得之,疾首蹙额,似欲逃坐者。至心与境合,言得所须,如泻瀑水于千寻之壑,千万之字下笔便成。不求法于前而法具其中,不求媚于时而为时所悦。是余之所见其艺也。"可知玉山是呕心沥血从事汉文学创作的,所以取得成就也是较大的。当时江村北海在《日本诗史》已称他"名声焕发,诗才可嘉"。赖山阳后来把他与新井白石、祇园南海、梁田蜕岩并列,称为"正德四家"。

玉山的五绝,我们举写富士山的《望芙蓉峰》为例:

> 帝搁昆仑雪,置之扶桑东。
>
> 突兀五千仞,芙蓉插碧空。

七绝《夜闻落叶》弥有意味:

> 千林霜叶夜飘零,萧瑟秋声不可听。
>
> 梦里忽疑风雨至,开窗残月满中庭。

七律《雨后郊行,到降龙精舍》清新可读:

> 雨后城东春水香,青郊处处踏新芳。
>
> 终年作赋老闲事,山里听钟到上方。
>
> 山锁降龙云未散,楼藏卧佛日偏长。
>
> 苍苔古道多幽兴,飞絮啼禽欲夕阳。

七律《咏叆叇镜》亦生动(明人唤眼镜为"叆叇",见田艺蘅《留青日札》),所写皆读书典故。末联用汉代刘向校书天禄阁有神人燃青藜杖相助之事:

> 叆叇银云镜里清,三余事业待君成。
>
> 夲将虾目五行下,读破蝇头万卷轻。
>
> 映雪孙窗同的烁,看花韩苑已分明。
>
> 还疑太乙青藜照,天禄当年刘更生。

玉山又有七古《钟馗掣鬼图》一诗,江村北海《日本诗史》认为:"此等题咏,易流诙诡。此篇字字典故,巧而不俳,可谓高手也。"引录如下:

> 深山之阿夕出云,凄风苦雨鬼成群。
>
> 小鬼跳梁大鬼笑,高明之家来去纷。
>
> 终南高士面如丹,青袍乌靴峨其冠。

> 十闹腰间三尺剑，小鬼大鬼肝胆寒。
>
> 君不见，白日揶揄鬼如林，不独女萝薜荔阴！

　　中国读者对钟馗图十分熟悉和亲切，查康熙《御定历代题画诗类》，从宋朝苏辙起就有很多诗人题咏过钟馗图。但玉山此诗即使置诸中国诗人的题咏中，亦堪称合作。末句还指出人世间白日亦有"鬼"，尤有深意。江村认为此篇字字典故，实际通俗易懂。

　　而后来文学史家久保天随(1875—1934)认为："如求彼第一等杰作，莫若《髑髅杯行》。此不仅邦人之作中有数者，殆古今罕见其匹。"玉山此歌行乃专为其好友高野兰亭所作，因为兰亭常用一个髑髅作的杯饮酒。久保的话虽然略为夸张了一点，但《髑髅杯行》的确极其浪漫奇特，可称稀见杰作。因录此长诗以供鉴赏：

> 既非月氏头，亦无知伯仇。
>
> 山人好奇奇至骨，日盛美酒以髑髅。
>
> 少年争饮夸豪举，皆道山人达士流。
>
> 座中一客字子羽，蹙颐不饮心独忧。
>
> 试问髑髅："汝何辜，惊骇甘梦不得休？"
>
> 又问："汝何物，奴耶隶耶将王侯？
>
> 樽前摇头供嬉笑，若非侏儒必俳优？"
>
> 髑髅答云："在世时，只忘沈湎饮酒池。
>
> 又记朝戴漉酒巾，夕著白接䍦。
>
> 有时兴来称草圣，脱帽何妨鬓如丝。
>
> 一自蓬累归山阿，贵贱贫富不复知。
>
> 我肉既饫乌鸢腹，我颅偶尔匹鸱夷，
>
> 我形不须司命复，我魂不要宋玉辞。
>
> 糟丘烟霞唤我起，知己谁如山人奇。
>
> 山人日日摩我顶，皖然何利天下为。
>
> 出离蓬蒿厕绮席，子羽莫谩嘲支离。
>
> 我闻古酒人，一棺徒戕身。
>
> 纵葬陶家土，何异湘水滨？
>
> 涓滴不到刘伶家，南州鸡絮岂沾唇？
>
> 渊明临终不得足，毕卓了生不复晨。

> 古来酒人孰如我，宿习绵绵醉天真？
>
> 不管功名朽不朽，不论形神亲不亲。
>
> 未作阿梨七分破，常染酴醾万斛春。
>
> 君不见：无功日月终醉乡，郦生意气尽高阳；
>
> 中山千日偏苦短，百年三万亦非长；
>
> 嵇阮化为祸之父，黄公垆下暗悲伤；
>
> 笑杀人间北海守，如何地下南面王？
>
> 自矜唯我酣畅哉，长夜濡首首作杯。"
>
> 子羽头颅闻此语，同口责子羽：
>
> "子羽汝为生头颅，彼为死头颅，生死头颅亦奚择？
>
> 况胜子璋血模糊，爰颐不饮一何愚？
>
> 汝今不歌岁将去，俯仰间与彼为伍！"

诗人与髑髅问答，已属新异；不料最后诗人自己之头颅竟也与诗人对话，更是奇思妙想，全然出人意料！诗中运用了中国古代大量有关酒的典故等（限于篇幅，不一一解释），得心应手，纵意畅论，信夫彼邦一等杰作！

泷鹤台（1709—1773），名长恺，字弥八，通称龟松。出生在萩（今山口县），因其家近鹤江台，故号鹤台。他出身于世代为木匠的人家，从小喜读书，但身体虚弱。藩医泷养生喜欢他聪敏强记，收为养子，遂改姓。十四岁时，拜也在萩藩毛利家任医官的小仓尚斋（1677—1737）为师。尚斋是一位程朱学者，曾是伊藤坦庵（1623—1708）、林凤冈（1644—1732）的学生。他在尚斋门下学习数年，因养父逝世，生活贫困。其间他曾为毛利家讲课。后改从山县周南为师，学习徂徕学。享保十五年（1730）去江户，其时徂徕逝世已两年。他又拜服部南郭为师。这时他的学问已经很好，南郭尊敬他，不以弟子视之，而是当作朋友。太宰春台也称他为"海内无双"。1763年朝鲜使节来赤间关，毛利家也命他参与接待，韩臣对他的汉文学水平也表示惊叹。晚年（1770年）回故乡，任明伦馆的明伦校校长，为改变周南逝世后藩学衰退的现状而努力，同时仍担任毛利家的仕读。他性格豪快，恃才傲物，敢于讽刺权贵人物不学无术。

他作诗不尚苦吟，数量较周南等人多得多，常咏江户名胜，并多酬唱之作，大多诗味平平。今略举二三。《墨水纳凉》：

> 明月扁舟随海潮，金龙山下暂停桡。

> 练光一道似银波，还怪舟行乌鹊桥。

《边城早秋》：

> 戍楼月落塞天长，羌笛胡笳总断肠。
> 那识长安瓜熟日，边庭早已有飞霜。

《残菊》：

> 十月园林木叶黄，独看篱菊傲清霜。
> 可怜三径荒余色，能使陶家秋兴长。

鹈殿士宁(1710—1774)，名孟一，字士宁，号桃花园，又号本庄。原姓村尾，其父仕德川宗尹。士宁被鹈殿氏收为养子，遂改姓。他仕于德川幕府。最初学程朱之学，后倾倒于徂徕学，拜服部南郭为师。遗著有《桃花园稿》等。友人下毛安修在《桃花园稿跋》中称："鹈本庄立志高远，流俗所好辄不忍为之。盖文则西汉以上，诗则盛唐以上，于明唯取李济南耳。"所谓李济南者，即李攀龙(山东济南人)也。由此可知士宁确实继承了徂徕的古文辞派衣钵。

士宁的诗因此复古、摹拟之迹甚明显。今略举二首。《雪中寄忆阿与乃》乃是寄其妹之诗，其妹也师从服部南郭。诗中以东晋才女谢道蕴咏絮之典来喻其妹：

> 白雪纷纷玉树寒，谢家依旧拥杯盘。
> 知裁诗句相思切，独作春风柳絮看。

《桃花园自题》则是写给自己的。可知他的这个自号乃取自陶渊明的《桃花源记》：

> 老来闲兴爱园林，谁识墙东避世心？
> 花发碧桃春自好，卜居何问武陵深？

服部白贲(1714—1767)，名元雄，字仲英，通称多门，号白贲、蹈海。浪华(今大阪府)人。本姓中西，因师事服部南郭，又成其养子，故改姓。著有《蹈悔集》《赤水漫录》等。俞樾《东瀛诗选》介绍说："仲英亦姓中西氏，因游于服部南郭之门，南郭丈夫子皆亡，有季女，仲英赘焉，遂姓服氏，为南郭之义子，实则女婿也。其父中西集，为人所构陷窜死，临死谓仲英曰：'吾冤不能自雪，儿必为我雪之，使鬼得归父母国！'仲英痛之，至江户鸣于官，事果得白。是其人亦有心人也。"并评其汉文学作品曰："生平为诗文，欲自出机杼成一家。尝曰：'苟有得于我，虽家风，不必守。'然今读其诗，亦仍是南郭一派耳。"

白贲擅五律。《岁杪偶成》二首，有不平之气：

> 十年多病客，避迹此栖迟。
>
> 薄劣人皆弃，疏狂世且疑。
>
> 敝裘逢岁晚，穷巷冷茅茨。
>
> 纵有冯驩铗，长歌更向谁？

> 世事谁能解？蹉跎笑此身。
>
> 功名孤剑有，岁月二毛新。
>
> 漫兴唯高枕，苦吟偏避人。
>
> 瓮中春酒熟，随意草堂贫。

《冬夜客思》则写旅愁凄苦：

> 漂泊三年客，江湖一夜灯。
>
> 孤身逢岁暮，独坐忆亲朋。
>
> 信为家遥少，愁随漏永增。
>
> 天涯风雪霁，归兴奈难乘。

他的七律也不错。《中秋独酌》云：

> 江天摇落武昌东，病起登楼思不穷。
>
> 明月故山寒桂树，清砧今夜送秋风。
>
> 浮云忽向鸿边尽，浊酒谁应客里同？
>
> 强自把杯难作醉，萧条回首叹飘蓬。

《江村客夜》：

> 江村投宿不成眠，抚枕归心夜杳然。
>
> 楚塞寒鸿空自度，长沙迁客有谁怜？
>
> 潮回石岸滩声激，雨暗芦洲灯影悬。
>
> 坐觉孤身无处寄，故园千里隔风烟。

上面诗中写到武昌、楚塞等，不知诗人是否真的来过中国，待考；可能只是修辞的用典的需要。(从"故园千里"看，当在国内，否则万里不止吧？）看来白贲长年奔波在外，善于表达别离与客居的心情。

新井沧洲（1714—1792），名义质，字子敬，通称市郎、彦四郎，号沧洲。仙台（今宫城县）人，父为仙台藩儒。初从乡儒游佐木斋（1658—1734）学，后入服部南郭门研修诗文。亦仕仙台藩而为儒臣、侍讲。著有《沧洲先生诗集》六卷。俞樾《东瀛诗选》称"其诗浑厚典雅，虽无老成，尚有典刑，望而知为物氏门径中人。"其《菅庙》一诗为纪念平安时代汉文学大家菅原道真：

> 古庙深林里，梅花几度春。
>
> 衣冠周尚父，放逐楚灵均。
>
> 雷雨震天地，风骚哭鬼神。
>
> 至今湘水感，谁不寄江滨！

《出塞曲》古调新赋，末句警策：

> 金鞭铁马白云端，直指燕然杀气寒。
>
> 横笛一声明月色，征人齐起倚鞍看。

沧洲写愁赋恨之作亦颇多，有的写得尚耐读。如《寄怡怡斋》：

> 落木萧条四壁居，倦游偏感鬓毛疏。
>
> 樽前风雨怜鸿雁，江上音书忆鲤鱼。
>
> 万里穷交谁鲍叔，十年多病独相如。
>
> 寄言词赋梁园客，知予无心说子虚。

又如《客中感怀寄故园诸子》：

> 宦游千里值春深，懒逐风光处处寻。
>
> 异境烟花无得意，故园丘垄有归心。
>
> 天涯谁问飘蓬叹，客里聊成采葛吟。
>
> 一日三秋离别恨，何当相见慰愁襟。

宫濑龙门（1719—1771），名维翰，字文翼，通称三右卫门，号龙门山人。纪伊（今和歌山县）人。据说其先祖是后汉献帝之孙，因而又姓刘，汉名刘龙门。其家世世为医，侍纪州侯，到他而被削籍。读书力学，慕徂徕学风，宽保元年（1741）赴江户，侨居汤岛，教授生徒。曾入服部南郭之门，因遭同门鹈殿士宁的妒忌而退出。但我们仍将他放在徂徕再传弟子一节中写。

龙门修六经,作古文辞,名声颇卓,从学者众。著有《龙门山人文集》等。
今选录其几首诗以见其风格。五古《拟古》一首,写他身在江户,心往故乡:

> 凉风吹罗帏,皎皎月复圆。
>
> 空床揽衣起,徘徊私自怜。
>
> 故乡信可乐,出门不能旋。
>
> 踟蹰西北望,一身悲弃捐。
>
> 衰老唯涕泣,归乡及盛年!

《草堂春兴》写春意盎然:

> 放歌耽野趣,藜杖憩莓苔。
>
> 竹影侵书帙,鸟声随酒杯。
>
> 断桥浓树外,虚牖白云隈。
>
> 一夜山中雨,小园花尽开。

《暮春郊行》亦有韵味:

> 杨柳如烟草色迷,大堤春雨绿萋萋。
>
> 郊村处处寻花至,唯有黄鹂各自啼。

《登楼》一首,颈联颇佳:

> 华楼百尺碧池隅,东岭云霞绕梵台。
>
> 蓬鬓萧条孤剑老,兰樽潦倒短歌哀。
>
> 秋风空动鲈鱼兴,暮雨何堪鸿雁来。
>
> 摇落千年余楚色,登临徒倚赋悲哉。

田坂瀍山(1720—1758),名长温,字子恭,号瀍山,别号绿漪亭。长门
(今山口县)人。据泷鹤台为他写的墓志,他本姓竹中,后为田坂半右卫门
的养子,故改姓。从小好学,先从津田东阳(1702—1754)学,东阳本是山
县周南的学生,后又直接入山县周南之门学习。善写诗,遍读唐至明代诸
家诗集。曾仕萩藩侯,因肺病辞。年仅三十九年。有《瀍山诗集》六卷,
泷鹤台序,服部南郭、山根华阳跋。

今见瀍山的诗,多为七绝,且多以《竹枝词》或《明妃曲》《关山月》
《少年行》《从军行》《吴宫词》等乐府曲名为题,这是引人注目的。如《竹
枝词》:

> 春风解缆客心长，日暮烟波更渺茫。
>
> 欲停空零滩上泊，子规啼起断人肠。

又如《杨柳枝》：

> 翡翠楼前绿掩扉，年年不系紫骝归。
>
> 空余长绪恼人色，乱入春风露满衣。

又如《闻晓角》：

> 北风忽送角声长，梦后城头一望乡。
>
> 唯有天涯斜月色，平沙万里断人肠。

又如《胡笳曲》：

> 朔风吹雁度云端，雪霁关山夜月寒。
>
> 烽火城楼高百尺，听笳万里望长安。

从上引数诗看，写的都是旅愁、望乡之类，显然都是模仿有关唐诗的。虽然模仿得惟肖惟妙，也许置诸唐集难以分辨，但后被山本北山等人批评为"伪诗"，认为是徂徕、南郭的"余毒久沁人心"。

横谷蓝水(1720—1778)，江户人，名友信，字文卿，通称玄圃，号蓝水、元圃。六岁时他因患痘症而失明，后即学医并以针灸为业。十七岁时听服部南郭讲唐诗，遂决意弃医学诗，后拜高野兰亭为师。他的诗，有人将之与服部南郭并称。俞樾《东瀛诗选》中赞扬他刻苦学习，名满学界，"真可谓盲于目、不盲于心者矣"。介绍他"为诗初学李沧溟，后悔之，乃遍览唐宋诸大家集，以变其格律。又以当代诗人所为五言古诗，皆近体之结构稍异者，未足言古，而自问亦未能过之，故辍不作。"俞樾还指出："余读其诗，以七律为最，故所选为多。其未入选者，如'万里秋风吹大壑，千峰郁翠落平湖''洞壑含烟通鸟道，杉松蔽日暗仙楼''六街花月青楼酒，三径蓬蒿白屋霜''多病故人犹曩日，一时词客此扁舟'，皆雄厚绝伦也。"他的七律，我们举其学杜甫的《秋怀八首》中几首为代表：

> 北郭东皋放晓晴，夏云秋水思凄清。
>
> 贫居日月闲蓬户，乐土烟花满凤城。
>
> 怀里尚藏三献璧，橐中那有五侯鲭。
>
> 谁知圣代逃医卜，卖药穷来转避名。

秋林隔市暮江滨，白屋朱门岂卜邻。

杨柳堤边多绿水，凤凰城里起红尘。

兴阑岁月弹冠侣，官贵云霄赐履人。

势利交游何足问，解衣沽酒乐清贫。

人生别路赋骊驹，落魄销魂一腐儒。

老去文章嗟敝帚，醉来天地笑穷途。

匏瓜自系秋风动，桂树长悬夜月孤。

沧海碧山还独往，更将清论比潜夫。

蓝水的五言诗也有写得不错的，如《残生》：

残生仍养拙，岁月意凄其。

古木春花少，晴山夕景迟。

苍蝇追老骥，腐鼠属群鸥。

不识乾坤大，寒栖足一枝。

户崎淡园(1724—1806)，名允明，字哲夫，号淡园。常陆(今茨城县)人。他是平野金华的学生，从而信奉徂徕学。十八岁时参加步兵队，累进至上大夫。仕守山藩，为儒臣，并在藩校养老馆讲课，教育藩士子弟。享和元年(1801)致仕，专事著述。他长于诗文，并善书法。与同时的蘐园派诗人伊东蓝田为好友。淡园学术论著甚多，并有诗文集存世。其《登筑波山到绝顶遇雨作》颇令人惊喜：

两仪初判现雌雄，峻辟危岭刺碧空。

云雨冥冥双绝顶，只疑问道遇鸿蒙。

松崎观海(1725—1775)，名惟时，字君修、子默，通称才藏，号观海、沼涛。其父是丹波国(今京都)龟山藩老执政松崎白圭，亦为汉学家。观海十三岁从父去江户，入太宰春台门受学，钻研徂徕学。宽保三年(1743)十九岁即著《六术》一书。他又随高野兰亭学诗，为兰亭学生中之首魁。延享三年(1746)袭父职为篠山藩大夫，宝历九年(1759)擢为世子侍读，后升为藩老执政。观海有诗文集，其诗颇有新清可读者。如五言《梅》：

落月照窗中，怪来花影乱。

欹枕清香生，春梦断不断。

《春夜》：

> 一夜东风吹，但觉雨声好。
>
> 明朝欲寻花，不知向何道。

《题琵琶湖图》：

> 湖上名山落卷中，彩云微渺妙音宫。
>
> 荒都花景余春在，古寺钟声向晚空。
>
> 削壁半天虚得月，孤松隔水似衔风。
>
> 十年梦寐曾游地，此日开图感慨同。

千叶艺阁(1727—1792)，名玄之，字子玄，号艺阁。幼丧父母，为舅父收养。少好学，缩衣节食以买书，朝夕讽诵，愈困愈励。他是秋山玉山的学生，攻读古文辞学，承蘐园学风，以诗文著名。宝历(1751—1764)年间，受聘于下总(今千叶县)古河藩主，为世子侍读。因才学超群，遭人妒忌，遂辞官归江户，在驹込设塾授业二十余年。其讲学以朱子学为主，而所作诗歌文章则承传徂徕派。当时，随着许多蘐园名流相继去世，徂徕学逐渐衰落，除艺阁外已很少有人问津了。艺阁标笺过不少中国古籍，另有文集十卷传世。其诗在此略引二三。如《苦雨》：

> 梅雨连旬日，霏微自滞淫。
>
> 何人能炼石，直补漏天阴？

《春雨莺鸣于庭际海棠》：

> 春昼烟浓雨色微，海棠花发倚窗扉。
>
> 黄莺为饮胭脂露，声滑枝头不敢飞。

《游江岛》：

> 金龟孤岛镇关东，琪树玲珑此地雄。
>
> 青壁高悬天女洞，白波直撼妙音宫。
>
> 鳌身堪曝扶桑日，鹏翼将抟溟渤风。
>
> 知是三山应不远，楼台总在彩云中。

伊东蓝田(1734—1809)，名龟年，号蓝田。又称金藏、善右卫门。先师从徂徕养子荻生金谷，后又向大内熊耳学习。学成以讲授为业。因长于诗文，颇受诸藩侯欢迎。有文集存世。其诗《喜曹山人至赋贻》，颇舒卷自如：

> 别来惊白发，酒后笑清狂。
>
> 未信穷无鬼，唯欣醉有乡。
>
> 茅檐晴晚雨，药坞弄新芳。
>
> 纵向人间驻，山林性不妨。

《秋日》则写尽人情冷暖，平生心事独寄西风：

> 八月江天数雁翔，绛河如练露为霜。
>
> 秋云交态年年薄，晓梦愁心夜夜长。
>
> 短褐衣寒知节早，疏篱菊绽俟花芳。
>
> 乾坤吾道终难遇，独向西风气激昂。

《送冈鸿伯，得山字》一诗，中国学者程千帆独击赏其第五句"稳"字，赞为"奇而有理，亏他锻炼得出"：

> 怜君白首厌尘寰，书剑西乘款段还。
>
> 燕市曾赊愁里酒，磻溪重见梦中山。
>
> 衡门夏昼松涛稳，故国秋风海月闲。
>
> 傲吏倘论天下士，文章落在布衣间。

山村苏门（1742—1823），名良田，字君裕，通称甚兵卫，号苏门。信浓（今长野县）木曾人。二十岁时赴江户，师事大内熊耳。其家历代为木曾福岛邑主。苏门后仕尾张藩（今名古屋市），为家老。宽政十年（1798）致仕后，筑清音楼、仙鹤亭，讲述其中。著有《清音楼集》《苏门文集》等。俞樾《东瀛诗选》云："苏门家世掌福岛关管钥，至苏门为尾相十余年，声望颇著。晚年自定其诗文为《清音楼集》，亦清雅可诵。有句云'造次于花颠沛花'，化陈为新，余甚喜诵之，虽未入选，附识于此。"可惜日人所撰汉文学史中均未记其人。

苏门有《过西野村》一诗，可知当时日本中部地区还非常贫瘠，也反映出他关心民瘼：

> 西野行无限，寒光入不毛。
>
> 由来少粳稻，只是有蓬蒿。

> 坼地三川合，冲天两岳高。
>
> 深嗟治不足，常使此民劳。

《城山怀古》颈联发人深思，尾联意境苍茫：

> 城山突兀大河东，密篆理溪仄径通。
>
> 古堞云飞余碧树，空壕露冷自青丛。
>
> 谁知今日幽寻乐，都在当年战伐功。
>
> 攘臂相看谈往事，斜阳已落岭松中。

苏门的七古《观肥后瀑布图》是很有气势的好诗。肥后即今九州的熊本县：

> 胜概久闻熊城东，山水之奇不可穷。
>
> 肥后太守好事癖，毫端缩得厨画中。
>
> 一朝开厨向我示，座上惊见大江通。
>
> 直漱触石疑闻响，偃树临岸怪生风。
>
> 瀑水迸跃知几处，怪岩一一状不同。
>
> 丹洞散处挂玉箔，青天涨时落白虹。
>
> 二匹素练合左右，两口霜剑分雌雄。
>
> 霜剑素练总奇状，缀珠乱丝竞神工。
>
> 卷尾别有称大瀑，势如白龙下苍穹。
>
> 悬崖壁立几千丈，碧柽青桧锁笼苁。
>
> 岩下深穴焉知底，山鬼昼哭雾濛濛。
>
> 此地深谿绝人迹，水栖魍魉山黑熊。
>
> 今日却似具六翮，翩随长风伴仙翁。
>
> 观罢恍然如梦觉，惭我未能脱樊笼。
>
> 嗟乎仙游难可得，聊写奇绝托雕虫。

龟井南冥（1743—1814），名鲁，字道载，号南冥（一作溟），又别号信天翁、狂念居士、苞楼等。筑前（今福冈西北部）人。其父龟井听因是医师，曾师从荻生徂徕。他十四岁时（徂徕逝世已近三十年），从释大潮、三浦瓶山学习，后赴大阪向永富独啸庵学医，更赴长州师事山县周南学徂徕学。学成后，安永七年（1778）为福冈藩侯提拔为儒员兼医员，成为甘棠馆祭酒，专门教授徂徕学。1784年，福冈的志贺岛有一位农民在修水渠时发现了汉光武帝授予日本古代倭王的"汉委奴国王"金印,最后就是由南冥作出权威鉴定的。南冥为人豪放不羁,不修边幅,不避忌讳,因此颇受非议。加上当时学派门户甚对立,宽政二年(1790)幕府发令禁"异学"(主要针对徂徕学)后,不久被免职。晚年失意郁闷,放火自杀。南冥学问不错,被称为镇西一大文豪。而其子昭阳更承其箕裘,被猪口笃志称为"近世无双的大儒"。

南冥存世诗文甚多。猪口笃志《日本汉文学史》引载其《大宰府旧址碑》,文辞古旧老到。因篇幅较长,此处仅录其最后的"铭曰",以见一斑:

> 荡荡大瑕,皇霙收矇。八埏环海,一岳挂天。
>
> 朵珠毓金,山媚水鲜。奥镇东北,岩邑绵延。
>
> 命肥与筑,控制戎蛮。蛮舶越舲,出没如烟。
>
> 贿货藏祸,重驿通津。镇台严备,鼙鼟殷辚。
>
> 观时开务,宜稽古贤。都府存迹,片瓦巍然。
>
> 周文服事,商鼎不迁。宇宙自若,带砺常新。
>
> 百王一姓,千亿万年。

其中略有词意难解或音韵未协处,也不知是否传抄有误。猪口笃志书中还引了南冥的《麑岛城下作》一诗,"麑岛"即鹿儿岛,为九州南端著名古城。此诗为安永四年(1775)九月十三日南冥同其门人绪方周藏游鹿儿岛时所作,被人称为"九州三绝"(另外二首是伊形灵雨的《过赤马关》、释普明的《姬岛》)之一:

> 谁家丝竹散空明?孤客倚楼梦后情。
>
> 皓月南冥波不骇,秋高一百二都城。

作为徂徕派诗人,我们再举一位三绳桂林(1744—1808),名维直,通称准藏,字绳卿、温卿,号桂林馆、蒲山。他是江户人,徂徕大弟子服部南郭及松崎观海的学生。俞樾《东瀛诗选》称他"乃东国之处士。身后门人刻其遗诗,诗虽无新警之句,而皆粹然完美,知其洗伐之功深矣。"如《春晓发海驿》,状景甚佳:

> 星言辞逆旅,前路曙钟闻。
>
> 海已收春雨,山犹拥宿云。
>
> 花香风里暗,帆影月边分。

> 忽复东方白，遥天见雁群。

《游江岛》一诗写海涛也颇壮：

> 孤岛秋高积水隈，壮观且倚玉楼台。
> 芙蓉晴雪擎天起，瀛海风涛撼地来。
> 奔马冲岩千鬣乱，惊龙走壑万鳞摧。
> 吾曹未拾遗珠得，豪兴犹探岩穴回。

俞樾还提及他临终尚吟一绝，并说：“其为人也，殆亦生有自来者欤？”

> 春到人间阳未回，淹留难值百花开。
> 竭来行向昆仑路，无限烟霞满帝台。

金谷玉川（1759—1799），名英，字世雄，通称英藏，号玉川。纪伊（今和歌山县）人。他大概是徂徕的最小的再传弟子了。在蘐园学派衰颓之时，他仍拜太宰春台高足松崎观海为师，专修徂徕的古文辞学，并力图挽回该学派的颓势。曾仕纪州藩，为儒臣，藩校学习馆的讲官。著有《玉川小稿》等。玉川诗颇有可诵者，如《夏日山行》：

> 一策寒驴随采樵，松风桧雨昼萧萧。
> 溪声不带人间热，送客遥过独木桥。

《中秋赏月到安养寺》：

> 贪看明月到禅家，白石青苔步屐斜。
> 一阵清香扑衣带，逆风逢著木犀花。

《漫题》颈联颇堪咀嚼：

> 松阴深处占茅庵，诗酒亲交但两三。
> 花草唯缘游赏谱，药名却为病多谙。
> 除书卷外百皆厌，任笔研余一不堪。
> 若问人间名利事，先生默默总如暗。

以上，本书分两节论述了徂徕的弟子与再传弟子中的佼佼者。这里，我们要引江村北海《日本诗史》中一段话作结：“徂徕门下，称多才俊。其显者，春台、南郭之外，犹数十人。可谓盛也。然细考之，则其中大有轩轻,盖大名之下易成名耳。况赫赫东都,非他邦比,或攀龙附凤,欲托禁脔,或曳裾授简,长沾侯鲭,假虎威者,附骥尾者,青云非难致也。加之邦国士人,各从其君往来,结交同盟,遍满诸藩,褒同伐异,鼓荡扇扬,靡遁僻不届。是其所以显赫一时也。退察其私,则羊质而虎皮,名过其实者亦不鲜。簸之淘之,后世自有公论耳。"北海的这一段论述十分深刻。举一反三,我们在对文学史上的一些流派、作家作分析时,都可参考这一精辟见解。

十一、江户中期关西诗坛

前面已经写到,江户前期关西的汉文学是以京都为中心,而由藤原惺窝及其门人一起开创的。例如,松永尺五在京都开设了讲学堂,培养了木下顺庵、宇都宫遯庵、贝原益轩等人,顺庵又继而培养了"木门十四先生"等学生,从而将影响扩大到了全国。又如那波活所,虽然后来仕于纪州,又一度活跃于江户,但晚年又归至京都。活所的学生有鹈饲石斋、伊藤坦庵、江村刚斋等,都活跃在京都一带。后来,坦斋的孙子、刚斋的侄孙江村北海,更是著名的汉文学家。除了惺窝一门以外,关西还有山崎闇斋、伊藤仁斋等学派。因此,到江户中期,徂徕一派的势力虽然风靡全国,但主要乃在关东地区,在关西的影响相对来说并不大。木下顺庵去关东担任幕府儒官后,其门人柳川震泽继续主持该所名塾。同门后辈、其养子向井沧洲在京都培育学生,后来出了反徂徕学的干将宇野明霞、石川麟洲。明霞后来又有学生龙草庐、片山北海。草庐在京都创办了幽兰社,北海则在大阪办了混沌社。混沌社中后来出了"宽政三博士"柴野栗山、尾藤二洲、古贺精里,以及平泽旭山、赖春水等人,这些人给了徂徕派以决定性的打击。石川麟洲于是也去了大阪,更增强了反徂徕的气势。

由此可见,徂徕学盛极必衰,除了因为宋学派的抬头外,大半也是因为关西学派的壮大。在汉诗文写作方面,关西诗坛的兴盛当然同样值得注意。

先介绍几位今已不为人提及的近畿地方诗人。

松下真山(1667—1746),名庆绩,字子节,通称见栋,号真山。越前(今福井县)人。本姓坂上。二十岁游学京都,师事儒医、学者松下见林(1637—1703),后娶其女,并为其嗣子,故改姓。在京都行医,并写作汉诗。江村

北海《日本诗史》称他"笃志博综,尤好著述。余家藏其诗若干,气骨沈雄,翘翘一时。书法亦苍劲而润美。"并举其诗《咏鹰》:

> 齐野玄霜楚泽冰,十分猛气正腾腾。
>
> 目中今已无凡鸟,天外常思制大鹏。
>
> 利爪几经红血战,奇毛深入白云层。
>
> 谁言一饱即飏去? 左指右呼怜尔能。

江村在其《日本诗选》中亦录选此诗,并云:"子节一时作者,惜乎七律传者不多。此篇今时轻俊子弟指为宋格,然气骨苍老,精神雄动,自是合作。"又说:"又有《养老瀑布》七律,亦佳,今不全记,为可憾耳。"

江村《日本诗史》还说:"又《题秀野亭》五律十五首,甚有曲致,语繁不录。"但他在《日本诗选》中选的五律则题为《秀野亭作》,并云"原十首,选二首"。然而阅读这二首诗,却不见得如何"曲致"。今引其一:

> 亭中无俗物,幽趣一何长。
>
> 屏护风前卷,鼎添雨里香。
>
> 傍篱戏鸡犬,谙径下牛羊。
>
> 殿阁无须美,胡床适意凉。

入江若水(1671—1729),名兼通,字子彻,号若水、栎谷山人。摄津(今大阪府)富田人。江村北海《日本诗史》这样介绍他:"酿酒为业,家累千金。为人不羁,少时好游狭邪,资产荡尽。于是愤激读书学诗。后着山人服,携诗囊,游放诸州。到处,闻有闻人,则必以诗为贽,造诣会晤。是以'江山人'诗名显著四方。最后结庐京师西山,称'栎谷山人',日与天龙寺僧徒往来唱和。"他曾师从鸟山芝轩。其最后与僧人唱和之作辑为二卷,题曰《西山樵唱》,请荻生徂徕、服部南郭、富桐江及韩国人申维翰作序,都称其诗如晚唐。但江村北海认为:"以余观之,其诗颇肖宋陆放翁。但剪裁欠工,容易下笔,故动失诸粗率,可惜已!然诗诗自肺腑出,句句流动,较诸近时诸人,藉口盛唐,剿窃嘉靖七子糟粕,钉饾陈腐者,反有可观。"江村《日本诗史》举引其五言《题水竹园》:

> 幽居宜懒性,水竹伴闲吟。
>
> 洗砚钓鱼濑,题诗栖凤林。
>
> 清流声漱玉,明月影筛金。

唯见七贤侣，过桥日访寻。

又《春日访诗仙堂》（按，诗仙堂是前辈诗人石川丈山所建）：

草堂依岳麓，花竹足风烟。

梁引双双燕，壁描六六仙。

书残多蚀字，琴古自无弦。

欲吊征君墓，扪萝陟翠巅。

又七律《西山卜居》：

城西十里避尘缘，卜筑溪边第数椽。

门外谁曾栽翠柳，竹间本自引清泉。

群峰竞秀连崖寺，一水中分入野田。

日日行吟诗是业，烟霞痼疾未全痊。

江村《日本诗选》中又选其《西河卜居次某韵》，可与上引一首媲美：

漫将山水作生涯，才挂瓠瓢即我家。

傍岸苔矶鱼可钓，隔桥茅店酒堪赊。

闻笙先认游仙驾，倒屐便迎长者车。

连榻终朝觞咏处，满林霜叶胜春花。

又有《游猪饲氏广泽别墅》，颈联最佳：

风飘麦浪竹关开，醉坐池亭洗俗埃。

松翠暗霭头上帽，藤花低映手中杯。

沙禽惊客飞相避，村犬驯人奔偻回。

剩水残山君所占，清幽岂道路无媒。

田中峒嵝（1695—1770），名由恭，字履道，通称勘八，号峒嵝、凤泉。纪伊（今和歌山县）人。曾师从祇园南海，仕和歌山藩，为儒臣。他是全然已为后人忘却了的汉诗人，本书之所以要提到他，是因为读到了他的一首七律《秋居漫咏》而爱不能释：

秋色阑珊露变霜，龙钟仍试旧丹床。

朝修禽戏敲残齿，夕检龙方洗病肠。

楫水展山行或止，哦花醉月闲犹忙。

> 百年能事一无有，自笑散人远帝乡。

中间二联精切而浑成，可谓功深百炼，才具千钧。五禽戏为东汉名医华佗所创保健体操，叩齿法也是我国古代养生之术，唐代名医孙思邈传说因救一龙而得龙宫秘方三十首。诗人将这些化入诗句，亦可知他对中华医学的了解。"楫水屣山"一语当为诗人自创，也显然比"南船北马"之类更雅。

猪口笃志在《日本汉文学史》中认为，江户中期关西诗坛的异军突起，是从宇野明霞(1698—1745)开始的。并列表指出其门下优秀人才辈出，有龙草庐、片山北海、武田梅龙、赤松沧洲、释大典等，其再传弟子则有大江玄圃、柴野栗山、尾藤二洲、古贺精里、赖春山、村濑栲亭、赤松兰室等。明霞名鼎，字士新，通称三平，号明霞。京都人。师事向井沧洲(1666—1731)及宇佐美灊水(1701—1776)、僧大潮，初学徂徕学；后产生不同见解，遂提倡折衷学。晚年作《论语考》，为批判徂徕的名著。他与弟弟士朗并称"平安二字先生"，可惜其弟三十一岁即早逝。江村北海《日本诗史》称其"家世为子钱家，以贳贷宠于众诸侯"，但"士新耿介，不喜商贾业，与弟士朗辟族别处，不畜妻妾，日夜闭户勤学。先是物徂徕唱古文辞于东都，士新悦其说，而多病不能东游，乃遣弟士朗从学焉。京师讲徂徕之学，自士新始。后来意见渐异，事事反戈徂徕。"江村又称"士新著作颇饶，其文集名《明霞遗稿》。其诗纪律精详，一字不苟下，遂能以此建旗鼓于一方。盖亦词坛雄。加以紧苦力学，志节凛凛，闻其风者，庶可小兴起。惜乎资性褊窄，规模甚隘，其诗亦得之苦思力索，是以规度合而变化不足，声调匀而神气离。"江村《日本诗史》未例举其诗；其《日本诗选》则选其七古《煮茗歌》，颇可一读：

> 衡门客去秋夜长，红炉煮茗爱清香。
>
> 阴蛩吟绝秋将尽，高树风空夜未央。
>
> 窗前明月影渐没，转闻炉上松风狂。
>
> 松风袅袅狂且细，也堪相和弄笙簧。
>
> 清高便拟山中相，时见浮浮白云扬。
>
> 此物有权兼有力，未问神仙金玉浆。
>
> 却笑当时陆鸿渐，著经著论事何忙。
>
> 独坐自斟还自饮，饮罢犹自玩遗芳。

> 忘却心中不平事，五更灯火对空堂。

又有《奉寄物先生》五首，当是他早先崇尊徂徕时所作，《日本诗选》录其中一首：

> 才华新照日东东，经学兼传见国工。
>
> 治世音从门下盛，大王风借笔端雄。
>
> 时名难著《潜夫论》，朝议堪裁《白虎通》。
>
> 海内少年多俊杰，不言西蜀有文翁。

日本汉文学史家山岸德平《近世汉文学史》中，又选引了明霞的《春思》，但认为此诗参照了唐诗人贾至的同题诗，诗味不多：

> 桃花烂熳柳条新，城上晴云陌上尘。
>
> 日暮江南幽梦断，洛阳春色更愁人。

山岸书中又选了《送人游大和》一首：

> 五几名胜古皇州，词客千年载笔游。
>
> 芳野山深长谷静，知君到处兴逾幽。

明霞的弟弟宇野士朗（1701—1731）在此附带一提。他名鉴，字士朗、士茹，通称兵介、龟千代。曾师事荻生徂徕。江村北海《日本诗史》称他"为人和厚，为众所爱慕。先士新而没。诗集行于世。《蘐园录稿》载《送北子彝侍医膳所》诗，颇合作矣。"但北海在该史中没有引录这首诗，在他的《日本诗选》中也没有引录此诗。《日本诗选》中选的《送人还山》或可一读：

> 旧业空山里，掉头出帝城。
>
> 千峰黄叶积，一路白云迎。
>
> 诗卷时名过，泉声昼卧清。
>
> 谁知临别语，不复世中情。

又有《访隐者不遇》亦可吟赏：

> 独立柴门久，前峰挂斜照。
>
> 松风岭上来，疑是先生啸。

江村《日本诗选》还称赞其"七绝殊有妙境，不啻伯氏不及，恐是一时无二"。今引其《睡起》一首：

> 北窗高卧至南柯，窗下清风梦后多。
>
> 半醒未觉身非蝶，更欲乘风花上过。

鸟山崧岳(1707—1776)，名宗成，字世章，通称宇内，号崧岳、雏岳、碧翁，又号垂葭馆。越前(今福井县)府中人。初业医于浪华(今大阪府)，后有志于儒学，师从伊藤东涯、宇野士朗。擅诗，晚年加入混沌社。有《垂葭馆诗稿》《崧岳先生文集》等。崧岳其人其作，早已不载于日人的汉文学史书中；但江村北海《日本诗选》曾选录其诗十八首，俞樾《东瀛诗选》又从而选录五首于补遗卷。因而亦值得一谈。

江村书中选录他五古二首，并云："浪华诸子，不喜踏袭，其识卓矣。但勤去腐陈，易流纤巧，或反近浅浴。近体犹可也，古诗盖远。此二章工炼可嘉，古意则我不知也。"今欣赏其中一首《谢和州南溪师来访，见惠团扇》：

> 投我南都扇，宛似三笠月。
>
> 一挥清风生，飘摇夺炎热。
>
> 别后忆君时，怀袖频出没。
>
> 出没君不见，遥望白云窟。

五律《冬夜得家书》也写得平易感人：

> 老去欢娱少，病来记忆疏。
>
> 钟声棋散后，雪片酒醒初。
>
> 孤影灯前泪，一封筒里书。
>
> 平安题两字，忽使客愁除。

七律《琵琶湖泛月》，首句"夜奇哉"，俞樾选本作"净无埃"，殆俞老夫子所改：

> 湖光如练夜奇哉，鲛室龙宫仿佛开。
>
> 远浪无涯千里目，长流不尽万年哀。
>
> 金风声断穿云笛，银桂香飘邀月杯。
>
> 却讶追随仙侣去，广寒高处更徘徊。

伊藤锦里(1710—1772)，名缙，字君夏，通称庄治，号锦里、凤阳。住京都。其父伊藤龙洲(1683—1755)为福井藩儒,治程朱学。锦里从小受家学,读经撰书,与伊藤东涯之子东所二人被人并称。后亦为福井藩儒,讲说经书四十余年。其弟江村北海、清田儋叟亦为当时名流。(按,三兄弟姓各不同,乃因"过继"等原因造成。)锦里的经书、北海的诗歌、儋叟的文章,三者为人并称,被誉为"伊藤三珠树"。(按,"三珠树"是唐人杜易简对王勃三兄弟的美称,三兄弟皆著才名。)其实锦里亦写诗,有《邀翠馆诗集》五卷。江村北海《日本诗选》选其诗二十七首,各体皆备,似乎选得较多了一点。今录几首,五古《古意》写出郁郁不得志:

> 贫贱寡知遇,终年独闭门。
>
> 区区自束缚,郁郁与谁言?
>
> 丈夫心一冷,百计不能温。
>
> 所以穷途士,慷慨有悲叹。
>
> 所悲同众人,白首老丘园。

《晚秋答弟君锦》是写给清田儋叟的:

> 露满梧桐月满城,官情翻复故园情。
>
> 菊花仍负陶元亮,枫咏谁传崔信明?
>
> 客散残灯沈夜色,梦回孤枕送秋声。
>
> 篮舆到处逢迎在,莫道青袍误此生。

额联所云之崔信明乃无甚名气的唐诗人,《新唐书》载崔某"寨亢以门望自负,尝矜其文,谓过李百药。议者不许。扬州录事参军郑世翼者,亦骜倨,素佻轻忤物,遇信明江中,谓曰:'闻公有"枫落吴江冷",愿见其余。'信明欣然多出众篇,世翼览未终,曰:'所见不逮所闻。'投诸水,引舟去。"锦里竟然知道这么个僻典,真令人佩服。

锦里的七绝亦引一首,《浓州道中》:

> 一痕野水接芹陂,榆荚罩烟漏日迟。
>
> 麦浪风微牛稳卧,牧童相聚逐鱼儿。

上柳四明(1711—1790),名美启、启,字公通、公美,号四明、士明,通称治兵卫。又有汉名柳士明、柳美启。曾师从柳川沧洲,后下帷京都授徒。他是一位久为日本汉文学史忘却的人物,连《日本汉文学大事典》之类书中亦未提及。我们在江村北海《日本诗选》中见到他的诗十三首,并知他各体皆擅。有一首七古《题桃源图》，江村击赏曰："一番古今套用故事，景境自新，而不见痕迹。妙妙！"该诗如下：

> 烂熳桃花写如真，武陵风物绝世尘。
>
> 人间空想桃源趣，岂知桃源慕往春？
>
> 一自溪头送渔客，千载无复迷花人。

五古《秋初杂咏》，亦可吟赏：

> 候晴观星斗，露坐轩南头。
>
> 暑徂天欲澄，节早火已流。
>
> 明河一匹练，脉脉牛女愁。
>
> 列宿如贯珠，机转何曾休。
>
> 推步非吾事，弄象聊遣忧。
>
> 熟视斗牛悬，怀古独怅然。
>
> 世岂无神物？无复张茂先！

七律《晚下菟江》，首句"摇裔"一词见李白《古风》："摇裔双白鸥，鸣飞沧江流。"摇裔即摇荡：

> 扁舟摇裔下长流，两畔烟波落日愁。
>
> 孤鹜片云钟外去，危樯柔艣镜中浮。
>
> 挥毫知有江山助，辍棹欲同鱼鸟游。
>
> 无奈楫师贪利涉，不乘风月暂时留。

《雨中过木津堤》颇有诗趣：

> 浅草平沙十里程，长堤三月雨中行。
>
> 两边苍霭烟霞老，一片青蓑身世轻。
>
> 山罩层云黛色断，川浮细浪罗纹清。
>
> 冥濛眼底饶幽趣，不必芳园步快晴。

其七绝亦引一首：

> 客里飘泊逐轻鸥，夕卸征帆芦荻洲。
>
> 肠断三更乡梦破，一篷寒雨滴江流。

日下生驹(1712—1752)，名文雄，字世杰，通称直藏，号生驹山人、鸣鹤陈人、愚拙农夫。本姓孔。河内(今大阪府)人,因居近生驹山,故号生驹。初学宋学,后私淑徂徕,好作古文辞,效李王。善写诗,与龙草庐为至友,又与山胁东洋、清田儋叟等人交游。著有《生驹山人诗集》《鸣鹤随笔》等。俞樾《东瀛诗选》称:"世杰家世务农,而独有志于学。为诗文皆斐然成章,然世固未之知也。与伏水龙宫美子明为管鲍交,临终以诗文托之。子明亦贫士,藏之箧中至十年之久,仕于彦藩,得有微禄,遂刻其诗以行。世杰固可谓有志之士,如子明者亦古之人哉!"

俞樾选其诗二十七首,几乎均为合作。而其中竟有九首是赠龙草庐的,可见交情之深。如《寄龙伏水先生》四首,其一将两人名字均化入诗中。今引其一、其四:

> 闻达辞来名却高, 草庐长醉一壶醪。
> 新诗且骇江淹笔, 久要犹怜范叔袍。
> 十里河阳花满县, 千秋日下鹤鸣皋。
> 君家陇亩今应就, 吟向山中莫厌劳。
>
> 天涯回首泪沾襟, 帝里莺花久不寻。
> 玩世何人青白眼? 论交我辈弟兄心。
> 文章日夜虚名过, 痼疾烟霞此地深。
> 莫道千年钟子死, 只今流水有知音。

又如《答龙伏水先生》:

> 小楼一丈倚崔嵬, 忽有飞鸿系字来。
> 便识侠心推季布, 谁能交态似陈雷。
> 梁头月自驹山照, 座上樽临鹈殿开。
> 借问城中吹玉笛, 何人折柳最堪哀?

五言《秋夜感怀》,读之凄然有动于心:

> 蟋蟀鸣床下, 蟋蟀鸣床头。
> 哀音何切切, 闻之泪欲流。
> 泪零非子故, 吾心自怀忧。
> 忘忧一樽酒, 邀谁共献酬?

江村北海《日本诗选》选其诗八首,眼力似不及俞樾。如《还自浪华》

一诗,江村评曰:"自浪华还河内,舟中景况写得如画;但结末轻佻失体。世杰诗才轻妙,而规度不密,往往有斯疾,可惜耳。"其实此诗结尾并不"轻佻失体":

> 浪华城下水,归客此扬舲。
>
> 日落棉花白,江澄芦荻青。
>
> 垂纶应我友,傍竹问谁亭。
>
> 知是家人辈,携来炬一星。

江村北海(1713—1788)本姓伊藤,为福井藩儒伊藤龙洲之子。名绥,字君锡,通称传左卫门,号北海。播磨(今兵库县)人。前已写到其兄伊藤锦里、其弟清田儋叟均学而有成,人称"伊藤三珠树"。北海九岁时寄养在舅舅家,约十年间住在明石。当时北海尚不知学,只是好作俳谐,明石藩儒梁田蜕岩见而奇之,对他说:"若以子之才气移诸艺文,足以声名远扬。荒废于方俗俚歌就太可惜了!"北海于是返回京都发愤向学,苦读四年后竟能代父讲课。其学奉朱子,并长于诗文。其父龙洲与宫津藩儒官江村毅庵有通家之谊,毅庵向龙洲托身后事,龙洲便把北海过嗣给毅庵,因改姓江村,并袭其禄,为宫津藩青山侯之儒官,兼掌钱谷出纳诸事。青山侯去世后,北海辞官,在京都室町建树梢馆,以翰墨自娱。并在每月十三日在家中赐杖堂邀请名士诗友聚会赋诗。该赐杖堂诗社,自其先祖江村专斋(1563—1664)起,至北海历五代,一百五十年弦歌不断,亦是日本汉文学史上之佳话!当时大阪的片山孝秩、江户的入江子实也都号北海,时人称为"三都之三北海"。

北海一生中最重要的名著,即明和八年(1771)出版的汉文著作《日本诗史》五卷;安永三年(1774)又配套出版了《日本诗选》十卷,八年(1779)又有《日本诗选续编》八卷问世。《日本诗史》,本书多有引征。它是日本第一部汉诗史,有很高的学术价值。从中可以看出北海的汉文学见解也是很高的,所作评价也大体公允。随后所出的《日本诗选》,主要选江户前、中期汉诗,有的地方选得似不够高明,不如百年后中国学者俞樾的眼力;不过,北海此书与俞樾选本有很大的互补性,二者合观,江户汉诗全貌大致可见。据说,北海因《日本诗史》出名后,一些好名之徒便给他送钱,希冀自己的诗能被他收入《日本诗选》中,图以流芳百世。当时有人嘲之曰:"纳钱入选江君锡,待价作文龙子明。"(按,龙子明即龙草庐,下面即将写到。)不过,这样"贿选"的诗大概主要收在续编中。北海又有《北海文钞》和《北海诗钞》等书。

北海自作中佳篇不少。如《嵯峨途中》,次句炼字甚佳:

> 竹树围幽墅,梅花媚废园。
>
> 嵯峨行将近,次第现山村。

《富家雪》揭露了社会的不平等,有杜甫"朱门酒肉臭"之意:

> 风雪纷纷扑玉栏,薰笼宿火卷帘看。
>
> 销金帐里羔羊酒,不信人间说苦寒。

《有感》一诗可谓见道之寓言诗:

> 小蟹生江浦,营穴芦岸下。
>
> 穴中不盈寸,自以为大厦。
>
> 朝虑沙岸崩,夕怕江潮泻。
>
> 物小识亦微,营营何为者?

《妙法兰若即事》,程千帆认为后二句盖谓世事变幻无常,虽清景可摹,而飞光难驻也:

> 山色空濛海色昏,春阴酿雨压渔村。
>
> 倚栏欲写登临意,满地落花拥寺门。

《夏川》状夕阳江景如画:

> 河上烟岚垒碧纱,南风吹动水纹斜。
>
> 夕阳才敛飞萤乱,却胜春流泛落花。

《糍花诗》前有小序云:"平安之俗,腊末,户制糍粑以备新岁之用。或粘小糍于柳枝,插瓶以祀灶,望之宛转如花,名曰糍花。"日本年末蒸捣制作年糕之俗源自中国,历千余年,至今犹存。这首诗生动可爱,程千帆认为"大似石湖咏吴门风习诸什也",又认为其"颔联工丽,末句嫌涩":

> 迎新厨下事纷纷,为政由来属细君。
>
> 仙室晨蒸千石玉,月宫宵捣一团云。
>
> 花随纤指参差发,条拂香鬟婀娜分。
>
> 卫国大夫原媚灶,胆瓶插得混烟薰。

龙草庐(1714—1792),本姓武田,名公美,字君玉。一度改名元亮,字子明。号草庐,又号竹隐、松菊、吴竹翁、绿萝洞、凤鸣等。从小丧父,母子相依为命,贫苦零丁。十四岁励志读书,喜徂徕、春台之学。曾从宇野明霞学,但因明霞看不起他而大愤,遂终身不言曾在明霞之门,只是常说无师承而自学成才。住京都,下帷讲授。因才思隽逸,擅长诗文,故求教者不少。人虽贫而志气颇高,慕诸葛亮和陶渊明,常说:"大丈夫在世,穷达由命,非所敢愧,只是出则当为诸葛,处则当为五柳。"所以自号草庐、松菊,以至于一度改名字为元亮、子明。又主办"幽兰社"。但据说他教育弟子不严,且表面澹泊,实则矫情。传说他公然卖文,并计较谢礼之多少,因而被人轻视。猪口笃志的《日本汉文学史》和山岸德平的《近世汉文学史》都写到,草庐曾因嵯峨某酒店之求,写过"酿成春夏秋冬酒,醉倒东西南北人"的对联。并且都认为日本以滑稽文句写招牌,即创始于草庐。其实,这副对联绝对不是草庐创作的。起码比他年长一百四十岁的中国明代著名文学家冯梦龙(1574—1646),早在《警世通言》卷二十中,就写到了这对联!又据说开书画会而收钱,亦起于草庐之"创意"云。他对蘐园派也有批判,但实又未能超脱明七子的影响,长野丰山因而酷评他:"学明七子而极拙极劣,妄窃诗名。"年三十余,成为彦根藩的儒官。晚年退休住京都,专心著述。书法也成一家,他曾自诩:"我有诗、书二癖,欲罢未能。"

草庐颇有好诗。如《书怀》:

> 扰扰红尘里,十年寄此生。
> 自怜狂者态,谁识腐儒名?
> 形骨因诗瘦,囊钱为酒轻。
> 江湖今孔迩,何意负鸥盟。

还一首《客中书怀》:

> 孤剑征裘滞海城,风尘满目易多情。
> 黄金已向囊中尽,华发看从镜里生。
> 岁暮客愁家万里,夜来乡梦月三更。
> 浪游纵是如王粲,耻我登楼赋未成。

《渔父》亦寄怀之作：

> 蓑衣箬笠淡生涯，渺渺烟波即是家。
> 沽酒三杯泥醉后，一船明月卧芦花。

《自笑》：

> 自笑平生意气豪，十年蹭蹬在蓬蒿。
> 虚名独愧陶元亮，同姓谁呼龙伯高？
> 多病乾坤怜伏枕，孤吟岁月事挥毫。
> 衡门日永无人到，唯有杨花照二毛。

《题壁》亦为自嘲之诗：

> 金龟城里画桥南，落魄儒生小草庵。
> 陋巷月临秋寂寂，衡门风动柳毵毵。
> 腹中蠹食书千卷，腰下龙鸣剑一函。
> 徒慕柴桑松菊主，深惭五斗至今甘。

前已写到，草庐是日下生驹的挚友，唱和甚多，如《酬孔世杰》(孔世杰即日下生驹)：

> 秋暮风烟落木时，孤鸿天外报相思。
> 一寒深感绨袍赠，千里久怀湖海期。
> 驹岳壮游终夜梦，凤城离别几年悲。
> 何当淀水重南下，共醉君家金屈卮？

草庐还写过日本人很少写的《竹枝词》，程千帆认为"风调宛然，梦得遗韵"：

> 雪尽春江水欲平，数声杜宇别愁生。
> 无为滟滪滩头柳，唯系来船不系情。

更值得一提的是，草庐还做过日本不多的集句诗，有《幽居集句》。程千帆指出："集句始于晋傅咸《七经诗》，至王荆公乃优为之，号'百家衣体'。虽非诗道之正，然工巧浑成，亦自不易。此篇可谓合作。"兹录以鉴赏：

> 烟霞多放旷（孟　贯），烂醉是生涯（杜　甫）。

树静禽眠草（景　　池），园春蝶护花（许　浑）。

浣衣适野水（皇甫冉），看竹到贫家（王　维）。

门径稀人迹（岑　参），穿林自种茶（张　籍）。

武田梅龙(1716—1766)，名维岳、元亮、钦鎑，字峻卿、士明、圣谟，通称三弥，号梅龙、南阳、兰篱。美浓(今岐阜县)人。初师事伊藤东涯，东涯殁后又师从堀南湖、宇野明霞，学成任妙法院亲王的侍读。他又曾学习武艺，精究孙吴兵法。著有《梅龙遗稿》《芳翠窝诗稿》等。江村北海《日本诗史》称梅龙"与余相识最旧"，"为人俊爽而有气节，博览强志，又能谈论，弥日彻夜不倦。性多病，数至危笃，然未尝废业。"又说："其诗尚纵横，累篇叠章，魏砢满纸。要其才长于校阅，而著述非当行也。"其诗略举数首。《夏日即事》结句亲切：

雨晴薰吹落松筠，翠露斜斜滴葛巾。

尽日无言好相对，青山不厌读书人。

《秋野眺望》颔联炼字甚佳，尾联不同凡响：

出门秋野阔，草色雨余遥。

数雁篆晴霭，千峰党碧霄。

飞帆过岸树，落日送渔樵。

虽复悲哉气，风烟使闷消。

《夜过逢阪》亦可一读：

逢关山夹阪，一路月光明。

人影过松影，叶声讶雨声。

天吞淡海阔，云吐朔鸿横。

夜色秋无限，西风羁客情。

梅龙的七律《卜居》写出知足常乐心情：

茅茨小筑羽溪边，绿树重阴绕槛连。

不独幽栖通市井，由来静者便松泉。

新题常使青山答，闲适何妨白日眠。

更喜双亲无恙在，栽花煮茗乐余年。

野村东皋(1717—1784)，名公台，字子贱，通称新左卫门，号东皋、襄园。近江(今滋贺县)人。师从泽村琴所学古学,又曾向服部南郭学。善诗。仕彦根藩,为儒官。著有《襄园集》等。当时江村北海《日本诗史》把他与龙草庐并提,说"近江文雅,必推彦藩",因彦根藩有此二人在。东皋的诗中,有好几首写于智乘院的集会上,说明江户中期有的寺院仍然被借用为汉文学创作活动中心。如他写的两首《智乘院集,得中字》:

> 载酒邀诸彦,池边倚梵宫。
> 谈高千古外,交熟一杯中。
> 绿水芳堪采,朱弦曲易终。
> 嗟予异乡客,此会几回同?
>
> 萧寺曾游地,今来熟路通。
> 相迎高士座,复借梵王宫。
> 诗酒盟无恙,河山感不穷。
> 谁知嵇阮后,重醉竹林中。

又如《智乘院集,赋呈诸君》:

> 相邀杯酒此开筵,满座嘉宾一代贤。
> 望去芙蓉悬白雪,听来山水入朱弦。
> 千秋事业推君辈,百岁风尘老自怜。
> 书剑重逢从役日,中原彦会得周旋。

从上诗可猜测此次聚会在作者晚年,智乘院当在能眺见富士山的关东地方。东皋还有一首《访箕山人》,颈联极佳,用了《庄子·让王》中"无财谓之贫,学而不能行谓之病。今宪贫也,非病也",和《史记·魏世家》中田子方"贫贱者骄人"两典故,对仗极工,意思深刻。

> 白云缥缈锁岩峣,望去天涯梦里遥。
> 路向岩阿看鹿豕,林连谷口问渔樵。
> 久知原宪贫非病,也说田生贱更骄。
> 今日美人殊不远,往来携手报琼瑶。

清田儋叟(1719—1785),名绚,字君锦、元琰,通称文平,号儋叟、孔雀楼主人。播磨(今兵库县)人。他是伊藤龙洲的第三子,江村北海之弟。因其父成为伊藤坦庵养嗣子而继伊藤氏,所以他继嗣清田本姓。初承家学,与服部南郭门下斋宫静斋一起修徂徕古文辞学,后转学程朱学。曾为福井藩儒。著有《孔雀楼文集》等。其诗明白而有味,兹略引数首,如《秋江》:

> 秋天片云尽,秋水无纤尘。
>
> 水天同一色,俯仰月二轮。

《湖北道中》写琵琶湖水乡晚景,令人沉醉:

> 村静山遥湖畔路,榆柳影沉日将暮。
>
> 田水盈盈牛不惊,鸦儿卓立桔橰柱。

《秋夜即事》亦妙写夜色:

> 梧桐一叶报新秋,月色带烟萤火流。
>
> 领取凉风消暑热,微吟独倚水边楼。

活写萤火的《萤》,末句尤奇特:

> 暮霭才收片月残,芦蒲萤照水漫漫。
>
> 夜凉时被风吹坠,点点随波下浅滩。

他的《昆仑奴》,描写的当是黑人水手,古诗(包括中国)中颇为少见。"昆仑奴"借用唐朝裴铏的传奇名,颔联写黑人身手不凡,颈联颇风趣,尾联意思不详:

> 画图省识本闻名,蛮舶携来孰不惊?
>
> 百尺竿头占雨立,千寻海底探珠行。
>
> 乌衣此日迎新婿,子墨当年作客卿。
>
> 安若许公称凤惠,空传彩笔独纵横。

赤松沧洲(1721—1801),名鸿,字国鸾,通称良平,号沧洲、静思翁。播磨(今兵库县)人。本姓舟曳,因为做了赤穗的医师大川耕斋的养子,故改姓大川;但写诗文时用赤松。曾赴京都,向香川修庵学医,向宇野明霞学经义。延享四年(1747)仕赤穗藩为儒员,后进为家老。宽政"异学之禁"时,他持反对态度,主张崇敬圣教、实践躬行。曾参与藩政。著述颇多,有《静思亭文集》等。其子赤松兰室,亦汉诗人,死在他生前。

他的《坂越寓居岁晚作》,江村北海的《日本诗选》和俞樾的《东瀛诗选》均选录了；但俞樾书中缺了末两联，可能是他认为删去更好。今吟读体味，末四句确有蛇足之嫌。可见俞樾法眼之高：

> 一去江海上，遂与世人违。
>
> 诗书从我好，富贵非所希。
>
> 曳藜出村巷，倚树独依依。
>
> 朝看白云起，暮见倦鸟归。
>
> 钓叟相迎语，投竿坐石矶。
>
> 不说人间事，但说溪鱼肥。
>
> 匆匆岁云暮，雨雪故霏霏。
>
> 缊袍适身在，不复畏寒威。

宇野醴泉(1723—1780)，名元章，字成宪，通称长佐卫门，号醴泉。近江(今滋贺县)人。曾师事江村青甸(1666—1734)和僧大潮。善诗、书法，性豪放。有《宇野醴泉先生诗文钞》。其诗写乡景颇佳，如《经山家村》：

> 景色何唯二月花？山村卖酒路傍家。
>
> 潺湲涧水声鸣玉，旭日林峦映彩霞。

又如《冬郊》：

> 冬郊物色试徘徊，落木风寒四望开。
>
> 隔水千峰封雪出，横天群雁拂云来。

"三北海"之一的片山北海(1723—1790)，名猷，字孝秩，越后(今新潟县)新潟人，该地北临日本海，因号北海。其家世世务农。北海自幼聪敏，十岁时族人教他四书句读，不过二旬即能暗记不误。大家都认为非凡小儿，劝他读书，因此赴京都，游于宇野明霞之门。明霞死后，依靠同门的帮助，居于大阪。其人闲静寡欲，交友广阔，请教他的人也很多。柴野栗山、尾藤二洲、古贺精里和赖春水等人，均出入其门，相互结为诗社，名为"混沌社"。和泉的冈部侯，在朝鲜使臣来访时，曾礼聘他主掌公馆，出面接待。但他终生未仕，甘于清贫。他常说："我虽清贫，但比起宇野先生来还好得多。"在他晚年，家人为他以丝帛代棉布，但他怒斥道："吾尝养亲而不得轻暖，吾何得独用之！"言罢落泪。其为人如此，故门下亦无轻佻之风，在当时颇为难得。北海长期从教达三十年，据云弟子有三千。其中有后来的"宽政三博士"，还有文章名家平泽旭山等。

《日本汉诗撷英》(外语教学与研究出版社版)选了北海诗一首《琵琶湖泛月》,其实该诗作者并非北海,而是岛山崧岳(我们前已引用)。张冠李戴实不应该。俞樾《东瀛诗选》选有北海诗一首《同赋早春登江楼》,颇堪咀嚼:

> 孤客年年不得归,渡江梅柳又春晖。
>
> 美人南国愁中草,高士西山贫后薇。
>
> 书剑天涯惟涕泪,莺花城外自芳菲。
>
> 暮鸦送尽烟波远,独倚楼头歌式微。

服部苏门(1724—1769),名天游,字伯和,通称六藏,号苏门、啸翁。(其号显然出于《晋书·阮籍传》阮籍于苏门山访孙登,退而闻孙登之啸的典故。)京都人。家业织造,他因多病而不事其业,转而读书,以讲说授徒。其学以汉魏传注为主,旁及佛典、老庄,因又自号三教主人。初从荻生徂徕之说,后起疑而非之,出入伊藤仁斋三子伊藤介亭(1685—1772)之门,攻击徂徕之学。著有《燃犀录》《赤裸裸》等。江村北海《日本诗史》中说他"性好论驳,撰著颇多。年垂半百,以疾之故,褊急日盛,遂以此没焉。门人水俊平,携其遗稿,就余请检校。其诗虽欠精细工夫,气格并合。"《日本诗史》选其诗二首。《登爱宕山》云:

> 平安西北镇,石磴几千盘。
>
> 峰插层霄起,雨分众壑看。
>
> 鹤归华表古,僧住白云寒。
>
> 时有仙铧过,依稀听玉銮。

另一首《宿山寺》云:

> 微吟曳杖此相寻,才到上方落照深。
>
> 倚槛寒云归洞口,绕阶暗水咽苔阴。
>
> 山房宁有人间梦,溪月偏闲物外心。
>
> 只为社中容酒客,渊明一夜在东林。

江村又在《日本诗选》中选其诗十一首,内中《游和歌浦》一首颇可吟赏:

> 壮游南海上,秋色满蒹葭。

> 风卷松根露，潮来鹤影斜。
>
> 渔村舟作市，神岛玉为沙。
>
> 更见宗藩地，烟霞几万家。

又有《送人游赤石》：

> 红亭绿酒暂相留，美尔扬帆赤石游。
>
> 试见烟波朝雾里，依稀岛树隐行舟。

苏门又有一首《上如意山》，也曾为人传诵：

> 城东镇岳簇云霞，路历淡溪石磴斜。
>
> 直到山巅暂植杖，俯看九万八千家。

伊藤兰斋(1728—?)，名仲道，字环夫，号兰斋。逝于明和中(1764—1771)。其履历、师承等未详，仅知他为姬路藩儒，又称藤兰斋。俞樾《东瀛诗选》称："兰斋诗才甚敏，少时曾一日作诗百首，刻以行世。"在所选诗中包括了他二十七岁时一口气写下的十五首诗，认为"虽无甚深意，而皆谐美可诵，古人七步五步不得专美矣"。又指出其遗集"有嬬妇再嫁词四首，词意儇簿，且非雅音，不知当日何以存之。此乃门下诸子编辑者之过也"。俞樾所选的那十五首诗有小序云："宝历甲戌(按，1754)余年二十七，初官游江都，会仲秋小集于客馆。余曩年曾一日赋百律，今诸宾刻烛以试焉，乃以戌时命笔作十五律。笔不停缀，句不改易，观者勿论巧拙。"今录其中二首，以见一斑。《中秋》：

> 客里逢良夜，清樽更设筵。
>
> 天晴河影淡，露结桂花鲜。
>
> 西苑鸦初起，南楼人未眠。
>
> 醉来挥彩笔，试拟谢庄篇。

《岁晚》：

> 愁病岁将暮，无衣竟奈何。
>
> 诗名徒检束，世事却蹉跎。
>
> 别恨关河远，贫居雨雪多。
>
> 献春看已近，慷慨独长歌。

此外，兰斋有《访高砂迂斋》，中二联甚有味：

闻说江湖兴有余，仙翁况复爱楼居。

地幽三径半栽竹，家富千金多聚书。

乡党尊无如齿德，木瓜篇诅报琼琚。

寻君此日谩相醉，莫怪狂生礼法疏。

　　冈白洲(1737—1786)，名元凤，字公翼，通称慈庵、尚达、元达，号白洲、
澹斋、鲁庵、隔九所。河内(今大阪府)人。在大阪业医，精通本草，又善诗文，
参加片山北海的混沌社，又向菅谷甘谷(1690—1764)学古文辞学。江村
北海《日本诗选》称"浪华(按，即大阪)之诗，必推子琴(按，即下面写到
的葛城蟲庵)，而公翼雁行"。可见白洲也是当时大阪著名诗人，可惜今已
湮没而无书提及。其五律《抵松尾村宿夕霁庵》二首，写野趣极妙：

松尾村何处？寒山十数家。

寻篱秋果熟，叩户暮烟遮。

樽乏茅柴酒，瓶凋野菊花。

所期霜树赏，夕霁一峰霞。

绳床衣且薄，夜冷草庵眠。

身在白云上，梦迴青嶂边。

山村无鼓报，溪寺有钟传。

晓起开窗坐，负锄人向田。

　　白洲亦善排律，如有步韵于葛城蟲庵的《和葛子琴游墨江十二韵》，
江村北海评曰："公翼诗名伯仲子琴。子琴才妙，间伤过巧；而公翼能守
法度，余数称之。"该诗如下：

淡岛望仍远，墨津途那穷。

潮痕渔浦接，村径酒楼通。

步屣江湖客，追随六七童。

浅汀行拾翠，深巷或探红。

珠贝全遗渚，鱼龙不激风。

茂林笕白日，架木吐丹虹。

狃镇神宫北，凤台华表东。

文章踪自旧，景仰意新中。

> 法会张天乐，仙仪钦圣功。
>
> 笙簧音四起，羯鞁舞三终。
>
> 已识云游漠，宁疑雨色濛。
>
> 飘摇君可美，独自愧吴鸿。

白洲的《平安寓舍答葛子琴见寄》，也是与蘣庵的唱和之作，可见他俩情同手足：

> 一樽行乐与病违，伏枕幽居徒掩扉。
>
> 暮雨城边花寂寂，春烟巷口柳依依。
>
> 绨袍曾记同游是，书剑何堪独往非？
>
> 几度相思传尺素，遥怜芳草上渔矶。

葛城蘣庵(1738—1784)，又称葛子琴，名张，字子琴，通称贞元，号蘣庵。又称桥本蘣庵、葛饰蘣庵。出生于大阪一医生家，早孤，由父亲的学生养大，上京都学医，也在大阪悬壶。也曾师从菅谷甘谷，治《春秋左传》，善诗，也参加片山北海主持的混沌社，与赖春水等交游。他有的诗爽朗诙谐，为关西诗坛带来新风，如《章鱼》中把章鱼比作懒和尚：

> 龙宫曾赐紫袈裟，手挂念珠珠有瑕。
>
> 波底对明双眼目，藻边举结八跌趺。
>
> 春风波暖贝为艇，秋雨夜寒壶作家。
>
> 身在俎头何罪业？钵中犹捧玉莲花。

《晚秋野望》则写景生动：

> 植杖西郊外，秋天霁乍阴。
>
> 草枯无放犊，果竭有饥禽。
>
> 紫翠雨余岭，红黄霜后林。
>
> 未穷千里目，渺渺暮烟深。

蘣庵排律也写得不错，如《三日游青松院》：

> 红尘蚕市远，碧雾鹊林连。
>
> 莲社讨盟日，兰亭修禊年。
>
> 堂张唐雅乐，坐满晋名贤。
>
> 也是禁杯酒，不尝妨管弦。

清音通八水，逸响彻诸天。

庭际花成雨，池头草作烟。

踏青亲石友，拾翠报金仙。

饭饱众香积，茶参一味禅。

暮鸦随觉路，春浪渺迷川。

辞出灯龛下，余光照大千。

前已选录冈白洲次韵螽庵的五言排律，这里再录其原唱《三月八日游墨江》，以备对照鉴赏：

卧游还有倦，行乐兴无穷。

青甸花蹊达，墨江水道通。

楼船多载妓，杖屦或携童。

草嫩服添绿，桃残颜夺红。

农家含艳景，渔网晒晴风。

沙嘴露文蛤，海心吞彩虹。

歌筵林表里，酒店路西东。

松暗危桥外，灯明遽宇中。

大都交佛典，只是赞神功。

一切经为会，十天乐未终。

凤帷人杂沓，夔鼓雨空濛。

方沼舞雩晚，咏归伴断鸿。

岩垣龙溪(1741—1808)，名彦明，字亮卿、孟厚，通称长门介，号龙溪。本姓三善。京都人。曾向宫崎筠圃(1717—1774)学，又入皆川淇园门下，治经史。有《论语集解标记》《标记十八史略读本》《孟子笔记》等著述，又有《松罗馆诗钞》《松罗馆文集》等。日人的汉文学史书都把他忽略了。江村北海《日本诗选》称他"资性好学，奉职之外日夜从事笔砚"。书中选其七古《斗龙滩》，写"播州龙野名胜"，在今兵库县。全诗激宕淋漓，驰骤怪骇，很可一读：

麑水之阳何奇绝，磊落巨石数里列。

忆昔女娲补天时，谩向下土抛余屑。

陨星纷纷化相聚，滩中纵横如棋布。

水际屹立束洪流，怪形奇状令人怖。

神禹命斧凿难平，仙人挥鞭驱奚行？

惊波激扬飞霹雳，玉龙奔腾势狰狞。

喷雪撒霰白日寒，展涡渐转生回澜。

金鳞鳏裂欲掠摭，紫萍绿藻相旋盘。

游人临此久彷徨，水光射胸洗心肠。

张子泛宅度无术，米家丈人拜不遑。

千赏万叹一望中，当令淫预在下风。

濯足振衣断岸上，长啸自觉气魄雄。

诗中用典贴切，如"张子泛宅"为唐诗人张志和名言："愿为浮家泛宅，往来苕霅间。""米家丈人"指宋书画家米芾见奇石曰："此足以当吾拜。""淫预"当即中国长江三峡的滟滪石，今为便利航运已被炸除。

龙溪的诗，再选录一首《西播道中》，亦写播州野景：

烟雨萧条客路迷，飞花片片踏为泥。

江山春尽乡园远，绿树阴中蜀魄啼。

柚木绵山(?—1788)，名不详，字仲素，通称太玄，号绵山。京都人，业医。他是江村北海的门人，其人早已为日本汉文学史书所遗忘，但江村《日本诗选》录其诗九首，并记其有《绵山诗稿》，未刊。绵山善长诗，其五古《立秋前一日，陪君锦先生泛舟椋湖》，清雅可读：

斜日城南路，陪从赴巨椋。

逃暑偏宜水，避喧命野航。

已绕林箪际，忽到水中央。

回瞻烟水阔，胸襟一茫茫。

天宇澄夜景，灿烂月涌光。

远近芰荷净，清风复送香。

芦管时一发，逸响中清商。

测得秋节逼，夜深骨发凉。

萧然人境隔，旷乎物相忘。

因悟乘桴志，无奈取材妄。

其五排《八月十七夜陪北海先生及二令子道卿、孔均赏月广泽，得无字》，显示了与其师的亲密关系。虽然有个别地方略嫌对仗不工，但总体不错。其中桥梓、鹡鸰一联，二陆、三苏一联，尤为贴切：

> 广泽宜明月，烟光入画图。
>
> 开樽临水曲，设席对山隅。
>
> 池上秋偏净，槛前昼不殊。
>
> 金波摇潋滟，碧嶂涵萦纡。
>
> 霄汉纤云尽，天阶片影敷。
>
> 团圆轻赵璧，灿烂笑隋珠。
>
> 鸾镜应非缺，仙娥未改姝。
>
> 桂花看如此，蓂荚亦何拘。
>
> 顾眄情愈密，留连兴岂孤。
>
> 见君桥梓爱，羡尔鹡鸰俱。
>
> 所愧才多少，勿论赋有无。
>
> 昔闻推二陆，今喜接三苏。
>
> 忘却慵携杖，恣欢仍击壶。
>
> 良宵何限赏，欲去更踟蹰。

片冈竹亭(1742—1789)，字承行，字子训，通称顺伯，号竹亭。伊势(今三重县)洞津人，为儒臣。奥田三角门人，曾与山田东仙一起游学京都，师从江村北海。江村《日本诗选》选其三首，《送人游须磨》一首可称合作：

> 送君遥想摄阳天，到处风光媚客船。
>
> 山接赤城欹峭壁，海连淡岛渺云烟。
>
> 寻花萧寺移迟日，读碣莎堤感往年。
>
> 为是江南多胜事，奚囊自满远游篇。

与竹亭一起拜江村北海为师的山田东仙，生卒年不详，名敬之，字东仙，亦伊势洞津人，家世世业医。江村《日本诗选》仅选其一首《赠川青洲》，却是佳诗：

> 屏迹幸无俗累牵，松声相伴几头眠。
>
> 三杯薄酒谁知趣，一局残棋何似仙？
>
> 丛露虫吟墙壁外，烟波月挂海风前。
>
> 近来诗社殊寥落，郢调除非有汝怜。

赤松兰室(1743—1797)，播磨(今兵库县)人。名勖，字大业，通称太郎兵卫,号兰室。赤穗藩儒赤松沧洲之子。幼受家学,长于诗文。年十六即有闻于时,亦仕赤穗藩,任博文馆督学、祭酒。又在家塾教授诸生。兰室与薮孤山、河野恕斋并称三才子。著有《兰室先生诗文集》十卷。

兰室的五律写得不错,尤善写乡村景况,如《暮景》:

> 暮景村郊路,萧然信马行。
>
> 秋云写雁字,夕日响钟声。
>
> 历雨稻花老,随风梧叶轻。
>
> 清商歌一曲,慷慨此时情。

又如《郊游》:

> 山畔有茅屋,翼然临小溪。
>
> 偶逢樵者问,指是隐君栖。
>
> 倚杖寻前路,过桥得曲蹊。
>
> 似惊游客至,门外野鸡啼。

又如《溪上晚归》:

> 一路清溪上,将归向渡头。
>
> 栖禽喧列树,斜日乱寒流。
>
> 穿竹樵歌响,春云水碓收。
>
> 徘徊催暝色,拄杖唤扁舟。

他的古风也颇有风骨,写出胸中块垒。如《画马引》,步少陵及长吉咏马诗遗韵之迹宛然:

> 不愿穆满八骏相追飞,周游天下黔黎疲。
>
> 不愿明皇两部相和舞,倾杯乐酣胡奴乳。
>
> 但愿玉关万里去随飞将军,
>
> 朝凌天山雪,夕蹴大漠云。
>
> 横行不辞百战苦,一扫胡氛策奇勋。
>
> 四海今无烽燧警,槽枥之间徒延颈。
>
> 驽骀同伍堪长吁,谁辨逸足待鞭影?
>
> 伯乐一顾不易遭,空令汗血才自老。
>
> 霜华如剑苜蓿凋,踌躇自伤秋郊道!

《宝刀歌，与刀工冈本安传》也磊落钦奇有气势，非泛泛应酬之作也：

> 赤城东畔滨海里，有一奇伟之男子。
>
> 少小潜心欧冶术，拟将神物擅其美。
>
> 灵风鼓橐星斗奔，宝气盘缠蛟龙起。
>
> 阴阳翕聚鬼神护，紫雾红烟腾炉底。
>
> 铸出双刀分雌雄，紫电白虹奚足齿。
>
> 清水淬锋砥敛锷，光芒射人不可迩。
>
> 持来一献君王阙，琉璃光中凛冰雪。
>
> 赏赐金縠拜舞归，堪笑荆璧取二刖。
>
> 名价隆然震四方，坐使妖魅丧精魄。
>
> 即今四海不扬波，何须更刺鲸鲵血。
>
> 或值朱云请尚方，要为佞头试一拔。

七律《杪冬写况》写晚年生活自得其乐：

> 风日才和腊后天，负暄徐步小池前。
>
> 柳垂东岸含烟翠，梅自南枝放雪妍。
>
> 忙里偷闲闲稍得，愁边贪醉醉还偏。
>
> 老怀亦喜韶光近，不独探芳属少年。

据说兰室临终前一日曾赋绝句一首，俞樾《东瀛诗选》于小传中引之，并称他"殆亦来去分明者欤"：

> 邀我天风仙乐高，飘然欲去弄云璈。
>
> 一条弱水蓬莱路，踏破金鳌背上涛。

江村愚亭(1744—1770)，名秉，字孔均，号愚亭。他是江村北海的次子，北海在《日本诗选》中称其"夙慧异常，九岁能诗，十二能文，兼巧书画，其为人耿介不群"。可惜仅享年二十七岁。北海在书中选了他十一首诗，显然有念犊之情，但其诗确实可读。其中最精彩的当推《题画虎》，不知此画也是他的作品否：

> 深山枯草动寒风，猛虎蹲身乱石中。
>
> 洗尽吻边獐兔血，一溪春水落花红。

《访雨龙》一诗,短而有味,诗中有画又有声:

> 童子恳留客,开窗指翠微:
> "前林长啸起,可是主人归?"

《若狭客中作》写海边景色,颔联尤佳:

> 重山峻岭限西东,城市相连海雾中。
> 湿气晨寒多是雨,潮声夜吼乍生风。
> 只怜春蟹双螯紫,未见桃花一朵红。
> 客舍萧条何所听?浦云深处有归鸿。

《丹波道中》又是另一种景色:

> 野水东流夕日西,烟山岚嶂碧高低。
> 王孙草色连天远,帝女桑条与屋齐。
> 柳絮池塘穿浪鸭,菜花篱落浴沙鸡。
> 恰逢村店醅醨熟,两袖春风路欲迷。

另外,愚亭的五古《东郊步月口号》、七古《携诸子华顶良恩精舍避暑得二冬》、五排《鲛人潜织》诸诗,都很优秀(上述五言排律一诗,还注明乃"唐时试士诗题"),因顾虑篇幅,不再全引。由此可见,虽是其父选诗较多,但确实拿得出手。若天不吝年,其成就又当如何?可惜!

浦上玉堂(1745—1820),本姓纪,名弼,字君辅,通称兵右卫门,号玉堂。备前(今冈山县)人。仕冈山藩池田侯。四十九岁那年,学中国春秋时君子蘧伯玉,辞去藩职,长居京都,以书画及弹琴自娱。其画是自学的。诗也不拘格律,以风韵胜。琴则是向幕府医官多纪兰溪学的,自称玉堂琴士。有《玉堂琴士集》,皆川淇园作序。玉堂与赖山阳、篠崎小竹、柏木如亭等人关系密切。因为善画,所以有人还认为他是诗中有画的典型。下面略引几首。如《山居闲适》就是不拘平仄的:

> 溪山绕幽屋,松栎挂斜阳。
> 境静生涯淡,云深俗累忘。
> 芭蕉传夜雨,萝薜补秋裳。
> 野渡无人处,虚舟棹月行。

他写过《杂咏》多首,有不少写其弹琴:

> 俸余蓄得许多金,不买青山却买琴。
>
> 朝坐花前宵月下,嗒然弹散是非心。

还有如:

> 青山红叶雨痕残,白屋无人秋色寒。
>
> 忽见纸窗松影乱,烧香拂石坐弹琴。

也有写其画画的:

> 结庐幽谷密林间,竹月松风相对闲。
>
> 却笑隐沦忙底事,朝朝洗砚写青山。

他也写过多首题为《山行》的诗,如:

> 破却青苔辗小车,山回道转竹交加。
>
> 寻来不用逢樵问,自有书声引到家。

这里所说的读书声,当是指玉堂的儿子浦上春琴(1779—1846)。春琴亲炙玉堂教诲,也善诗文与绘画,与赖山阳为好友。玉堂写此诗句,充满欣慰自豪之情。还有一首《山行》则野趣盎然:

> 荻芦风起雁凉飞,小网晒沙渔者扉。
>
> 点点篝火野桥暮,几人罢钓掉舟归。

清田龙川(1747—1808),名勋,字公绩,号龙川。俞樾在《东瀛诗选》中介绍说:"龙川为北海之子,儋叟之嗣子。其家始为伊藤氏,伊藤坦庵其曾祖也,与仁斋同时负斗山之望,无子,以其门人播磨人清田宜斋为子。宜斋生三子:锦里为伊藤氏,北海出后他姓为江村氏,儋叟复为清田氏。龙川嗣儋叟,故亦为清田矣。其世系纠缭,猝不易考。然自坦斋以来,实累世以儒学显者也。龙川承其家学,具有渊源,惜全集毁于火,所存者十之一耳。"俞氏不懂日文,却能以简略的文字讲清龙川的复杂家世,使读者了解其家学渊源,不愧为我国的日本汉文学研究先行者。

龙川当来过中国,从《蓟邱览古》一诗即可知。可惜今人编的《日人禹域旅游诗注》等书中却一无提及。引录如下:

> 驱马蓟门北,乔木迷古国。

> 谁怜郭隗台，唯见生荆棘。
>
> 一自昭王去，萧条霸图息。
>
> 独有菈花开，余得黄金色。

龙川写景小诗颇有味，如《池馆晚景》：

> 庭池雨过水玲珑，枕簟香生蔰莒风。
>
> 怪得流萤忽无影，月来杨柳画桥东。

又如《雾中帆影》：

> 沉沉晓雾大江头，送客俱登黄鹤楼。
>
> 多少征帆迷远影，不知谁是故人舟。

龙川身为福井藩儒，他的《咏方》诗则写出读书人的安贫与傲气：

> 世上非无正直人，如何喋喋说钱神？
>
> 几年丈室容安膝，百亩井田聊托身。
>
> 林下迎朋俱就局，篱边漉酒又须巾。
>
> 胡床醉枕书筐睡，不问红街紫陌春。

这里还要附带述及江村北海表章过，而今已被全然遗忘的小栗鹤皋（1701—1766）及其孙。鹤皋名元恺，字子佐，号鹤皋，若狭（今福井县）人，曾师从柳川沧洲。江村《日本诗史》云："若狭在近江西北。……有小栗鹤皋，在小滨橐篇一乡文雅。余尝览《昆玉》《玉壶》二集，所载佐元恺诗甚佳，因详其人，乃知其为鹤皋。盖鹤皋少时有故，客寓于张，尔时变姓名，称佐佐木才八云。其诗虽蹈袭嘉靖七子，而天授自富，炉锤有法。是以往往有合调。"江村还说："小滨以鹤皋故，至今言诗者众。"《日本诗史》引载鹤皋《登后濑山》一诗：

> 峰回径仄石梯悬，杖屦飘飘度碧天。
>
> 万顷海波涵越迥，两行驿树入江连。
>
> 孤城钟动寒云外，极浦鸟还落日边。
>
> 临眺自堪销世虑，何劳烧炼学登仙。

今在《鹤皋诗集》见其《雁》一诗可诵：

> 蒹葭萧瑟楚江濆，一夜西风送雁群。
>
> 皓月如霜天似水，分明写出数行文。

又有《秋夕》七律，亦可称合作：

> 一叶西风万里秋，疏帘夕卷倚江楼。
>
> 天销薄雾清如水，月上高林曲似钩。
>
> 桑柘村昏人迹绝，蒹葭渚迥雁声流。
>
> 平居不是思莼客，满目萧条暗起愁。

鹤皋孙小栗常山(1763—1784)，名世焕，字明卿，通称直之进，号常山。能诗善画，可惜年轻夭折。有《常山遗稿》两卷。常山从小苦读，有《秋夕》诗为证：

> 幽馆读书夜，孤灯照寂寥。
>
> 只闻窗外雨，滴滴打芭蕉。

又有《夏日山中读书》诗，写出读书的乐趣。

> 翳翳嘉木阴，结庐三四椽。
>
> 南风霉雨后，日夕闻鸣蝉。
>
> 幽居其奚为？隐几阅陈篇。
>
> 时有会心处，掩卷自悠悠。

再引其《秋日江邨》一首：

> 孤邨江上路，茅屋两三间。
>
> 酒旆飘沙店，渔罾曝石湾。
>
> 睡鸥秋水渚，飞鸿夕阳山。
>
> 柳岸西风暮，牧童吹笛还。

这一节临末我们还要写到生卒年不详的大畠九龄，字寿王，通称官兵卫，有汉名平九龄。据江村北海《日本诗选》介绍，他是"明石侯浪华(按，即今大阪)邸监，性好文雅。邸职余暇，日夜兀兀芸窗。"江村书中选了他两首诗，其中七古《浦岛行》写的是本书前已提到的奈良朝日本最早的汉文小说《浦岛子传》的传说，写得波澜起伏，是值得一读的佳篇：

> 君不见，浦岛太郎钓鳌处，钓得巨鳌化作女。
>
> 情好婉嬺为夫妻，蓬莱瀛洲携手去。
>
> 珊瑚之枕玳瑁床，仙宫深处娱乐长。
>
> 蘋藻巧结同心缕，涟漪细织合欢裳。

云车俱朝龙王都，赤螭后乘蛟前驱。

水族波臣侍行酒，熊掌猩唇麟为脯。

虬笛鼍鼓舞冯夷，奇花珍禽若春时。

可怜凡骨不可换，却似刘阮多归思。

夫妻把袂泪不晞，白玉小龛赆其归。

慎莫相开再相见，云涛路分达海矶。

自谓仙游未周岁，何知人间世代改。

偶然长生驻红颜，七世子孙复何在？

江山无恙空吊古，茕茕浩叹失所怙。

忽尔惊怪一开龛，白浪皱波满眉宇。

十二、中后期几位学者

本书在撰写中，常常为分节和取题犯愁。如"诗人"和"学者"，又怎么能截然分开？日本的汉文学作家，大多本来就是汉学研究者；而日本的汉学家，又大多能诗善文。所以只能大致将相对说来做学问的名声大于写诗作文的人，称之为学者。同时也要请读者千万别太拘泥于书中的题目。这一节我们要写的几位，除前面细井平洲、井上金峨属于当时的折衷学（又称考证学）派外，后面的都属于古注学派，而且多活动于关西近畿地区。关于这些汉学学派的治学主张，由于与汉文学创作的关系不很大，这里就不介绍了。再说，有些学派之间观点也有相同和重合处，有些学者的归派也有不同说法，有的学者则先后变动过学派，因此我们不过多讲述这些。

在讲述这些折衷学、古注学学者之前，我们要先附带介绍一位无从"归类"的尾张名古屋学者。松平君山（1697—1783），名秀云，字士（一作子）龙，通称太郎左卫门，号君山、龙吟子、富春山人、君芳洞等。尾张（今爱知县）人。其父为尾张藩士，本姓千村。他因作松平久忠的婿养子，故改姓。他学无常师，所学驳杂，博闻强识。经史之外，从诸子百家，到野史稗说，以至本草学等都学。他亦仕尾张藩，任书物奉行。他亦教学生，门下较有名的有人见玑邑、崛田恒山、冈田新川、千村鹅湖等。（按，外语教学与研究出版社出版的《日本汉诗撷英》一书，竟然把这四个学生误说成是他的老师!)他的著述也甚多,有诗集《弊帚集》。他还曾与韩国汉诗人唱和,编有《甲申韩人来聘纪事及唱和》一卷、《辛卯韩使来聘尾阳唱和》一卷等。

君山的诗介绍几首。七古《流萤篇》,临末一翻古人意境,显出书生本色,颇妙:

> 清夜追凉上水楼,楼前忽见萤火流。
>
> 谁道眇身生腐草?熠熠含辉著帘钩。
>
> 薰风飒飒吹不已,冷焰高低更相倚。
>
> 妆点菱花明似镜,穿过杨叶疾如矢。
>
> 杨叶菱花太液边,飞来飞去照绮筵。
>
> 越女争扑轻罗扇,银烛明珠空妒妍。
>
> 独有幽人守陋巷,十年伴汝照诗书。
>
> 诗书读罢人不识,更怜萤火来起予。

七律《夏日游山寺》也颇堪欣赏:

> 红尘不到梵王家,山屐乘凉藓径斜。
>
> 竹里悬泉溅石发,松间落照映葵花。
>
> 瑶琴弹罢云窥户,玉麈谈余僧献花。
>
> 悔向世涂冲炎热,十年踪迹负烟霞。

七绝《访白梵不遇》写怅然之情景如画:

> 出郭东皋草径斜,竹林深锁故人家。
>
> 沉吟久立无相和,一片夕阳照槿花。

细井平洲(1728—1801),名德民,字世馨,通称甚三郎,号平洲,别号如来山人。尾张(今爱知县)知多郡平洲村人。他是折衷学派继榊原篁洲后最重要的较早的代表人物。同时又是一位著名的教育家。他原为纪长谷雄的后代,故又别称纪平洲。因长谷雄隐居于河内细井乡,其后人遂以细井为姓。平洲出身豪农之家,十六岁游学京都一年,后受教于中西淡渊(1709—1752)学汉学。又在淡渊的建议下赴长崎进修汉语,师从淡渊的学生小河天门(1712—1761)。二十四岁后,在江户、名古屋两地教书。淡渊逝世后,其学生都转入他的门下。米泽藩主上杉鹰山也是他的学生。明和八年(1771)赴米泽,被藩主奉为一国师表,安永元年(1772)创立藩校兴让馆,由他主持。九年(1780)又任尾张侯侍讲,兼任尾张藩校明化堂督学。平洲与米泽侯鹰山的师弟情谊成为日本学术、教育史上的美谈。俞樾《东瀛诗选》提到他的《嘤鸣馆遗稿》,也说"此集乃米泽侯所刻。贤藩下士,有魏文鲁缪之风,而平洲之素望,亦窃比思夏矣。"

平洲多年奔波在外,他的怀乡诗写得很不错,如《山驿》:

> 孤灯山驿晓,独坐忆家乡。
>
> 渐沥闻风叶,萧条对月光。
>
> 岩宫猿响落,谿镜水声长。
>
> 谁知天涯客,归心一霎裳!

又如《江楼闻笛》:

> 夜坐江楼水若烟,谁家玉笛月明前。
>
> 数声偏破还乡梦,吹送关山万里天。

俞樾《东瀛诗选》中选了他《东都十五胜赏月》,写的是江户十五个风景胜地的月夜,十分美妙,今选其中几首,如《日本桥》:

> 日暮黄埃日本桥,桥头车马涌如潮。
>
> 别悬一片冰轮色,不见纤尘点九宵。

又如《墨水》:

> 盈盈一水二州分,不见江天半点云。
>
> 欲逐秋光乘夜月,恐教槎影逼星文。

又如《金龙山》:

> 水际峻嶒梵阁孤,法云清籁满灵区。
>
> 金龙影动金波涌,捧出城头不夜珠。

又如《芝浦》:

> 满埔秋光夜渺然,总房东望水连天。
>
> 月出潮头烟雾白,橹声遥辨打鱼船。

井上金峨(1732—1784),名立元,字纯卿,通称文平,号金峨、考槃翁、柳塘闲人。其家世世业医,到他改学儒学。初从川口熊峰学仁斋学(古义学),继从井上兰台(1705—1761)学朱子学,继又从荻生徂徕学古文辞学。

于是不主一家之学,折衷汉唐宋明,提倡折衷学。金峨曾撰《辨徵录》《读学则》等书,批评徂徕。在汉文学写作上,推崇中晚唐诗和韩柳欧苏之文,排击李王古文辞。在当时颇有影响。他的门生有山本北山、龟田鹏斋、尾崎称斋、原狂斋、吉田篁墩等人,使折衷学派传播四方。安永中(1772—1781)仕中村藩主,受宾师礼遇。晚年居江户驹込教诸生,后又仕上野轮王寺宫家,为记室,受优待。

金峨诗略选两首,如《绝句》颇带自嘲:

> 东邻屠狗宅,西邻卖酒垆。
> 中有腐儒在,终日读唐虞。

又如写给画家友人的《平景瑞仲秋金泽赏月赋赠》:

> 古堂秋夜梵轮高,缥渺金皋八月涛。
> 谁道丹青成不得? 迎君风色入挥毫。

江户中后期关西地区不完全赞同徂徕学派而提倡所谓"古注学"的儒学人士中,中井兄弟是非常杰出的。中井竹山(1730—1804),名积善,字子庆,通称善太郎,号竹山、同关子、雪翁等。他是大阪名儒中井甃庵(1693—1758)之长子,与其弟履轩同被称为中井氏之"双凤"。竹山师事五井兰洲(1697—1762),崇信宋学,终生未仕。天明二年(1782),继承其父创办的怀德堂书院,任院长。竹山撰有学术著作多种,诗集有《奠阴集》等。

竹山各种古近体诗都作过尝试,包括六言绝句,大体都比较出色,尤其七绝可见其学习唐宋诗的造诣。如《边词》:

> 虏骑奔逃烽火闲,秋风吹老玉门关。
> 沙场日暮黄尘起,知是将军射虎还。

又如《平安早春》:

> 东山云日敛寒威,鸭水春声入禁闱。
> 应有风流贵公子,晴郊残雪摘蔬归。

平安即京都,东山为京都东部之山,鸭水当然指流经都城的鸭川,同时也是巧妙地化用东坡名句"春江水暖鸭先知"。竹山又有《宫怨》一诗,构思亦巧,时人田能村竹田在《诗话》中认为是受唐诗影响、令人为之瞠目的佳作:

清鋈摇梦响丁丁，错谓君王向此经。

不知绿阴多斗雀，牡丹花上触金铃。

竹山不仅写诗，而且还尝试写词，如《减字木兰花·题洞庭湖》，绘声绘色，而且充分表达了他对中国的向往：

丹青意远，能使洞庭移日本。控峡衔衡，万顷湖光逐笔成。　　苍烟绿水，湘瑟哀弹何处是？日展床头，非卧游耶即梦游。

竹山还写了一些应酬祝寿之词，其中《寿恭庵医士六秩词二阕》，写日本医师"发挥张仲景方书"，"四方请治者，喧阗巷衢"，亦可见中国医学在彼邦的流行。今录其一《画堂春》：

杏园二月展华筵，争言地上神仙。长沙艮岳禁方传，独守青毡。

名似斗，门如市，心闲四序悠然。寿人寿，已有余年，留寿曾玄。

中井履轩(1732—1817)更被研究者猪口笃志称为"近世无以伦比的大儒"。江户学者帆足万里(1778—1852)对履轩的经学佩服之至，认为"如仁斋、徂徕、履轩，虽从祀圣庙可也"。履轩名积德，字处叔，通称德二，号履轩。从小从五井兰洲学朱子学，但又广读群书，主张折衷，善于思考。如遇不同意之说，虽名贤巨儒也敢于辩驳。积稿甚多，人请梓行，则怫然不许，可见不屑名利。善写文章，远学汉魏，据说与唐宋名家不遑多让。容貌魁伟，器宇轩昂，睥睨一世，不妄交游，人称畸人。其言也常惊人，如称四书、五经、《性理大全》为儒者之三大厄。有学生来谒，曰："先学饮酒，然后学文，不然将郁闷得病而死。"塙保己一(1746—1821)作为国学教授赫赫有名，来大阪由市尹、街长介绍求见，履轩回绝道："闻塙氏沉湎于源语、势语(按，指《源氏物语》《伊势物语》)诸书，道不同无话好说。"市尹遣使持厚礼招见，履轩也拒之，连使者也不见。市尹叹道："所谓天子不得为臣、诸侯不得为友者，斯人欤？"松平和泉守也遣使招聘，则躲于壁橱不见。但当时的"三博士"虽与他学术观点不同，却关系亲密。古贺精里便赞扬他："履轩天下伟人，似段干木。"(按，中国的战国初期魏国大学者，子夏弟子。)兄竹山逝世后，每月数回赴怀德堂讲《尚书》。据门人鹪鹩春斋笔记，履轩不屑作诗，他认为古人以诗言志，今则以诗贴花傅叶，务出新奇以斗才华，风雅扫地，即使作诗能侪古人，也只是雕虫小技，非丈夫所为。他为文尚简洁，一次古贺精里一篇文章写了三纸，他为其削改至半页。他认为《论语》为天地间第一文章，其次为《孟子》《庄子》，再为《左传》《史记》，其余韩柳以下不足学矣。又说东坡以后无文章。

履轩之文确实大多简洁奇古，有的略似《庄子》。名文有《杂说》《祭食河豚死者文》《粥养面者传》《无求说》《显微镜记》《委奴印记》《锡类记》《送源教授序》《送司马皮虎嵊入关序》《题南极老人图》《祭弃儿文》《独知剑记》等，多琅然可诵。今抄录二篇，一为作于1772年的被猪口笃志认为颇似《庄子》文的《记钓游》：

> 履轩幽人，性不喜钓弋。壬辰之秋，有京客投宿其居数日，坂之都除渔钓外无足赏，幽人乃为客买舟，泛于三津之浦。酒一壶，饭一篮，盐豉称之。幽人素贫，外无所储，其门前即港水矣。下港数里，阛阓刺目，经桥十有余，渐离市廛之喧。洲渚皆蒹葭，凄凄焉白露已下。日正午，客下钓辄获，获者为鲨鱼，人各数十，幽人则不能获也。舟人曰："潮方可，宜出海门。"乃乘潮而逝，四望浩浩。右望珠浦赤石，左瞰淡岛飘飘然若浮波涛上，顾则泉州诸津界浦墨江环列其后。幽人诵诗曰："携壶三斗芳酒，倾囊半缗青钱。买得万顷烟波，渔钓一日闲身。"于是客复下钓，有获比目者，有获棘鬣者，皆小不中食。客乃始睹其活者，盆水蓄之，乐观其泼泼。若河豚亦未有毒，若怒钓者，其腹益张，鲨鱼则多矣。幽人独提榼倾壶，陶然自适，又歌曰："钓之曲兮饵之诈，获如丘兮奚顾。山光兮为画，潮音兮为歌。我醉卧兮其中，万物兮如我何！"既而白日将没，半天波江，闪闪砾砾，波涛变色，晻映远接。客敛竿而揖曰："今而后，我知子所乐哉，乐莫大焉。"幽人摄衣而起曰："善哉，吾所不言，而子先获乎！"乃歌曰："斜阳兮冉冉，彩云兮晻晻。我其追乎虞之渊乎？"客乃大喜。于是洗盏命肴，醉歌相属，不知舵转而上，舟舣门前。

这篇《记钓游》虽可读，但无论《庄子》文笔的汪洋自恣还是思想的深邃，此文尚不可比肩。履轩的《赠石原有文序》一文，则体现了他的文学观，说理通畅，善于取譬，可称佳文：

> 予喜论文，论文莫善于取譬。今夫鞞鞢之饬，金铁银铜，嵌鋈镂刻，好玩者爱古而不喜新。均一物也，古者贵而新者贱，其值不啻倍蓰也。于是乎有奸工模仿古物，质轻文浮，烂之以硝石，腐之以淤泥，才离炉锤，即为古物。鋈剥嵌落，刻画刓弊，然后系以彩缘，藉以文锦，以炫乎千金之子，得赢盖多矣。但有赏鉴者，乃弃而弗顾焉。然则古物竟不可为，而

新又不为人喜，今之为工者不亦难乎？曰，不然。其质坚重，其文条畅，金铁银铜，唯意所用，嵌镂鋈刻，唯心所规，极功而不纤，致美而不靡，端庄温文，典而不失古意者，今之良也。则赏鉴者不以新而舍焉，何必剥落刑弊之为哉！近世为复古之学者，妄以古文为竞，剽窃蹈袭，以为古文。朵颐冷炙，流涎残沥，模经之烧痕，仿史之厥文，寸断咫割，凑合成篇。锦绣百结，间以卉服，险怪腐烂，丑态万状，乃大言以钓誉。其为奸工也，不亦大乎？然而为其炫惑者，滔滔皆是；弃而弗顾者，天下几人？故知剽窃非文，而后可以语文矣。由是推之，其所谓学者可知已。石原子尝与予论文，于吾言冥然莫逆于心。临别，遂笔而赠之，曰：予之乡多好文辞者，其尝以是告之！嗟乎，世之奸工，不特器与文也。模仿其威仪，刑弊其廉隅，剥落其气节，腐烂其言语，内小人而外君子，以炫惑乎人而规利者，不少。然则虽不好文辞者，亦不可以不告！

皆川淇园(1734—1807)，名愿，字伯恭，通称文藏，号淇园，又号筇斋、筠斋、有斐斋、吞海子。京都人。幼时颖悟，四五岁时识字，其父教以杜甫《秋兴》八首，当日即能背诵。十五岁在接待韩客的宴席上，能与之唱和，举座惊喜。曾作一文示某老儒，老儒为改数字，问其何以如此修改则说不出来。于是淇园寻思：不知字义则不能作文，也不能明白经书。因此，便专门研究有关辞书，成为有名的古注学家，著有《名畴》《绎解》等专书。另还有《淇园文集》《有斐斋文集》《淇园诗集》等。文化二年(1850)在京都开设弘道馆，门人三千，名震全国。淇园学术著述甚多，但据说其晚年耽于歌妓酒食，人若求其诗文书画，须以货赂。

淇园诗时有佳作，如《淀河舟中晚景》，写流经大阪的淀川晚景如画：

> 云涵一川影，山界半边霞。
> 远树衔沉日，照看两三家。

《鸭河西岸客楼望雨》，则描写流经京都的鸭川的美妙晚景：

> 高楼把酒望苍茫，清簟疏帘片雨凉。
> 川上晚来云断处，长堤十里入斜阳。

《秋山羁思》亦甚动人：

> 峰外又穿树，深秋栈道寒。
> 瘴气埋谷白，病叶拥山丹。

> 嘶马愁回首，行人时下鞍。
>
> 家乡残月梦，应在晓云端。

《采莲曲》则模仿中国江南古诗颇肖：

> 别渚少风花乱开，移船摇桨独徘徊。
>
> 偶因叶底轻波动，知是有人相逐来。

《留别》一诗为淇园由江户返回大阪时留赠友人之作。诗中假借中国地名与山水名，此种做法亦当时日本汉诗中所常见，却令中国读者更觉亲切。末句则显然借李白名句以指多摩川也：

> 雨歇武陵南渡头，与君系马上江楼。
>
> 醉来忘却摄州道，笑指长江天际流。

村濑栲亭(1746—1818)也是京都学者，也属于古注学派。其门下从游之盛也是当时少见的。栲亭又姓源，名之熙，字君绩，通称嘉右卫门，号栲亭，又号神洲。初从武田梅龙学古注学，中年致力诗文，兼作书画，名声甚著。在京都与皆川淇园、岩垣龙溪、佐野山阴齐名。天明三年(1783)，应秋田藩主义敦之邀仕之，为设立明道馆而尽力，并作上栋文。晚年归京都讲学，负笈者接踵于门。西岛兰溪《敝帚诗话》指出他是当时关西最早提倡学宋诗的人："源栲亭学识优博，其唱宋诗于京师，盖为嚆矢。《皇都名胜集》中载其《菟道采茶歌》，颇有石湖、放翁之风味。"俞樾《东瀛诗选》中提及其文《酒德论》，认为"义理平易，而词藻谲诡。盖工于文者，诗似不及其文。然佳处亦自不可掩。……古体诗奇恣自喜，或轶于绳墨之外，要非模拟者所可望也"。栲亭古诗确有恣奇可喜者，如《短歌行》：

> 岁月离弦矢，世事覆地水。
>
> 古坟犁贵骨，多才何足恃？
>
> 众口论甘而忌辛，古来有才无不贫。
>
> 贫穷是命，寿夭则天。
>
> 丈夫之生，肯愧昔贤！
>
> 今日之过，更期何年？
>
> 陶侃在后，神禹在前。

《记梦》一诗亦佳：

> 春昼睡方熟，杖履云相逐。

> 泠然放所之，倏到澄江曲。
> 清风舒我襟，明月爽我瞩。
> 高山引我趣，流水濯我足。
> 只知天地宽，不知冠带束。
> 只知日月悠，不知萤雪促。
> 仍欲究仙源，徘徊迷花竹。
> 寤来犹在眼，残梦了难续。

栲亭的近体诗其实也多有佳作。如《邻寺晚钟》，绘声绘色：

> 风暖钟声缓，和花落槛前。
> 归鸦三两点，时抹落霞天。

《雨后晚景》更是一幅野趣横溢的画：

> 野塘含润柳槐青，浴后脱巾吟蓼汀。
> 风惹蝉声凉意动，山收云气夕岚冥。
> 驱蚊蓬户烟如带，邀月芋田露似星。
> 偶有村童来相护，强求团扇逐流萤。

《闻杜鹃》三首七绝，不仅不是模拟之作，而且探讨了中日诗人各自文化传统和审美心理的差异。其诗序曰："汉人咏杜鹃在暮春，如闻之不胜悲者；在此方，其鸣在五月，人争赏之，或宿山林幽僻之地，不寐以待其鸣。故作诗者，多在春悲之；咏和歌者，多在夏赏之。然韦应物有'高林滴露夏夜清，南山子规啼一声'之句，吴融有《秋闻子规》之诗，则其鸣不必春时而已，唯悲之与赏之彼此不同，何也？唐太宗尝语乐曰：'声之所感，各因人之哀乐，岂唯乐云乎哉！'余不敢效汉人之颦，赋三绝。"诗极佳：

> 寂寂灯前雨未晴，杜鹃破梦一声鸣。
> 朦胧认得非耶是，欹枕更期第二声。
>
> 闲吟残夜坐幽房，乍听啼鹃近过墙。
> 急唤家僮开牖户，一痕斜月半床霜。
>
> 杜宇一声渡晓云，起看新树月纷纷。
> 黄鹂娇侣鸿过客，闲景闲情独属君。

　　栲亭还有一首七绝,作于1787年,题目实是一则序,记载了如今中日学者似均不及闻知的一则两国间传说:《秋田滨海之地有赤神山,山上有汉武庙及苏武宅,传为武奉使所至。侧近有孤屿曰"御币",其滨生藻,名曰"御币菜"。其初生再生者,味极佳。丁未之春,匹柳塘君辱赐此菜,因赋律诗一章以奉献》:

> 赤神山上汉时祠,属国遗踪存口碑。
>
> 节旄化作波间草,千载犹新雨雪时。

　　栲亭还创作过词,水平很高。如《昭君怨·苦热》,神田喜一郎《日本填词史话》曾指出其第二字应用仄声,似为白璧微瑕。(我意当为"树"。)但确是有趣之词:

> 千林[树]无风动叶,寄命一团轻箑。安凿北溟冰,作凉棚?　诗债如毛未了,打睡连昏晓。清风在谁边,好息肩?

《更漏子·看菊》亦妙:

> 草铺毡,花迓客,不必问那彭泽。孔雀尾,黄金灯,难比到底清。
>
> 两枝迟,三枝早,各自风情恰好。一带露,一篱香,任君涤肺肠。

　　栲亭还写过六首《渔歌子》,分咏樵者、渔父、农夫,又有《苏莫遮·渔夫》。神田喜一郎指出那是"因为学习东坡、放翁等人的诗歌,而使自己加深了涵养,从而对那些下层人产生深深的关爱的缘故"。今录其《渔歌子·樵者词二首》:

> 径熟巉岩不觉难,闲跨牛背步漫漫。草为褥,薪为鞍,横笛声中月已圆。
>
> 樵兄去尽独归迟,一曲村腔信口吹。犬迓径,翁呼儿,林外孤灯初点时。

　　松本愚山(1755—1834),名慎,字幻宪,通称才次郎,号愚山。京都人。为皆川淇园的学生,著作甚多,有《论语笺注》《老子评注》《周易笺注》等,曾在大阪讲学。其诗有《愚山诗稿》前后集,俞樾仅见其后集二卷,评为"亦清雅可诵",并提及"有一联云'衰老炉为政,穷愁酒主盟',亦小品中之佳者;惜其通体有不合律之句,未能录入。"俞樾所选的《初夏偶成》,也可称小品中之佳作:

> 苇帘初卷困人天,燕语呢喃起午眠。
>
> 休说先生生计拙,新荷叶叶已成钱。

《初夏幽居》也深有雅趣：

> 架上红薇破绽花，昼长无客到贫家。
>
> 醒余起剧猫头笋，睡起亲湘雀舌茶。
>
> 新浴拂衣神较王，旧联改句兴弥加。
>
> 闲中多事还忙了，独按棋经手屡叉。

《同诸子游岫云台》写出人情物理，末联尤好：

> 南山杰阁坐秋天，追忆来游经几年。
>
> 但觉容颜难驻得，细看风物尚依然。
>
> 铺黄稻畦田千亩，涵碧琉璃水一川。
>
> 随意景多诗不就，纵令诗就岂堪传？

梅辻春樵(1776—1857)，本姓祝部，名希声，字延调、无弦、勘解田，号春樵、恺轩。近江(今滋贺县)人。其家代代为日枝神社的神官，春樵一度亦继家业为该神社的祢宜。未久他拜皆川淇园、村濑栲亭为师。又于文化四年(1807)将神官之职让与其弟，自己赴京都开塾教书。其为人狷介，有骨气，亦颇有诗名。春樵又称琴希声，俞樾《东瀛诗选》介绍说："廷(延)调之始祖善鼓琴，有灵琴一张，人称之曰琴御馆，至今琴御馆祠犹在比叡岳庙之侧，尊之为山末明神。其得姓亦以此也。廷(延)调以世职奉祠于叡岳之庙，岳僧悍戾为东国最，而廷(延)调不为之屈，能举其职。年甫三十，挂冠而归，自后遂以隐士称。登上寿。一时名士皆从之游，朝之贵人亦多折节下交者。所作诗文，分为十集，次弟刊行。第九集成，至尘乙夜之览，亦文士之极荣矣。"俞樾将其作被皇上御览视作"极荣"，那只是他自己的庸见。

春樵善作古风长篇。他的《岚峡观红叶歌》追怀昔年老师村濑栲亭及某上人，很有感情：

> 忆昔少年从栲翁，寻秋数里入峡中。
>
> 相伴石斋间上人，裹饭并付小茶笼。
>
> 栲翁恶酒严禁饮，肠中织成几多锦。
>
> 石间与我皆渴胸，勉吐诗句忍寒凛。
>
> 此事已隔二十年，依约泉岩在目前。
>
> 可补一则《嵯峨志》，又恨不为画图传。

回顾当年指几届，栲石仙蜕间成佛。
遗韵即今谁继成？仅余天下一废物。
秋艳新霜全染山，日辉寒玉未冰湾。
流览秋光无可语，爱闲却是不堪闲。
须臾法轮寺钟起，碎锦风吹纷点水。
虽曰红于二月花，花谢似归叶谢死。
我惜逝者转惜秋，落叶寒山水急流。
萧然向晚仰抟笛，鹿鸣遥答龟山头。

他的《米贵行》反映了天保初年岛内大饥馑，也表达了自己的处世态度(诗句韵尾出现两个卜字，是今天汉字简化所致)：

东方奥羽间，凶荒年不熟。
土民多死凶，荡析穷无告。
纷纷饥且疲，相率溺江渎。
此事日传闻，惊动京摄俗。
京摄多奸商，矍矍谋利欲。
偷买深盖藏，待价散余蓄。
严酷官责之，往往至下狱。
播磨民蜂起，能登海翻覆。
群国略不宁，藩牧亦秘谷。
各尔闭封疆，一粒不他鬻。
所以价沸腾，贵于炊珠玉。
风尘日萧森，山野人号哭。
贫者卖妻儿，富者减婢仆。
布施不及僧，医家诉穷蹙。
我幸惯数奇，节俭久慎独。
案头笔一枝，灶下薪半束。
文字才堪煮，菜羹可充肉。
啜粥养肠胃，杂饭抹萝卜。
年来如斯过，已迫五十六。
守不拘凶丰，妙在忘荣辱。
怜杀饱暖场，暴殄日损福。

我赋《米贵行》，警彼铜臭族。

祸福本无门，倚伏真难卜。

人生身分定，奚可不知足？

居易以俟命，天运往又复。

王都山岳固，畿内地肥沃。

苟能忍饥寒，庶几复雨粟。

春樵的《蔚陵岛》，诗前小序云："一名弓嵩，属朝鲜，在石见海西，邦人谓之竹岛。岛无居民，有猫大如犬羊者，见于《象胥纪闻》。天保中闻有妖人在石见海滨，事多怪异。盖猫之化身来者，亦未可知也。"这传说虽然有点"怪异"，但所说的"竹岛"当是现在韩日两国有着领土争端之独(竹)岛。而春樵此诗的第一句就表明了他的观点：

此岛不是日本石见州之余域，

此岛乃是朝鲜江原道之属纮。

周匝一百四五十里许，

巑岏硗确不有田可耕。

西与水营对，东与滨田配。

岛无居民无吏守，有猫蕃息经年代。

大猫小猫尔元妖物之巨魁，

宁不知尔化身来世住海隈？

窃施妖法官不禁，恣侵国禁耗国财。

传檄诸州募米谷，新潟兵库或浪速。

商舶稇载竞运输，几千几万几亿斛。

谁图海云岛雾渺茫中，交易潜与海外通？

海外缘尔粮定足，国内为尔腹殆空。

米价谷直追日贵，谁诛蠡米蚀谷虫？

愉快近来事发觉，缚捕群类谴元凶。

盍速遣吏收余畜，悉皆自西载还东。

莫饵蛮貊无数口，愿救国家万民穷。

归帆陆续何时到？渴望徒自待天风。

人人指言西海上，谷尚积满一弓嵩。

十三、中后期镇西诗人

江户中后期，镇西(今九州地区)也是汉文学发达地区，集中出现了不少有名的作家。这是此前那里未曾有过的景象，值得大书一笔。

薮孤山(1735—1806)是肥后(今熊本县)熊本藩士薮慎庵(1688—1744)的次子。慎庵崇奉程朱之学，曾赴江户向荻生徂徕学古文辞。其长子愧堂亦继家学。孤山年幼时丧父，由兄养大。他名愨，字士厚，通称茂二郎，号孤山，又号朝阳山人。孤山自小好学，宝历七年(1757)奉藩命赴江户游学，翌年转赴京都，期间与中井竹山、中井履轩、赖春水、尾藤二洲等著名学者交流。十三年(1763)任熊本藩校时习馆助教，明和三年(1766)升教授。他努力培养学生，推广宋学，声誉甚隆。萨摩的赤崎海门、肥前的古贺精里、丰后的胁兰室、筑前的桦岛石梁等，均一度执弟子礼。前面写到过，时习馆本是秋山玉山于1748年创立的，其比较自由的学风是从玉山以来就有的；但江户幕府排斥徂徕学等的"禁异学令"推行之际，正是孤山在时习馆执教之时，由于他坚持重视汉文学，所以肥后地区成为汉文学的一大渊薮，其功不可没。

孤山《穆甫文卿见过，得十二侵》一诗，可见诗人之孤寂：

> 濛濛苦雨久为霖，小酌由君慰寂森。
> 官冷自无公事至，巷穷唯有故人寻。
> 堪将俊句题青竹，欲使幽情托素琴。
> 莫厌吾庐潦隘甚，醉中剩得一乡深。

《山居秋晚》《东溪探梅》《泛舟桂川》《红白二菊》等诗，都写出了他热爱乡村生活、甘于清贫的心境。兹录《山居秋晚》，以见一斑：

> 谷口秋阴暗，村西夕阳斜。
> 宿鸦争树杪，归犊认人家。
> 山色看无倦，樵歌听不哗。
> 一樽留野客，款曲话桑麻。

《仙游悲》一诗，有小序云："浦郎游仙山，瞬息之间，既历数百年。一旦还乡，闾里故旧，一无存者。因悲而作歌也。"所谓"浦郎游仙山"，就是本书在论述奈良时代汉文学时写到过的日本现存最古的汉文小说《浦

岛子传》所述故事。孤山此诗颇有新意,可与前面提到的大畠九龄《浦岛行》及后面将写到的菅茶山《浦岛子归家图》相对读:

> 勿愿长生仙,长生千载如一日。
> 忽愿飞行仙,飞行万里如一室。
> 我自仙山返故乡,故乡何茫茫。
> 昔我垂纶处,今种麻与桑。
> 昔我寝兴处,今牧牛与羊。
> 垒垒原上坟,皆是子与孙。
> 纷纷邑中人,皆非戚与亲。
> 故乡如此,我欲弃之,再游仙之都。
> 仙都虽乐兮非吾居,仙女虽美兮非吾姝。
> 仙肴错陈兮吾不以为腴,仙乐迭奏兮吾不以为娱。
> 吁嗟乎,我何处何之? 去不可乐兮处可悲!
> 我愿与万物同生,与万物同死!

孤山更有长诗《拟晁卿赠李白日本裘歌》非常值得欣赏:

> 天蚕降扶桑,结茧何煌煌。
> 玉女三盆手,丝丝吐宝光。
> 机声札札银河傍,织出云锦五色章。
> 裁作仙人裘,云气纷未收。
> 轻如三花飘阆苑,烂似九霞映丹丘。
> 世人懵懵若尘网,安得被服游天壤。
> 六铢仙衣或不如,何况狐白与鹤氅。
> 我求神仙无所见,远至中州之赤县。
> 东京西京屹相望,五岳如指河如线。
> 君不见,岁星失躔落上清,化为汉代东方生?
> 又不见,酒星思酒逃帝席,谪为本朝李太白?
> 太白何住太白峰,手提玉杖扣九重。
> 九重天子开笑容,满廷谁不仰清丰?
> 片言不肯容易吐,才逢酒杯口蓬蓬。
> 百篇千篇飞咳唾,大珠小珠走盘中。
> 长安城中酒肆春,胡姬垆上醉眠新。

> 长揖笑谢天子使，口称酒仙不称臣。
>
> 忽思天姥驾天风，梦魂飞渡镜湖东。
>
> 百僚留君君不驻，纷纷饯祖倾城中。
>
> 我今送别无尺璧，唯以仙裘赠仙客。
>
> 仙裘仙客一何宜，醉舞跹跹拂绮席。
>
> 昂藏七尺出风尘，已如脱笼之野鹤。
>
> 从是云车任所至，弱水蓬莱同尺地。
>
> 西过瑶池逢王母，云是日本晁卿之所寄。

这是"代"千年前的晁衡(阿倍仲麻吕)写诗给中国大诗人李白的"拟古"奇诗。不仅写出了李、晁之间的深厚友谊，而且颇有李白飘逸之风。李白曾有《送王屋山人魏万还王屋》诗，据考作于天宝十三年(754)，有句云："身著日本裘，昂藏出风尘。"李白自注曰："裘则朝卿所赠，日本布为之。"根据李白该诗的上下文看，"身著日本裘"的当是王屋山人魏万。然而，千余年来中日两国许多读者却都喜欢说成是晁衡送给了李白一件日本裘衣。这已经成了中日人民友好史上特别具有诗意的一则佳话。而孤山此诗也可流芳千秋了！

伊形灵雨(1745—1787)，名质，字大素，通称庄助。因生于肥后(今熊本县)玉名郡木叶村灵雨山下，故号灵雨。他出身农家，自小好学，倜傥喜诗。明和二年(1765)入熊本藩校时习馆，受教于秋山玉山。几年后，藩里派他游学京都。其诗作在京都缙绅间广为传诵。安永四年(1775)返回熊本，任时习馆助教。他无意仕途，不受藩官束缚，后辞职归乡，乡人称他"猿崖居士"。萨摩公子岛津兵库十分敬重他，而薮孤山则甚至称誉他为"李白再生"。可知他诗学李白，奔放自在。他在1776年从京都返肥后，经过下关海峡时，曾作《过赤马关》一诗，后被人誉为"九州三绝"(另外二绝是龟井南冥的《鹰岛城下作》和释普明的《姬岛》)之一：

> 长风破浪一帆还，碧海遥环赤马关。
>
> 三十六滩行欲尽，天边始见镇西山。

富田日岳(1762—1803)，名大凤，字伯图，通称守善、大渊，号日岳。其父是熊本藩校时习馆之句读师。他从小从父读儒书、医书。天明三年(1783)成为该藩医学校再春馆的句读师，后又兼任医业吟味役一职。他在儒学方面主修徂徕学，擅长汉诗文，同时又强调所谓王霸之学，鼓吹忠义之说,为人豪放慷慨。曾著《大东敌忾忠义编》二册、《王道兴衰策》五册等。可知他可说是日本幕府末期大量出现的主张尊皇倒幕的"志士"文人的一个先驱者。猪口笃志《日本汉文学史》引了其所作《赠高山仲绳序》一文,所赠者高山彦九郎(1747—1793)正是当时一位狂热的尊皇论者,与蒲生君平、林子平并称为"宽政三奇"。据说高山当时来熊本,与富田意气投合,日日别室密谈,家人也不得与闻。从这篇序中,也可见他们交谈的思想内容。为节省篇幅,又因该文文学色彩不强,此处不引。

日岳有《生嘤引》一诗,咏日本古代史事,寓伏枥之思,颇激昂抑塞。诗前小序曰:"火州西南有宇土牧,于今产马。往昔镰仓氏时,献骏马,名生嘤。事详野史。余窃有慨焉,因作歌咏之。"该诗如下:

> 君不见,火州西南紫海曲,万马群产宇土牧,
> 山坼海阔原野沃,何让燕代与冀北?
> 君不闻,镰台将军招骏时,火州生嘤天下知,
> 霜蹄稜稜如踏铁,朱鬣鬤鬤似挂丝?
> 龙跃虎啸长风起,电击雷轰骤雨垂。
> 由来汗血谁能骑,枥下低耳空雄姿。
> 将军此日事西征,分符尽募天下兵。
> 山东桀骜称无敌,高纲景季最俊英。
> 俱赐骏马拜舞出,相争生嘤磨墨名。
> 高纲谨奉先登约,若食此言不复生。
> 直鞭生嘤长驱去,勇士骏马功相成。
> 菟道巨川波浪涨,绝津敌军戈矛横。
> 飞箭如雨集介冑,二士视死鸿毛轻。
> 并辔联鬣乱逆浪,追景历块何平平。
> 高纲奇谲亦习战,倏忽奔腾最先鸣。
> 始知生嘤是绝纶,高纲山东第一人。
> 尔来悠悠六百岁,将军台榭委埃尘。
> 今日昇平称无事,马服盐车士为民。
> 源氏之士生嘤骏,谁能皮相辨其真?
> 君不见,宇土浦上牧野秋,神龙含烛火海流?
> 此地自古生尤物,为道伯乐来相求!

原古处(1767—1827)，名震平，字士萌，号古处、山樵。筑前(今福冈)人。祖上代代为秋月藩(福冈藩支封)藩士。古处为福冈藩儒龟井南冥的学生，学徂徕学，后为藩校稽古馆的教授，讲徂徕古文辞学二十余年。善诗文，与赖山阳、广濑淡窗、梁川星岩诸人唱和。长女原采苹为著名女诗人。古处有《垓下行》，咏项羽事，据日柳燕石《柳东轩诗话》，此诗在当时镇西广为传诵，被誉为绝唱：

> 西楚霸王涅丹面，鬞如蝟毛眼如电。
> 乌合仅提三户众，席卷天下捷于箭。
> 子婴葅醢太公羹，暗哑叱咤七十战。
> 汉将秦兵崩阙角，欻如回飙狂飞散。
> 时不利兮可如何，泣拥美人相和歌。
> 乌江深，深可厉；汉军多，多可殪。
> 甲帐月白秋风鸣，楚歌散声雖不逝！

古处也写过一些生动写景之诗。如《舟中望》：

> 轻舟解缆白鸥汀，遥挂片帆入窈冥。
> 风落鸿濛一气白，潮来鳌背孤峰青。

《春雨》：

> 袅袅行云起，霏霏微雨斜。
> 暖烟迷柳浦，春树锁人家。
> 溪涧泉声响，池塘草色加。
> 不知新霁月，酿得几枝花？

原采苹(1798—1859)，名猷，号采苹。她是原古处的女儿，有名的闺秀诗人。其诗曾得梁川星岩、赖山阳的推许。有《采苹诗集》，卷首即有星岩、山阳二人的评论。俞樾《东瀛诗选》选其诗二首。《秋思》首句"鸣"字即颇不凡，末句又颖异可喜：

> 坠叶纷纷林月鸣，幽庭夜色有余清。
> 欲题一句写秋思，先我虫声诉不平。

《舟入隅州》亦见功力：

> 萨城东去放孤舟，无限云山翠色浮。

> 满海春风吹不断，烟波深处入隅州。

另有小诗《即事》，写劳动者的辛苦，也有诗意：

> 伐木丁丁罢，山云送雨来。
>
> 樵人求捷径，独采湿薪回。

龟井昭阳(1773—1836)是龟井南冥的长子，名昱，字元凤，通称昱太郎，号昭阳，别号空石、月窟、天山遁者等。自小从父学习，十五岁时即有文名。宽政三年(1791)十九岁时游山阳道，向德山藩校鸣凤馆学头役蓝泉问学。五个月后归，著《成国治要》三卷，在序中说："夙奉父教，潜心圣经，尚论万古。嘤嘤然而悲古道之残欠，伤异端之沸瀴，忧文人之无术，悯圣教之不振。窃不自揣，有志于斯道，远思圣人礼乐之化，近叹世民人道之失，窃时有所见，因述《成国治要》十二编。"昭阳未及弱冠，即以振兴儒学自任，令人惊佩。未久，其父南冥因幕府禁止"异学"之令而被罢免甘棠馆总受持之职后，昭阳继其父指导生徒，直至该馆被烧毁后才被免职。昭阳一生努力于家学之光大，颇有点像伊藤东涯之对于其父仁斋。

龟井父子专心治学，又关心国事，都不是所谓纯文学作家和学者。当时正是所谓尊皇攘夷思潮掀起之时，昭阳对于后来福冈藩主的"勤王"思想的形成也是起到一定作用的。昭阳有吊菊池寂阿(镰仓时代武将，后醍醐天皇时为勤王而死)一诗，可见其思想：

> 城南一片石，五百年前人。
>
> 白日照忠义，春风苔尚新。

当时龟井昱太郎(昭阳)和古贺小太郎(侗庵)、赖久太郎(山阳)三人被人并称，有"三太郎"之誉，他甚至被称为"海内第一才子"。赖山阳曾有信给他说："仆生来失意，四顾无可与语者。得尊兄为友，此生不虚也。"可谓倾倒之至。昭阳的诗，其实水平还远不如其学生广濑淡窗。虽然并非一无佳作，不过他的主要兴趣确不在此。他的文笔不错，其《丰山书画帖题言》有《庄子》之奇思与潇洒：

> 赤关之人丰山，使余题是帖。披之，空白无何有也，嗒然伏帖而眠。有异人翩然至，曰："子何苦。万物出乎无，寓乎有。今既成帖，是卵有毛也，子不见之斑斑乎？"因嚗然拍案大笑，其音如夺百声。俄然觉，则化为众鸟，飞而入于帖矣，翻之则无。吁，是后日生煦者而今日来也欤？乃瞑目

而以神与气视之，果然见之翔翔、之翱翱也。翙者，翯者，似衮者，似褐者，或击水，或挈云，或啄华吸露。乌之不笑鹭，崔岂美鸢乎？逍遥乎游目自适，如帝少皞之庭，凤与燕游，况五鸠五雉，及彼九扈。然视以目，弗见也；听于耳，弗闻也。遂为主人先鸣之以彀音。自是九皋独唳，付泽群啾，瓋者、翯者、踵企者、掌缩者差池萃于斯，主人将以耳目乐之，如余神游无何有之乡，未知化境与实境何如耳！

　　草场佩川(1787—1867)，名鞾，字棣芳，通称磋助，号佩川、宜斋、玉女山樵、濯缨堂主人等。肥前国(今佐贺县)人，其家世代为医。佩川两岁丧父，其母口授和歌，三岁时即能谙诵。八岁入村塾读书，十五岁即成句读师。十八岁入藩校弘道馆，后赴长崎学汉语。二十三岁随藩主赴江户，拜"宽政三博士"之一的古贺精里为师，学程朱学。二十五岁时，随精里赴对马接待韩使，与韩使笔谈唱酬，得奇才之名。文政年间，曾游大阪，与赖山阳、篠崎小竹等人整日唱和，为当时文坛盛事。天保五年(1834)归佐贺，任弘道馆教授，后为多久藩儒官。安政二年(1855)幕府召，以病辞，任国学教授。

　　佩川著述颇多，据说他一生赋诗两万多首。赖山阳称其诗"患多"，"患才藻多，患书卷多，患篇计多"(见俞樾《东瀛诗选》)，似有微词。但广濑淡窗则认为："草君以诗为日历者也。事之所在，感之所触，诗必从之。一披诗卷，则出处之迹、悲欢之象，宛然在目。顾篇什极富，而人不觉其多，以事实列于前也；刻划太至，而人不厌其巧，以性情主于内也。"佩川诗功力颇深，即小诗也写得极好，如《松浦杂咏》：

> 雨受风来去，山兼水醉醒。
>
> 沙湾春月白，松远暮烟青。

《山路》：

> 山路茶花雨，人家橘子烟。
>
> 借莫意未决，易变小春天。

《溪居即事》写出一番劳动夜景：

> 秋雨添溪流，篝光照夜梁。
>
> 正知鱼蟹落，人语静还忙。

《村夜》则以自己的安睡梦醒来反衬农民的辛苦夜作。

> 月色如霜夜几更，江村支枕梦余情。
> 错疑芦岸寒潮至，谛听始知磨稻声。

《山行示同志》后二句不失书生本色：

> 路入羊肠滑石苔，风从脚底扫云回。
> 登山恰似书生业，一步步高光景开。

《除夜》一诗有小序曰"庠舍灾后在松西庐作"。颈联连用两典，知者不多，皆与"升官"有关。三国时，魏秘书郎钟会帮中书令虞松修改奏表，代定五字，此五字为司马景王激赏，钟便得到提拔重用。"吟五字"似用此典，但"吟"字不落实。（若谓"吟五字"只是指写五言诗，则佩川并不"一癖""唯吟"五言，且与下句用典不配。）西晋时，广汉太守王濬夜梦梁上悬三刀，主簿李毅认为"三刀为刕（古'州'字），王将升为州刺史"，后果如李所言。诗里虽表明无心升官，但用了此类典故便俗。倒是末句有味：

> 夜半山风松有涛，灯花落尽冻残膏。
> 老情萧索年蛇尾，宦迹颠连事蜎毛。
> 一癖辄唯吟五字，无心不复梦三刀。
> 空庐宿岁为何设？厨里储书不蓄醪。

《山路秋夕》则余味无穷：

> 桔梗胡枝蟋蟀外，微虫细草不知名。
> 秋山一路经过夕，种种花开种种鸣。

《阿弗兜所见》中有妙句：

> 松攫岩肩潮啮脚，上著缥缈之飞阁。
> 定知呼骑有仙人，云外惊回双白鹤。

《醉时歌》酣快淋漓，一浇胸中块垒：

> 凿落杯，淋漓酒，邂逅相逢意中友。
> 人间万事彼何为，扫却百忧唯此帚。
> 不羡朱绶上三台，何贪黄金拄北斗？
> 明明在上万无虞，智名勇功亦刍狗。

　　浩歌休使子才夸，吾且歌兮君鼓缶。

　　昔时漫游试历块，一路观光过都国。

　　方遭瀛海聚奎年，更趁星轺驾云翼。

　　腾蛟起凤共争先，几场词军入异域。

　　无复蔚山深雪厄，夺将长白云五色。

　　归来抱膝睡岩阿，梦里日月空蹉跎。

　　再举争成诸葛策，一麾难得鲁阳戈。

　　悲欢翻覆如风雨，晚节将奈大耋何！

　　今夜漏尽酒未尽，吾鼓缶兮君且歌！

　　中岛米华(1801—1834)为丰后(今大分县)人，名大贲，字子玉、如玉，通称增太，号米华、海棠寠。其家世代仕于佐伯藩。文化十二年(1815)，十五岁时入广濑淡窗的咸宜园读书。文政五年(1822)又赴江户入昌平黉向古贺侗庵学习。因才气横溢，被任为昌平黉的斋长，得林祭酒(述斋)礼遇。佐伯藩主闻知，召其回，任藩儒而掌学政。可惜年仅三十四而病殁，未尽其才。临终时口占一诗云：

　　高情自与世人违，我是南丰一布衣。

　　三十六鳞独缺二，今朝天上化龙飞！

　　俞樾读其遗诗，叹曰："亦奇士也。"米华诗确有可读者。如《夜归》之描写细致：

　　残星低山光灭明，深夜荒村断人行。

　　独树如人石如虎，树杪怪禽忽一声。

　　《彦山》写英彦山风景，"三千八百房"极言山中僧舍之多，令人想起唐人杜牧的名句"南朝四百八十寺"：

　　梦破山村夜未央，残灯明灭隔邻墙。

　　法螺吹落中峰月，云冷三千八百房。

　　《杂咏》颇令读书人同叹：

　　唾手青云志未伸，谈经夺席颇艰辛。

　　转叹洙水渊源远，难识庐山面目真。

　　刷洗弊风应有术，维持名教岂无人？

十年不结繁华梦，独与周公夜夜亲。

《来京后始览镜》：

病瘦近来知若何，菱花试向晓窗呵。

自惊面貌先年老，始觉艰难经日多。

尘染征衣缃化素，风梳客鬓黑将皤。

傍人休笑无侯骨，吾辈元宜鞿钓蓑。

《梦李长吉》为难得七古好诗，李贺泉下有知，当喜东瀛有知己矣：

夜梦神宫传天语，手中拈花撒江雨。

金门半开璧微白，云楼琼阁谁是主？

陇西才子通眉容，锦囊曾拭青蚪角。

玉楼记成不知年，天上桂子几回落？

有诗吾且为君歌，有手君亦为吾拍。

如今骚人喜宋诗，黑凤谁分雄与雌？

燕石十袭各自珍，荆璞三献无人知。

晓窗惊坐悄无有，一卷遗稿当好友。

悲风啸落青林月，鬼语如人隔高柳。

《戏题三圣尝醯图》风趣而有深意：

佛云醯味甘，老云醯味苦。

三圣论味各不同，得其真者唯尼父。

大道一裂众论沸，岂唯洙水混泾渭？

青牛入关紫气衰，白马入寺缁衣贵。

可怜世上乳臭儿，徒就糟粕求真味。

　　米华写过好几首留宿或参观友人住宅的诗，或写友情，或写环境，均颇可诵。如《寓关长卿宅》：

隈上分襟梦一场，岂图鸡黍会君堂。

谈多昨日连今日，情热他乡似故乡。

老树半沾春雨细，残花未落晚风香。

芸窗相对翻新著，喜鹊声喧绕柳塘。

又如《寓重叔容家》：

> 倦枕长先鸦鹊起，偏知客夜入秋长。
>
> 园丁汲水濠为井，溪女采菱盘作航。
>
> 土俗稍因留滞熟，乡情颇为游嬉忘。
>
> 男儿自抱桑蓬志，休道莱衣负北堂。

再如《访方山完吾新居》：

> 案上纷纶书册堆，数楹新筑向江开。
>
> 催诗雨趁鸣鸠至，载酒人先宿燕来。
>
> 笋绿初为新径改，石青犹带旧山苔。
>
> 南轩话罢还高枕，一榻清风梦蚁槐。

此诗末句可以有其他意思，但诗人写的是读书人家，也未表明其荣华富贵，所以看来并非讽喻。

米华还写过多首《咏史乐府》，形式上是颇为标准的乐府体，所咏内容则全然是扶桑古史，中国读者如不熟日本史则可惜无从鉴赏。其中有一首《一片雪》，是写约二百年前的石川丈山的，丈山是汉文学史上著名人物，本书前已写过。今先录米华的注文，以了解丈山的一段史事，然后欣赏米华的乐府。注云："石川凹，初名重之，大阪冬阵在神君麾下，潜出门，干玉造门，获甲首而还。凹骁勇，练武事，又好读书，善和歌。事平，以其犯军法也，赏不及焉。遂弃官，之京师，隐于北山，自号丈山，又号六六山人。或传凹已拉敌而仆之，戏曰：'杀活在手，即刻若何？'敌应声曰：'吹下香庐一片雪。'凹曰：'此敌机捷，亦可爱。'遂放之，因之得罪。"原来丈山竟以此获罪，而汉诗竟然用到了战场上，真是够浪漫的！米华的《一片雪》云：

> 要杀则杀，要活则活。
>
> 杀活在手今如何？"吹下香庐一片雪。"
>
> 一语可喜吾活汝，谁图朱紫被人夺。
>
> 归来洗刀鸭川山，高眠六六峰前月。

村上佛山(1810—1879)，名刚，初名健平，字大有，通称喜左卫门、潜藏，号佛山。文政五年(1822)十三岁时，入原古处门下受学。文政八年，又师从名家龟井昭阳。当时，广濑旭庄为塾长。天保元年(1830)赴京都，寄寓贯名海屋(1778—1863)的私塾，与梅辻春樵、梁川星岩等人结交。因为他所从学和交游的都是名诗人，所以也擅诗。六年(1835)因脚疾回乡，开塾授徒，弟子云集，有上千人，被称为"诗人村"。佛山至明治十二年逝世，年七十。

佛山爱读白居易、苏东坡诗。又嗜诗如命，每成一首则置几上，早晚拜之，常为家人及弟子所笑。老同学广濑旭庄对其诗评价极高，在《腊月十二日大风雪，东上舟中读村上大有佛山堂诗集》一诗中"屡呼奇"，称赞备至："韩潮苏海渊源远，能掣鲲鲸涉天池。千道紫澜笔底走，万里回风纸上吹。言变化耶如入海，须臾青青桑可采；言壮快耶如钱镠，强弩三千挫潮头；言其劳耶精卫鸟，千去万来积微眇；言其美耶三神山，瑶台贝阙紫翠间。视此望洋类河伯，一逢海若褫魂魄。文海亦有无端倪，心神超忽迷所适。爽然失我作书癫，乾落坤飞亦不知……"中国学者俞樾在《东瀛诗选》中说："佛山诗气韵沈厚而语句疏爽，颇擅胜场，且多涉彼国掌故。如《盆卉行》及《观不知火》等题，骤阅之几不知为何等语也。诗止三卷，而入选者已不少，此外尚有佳句，如'花飞委僧寻，松老入樵斤。''暝色无边雨，狂香何处花。''暑气自逃如败将，清风忽到是良朋。''石濑秋高声在水，松云影尽月悬枝。''月中孤影鹤归山，烟外疏声钟渡水。''声如有雨泉常滴，凉不因风竹自含。'，皆可诵也。"佛山确有好诗，虽然未必达到旭庄所吹嘘的程度。有小诗甚精巧，如《晚望》描绘了劳动归来的农女：

> 晚云湿不飞，村火远依微。
>
> 多少插秧女，青蓑带雨归。

《途中所见》写渔民劳动，观察细腻：

> 秋水磨明镜，寒潭晚照余。
>
> 渔翁举网处，红叶多于鱼。

《夜逾七曲岭》：

> 水激石如言，云忙月似奔。
>
> 夜叉来攫我，熟视是松根。

《秋江晚眺》：

> 江天归雁杂归鸦，鸦宿汀林雁宿沙。
>
> 别有渔船炊晚饭，青烟一缕出芦花。

《即事》一诗是歌颂勤劳农民的好诗：

> 刈麦昨朝晴十分，插秧今日雨纷纷。
>
> 灵奇谁及农人手？卷尽黄云展绿云。

佛山的古诗也颇有功力。如《牧马图》以散文入诗，生动活泼，最后转到对生不逢时的感慨：

> 穷北之国据嶙峋，严霜扑地不知春。
>
> 草木短缩岩石瘦，水味清冽土脉坚。
>
> 能生骏马高八尺，蹄踠铸铁骨刺天。
>
> 牧来百匹二百匹，骊黄赭白杂如云。
>
> 有喜相狎戏，有怒相啮噬；
>
> 有振鬣而起，有屈膝而睡；
>
> 有嘘露其齗，有嗅缩其鼻；
>
> 有临水伸头，有傍树摩背；
>
> 左者已奔驰，右者尚狐疑；
>
> 前者频踶踬，后者人立嘶；
>
> 仰者又俯者，长尾乱参差；
>
> 向者又背者，临风互娇嘶。
>
> 君不见，乱世所用马为主，不惜千金争买取，
>
> 与人一心成大功，宠遇渥于金屋女。
>
> 海内偃武二百年，俊物往往老农户。
>
> 千里掣电人不知，一生竟与凡骨伍。
>
> 竹鞭隆隆鸣不休，垂头空耕南亩雨！

佛山的《鹈岛媚妇行》，则体现了对贫苦渔民的深切同情。诗序云："戊子(按，1828年)八月大风，鹈岛渔夫多溺死，其媚妇往往卖鱼百里外，以养姑育孤，赋此悯之。"可知是佛山十九岁时之作：

> 比目鱼，比目鱼，
>
> 前声后声相应和，众妇卖鱼入村闾。
>
> 妇人行商真可诧，试问其故未问价。
>
> 中有一妇年最长，向余欲语泪先下：
>
> "今兹八月天气和，海面澄清镜新磨。

渔人放舟争下网，翠鬛红鳞不堪多。

忽见怪云生遥空，其大仅与笠子同。

一瞬弥漫数千里，变作海天飓母风。

飓风怒号万雷响，簸起恶浪高几丈。

渔舟掀舞如叶轻，须臾折橹又摧桨。

斯时更无免死术，只将游泳希万一。

脱衣直冲恶浪来，身如兔鹜没又出。

其奈恶浪崩银峰，千峰逾尽万峰重。

二百余人不遗一，幽魂漠漠锁龙宫。

海气三日黄且紫，知是海神怒未止。

海神果不受秽污，荡出尸屍泊渚沚。

母求其子妻求夫，腐败难认旧形躯。

呼天号地竟何益，收尸合葬沙岸隅。

彼妇昨日新合婚，此妇结缡已多年。

为妇谁不期偕老，岂图一时失所天？

生卖比目非所欲，死为比目吾愿足！"

嗟乎嗟乎勿复问，请为嬬妇买比目！

佛山的《车女行》则歌颂了一名孝女，亦十分动人。相似的事最近在中国也发生过：

轻便新造一小车，覆以白板荐以蒲。

寝食车中何自在，到处可以当屋庐。

不驾黄牛与白马，轓之以绳三尺余。

邻邑有女甘贫苦，侍病阿爷朝又暮。

十年脚痛药无功，欲祷神明仰冥助。

闻说火国有神祠，眇视跛履颇灵奇。

载爷车中躬自轓，辀辘西去向天涯。

留车或拾野果熟，一朝充得爷口腹。

留车或借山月明，永夜补成爷衣服。

昨日三里今五里，行过几许山与水。

猛兽暴贼何足畏，眼中唯知有爷耳。

曾闻木兰替爷从远征，今见此女携爷亦远行。

其迹虽异志即一，英风自令人奋兴。

堂堂八尺大男子，何颜甘蒙不孝名！

而佛山自己当是一孝子，其另有《奉母》五古一首，颇为感人：

奉母访花去，春山恰新晴。

母持杖三尺，儿携酒一瓶。

母步儿亦步，母停儿亦停。

母曰彼有云，儿曰是花英。

遥遥到花下，红白色争呈。

和风时一扇，艳雪迸衣棱。

小酌藉艳雪，殷勤侑酒觥。

苟得其欢心，何必君之羹。

勿忆父在日，胜游并轿行。

儿也陪其尾，看花忘日倾。

具庆难长保，北邙愁云凝。

谁知看花眼，暗然涕泪生。

却怕被母认，强作醉吟声。

佛山的七律也颇有佳作。《乡俗以腊月十三日罢奴仆还家，谓之给暇，此夕小酌慰苦，临别恻然有赋》，可见他对仆人也很有人情味：

井臼平生为我操，赖令家事免烦挠。

曾闻奴隶亦人子，何忍箠鞭驱尔曹。

醉饱勿辞今夜飧，胼胝难报一年劳。

纵令向后归他主，时到山厨饮浊醪。

《冬日偶咏》，颔联揭露世态甚尖锐：

风俗倾颓如落晖，一麾谁把鲁戈挥？

人皆不愧胁肩笑，钱独有神无翼飞。

水冻瓶中梅尚活，灰深沪底火长肥。

唯应静默养吾志，风雪满山牢锁扉。

《夜坐》一诗，第三句异彩警辞，颈联亦很有批判力：

邻杵声收夜已分，幽斋兀坐独呻吟。

一江星彩闪鱼脊，大野霜威彻鹤身。

官路即今铜有臭，文园到底笔无神。

旧交余得孤灯在，常伴人间寂寞人。

更值得重视的还有佛山同情维新志士的《频年诸名士就囚，慨然私赋二首》：

频闻逮捕及诸州，学士纷纷就系囚。

大法施来应有故，一身抛去岂无由？

齐名李杜何辞死，屈膝犬羊真所羞。

我欲有言还掩口，苍茫大地夕阳愁。

铁心肠即锦心肠，缧绁之中笔尚香。

演易虽难继羑里，上书谁不效邹阳？

满腔激愤固甘死，众口嘲讥以作狂。

我辈非关邦国事，亦嗟多少哲人亡！

福田渭水（1818—1866），名恭，字俭夫，通称七郎，号渭水。肥前（今佐贺县）人。出身于代代经商的富家。小时在乡校好古馆读书，天保九年（1838）赴京都，入赖山阳的学生牧懋斋之门学经书。又于十二年（1841）赴长崎学习西洋炮术。翌年归乡，成为好古馆的助教、教谕，教育子弟。善诗文，著有《渭水诗钞》。据俞樾《东瀛诗选》说，渭水"幼承其母断机之教，始克以文学显。此集之刻，乃其母之遗意也。"俞氏认为其诗"古今体皆工。古体诗错综变化，在东国诗人中可独树一帜"。

渭水的今体如《十六夜同西光江重访爱物堂》，额联极妙：

客至其如良夜何，相携又向水亭过。

月随潮出影还湿，风度竹来凉更多。

秋近梧桐闻坠露，天清河汉起微波。

爽然忘却人间热，连酌凭栏醉且歌。

又如《次诸熊少叔冬杪见寄诗韵却寄》，舒卷自如，颈联高洁之至：

衡门之下好栖迟，一谪悠悠与世违。

得意花于闲处看，无心云只自然飞。

晓棠披卷雪声静，夜榻煮茶梅气微。

> 酒熟时呼邻叟酌，醉中共笑昨来非。

小诗《寒夜山村》奇崛清新：

> 缺月低犹在，残灯冻将灭。
>
> 陇狐时一鸣，老屋霜如雪。

渭水的古体诗正如俞樾所赞扬，很有特色。如《今山怀古》写日本古代一场以少胜多、绝地求生的战事，惊心动魄。《早春登莲华峰观莲华石引》则写一块奇石，灵怪莫测。《发多度津，暴雨几覆没，赋此自警》写身历的一场险情，末句更发人憬悟：

> 多度津外放一苇，未到播州十余里。
>
> 黑云迅奔疾于箭，旁晚飓风吹雨起。
>
> 大涛撼地自天来，吾舟漂流无定止。
>
> 乍如升天乍没水，舟中之人有何罪？
>
> 篷底踯躅如穷鼠，死生相违才尺咫。
>
> 胆大柁工仍坐谈，向人不敢语危殆。
>
> 忽从涛外认林樾，舟人急橹腕欲脱。
>
> 渐攀断岩扱渔家，譬如饮食投饥渴。
>
> 偶然雨歇月又来，吾身初得再生活。
>
> 嗟呼，风波虽险有时安，其奈人间行路难！

这里我们还要介绍一位江户后期镇西诗人浦池镇俊。其生卒年不详，日人所撰汉文学史书及名录之类均未提及，但中国学者俞樾《东瀛诗选》则收录了他不少好诗。仅知他字君逸，丰后（今大分县）人，著有《才田诗钞》一卷。俞樾写道："君逸先世故侯也，读其卷首《吾祖》两绝句，可见梗概。诗虽不多，然如'每逢岁晚诗情减，为是人间俗累多''十岁已过如短梦，两人相话有余情'等句，皆有真率之致。至如《秋日小集》诗云'药灵矣不妨丸小，棋苦哉惟觉响疏'，有广青邱者评曰'句法新辟'；余谓，七言诗句而以上三下四成文，昌黎古体诗中间有之，如云'落以斧引以纆徽，虽欲愧舌不可扪'是也，施之近体则非所宜。同时西岛长孙诗有云'断续烟无朝无暮，寒暄风自北自南'，亦同此句法，余所不取。"其实俞氏勿取，未必不宜施用。句式变化，新奇可成好诗。

从镇俊诗中可知，他与同乡广濑淡窗及广濑青村等有交游。他的诗以近体为佳。如五律《题桃源图》：

> 因是鹿为马，却令人作仙。
>
> 溪山遥隔世，秦晋久忘年。
>
> 春酒桃花水，午炊桑树烟。
>
> 何缘知此境？洞口有渔船。

《冬杪作》中颔联为俞樾击赏，而程千帆则称赞"颈联工于匠物。如此写冬景，不落套矣"：

> 石砚敲冰手自磨，中怀所写竟如何？
>
> 每逢岁杪诗情减，为是人间俗累多。
>
> 倒影在波孤鹜立，冻声迷雪数鸿过。
>
> 生涯未得居无事，空美渔翁一钓蓑。

《读〈剑南集〉》写出对陆游爱国精神的崇敬：

> 支枕幽斋点滴声，曾游一梦不堪情。
>
> 雨中春老名花落，愁处秋来古剑鸣。
>
> 少壮岁过狂尚在，和亲策拙愤难平。
>
> 东风肠断思京洛，草向永昌陵上生。

《初夏杂咏》二首都很有生活气息。其一中二联有妙趣：

> 节序匆匆春又过，诗魂忽骇插身歌。
>
> 蜘心有待巧张网，蚁意难闲竟构窠。
>
> 红日烘庭花骨死，绿云压槛树阴多。
>
> 昏昏暂入南柯郡，俗事虽繁奈我何！

其二写农民的劳动，更写自己也参加其中：

> 麦黄秧绿接东西，茅舍竹篱鸡犬啼。
>
> 村妇更衣成浣濯，农夫唤犊试锄犁。
>
> 池莲叶大鱼居易，野草花多蝶路迷。
>
> 我亦平田烟雨里，朝餐午饷共相携。

《假山》一首也多妙句：

> 一篑功成新影开，峰峦叠得小崔嵬。

> 笋从邻地逾篱出，云自他山慕石来。
>
> 已见幽禽巢绿树，岂容俗客踏青苔。
>
> 百金不用买花卉，秋菊春兰随意载。

他晚年写的《偶成》，教育儿孙做普通劳动者。其颔联是俞樾不赞成在近体中用的上三下四结构，但俞氏还是爱不能舍而选了：

> 残年枯槁变形容，意气虽衰诗思浓。
>
> 有酒处皆非俗地，无忧时岂羡仙踪。
>
> 田间雨足水连水，山上云生峰接峰。
>
> 细讲牛经君莫笑，要令孙子作良农。

他的《春日题儿毅新居》也耐人寻味：

> 除草诛茅瓦砾间，村居虽狭隔尘寰。
>
> 引来邻水为吾水，占得真山抵假山。
>
> 带藓石犹存故态，开花树自作新颜。
>
> 风骚身是林泉主，娱乐共同鱼鸟闲。

镇西诗人中最有名的，当然得数江户后期的广濑淡窗和广濑旭庄兄弟。我们将另列一节专述之。

十四、宽政三博士

江户中期的1767年至1786年，是日本历史上所谓"田沼时代"。当时，田沼意次以第十代将军德川家治的近臣和老中(幕府执政官)的身份执政。田沼的主要政策是完全依赖商业和高利贷资本，试图开发产业，重建幕府财政。他还特别推崇"洋学"，为江户时代思想比较开放的人物。但在他执政时期政风腐败，贿赂盛行，在学界、文坛上也出现了一些品行不端的现象。因此，后来在宽政年间(1789—1800)，老中松平定信进行了一场改革。在经济领域，稳定农业生产，抑制商品经济；在思想领域，实行"宽政异学禁令"，肃正所谓"纲纪"。1790年，幕府颁布了对朱子学以外的学派加以抑制的法令。本来，江户初期奉朱子学为官学，但后来朱子学日趋衰落，而古学派、折衷学派等颇为兴盛。江户幕府最初以林氏家族为其儒官而掌文教大权,并兼政治顾问。林家的罗山、鹅峰、凤冈三代,均为学问家,汉文学水平很高。到林凤冈时,开始世袭大学头之职。但凤冈的汉文学水平已在新井白石等人之下。到第四代林榴冈起,水平就渐趋低下。接着,凤谷、凤潭、锦峰三代,人品凡庸,学问浅薄,加上寿命短,因此虽然仍维系着世袭的门阀,在学术上则毫无权威。相反,民间则硕学大儒辈出不穷,以至梁田蜕岩说"海内文章落布衣"。

在松平定信成为老中时,属于朱子学或接近于朱子学派的,在江户有服部栗斋,在京都有西依成斋,在熊本有薮孤山、高本紫溟,在萨摩有赤崎海门等。其他地方还有伊东兰田、山本北山、龟田鹏斋、户崎淡园、市川鹤鸣、塚田大峰、细井平洲、萩原大麓、村濑栲亭、皆川淇园、中井竹山、中井履轩、龟井南冥、立原翠轩等。其中尤以汉文学创作知名者,东有市河宽斋、菊池五山、大窪诗佛、柏木如亭,西有菅茶山等。其中特别崇尚朱子学并兼擅汉诗文的,还有大阪的片山北海的"混沌社"成员柴野栗山、尾藤二洲、赖春水、平泽旭山等。松平定信注目于此,欲以独崇朱子学来强化幕府对思想界、文化界的统治。天明八年(1788)正月,最先招五十三岁的柴野栗山为幕府儒官。第二年宽政元年(1789),又招冈田寒泉为儒官。宽政二年五月,栗山便与寒泉一起提出"异学之禁"的建议,为幕府所推行,即把朱子学以外的诸学都当作"异学"来禁止,以此作为强化思想统治的方法。当时,大学头林锦峰年仅二十三岁,学政实际由栗山在主持。其后,这一"异学"之禁推广到全国。关于此事本身的是非功过,不在本书的议论范围内。但此事对汉文学的发展却有一定的影响。"异学之禁"主要矛头针对的是徂徕的古文辞学,从而也使汉文坛完全摆脱了蘐园派的控制,文章崇拜唐宋八大家、诗以宋诗为标准的作品成为汉文学的主流。在宽政年间,继栗山以后,尾藤二洲自大阪,古贺精里自佐贺,也先后被招至江户的官学昌平黌来主持学政。人称他们为"宽政三博士"。三博士在汉文学史上也都是有地位的。

柴野栗山(1736—1807),本姓平,名邦彦,字彦辅。赞岐(今香川县)高松人,因故乡有八栗山,故以栗山为号。十三岁师从藩儒后藤芝山(1721—1782),宝历三年(1753)奉赞岐侯命,赴江户求学,师中村兰林(1697—1761)、林榴冈(1681—1758)。他博览群书,喜作诗文。三十岁至京都受教于高桥宗直,攻国学。明和四年(1767)三十二岁任德岛藩阿波侯儒臣,与皆川淇园、西依成斋、赤松沧洲交厚,组成"三白诗社"。天明八年(1788)五十三岁任昌平黉教官。宽政二年(1790)五月,向幕府建议"异学之禁"。三年九月尾藤二洲,八年五月古贺精里,相续成为幕府儒官,完成这一学政改革。九年(1797),栗山任将军德川家齐公子的侍读,并参闻幕政。

栗山生活朴素,但待客豪爽,都下闻名。学殖才识也冠绝一时。其文俊逸爽快,写诗不甚经意但时有佳作。在京都时,八月十六夜与皆川淇园过昌明门外闻丝竹声,即作《月夜步禁苑外闻笛》,淇园叹为天来之妙:

> 上苑西风散桂香,昌明门外月如霜。
>
> 何人今夜清凉殿,一曲霓裳奉御觞?

《富士山》一诗,起句新奇,惜后半比较平乏:

> 谁将东海水,濯出玉芙蓉?
>
> 蟠地三州尽,插天八叶重。
>
> 云霞蒸大麓,日月避中峰。
>
> 独立原无竟,自为众岳宗。

又有一诗,题甚长,似小序,表明他对写诗的态度:《余性拙,百无所能,其于韵语尤非所解,适感物,冲口而发,意一时漫兴,不足存也,是以家不留稿,有人索旧作,言此以答之》:

> 欲书旧草向诸君,旧草风吹散作云。
>
> 君云试看清洛上,风花雪月是吾文。

他的文章,《送高山生序》《示塾生》《进学喻》是比较有名的。兹录其四十八岁时写的有如寓言的《示塾生》一文:

> 笼养小禽者,捕获莺雏,患其声涩浊,就老莺善鸣者,使学其声。俗谓之"附子"。雏初在笼,迁跃上下,躁然无少顷静。忽闻老莺一弄,便戢翼凝立,如谛听者。越时,始能动身,既而低弄,如学之者,又如羞涩怕人闻者。如此一两日,乃能放喉啭,音响刘亮可爱云。呜呼,微彼小禽尚思好其音,而知希贤,可以人而不如鸟乎?癸卯二月十三日,闻之神川生,书以示塾生。

尾藤二洲(1745—1813),名孝肇,字志尹,通称良佐,号二洲,又号约山、静寄轩、流水斋。伊予(今爱媛县)川江人。父从事操舟之业。二洲五岁时得足疾,行动不便,且多病,因此不能继承父亲的工作。十四岁时始从乡师读书,明和七年(1770)赴大阪,成为片山北海的弟子,学习复古学,成为混沌社社友。其时,赖春水也在社中,结为亲交。春水得程朱之书而喜焉,劝二洲治洛闽朱子之学,二洲亦深为共鸣,遂共相切磋。又与中井竹山、中井履轩兄弟交游,由竹山介绍而娶饭冈义斋之女为妻,因而与春水有通家之姻,更加亲近。宽政三年(1791)应招为幕府儒官,因足疾故,特于黉内获赐官舍。文化八年(1811)因病退隐,居壹岐坂(今东京文京区本乡)。因用陶渊明《停云》诗中"静寄东轩"语,命所居为"静寄轩"。

二洲文宗韩、柳、欧、苏,又爱明人刘青田、归震川,诗喜陶渊明、柳宗元,晚年喜爱白居易诗。他仰慕北宋诗人林和靖"梅妻鹤子"的淡泊生活,又自称"高卧子"。遗著有《静寄轩文集》等,其中《素餐录》一书被赖山阳推誉为"居近人随笔之首",认为其"识悟超诣,不在明之薛(瑄)、胡(应麟)二氏之下"。今录其小文《习说》,以见一斑:

> 两儿相嬉,在于间巷之中,跨竹而走,驱犬而斗,其所为莫不相似也。稍长,各异趋舍,日疏月远,其所为莫不相反也。迄其壮也,乃一龙一猪,奚啻韩子所言而已哉。呜呼,岂非习使之然也欤?是故习可以成智,可以为愚,可以为贤,可以为不肖。习之于人,所系其不大乎?吾视马之习于火者,闻灾即嘶,见焰即驰,与常马慄而却走者,殆如殊其类。故君子慎乎习。习而不懈,何忧其无成焉?夫子曰:"行相近也,习相远也。"习之于人,其可不慎哉!

二洲的诗多写乡村景色,如《过田家》:

> 不知村里趣,只觉事皆幽。
> 茅屋多因树,柴篱斜傍流。
> 稻收喧野雀,艇去起田鸥。
> 闲听桑麻话,尘容我自羞。

《听虫》:

> 庭草秋深接薜萝,阴虫鸣尽月婆娑。
> 游人独解声声恨,寒入客衣今夜多。

《春帆细雨来》:

> 十里春塘暗柳条,片帆欲下影犹遥。

雨微丝弱不堪系，轻掠青萍逐暮潮。

又如《春日病中》一诗，为六句三韵律诗，诗中"青阳"乃古代春之别名，知者不多。句中以"白发"对"青阳"尤佳：

明窗闻暗雨，白发惭青阳。

习懒唯成睡，不知春日长。

抱病亦自好，薄暮对庭芳。

古贺精里(1750—1817)，名朴，字淳风，通称弥助，号精里，别号复原、荑汧野叟、归卧亭主人、权舟斋主人等。本姓刘，据称是汉高祖刘邦的后裔。肥前(今佐贺县)人。其家历代仕奉佐贺藩。精里早年读书喜阳明学，长亦仕佐贺藩，二十五时奉藩主命赴京都游学，入西依成斋(1702—1797)门。后赴大阪，与中井竹山、赖春水、尾藤二洲等交游，弃旧学而归朱子。安永八年(1779)学成归里，任佐贺藩参政，并创建学校，改革学制。宽政三年(1791)随藩侯赴江户，在昌平黉讲学，为以藩臣资格入黉讲课的第一人。七年(1795)，幕府命召，推辞不得，赴江户为儒官，总理学政。后又多次奉命接待韩使，韩人亦敬服其学。晚年俨然学界山斗，诸侯执贽问学者达数十人之多。

精里身材高大，为人豪放。传说连鞋帽都得特制大号的。膂力惊人。如患感冒，便到粮库去搬米袋，出汗即愈。如逢打雷天，还令儿子们露天列坐，谁害怕就用鞭子抽谁。在他这样特殊的教育下，几个儿子倒很有出息。长子觳堂后来也仕佐贺藩，次子侗庵后也任昌平黉教授，可谓克承箕裘。

精里文宗唐宋八家，诗学唐，晚年出入宋诗。他认为文法至八家而大备，良无间然。但此特筑室之规制，至于梁栋之材、丹艧之饰则仍须博采诸子百家，乃至明清诸贤。据说他并不刻意为诗，而以游戏视之。一次，他得知长子觳堂与诗人龟田鹏斋、菊池五山、大窪诗佛等人在墨水(即今流经东京的隅田川)泛舟吟诗，竟叱责说："舟中皆鬼怪之辈，汝为何与此辈为伍！"精里文章颇多长篇，如史论《王猛论》就很有名。其诗也颇有可诵者，如描写关西淀川风景的《淀舟》：

暝烟蒙林薄，锦缆巨川涯。

忽闻犬吠处，茅屋两三家。

《小春郊行》则写到了辛勤的农民:

> 藜杖无吟侣, 缊袍暖小春。
>
> 三农功未毕, 时值荷禾人。

《远村分韵》(从题目可知精里也曾与人拈韵作诗), 写荒村远景如画:

> 霭霭荒村负碧山, 参差桑柘水湾环。
>
> 夕阳江上云生处, 半隐斜风细雨间。

未闻精里曾经访华, 但他有《拟金陵怀古》一诗, 当是练习、想象、模仿之作:

> 龙蟠虎踞到如今, 谁使东南王气沉?
>
> 六代繁华犹在眼, 千年豪杰自伤心。
>
> 春田麦满楼台址, 天堑波鸣鼙鼓音。
>
> 处处寒烟松柏色, 墓陵其奈牧樵侵。

精里《秋怀》一诗, 当是作于晚年, 写得怆凉动人。"向"字重复, 殆是有意为之:

> 千秋意气向谁论? 自恨平生未报恩。
>
> 雨洒空林寒破褐, 霜摧枯柳静荒园。
>
> 山阳闻笛秋风泪, 湖海怀人月夜魂。
>
> 独立天涯回首处, 浮云惨淡向中原。

十五、六如、梅痴等诗僧

禅林诗人自江户前期出了元政以后, 罕见大家。(本书前面只写到了水平明显不及元政的万庵、大潮及百拙三人。)岂料百余年后, 又有释六如之诗, 或清妙自然, 或豪气万丈, 蔚为奇观, 不可不说。而奇怪的是, 日本学者的几部汉文学史, 竟提也不提。然而中国学者俞樾早在其《东瀛诗选》中, 即为六如专列一卷。须知, 在俞樾所选的江户诗人中, 能单列一卷的仅四人而已(另外三人是服部南郭、菅茶山、梁川星岩), 而作为僧人只他一个享此光荣(其他诗僧或三四人一卷, 或甚至最多有一百零七人合一卷),可见六如之诗在俞氏心目中的地位。

六如(1737—1801),俗姓苗村,名慈周,幼名虎吉,号白楼、葛原、无着庵。近江(今滋贺县)八幡人。自小喜读书,从彦根藩儒野村公台(1717—1784)学诗。初入比叡山北谷善光院为僧,明和四年(1767)被削僧籍,安永元年(1772)召还,入正觉院。后赴江户,拜宫濑龙门(1719—1771)为师,学汉文学。不久认识到当时流行的"伪唐诗"之非,遂倡导学宋诗,成为专学陆游诗的诗风革新的先驱者。天明二年(1782)还京都。在江户的十年中,与当时名流创办诗社,颇有名声。晚年在京都真葛原的惠恩院闲居,又住持京都爱宕山白云教寺。

六如和菅茶山一起,被誉为当时开创一代诗风的"宗匠"。著有《葛原诗话》及其《后编》,还有《六如庵诗钞》等。他的诗不像俞樾说的百年前的元政那样"多彼教语",而是清新自然。俞樾在《东瀛诗选》更说是"无蔬笋气"。又喜用熟语俗字。江户学者林瑜《梧窗诗话》说:"近人好用奇字,盖六如老衲为之张本。"西岛兰溪《敝帚诗话》指出:"大抵安永、天明(按,1772—1789)诗人,腹中无墨,最乏诗资,以故篇篇尘腐,读之唯恐卧而已。六如有见于此,贮诗资为丘山,竟鸣于世。由是一变,至今日无复以唐诗为蓝本。"这里先鉴赏《溪上》一诗,小巧生动如口语:

涧水清见底,淙淙漱石矼。

鱼儿唼斜日,一一影成双。

六如擅七绝,多取材于日常生活,描写细腻,亲切感人。如《大堰川上即事》,写京都西北大堰川风景,结句有画龙点睛之妙:

清流奇石绿萦弯,队队香鱼往复还。

忽有樵舟穿峡下,轻篙戛破水中山。

《岚山舟中即事》则写大堰川中荡舟观赏岚山。以"满天雪"形容樱花,十分美丽:

春水浸山明镜开,载舟花影共徘徊。

有时仰见满天雪,风定徐徐稳下来。

《墨水晚归》则写于旅居江户时,描写了墨水(隅田川)晚景。末句用"坐"字形容天边风筝,极妙。也可知天犹未暗:

> 垂杨渡口晚呼船，野雉声残绿岸烟。
>
> 留客旗亭上灯早，纸鸢犹自坐遥天。

《暮归》则显然天色已晚，读之尤聆两部鼓吹，热闹极了：

> 新水满陂星月明，柔秧战战细风生。
>
> 南村一路蛙声闹，人向蛙声闹处行。

《鸢筝》写老人听见室外风筝的哨音，想起童年乐趣，十分真切。诗中"火笼"指日本独有的取暖用的被炉：

> 花信犹寒淰淰风，老年情味火笼中。
>
> 搘颐乍忆童时乐，何处鸢筝鸣远空。

《牵牛花》也写得极富情趣：

> 井边移种牵牛花，狂蔓攀栏横复斜。
>
> 汲绠无端被渠夺，近来乞水向邻家。

六如这类写花佳作颇多，又如《牵牛落子再生苗》：

> 蔓干樁倒未囊收，黑丑落地牙复抽。
>
> 寒暖略同春社候，不知冰雪在前头。

又如《秋日田家即目》，亦有意趣：

> 茅檐西日照篱斜，老蔓相支挂晚瓜。
>
> 冷蝶徘徊无意味，偶然逢着凤仙花。

《初夏重游东睿寒松院闲闲亭》，最妙的也是最后写到的蒲公英：

> 华筵忆昨醉芳菲，新树重来绿满扉。
>
> 淡日微风小轩下，蒲公英老作球飞。

他的《李太白观瀑图》，将李白名句"飞流直下三千尺"与"白发三千丈"并比起来，奇妙绝倒，写尽愁绪：

> 才卧匡庐又夜郎，尘颜洗尽奈愁肠。
>
> 银河空挂三千尺，十倍输他白发长！

至于七律，俞樾《东瀛诗选》云："六如颇工七言律。所未选者，佳句犹多，如云：'拾翠佳人金齿屐，踏莎公子紫茸裘。''筹簪江上聲齰叟，瓶钵人间邋逼仙。'‘红藕入秋如病妓，青莎不夜有啼螿。'‘青苇风生惊骤雨，白沙潮走误晴雷。'‘户减怕逢觚录事，衾寒罢聘竹夫人。'‘清秋帘外芙蓉雪，夜雨灯前宽永钟。'‘秋雪无端催鬓发，晨星容易减交亲。'‘枕衾蕴暖支吾老，花木培根准备春。'‘灯残悭放红蜻眼，香断苦留绿茧丝。'‘弹压旅情凭酒力，支持衰抱策诗勋。'皆警句也。"真妙不可言。我们再从俞樾所选的他的七律中挑几首看看。如《自贻》：

> 一痀烟霞终未痊，疏慵滥比逸民贤。
>
> 梅妻鹤子谁无累？渔弟樵兄宿有缘。
>
> 棋席落花春寺约，蕉栏残雨夜堂禅。
>
> 虚心随处皆堪乐，安向洪荒求葛天？

《题友人山居》末联不脱书生本色：

> 攀林渡水趁幽期，茅屋茶烟午饭迟。
>
> 沙际舟侵鱼籇系，溪边树带鸟巢移。
>
> 爱文僧觅开山记，寻胜客留题壁诗。
>
> 一事颇愁城市远，图书欲借顾凭谁？

他写了大量的田园生活七律诗，如《江村闲步即瞩》，丰年景象恍如目睹：

> 十月水乡晴且暄，一林黄叶数家村。
>
> 渡头烟隔呕哑响，洲觜沙留郭索痕。
>
> 禾敛闲牛篱巷卧，年丰醉客市楼喧。
>
> 此中卜隐多佳处，花竹他时将买园。

《夏日寓舍作》写乡景体物入微，理趣盎然。末联用东汉王君公"避世墙东"和西晋张翰"秋风起思莼羹"的典故，极为贴切有味：

> 数亩园池水渍苔，幽斋枕簟避炎埃。
>
> 竹深何碍斜风入，荷密先闻疏雨来。
>
> 睡次得诗醒乍失，愁边摊帙倦还开。
>
> 墙东久负江湖约，未及秋莼首重回。

《春郊散步》中便有几分自嘲与几分牢骚：

> 出院徘徊巾屦轻，野云闲澹属春晴。

> 著书徒足妨行乐，识字何曾解世情？
>
> 秧马骁腾才雨足，纸鸢跋扈与风争。
>
> 便思投劾辞清俸，一坡畲田了此生。

而《病中值立秋》更写出暮年的惆怅：

> 谢病凄凉人事空，寒窗抚枕一灯红。
>
> 芭蕉叶战潇潇雨，茉莉花香细细风。
>
> 家隔三更残梦外，秋生万里旅情中。
>
> 丈夫垂老成何业？属耳纱帱听候虫。

六如更写得一手高格古风，其中也有愤激之作。如他在丁亥年(1767)被削僧籍，即作五古《余被放逐也，源子泽诗以见慰，赋此奉酬，兼以留别》。同年并作《野田黄雀行》《宝剑歌》《妾薄命》《狂歌行》等诗，均有所讽。在此引《狂歌行》：

> 有口莫食首阳薇，有耳莫洗颖川水。
>
> 二子幸能免菹醢，时无圣人焉可恃？
>
> 太公含纳芥乾坤，不容区区一华士。
>
> 黄祖斗筲何足语，祢衡唐突自取死。
>
> 君不见，强项折槛使，万古毛骨寒，
>
> 为臣不难为君难！

他的歌颂擅长写大字也善写小字的书法家的《永俊平"麟凤"二大字歌》，大气淋漓，既同情友人怀才不遇，也留下了日本书艺的珍贵史料：

> 中山千兔不中用，束缚巨橡万钧重。
>
> 万杵捣成万灶松，渴龙一汲墨海空。
>
> 人谓俊平魁梧奇且伟，谁知躯干清瘦不胜衣。
>
> 腹有经史胸锦绣，就中书艺最入微。
>
> 盛名坎壈动相随，呐呐书空气低垂。
>
> 可怜却将扛鼎手，屡写富儿香奁诗。
>
> 平生郁抑无处伸，聊试腕力纸川滨。
>
> 剡藤九万白于雪，转身如臂迅有神。
>
> 黑电并作垂天云，须臾跃出凤与麟。
>
> 观者如堵叹发喊，阁笔从容旁无人。

纸尽余勇仍在手，墨杀乾坤亦何有？

舞麟仪凤势欲飞，春蚓秋蛇尽遁走。

行路喧传声闻天，相公褒奖达御前。

群臣左右呼万岁，尧庭舜囿岂独传？

太平有象在街衢，何必河洛索瑞图？

重瞳一顾真不易，休道小道我非夫。

永君又能书细字，眼明蚊睫辨焦螟。

泰山为小秋毫大，何怪麻粒写《黄庭》。

绝艺如此可长屈？看君竟非池中物。

会当凌云求墨妙，非君谁能应明诏？

呜呼，非君谁能应明诏？

六如又有七古《题李长吉像》一诗，也是洋溢着牢骚不平之气，实可谓李贺的东瀛知己。可与前述中岛米华的七古《梦李长吉》相对读，而六如写在前(米华的生年恰是六如的逝年)。中国学者孙望读六如此诗，鉴赏之余不觉技痒，曾题诗曰："锦囊赢马福昌秋，不呕心肝不罢休。浊世原无容足地，嫉才天也凭沉浮。"也可视作相隔二百年中日诗坛之一则佳话。六如诗曰：

上帝巨橐吹洪炉，金铸贤智土团愚。

中有一金妄踊跃，帝恶不祥弃泥涂。

化为李家好儿郎，七岁文名动帝乡。

骑马从奴朝朝出，呕出心肝满锦囊。

上叩天阍下地户，思入笔端造化忙。

控掣六鳌神仙徙，凿开七窍浑沌死。

帝不能堪其狡狯，忍夺寿筹削肮仕。

侮弄化枢虽难原，毋乃昊天太少恩。

茫茫九州九复九，宜矣万古多土偶！

六如而且还曾写词，虽然可能平仄有误，但颇有情趣。亦载《六如庵诗钞》，题曰《转应词二首》：

春阴，春阴，别院坐蒸水沉。梦断梨云难求，鸟啼花落水流。流水，流水，相思江南千里。

残月，残月，楼外三五星没。翠被暖蜡灯微，不禁晓霜湿衣。衣湿，衣湿，红桥相送人立。

除了释六如外，这时期还有一些诗僧当可一提。其中有些人的生平尚待细考。如圆超，今仅知他与六如是近江(今滋贺县)同乡，且同为天台宗高僧，名志岸，号圆超。著有《漫兴集》，宽政四年(1792)行世，时在六如生前。圆超的七绝亦善写闲中佳趣。如《初夏林亭杂兴》：

> 景入朱明绿树繁，百花春尽静林园。
> 黄昏独坐山亭上，渔火多看浮水村。

《海边即兴》则有"鸟鸣山更幽"之妙：

> 雨霁海边风日清，沧溟波静与天平。
> 柳堤一道春烟里，野雉搏啼三两声。

描写京都西郊樱花之美的《仁和寺看花》亦脍炙人口：

> 来访洛西名寺春，雨余芳景露华新。
> 树头树底花如雪，醉杀吟游多少人！

《新年感怀》也写春游寺院，却充满伤感，显然写于老年：

> 萧寺春回悲昔游，朝阳依旧独登楼。
> 幽情老去稀行乐，花鸟却添一段愁。

圆超的七律写得很稳健。如《春郊望》，写出一派大好春光：

> 野雉欣欣鸣水涯，晨光白露满桑麻。
> 雨晴山色苍苍丽，雪尽溪声聒聒哗。
> 垂柳烟昏桥畔寺，落花风馥竹边家。
> 踏青拾翠人多少，醉向春风夕日斜。

《幽居偶咏》直辞咏寄，透彻脱洒：

> 境静身闲事事幽，都无外物到心头。
> 吟外共和林间鸟，机息相亲池上鸥。
> 桂树风飘香入座，藤萝月上影盈楼。
> 平生所好唯茶味，此外衰翁何更求！

又有冻滴,字号、生卒年不详,仅知他向龙草庐学诗。字豹隐,号笙洲,住彦根(今滋贺县)江国寺。其写琵琶湖的《湖中四时晚景》四首颇可吟赏。如其一写春:

> 沙明水碧大湖滨,钓罢吟行何处人。
> 烟锁垂杨黄鸟暮,波漂绿苇白鸥春。
> 高低山带睛岚出,远近帆悬落照新。
> 如此韶光谁不赏?优游况复隐沧身。

其四写冬:

> 江上高亭夕照斜,遥看鸿雁落平沙。
> 扣钟幽岳关云寺,曝网荒村近水家。
> 渡口寒风人立马,桥边烟浪客停槎。
> 回头北望犹堪画,石鹿山林雪著花。

七绝《江村即事》:

> 夜阑江上月将斜,明灭残灯三两家。
> 野渡苍茫人不见,一声鸣雁落芦花。

《逢侠者》一诗更是少见的题材:

> 慷慨悲歌音若钟,自夸长剑是芙蓉。
> 频年报冤知多少,臂上刀瘢十字重。

海云(1739—?),字号不详,十三岁在北陆道能登(今石川县)剃发出家,十九岁赴江户入总持寺修业,后云游各地,晚年隐栖故乡。海云属蘐园派,其诗有人谓与六如齐名。虽允有不及,但海云诗亦自成一家。著有《金城余稿》。今略引其诗以作鉴赏。小诗《山驿晓发》,字仅二十,意象丰富:

> 瀺灂泉声暗,樵风冷客衣。
> 前峰收晓霭,残月杖头飞。

《卖花声》:

> 寒尽未窥园趣新,城中已有卖花人。
> 紫陌红街芳可遍,声声定是几枝春。

《宿山中遇雨不得归》将山雨写得如通人性：

> 萧萧雨色暗林丘，板屋终宵响不休。
> 殷勤留客主人意，添得门前溪水流。

《咏巢燕》：

> 飞来海燕定栖初，一入高门一矮庐。
> 相遇休论暂时主，清秋归去故巢虚。

《幽寺晚钟》：

> 织锦霜林隔岸开，斜阳映出梵王台。
> 上方云涌须臾隐，唯有昏钟度水来。

《春日闲居》亦田园雅作，尾联尤佳。董奉为三国时吴国医生，为人看病不受酬，唯愿病客栽杏树，后蔚然成林。世人即以"杏林"代称良医。此诗第六句用此意。而诗人要向董奉问的"病"却是"烟霞痼疾"，即对山水酷爱成癖（典出唐高宗曾问候隐士游岩身体佳否，游岩答"臣所谓泉石膏肓、烟霞痼疾者"），而这"病"又怎么医得好呢？海云用典贴切，诗意幽默：

> 稍怜春树隔村庄，独往投闲步石梁。
> 东去流水三四曲，北来山势坦迤长。
> 日临幽谷莺初啭，风定芳林杏转香。
> 率意看花过董奉，烟霞痼疾问医方。

另一首《无题》也写隐居之趣：

> 多病增慵疏世间，偶牵清兴出松关。
> 秋荒三径黄花老，霜陨千林枫叶殷。
> 去住无心云自起，虚空有路鸟飞还。
> 樵童不识忘言趣，怪见山翁独解颜。

普明（？—1805），字宝月，号香光室，生于丰前（今福冈县）府中永福寺，后为丰后（今大分县）日田的长福寺通元和尚收养，学习佛典。后在京都东本愿寺的高仓学寮讲学，为当时有名的学僧。他的诗文曾受教于释大潮，故与龟井南冥有同窗之谊。晚年归故里著书，有《香光室文集》。普明最有名的诗是《姬岛》,该诗与本书前已写过的龟井南冥的《麑岛城下作》、伊形灵雨的《过赤马关》一起,被称为"九州三绝"。此诗将海岛拟人化,颇具浪漫色彩:

> 大海中分玉女峰,蛾眉翠黛为谁容?
> 我将明月遥相赠,影涌瑶台十二重。

日谦(1746—1829),俗姓日野,名日谦,字道光。生于大阪,在京都本国寺从日领上人修业,后为出云国(今岛根县)平田报恩寺住持。在寺侧结一庵,名听松庵。日谦在大阪向细合斗南学诗,在京都同六如上人、村濑栲亭、畑橘洲等交往。晚年来往于京都、岛根间,与西山拙斋、菅茶山、胜岛敬中结为诗友。著有《听松庵诗钞》。菅茶山作序称:"上人津梁之余,出则寻山弄水,入则涉园接客。其胸中清致,随意发露。口之则成佳话,笔之则成好句。冲澹修远,自有独造处。不堕粗豪,不流纤媚,所谓调与时人背者。盖无意于不朽,而自可以不朽矣。"今引录几首。《松涛庵》写其住处:

> 绕屋皆松树,清风禁不得。
> 但听波涛声,不见波涛色。

《春雨》:

> 客窗春欲暮,卧看雨帘纤。
> 只惜红花落,不知白发添。

《游白石岛》:

> 春水平于席,浮舟出绿湾。
> 片帆生极浦,积霭隐遥山。
> 人抚岸松过,心随鸥鹭闲。
> 停桡白石岛,奇胜不思还。

《樱花》诗颇可诵,但其意思恐唐人不敢苟同:

> 自是三春第一芳,杏桃粗俗岂争光?
> 若使唐山生此树,牡丹不敢僭花王。

《野桥秋望》野趣如画：

> 稻云荞雪夹川连，郊路秋寒欲暮天。
> 独倚板桥闲眺望，一行鸣雁落沙边。

《即日》描写暑热和童顽，相映成趣：

> 午蝉声里卧茅亭，汗湿缔衣梦乍醒。
> 童子无心避炎暑，门前呼侣捕蜻蜓。

《夏日》写骤雨：

> 一阵冲风窗乍冥，斜斜骤雨洒林庭。
> 须臾云散天如洗，凉月娟娟照草亭。

比上引《松涛庵》写得更好的，是《新营茅庵名以听松》：

> 新缚黄茅寄此生，小庭无物适吟情。
> 邻墙赖有长松树，时引清风送好声。

日谦的七律也颇有佳作。如《中秋》：

> 天公有意解人愁，忽至黄昏宿雨收。
> 风起霄间云翳尽，月明林表露光浮。
> 稻花流水孤村路，醉舞狂歌几处楼。
> 秃却毫端想无数：谁将俊句答中秋？

《春行同敬仲赋》则写春游：

> 雨后海天春景深，友人相伴步新晴。
> 渔村寒尽梅全绽，樵径风和草欲生。
> 无数贾帆连缥缈，几多僧舍倚峥嵘。
> 登登非但怜山水，洞户更求黄鸟行。

日谦还写过一首《早春仿杼山上人体》。杼山上人即唐诗僧皎然，因住湖州杼山，故著书为《杼山集》。他曾写过一首《和邢瑞公登台春望句句有春字之什》："春日绣衣轻，春台别有情。春烟间草色，春鸟隔花声。春树乱无次，春山遥得名。春风正飘荡，春瓮莫须倾。"日谦的诗完全是模仿皎然的这首同头诗的，虽然是带有文字游戏之作，亦足见日谦博览中国古诗之功力：

　　　　春信自萧寺，春情溢竹筒。

　　　　春山莺一啭，春涧雪初融。

　　　　春屋梅花月，春桥杨柳风。

　　　　春游心似荡，春梦逐樵童。

　　俞樾《东瀛诗选》中选僧人之诗最多的是六如，共一百二十三首（仅次于广濑旭庄，为全书第二）；其次就是南山了，共七十首。南山（1753—1839），名昭岷，又作昭眠，字古梁，号南山，又号山庵、南屏山人。相模（今神奈川县）人。诗文书画皆擅，曾住京都妙心寺。俞樾《东瀛诗选》误其为"仙台僧"，想不到日人近藤春雄《日本汉文学大事典》却更进而误认"释南山"即仙台的菅原南山（1702—1782）！但菅原明明是"儒"而不是"释"啊！释南山有《南山外集》八卷。俞樾评介说："南山于彼教所得甚深。其诗文称外集者，盖其生平著述多彼教语，内彼则外此矣。然读其《雀雉行》云：'有客有客元倜傥，一具傲骨何肮脏。'知其少壮时非无意人间世者。宜其诗亦非寒、拾一派也。"俞氏又云："集中未选佳句如：'闲中秋色老，病里雨声深。''午径穿花暖，春泉洗药香。''寒泉咽幽涧，暗霰度深篁。''涧声冰处断，巇路雪边穷。''风摇窗竹影明暗，月上庭梅香浅深。''负郭人家老蚕雨，连山云树子规天。''樵帆近傍柴门卸，猎火夜穿松径行。''奇石才移添竹势，苍苔渐厚益山文。'又有句云：'彩笔漫劳空里画，宝台未见钵中云。'自注云：'《十地经》以文字喻空中画，唐·法照国师一日于钵中见五色云，有梵刹、池台、楼观，后诣五台山，如钵中所见。'可见其博涉内典也。"《雀雉行》一首如下：

　　　　海蛤本是雀，淮蜃本是雉。

　　　　万化非偶然，不知何苦尔。

　　　　赵鞅曾叹人不如，窦犨抗言规简子。

　　　　物化从来两不知，荣辱谩说目前理。

　　　　形骸迁化何足言，人心危微听我论：

　　　　方寸封疆不自保，朝秦夕楚顷刻翻。

　　　　有客有客元倜傥，一具傲骨曾肮脏。

　　　　幼年能诵等身书，少壮中原游道广。

　　　　尔来足迹遍寰区，才名落落满江湖。

　　　　中间不知几十化，一化渐消一壮图。

> 壮图消尽秋瑟瑟，狂风吹落西山日。
>
> 天荒地老无人知，一榻翛然掩禅室。
>
> 默坐回观万化宗，化去化来不见踪。
>
> 万化化中化不得，峡决河溃转从容。
>
> 乐郊乐郊得其所，岁岁花开岁岁同。

可见南山擅古体，另一首《摹象行》亦多有妙句：

> 金河沈彩华林迟，道裂真丧各乖驰。
>
> 玉石兰艾不可辨，异同坚白转支离。
>
> 君不见众猴曾采波际月，浮影摇荡谩相疑？
>
> 万古依然天上色，云行风飘终不亏。
>
> 又不见众瞽曾摹上林象，箕杵瓮绳徒妄想？
>
> 眼前魁质大如山，可怜亲近还怅惘。
>
> 瑶光之精毛群雄，双眼一开不可罔。
>
> 睡相似寂愈散涣，昭昭灵灵更易乱。
>
> 穷理尽性果何为？至人未免金锁难。
>
> 披云揽月月初明，得意忘象象可看。
>
> 香象到处竟无前，普贤界中万象灿。

南山近体也时有佳句，但整首上嘉者似不多见，风格也比较单一，不知为何俞樾选得那么多。其近体此处选录几首。如《春日偶作》：

> 雨晴春色散平芜，薄暮钩帘俯画图。
>
> 香阁人归新月至，青山雁度断云孤。
>
> 文章肯享千金帚，身世徒成五石瓠。
>
> 幽事更存欣赏趣，诗成独自倚高梧。

《秋日偶作》：

> 报道凉宵河汉流，感时欲揽白云裘。
>
> 苍茫岁月余今雨，缥缈江湖散旧游。
>
> 坐此高楼谁百尺？栽来枯翰且千秋。
>
> 孙鸿冥色无人问，一点闲灯耿上头。

良宽(1757—1831)，俗名山本荣藏，讳大愚，越后(今新潟县)人。诸国行脚后,归乡,住国上山的五合庵。性情恬淡,与村童为友。善书。有《良宽诗集》。其诗如《偶作》,即写其在国上山的生活,"穿耳客"指达摩大师:

> 国上山下是僧宅,粗茶淡饭供此身。
>
> 终年不遇穿耳客,只见空林拾叶人。

《斗草》则写与村童嬉戏:

> 也与儿童斗百草,斗去斗来转风流。
>
> 日暮寥寥人归后,一轮明月凌素秋。

《秋暮》写景,印象鲜明:

> 秋气何萧索,出门风稍寒。
>
> 孤村烟雾里,归人野桥边。
>
> 老鸦聚古木,斜雁没遥天。
>
> 唯有缁身僧,立尽暮江前。

与上首诗萧索孤寒相反,他的《看花到田面庵》却生机盎然:

> 桃花如霞夹岸发,春江若蓝绕村流。
>
> 行看桃花随流去,故人家在水东头。

知影(1762—1825),号独庵。为本愿寺派的京都光隆寺僧。又曾在鱼山三千院学习天台宗声明学,达其奥旨。善诗文,有《独鹤诗集》。如《广泽观月》(广泽池在今京都左京区):

> 暮山清迥月轮孤,一碧秋天纤翳无。
>
> 水中二影何奇异:浮者金龙沉者珠。

《独游西山》:

> 春来常早起,复此出柴扉。
>
> 野曙新莺语,池明宿鹭飞。
>
> 千峰笼暖霭,万木带朝晖。
>
> 小立村桥畔,微风吹我衣。

德龙(1772—1858),字召云,号不争室。越后(今新潟县)人。小时被称为神童,汉学造诣颇深。有《北山诗集》四卷,所收为九岁到十二岁时所作之诗,曾受到柴野栗山的称赞。今略引几首以见一斑。《秋夜闻雁》:

> 倚楼窥夜色，处处白云多。
>
> 遥听鸣鸿响，几群从北过。

《秋日望海》：

> 秋风翻岸浪，海气入衣凉。
>
> 潮色连天处，孤鸿度夕阳。

《秋江晚望》：

> 吟望秋江暮，红云映碧流。
>
> 寂寥疏柳下，渔父系扁舟。

梅痴（1793—?），名秦同，字白纪，号梅痴、小莲主人。阿波（今德岛县）人。有《咏物诗选》《拈华山房集》。净土宗僧，曾住持下总弘经寺。俞樾《东瀛诗选》云："梅痴虽隐于方外，而急人之急，有侠士风。其诗清新丽缛，诸体皆妙，而七律尤工。植村子顺撰《六名家诗钞》，梅痴其一也。以释子而与宏庵、磬溪诸人旗鼓相当，足以知其诗名之盛矣。"俞樾所选三十首中，就可见他与菊池五山、中岛棕轩、远山云如、小野湖山、大沼枕山诸名流唱和之作。梅痴汉诗的水平，我认为显然在南山之上，可知即使高明如俞樾，选诗之数量有时也不足以证明水平之高下。梅痴诸体皆妙，七绝风流蕴藉。如《早发》，结句尤以平易字句而显出奇峰突起：

> 竹树微茫笼晓烟，一条沙路接寒田。
>
> 桥霜店月模糊白，人在马头犹补眠。

《贺云山老人剃发》写得风趣豪放：

> 老掷儒冠参我社，袈裟著得雨华香。
>
> 敲门月下新添趣，酒肉头陀也不妨。

一般诗人都以僧人诗之"蔬笋气"为嫌厌，梅痴有时却偏偏有意提及此二字，以突现本色，反而亦自可喜。如六言《偶题》一首：

> 鸟飞竹粉飘窗，雨过松花落地。
>
> 文诗一种丰福，蔬笋浑身意气。

梅痴的七律更好，如《秋日田家》：

> 傍山沿水路欹斜，拄杖来寻老圃家。

胡蝶风凉秋亦梦，牵牛日淡午犹花。

翻匙白雪炊新稻，出箧蓝珠煮晚茄。

食肉断知无此味，好摩便腹话桑麻。

《秋日病起》：

帘幕萧萧药气浓，杯蛇才悟病成空。

日残山色无多紫，霜薄林容大半红。

一室扫除宜守分，百年毁誉竟非公。

团团笑我踏陈迹，略与磨驴生事同。

《冬夜与子寿晤》，子寿即大沼枕山。二人冬夜谈诗论文之佳境，令数百年后之读者仍神往不已：

龟山投老薜萝店，纸被围身语夜长。

客到无心交便熟，书逢有味读随忘。

禅栖未办东西屋，宴坐何论上下床？

此景此情君记取，满园叶脱月如霜。

《再寄枕山》也是写给大沼的：

客去闲云护洞门，堪看石上旧题痕。

奇书压案家如富，大树围堂寺自尊。

我辈升沉皆适意，世人毁誉半讹言。

林间暖酒他时约，好把新诗费细论。

《次韵湖山病后春思》则是写给小野湖山的：

殿角垂杨噪晚鸦，炉烟细细绕床斜。

微风乍卷罗纹浪，一雨能摧锦色花。

不用上书趋北阙，只应玩世读《南华》。

怜君已抱出尘想，寄病维摩居士家。

《行藏》一诗，更显示他不像是一个禅僧，倒与一般的儒生、士大夫没有什么两样。颈联尤佳：

商略行藏是宿缘，文章亦藉性灵传。

白诗忧世翻离世，朱学讥禅暗合禅。

> 痴梦谁迷群玉路，幽情我趁五云船。
>
> 穷年未悟无穷理，顾影时时只自怜。

　　最后，我们引录其《幽居适四首》，几乎首首可反复吟赏，令人齿颊留爽：

> 隐迹依然粟里间，柴门虽设亦常关。
>
> 锦囊付我晚枫寺，粉本示人初雪山。
>
> 凤重片言多类侠，老留一病只堪闲。
>
> 抚琴洗砚消年日，此事何容造物悭。
>
> 一把团茅小似蜗，山林经济了生涯。
>
> 园收锦里先生果，庐接东陵处士瓜。
>
> 村客叩门称同字，邻僧分水供煎茶。
>
> 世间岂少黄倪手，写我幽居上画叉？

（按，"锦里先生果"，用杜甫《南邻》诗"锦里先生乌角巾，园收芋栗不算贫"，知者肯定不多；"东陵处士瓜"，用秦东陵侯召平种瓜于长安城东的典故。此联对仗绝妙。颈联也不错。"黄倪"当指元代大画家黄公望、倪瓒。）

> 坐到秋深唤奈何，林窗叶落见山多。
>
> 浮云苍狗世间变，奔日白驹檐隙过。
>
> 不恨对床无好友，只应面壁伏禅魔。
>
> 庭前柏树经霜茂，借与寒禽恣结窠。
>
> 古经判罢夜堂清，孤卧藤床耿短檠。
>
> 干叶走风馋犬吠，寒云酿雨老枭鸣。
>
> 藜灯花落还无梦，石鼎汤沉尚有声。
>
> 抬首微茫窗纸白，不知是月是天明。

　　上面一诗第三句奇妙，道人所未道；惜对句稍弱。

　　俞樾《东瀛诗选》在梅痴之后，选了松霭的诗。松霭名德含，字圆禅，号松霭，其生卒年未详，但可认定乃江户后期诗僧，有《松霭遗稿》四卷。俞樾说：《松霭遗稿》有二本。其一为浅田栗园所刻，则皆七言绝句；其一为鲈松塘所刻，则兼收五七言律诗。而皆无古体，殆非所长也。诗笔

秀逸，无尘羹土饭气，亦无蔬笋气，意其人固王摩诘所谓'天机清妙'者
欤？尚有佳句未入选者，五言如'花落鸟归树，月高僧掩门。''霜寒枫乍
脱，水冷雁初飞。'七言如'洗砚临池鱼避墨，移花近砌蝶寻香。''芳草斜
阳楼上笛，板桥流水寺前花。''山寺楼台遮树黑，村祠灯火隔陂红。''怯
寒老衲先归寺，恋酒同人尚在船。'皆可诵也。"松蔼的诗确实当得起俞樾
"秀逸""清妙"的好评，其诗风与梅痴相近。如《常光精舍四时杂吟》四首，
今全引于下：

> 新来故去疾于梭，又见东风入硐阿。
> 芦荻枯边犹腊雪，龟鱼戏处已春波。

> 折取桃花一两枝，读书床畔插军持。
> 吟酬春色宜秾丽，便阅南朝宫体诗。

（按，军持为梵语，即净瓶。此诗写僧人捧读南朝艳诗，与本节最后要写到
的释道雅的月夜翻阅《西厢》，可谓绝妙一对。）

> 舐尽销闲笔一枝，工夫颇有似敲诗。
> 摹山写水吾家叟，不爱徐熙爱郭熙。

（按，徐熙为五代时画家，擅画花果鸟虫，有野逸之评；郭熙则为北宋画家，
擅画山水，笔势雄健。此诗可见松蔼对中国画也深有造诣。）

> 心字香残白昼灰，残书在手梦惊回。
> 一窗新竹微风过，小凤凰声枕上来。

又一首《山亭雪日》亦妙：

> 雪花吹洒小茅椽，一鸟无声山皎然。
> 惟有寒流埋不得，穿松绕竹到庭前。

其五律引见《山居杂吟》数首：

> 新筑颇幽雅，闲中枕可高。
> 傍墙皆种竹，绕屋尽栽桃。
> 吟步宜轻屐，醉书爱秃毫。
> 有时人送酒，不必锁门牢。

> 涧水浮红叶，秋山欲瘦时。

流年每惊速，避世颇嫌迟。

几上寒山偈，囊中石屋诗。

禅余时一读，足以养神思。

红尘飞不到，绿藓满庭阶。

醉味漉巾妙，吟思敲字佳。

篱编三尺竹，门掩半扉柴。

容膝蓬庐足，何嫌小似蜗！

其七律《山居杂句》亦可击赏，引录二首：

诗句非惟月下推，朝昏吟坐倚亭台。

门前有路斜穿竹，屋后无流不带梅。

买酒船维沙觜住，煎茶水出笕唇来。

十年宰相成何事？只合山中啗芋魁。

午饭供迟计又违，店无豆腐仆空归。

旋添炉炭摇葵扇，更提厨刀剥芋衣。

忽有村翁分社酒，想缘谷雨应春祈。

山村虽厌桑麻语，也胜城中说是非。

机外(1829—1857)，姓串渊，名坦道，字机外，号雪庵。上野(今群马县)人。十四岁薙发，游历四方，参拜诸老。后受姬路侯尊崇，住持隆兴寺。据说他体态较胖，又喜笑，就像画上的布袋和尚。善书，好诗，喜交文墨之客。有《闲云遗稿》。他的《卖饧翁》，将卖饴糖老人写得像隐士一般潇洒：

一担寄生涯，更无他物加。

箫传花外巷，童聚柳边家。

风暖春山丽，村遥西日斜。

卖饧翻买酒，归路入烟霞。

《野望》把乡村风光写得很美：

东村又西郭，到处赏秋光。

禾穗黄云美，荞花白雪香。

双双鹭眠水，两两犊过塘。

寄语都城客：试看野趣长。

《秋夜即事》一气流转，格局亦整：

> 危坐梵王城，凄凄夜气清。
>
> 云残呈霁色，风冷送湍声。
>
> 绕塔银河转，粘山星斗横。
>
> 满前无限景，更听断鸿声。

五岳（1811—1893）是一直生活到明治二十六年的诗僧。他俗姓平野，名闻慧，字五岳，号古竹。丰后（今大分县）昌愿寺住持。诗、书、画皆擅，诗是向广濑淡窗学的。他的七律《叶》写秋叶极妙：

> 寒炉好拾坠红烧，不用采薪追老樵。
>
> 古井已埋微有口，低墙稍没欲无腰。
>
> 秋皆在地空浪藉，月独守枝何寂寥。
>
> 倦枕醒来清晓梦，时听邻帚扫萧萧。

最后要讲到江户末期的道雅（1812—1865），名宪意，字道雅，号笑溪，有《道雅上人诗文集》。我们提到他，是因为读到了他的《春夜》一诗。一个出家人竟在月夜手持一卷谈情说爱的《西厢记》，岂不是一道奇特的风景？

> 花拥回廊月午天，恼人春色夜如年。
>
> 手翻一帙《西厢记》，步出东轩塔影圆。

上述江户中后期缁流诗人，从人数上来说，当然远不如五山时代；但从诗的质量上看，则有所提高。一个更显著的特点，是上述作品几乎都没用什么佛教用语，同时也没有什么"蔬笋气"，即使有意写到蔬笋，也充满生活乐趣，比五山时代的僧诗更贴近社会，很鲜明地带有江户汉文学的时代特色。

十六、后期关西诗人

前已提及，经过柴野栗山等人主持的宽政学政改革，宋学在日本成为地位独尊的官学。而在汉文学领域，徂徕派的古文辞及其被反对派贬称的"伪唐诗"也失去了优势，代之以起的是释六如和菅茶山、山本北山等人推崇的学唐宋八家之散文和学宋诗之诗。进入江户时代后期，关西地区京都、大阪一带仍然是汉文学的半壁江山，活跃着一批很有影响力的汉诗人，我们继续略依生年顺序予以论列。

此时关西有名的诗人，是赖春水(1746—1816)。春水名惟完、惟宽，字千秋、伯栗，通称弥太郎，号春水，又号霞崖、拙巢、和亭、青山庄。安艺(今广岛县)竹原人。其先姓赖兼，从春水起改姓赖。其曾祖父务农，祖父、父亲开染坊。兄弟五人，二人早夭。春水是老大，老三春风、老四杏坪也以诗名。春水自幼颖敏，从邻村平贺中南(1721—1792)学，中南是释大潮的学生。又从崎门学派的盐谷志帅(1703—1764)学。志帅死后，春水于明和三年(1766)赴大阪，跟片山北海学，并加入北海的混沌诗社，社友有篠崎三岛、中井竹山、葛饰蠡庵、河野恕斋、薮孤山等，后更与尾藤二洲、服部栗斋、菅茶山、古贺精里等人交游。安永八年(1779)，因竹山之媒，娶饭冈义斋之次女静子为妻(静子之妹则嫁尾藤二洲)。天明元年(1781)应召出任广岛藩儒员。后至江户为世子(齐贤)侍读，共十一年。期间有"异学之禁"，春水也是热心赞助者。宽政五年(1793)，回广岛用朱子学统一藩学。十二年(1800)再赴江户，与柴野栗山等三博士重聚，并应幕府之命在昌平黉讲学。又新交朋友如萨摩的赤崎海门、熊本的辛岛盐井、中津的仓成龙渚、久留米的桦岛石梁、冈山的和田一江等，都是各藩世子的侍读，朱子学者。享和三年(1803)回广岛，作为藩学耆宿，备受尊敬，逍遥山水，吟风弄月。

春水名气虽大，但佳诗似并不算多。俞樾《东瀛诗选》中写到他"为诗文喜为腹稿，不加点窜"，菅茶山称其诗"不思而得者也"；但俞樾认为"间亦流于率易，宜节取之"，也就是委婉地指出他有的诗水平较差。其《十三夕冈田士亨宅赏月，分得五微》，颔联甚佳，中国研究者孙望认为前句言天理，后句谈玄理：

> 八月九月多良夜，十五十三扬素辉。
>
> 天令秋色有深浅，人自胜情无是非。
>
> 醉醒俱酌桂花酒，尔汝相逢薜荔衣。
>
> 能使吾曹恣幽赏，高风却属吏人扉。

《日者诵江都诸名家诗，有感赋此，寄尾藤、古贺二博士》，表达了春水对当时靡弱诗风的不满，也反映了他与二洲、精里的关系：

> 自别东都未十年，诗家纤巧竞成篇。
>
> 不看沧海鲸鱼走，独见兰苕翡翠鲜。
>
> 万里迴澜非我力，一时殊轨是谁怨？
>
> 风骚岂不关风教？木铎在君君勉旃！

七古《记渔翁言》间出秀语，亦可一读：

> 谁识渔翁寿且福？一橹片篷是吾屋。
>
> 少小嗜酒不曾醒，请君看取我头秃。
>
> 头秃齿豁何足病？形体极丑我心净。
>
> 虽有鱼税薄于纸，不知田野有苛政。
>
> 谁识渔翁寿且康？风餐露宿八十霜。
>
> 棘鬣千头何所利？都酿一铛米一囊。
>
> 君买我鱼价不论，我饮君酒是何恩？
>
> 纵无德色岂无报？尺余河豚聊充餐。
>
> 好去潮候入前湾，吾亦鸥鹭待吾还。
>
> 扣舷而去呼不答，柔橹声远夕阳山。

赖春风(1753—1825)是赖春水的弟弟，名惟强，幼名松三郎，字叔义、千龄，号春风。明和三年(1766)随春水赴大阪，入古林见宜门学医。安永二年(1773)归故乡行医，家居不仕。至晚年方任广岛藩医。前已说过，赖家三兄弟皆以诗名。菅茶山曾有诗赠春风曰："兄弟三人并风流，二随莺迁一鸥侣。"即指春水、杏坪都外出当儒官，只有春风始终在家乡，行医为生，过平淡生活。

春风之诗平白自然，又平生不欲以文字自见。七绝《枫亭送人》写离情甚为有致：

> 丹霞一簇夕晖残，开遍轩窗仔细看。
>
> 明日叶飞人去后，满林风雨不堪寒。

《新庄村访嘉园路上作》写村味淳厚：

> 紫豆花残看菊花，沿流村巷一蹊斜。
>
> 山家风味殊淳朴，晒柿窗前卖碗茶。

《闲兴》一诗也志趣澹然,令人爱诵:

> 何处宜吟步?林间且水边。
>
> 斜阳鸦认树,残雨竹浮烟。
>
> 耽句消长日,看花惜少年。
>
> 病身无别事,煮药汲前泉。

《山内茨乡归自江户》一诗,既鼓励朋友,也是自勉:

> 相逢语难尽,别思太纷然。
>
> 簦笈轻千里,雁鱼劳几年。
>
> 只期文藻富,何愿锦衣还?
>
> 苦学身无恙,可知穷益坚。

此时,关西诗坛的大家,当数菅茶山、春水和春风的弟弟赖杏坪(春草),及后来春水的儿子赖山阳。本书为照顾章节的字数,这三位大家将在下面专设一节论述。这里且再写其他一些关西诗人。

龙玉渊(1751—1821),名世华,字子春,通称一郎、卫门,号玉渊。近江(今滋贺县)人。他是本书前已写到的彦根藩儒龙草庐的儿子。自小从父受家学,修徂徕学。后亦仕彦根藩,为其儒臣达四十八年。著有《玉渊诗稿》。今见其宝塔诗一首《月下吟》(自一字至十字)。日本汉诗中,这类趣味杂体诗本不多见。这首是写得比较好的,对仗亦见功力:

> 寂,悠。
>
> 良夜,清秋。
>
> 乘明月,登高楼。
>
> 水极地脉,天涵江头。
>
> 歌遣思抑郁,酒洗意绸缪。
>
> 金波三千世界,玉镜六十余州。
>
> 昆山尺璧一痕出,合浦寸珠万颗浮。
>
> 霜未落袁郎牛渚树,人应逐苏子赤壁舟。
>
> 星斗阑干银河转如带,杯盘狼藉冷露零湿裳。
>
> 醉来而不知东方之既白,归去也又期明年之重游。

神吉东郭(1756—1841),名主膳,号东郭。播磨(今兵库县)人。仕赤穗藩(今兵库县)为儒医。宽政末年(约1800年顷)任藩校博文馆督学。天保中(1830—1844)致仕。俞樾《东瀛诗选》云："东郭以医仕,而颇为其主所信任。虽年老致仕,而有大事必预谋焉。生平手不释卷,享大年至八十六岁,惟以讽咏自遣,非寻常方伎之人矣。"其《乙未上日》作于1835年初:

> 七十九年过隙驹,梦醒忽又对屠苏。
>
> 沧桑陵谷皆移换,得丧悲欢定有无。
>
> 殿上说经谁夺席? 市中卖药独悬壶。
>
> 总因贺客逢迎少,妻子团栾鼓瑟娱。

可知他年届八旬,老妻子女团圆,享尽天伦之乐。颈联尤佳,令人羡慕。他八十三岁时,更有《尚齿会》二诗,序云:"天保戊戌,暮春八日,邀诸老宴,盖效白氏尚齿会也。此日会者平田(年八十九)、村上(年八十二)、神田(年八十一)、尾崎(年八十)、江见(年七十九)、稻家(年七十八)、大莲(年七十七)、藤田(年七十六)、松叶(年七十六)、木村(年七十四)、予(年八十三),以上十一人合八百七十五岁。"东郭的生卒年即由此可以推算出来(而日人编的《日本汉文学大事典》《汉文学者总览》等工具书竟都说不知其生卒年)。诗云:

> 诸贤皆是谪天仙,吾亦追陪玉树前。
>
> 雪鬓霜髯俱矍铄,鸾骖鹤驾并联翩。
>
> 长生问术将何答? 却老有方几处传。
>
> 太史明朝应奏上,贯珠累累寿星悬。
>
> 谁知十老与天游,笑傲安闲百不忧。
>
> 数卷图书轻石室,一肱醉梦即沧洲。
>
> 紫霞红霭皆常足,白璧黄金何必求。
>
> 汉帝秦皇空美慕,漫然驱召又浮舟。

武元登登庵(1767—1818)是备前(今冈山县)人,名正质,字景文,通称孙兵卫,号登登庵、行庵、泛庵。登登庵幼年有神童之称,在藩校闲谷学校读书,师从柴野栗山。文化四年(1803)外出周游神道、尾道、广岛、赤间关、博多、长崎等地,与菅茶山、赖春水、赖山阳、田能竹村田等诗人交往。据称他携笔一枝,随处驱使,烟云收之行笈中,及返,坐卧一室,自咏自乐。五十二岁时逝世于京都。其诗清新潇洒,如《岁寒堂半夜偶兴》:

> 闲眠忽醒未天明，雨尽云收露气清。
>
> 山色全晴都月色，人声已绝只泉声。
>
> 破家今我无归梦，到处为乡忘旅情。
>
> 半夜幽怀向谁说？诗篇独任偶然成。

《岁晚书怀》：

> 寒光漠漠远江烟，日日凭栏至暮天。
>
> 小艇乘潮过槛外，轻鸥结伴戏洲前。
>
> 近春节动寻梅兴，送岁囊空沽酒钱。
>
> 世事忙中独无事，客窗赢得一高眠。

杉冈暾桑(?—1822)，名道启，字公睹，号暾桑、钝吟。京都人。曾师事江村北海、清田儋叟，与柴田栗山、菅茶山、清田龙川、村濑栲亭等交游。文政三年(1820)应美浓(今岐阜县)郡上四代藩主之邀，担任藩校潜龙馆督学。他博览群书，又精通医理，擅写汉诗，有《襄荷溪诗集》九卷。暾桑似未曾入游中国，但他有一首《拟游赤壁》，虽然写得有点空泛，仍表达了他的向往：

> 叠嶂连山素练长，空明澹荡泛轻航。
>
> 风清石壁金波冷，月白沧江玉露凉。
>
> 千里舳舻鸥鹭梦，一声仙鹤水天乡。
>
> 移篙欲问坡翁迹，芦荻烟深锁雪堂。

他的《春青》，春意盎然，其中也用了中国的地名：

> 东皇生意满新年，佳气细缊眼更鲜。
>
> 数点萌芽胎夜雨，千林嫩叶晕晴烟。
>
> 才浮湘浦轻鸥外，渐染隋堤宿鹭边。
>
> 勿说蛾眉京兆巧，连山长黛抹春天。

田能村竹田(1776—1834)，名孝宪，字君彝，少名矶吉，后称行藏，号竹田，又号红豆词人、雪月书堂、随缘居士、九叠仙史、花竹幽窗主人、补拙庐等。丰后(今大分县)竹田村人。其家世代为丰后冈藩侍医。竹田却自幼不喜学医，而有志于经学诗文。十一岁在藩黉由学馆读书，同时向渊野直斋、渡边蓬岛学画。及壮，赴熊本，从高本紫溟、大城壶梁、村井琴山学，归任藩学司业。又助唐桥君山编撰《丰后国志》。享和元年(1801)

二十五岁赴江户,向谷文晁学画,向古屋昔阳、岳东海学经义。文化二年
(1805)去京都,从村濑栲亭学诗,与上田秋成、中岛棕隐等人交往。四年
(1807)去大阪,住浦上玉堂处,又与赖山阳、冈田米山人等交游。十一年
(1814),因多病而隐退,专以诗画自娱。文政二年(1819)与广濑淡窗会见。
六年(1823),访菅茶山。九年(1826)去长崎,与清人江芸阁、朱柳桥结识。
归居大阪,五十八岁时逝世于大阪中之岛的冈藩邸。

　　竹田诗画皆通,风流多才。其诗颇多题画,诗风宗白居易,又不守一
格,出入宋元。有一首《秋江晚望》,题下自注:“十二三岁所作,唐翁赏之。”
可见少年才华:

> 秋江水暗少渔歌,驴背吟诗晚下坡。
>
> 一片人烟遥霭外,满林叶落夕阳多。

　　他的《题自画渔父》感叹人间险恶。末句指的是白居易诗《太行路》
中说的:“行路难,不在水,不在山,唯在人情反复间。”该诗如下:

> 东近江雨疾如马,西近江风乍起澜。
>
> 人言湖里风雨恶,听唱白家行路难。

　　他另一首《题画山水》再次表达了相同的悲愤:

> 终日无人相往还,乱烟满地掩柴关。
>
> 谁知世上难行处,不在山村风雨间。

　　他的一首《卖瓮妇》描写了一个本来靠卖水为生的妇人,最后被迫
将瓮也卖掉的悲惨故事。显然也是深受白居易《卖炭翁》等诗影响的好
诗:

> 卖瓮妇,犹有母;夫早死,终无子。
>
> 鬻水养母饥且冻,今朝计尽将卖瓮。
>
> 母哭仰天气息孤,妇泪溅喉湿始苏。
>
> 莫道地中遍有水,一卖瓮后却如无。
>
> 君不见,都门豪客拥锦褥,一声呼水肌生粟!

　　竹田对汉文学的一大贡献是填词。文化二年(1805),他曾撰写了日本
第一本有关填词方法的专著《填词图谱》,在彼邦木版印刷,广为流行;并
且在中国上海也有石印本。他本来还写好了一本《填词韵谱》,可惜未能

出版。当然,竹田自己也大量创作词,今能见到的就有六十九首,在数量上达到日本词作者的高峰。神田喜一郎认为他是日本"斯道之大宗师";同时神田又指出,竹田对填词的态度却令人感到非常遗憾,他把这似乎只看作是文字游戏。他在《填词图谱》中所引中国的例词,大多缺乏思想意义。神田称其所引作品"都是无聊之作",认为他是"一味追求新奇的东西而误入陷阱"。因此,他本人创作的词,也大多缺少思想价值,只是在艺术形式及文字的高雅清丽方面颇有成绩。茶山在七十六岁时曾为竹田词批语道:"痴想狂情,可荡人魄,可销人魂。一种文字,东国开辟以来,未曾见类此者;今时文运之化,何物不酿出矣?恨不使此等词传臻彼土也。"言辞虽然有点夸张,但当时在日本的中国文人江芸阁也题诗称赞:"潇洒填成幼妇词,清才绮丽甚于诗。个中妙理从天悟,亘古聪明不自知。"不管怎么说,竹田的词在技术上已超越其前辈,如同神田指出的:"也可以说我国的填词,到了竹田时代,便已经达到可以拿给中国的学者们看的水平。"因此,他认为"竹田为我国填词史上最初的正宗的作家"。

竹田词今举二首为例。《长相思·春思》:

> 梦易醒,酒易醒,杨柳梢头月正明。鸦儿半夜鸣。 掩云屏,护春灯,瘦影看时妾自惊。郎看那不惊?

《钗头凤·艳情》:

> 桃华纸,胭脂水,躲人手写相思字。偷封送,须珍重。半途开拆,外间传弄。恐,恐,恐。 当初事,如今记,情香梦暖鸳双睡。愁同种,欢难共。佯言春酒,近来多中。痛,痛,痛。

北条霞亭(1780—1823),名让,字子让、景阳,通称让四郎,号霞亭、天放生。志摩(今三重县)人。祖父以来,代为儒医。霞亭自幼好学,宽政九年(1797)赴京都,向皆川淇园学诗,并与山口凹巷结为终生挚友。享和二年(1802)赴江户,寄住在龟田鹏斋的私塾,经常出入于汤岛的昌平黉。文化五年(1808)回到故乡。八年(1811)赴京都,住嵯峨三秀院任有亭,与该寺住持释承宣过往密切。十年(1813)应菅茶山之邀,在广岛的廉塾任教。文政四年(1821)应福山藩之招任儒官,在藩校弘道馆执教。奉朱子学,强调实学。四十四岁客死于江户。

霞亭的诗,菅茶山曾称"力写实境,而不逐时尚"。今引见数首。《雨窗独坐》写得淡雅平静：

> 境适心无作，素情安澹泊。
>
> 想他青紫荣，孰与清闲乐？
>
> 春雨润幽林，暮钟沉远郭。
>
> 坐来何所看？数片山茶落。

《草堂即事》写乡居生活：

> 家住孤村修竹间，路通流水野桥湾。
>
> 晚追钓侣出门去，细草微风月一弯。

写景诗如《尼崎途上》：

> 白雨初晴露满丛，稻花香散四郊风。
>
> 回看武库川东路，六甲峰头百丈虹。

中岛棕隐(1780—1856)，名规，后改名德规，字景宽，通称文吉，因喜欢种棕榈，因号棕隐，又号安穴道人等。京都人。他十一岁入伴蒿蹊(1733—1806)之门，十八岁成为村濑栲亭的学生，善诗，也会写词。为人疏放风流，自称"唐六如"(中国明代江南风流才子唐寅)。住京都鸭东时刊行过《鸭东四时杂词》，用词浓艳，描写细巧，很受一些市井士女欢迎，因而颇有名气。但家贫如洗，仅靠鬻文难以生活，加上嗜酒多病，据说常举债度日。著有《金罍集》六卷、《棕隐轩诗集》十四卷，可见颇多产。俞樾《东瀛诗选》称其"诗极多"，"年六十时，得诗已二千余首，时人以中华赵瓯北比之。诗似稍不及赵，而颇亦博雅，所用故事有极僻者，知其流览者博也。"俞樾还特地提到："《金罍集》中有《印篆篇》，洋洋数千言，渔猎甚富，亦奇作也。因太长，故未入选，不无遗珠之叹矣。"

其《咏棕榈四首》，读之可知其号之所自，亦颇有特色，且古今爱棕榈并吟咏的诗人很少见：

> 尝爱棕榈种几株，自珍斯癖古今无。
>
> 请看健绿亭亭色，长免他人问菀枯。
>
> 吐花非有苣兰臭，结子亦无桃杏仁。
>
> 洒雨挥风总间气，谁知烂漫信天真？
>
> 休将品格伍芭蕉，劲直高疏有所超。

却笑辋川奇雪下，畏斯傲骨不胜描。

老后贪痴纵有筬，何于野卉不从心？

移栽屡累诗僧手，窗下添成半亩阴。

俞樾又谈到棕隐"晚年似有所得。观其卷首自序言：'天地间莫非自然气运，内之止王霸之辨，外之混华夷之区。'词旨恢诡，殆有得于漆园者欤？"意思是棕隐晚年在思想上达到一种哲理高度的悟通，主要是从中华先哲庄子等人处获得的。其书首列《放言》十首，俞樾选了六首，我们抄其第一首。可以看出这类诗无甚艺术性，与某些宋诗有近亲关系：

可道既非道，不道亦非道。

无为而有为，覆载存其道。

虽然存其道，彼亦非创造。

所以说玄牝，玄牝莫不葆。

类似这样的诗还有《拟一日复一日》等。而我们更欣赏的，还是那些描写自然或心境的诗。如《晓行》：

孤村人已起，隔水一灯明。

茅壁霜如雪，丁丁扣履声。

《梅花》：

艳星三四点，窗边绽作花。

宿雾无由隔，清香落碧纱。

《近郊散步》：

小径多迂曲，幽寻向寂寥。

经秋山脊露，踏叶履声饶。

荒庙等身草，野流三尺桥。

夕岚行怯冷，恰认酒帘招。

《西阜途中口号八首》中有一首，写了劳动人民辛苦割收"老杆"，深夜还在灯下编织席子：

郊墟收老杆，处处积如陵。

人语寒云底，微微织席灯。

《田园杂兴》一首，也写出了对劳动人民的同情：

> 湖田乘雨插秧时，没脚三尺泥若饧。
> 上畔行滕半流血，纷纷水蛭啮红肌。

《船居秋暮》颔联甚佳：

> 偶出船舱踏夕阳，老秋篱落景愈荒。
> 摇篮娇稚睡方熟，结网贫妻手自忙。
> 浅水残芦低吐雪，野桥高柳半飘黄。
> 归来微倦又思酒，一阵新寒生渺茫。

又如《首夏写怀》更强烈地反映了他生活的窘困：

> 醉过三春家益贫，卖文日日仰青铜。
> 妻请所与因多债，我问有余皆已空。
> 心倦看云山色低，睡轻疑雨竹声中。
> 残生若遂区区志，种秫欲为田舍翁。

以上两首，在内在结构上是一致的，但我们合读，并不感到雷同。中间两联一实一虚，皆极妙佳对。("低"字疑传写有误，殆为"外"。)又有《漫成》一首，末联当令天下穷书生读而落泪：

> 纳纳乾坤无不宜，欲将散诞了生涯。
> 醉书漫作秋蛇势，清瘦如同病鹤姿。
> 贫馔嗜吾安乐菜，曲肱惭尔合欢帷。
> 撑肠文字元难售，一味凄醉独自知。

诗中"涯"字古又读若疑，所以是押韵的。"安乐菜"当属俞樾所云"极僻"之典故。幸有棕隐自注："《圃史》以剥取茄蒂风干者名安乐菜。余颇嗜之，因有此联。"

我们再引他两首闲适诗《南埭散步二首》。其一末句有自注："郑谷诗云'却展渔丝无野艇'。"亦可窥棕隐"流览者博"：

> 小蟫低冈禽影稀，倦来篱外步斜晖。
> 无端过水逢修竹，欲系渔丝斫得归。

> 淡月寒烟满野坰，疏林落落水泠泠。

多虫声处行须急，秋过清奇不耐听。

最后谈谈棕隐的词。棕隐是村濑栲亭的学生，想来其填词的知识是从栲亭处学来的。今见其词有六首，均符合格律，然多为香艳之作，与上引诗风格不类。可能是他受到宋人某种认为诗词异体、词贵韵艳的说法的影响吧。今录其《鹧鸪天·艳曲》一首，以见一斑：

画烛朦胧夜院云，满衾沈麝带春薰。薄罗小扇轻宜把，醉脸红潮减几分。

移玉枕，解香裙，鬓斜黛漫气纷纷。莫教鹦鹉听情语，怕向他人告有君。

篠崎小竹(1781—1851)，名弼，字承弼，通称长左卫门，号小竹，又号畏堂、南丰。其父是丰后(今大分县)的加藤吉翁，在大阪行医。小竹生于大阪，九岁时从大阪著名儒学家篠崎三岛(1737—1813)学习，被三岛收为养子，故改姓。初学古文辞，十九岁时游江户，师事三岛的友人尾藤二洲，后因养母逝世而归家。二十四岁游九州，访山水人物，才学俱进。后再次赴江户，从古贺精里学，寓昌平黉。约半年，因三岛年老需照顾而返回大阪，代三岛教家塾。从此由徂徕学转治朱子学，同时创作汉诗文，无心仕途。但因三岛原为淡路领主的稻田氏之儒官，故小竹代养父而为宾师。他对友人说："我邦君臣之道甚严，一旦委质，身受束缚，旅进旅退，不能尽其意，我损彼亦无益。不若为宾师，进退任己，直言谠议，无所顾虑。"小竹与管茶山、赖山阳、田能村竹田等为好友。山阳、竹田等去世后，他更成为关西诗坛的主要诗人，曾发起主持梅花诗社。著有《小竹斋诗钞》等多种。其养子篠崎竹阴(?—1858)评其诗文曰："家君小竹作文诗不甚刻苦，曰：'文达意而已，诗言志而已，何用弄巧？'但天才纵横，间有流奇警戏谑者。人或病之，而不知君之所以不朽者反在此也。尤喜东坡诗，盖取于其汪洋放肆也。"俞樾《东瀛诗选》则认为："承弼诗喜叠韵，古今体诗有叠至六七者，其才气横溢，善押险韵，颇有东坡先生之风。"

小竹之文，我们引录其1836年所作短篇《跋赖子成自书诗卷》，不仅欣赏，亦可作为赖山阳研究的难得的资料：

班固论扬雄曰："凡人贵远贱近。亲见扬子云禄位容貌，不足动人，故轻其书。"予于子成也不然。子成始自西来也，单衣双剑，牢落萧然，人不甚重，予则推服心醉。借览其《外史》，手写一部。子成曰："朋友所著，不惮自写，真知己也！"子成时三十余岁，尔后每一文诗出，反复赞叹，以为今世少匹矣。子成常恨予有颂而无规。然当时予之颂赞，特以为今世少匹耳；今则以为非特今世，即古人中亦不可多得也。随园，近代之才子也，子成岂减焉乎？长沙，古之才子也，子成岂不可希乎？呜呼，才隔一死生，便倍尊重如此，则贱近贵远之陋习，虽予之于子成，亦犹不能免焉，如孟坚所谓乎？世之志学而得良师友者，其可鉴于予而勿悔也。高槻藩士藤井强哉，子成门人也，携此卷来示予。予一展读，复发前感，因书其末。子成既终后五年，天保丙申秋七月也。

藤井强哉当即藤井竹外(1807—1866)，本书后面将写到这位赖山阳的学生。

小竹的诗，正如俞樾说的，和韵之作甚多。如《次韵竹田题其诗画帖》就有四首。通过对田能村竹田诗画的评论，也反映出作者的文艺观。今引其二、其四两首：

> 一日咏十诗，一诗或累月。
> 不媚今人眼，自得古人骨。
> 风韵若梅花，花残香不歇。
> 岂容将字句，谩评工与拙！

> 经史如菜肉，所嗜辄下箸。
> 苟领其大意，何必读注疏？
> 云烟过眼后，鱼鸟会心处。
> 我欲问宗旨，恐君不答去。

又如七律《次韵赠草场棣芳三首》，引其一、其二：

> 天使男儿志不孤，单身离国向江湖。
> 舟船看过紫溟火，衣袖携来琼浦珠。
> 画学宋明高气韵，赋吞云梦假虚无。
> 比闻西海仙槎至，美尔追游试壮图。

> 霜白中庭月影孤，书窗对榻话江湖。
> 寒厨难办咄嗟粥，健笔初惊咳唾珠。
> 拙政闲居唯我在，倦游能赋若君无。
> 更怜醉墨乘高兴，为作幽兰素菊图。

　　草场佩川，本书前已写过，也是一位诗画皆擅的高手。而从小竹这几首次韵诗中可以清楚看出两人高雅的风致。

　　小竹的七律《梅雨》写恼人天气，更妙在结联之一振：

> 漏天无奈杞人忧，闭户偏如楚国囚。
> 庭潦及阶飞水马，砖苔侵壁上蜗牛。
> 眊昏久废三余业，瘦冷仍披五月裘。
> 忽讶殷雷惊午枕，家人厨下碾新麰。

　　小竹的七绝亦颇有佳吟，如《岚山雨景》：

> 急雨沛然花散风，游人去尽水西东。
> 烟云变幻山奇绝，付与桥头一钓翁。

　　《春水》一绝写景，但联想奇特：

> 一溪春水暖无风，花柳湾湾绿间红。
> 恰好南来鸿雁字，行行乱写彩笺中。

　　《秋雨》一绝写声又写心境：

> 独掩蕉窗枕怢眠，青灯照壁夜萧然。
> 雨声不与虫声混，各自伤心到梦边。

　　小竹亦善古风，有《沼岛》一首，转韵自如，写收获的喜悦和劳动的艰苦，并抒发了对不合理社会的不满：

> 沼岛千家皆渔家，以钓以网儿与爷。
> 惟妻在家司饭茶，获鱼归来每日斜。
> 满浦腥风鳞映霞，小鱼泼泼大鱼呀，
> 比邻提篮拾鲑鲨。
> 聚人为市仰吹螺，得钱买酒笑言哗。
> 吾始寓目悯且嗟，掌大孤岛其生涯。
> 男儿所资唯笠蓑，妇女何曾著绮罗？
> 非由涉海入淡阿，不知有马有驴骡。
> 闻见如此真井蛙，生死如此真鱼虾。
> 又闻危险侵风波，近日洋中覆溺多，
> 使人哀矜涕泗沱。

忽有一叟我前过，问"官此来欲如何？

官自都人好纷华，目眩文绣耳弦歌。

岂悟年月急于梭，竞才战智谩相夸？

一生所营总浮夸，名利之囿易札瘥，

比之风波危险加，无乃官欲资骄奢。

鲸鱼虽大或委沙，凤鸟虽灵时在笯。

何如安分无复他，逍遥宛若在壳蜗。

世间滔滔蚿怜蛇，知官不与我同科。"

闻之眼瞠口亦哑，深羞平日心术差。

事事实如叟所诃，多谢驽马被鞭挝。

道失求夷岂虚耶？所以宣尼欲乘槎！

　　江户后期关西还出了一个著名女诗人江马细香(1787—1861)，名裛，字细香、绿玉，号梦湘。美浓(今岐阜县)人，其父为大垣藩医。细香五岁起读书习画，十三岁从玉潾和尚画墨竹。文化十年(1813)赖山阳来美浓，造访其父，细香遂拜山阳为师学诗。同时又向浦上春琴、中林竹洞、山本梅逸等人学画。"才女"之名远扬。据云赖山阳一度想娶她为妻，然而她终生未嫁。山阳去世后，又师从后藤松阴。她在京都曾入梁川星岩的白鸥诗社，弘化三年(1846)与小原铁心结成黎祁诗社(按，"黎祁"就是豆腐的意思)，嘉永元年(1848)又与诗友结成咬菜社(按，"咬菜"就是咬得菜根的意思)。著有《梦湘遗稿》。中国学者俞樾称其为"奇女子"。

　　细香之诗有不少咏风花雪月，也有写琴棋书画者。五绝《冬晓》绘声绘色：

四檐千点滴，万瓦雪将融。

枕上误听雨，不知曙影红。

　　七绝《秋海棠》，反用苏轼《海棠》"只恐夜深花睡去，故烧高烛照红妆"句意，流露出凄凉心境：

庭阶经雨气凄凉，冷艳茎茎发海棠。

一任秋宵花睡去，无人秉烛照红妆。

　　《砂川饮赋呈山阳先生》可见她与赖山阳的师生情：

好在东郊卖酒亭，秋残疏雨扑帘旌。

市灯未点长堤暗，同伞归来此时情。

《燕闲四适诗》四首分咏琴棋书画，其《书》云：

燕闲何所适？窗底扫砚尘。

胸臆须贮古，落笔但要新。

由来心之画，千载存天真。

难学晋唐帖，唯喜对古人。

《画》诗以苏轼名言为指针：

为画论形似，其见邻童子。

此语谁能吐？东坡老居士。

余取以为法，墨君或落纸。

尺幅即潇湘，百态毫端起。

细香写深夜读书或吟诗之作，更显才女本色。如《冬夜》：

人静寒闺月转廊，了来书课漏声长。

拨炉喜见红犹在，又剔残灯读几行。

又如《月夜不寝》：

秋宵如水梦频惊，林树鸦啼三两声。

更漏稍稀添被冷，残灯渐暗觉窗明。

一联偶向闲中得，万感浑从枕上生。

展转不眠思旧友，恰看落月屋梁清。

细香的七古《读紫史》，写的是读平安时代紫式部创作的世界名作《源氏物语》。诗人作为女性，与小说女作者惺惺相惜，颇有见地：

谁执彤管写情事？千载读者心如醉。

分析妙处果女儿，自与丈夫风怀异。

春雨剪灯品百花，惜花怜玉自此始。

银汉暮渡乌鹊桥，仙信晓递青鸟使。

瓯花门巷月一痕，蝉蜕衣裳灯半穗。

夏虫自焚投焰身，春蝶狂舞恋花翅。

狸奴无赖绅帘扬，嫦娥依稀月殿邃。

　　尤云殢雨寸断肠，冷灰残烛偷垂泪。

　　五十四篇千万言，毕竟不出情一字。

　　情有欢乐有悲伤，就中钟情是相思。

　　勿罪通篇事涉淫，极欲说出尽情地。

　　小窗挑灯夜寂寞，吾侬亦拟解深意。

　　摩岛松南(1791—1839)，名长弘，字子毅，通称助太郎，号松南。京都人。从小爱读书，曾师事若槻几斋(1744—1826)、猪饲敬所(1761—1845)。他身为长子，有一弟八妹，家境贫寒。亲友有劝他别当儒者而学医，松南则以同为长子的伊藤仁斋为例，说："吾岂以温饱而易诗书耶？"其父亡故后，未有遗产，松南节衣缩食，侍母至孝，又为几个妹妹操劳婚嫁。自己下帷教书，名声渐高。有富贵人家求师，他却予以谢绝，决不卑躬屈膝。与梅辻春樵、贯名海屋交游，最要好的是仁科白谷。白谷刚直好义，见朋友有过当面斥责，人皆畏而远之，独松南与其亲密。松南还善书法。著有《松南诗文集》。

　　松南诗中最引人注目的，是深切同情贫苦人民的《荒岁咏》。如其中的《贫人弃儿》，细致刻画了被迫雪夜弃子的穷人的心理和行为，令人肝胆俱颤：

　　弃身去乎弃儿乎？一口减来一累除。

　　夜深街上暗移步，后有人语又趑趄。

　　户下驯庞睡应熟，檐隙灯光影有无。

　　悄悄安置几回顾，一痕缺月雪模糊。

　　又如《饿者投水》写一家三口跳水自杀，更是惨不忍睹：

　　一线残喘已难支，欲投我身先投儿。

　　儿已投了爷岂活？老妻相抱没寒漪。

　　枯柳无影风渐渐，月梳斜撩发如丝。

　　嗟乎一决汝休叹，世上风波无止时。

　　这样深刻的诗，在日本汉文学史上是少见的！松南描述自己清贫生活的诗，则流露出一种旷达的心境。如《冬日偶成》：

　　满窗爱日透幽斋，些暖催人下小阶。

　　苦学十年成底事？手携稚子拾松钗。

《咏蠹虫》一诗,是他的自我写照:

> 图书堆里托微躯,长与幽人臭味同。
>
> 消受风霜文字气,一生不学叩头虫。

松南亦善文章,他的《寿敬所先生七十序》和《致云堂记》等都是传诵的佳篇。猪口笃志的《日本汉文学史》中录有其《责言》一篇,称为"炼烹既足",该文是他四十几岁时的自励之作。兹录其最末一段,以见一斑:

> 呜呼,自崇者非我乎?自卑者岂在人?龄未至知命,年尚有余春。亡羊而补牢,亦未为晚。买椟还珠,固愧自珍。勖之勉旃,鞭励自新。咨尔年未五旬,若保期颐之寿,尚余三十余春,岂可自弃乎?尚无失素志,尚无愧苍旻!

这里还要写到大盐中斋(1793—1837),日本几乎家喻户晓的名字叫大盐平八郎。但文学史上从无人当他为作家,而他更出名的是大阪市民起义的领袖。然而他也写过汉诗,就值得一提。中斋名正高,后改名后素,字子起,通称平八郎,号中斋,又号连斋、中轩、洗心洞主人等。中斋初从铃木恕平学习,最敬重明儒王阳明,便潜心研究阳明学。后在大阪西町奉行所任下级治安官员,业余设家塾洗水洞,讲授阳明学。为人刚直好侠。天保三年(1832),访藤树书院讲学,并资助其修筑费。八年(1837),因发生饥荒,地主、富商囤积居奇,幕府和大阪奉行完全置百姓生死于不顾,致饿殍遍野。中斋同情贫民,多次上书官府而不被理睬,于是他在自己散财救灾的同时,号召大阪一带的贫民武装起义。虽然响应者众,声势浩大,但因有叛徒告密,起义最终被官兵残酷镇压,中斋被迫自杀。中斋存有《洗心洞诗文集》二卷。他的《四十七士》一诗,写的是元禄时代1702年赤穗(在今兵库县)藩主浅野遭到幕府贪官迫杀致死,浅野的家臣大石良雄学四十七人为主报仇,最后剖腹自杀的故事。这个故事也是日本家喻户晓的,至今四十七人墓地犹存,歌舞伎名剧《忠臣藏》即演此事。历来歌颂赤穗四十七士的诗也很多,但那些诗几乎都只是表扬忠节,而中斋此诗虽然也以此为主题,却同时还表明了对贪官污吏的愤恨:

> 卧薪尝胆几辛醉,一夜剑光映雪寒。
>
> 四十七碑犹护主,凛然冷杀奸臣肝。

刘石秋(1796—1869),丰后(今大分县)日田人。名鬈,字君凤,通称三吉,号石秋。年过四十始志于学,入广濑淡窗门学朱子学,因擅长汉诗而成为淡窗门下"十哲"之一。业成在京都讲学。文久三年(1863)应近江(今滋贺县)西大路藩之邀,成为藩校日新馆的教授。庆应二年(1866)又应丹波(今京都府)园部藩之邀为儒臣。著有《绿芋村庄诗钞》等。从姓名上看,其祖上应是华人。俞樾《东瀛诗选》中说:"君凤先世实中华人,炎汉之支裔也。在彼为合谷氏,家世以农商为业。君凤起自寒门,一旦从远乡携二子入都,名誉大起,人比之苏老泉云。集中佳句如'寒天无日色,秋树有风声。''水平鱼梦稳,烟淡柳情亲。''潮落渔舟来暮市,月高旅舍宿春城。''潭心星自鱼唇动,原上月从牛背生。''云浮去鸟低连地,水带征帆高入天。'虽未入选,余皆喜诵之。又《读晋史》云:'窃位羌胡苓作帝,就囚怀愍厉怜玉'亦名句也。"

　　石秋善五言,如《题宜园百家诗钞后》。诗中"大广"指其师广濑淡窗,"小广"指广濑旭庄。这百家诗钞中当亦有石秋的诗。末句令人感慨。诗当作于淡窗、旭庄逝世后:

> 大广如春雨,小广如春风。
>
> 雨有滋润德,风有涤荡功。
>
> 请看门下客,无非艺坛雄。
>
> 词花何窈窕,学圃又茏葱。
>
> 谁择群芳美,新收一谱中。
>
> 姚黄与魏紫,鹦绿与猩红。
>
> 烂灿迷眉目,貌同神不同。
>
> 乃知存禀赋,不独属铸熔。
>
> 示之天下眼,傍观言应公。
>
> 一曲广陵散,何人继放翁!

　　他的《秋日陪淡窗先生郊行》也颇可读。诗中所谓"妙句",当指颈联巧用了两个当地地名:

> 过市人心静,向山诗思生。
>
> 吟边啼鸟至,望里断云行。
>
> 菊栅龟阴里,枫崖毛利城。
>
> 顾吾何莞尔,妙句一联成。

《信州道中》二首也可读，今录第二首。诗中说山水之奇难以描述，即使有韩愈的本事也无能为力：

> 水冲山绝脉，山戻水分岐。
>
> 两气俱勃郁，乱为千万奇。
>
> 试下数或字，一一形容之。
>
> 无奈韩故辙，终为化工嗤。
>
> 化工多变局，位置有深思。
>
> 闲顾来游迹，神机真我师。

再录《赠茶山翁》一诗，为颂扬关西诗坛大老菅茶山：

> 青云披去仰清容，翰墨场中一代宗。
>
> 已自儿童诵司马，更逢老子叹犹龙。
>
> 花园夜朗潺湲水，月榭春娇缥缈松。
>
> 天护斯文人矍铄，狂歌痛饮晓时钟。

后藤松阴(1797—1864)，美浓(今岐阜县)人。名机，字世张，通称俊藏，号松阴、春草、兼山。初从菱田毅斋(1784—1857)学，后师从赖山阳。松阴本善诗，又成为诗人篠崎小竹的女婿，在大阪教授学生。有《松阴诗稿》九卷、《松阴文稿》三卷等。俞樾《东瀛诗选》选有其诗，并云其"名在'摄西六家'中"。所谓"摄西六家"者，指篠崎小竹、广濑淡窗、草场珮川、广濑旭庄、坂井虎山和后藤松阴。嘉永二年(1849)北尾墨香编刊了他们六人的合集《摄西六家诗钞》，遂有此称。

松阴善古体，他的《题浓州地图应索》，反映了他身在关西，目睹水灾，同时挂念岐阜故乡。末句有自注："天长中(按，824—833)藤高房任美浓介，兴水利，逐妖巫。"所以松阴怀念而崇敬地称之为"我家西门豹"：

> 田野豁达川浹渫，雨仅三日堤已溢，
>
> 树杪到处悬水发。
>
> 浓州是我父母乡，东望每愿无凶荒。
>
> 谁能投巫通水道？时无我家西门豹！

他的《含师制肉食，僧印岳公作诗赠之，师有次韵，余亦效颦云》，写一诗画俱佳的酒肉和尚，十分风趣：

　　不啜云堂桐鱼粥，并蓄周妻与何肉。

　　口吻纵有蚬虾腥，肺肠岂乏芝兰馥？

　　腹便便时吐作诗，珠玑迸于鲛人哭。

　　兴余墨剩又写兰，不问屏叠与裙幅。

　　世间几千万杜多，身上著衣名忍辱。

　　衣袖虽缁头虽圆，素食其口荤其腹。

　　婆心欲喝此辈醒，为登高坐确几角。

　　说曰：并州歌舞见则看，屠门鸡猪逢则嚼，

　　人生生灭如蜃阁！

　　诗中"桐鱼"即僧寺木鱼，"桐鱼粥"见宋代毛滂诗："卧听桐鱼唤僧粥"；"周妻何肉"则见《南齐书》或《南史》的周颙传，宋代陈与义有诗云："周妻与何肉，恨我未免俗"。"杜多"即头陀的别一译语。松阴又有一首《乌鬼诗》，序云："一日倚阑酌酒，时有鸬鹚一群，出没前江，捕鱼食之。忽忆家江乌鬼之盛，追录往事，作乌鬼诗。"乌鬼即鸬鹚的别称。

　　岐阜山东长良峡，山水屈曲如屏叠。

　　中有居人数十家，驱使乌鬼作生业。

　　乌鬼何所捕？峡中多香鱼。

　　三月三至九月九，趁暗燃火照喁喁。

　　己卯六月得好侣，下流泛舟载绿醑。

　　遥见山上红霞举，忽来围我十艘炬。

　　每艘一人使十鸬，十条柏绳执如组。

　　松明彻水胜然犀，逐惊追逃俯可睹。

　　鸬将之手何疾捷，吐者投之衔者吐。

　　左顾右盼应接忙，夔州黄鱼何足数？

　　须臾月出观亦止，船底堆雪万鳞响。

　　大献公所充税租，小卖酒客与鱼户。

　　脆美入口便欲消，酱羹盐炙唯所取。

　　君不见永禄元龟间，织田右府据此山，

　　南战北伐无宁岁。

　　当时岂无纳凉船？当时恐未有此观。

　　幸哉！吾曹耳不闻鼓角，唯答承平以歌号。

> 夜深醉酣寻回桡，两岸蛙声正阁阁。

　　此诗回忆己卯年(1819)夏诗人在故乡看到的一幕渔民与乌鬼劳动的场景，异常生动活泼。"夔州黄鱼"表明诗人熟读杜诗，想起了杜甫名句："家家养乌鬼，顿顿食黄鱼。"可知此为中日两国同有。此诗最后写到战国时代的织田信长，又赋予了历史感。诗末有自注云："峡中多蛙，其声清亮异常。相传昔右府取井堤玉川种放之，是其遗。"

　　山田梅东(1797—1876)，名敬直，字其正，号梅东。京都人。余皆不详。其诗为关重弘选入《近世名家诗钞》(1861年刊)，俞樾《东瀛诗选》又从而选录数首，颇有思想。如《读书有感》：

> 愚公欲移山，精卫欲填海。
> 举世笑其愚，谓必半途悔。
> 我独怜其志，成务在无怠。
> 人一己百之，其进必兼倍。
> 譬之天不息，积日乃成载。
> 海填与山移，亦可翘足待。

他又有六言《嗟我三首》：

> 年寿幸过回短，家赀未到宪贫。
> 嗟我今何所喜？六旬犹事老亲。

(按，孔子门生颜回，"不幸短命死矣"；孔子门生原宪，亡在草泽，自称"贫也非病也"。"回短宪贫"用在这里很有深意。)

> 文拙难传后世，性迂无补当时。
> 嗟我今何所惧？醉生梦死不知。

> 雪月风花佳景，诗天茶候良辰。
> 嗟我今何所乐？一壶酒聚四邻。

　　坂井虎山(1798—1850)是安艺(今广岛)人，因为他是赖春山的学生，与赖氏一家关系密切，也崇尚宋诗，所以放在此处叙述。虎山名华，字公实，通称百太郎。因从其家可望见比治山形同卧虎，故号虎山。祖、父均为藩黉教授，从小受家学，又向冈田嘉祐学习。后入藩校学问所，受教于赖春水，春水以国士期之。据说他十三岁时就试讲经学，毫不胆怯，议论风发,一座皆惊。因家境贫寒,边劳动边发愤学习。赖山阳回广岛探亲时,虎山总是不失时机地请教诗文。山阳也很器重他,曾赠诗云:"旧业三余要切磋,及子衿青当努力。"虎山同赖杏坪及山阳之子聿庵亦终生交往。文政八年(1825)二十八岁时成为藩校教授,与其父同职。天保八年(1837)赴江户,与野田笛浦、斋藤拙堂成为至交,文酒征逐无虚日。而古贺侗庵、松崎慊堂,佐藤一斋诸老也时常与会,极一时之盛。回广岛后,名声益响,从游之士极多。

虎山奉朱子学,但不拘于训诂字义,博览众家而出己意。善文章,尤其是议论文,古贺侗庵认为其议论文"当今无比"。诗亦称雄拔,俞樾对其评价颇高,《东瀛诗选》中称:"虎山为摄西六家之一,六家中余最喜旭窗(庄),而虎山亦足与之并驱。盖其时沧溟俎豆久已从桃,故其诗皆有性灵,有议论,非徒以优孟衣冠求似也。"所谓"摄西六家",前已介绍过了。但我认为虎山之诗实不足以与广濑旭庄并提,甚至比后藤松阴也差远了。例如其比较有名的作品《卖花翁》,显然是对白居易诗的模仿,有思想意义,但水平似尚不及平安时代、五山时代的一些相似作品,与旭庄的古诗更不能比:

> 君不见卖花翁,住在洛城东,竹扉半破鬚如蓬。
> 自少栽花到七十,培养别传一家法。
> 栽花虽巧拙谋生,未免街头唤且行。
> 日暮还家自叹息,满担不抵一坛直。
> 辛苦自栽不自观,徒使他人醉春色。
> 嗟乎世事无不然,不须独为此翁怜。
> 蚕妇无衣匠屋漏,经国人老草野间!

虎山又有论写诗的《次韵诗僧东林作》二首,也不及旭庄和淡窗的同类诗写得好。今引其第二首:

> 学诗莫如唐,有华且有实。
> 譬如最上乘,不偏禅与律。
> 明诗失浮夸,虎皮而羊质。
> 宋诗病琐屑,寒虫号霜夕。
> 近来尚论士,爱憎相排斥。
> 索屬遂披毛,见瑕并弃璧。

> 大抵论议工，适见性情拙。
>
> 所以至人心，万同无所择。
>
> 只当各息争，得失两抛却。
>
> 我亦不敢言，君亦不敢说。
>
> 门前桃与李，成蹊纷香雪。

虎山的七绝《泉岳寺》在日本算是名诗，凭吊赤穗义士，可与前述大盐中斋《四十七士》对读：

> 山岳可崩海可翻，不消四十七臣魂。
>
> 坟前满地草苔湿，尽是行人流涕痕。

虎山的律诗则引见一首《东都酒肆与斋藤拙堂同饮》：

> 东都无地避纷华，休道酒楼丝竹哗。
>
> 海内何人堪作友？客中到处便为家。
>
> 葡萄秋熟新露落，鸿雁夜凉初月斜。
>
> 一醉相欢复相恨，东西明日各天涯。

奥野小山(1800—1858)，名纯，字温夫，通称弥太郎，号小山、寸碧楼。浪华(今大阪府)人，为大阪儒者篠崎小竹的学生。天保中(1830—1844)应泉州(今大阪府)伯太藩召，教授藩士子弟。后应仕近江(今滋贺县)甲贺藩，任大阪藏屋敷留守居役，并教藩士子弟。著有《寸碧楼诗稿》《小山堂文钞》等。俞樾《东瀛诗选》云："温夫诗入选者不多，而佳句尚有可摘录者。如'疏竹漉残日，归云吞半峰。''今古一飞鸟，羲娥双转轮。''沉灯如豆床头绿，残火为星炉底红。''骤暖袭人知欲雨，微阴裹日更无风。'皆可诵也。其咏柳诗，以柳下惠比之，谓柔中有刚，亦颇有意。《文钞》中有书函柳浪一篇，即发挥此意也。"俞樾选了他十三首诗，虽不多，但大多比较精彩。如《题介石翁画竹，用大苏题文与可画竹诗韵》，为步苏轼韵三首：

> 栽竹择其地，写竹在其人。
>
> 不然尘垢气，浣此潇洒身。
>
> 介翁今与可，腕间出斩新。
>
> 试刮双眸看，节节皆精神。
>
> 澹墨貌此君，洒出胸中有。

> 不似俗画师，红绿写花柳。
>
> 石间劲根出，势如攫石走。
>
> 谁识渭滨秋，缩来落老手。
>
> 人思翁龄高，齿豁唯歠粥。
>
> 岂知老益壮，健笔描瘦竹。
>
> 其竹气势峻，似马饱苜蓿。
>
> 妙处少人窥，观者眼多肉。

《初冬杂诗》三首，令人爱不释手。其一：

> 满瓦微霜卜好晴，门前木落小窗明。
>
> 日暄檐角乌圆睡，海近庭间郭索行。
>
> 老菊残枫驻秋景，郊寒岛瘦动诗情。
>
> 晚餐更有欣然处，王寺芜菁和饭烹。

此诗颔联妙不可言。"乌员"为猫的别称，语见唐代段成式《酉阳杂俎》，改员为圆，更具象形之妙；"郭索"为蟹的爬行貌，语出汉代扬雄《太玄经》。末句"芜菁"，即俗称之大头菜。其二：

> 泽国初冬气未寒，小禽声滑小春天。
>
> 橦花已摘雪千点，蓼穗犹余霞半川。
>
> 芋粥藜羹淡生活，秃毫破砚旧因缘。
>
> 数奇无意登云路，菀纸埋头又一年。

上诗颈联写了自甘清贫而勤奋笔耕。末句"菀纸"未详，也许菀即苑，枯的意思？其三：

> 早禾获尽晚禾登，水涸渠流石露棱。
>
> 追逐神废霜圃蝶，挼娑脚弱午窗蝇。
>
> 三冬耽学狂方朔，一饭思君老少陵。
>
> 门巷叶埋无客访，茶梅索笑是良朋。

上诗颔联观察入细，"挼娑"一语颇僻，乃写苍蝇停落时脚抖动貌。宋代杨万里《冻蝇》诗云："隔窗偶见贫暄蝇，双脚挼娑弄晓晴。""三冬耽学"出自《汉书·东方朔传》："年十三学书，三冬文史足用。""一饭思君"，人称杜甫"忠君忧国，每饭不忘"（明·陈文烛语）。

小山还有一首评论元遗山的诗《鹤堂薮翁见赠垣内士固所纂〈元遗山诗钞〉。士固生长富家,勤奋著此书,其志可嘉也。因赋此呈翁并似士固。士固名保定,号溪琴,南纪人》,颇值文史研究者一读;同时又表扬了富而好书者,对纨袴子弟颇有教益。

> 完颜劲兵侵汴京,吞食中土势纵横。
>
> 金气熔出几诗客,其诗劲拔如渠兵。
>
> 中州河汾诸集出,最推李汾与刘迎。
>
> 遗山晚出称后劲,咳唾成珠众目惊。
>
> 老手终获艺苑鹿,健力能挈文海鲸。
>
> 比之南宋小家数,有若虫音与雷声。
>
> 我本爱读金人作,句法雄健皆可学。
>
> 较近诗风务姿媚,此诗真是对症药。
>
> 南纪溪琴喜金诗,欣慕遗山读且乐。
>
> 就撷其英上梨枣,欲救时调流靡弱。
>
> 余闻溪琴年富家亦富,何求不遂欲不就。
>
> 满世芬华如嚼蜡,独耽书诗益研究。
>
> 鹤翁赠我新刊书,首首排列皆奇构。
>
> 世上富儿饱芳腴,冶游买醉花柳区。
>
> 痴呆不知一丁字,骄奢费尽万斛珠。
>
> 若闻此风应悔悟,安知奋发不读书?
>
> 此集不独矫诗弊,并砭纨袴轻薄徒。

小山又有一首《读桑华蒙求》,则在思想上应受严厉批判,因为它歌颂了丰臣秀吉妄图侵占掠取中国的"豪志"!所谓《桑华蒙求》,据我查考,是备中(今冈山县)足守藩主木下公定(?—1730)编纂的日(扶桑)中(中华)相似人事对照的类书,如书中以"诺尊探海"对"女娲补天",以"仁德灶烟"对"虞舜薰风"等。宝永七年(1710)出版,前有自序和林凤冈序。小山对此书作了全面的否定:

> 东西人虽异,淑慝事或类。
>
> 就中采采抽色丝,一针合缝何绮丽。
>
> 开卷诺尊配娲皇,探海补天俱荒唐。
>
> 东鹣西鲽悉奇对,欲使李瀚走且僵。

> 书生能通彼邦事，邦典懵懵却不记。
>
> 徒喜野鹜忘家鸡，此弊我侪胡不愧？
>
> 丰侯所忧盖在焉，费尽藻思著此编。
>
> 桃红李白一畦种，熊掌鱼肉一时餐。
>
> 君不见，乃祖丰公志豪逸，欲取禹域与我合？
>
> 将星忽落功不成，貔貅十万空归榇。
>
> 岂意裔孙笔如椽，捏合和汉为一丸？

小山称丰臣秀吉为木下公定的"乃祖"，是因为丰臣秀吉原姓木下。小山认为丰臣秀吉"欲取禹域(按，即中国)与我合"才是伟大志向，而木下公定编书"捏合和汉"不仅是荒唐的，也是愧对乃祖。小山的这种思想十分可怕可恶！

宇津木静区(1809—1837)也很少人提及。静区名竣，初名靖，字东昱、共甫，通称矩之丞，号静区。近江(今滋贺县)彦根藩老之子。幼好读书，后学作诗。十七岁赴京都求学，因贫困而佣书自给。当时赖山阳、中岛棕隐名动京都，遂往从学。后又闻大盐中斋讲授阳明学于大阪，即赴大阪依从学习，中斋不愿以弟子视之。数月后，辞中斋去各地旅游，曾在长崎设塾教学。后归乡省亲，经过大阪，寓中斋家。时值荒年，饿莩横野，中斋发动贫民起义，事败自杀，静区亦被杀，年仅二十九岁。

静区的著作存世仅《浪迹小稿》诗集一卷，但颇有佳作。如《月夜忆京中故人》：

> 下阶人步月，上阶月窥人。
>
> 如见故人面，胡为不是真？

《田代途中忆京师诸友》也颇带感情：

> 驿马高原路，凭鞍一浩歌。
>
> 雁惊秋水阔，猿断暮山多。
>
> 白日嗟衣短，青云叹志蹉。
>
> 相思无所寄，空望远云过。

《夜怀》清幽可喜：

> 空山霖雨罢，树色晚逾稠。
>
> 池小蛙时没，风轻萤自流。

> 林花当涧落，竹露入窗浮。
> 自是夜怀净，幽人吟未休。

《淀口》颇有妙句：

> 秋风淀水阔，落日摄山连。
> 乡友难为会，家书久不传。
> 浪惊寒嚼岸，沙迥暮生烟。
> 老木昏鸦集，向津呼夜船。

《登楼口号》乡愁感人：

> 西风无处不坐愁，且取微醺倚海楼。
> 却想全家俱对月，应怜久客独逢秋。

《题秋郊图》写景生动：

> 路入孤村枫树秋，稻粱几次未全收。
> 半边黄日犊过水，一桁青山人倚楼。

其七律也端庄丰蔚，如《客中除夜》：

> 沾沾潜思逐清尘，苦学何时始立身？
> 二十六年将尽夜，三千余里未归人。
> 寒灯照影瘦相顾，冻笔写情愁更真。
> 韩子辛苦庐未有，何堪客里又迎春！

静区的汉诗颇有功力，如未被杀，其才华发展不可推量。

远山云如(1810—1863)，本姓小仓，名澹，字子发，号裕斋、云如山人。师事梁川星岩、长野丰山，善近体诗。长住京都。俞樾《东瀛诗选》中说："云如曾入梁星岩玉池吟社，其集止七言律绝二体，殆非其全者乎？抑所长专在近体乎？以此二体论，濯濯如张绪少年时，望而知为风流酝籍人也。"又说："鲈彦之曾刻《三云绝句》，各一百首，云如即其一也。卷首小传，摘录其佳句云：'白雨忽来山郭外，残阳犹在板桥西。''病骨逢秋稍觉健，吟床听雨恰宜眠。''名士白头真罕事，桑田碧海转非奇。''市上碎琴空意气，田间种菜亦英雄。''隔溪小崦丹枫树，绕屋低篱白槿花。'此数联在彼国皆脍炙人口者也。"

云如其实也写过五言,如《画兰》:

> 何来香一缕? 岩罅见幽姿。
>
> 世俗爱桃李, 持之欲赠谁?

再如《松》:

> 青人何偃蹇, 此夜啸秋风。
>
> 天地钟元气, 弦歌共一空。
>
> 高山音可寄, 流水调相同。
>
> 但恐缟衣薄, 寒生鹤梦中。

不过,他的七言绝律的确写得不错。如《访梅》,可见其精神境界:

> 世途危似上墙蜗, 人事忙同赴壑蛇。
>
> 此境自知吾免矣, 闲携瓢酒访梅花。

《秋日田家记所见二首》,其一可见乡农子弟还能学一点文化,令人欣喜:

> 蓬头稚子不须梳, 扑枣归来又漉鱼。
>
> 乍被村翁催唤去, 半檐西日诵农书。

七律《雨后秋凉》写烦热尽涤,读来枕簟生芳,结尾则又怅惘满怀:

> 雨扑虚檐声已秋, 梦余枕簟热全收。
>
> 一宵闲话宜灯下, 几日微凉仗扇头。
>
> 烟影绿疏杨柳岸, 潮痕红酽蓼花洲。
>
> 那知愁鬓吹如雪, 怕见西风入小楼。

《春残》也写季节之感,则一派闲适:

> 小雨如尘草似烟, 春寒半日卸帘眠。
>
> 鸠头谁曳梅边杖? 鸭嘴空横柳外船。
>
> 旧梦醒来人愈懒, 诗才减去句难圆。
>
> 不妨无酒兼无肉, 一鼎松涛学玉川。

云如写京都名胜古迹的《金阁寺》,对历史上的统治者的奢侈作了抨击,他用了一个中国人很熟悉的《水浒》中的词"花石纲":

> 杰阁三层凌彼苍, 豪奢今已付空王。

群黎未免刀兵劫，列国争输花石纲。

金碧何知是膏血，山河徒闻几沧桑。

末由酹酒吊陈迹，落日阑干心暗伤。

他描写江户景点的《不忍池上》，却不知何故充满了悲凉。(诗中出现了两个"里"字，则是因为现在汉字简化造成的。)

转眼风光付黯然，堤头垂柳已残蝉。

青山绕水无三里，红藕收花又一年。

醉客不来秋色里，湘帘空卷夕阳边。

人间唤作伤心地，称意闲鸥自在眠。

《鸿台怀古》与《金阁寺》颇为相似，虽然中国读者对诗中涉及的史事并不了解，但其诗意还是能充分体会的：

老树摩天白日幽，俯看绝壁立江流。

三分已定八州地，一败终成千古愁。

水色山光空渺渺，霸图将略漫悠悠。

龟趺剥落碑文灭，坠叶悲风满目秋。

松桥江城(1813—1856)，名纯真，字野逸，号江城。近江(今滋贺县)人。余皆不详。其诗为关重弘所编《近世名家诗钞》(1861年刊)所选。俞樾《东瀛诗选》又从中录选三首，皆七律感怀诗，颇可读。其《客感》云：

五湖归计负渔蓬，岁月空消旅食中。

风里羁禽求静树，天涯倦客厌飘蓬。

烟笼夜水微茫白，雨洒秋灯黯澹红。

剩有江山非土叹，一尊牢落与谁同？

《病中杂吟》原有九首，俞樾选录两首：

倦夜无眠魂屡惊，隔窗虫语唤愁生。

中年兄弟多离别，四海文章丧老成。

扇影翻阶秋一叶，琴声到枕雨三更。

病怀从此逢摇落，白露西风不胜情。

归怀争得五湖宽，旅食长安计不安。

抱病方知无病乐，受恩转恐报恩难。

> 山寒倦鹤身偏瘦，露重秋花气已残。
>
> 满眼鸡虫真扰扰，道心聊向静中看。

江户末年和明治初，关西诗坛还出了一位值得注意的诗人山田翠雨（1815—1875）。他是摄津（今大阪府）八部郡人，名信义，字义卿，号翠雨、鹑巢。天保四年（1833）在大阪从后藤松阴学，后赴京都师从摩岛松南，又向梁川星岩学诗，与江马天江、藤井竹外等人交游。曾在京都开塾授徒，庆应间应美浓（今岐阜县）藩主邀请任藩校宾师。未久又归京都。著有《丹生樵歌》《翠雨轩诗话》等。俞樾对他介绍甚详，评价甚佳："义卿世居丹生山田，故即以山田为氏。丹生之山有三胜境，曰'饿鬼隘'，曰'蝙蝠溪'，曰'吞吐涧'。义卿生长于斯，胸中具有丘壑，而性又好游，东国凡六十六州，足迹未至者五六州而已。其发之于诗，多模山范水之作，因以'樵歌'名集。虽篇幅稍隘，然句锻字炼，颇足与山水争奇。时人以陆放翁诗比之，陆之博大非义卿所及，然佳章隽句络绎而来，亦略近之矣。"俞樾除了选录他不少诗外，还摘录了他的一些秀句，五言如："竹支将倒壁，褐室半穿窗。""书童摊故纸，病客试生衣。""鱼子兰堪撷，猫头笋可烹。""轻风荡檐铎，细雨湿琴徽。""藤缠松未倒，石怒岸将崩。"七言如："黄花高结丝瓜架，翠蔓疏编刀豆篱。""消闲惟益读书课，遣闷姑添饮酒筹。""客至酒过平日量，事来诗逊往年功。""村中已有有梅寺，窗外总无无雪山。""水声绕屋常疑雨，蕉影上窗时讶人。""耕归村店曳赊酒，学散溪桥童钓鱼。""垂钓苔矶人独立，采香菜圃蝶双飞。""古屋夜深灯影瘦，纸窗人定雪声高。""水涨溪边桥脚短，云开空际塔尖高。"正如俞樾所说，"皆有剑南风味"，妙不可言。

其写山水奇景之诗，如《腊月某夜过饿鬼隘》：

> 袭袭寒夜命山轿，小醉何能敌迅飙。
>
> 冰笋倒磨天造剑，僵松横架自然桥。
>
> 时时临险触岩角，往往逢林避竹条。
>
> 夜永却疑道程近，任他冻月下中宵。

又如《赴明石途中》，极有情趣：

> 俯瞰榛洋树抄船，地高眼界自悠然。
>
> 村家半麦半蔬圃，客路轻寒轻暖天。
>
> 一桁淡山横鹤背，两竿残日及牛肩。

> 晚来已识明城近，商担声声呼卖鲜。

他描写山居的诗也不失书生本色，十分动人。如《冬夜偶咏》：

> 读书挑尽短灯檠，四壁萧然孤影横。
> 水涸瓶花犹有力，火衰炉鼎自无声。
> 只求实践生前学，岂望虚传身后名。
> 历历古人忠孝迹，感来不觉到天明。

《除夜》颔联写家人，特别有味：

> 胆瓶斜插腊梅看，宁说世间行路难。
> 老母搘藜逾伛偻，娇儿学步仅蹒跚。
> 寒灯影里宵过半，故纸堆中岁又残。
> 明旦将迎东帝驾，山厨沿例办辛盘。

《幽居》颈联也写妻母，颇感人：

> 僻境无人问敝庐，萋萋幽草没阶除。
> 开仓往往驱苍鼠，翻帙时时扫白鱼。
> 妻解夫心忙酿酒，母谙儿嗜又腌蔬。
> 清狂能自忘尘事，世上从他毁与誉。

《春日溪上晚望》：

> 面面青山笼晚霞，溪头回首自无涯。
> 游鱼跃处流初暖，放犊眠边日欲斜。
> 垂钓童临桥独木，搘藜僧立路三叉。
> 恍然身在画图际，偶得新诗画白沙。

这一节最后要写到刘冷窗(1825—1870)，他是前面写过的刘石秋的儿子。名燮，字君平，通称三郎，号冷窗。曾师事广濑淡窗，后从其父寓居京都。又仕园部藩，为儒臣，在藩校讲授经史。明治三年没。俞樾《东瀛诗选》收有其诗《江驿早发》一首，颇佳：

> 花梢零露渐荧荧，客子衣轻宿醉醒。
> 鸡外月底孤驿白，马头云破一山青。
> 野晴蝶梦初离草，波冷鱼心尚慕萍。
> 十里平沙行欲尽，桑麻相话伴租丁。

十七、菅茶山、赖杏坪、赖山阳

　　菅茶山(1748—1827)是江户后期大诗人、关西诗坛重镇。俞樾选《东瀛诗选》,给他独编一卷。茶山名晋帅,字礼卿,通称太中,号茶山。备后(今广岛县)神边人,其父从事农商业。茶山幼时病弱,有志学医,明和三年(1766)赴京都,向和田东郭学医,又向市川某学古文辞。八年(1771),入那波鲁堂(1727—1789)之门,学朱子学。鲁堂门下有西山拙斋(1735—1798),主张推行"异学之禁",茶山与他成为好友。又因拙斋的关系,参加以片山北海为中心的大阪混沌社,与尾藤二洲、古贺精里、赖春水、葛饰蠹庵、篠崎三岛等人交游。天明元年(1781)回乡办家塾,筑室面对黄叶山,故名"黄叶夕阳村舍"。又因近茶臼山,故自号茶山。门下弟子众多,有的后成为著名诗人,如赖山阳也做过他的学生。茶山因与西山拙斋为同门亲交,拙斋亡故后其所教的诸州子弟都转至茶山门下。茶山又因诗文名声卓著,被福山藩聘为儒官。文化元年(1804)随藩主赴江户,归来后受命编《福山志》。其晚年因弟子越来越多,家塾容纳不下,遂请作为藩之乡校,改名廉塾,藩政给予经费资助。茶山为人谦和,持身节俭,天明年间闹饥馑时曾一再捐款救灾。其诗则受僧六如影响,主张学宋诗,有《黄叶夕阳村舍诗》二十三卷行世。

　　俞樾对茶山的评价很有深度:"礼卿诗各体皆工,而忧时感事之忱,往往流露行间,亦彼中有心人也。其《开元琴》一首,借题抒愤,可想见其怀抱。七律中如《耕牛》《龙盘》等题,皆摘首句二字为题,实非题也,命意所在亦有不可揣测者,然语意悲壮,气骨开张,不失为名作。"

　　俞氏提到的七古《开元琴歌,西山先生宅同诸子分赋席上器玩,余得此》,当然首先应为中国读者所重视。因为它写的是极其珍贵的千年之前的中国唐代古物!西山先生当是作者的忘年好友、同窗西山拙斋。经考,诗中"雷珏"为唐时蜀中制琴名家。"九龙县"即今四川彭州市。"开元十二乙丑年"当为十三年之误,即公元725年。诗曰:

　　　　雷珏之琴希代贤,见今珍藏在何边?

　　　　大和古刹富古器,不许世人容易看。

　　　　千请万恳谁开库?源生奇士得奇缘。

　　　　黝髹半剥梅花断,冰色偏昏流水弦。

书曰于九龙县造，开元十二乙丑年。

此琴当代称难得，何论五季二宋间！

不意殊域万里外，永锁凤象在荒山。

后千余岁遇知己，如将峨洋布人寰。

余今对此心多感，长句不觉醉语颠。

维昔李唐全盛日，岁修邻好通使船。

沧波浩荡如衽席，生徒留学动百千。

吉备研究卢郑学，朝衡唱酬李杜篇。

此时典籍多越海，岂止服玩与豆笾。

一朝胡尘塞道路，彼此消息云涛悬。

鸦儿北归郡国裂，白雁南渡衣冠殚。

我亦王纲一解纽，五云迷乱兵燹烟。

坛浦鱼腹葬剑玺，芳河花草埋锡銮。

祸水有源言之丑，涓滴积成百寻渊。

尔来豪右耽争斗，人枕银胄席金鞍。

文物灰灭无余烬，钟虡羊存属等闲。

娼妓谣歌将校帐，俳优戏舞王侯筵。

最恨军府创新式，衣断双袖头免冠。

雅变风变同一辙，时往事往谁追还？

幸今升平人好古，朝野往往出才贤。

若教清庙陈瑚琏，重见薰风被山川。

抚罢怅乎袭绿服，松声断续冬夜阑。

茶山在诗中深情缅怀了平安时代日本与唐朝交往的黄金时代，痛心于战乱之破坏两国友谊和文物。确实是难得的好诗。俞樾提到的《耕牛》一诗如下：

一从刀剑换耕牛，四国讴歌二百秋。

鲁卫粢盛依贾竖，金张仪貌学伶优。

青山有地人争垦，碧海无边水自流。

自古清时总如此，迂儒何问杞人忧？

鲁、卫均为周代诸侯古国，粢盛即祭品，《孟子·滕文公下》："诸侯耕助，以供粢盛。"金、张指汉代金日、张安世，二氏子孙相继，七世显荣，故后借喻传统贵族。茶山之命意所在并非"不可揣测"。此诗对日本结束战乱、进入江户时代二百年来"依贾竖""学伶优"的状况表示不满。虽然同前一诗一样，承认当时是升平清时，但仍怀着"杞人忧"。俞樾提到的《龙盘》诗亦深含怀古伤今之情：

> 龙盘虎踞帝王都，谁见当时职贡图？
> 祭祀千年周雅乐，朝廷一半汉名儒。
> 世情频逐浮云变，吾道长悬片月孤。
> 怀古终宵愁不寐，城钟数杵起栖乌。

从诗中"职贡"（即诸侯向朝廷进贡）、"祭祀"诸语看，茶山的"吾道"中有着"正统"的尊皇思想。至少他对那些为非作歹的"非为酬君恩""非为救下民"的军阀是深恶痛绝的。他的《有鸟三首，有感而作》更把这种感情表露无遗：

> 有鸟丹穴来，将雏息城门。
> 音声令人悦，毛彩使人眩。
> 自称凤凰使，颇能张威权。
> 扠身吓鹙鹙，刷毛狎鹓班。
> 杂禽接武至，娇媚各争先。
> 爪牙与羽翼，俦侣日滋繁。
> 群噪逞所欲，四境自骚然。
> 此鸟本微贱，贪狡比乌鸢。
> 君自百禽长，勿惑奸鸟言！
>
> 朝翔鹭社侧，夕止鸡桀边。
> 竦翮且张觜，瞿瞿徼蛃端。
> 本欲肥其躯，非为酬君恩。
> 本欲美其室，非为救下民。
> 弱羽亦何罪？哓哓心胆寒。
> 吐己口中食，供渠盘上餐。
> 不然触其怒，覆巢难再全。
> 愿借鹦鹉舌，一言发其奸！
> 愿借雕鹫爪，一击肉其肝！

　　奸鸟多种类，相呼互攀援。

　　恶水溢春塝，腐鼠满其前。

　　乌鸢方得意，喽喋日嚣喧。

　　鬼雀谓仙鹤："何独甘辛酸？

　　不如降其志，从我且翩翻。

　　小以饱芳饵，大以乘华轩。"

　　仙鹤不能禽，垂翅再三叹：

　　"谁识凌霄姿？元自厌腥膻！"

他的《备中途上记路人话》，写官吏到农村"检查"，实为扰民，得好吃好喝招待。讽刺意味，对今日中国亦有现实意义：

　　闾巷人奔走，言吏检田来。

　　连日里正宅，珍羞满厨堆。

又有七古《御领山大石歌》，也是牢骚不平之气满篇：

　　御领山头大石多，或群或叠斗嵯峨。

　　大者如山小屋宇，回如万牛牧平坡。

　　吾嫌世上多猜忌，乐子无知屡来过。

　　此日一杯发幽兴，吾且放歌子妄听：

　　如今朝野尚因循，苟有所为人所嗔。

　　怜子刚肠谁采录？不如聋默全其身。

　　石兮，石兮，林栖野处得其所，

　　韬晦慎勿近嚣尘。

　　逢仙化羊已多事，参僧听经非子真。

　　况作建平争界吏，况为下邳授书人！

茶山强调"忠君"，在他的咏史诗中常有表现，如《吉备公庙》《楠公墓下作》《备后三郎题诗樱桃图》等诗。这里且引他吊念日本史上"大忠臣"楠公一诗《宿生田》：

　　千岁恩仇两不存，风云长为吊忠魂。

　　客窗一夜听松籁，月黑楠公墓畔村。

再引其咏中国史上大忠臣诸葛亮一诗《诸葛武侯像》：

> 汉季英雄郁若林，最思忠愤一门深。
>
> 三分割据争才略，二表精神照古今。
>
> 马谡曹奸俱白骨，吴驴魏狗各丹心。
>
> 空因绘事悲当代，西顾云天晚日沉。

当然，茶山在行动上并不是一位尊皇志士，这一点他在《偶作》一诗中作了自嘲：

> 一卧寒山二十年，林禽野鹿自相邻。
>
> 口谈稷契真堪笑，昨鬻吴钩今鬻田。

在七律《狂痴》《时情》《偶作》《偶成》等诗中，都有这类心情的抒发。他曾有句曰："我本农家子，生长事躬耕。"他晚年隐居乡村，同时也感受到还是农村的淳朴生活好。有一首《田家》即写此，十分亲切感人：

> 葛覃藤蔓夏木暝，牧犊隔林声相应。
>
> 陂塘闸开风始薰，野川堰成路正泞。
>
> 杨柳贯鱼三两童，累骑老牛入竹丛。
>
> 竹丛数里拥闾巷，屋影参差嫩翠中。
>
> 僻乡人朴乖争少，相通乞假亲邻保。
>
> 东家凿井常共汲，北舍生儿时更抱。
>
> 嗟我平生怀忧虞，目耕何似躬耕好！

茶山还写过一些极优美的田园诗。如《赴鸭方途中》之一：

> 鸣榔声断水烟虚，葭露苹风绕故墟。
>
> 潮退晚汀沙碛阔，女儿相唤捕章鱼。

鸭方在濑户内海北岸，此诗不仅描写渔村风景，还写了渔民的劳动。另有一首，则生动地描写了农村女孩摘棉及弹棉的劳动情景：

> 女儿倾筐采新橦，雨后寒生迥野风。
>
> 知是授衣期已近，村家竹里响棉弓。

五绝《路上》写暮色中一幕乡村小景：

> 反照入杨林，沙湾晚未暝。

> 母牛与犊儿，隔水相呼应。

五绝《画卷》也观察入微，富有情趣：

> 暴雨俄开霁，斜阳照砌苔。
>
> 蹄泞干未尽，浴雀已飞来。

七绝《冬日杂诗》写孤寺雪山，景在眼前：

> 寒鸟相追入乱松，隔溪孤寺静鸣钟。
>
> 山风俄约晚云去，雪在西南三四峰。

七绝《夏日即事》也极有味：

> 郊云四散夜澄清，头上银河似有声。
>
> 邻稚贪凉犹未寝，逐来吟杖问星名。

又有一首《夏日》，构思新奇，以口语入诗，别具一格：

> 避雨行人聚树根，楚言齐语笑喧喧。
>
> 须臾云散天将夜，各自东西南北奔。

茶山一生体弱多病，但得享高寿，这当与他亲近农村和深得养生之旨有关。他有一首送给一位西医的诗《大元泽六十寿言》，其中写道："我闻上古淳朴时，人无贵贱夭折稀。今见山村茧茧民，不知药石动颐期。橐驼养树存要诀，视抚摇爪翻归拙。兵能禁暴亦卫身，不戢是火将自焚。智巧原来非天意，才凿七窍浑沌死。"此中自有深刻的道理。

茶山写过一首七古《浦岛子归家图》，内容是本书前已提到的奈良朝日本最早的汉文小说《浦岛子传》的传说，颇可与大畠九龄的《浦岛行》、薮孤山的《仙游悲》对读：

> 蚌珠为阁鲛绡帷，仙妹环侍艳冰肌。
>
> 鼍鼓蟹弦侑醽醁，鳖炮鲂瓣红螺杯。
>
> 昼夜欢乐何时极，罪根未灭思乡国。
>
> 归来门巷非旧时，皱皮满面无人识。
>
> 君不见，少年游兴梦一场，昨日鬒发今日霜，
>
> 回头修短均转瞬，感怆何独浦岛郎！

茶山还写过词，今可得见十六首。赖山阳在茶山的《黄叶夕阳村舍诗》

中留下"数词柔调，洵称其体"的评语。神田喜一郎《日本填词史话》认为茶山的词超过此前日本作家。今略引两首。《一剪梅·寄佐长史茂伯》：

> 淡雾浓烟满面浮，风冷于秋，雨冷于秋。怀人独立小楼头，不în何愁，争奈何愁。　　才说曾游泪已流，怕说曾游，莫说曾游。梦魂连夜到皇州，山路悠悠，水路悠悠。

《望江南·暮春书感》：

> 春渐去，奈此别情何！听鸟莫听无侣鸟，看花休看少枝花。更自恼人多。

赖杏坪(1756—1834)，名惟柔，字千祺、季立，通称万四郎，号春草堂，后改号杏坪。安艺(今广岛县)人。幼时师盐谷志帅。安永二年(1773)十八岁时，跟二哥春风去大阪，住大哥春水家，并由春水为师。九年(1780)，从片山北海学，并加入混沌诗社。天明元年(1781)，春水被聘为广岛藩儒，杏坪遂同兄嫂及侄儿山阳一起回广岛。三年(1783)，春水出任江户藩侯世子侍读，杏坪又随兄赴江户，入服部栗斋门，修朱子学。翌年归广岛，五年(1785)在广岛藩学问所西堂讲朱子学。宽政九年(1797)赴江户代替春水任世子侍读，在江户学界占重要地位。文化八年(1811)调任御纳所奉行上席郡御役所，两年后擢为备后(广岛)三次、惠苏两郡的奉行。因政绩突出，又编修了《艺藩通志》，故十三年(1816)又被增管奴可、三上两郡。天保元年(1830)，年迈退休。

杏坪博学擅诗文。赖氏三兄弟中，虽然年龄最小，又长期从事实际的郡政，但在诗歌成就上当推他为最高。杏坪晚年尤喜陆游、杨万里，所作某些诗也风韵近之。而他另一些诗，尤其是五七言古风，又好用僻字冷韵，有点韩愈诗的风格。俞樾《东瀛诗选》有精彩评价："杏坪曾为郡邑官，其在官时每留意于水旱之灾。观其初出督郡事，即集父老年七十以上者百二十人，饮之以酒，赋诗纪之，循吏风裁，于斯可见。晚年致仕，筑三休亭，尤可想见其高致。其得请后诗云：'独有寸丹销不尽，时时西向泪沾衣。'忠爱之忱，流露言外。盖非徒诗人已也。而诗亦极工。全集凡六百余首，可传之作居其大半。尤长于古体，其用险韵、造奇句，竟有神似昌黎者，为东国诗人所仅见。其近体似黄山谷，有生硬之致。而晚年所作，又似陆放翁。有句云'冷吟未肯入新软'，又有句云'禽虫皆有天然语，草木本无人造枝'。宜其似黄复似陆也。诗中工于属对，如乌龟、黄人、篆骖、秧马、迷迭、穆陀、黎祈、护倒之类，可见其淹博。'护倒'谓野酿，见陈恺诗注,亦人所罕知也。"(按,"黎祈"当为"黎祁",陆游诗注曰"蜀人以名豆腐"。亦人所罕知者。)

杏坪善古风,我们引《观曾根松有感》为例。此诗为纪念平安时代大诗人、忠臣菅原道真而作,对末句作者有注云:"唐孤独宪公,初为左相,后迁常州,手植桧。元末树毁于兵,人咸惜之。"不仅可见其淹博,而且于用典极为贴切:

> 闻昔菅公西流配,手种一松在伊界。
> 竭来星霜一千载,成龙成蛇极奇态。
> 几人环观称雄快,气数无奈渐摧败。
> 琼枝玉干逐年碎,枯骨峻嶒余肩背,
> 风怒雷击鸣铁喙。
> 人道公抱无穷慨,激为神厉致暴悖;
> 不知公心自咎戒,沉思朝恩日瞻拜。
> 我惜延喜风云会,兹时可复古圣代。
> 大权一移椒房外,再转递落莲幕内。
> 一株遗爱谁不爱? 来抚日东独孤桧!

七古《宝丹》一诗,亦极可诵,光怪恐怖之中能见作者人性之光辉:

> 矢人为矢犹不仁,刽子胸里岂有春?
> 青蛇出水电光动,头颅无声飞若尘。
> 剜腹如探囊底物,盆上人胆活泼剌。
> 取合参芪造宝丹,一粒千金肉枯骨。
> 翻恐县官重民命,无复奇药利疾病。
> 尔不知,昔日成康刑措世,独有礼乐养人性!

俞樾称道的那首《文化壬申始出督郡事,遂谒惠苏郡山王祠,集父老年七十以上一百廿人饮酒,诗以为记》,是长篇五古,共六十四句,此处不便全引。一个小小郡督,上任伊始,便乘农闲恭请百廿位老人聚会,这无论如何是十分亲民的好官。他在诗中说:"唯是养老意,岂谓效饮射? 自羞小惠行,未足助教化。兹土本硗确,旱涝不免饿。已贷耕种粮,复给牛犊价。犹且时蠲除,仅能作稸稼。从今雨旸若,每秋熟稷稌。橐囊有余资,及时毕婚嫁。村村礼义俗,永言息争诧。如此吾愿足,须为古人亚。诚意神所鉴，虚誉岂偷诈？何日得所期，尘冠乃可卸。"读了令人感动！

　　杏坪不仅擅长长篇古风，也擅长长律。这在日本诗人中更是不多见的。如《命撰本藩地志，因携志局二生津村明夫、高桥义乔，舟巡佐伯郡能美岛，海厓名胜，凡所见闻，作长律记之，以为编志之助，拟体，效昌黎答张彻诗》，即是一首五言长律，共五十三联。此处不宜全引，仅录其中涉及民生的几联，以窥一斑："疃亩随丘陇，庐舍倚榑橬。甘藷畦畦剧，吉贝户户缲。妇婶机杼巧，儿童艇舺操。深洫慎门闸，旱田劳桔槔。造盐勤汲烹，采贝事钩捞。复多携筿箸，不唯把镈䥯。夜渔饶收获，朝市远担挑。四体民皆苦，一心我独劳。"

　　杏坪诗中最感人的，就是他当官后仍不失书生本色，而且关心民瘼，如他的《行郡口号》二首：

> 一朝吃罢芹宫饭，百里督来山郡租。
> 缥帙犹披轿窗里，依然当日老迂儒。
>
> 邑官讲利策无遗，迂拙吾曹何所为？
> 自笑书生余旧态，半思民苦半思诗。

　　又如《佐伯郡山讼累年不决》，表明他力求公正判案，不顾年老体衰，实地勘察。诗中间二联对仗极佳：

> 未买一丘收老躯，翻听山讼度崎岖。
> 高低地见天成界，真伪宫迷人造图。
> 具眼谁能成割断，平心我岂作糊涂？
> 从他野鹤林猿笑，频向烟霞辨直诬。

　　他描写官司衙生活的七律，也均富有人情味，在日本汉诗中十分少见。如《夜坐郡厅书怀》：

> 且舍书生铅椠劳，下车邑里拉权豪。
> 诞妄未能排异教，颠连先欲惠同胞。
> 新穿村闸池心阔，旧检田租岁额高。
> 半夜忍眠翻菜牍，不知蜡泪贯蒲萄。

　　《熟荒》写农民辛劳丰收反而谷贱难售，作者因而焦虑：

> 岂料丰年告熟荒，世间谷贱困农商。

　　　　　　欲令诸物定新价，唯使常平增故仓。

　　　　　　财屈徒开交子务，才难未逮进贤坊。

　　　　　　勉抛思虑迎佳月，依旧金波溢酒觞。

　　他还有《廨舍春兴》三首、《廨舍夏兴》三首、《廨舍秋兴》六首等，均写衙门生涯。关心桑麻，坦露心迹，平易近人。今各选一首，以作欣赏。《廨舍春兴》之一：

　　　　　　晓枕非关闻打衙，春眠早觉启窗纱。

　　　　　　几珠危泊蛛丝雨，数片安偎燕垒花。

　　　　　　蓬发短童供笔砚，薄衣残吏说桑麻。

　　　　　　朝阴占得牢晴好，将向西溪戏桨划。

　　《廨舍夏兴》之一：

　　　　　　讵嫌日日话桑麻？野性原非文献家。

　　　　　　暑服五铢无越葛，酒肴一种有胡瓜。

　　　　　　田翁惠鼠引沙狗，溪叟收鱼养水鸦。

　　　　　　此地应须置吾辈，簿书丛里淡生涯。

　　《廨舍秋兴》之一，颈联前句用陶潜事，后用柳贯句，不仅令人佩服其淹博，而且可知其希贤思齐之心：

　　　　　　偃蹇敢轻山泽官，循良常愿吏民安。

　　　　　　圣贤事业千年壮，风月心情半夜寒。

　　　　　　公廨校书邻马队，里门刺竹接牛栏。

　　　　　　扬州开讲君休道，他郡向风吾所难。

　　俞樾称道的"得请（致仕）后诗"《在三次请致仕》，的确感人至深：

　　　　　　人生有命莫依违，私计从来抛是非。

　　　　　　一穗寒灯乡梦切，数茎残发宦情微。

　　　　　　辞枝蠹叶无风坠，出岫闲云不雨归。

　　　　　　独有寸丹销不尽，时时西向泪沾衣。

　　杏坪与菅茶山感情很深，茶山只比他大七岁，《神边驿访菅茶山》称菅为"叟"，当是晚年所作：

> 驿门下马已斜晖，认得垂杨树里扉。
>
> 一见先忻叟无恙，朱颜鹤发白蕉衣。

茶山逝世后，杏坪作《挽菅官卿二首》，今录其一：

> 矍铄何图入九原？诗胸犹欲五湖吞。
>
> 二编佳什世俱诵，八秩遐龄乡所尊。
>
> 湖草新生和靖墓，行人犹指放翁门。
>
> 学徒一去书帷阒，惆怅夕阳黄叶村。

杏坪还有一首《游芳野》，借南北朝史事表达其尊皇思想，后与藤井竹外的《芳野》、河野铁兜的《芳野》一起，被人称为"芳野三绝"，颇享盛名。诗如下：

> 万人买醉揽芳丛，感慨谁能与我同？
>
> 恨杀残红习向北，延元陵上落花风。

杏坪好诗实在不少，令人不忍割爱，再例举几首。如《唐商刘学本等送致我藩漂民数人，喜赋为谢》，歌颂了中国人民的仁慈和友情，末联还带点幽默：

> 万里归来漂泊民，端知四海一家仁。
>
> 稳篷况复优衣食，狂浪何唯免介鳞。
>
> 兄弟已悲新死鬼，乡间忽喜再生人。
>
> 恨他眼里无丁字，吴越徒过胜地春。

《题运甓居西壁四首》选一，颈联也很风趣：

> 谁过溧阳怜孟郊？音书杳渺旧吟交。
>
> 野蚕成茧催新布，社燕将儿问故巢。
>
> 一坛闲斛须自倒，满囊死句向谁抛？
>
> 喜闻剥啄山僧至，半夜斋门带月敲。

《戏次韵熊介丝瓜》，则是风趣中带苦涩。诗人其实通过写丝瓜而写人：

> 百瓜园里独何为？敦敦曾无收用时。
>
> 生前只贮三升水，身后徒怀万缕丝。

> 浮石磨鞍令汝代，青豚献味少人知。
>
> 可怜满腹经纶物，空系秋风旧破篱！

杏坪的《春草堂诗抄》中，还保留了他写的三十三首词。数量之多，只有江户初期水户的德川光圀可比。而且，其中还有十来首是比较长的词，为前所未见。（另外，日本研究者还找到了他的集外的八首词。）因此，神田喜一郎称杏坪"在日本填词史上，是又一位大放异彩的人"。从内容上看，三十三首中有二十五首是咏史之作，而且全部是本国之史。这也是极为罕见的事。由于中国读者一般不了解日本古代史，影响鉴赏，此处仅引咏菅原道真的《满庭芳·菅公》，可与前引《观曾根松有感》诗相对读：

> 春雨无声，春风自静，花明柳暗宫门。翰林名士，登用上彤轩。将敛椒房权势，甚可惜谗妒簧言，招朝谴，遥投窜谪，千里辞故园。　　销魂，当凤阙。风雷洊震，殿宇摧残，屋瓦翻飞。道管公冤，那识天翁意也，公终身慎拜君恩。观音寺常怜夕照，钟磬送黄昏。

不须对照词牌，也能看出此中不合格律之处甚多。因为当时日本汉文学界对词学知识所知甚少。如同神田喜一郎说的，"正因为其无知，才意外地作出那种暴虎冯河的玩意来。"我们也不必对此多加指摘。

赖山阳(1780—1832)，名襄，字子成，通称久太郎，号山阳，又号三十六峰外史。他是赖春水之子，生于大阪。其母梅飔夫人是大阪著名崎门儒者饭冈义斋的长女，贤明而有修养。春水长年在外讲学，山阳由其母一手带大。自幼聪敏，七岁在广岛随叔父赖杏坪读书作诗文，九岁入塾，除完成课业外，喜看绘画本书。十二岁已通读四书。十四岁时写《癸丑岁偶作》诗，寄给在江户的父亲：

> 十有三春秋，逝者已如水。
>
> 天地无始终，人生有生死。
>
> 安得类古人，千载列青史？

此诗今列《山阳诗抄》开卷第一首，虽然无甚艺术性可言，但无疑显露了少年壮志。据说柴野栗山见了，甚为惊叹，称之为"千秋子"，又认为要成为实才当先读史以知古今之事，并建议山阳从朱熹《通鉴纲目》读起。正好其父春水的朋友赤崎海门从江户归萨摩，途经广岛，便将栗山此意转告山阳。山阳遵此，发愤通读了朱熹此书。不过他读后主要接受了一些正统史观,在文章写作方面是又读了苏轼的史论后,叹服天地间竟有如此文字,才从而致力于文的。十八岁时,随杏坪游学江户,入昌平黉,受教于尾藤二洲、服部栗斋,翌年即归广岛。其间曾创作《丁巳东游六首》《过一谷怀源平兴亡事作歌》《谒楠河州坟有作》(猪口笃志认为是山阳诗中压卷之作)等诗。回乡后,他得了忧郁症,生活放荡不检,政治上主张天皇亲政,又脱藩出奔京都。因此获罪,旋被追捕,其父以其精神有病并办理废嫡手续,方得免祸。此后监禁家中九年,埋头读书,学识大进。其代表著作《日本外史》也基本草于此时。在文章方面,他不赞成徂徕派的古文辞,对北山一派也不感兴趣,而欲由修史而自树一帜。与市川米庵相知,曾戏作《蹲鸱子传》,菊池五山读了赞叹道:"如此才人! 我欲以黄金铸之!"文化三年(1806)作《小文规则》《古文典刑》,翌年又作《新策》,其后与武元登登庵结识。其间旧病又复发,频繁出入斜邪之巷。正在父母又气又担心时,菅茶山帮了他。茶山重其文才,聘他为塾生督学,并向福山藩推荐。山阳却乘机又飘然出走。茶山虽然没有生气,其父春水则伤透了心。山阳先到大阪活动,后去京都,拜访了中井履轩、村濑栲亭等名流。开馆授徒,在学界名声日高。文化十年(1813),游美浓、尾张、伊势,与江马细香等人相识。翌年八月,归省广岛,意外地遇见了从长崎归来的市河宽斋,作了长谈,交流学术。至此,春水总算放了心,父子和解如初。十三年(1816)二月,山阳得到父亲病危的消息,当时正在讲授《庄子》,即抛书星夜回乡,结果还是未能赶上丧礼。从此他终身不讲《庄子》,并将未能对父亲尽孝之心专注于老母,事母至孝。文政元年(1818),游九州,历访龟井昭阳、古贺谷堂、田能村竹田、广濑淡窗等人。九年(1826),《日本外史》修订完成,翌年献呈幕府老中松平定信,十二年(1829)刊行。山阳因此更得大名。此书贯穿了尊皇爱国思想,后来成为幕末维新志士的精神武器。但应该指出,其狭隘的尊皇思想后来也曾被军国主义者利用。五十三岁时,山阳因咯血而病逝。临死前正在赶写《日本政记》一书。

山阳颇有天赋,青年时虽一度生活邪荡,但经过近十年闭门读书,又有父辈菅茶山等人帮助,其后半生取得很大的成就,成为江户后期有名的学者和汉文学家。不过,猪口笃志《日本汉文学史》认为,山阳读书不博,作为学者恐为二流,文章水平也不在同时期佐藤一斋、安积艮斋之上;然而在当时变风气、动人心这一点上,二人加在一起也不及山阳。山阳也许并无推翻幕府的意志,但他为后来明治维新的志士们培植了尊皇精神,推动了他们从事王政复古之业,这一点是人们无异议的。山阳身后近五十年,1878年,中国诗人黄遵宪与日本学者石川鸿斋(1833—1918)有一段笔谈。石川说:"山阳惟一时卖暴名,其实学力浅薄,不足取也。阁下读其文可知矣。"黄遵宪对曰:"山阳盖一豪士,近于苏氏父子者流,非徒区区与文学之士争得失于行墨者。其笔力亦殊雅健。但论博学,则不可知其如何。后人从其书而正其误,亦可以补正其失。然其人不可得而毁也。"(见《大河内文书》)黄遵宪与宫岛栗香等人笔谈时,还说:"山阳先生器识文章,仆谓日本盖无流匹。"确实,人们肯定山阳,首先在于其是"一豪士"。其主要著作《日本外史》宣传了尊皇思想,其《山阳诗钞》中有一些激励豪放之作,二者相得益彰,在当时和后来维新运动中对日本国民广有影响。但黄遵宪将山阳比之于苏氏父子,我却认为并不恰当。虽然,菅茶山也曾有诗曰"赖子文章是坡仙"。山阳曾编选过《韩苏诗钞》,斋藤拙堂在为此诗钞写的序中说山阳"骨力似昌黎,才识似东坡","是以其所作之诗,亦克肖焉。"(俞樾也提到过山阳"杜、韩、苏诗,皆手自抄录"。)但山阳的诗文在艺术上无论如何是不能与韩苏相比的。

山阳为人推许的名文有《荀彧论》《楠氏论赞》《北条氏修禅学论》《高山彦九郎传》《猫狗说》《耶马溪图卷记》等,总的说来简洁明快,粗犷豪放,但其中颇多"和臭",即日化的文字。他的《日本外史》也是汉文著作,但我们读起来更感佶屈聱牙,不知日本懂汉文的读者感觉如何。他的《耶马溪图卷记》一文,不仅在《日本汉文学大事典》中被专列为条目,甚至在该工具书内全录其文,可见其有名。耶马溪在今大分县,原名山国川,是山阳特意按日语"山"字训读改写为这样一个中国式名称的。该溪由此文而闻名于世,成为旅游胜地。山阳于文政元年(1818)游历该地,并画有图卷;十二年后,又作此文,实际是篇游记。而从艺术上看,我觉得此文比不上较它晚几个月写成的斋藤拙堂的《梅溪游记》。考虑到篇幅,山阳此文就不引了。

山阳的诗,有两个特点:一是颇多咏史诗,由于中国读者对日本古史不熟,其中有些诗不易鉴赏;二是有的诗风格生硬强倔,多躁厉之气,少幽雅之趣。而一些日本论者则偏喜这类作品,并认为山阳乃觉悟到一味模仿汉文之弊,有意显示"和臭"以加强日本独特的风味,而这正是他的伟大之所在云云。我们先来看看几首他们最推崇的诗。如《兴国铁铃歌》,也许因有"兴国"二字,后在侵华战争期间颇受某些日本狂人所"重视"。

其实那只是日本年号，兴国辛巳年为1341年：

> 古铃锈带土花紫，字认兴国岁辛巳。
>
> 金粉零落留古香，埋在南朝香云里。
>
> 先皇吞恨不归秦，柩前始立皇太子。
>
> 行在宁刻乾树鸡，金声欲警义军耳。
>
> 问汝当时事茫茫，犹语君王数郎当。
>
> 忆图克复向旧都，此物或系紫游疆。
>
> 箭集御铠六龙鹜，败鳞纷杂雪万树。
>
> 南辕寂寞终不回，菟水无情空北注。
>
> 伤心父老望銮和，春风吹断芳山路。

对这首诗，如果不知道日本南北朝时期一段历史，不了解日本尊皇学者的"正统论"观点，是根本看不懂的。山阳类似的诗还有《谒楠河州坟有作》等。又有《蒙古来》一诗，写元初蒙古军侵略日本因遭飓风而惨败，所谓艺术、诗味根本谈不上，但很多日本人写的书中都捧它，《日本汉文学大事典》中也专列为条目。元军攻日当然不是正义战争，不过似乎不必嘲笑同样被侵略并且有恩于日本的宋朝。最末的血腥诗句，后来又曾被军国主义狂热份子所利用。有中国学者吴闿生在《晚清四十家诗钞》中说此诗"绝高古，不似日本人口吻……意朱舜水之徒为之润色欤？"其实它又有什么"高古"？朱舜水岂会"润色"成这个样子？试读该诗：

> 筑海飓气连天黑，蔽海而来者何贼？
> 蒙古来，来自北，东西次第期吞食。
> 吓得赵家老寡妇，持此来拟男儿国。
> 相模太郎胆如瓮，防海将士人各力。
> 蒙古来，吾不怖，吾怖关东令如山，
> 直前斫贼不许顾。
> 倒吾樯，登虏舰，擒虏将，吾军喊。
> 可恨东风一驱附大涛，不使膻血尽膏日本刀！

又如山阳有歌咏日本樱花的诗，但也非得贬低一下中国的名花。《咏樱花》中有"独立东方长擅美，懒从桃李竞芳标"，所谓"桃李"即喻指中国，所谓"懒竞"云云其实正是力争。因为他接着又云"蜀树心甘来作婢，

洛花颜厚欲称王",还说什么"一朵如教放翁见,碧鸡当悔枉颠狂"。他在
《大和游仙词》中甚至说:"扶桑叶间金乌跃,一叶荫蔽赤县国。"这些正
反映了他的思想、心态有偏激、"颠狂"的一面。

倒是山阳一些写西洋人事的诗,是幕末现实的反映,为以前日本汉诗
中所无,颇值得一读。如《荷兰船行》:

> 碕港西南天水交,忽见空际点秋毫。
>
> 望楼号炮一怒嘷,二十五堡弓脱弢。
>
> 街声如沸四喧嘈,说是西洋来红毛。
>
> 飞舸往迎闻鼓鼗,两扬信旗防滥叨。
>
> 船入港来如巨鳌,水浅船大动欲胶。
>
> 官舟连珠纍几艘,牵之而进声謷謷。
>
> 蛮船出水百尺高,海风渐渐飚鬺旄。
>
> 三帆树桅施万絛,设机伸缩如桔槔。
>
> 漆黑蛮奴捷于猱,升梯理絛手爬搔。
>
> 下碇满船齐嗷咷,叠发巨炮声势豪。
>
> 蛮情难测庙谋劳,兵营犹不彻豹韬。
>
> 呜呼,小丑何烦忧目蒿?万里逐利在贪饕。
>
> 可怜一叶凌鲸涛,譬如浮蚁慕膻臊。
>
> 毋乃割鸡费牛刀?毋乃琼瑶换木桃?

又如《佛郎王歌》,则是山阳从一位西医那里听来的西方战争故事。
赖杏坪评曰:"海外要事,在位须知,不可无纪。"俞樾选入《东瀛诗选》时,
删去"何料"和"敢"字,使得这两句皆成七言,改得很好。诗中"庆"字,
山阳肯定知道其古音一读"羌";但那只能在作发语词时用,所以这里其
实是用错的。明代张自烈《正字通》卷四就指出:"古羌庆同音;然《离骚》
羌为发语声,盖偶用楚言,后人借用庆,合羌庆为一音,则沿袭之过也。"
俞樾不知为何不修改。诗中"勇夫重闭"一语出自《左传》成公八年,亦
可窥知山阳嗜古之深:

> 佛郎王,王起何处大西洋。
>
> 太白钟精眼碧光,天付韬略铸其肠。
>
> 吞食欧逻东拓疆,誓以昆仑为中央。
>
> 国内游手收编行,兵无妻子武趦趄。

缩梃为铳伸为枪，铳退枪进互撞搪。

所向无前血玄黄，独有鄂罗相頡颃。

潜遣谍贼怀剑铓，王觉故与之翱翔。

能刺刺我不能亡，汝主何不旗鼓当？

遣客即发阵堂堂，绒旗蔽天日无芒。

五战及国我武扬，鄂罗如鱼泣釜汤。

何料大雪平地一丈强，王马八千冻且僵。

运路梗塞不可望，马肉方寸日充粮。

王曰天不右佛郎，我活吾众降何妨？

单骑降敌，敌不敢戕，放之阿墨君臣庆。

戊寅岁吾游碕阳，遭逢蛮医闻其详。

自言在阵疗金创，食马免死今不忘。

君不见，何蒇有贪如狼？勇夫重闭贵预防。

又不见，祸福如绳何可常？穷兵黩武每自殃。

方今五洲休夺攘，何知杀运被西荒。

作诗记异传故乡，犹觉杀气迸奚囊。

　　山阳家中还藏有明代书画家倪元璐(1594—1644)的诗幅，诗是赠给后来抗清牺牲的黄道周的，字则写给山阳不知其人的"仲谋"，我认为当是后来成为遗民诗人的彭孙贻。三人均是明朝的大忠臣。此件自是极珍贵的中国历史文物。而山阳的这首《倪文正公真迹引》也写得大气磅礴。诗中"五言八句字拳大"，俞樾选入《东瀛诗选》时改为"一诗八句句五字"；"亲疾濒死宁不药"，俞樾改"宁"为"非"；"非不善诗，非不善书"，俞樾改为"非不善为诗，非不工为书"。我看都有点多此一举。该诗如下：

赖裹之家徒四壁，仅置破砚与蠹籍。

却藏条幅长九尺，有明倪文正公迹。

五言八句字拳大，墨色如漆入绢理。

绢尾煌煌两巨章，曰"倪元璐""太史氏"。

其诗赠石斋，书之示仲谋。

石斋是姓黄，仲谋定名流。

一幅聚三贤，每展正襟拜不休。

忆昔大珰据国善类空，屠杨戮袁还磔熊。

人亡邦瘁固其所，才能枝梧有数公。

思庙用公恨已晚，国势一去难可返。

亲疾濒死宁不药，陈力就列空寒寒。

四面黄云压城来，烽火烛天天下垂。

五堵一卒尽鸟散，御衣血诏万古悲。

起整衣冠拜北阙，几上大书绝命词。

南都可为死吾分，聊志我痛勿敛尸。

其书想与此幅似，笔画老劲无媚姿。

渡海东来有意否？海若呵护辟蛟螭。

襄也一见倒囊橐，夺来万目徒眙盱。

钱谦益、张瑞图，非不善诗，非不善书；

纳媚阉竖籍迹案，卖降仇雠曳长裾。

吾怪世人珍手迹，金鐷犀轴视琳瑜。

吁嗟哉，何如我家四十字，

字字忠魂毅魄之所寄！

从诗中可见山阳虽然不知彭孙贻，但对明清之际的史实还是十分熟稔的。山阳家还有著名明遗民徐枋（俟斋）的诗文集，还是其父的遗藏。从下面山阳诗的首句看，书上还沾着其父的泪痕！天保二年(1831)，山阳作有《书徐俟斋集后》一诗（日本研究者伊藤吉三不知徐氏为谁，在《山阳遗稿诗注释》一书中竟然将《徐俟斋集》误作山阳父亲的"遗稿"了），诗曰：

父书犹见泪痕斑，且写忧心笔研间。

一步出门无净土，尺缣自写旧江山。

山阳对清代前期诗歌的了解认识之深，也令人惊叹。他作有长诗《夜读清诗人诗戏赋》数首，程千帆指出："扶桑诗人多宗唐，至山阳而兼综历代。其学博，其识高，才亦过人，故出语亦迥超群类，信乎彼邦一代宗师也。"今选其一：

钟谭驱蛩真衰声，卧子拔戟领殿兵。

牧斋卖降气本馁，敢挟韩苏姑盗名。

不如梅村学白傅，芊绵犹有故君情。

康熙以还风气辟，　北宋粗豪南施精。

排篡群推朱竹垞，　雅丽独属王新城。

祭鱼虽招谈龙嗤，　钝吟初白岂抗衡？

健笔谁摩藏园垒？　硬语难压瓯北营。

仓山浮嚣笔输舌，　心怕二子才纵横。

如何此间管窥豹，　唯把一袁概全清？

渥温觉罗风气同，　此辈能与元虞争。

风沙换得金粉气，　骨力或时压前明。

吹灯覆帙为大笑，　谁隔溟渤听我评？

安得对面细论质，　东风吹发骑海鲸？

山阳此诗中不仅评论了钟惺、谭元春、陈子龙、钱谦益、吴伟业、宋琬、施闰章、朱彝尊、王士禛、冯班、查慎行、蒋士铨、赵翼等人诗歌的成就与得失，而且批评了"此间"（即当时日本汉诗界）把袁枚看成是清诗的最高典型的浅薄见解。"谁听我评""安得对面"诸句，生动地表明了日本汉文学家深切盼望与中国学者讨论、请教的心情。山阳又有《放翁赞》一诗，写出他对陆游的敬仰，同时亦显示他对宋金诗歌亦极谙熟：

倾尽眉州红玻璃，　万里霜蹄托醉思。

历历散关与渭水，　空使战云生研池。

浙水春风岂不好，　回首永昌陵上草。

中州英灵谁主张，　漫使范杨伍此老。

老眼耐视小朝廷，　矮纸斜行向窗晴。

恨不使君横槊大河北，　仆役李汾与刘迎！

以上引论者多为较长的古诗，或多为慷慨激昂之作，正是山阳诗的特色。山阳自己在《答小野泉藏论诗律书》中也说："唯有古风一体，可以拓裂尺幅，纵横自快。"而山阳另有一首短的七古《泊天草洋》，也十分有名，很多书中都收载。其实明显地借用了苏轼的诗句"山耶云耶远莫知，烟空云散山依然"，"杳杳天低鹘没处，青山一发是中原"。

云耶山耶吴耶越？　水天仿佛青一发。

万里泊舟天草洋，　烟横篷窗日渐没。

瞥见大鱼波间跳，　太白当船明似月。

一说该诗原为:"眠惊船底响寒潮,天草洋中夜系桡。太白一星光似月,波间照见巨鱼跳。"山阳晚年改成上面那样。可见他写诗还不断修改。他还有一些绝律短诗或闲适之作也颇可一读。如《石州路上》:

> 雨过泉声逾喧,木落山骨尤瘠。
>
> 今朝杖底千岩,昨日天边寸碧。

另一首《途上》又是另一种韵味:

> 寒螀唧唧杂鸣蛙,村驿秋风马影斜。
>
> 节过重阳菊未发,却看瓜架著黄花。

《山水小景两首》亦颇有味:

> 几树曲尘烟,春江天已曙。
>
> 唯闻莺语声,不见莺栖处。
>
> 菊老有余香,空阶寒日薄。
>
> 秋林夕多风,木叶扫还落。

山阳自己也会画画,《题自画山水》甚妙:

> 分明昨夜梦青山,几朵峰容束髻鬟。
>
> 晨起呼童急磨墨,写来半堕渺茫间。

山阳的《长崎杂诗》,不仅写出了海港城市的特殊风貌,而且反映了长崎与中国的密切关系,如其中一首写:

> 薰街浮水碧,莎馆靠峰青。
>
> 山约人烟密,市笼潮气腥。
>
> 儿童谙汉语,舟楫杂吴舲。
>
> 谁信嚣尘境,孤吟倒酒瓶?

《中秋无月侍母》写出爱母深情:

> 不同此夜十三回,重得秋风奉一卮。
>
> 不恨尊前无月色,免看儿子鬓边丝。

又一首《途上》亦写孝心而感人:

> 堠树风生日欲曛,驿亭买饭杂沙尘。

> 十年九过山阳道，唯为家乡有老亲。

而《岁暮》不仅写出孝心，而且反映了作者的苦读：

> 一出乡园岁再除，慈亲消息定何如？
> 京城风雪无人伴，独别寒灯夜读书。

山阳的七律亦引见一首《北郊》：

> 人家断续水纵横，林表看山先眼明。
> 贪傍梅花忘误路，频逢牛犊觉离城。
> 风喧篱落禽争语，雨足町畦麦怒生。
> 五谷不分真自愧，又遭佳日约朋行。

篠崎小竹为《山阳诗钞》作序云：山阳"以旷世之才，逞雄伟之词，体兼古今，调无唐宋应酬之常套，而发咏怀之蓄念，合典故于和汉，寓议论于风雅"，"传于世而不可磨灭也"。山阳的诗文虽然不都是佳作（再如他也曾写过一些词，不仅艺术上很差，而且有的还充斥狎亵绮语，不值一提），他的"合典故于和汉"也不见得成功。但是，从上面举出的一些好诗来看，他毕竟是日本汉文学史上的一位大家。

十八、市河宽斋、大窪诗佛等关东诗人

上面两节叙述了关西地区以菅茶山等人为代表的主要学法宋诗的诗人群体；与此同时，江户后期在关东地区也活跃着以市河宽斋等人为代表的一大批诗人和汉学者，人数更较关西为多。因此，本书需用三节篇幅，略依生年先后来叙述。本节写的诗人多活跃于天保（1830—1843）之前，大多很有名气。

井上四明（1730—1819），名潜，字仲龙，通称仲本，号四明、佩弦园、蘼芜园。本姓户口，因师事井上兰台（1705—1761）并成其嗣子，故改姓。江户（今东京都）人。曾仕高田藩；后仕冈山藩主，住江户邸内。其后，享和二年（1802）为世子侍读。其后人亦代代为藩儒，为备前（今冈山县）文化教育效力。著有《佩弦园文集》等。其诗今引录几首。《春雨中山阳客舍送人从侯驾东归》，送客兼怀乡，感情真挚：

> 春尽城南路，怜君归我乡。
> 一凫留绝域，千骑向东方。
> 山共迴肠远，江随极目长。
> 泪痕知几点，和雨湿人裳。

《三日井子章宅宴会，同赋花下寻盟》一诗，在江村北海《日本诗选》和俞樾《东瀛诗选》中都选入了：

> 主人园在碧江隈，好劝嘉宾曲水杯。
> 佳节寻盟逢酒熟，春风修禊及花开。
> 聚时俱犯群星座，分得谁多一石才。
> 跑落平生忧才乏，何堪大白罚吾来。

江村书中曰："仲龙氏《嵯峨怀古》五首、《福原怀古》五首，工整婉畅，各到佳境。以减简故，割爱录一首云。"他选录的《嵯峨怀古》之一，俞樾书中也录取了：

> 数里寻幽出京乡，吟行先吊古山庄。
> 王孙不返蘼芜老，骚客空余兰芷香。
> 亭古雨声添惨澹，林昏松韵锁荒凉。
> 百家名咏知何处，但有闲云生壁墙。

市河宽斋(1749—1820)，名世宁，字子静，一字嘉祥，通称小左卫门，号宽斋，又号半江渔夫、江湖诗老、西野、西鄙人、玄味居等。上野(今群马县)人，其祖父为沼田藩主家臣，父亲是有名的书法家。宽斋自幼受家教，先向荻生徂徕的学生大内熊耳学古文辞，又向关松窗(1727—1801)转学宋学，后又向高桥九峰(1718—1794)学折衷学，并一度当了九峰的养子。又因关松窗的推荐成为大学头林正良(凤潭)的学生。安永五年(1776)二十八岁时，在昌平黉学成后，就任学员长，共五年。其间与释六如亲交。天明六年(1786)出版了所著《日本诗纪》和《宽斋摘草》，名声更大，奠定了在诗坛的地位。林正良死后，林锦峰继之，锦峰是宽斋的学生。宽斋又创立江湖诗社，写诗尽弃徂徕派诗风，主张学习唐代的白居易、杜牧和宋代的杨万里、范成大、陆游，尤其对后三人推崇备至，后于文化四年(1807)还编选出版了《三家妙绝》，促使当时诗坛潮流之变，由崇古文辞格调派转向清新性灵派。宽政二年(1790)，幕府推行"异学之禁"，宽斋被作为"异学"之徒而削去林门之籍。但他仍然在江湖诗社中与一大批诗友聚会吟唱。翌年,赴富山藩为藩儒,在职二十余年。后去长崎,与中国人张秋琴、江芸阁等互为唱酬,留下不少佳作。

宽斋是江户后期著名诗人,除了他自身的成就外,其门人柏木如亭、大窪诗佛、菊池五山等人也都在汉文学领域做出成绩,后人将他们四人称为"江户四家"。宽斋学识博渊,除编纂《日本诗纪》外,还编了《全唐诗逸》。前者收集了平安时代以前的古代日本汉诗,后者补充了中国康熙时编纂的《全唐诗》,均有重要的文献价值。宽斋的诗兼容唐宋诸家之长,俞樾《东瀛诗选》称其:"年逾古稀优游林下,其为诗颇有自得之趣。当时比之香山、剑南,虽似稍过,然亦略近之矣。"

宽斋自得其趣的七绝甚多。如描写水乡风光的《晚秋舟行》,风格如画,末句把自己也隐于画中,诗味盎然:

> 晴江秋静远涵天,夹岸霜枫烧晚烟。
> 渔唱樵歌都去尽,思诗人在夕阳船。

《客意》一首则用笛声引出画面:

> 一声亮亮入云流,驿舍无端动客愁。
> 元是村童青竹笛,夕阳山下弄归牛。

《待渡》将行人归家被阻于河边的焦急心情刻画得淋漓尽致:

> 沧波一带抹红霞,争渡归人立浅沙。
> 岸阔篙师呼不应,晚炊烟罩柳边家。

《夜看樱花》风味独特:

> 不须当昼弄芳姿,一种风情入夜奇。
> 蜂蝶不来人去尽,浓妆独与月明宜。

《秋夜读书》后两句令人莞尔:

> 孤灯翻卷坐秋凉,读课稍多知夜长。
> 毕竟老蚊无气力,耳边歌过亦何妨。

宽斋写过很多咏物诗。乙丑(1805)冬,曾作有《傲具诗》共五十首之多,均咏其几案上金玉瓦石之文玩。今选几首咏中国文物者以作欣赏,有的是极应引起注意的宝贝。如写古铜镜的《汉青鸾六乳鑑》，序曰："背作青鸾六，制作精致，花纹匀净，铜色莹润，青绿彻骨，信千百年外物。河合元鼎所赠。"诗曰：

> 百炼青铜铸月光，瑶台曾伴美人妆。
>
> 即今却喜深青绿，免照衰翁两鬓霜。

《东坡法墨》，序曰："苏子瞻云：'金华潘衡初来儋耳，起灶作墨，得烟丰而墨不甚精。因教其远突宽笼，得烟减半，而墨乃弥黑。'其文曰：'海南松煤，东坡法墨'。见《墨史》。此墨面画狡狔滚毯之状，幕有'子瞻'二字，下一印不可辨，缘边小字曰'海南松煤，东坡法墨'，盖潘所制也。乃亥儿宝墨筐中物。"诗如下：

> 海南古墨坡翁法，最见潘衡制手高。
>
> 试写山高月小句，笔尖犹觉带风涛。

《成窑女仙》一诗，序曰："饶州窑，成化年制，青花白地，深薄不及宣窑。女仙肩披羽衣，手捧灵符。按《仙传》诸书，未详何等仙。姑就其色，名以碧仙姑。"可知为明代物。诗曰：

> 斋头安措碧仙姑，对我终宵一语无。
>
> 绝胜书生论注疏，彼非此是总模胡。

《程君房墨》诗序曰："澹斋牧公赐古墨一丸，面画双龙争珠状，背有'御墨'及'君房氏'字，盖程君房所制也。程，明万历间人，巧制墨，曾著《墨苑》，与方于鲁《墨谱》互相角胜。"可知宽斋对中国墨史之稔悉。诗曰：

> 万历逸民远有名，豹囊藏久德逾馨。
>
> 流风尚未消磨尽，吹送余芒度渤溟。

《古铜爵》诗序云："螭耳龟纹，色如黑漆。高深甫云：'元时，杭城姜娘子铸法名擅当时。其制务法古式，花纹细小方胜，龟纹居多，色如蜡茶，又为黑色。'此爵比之明铜，形制迥异，或是姜所造？今为香山社祭器。"所谓"香山社"，就是宽斋组织的诗社，最崇拜白居易，故名。此诗后有自注："余家每岁八月同社相会，祭白乐天，呼为'香山社'。"诗曰：

> 秋菌春蒲两屹然，为炉为注总无缘。
>
> 不如依旧盛清酒，秋社长须供乐天。

宽斋的七律亦颇有佳作。《发江户》一诗,程千帆评曰:"流美宛惬,惜尾联稍弱。七律篇终振起为难也。"

> 一杖飘然似御风,都门早发晓烟中。
>
> 归来解印陶彭泽,强健还乡陆放翁。
>
> 野旷虫声偏饱露,云晴雁影自横空。
>
> 此行已免人间险,不畏深山途路穷。

又有《幽居》一首,中间对仗两联极有味,亦惜尾联稍弱:

> 半生乐事在园池,秋后逍遥兴独知。
>
> 水冷寒塘鱼聚藻,日斜深树鸟争枝。
>
> 炉香养就清凉味,壶酒酌来幽淡诗。
>
> 闲散自欣深得所,苍颜四十未全衰。

又有《雨凉》一诗,极富情趣,吟之凉味津津:

> 骤雨呈凉晚乍晴,远雷隐地滞残声。
>
> 芭蕉叶重风无力,竹树枝低月有情。
>
> 檐角蚊军逢燎乱,池心鱼队占清行。
>
> 老身亦觉单衣适,背手南楼见斗倾。

《矢仓新居作》也反映了宽斋澹泊的心境,作于他辞去昌平黉官职后:

> 抛掷昌平启事名,烟波近处占幽情。
>
> 江湖结社诗偏逸,木石成居趣亦清。
>
> 白首人间争席罢,青云世外振衣行。
>
> 扁舟乘月谁相访?门静寒潮夜夜声。

宽斋亦作古风,如《三砚歌,送大地伯政还金泽》颇有气势,写出书生本色:

> 君不见,龙尾苍黑月样砚,温润缜密世罕见?
>
> 又不见,端溪旧坑割紫云,一为风字一星文?
>
> 三砚相列如鼎足,难兄难弟出尘俗。
>
> 墨渖欲滴结成绣,莹莹似就清泉浴。
>
> 爱之者谁地蕙斋,买不论赀任豪怀。
>
> 磨拭如得古宝鼎,净几日日手安排。

> 兴来时试松心墨，一扫兰花与真逼。
>
> 此乐不假南面王，那更世路问黜陟？
>
> 呜呼，他人归乡锦作衣，金鞍玉勒炫光辉；
>
> 不及门前晁谷水，自洗三砚息事机！

斋宽还尝试过填词，今仅留存三首，其《满江红》一首写于天明八年（1788）顷，为昌平黉的副校长移居石滨而作。神田喜一郎认为它在当时可称佳作。其中确有佳句，但可惜的是好多处明显不符格律，甚至无法卒读，可见斋宽尚未入此道：

> 野渡津边，茅堂下、移松栽竹。正秋江鲈长，寒村醪熟。芳茗炉底温煖火，芭蕉窗畔朦胧烛。对烟波客与水云僧，忘荣辱。　耽丘壑，穷岩渎。囊中草，篇篇玉。有几分心会，终身水曲。笔底富三春好景，胸中洗万寻飞瀑。料知冯夷剩此幽闭，须君卜。

萩原大麓（1752—1811），名万世，字休卿，通称英助，号大麓。上野（今群马县）人。师从片山兼山，其学以古学、考证为主，曾讲学于江户，并创办鹿鸣吟社。俞樾《东瀛诗选》称："大麓深于经术，所著有《五经解闭》《孟子考》等书，不欲以诗名家，惟与子弟辈唱和相乐而已。其门下士江尻兴采录其父子兄弟及诸弟子诗为《鹿鸣吟社集》二卷。"俞樾未见其本集，仅从社集中略选其父子诗各四五首"以存萩氏一家之学"。大麓的五律工于景物描写，颇堪讽诵。如《海驿晚景》：

> 为客来千里，凭轩古驿楼。
>
> 天低容远峤，岸裂控长流。
>
> 风歇波犹涌，日沈霞欲收。
>
> 独将迟暮泪，空洒大荒秋。

又如《秋夜宿木贺山中》，对仗双联甚有味：

> 虚阁与云宿，石栏凭薜萝。
>
> 围天山突兀，到午月婆娑。
>
> 晴雾蒸溪白，凄风入竹多。
>
> 幽怀犹未寐，露冷澹秋河。

《春雨山斋书事》：

> 山斋微雨静，独酌慰无聊。
>
> 燕逐风帘入，莺藏烟树遥。
>
> 润分松径藓，绿挺药栏苗。
>
> 涧水添春涨，淙淙洒寂寥。

山本北山(1752—1812)，名信有，字天僖，通称喜六，号北山，别号孝经楼主人、奚疑翁、学半堂逸士、竹堤隐逸等。江户人，其家世代为木材商。幼年丧父，但因家道富裕，初从山崎桃溪学古文句读，后从井上金峨学经学。金峨不以师自居，常劝其早日自立。北山本是豪迈之人，逐从师训，以《孝经》为治学重点，文章效法韩柳，诗宗清新，又著《作文志彀》《作诗志彀》二书抨击蘐园派余势，力排李、王陋习。当时北山年仅二十八，只因汉文坛正期待改革，他适逢其会，振臂一呼，翕然从风者甚众，学生入其门下竟有数百人之多。秋月侯闻其名而礼遇之。据说北山讲学讲到激动时，必扬眉拍案，慨然陈词："株守汉唐之腐儒，缀补宋明之陋学，俱不足窥圣人之户庭，况堂奥哉！余出其范围，别有所得如斯。如斯而后，可谓不负圣人！"每当论及李、王七子诗文，必振袂瞋目，斥之为："咄咄时文伪诗，晦食世间，昧人之目、腐人之肠久矣。是谓真恶道！"宽政"异学之禁"时，北山与丰岛丰洲、塚田大峰、市川鹤鸣、龟田鹏斋等人又强烈反对，这五人被人合称为"江户五鬼"。北山有幕府的士籍，但终身未仕。其门下著名诗人有大窪诗佛、柏木如亭、梁川星岩等(诗佛、如亭亦师从市河宽斋)。《宝刀》一诗是北山住在浅草时所作五十首诗中的一首，意气豪迈，颇可一读：

> 盖世豪气老未消，宝刀霜冷尚在腰。
>
> 磨砺金龙山下石，提来欲斩水中妖。

北山鄙弃仕途，为诗旷达。如《偶成》二首之二：

> 吟花啸月一闲身，病懒交加甘隐沦。
>
> 礼法无关吾辈事，诗章岂拾古人陈？
>
> 披图按画游全足，煨栗烹芋食不贫。
>
> 底物世间如个乐？是非都任俗流唇。

《杂咏》六首之六又云：

> 居官难似上山车，设欲永安如卧家。
>
> 夕夕暖酌三碗酒，朝朝插换一瓶花。

《闲居》也体现了他的这种人生观：

> 负郭多年避世华，双鞶未散踏官衙。
>
> 人生堪送琴诗酒，天道何悭雪月花。
>
> 药草坞边栏屡结，薜萝门外蔓从遮。
>
> 家无长物身无累，亭午起来闲吃茶。

　　龟田鹏斋(1752—1826)，名长兴，字穉龙、图南、公龙，幼名弥吉，通称文左卫门，号鹏斋、善身堂。又戏号疯颠生、金杉学士、襄阳逸民、墨江老渔，太平醉民、斗酒学士、朽木居士等。他同山本北山一样，出于井山金峨之门；且也因反对宽政"异学之禁"，而同被称为"江户五鬼"之一。但其诗文功力在北山之上。鹏斋文学欧(阳修)苏(轼)，诗学明末袁宏道。安永八年(1779)二十八岁时著《论语撮解》，批评荻生徂徕的古文辞学派，轰动一时，促进了江户文风的转变。天明五年(1785)，在江户骏河台开私塾育英堂，提倡折衷学派。因"异学之禁"，宽政九年(1797)私塾被关闭，即归家闲居，遍游各地。晚年喜临池，尤善草、楷。鹏斋博学洽闻，性情豪爽，酷喜诗酒，有几分像李白。俞樾《东瀛诗选》称其"嗜酒喜游览，西攀富岳，东泝铫江，北航佐渡，南轶鸣门。傲然睥睨一世，故其诗豪宕有奇气。律诗不甚协律，然落落自喜，亦庶几青莲学士之一鳞半甲矣。"

　　其五言《临江台》，妙造自然，一气流转，中两联扇对以问话出之，颇有意味：

> 长江天际尽，千里使风还。
>
> 今夜安橹浦，西东何处湾？
>
> 明朝摇棹处，左右几重山？
>
> 相送高台下，空临波浪间。

《海楼晓看富山》写景抒怀，甚有气势：

> 混漾望无极，天曙豁万象。
>
> 日升山色喜，风收水面敞。
>
> 近帆破云来，远鸟排雾往。

> 梦钓鳌一竿，醒看雪千丈。
>
> 巨海不芥胸，大岳可视掌。
>
> 日边高楼晓，摘得朝来爽。

《两国桥晓晴》一诗，堪称描写江户市井生活的杰作，诗之浮世绘也：

> 水蘸彩霞晓色清，楼台一一挹新晴。
>
> 桥南桥北烟齐豁，菜市声中花市声。

又有《江月》一首，写酒醒后江边夜景，充满凄怆情感，亦常为人称引：

> 满天明月满天秋，一色江天万里流。
>
> 半夜酒醒人不见，霜风萧瑟荻芦洲。

他更颇多牢骚不平之作，如《浮世》：

> 浮生一疾身，万卷老风尘。
>
> 已矣腰间剑，归欤头上巾。
>
> 红颜日月古，白发乾坤新。
>
> 有酒只须醉，穷通不在人。

又如《江楼》：

> 江楼风雨意何长，真个青袍事渺茫。
>
> 古道崎岖非一世，新愁涕泪作千行。
>
> 壮心几为穷途折，傲骨还于文运妨。
>
> 湖海乾坤人不见，唾壶缺尽重悲伤。

他写过很多醉酒诗，都寓借酒浇愁之意，如《春日醉后赠坂仲德》：

> 英雄积恨发狂痴，短发萧骚老更悲。
>
> 今古怜才人几个？诗书误计我何为？
>
> 江湖兴引春归处，朋友思胜年少时。
>
> 人事抛来宜醉过，重沽浊酒向花酾。

他六十二岁时所写《春日偶作》二首，其一云：

> 春风休笑白髭须，六十二年独守愚。
>
> 学剑学书愧才拙，为牛为马任人呼。
>
> 闲忙非管客来去，醉醒常缘酒有无。

贱相不须谙日者，果然山泽老癯儒。

他还写过一首五古《爱酒歌》：

一杯已遣忧，二杯已怡神，

三杯绝思虑，四杯发天真，

五杯复六杯，似非尘寰民，

七杯趣殊妙，觉身非吾身。

六体轻且柔，神仙奚足伦？

已入无事国，无君又无臣。

浑然太古风，四时无尽春。

兹地宜寄生，此外何之询？

是故吾夫子，谋酒不忧贫。

而七古《新春醉歌》最近似青莲遗风，与李白《春日醉起言志》《月下独酌》神态略如：

人间醉时胜醒时，醒时毕竟何所为？

往古来今皆如梦，何物为黠何物痴？

伯夷盗跖同一丘，东陵西陵冢累累。

身后声名三春花，生前输赢一局棋。

百年料知非长久，寿夭贫富我何有？

我视渺茫宇宙间，酣醉之外无足取。

十缗典却御冬衣，一坛换得迎春酒。

饮之酣歌付悠悠，饮之醉笑大开口。

人生快乐如此足，文章何须垂不朽？

请听新春第一歌，醉人之言君记不？

馆柳湾(1762—1844)是龟田鹏斋的学生，名机，字枢卿，号柳湾，又号古锥子、赏雨老人、石香斋等，通称雄次郎。出身于世代从事水上驳船运输之家。七岁丧母，八岁丧父，为贩卖茶叶的亲戚收为养子。少时随当地医生高田仁斋学习，二十二岁赴江户，入龟田鹏斋门受业。宽政三年(1791)任幕府代官，管理武藏(琦玉)、下总(千叶)、下野(栃木)三地。三十九岁任飞驒的高山、羽前的金山二地的代官。文化元年(1804)归江户，隐居于目白台，以读书写诗为娱。柳湾好学不倦，编有《中唐二十家绝名》《晚唐百家绝句》《樊川诗集》《金诗选》《清四大家诗抄》等，著有《柳湾诗抄》《柳湾渔唱》等。为当时著名诗人，有"东柳湾，西竹田(田能村)"之称。其诗风学中晚唐，富有婉丽浪漫情趣，晚年趋于枯淡闲适一路。日本近代著名小说家永井荷风特别爱柳湾的诗。柳湾的五绝写得不错，如《雨中杂吟》：

> 人言柳正眠，我言柳已醒。
>
> 看取朝来雨，枝枝放眼青。

《村路即目》是写乡景的佳作：

> 山村八九家，笆篱趁溪斜。
>
> 林外夕阳白，秋风荞麦花。

《长桥霜晓》也是：

> 村鸡远报晓，野桥皎有霜。
>
> 天寒人未过，残月弄清光。

七绝佳作更多，如《春日杂句》：

> 昨日犹寒南岸柳，今朝已暖北枝梅。
>
> 吹晴送雨互相报，信是春风踏脚来。

《初夏杂句》幽默自嘲：

> 四月春梅如弹丸，试尝圆脆齿先寒。
>
> 笑汝于吾有相似，生来未免苦兼酸。

《秋尽》一诗为柳湾晚年所作，永井荷风最所爱诵，称赞其"淡雅清洒"：

> 静里空惊岁月流，闲亭独坐思悠悠。
>
> 老愁如叶扫难尽，簌簌声中又送秋。

《偶作》还体现了作者同情农民之心：

> 谁悯老农艰苦情，种时要雨获时晴。
>
> 斑鸠不管耕收事，相逐相呼自在鸣。

五律《西郊晚步》写的是农村丰年之景：

> 熟路两三里，逶迤拖杖过。

> 追凉傍长浍，待月立层坡。
> 野晚笛声远，村秋灯火多。
> 年丰足佳景，取次入新哦。

七律《春晚郊行》也是写晚步：

> 绿树烟村望欲迷，闲行数里入幽溪。
> 花飞野墅莺漂荡，雨足池塘蛙勃谿。
> 过眼繁华春忽忽，无情芳草日萋萋。
> 沉吟句就谁相问，独立斜阳倚短藜。

《戏咏豆腐》一诗，写豆腐极妙，同时也是写人：

> 炼漉功成甘淡冷，寒厨时复伴箪瓢。
> 玲珑方玉切来饮，玓瓅凝冰烹不消。
> 巨小常从痴仆宰，盐梅自任细君调。
> 笑汝如同贫贱吏，欲将清白向人骄。

柳湾晚年过的是自得其乐的闲适生活，《偶题》一诗是描写这种心境的代表作：

> 南窗暇日拂尘床，哦句啜茶坐夕阳。
> 世事饱尝贫有味，机心已息拙何妨。
> 江山幽梦家千里，岁月闲怀诗一囊。
> 随分自知多适意，向人不复说穷忙。

他八十岁时，题画家椿弼为他所作小像一首，也是他晚年生活的自描：

> 杨柳湾头旧钓师，误辞江海走天涯。
> 烟蓑雨笠空抛掷，鹤氅乌巾岂称宜。
> 半世埃尘孤槐梦，百年伎俩一囊诗。
> 闲身犹寄残岁月，吟卧山园养病衰。

柏木如亭（1763—1819），名昶，字永日，通称门弥，号如亭，又号柏山人、瘦竹等。祖上为幕府的木匠。如亭生长在被称作"颓废"的田沼时代，从小放情于风花雪月，混迹于俳优游侠，不事生产，独好吟诗。他是市河宽斋的学生，参加宽斋的江湖诗社，与社内大窪诗佛、菊池五山、小岛梅外齐名,人称"江湖四天王"。初期醉心于南宋三大家(陆游、范成大、杨万里),晚年信从葛西因是(1764—1823)之说,以唐诗为宗。喜漫游,宽政六年(1794)辞家离江户,至信州(今长野县),开晚晴吟社。十年(1798)至新潟。半生漂泊于伊势、伊贺、远江、备中等地。文政二年客死于京都废寺。如亭能书画,应人之求挥洒,以润笔费作漫游之资。性情潇洒,天真烂漫,诗如其人,与赖山阳、梁川星岩等为好友。死后,葬事由山阳料理,遗稿由星岩整理刊行。其诗颇有可读者。如五绝《画石》,甚有深意:

> 但见块然状,心灵谁识君?
>
> 休言一拳小,能吐满山云。

《秋立》一诗,独从云不知秋着笔,与前人多由草木见意迥然不同,可谓别出一奇:

> 晚晴堂上坐凉风,初听篱根语早蛩。
>
> 云意不知秋已立,尚凭残照弄奇峰。

《买纸帐》一诗,显示诗人安贫知足的心态:

> 三间老屋欲残年,雪后奇寒欠稳眠。
>
> 今夜山家新富贵,梅花帐里小春天。

《还京城寓所》也表明他不贪富贵和官职:

> 京寓还来便当家,岚山鸭水旧生涯。
>
> 老夫不是求官者,只爱平安城外花。

《夏日幽居》一首,妙语奇句,消暑解颐:

> 柳巷深居卓午凉,此中无事趁羲皇。
>
> 解慵惟闭读书眼,量浅难添浇酒肠。
>
> 蜗向壁晴留字去,蛛因网雨聚珠藏。
>
> 一盂豆腐微醺足,枕上清风夏景长。

如亭长年在外,很多诗还表达了他复杂的思乡之情。如《吉备杂题》:

> 芳草萋萋年又加,游踪更远在天涯。
>
> 逢人只说无归意,一梦仍能暂到家。

又如《和友人韵》：

> 客居谁共话平生，延月空床坐四更。
>
> 秋思满胸难告诉，寒蛩替说到天明。

再如《答人》：

> 归耕虽好奈无田，空阅他乡年又年。
>
> 愿得栽梅三百地，湖山静处执花权。

他的七律《初夏偶作》，也是自述客居异乡情境的佳作：

> 檐间燕子结巢成，自笑狂游事远征。
>
> 岸岸沙鸥知久客，楼楼酒保认先生。
>
> 人看新树非无感，水载落花如有情。
>
> 海上春归归未得，去期几为别离更。

大田锦城(1765—1825)，名元贞，字公干，通称才佐，号锦城。其父精于本草、阴阳之学，锦城是其八子中最小者。自小颖悟，五岁识字，十一岁作诗。因不想继承父亲做方技之士，便上京都求学，入皆川淇园门；其后又赴江户谒见山本北山，入北山的奚疑塾学习折衷、考证之学。从此学业大进，成为著名的汉学家，擅考辨。又喜诗文，壮年恃才气，所作时有铺张刻琢之感，晚年则简淡平易，但终生不屑蹈袭前人。死后，水户汉文学家藤田幽谷在墓表中称他为"天才奇材，一代名儒""雄辨悬河，飞谈卷雾"。

行世作品有《春草堂诗文集》三十卷、《锦城百律》一卷、《锦城诗稿》三卷、《锦城文集》二卷等。其《三妇论》将中国古代的吕后、武则天和日本的北条政子一起论述，据说写得很有意思。不过，中国学者黄遵宪对其文评价不高，认为安章宅句，颇近帖括家言，少变化之妙。中国学者俞樾仅见其《锦城百律》，认为"锦城以经术文章知名于时，诗非所长"，但此卷也"颇有截金雕玉之功，非无意求工者"。俞樾从中选了七首，并摘引了不少佳句，如"松间邀月布棋局，竹外引流安钓矶。"(按，书中"布"字误刊为"安")"蝶舞邀来花一笑，莺啼惊起柳三眠。""酒有微醺排闷去，诗无他事引穷来。""隔柳难寻前问渡，指花遥认昔游园。""鱼障斜照荷为盖，蚁渡细流花是舟。""织蒲为席宜容膝，种枳代墙才及肩。""野圹林如数畦荠，江空桥误一条霓。""笼竹烟描没骨画，入松风奏独弦琴。""蝶因风妒辞花去,莺倩烟媒共柳眠。""风扫残枫疑夜雨,松飘晴雪误春花。"正如俞氏所赞:"皆可投入锦囊也。"

俞樾并指出:"东国自物徂徕提倡古学,一时言诗悉以沧溟为宗,高华典重,乍读之亦殊可喜;然其弊也连篇累牍无非'天地''江湖''浮云''白日',又未始不取厌于人。锦城有兄伯恒,力排王、李之体,锦城遂与其友山中恕之镕化唐宋,别为一家,流畅纤丽,觉与尘羹土饭迥别。惜伯恒与恕之之诗均不得见。锦城又研精经学,不屑以诗传,诗之存者盖寡焉。然其诗实有转移风气之功。自是之后,东国之诗又一变矣。"可知,锦城在关东诗人中亦是转换风气的有力人士之一。可惜"伯恒与恕之之诗"我今亦不得见,仅知山中恕之(1758—1790),字宣卿,通称犹平,号天水、铃山,亦为山本北山的学生。可知日本汉文学史中被人遗忘者实在不少。

俞樾《东瀛诗选》所选七首锦城诗中,有六首均题为《山居》,确实很有诗味。请鉴赏:

> 拾薪而爨汲泉烹, 谁悟山栖静且清。
> 石径鹿归苔有迹, 桃溪花落水无声。
> 绝交唯许云来去, 独往犹劳鹤送迎。
> 松洞之风柳桥月, 闲中烦我几回评。

> 山压茅檐溪绕篱, 岩扁昼掩葛藟垂。
> 庭穿丛竹泉来远, 窗锁长松月访迟。
> 丹灶喷云宾去后, 水车误雨夜深时。
> 梦回绳榻空堂静, 鼯鼠一声枯木枝。

> 屋后悬崖雨后崩, 攒峰重叠又慵登。
> 含花鸟睡危岩树, 拾月猿垂绝涧藤。
> 竹雾溪边迎野老, 松风门外送山僧。
> 石床时诵楞伽罢, 静点禅龛一点灯。

> 一丛深绿杂松篁, 老屋全倾倚破墙。
> 山灶朝烹斑笋美, 溪流晚汲落花香。
> 云归岩洞棋枰湿, 雨过林窗枕簟凉。
> 静夜又开家酿熟, 半庭风月酒三觞。

山郭日长昼若年，静中近响灌花泉。

空庭果熟猿来觇，深洞松昏鹤返眠。

吟帽暮欹林径月，渔蓑夜钓柳湾烟。

明朝邀请邻家叟，石鼎和芹烹小鲜。

箫声吹断又诗囊，风入北窗欣晚凉。

蕉叶扇檐蛛网乱，松花埋砌鹤踪香。

迁乔鸟有樊笼苦，归岫云无羁绊妨。

此意由来陶令悟，一年谁识百年长？

俞樾未见的锦城的七绝诗，在此亦引二首。《晓发三岛》：

满天风露晓光清，残月茅檐鸡未鸣。

一路凄然秋草里，停轿几度听虫声。

《秋江》：

蓼花半老野塘秋，水落空江澹不流。

渡口渔家将夕照，一双白鹭护虚舟。

大窪诗佛(1767—1837)，名行，字天民，通称柳太郎，初号柳坨，后号诗佛、诗圣堂、江山翁、瘦梅等。其父是儿科医生。诗佛少年时从山中天水(1758—1790)学，宽政二年(1790)参加市河宽斋的江湖诗社。前已提及，他与柏木如亭、小岛梅外、菊池五山一起，被人称为该社"四天王"。他本应继父业为医，却入山本北山门，有志于儒学。宽斋去富山后，宽政四年(1792)诗佛与柏木如亭创立"二瘦诗社"(诗佛又号"瘦梅"，如亭又号"瘦竹")。文化三年(1806)，诗佛又在江户的神田建立了"诗圣堂"(堂内挂有杜甫像，故名)，经常举办诗会。可与江户初期石川丈山的"诗仙堂"相比美。其时柏木如亭和小岛梅外也离江户放游了，诗佛实际上已代替市河宽斋在江户诗坛的中心地位。其间他又经常漫游各地，与名流赖山阳等诗酒交结。文政八年(1825)被秋田藩聘为儒员。

诗佛性好酒，善草书，又善画兰竹。他是江湖诗社中作品较多、较好的一个。他继承了宽斋诗的清新、平明的主流，反对古文辞派一味模仿李、王，主张直抒胸臆。他著有《诗圣堂诗话》，其中写道："余尝与如亭开诗社于东江精舍，号曰'二瘦诗社'，来与盟者百余人。北山先生作之引。固不受一星之银、半尺之布。痛斥世之为李、王者。于是，格调之徒猪怒虎视,议论讻讻不止焉;由此得人亦不少。世之刺我、非我,于吾乎何有?"
他在诗话中,常引用袁枚和袁宏道的话,可见他对中国诗坛的性灵、神韵
诸说都有所汲取。俞樾在《东瀛诗选》中评论他:"以诗佛自号而以诗圣
名堂,盖欲以一瓣香奉少陵也。然其诗初不甚学杜,诗境颇超逸,有行云
流水之致。东国自亨保以后,作诗者多承明七子之余习,以摹拟剽窃为工。
天民起而扫之,风会为之一变,宜其在当时之奉为'诗佛'矣!"可见诗佛
当时确也是诗坛风云人物。

诗佛的诗,尤其是晚年之作,颇有个性,清新平淡,风格颇似他和江
湖诗社同人最崇敬的南宋三大家(范成大、杨万里、陆游)。山本北山门下
同人朝川善庵称之为"格力欲跻李杜阶,清新欲夺苏陆髓",也不算太过。
这里引见几首。如七绝《春寒》:

> 寒夜从今无数日,梅花零落杏花开。
> 春寒酿雪力不足,却向黄昏作雨来。

《夏昼》:

> 贪睡兔雏犹傍母,学飞燕子已离巢。
> 湘帘半卷开窗午,卧见微风度竹梢。

《云》则写人在云中之感觉,颇新异:

> 似雾似烟还似雨,霏霏漠漠更纷纷。
> 须臾风起吹将去,去作前山一带云。

诗佛的《春晚回文》二首,能倒读,而倒读也很有味,值得欣赏:

> 轻风晚处飞花落,细草芳时舞蝶狂。
> 晴霭山光春苒苒,鸣禽野色水茫茫。

> 长短笋抽争后先,晚风轻畔柳生烟。
> 香花落日啼莺老,傍水春塘横系船。

《寄题丈山先生诗仙堂,先生殁已百五十年矣》二首,乃纪念江户初
期大诗人石川丈山。今录其一:

> 功名合上凌烟阁,晦迹山村惯忍饥。
> 闲却英雄横槊手,自书三十六仙诗。

诗佛的七律佳作亦有不少。如《睡乡》：

> 自以陈抟作使君，封疆长与醉乡分。
> 路迷春草池塘雨，家锁梨花院落云。
> 世上寒暄曾不管，人间得失总无闻。
> 闲来我亦去乘兴，及到回时每夕曛。

《闲游》：

> 短策宽鞋随此身，闲游时节及芳辰。
> 立春以后已一月，社日之前犹二旬。
> 残雪余寒梅气力，轻烟微雨柳精神。
> 风光如许良堪爱，世上唯无真赏人。

又有同题《闲游》一首：

> 淡霭微风雨后天，闲游时复向江边。
> 落花于我何轻薄，飞絮比人尤放颠。
> 诗渐到平因爱淡，酒聊减量是添年。
> 近来自觉春无味，一醉昏昏只欲眠。

《舟居》，尾联以艰险写闲适：

> 暮北朝南不计程，悠悠真足托浮生。
> 一竿长作烟波客，孤棹常寻鸥鹭盟。
> 避雨暂沿芦岸泊，沽醪时向柳桥撑。
> 世途经历险巇处，雪浪连天却宽平。

《渔家》，颈联以辛勤衬托闲适：

> 江畔渔家五六椽，疏篱短短枕洲编。
> 四边芦荻无余地，万顷波澜是好田。
> 晓雨初晴齐晒网，晚潮将到急移船。
> 生平不会人间事，只得鱼钱充酒钱。

《偶成》中两联极佳。"鹰爪"指茶叶，黄庭坚有"自携鹰爪芽，来试鱼眼汤"句；"麝煤"当然就是墨了，韩偓有"蜀纸麝煤添笔媚，越瓯犀液发茶香"句，此诗颈联足与比美：

> 为嫌屐齿损莓苔，蓬户连旬不肯开。
>
> 花向雨中容易过，诗从淡处老成来。
>
> 白瓷瓯净试鹰爪，紫石砚凹磨麝煤。
>
> 自是闲人闲富贵，何须逐草叹无媒！

《霜》的末联非常幽默：

> 鸿雁来时信始通，寒威栗冽五更风。
>
> 费将夜夜几分白，染得山山一样红。
>
> 茅店鸡声残月后，枫桥渔火乱鸦中。
>
> 莫言日照浑无迹，在吾鬟边终不融。

《蛩雨》，"蛩"即蟋蟀，"蛩雨"一词新奇少见，殆创自宋诗人，如方岳"底须蛩雨做寒声"，周文璞"雁烟蛩雨属他家"，陈允平"雁烟蛩雨又黄昏"，朱继芳"雁烟蛩雨五更头"等。

> 月暗窗纱天未明，如连如断绕檐鸣。
>
> 何图唧唧啾啾语，都作霖霖滴滴声。
>
> 只有愁人眠不稳，更令懒妇听先惊。
>
> 朝来试向空阶望，露湿莎丛秋气清。

《杨贵妃樱》一诗则使我们知道在东瀛还有着以中国贵妃命名的樱花：

> 天生尤物比应稀，压倒千芳与万菲。
>
> 一种娇容云作脸，十分清致雪为衣。
>
> 名花元自兼香色，凡卉何须论瘦肥。
>
> 谁信海山三岛外，人间别有太真妃！

《长圆寺》一律，颈联极其有趣，作者有生动的自注："寺有一犬，僧鸣钟则必来吠，僧云是念佛也。""予到寺讲诗，有一鸡来傍砌而立，又随上坐，逐之不去。主僧云是邻鸡也，前是未尝一来。执而送其家，则须臾又来。"从该诗又可知直到江户后期，日本寺庙还有学者讲诗之雅事，足证汉文学之深远影响：

> 三岛驿西山下寺，一尘不染与人宜。
>
> 修篁有意遮喧市，流水无声入静池。

> 犬认钟来知念佛，鸡钻篱到定闻诗。
>
> 老僧诚欵真如许，为客朝昏手助炊。

诗佛的七古也有佳作，兹录其描写案头文玩二首。《瀑布石》有小序："写山楼主人所藏，云得之纪州。白纹数条如瀑布，余为名曰瀑布石，并赋长篇一首贻之。"

> 我昔西游到南纪，南纪多山又多水。
>
> 断沙互渚远弯迴，峭壁悬崖相逦迤。
>
> 就中最爱熊野祠，祠前瀑布海内奇。
>
> 千丈直自九天下，俨然太白庐山诗。
>
> 君今此石何从得？恰似界破青山色。
>
> 君言自纪赍将来，朝夕摩挲忘寝食。
>
> 我对此石思旧游，恍疑溅沫泻我侧。
>
> 昔年无累又无家，千里探胜任脚力。
>
> 如今卧床江城隈，尘埃无由濯胸臆。
>
> 惭愧作诗无清思，空对此石三叹息！

另一首《盆山水》也颇有气势和意境(诗尾一联两末字都是"里"，乃因简化字造成的)：

> 君不见，天台四万八千丈，上有石桥通来往，
>
> 桥畔古松知几株，风来时作波涛响？
>
> 又不见，大湖三万六千顷，双峰相并倒漫影，
>
> 中有神龙护素书，洞门月照秋潭静？
>
> 我无两腋生羽翰，缘底身得游其间？
>
> 盆池才贮数勺水，更置一片碧屏颜。
>
> 互渚断沙相映带，攒峰叠嶂迭掩蔼。
>
> 崖树含风生嫩凉，岸花映月胃轻霭。
>
> 我住城市厌喧嚣，满面尘埃何以浇？
>
> 长夏三伏炎蒸日，相对便觉磊块消。
>
> 谁知几案咫尺里，收拾湖山千万里？
>
> 芥中须弥何足称，诗佛神通已如此！

诗佛还偶尔填写过词。今存《诗圣堂诗集》卷四和卷六中保存了他

的四首词,词牌均是《渔歌子》,内容都是仿唐代张志和《渔父》。正如神田喜一郎说的,这一词调不过是将七绝的第三句减去一字,拆成两个三字句,因此汉诗作家谁都容易写出来,诗佛也不过一时兴起的尝试而已。这里就提一笔而不引录了。

十九、山梨稻川、佐藤一斋等

与上节相比,这一节写的关东汉文学家年纪更轻一点,总体功力、水平也较弱一点。其中写诗较有名的是山梨稻川、菊池五山等,写文较有名的有佐藤一斋等,还有以词闻名的野村篁园、日下部查轩等。我们略依生年先后记述。

冈本花亭(1768—1850),名成,字子省,通称忠次郎,号花亭,别号丰州、醒翁、诗痴、括囊道人等。师从南宫大湫(1728—1778),善诗。仕幕府,为计吏。文政初(1818年顷),因建议改革弊政而得罪老中水野忠成,被黜。天保八年(1837)被任为信州中野郡代,因年老不适高寒,特许在江户遥领。曾为灾民请命免税。据说他为官清廉,与林鹤梁、羽仓简堂一起被称为"幕末三名代官"。后又任近江守。据说他在官务之暇,无一日不为诗。与菅茶山、大窪诗佛等人交厚。茶山逝世后,他为茶山故居题诗《黄叶夕阳村舍图》,颇带感情:

> 白头感忆旧交欢,泪眼何胜展画看。
> 人去乡庠弦诵绝,一村黄叶夕阳寒。

花亭写过题画诗不少,《新竹图》一诗下题"余时就官",寄寓了作者柔中有刚、经得起风霜考验的情操,是一首好诗:

> 新承雨露嫩梢垂,与柳同柔此一时。
> 待看风霜摇落日,直竿苍劲挺然枝。

又有《杜鹃叫月图》,颇有诗境:

> 夏立新鹃叫过时,居人喜听旅人悲。
> 夜来齐破两家梦,月照水精花一篱。

又据平野紫阳(1875—1954)《文学奇瑞谈》载,天保间花亭任信州中野郡代时，郡人为狼害所苦，花亭便作《谕狼》一诗，张贴在狼出没之处，狼害为之倏然而止云。这真是可与唐代韩愈作《祭鳄鱼文》的佳话相媲美，当然太神奇了。但花亭作诗一事当是事实，其诗亦见于《名家诗抄》。诗曰：

> 毛属藩生国士恩，住山何得害山民？
>
> 析看狼字是良犬，谕汝自今知爱人！

山梨稻川(1771—1826)，名治宪，字玄度，一字叔平，通称东平，号稻川，又号昆阳山人、于陵子等。自幼颖悟，一日僧退翁与其父闲谈，云："凿地一尺，增空亦一尺。"稻川即插言："天自天，地自地，何有增损之理？"僧惊道："此儿太利根，后必成大器！"八岁时学于僧院，摔伤右手，即以左手写字，后篆隶行草均佳。又向狭山藩儒阴山丰洲学习诗文，丰洲亦视为神童。及长，曾与本居宣长(1730—1801)谈论日语古音，恍然有悟，遂钻研《广韵》并上溯秦汉，成为著名音韵学家。晚年定居江户，作为学者，名扬四方。但主要并不以诗名，很多日本人也不以为他是大诗人。日本学者内藤湖南曾说，他就是最早从俞樾所编《东瀛诗选》中，才读到稻川的诗的。因俞樾选其诗较多，并称他"才藻富丽，气韵高迈"，又称"在东国诗人中当首屈一指"，才使得他获得重名。湖南还在读稻川诗时写诗说"曲园太史是知音"，"重泉安得起俞樾，商略东瀛绝妙辞"。不过，俞樾称其"首屈一指"似有过誉。俞樾又认为他的"五七言古诗尤其所长，七律亦雄壮，而往往有不合律处"。这里举些例子，如《自嘲》，尤见其人性情：

> 一旬不靧面，一月不梳头。
>
> 踵裂犹穿东郭履，橐空时典相如裘。
>
> 邻丧宜假文若吊，儋石休向监河谋。
>
> 布裈客至虱犹扪，釜甑尘积鱼可游。
>
> 问君疏懒何以然，醒时傲荡醉时颠。
>
> 野夫不仿楼君卿，七尺坐受朱门权。

长篇五古《风灾诗》入声促音，笔力雄肆，作于文化十三年(1816)，对灾民深寄同情。程千帆评价甚高，认为"殆合昌黎《陆浑山火》、玉谿《行次西郊》而一之，洵未易才也"。因不顾其长，录以鉴赏：

> 文化丙子秋，闰八月四日。
>
> 皇天斯熛怒，天色俄如漆。

苦雨凄淋淋，愁云惨稠密。

未料阴阳变，如闻鬼神叱。

翛翛长林骇，漠漠连山失。

大块动噫气，箕伯恣横逸。

初若洪涛翻，訇礚崩崔嶂。

乍若逸雷奔，百里激霆疾。

直疑地轴摧，无乃天柱折。

拉挏夏屋倾，摧残梗林拔。

或似千军驰，呐喊互奔轶。

或似万马骤，超骧乱踶蹸。

或龙矫鳌扚，或电击神挟。

或拉而斋粉，或捏而灭裂。

不见九首夫，拔木若苗擂。

当有陵鱼见，飞廉尔为孽。

积威撼山岳，余怒翻溟渤。

势欲劈鹏翅，力当破鲛窟。

陂泽尽簸荡，石砾争唐突。

何况负郭居，惴惴恐颠越。

匹如驾飞涝，轻舟频荡扤。

病妻不能起，痴女泣且跌。

墙藩无遗堵，何处有完室。

顾念东邻老，穷鳏无所昵。

身已困坎壈，口不饱糠粃。

矮屋两重茅，一彗无遗孑。

怪雨如缏缫，沾湿垫短褐。

中夜寝无处，叹息徒抱膝。

又闻菖蒲谷，安水暴溢溢。

民屋皆沉沦，田畴尽淹没。

冲湍啮山根，余波襄陵埒。

七村几为鱼，百室皆悼栗。

哀哀羸弱者，骑枒避艴匹。

上为冲飙振，下为激浪啮。

号哭吁皇天，酸楚岂可说。
滔滔势未已，堤防行将决。
府尹亲董役，楗石为防遏。
丁壮百千人，奔走声嘈囋。
城邑在下流，泛滥忧所切。
切忧千金堤，溅漏由蚁穴。
尝闻敬天怒，暇豫不自佚。
病来神气倦，黾勉策疲苶。
拔茅补罅漏，手足据且拮。
拮据亦何伤，生民恐夭伐。
二仪有荧惑，燮理或悖戾。
窃意南亩收，余殃及稻秫。
圣宰代天工，仁泽覃穷发。
焉得发大仓，瘵民被振恤。
日夕天更黄，怒号夜未毕。
徒抱杞人忧，殷痛寄词笔。

稻川的绝律亦有可读者。如《冬岭秀孤松》：

一夜云低地，千崖雪撑天。
岁寒凋百卉，怜尔独贞坚。

《赋得还乡》：

几年首丘感，今日意苍茫。
客久门闾换，归新松竹荒。
交游人半土，眷属鬓俱霜。
相见翻如梦，犹疑在异乡。

《春晴》：

小园春色日相催，满树晴霞烂熳开。
一片花飞不著地，正知峡蝶逐芳来。

《山行》：

探胜行行不觉疲，山间石路自逶迤。

> 林衣红染霜过后，松茸香来雨霁时。
>
> 人倚断崖听谷响，猿攀垂茑透寒枝。
>
> 偏怜幽境秋殊好，寂寞叩成几句诗。

稻川的七律最精彩的，或可举《访木子慎》。木子慎不知何许人也，但正如中国学者孙望指出的，读此诗，"木子慎其人、其才、其德，可约略想见。诗亦典雅称之"：

> 不甘朱邸曳长裾，却对桂丛耽著书。
>
> 儒业旧尝推服子，赋才今复见玄虚。
>
> 客来三径尘踪绝，月照孤樽清兴舒。
>
> 相遇良宵须一醉，饶他浮世叹居诸！

最妙颔联用典：服子即服虔，东汉古文经学家，撰有《春秋左传解谊》。服虔字子慎，与主人字同，故用以相比。玄虚，指晋代文人木华(字玄虚)，作有名赋《海赋》，收《昭明文选》。木华之姓与主人同，故也用以相比。日本诗人用中国典故高妙如此者，罕见也。

松崎慊堂(1771—1844)，名复，字明复，初名密，一字希孙，通称退藏，号慊堂。肥后(今熊本县)益城郡人。幼敏慧，好读书，十岁时因父命为僧。十五岁出奔，赴江户，路上遇盗，身无分文，至伊豆三岛投宿寺门。主僧悯其志，介绍于浅草称念寺玄门和尚。玄门虽劝其改心事佛，但亦知无法夺其志，便赠盘缠，助其入林简顺门读书，寄寓昌平黉。他便在黉内边打工边学习，写作诗文，渐渐崭露头角。有时，佐藤一斋也在林塾，便与之切磋学问和诗文，因此学艺更进。享和二年(1802)任挂川藩儒，后深受藩主尊重，言听计从。幕府曾聘他接待朝鲜使，跟从林氏至对岛，仪礼颇不失体。他因病于文化十二年(1815)致仕后，在江户城西涉谷隐居，居处称石经山房。

慊堂博学强识，精熟儒学经义，隐退后更钻研汉学，于汉唐的经义注释尤有心得，被称为日本研究开成石经第一人、彼邦汉唐学之祖。慊堂的汉文写得颇有特色，诗则并非所长。其文较有名者有《青柳文库记》《赠大相国菅公画像记》《稻川遗草序》和《蝇说》《蜗说》《龙说》等。今录其《蝇说》，实是一篇颇有锋芒的寓言：

> 松子行至藤泽之邮置，连雨，相模河溢，遂留四日。夜则蚊雷寇幨，

蚤锋攒床。天明始眠，则苍蝇拍面聚眦。以扇挥之，纷纷沙散，满案集食，秽不可忍。乃戒僮仆，织箬皮，插竹柄，举而击之，日歼数千头。自此稍稍知畏，闻击声辄飚举，击声止又来。黠避瞥至，不可方物。其集饵交媾者，乃得一击骈杀耳。渐倦而眠，梦有一物，怒额出目，简口大腹，四手据地，羽服接足，来诉曰："我与子异类，虽姑来扰子，非如蚊与蚤之酷也。子何歼我族之惨也？子之同类，有小人者，好钻君主，洞其心腹，又能毁同类，锢其手足，专以私谋，害民祸世，其众逾我族。孰与吾之营营，不过寻常，而秽迹之所及，止几席杯盘哉？高官大禄，厚自封殖，以自取祸败。孰与我之集饵，惟营一饱而已哉？比而视之，其利害之大小，不必待明智博达而后辨也。此可以警子之同类，而歼我族之何惨也！"余愕然而觉曰："蝇亦有鬼乎？"甚矣，小人族子之情状，虽之秽虫亦知恶之矣！虽然，蝇鬼之辩，殆乎佞矣，吾姑记之耳。明日，河流方缩，吾将逾箱岭之险，谒故君于玉泽之陵墓，振衣于天半之岳巅，俯视一切，吸沆瀣而除粗秽，然后屏迹空山，莳杞菊而远腥膻，虽有是曹，其奈我何哉！

慊堂的诗，也可见朴茂之气、真率之情溢于字里行间。如《秋日卧病有感》：

> 故园何日省慈闱，多病多年心事违。
>
> 云路三千梦难至，秋天无数雁空飞。

《春日同游菩提树庵》则描景抒情均有诗味：

> 一宇茅庵山一隅，荜门圭窦锁绳枢。
>
> 林悬树树玲珑色，雨霁村村水墨图。
>
> 霞外弄声莺数啭，池头任醉酒盈盂。
>
> 闲心都被闲绿系，日暮幽然步绿芜。

小岛梅外(1772—1841)，名筠，字克从、稚节，通称酉之助，号梅外，又号孤山堂、瓢斋等。他出身于富有的商家，一面经商，一面向市河宽斋学习诗文，并与先辈大窪诗佛、柏木如亭及菊池五山等被并称为江湖诗社"四天王"。互相推许，崇扬性灵派，形成江户诗坛之风气。但在"四天王"中，他的诗最少。后又改向铃木道彦学作俳句，号大梅。梅外诗今不好找，有《夜景》两首，今录其一，可以看出他虽也出身于江湖诗社，但着重继承了宽斋学晚唐诗的典雅流丽的一面：

　　星照中流灿有光，暗潮未退蘸前塘。

　　渔舟去远橹痕定，又现垂杨影一行。

　　菊池五山(1772—1855)与梅外同龄，但多存世十多年，为江湖社殿军。五山名桐孙，字无弦，通称左大夫。因藏有中国诗人白香山、李义山、王半山、曾茶山、元遗山五家诗集，故号五山。又号娱庵、小钓雪等。父为高松藩儒，从小学于藩儒后藤芝山(1721—1782)，后去京都入柴野栗山门下。栗山为五山家三代通姻。栗山后成为幕府儒官，五山遂随之赴江户，又向市河宽斋学诗，成江湖诗社"四天王"之一。五山嗜酒，爱美服，生活放浪，自称"扬州小杜牧"，因而一直未做什么官。当宽斋的江湖诗社渐渐消散，如亭、诗佛等人外出漫游后，江户仅剩五山一人，宽斋也就将他视作接班人了。当时，龟田鹏斋的书法、五山的诗、谷文晁的画，被人称为艺坛三绝。据说狂歌师大田南亩(1749—1823)还作有一首狂歌云："诗五山，书龟田，画文晁，狂歌俺，艺人属阿松，料理八百善。"可见五山的诗在当时名声甚大。

　　又据说，在宽斋生前，他还模仿宽斋的《北里歌三十首》，作《深川竹枝三十首》，因而获放荡之遣，在京、摄、势、备间流浪，并得以与菅茶山、秦沧浪等人邂逅。文化二年(1805)返江户，为改变放荡不羁的名声，他受清代袁枚《随园诗话》的启示，从翌年起用汉文仿作《五山堂诗话》，自此每年写一卷，共出十卷后，又出补遗五卷，先后费时二十六年，共评论了当时诗人六百另七名，诗作二千一百四十首。上至贵臣，下至平民，其中还有十五名女诗人，所涉广泛，在日本汉文学史上实属罕见。此诗话的编写出版，当时轰动江湖，据说一些好名之徒争相贿钱，求载其作，而五山竟纳而不拒。为此颇招物议，但五山却说"天下知我者固不在此"，不以为意。赖山阳曾有诗云："学吟争愿五山知，寸舌权衡海内诗。"

　　加藤草轩《柳桥诗话》(约撰于1826)写道："论者谓五山先生，本邦之袁子才(按，即袁枚)也。是说但见其杜德机耳。盖其似者三，不似者三。举世推为诗伯，其似一；诗话共传，纸价为贵，其似二；声色之好，老而不废，其似三矣。子才氏园池之胜，栋宇之丽，歌于是，哭于是，而先生祝融屡灾，移居不定，其不似一；子才氏之著书，莫不开雕问世，而先生一点心血，又为火所爇，其不似二；子才氏以穿碑巨制，为世所讥，而先生之文，莫有白璧微瑕，其不似三也。其自述云：'樗栎能全只任天，华颠又是及华年。仕途蹭蹬当时梦,老境汗漫今日缘。竹院寻僧林下屐,洞箫伴客月中船。青云自信吾无份,却愧诗名到处传。'盖子才集中似是绮丽之作恐不多觌也。"而其实,文政八年(1825)五山已被聘为高松藩儒,从此生活安定。而五山亦"为世所讥"而非其文"莫有白璧微瑕"。这两个人倒真的是蛮可以一比的。

五山曾自述其诗初奉明李、王,未久喜欢谢茂秦,后又学晚唐温、李,年三十始窥韩、苏门户,后深喜杨诚斋。猪口笃志《日本汉文学史》认为从其自述可知其诗创作之大致轨迹,然其诗实乃浅露,甚至纤巧奇僻。猪口认为其时日本诗坛倒是从关西至九州开了新生面。确实,江户地区诗坛到五山其人时,虽然作者还有不少,但已渐趋消沉。

五山诗这里略选数首较佳者。如《新年杂述》可见日本习俗:

> 太平妆点是儿童,男女游戏到处同。
>
> 彩鞠跳梁不离地,纸鸢跋扈欲凌空。

《薄暮骤雨》描写细腻:

> 薄暮狂风挟雨过,残声犹自在汀荷。
>
> 红灯无数凉如滴,近水楼台气色多。

《秋夜》为丧妻后作,感情真挚:

> 珍簟冰纹睡不成,西窗落月下三更。
>
> 今宵最是难过夜,络纬啼时无妇惊。

《冬日田园杂兴》描写父爱亦颇动人:

> 嫁女城中已抱孩,终年相面两三回。
>
> 水仙芦菔俱装担,冲雪今朝入郭来。

《狼》描写诗人浪游中奇特的经历:

> 老树云里天未晓,竹舆摇梦过嶙峋。
>
> 耳边忽听扛夫语:昨夜前村狼食人。

《移竹》则用了拟人的手法:

> 我正醒时君正醉,扶君移向小栏西。
>
> 他时我醉君须醒,一卧清风要借栖。

由上可见五山学宋诗的七绝,实有可诵赏之作。而他还有一篇七古《题林良画鲤图应教》,乃写明代院体派花鸟画代表画家林良(字以善)的一幅传至日本的巨绘,描绘生动,留下历史记录:

> 朱明画史林以善,凤官锦衣忝首选。
> 腕手所到妙入神,遗迹至今比纪虢。
> 巨幅曾写跃鲤图,忽惊活泼起坐隅。
> 波涛卷处山岳立,腾凌成势走天吴。
> 一鱼已具龙骨格,头角崭然露形迹。
> 鲸奔鲲化何足言,仰见禹门若咫尺。
> 二鱼继迹似相随,卓荦亦是非凡姿。
> 六六金鳞真珠眼,黑云齐扶出砚池。
> 神异之鱼神异笔,滃渤元气合为一。
> 华堂置此守须严,只恐风雨乘夜逸!

佐藤一斋(1772—1859),名坦,字大道,通称几久藏,后改称舍藏,号一斋,别号爱日楼、老吾轩。宽政二年(1790)十九岁时,仕岩村藩,遇见比他年长四岁的林述斋,切磋学问,甚为相得。翌年,因故被免职。四年(1792),述斋劝他游浪华(今大阪府),寓间大业家。大业精历数之学,与一斋一见如故,又介绍一斋从中井竹山学。一斋从此刻苦钻研经义。竹山曾题词"困而后寝,仆而复起"以策励之。后更游京都,拜见皆川淇园。五年(1793)二月,归江户,入大学头林简顺(信敬)门,并寓其邸。四月,林简顺逝世,林述斋嗣为大学头,与一斋正名为师弟,日夜切磋如旧。又与松崎慊堂、市野迷庵、清水赤城、释大典等交往。十二年(1800),应平户侯招而讲演,又游长崎。文化二年(1805),成为林家的塾长,自此门人日盛。文政十一年(1828),作为岩村藩的老臣,参与藩政。天保十二年(1841)林大学头述斋逝世,被擢为幕府儒官,在昌平黉讲学,又参与幕府内政外交。所以,俞樾《东瀛诗选》称:"一斋早登膴仕,后以事失官,乃有志于学,遍访名师,……久之而所学益进,自王公大臣争延致以师事之。"其著名弟子有佐久间象山、安积艮斋、渡边华山、大桥讷庵等。其学被人称为"阳朱(熹)阴王(阳明)",又被誉为幕末儒林泰斗。

一斋善文,甚至有称其为当时汉文坛第一大家者。名文有《春川钓鱼诗画卷序》《寿宽斋翁六十序》《杉田村观梅记》《不得已斋记》《名山图叙》《日光山行记》等。《日光山行记》作于文政元年(1818),近藤春雄《日本汉文学大事典》不仅将它作为专条,而且全文收入。今录其《题蘐园谦集图》,文中栩栩如生地描绘了图中出现的荻生徂徕、山县周南、安藤东野、释万庵、平野金华、服部南郭、太宰春台、宇佐见灊水等八位汉文学家的形象,对后人颇有参考价值:

> 蘐园谦集图,环卓而坐者凡八人:其白首皓眉,色腴而骨癯,欢然若有所容者,为物茂卿,即蘐园主人也;右侧手纸笔而顾,若推敲诗句者,县孝孺次公;左侧龄最少,眉目清秀,丰采潇洒者,滕焕图东壁;祝发禅衣,体貌肥大者,释原资万庵;脱外套,举大爵,右坐左跪,若醉而颠者,平玄中子和;与子和并坐,从容醖藉,若相戏酬者,服元乔子迁;在次公之侧,疑然端坐,腰刀手箑,熟视子和而颦蹙者,太宰纯德夫;在子迁之后,剔龉而鬌矮,躬俯而面仰,若与万庵隔卓而语者,宇惠子迪也。自次公而下七人,皆以词艺名一时,盖于物茂卿之门为翘楚者。此图不知谁所作,必出于其徒在当时亲睹之者。不然,恐不能肖其真,写其态,殚其风流文雅之概如此之详也。在昔宋熙宁中,王晋卿会一时名流于西园,自东坡而下十六人,李伯时图而米元章叙之,艺苑传以为佳话。如我享保中,亦才子辈出,以蘐园为最盛。而此集适与西园相仿佛,则图而传之,固其宜。且今对此图,想象当时,使吾如身跻其堂,相周旋于文酒之间,亦一快事也。乃重抚之,录名人姓氏于颠,俾后之揽者有所考。

一斋亦不以诗名,偶有可读之作,如俞樾所说:"亦多叙实之词,不为浮华虚语,盖亦学人之诗也。"如《谩言》,是发议论的诗:

> 斯文丧坠有谁寻,天地人心无古今。
>
> 偶坐夜堂窥斗象,殊疑光彩照吾襟。

又一首:

> 落落乾坤人亦无,谁欤自古是真儒?
>
> 唯名与利多为累,一过此关才丈夫。

《秋怀》一诗,有妙思,也颇风趣:

> 春风使人懒,秋风使人悲。
>
> 懒时无言语,悲来辄饶诗。

> 因悟床下蟋，彼亦有所思。

《春雨送人》是其难得的状景写情佳诗：

> 烟芜遍地王孙恨，飞絮漫天游子情。
>
> 争耐江南长浪迹，偻风恼雨属清明。

又一首：

> 正是香残酒冷时，雨声别恨其迷离。
>
> 江亭有柳长千尺，刚被春风作意吹。

樱田虎门(1774—1839)，名质，字仲文，通称周辅，号虎门，又号钦斋、鼓缶子。仙台人。初从仙台藩儒志村五城学，后游学江户，师从服部栗斋(1736—1800)学经史，受阊斋学道统。后仕仙台侯，为江户藩邸顺造馆的督学。后归仙台，在养贤堂任教，宣传其师栗斋之学。虎门多才多艺，懂天文、武术及本草学。其诗也颇有可诵者。如《病中作》：

> 夙志蹉跎四六年，多愁多病又多眠。
>
> 岂将勋业能投笔，只说佣书不值钱。
>
> 床上把杯宜拨闷，囊中探药却慵煎。
>
> 梦来还是难为蝶，恨杀南窗白日迁。

《题钟馗画》：

> 独提雄剑怒冲冠，长为君王截鬼殚。
>
> 但恨后庭余一妖，沈香亭北倚栏干。

他的《登芙蓉峰》，明显从柴野栗山的《富士山》一诗脱化而来，描写了登富士山顶的感受和所见，虽所描述未脱俗套，诗味不足，但颇有气势：

> 天工削出玉莲崇，八朵齐开各竞雄。
>
> 大麓风雷迷白日，中峰雨雪散晴空。
>
> 咨嗟方骇星躔近，呼吸还疑帝座通。
>
> 寰宇低头何所见？苍洋碧落接鸿濛。

野村篁园(1775—1843)，名直温，字君玉，通称兵藏，号篁园，又号西庄、霁庄、玉松山叟、紫芝山樵、静宜轩等。浪华(今大阪府)人。曾在古贺精里门下学习，后成为昌平黉的儒官。为古贺侗庵、增岛兰园等人的同僚。

友野霞舟为其学生，霞舟认为江户诗人中最值得钦佩的是新井白石和野村篁园。古贺侗庵、桂湖村等人对他的评价也很高。他的作品也不少，可惜后来日本汉文学史书中提到他的不多，主要因为他自编的《篁园全集》一直未出版。所幸这二十卷书稿今存日本国会图书馆。又有《静宜残稿》存东京图书馆，卷头有清人王朱孩的批评，评价甚高。

猪口笃志《日本汉文学史》写到篁园，说读其遗集，佳句簇出，应接不暇，感慨如此作家现今表彰罕见，岂非诗人显晦由命？其实，文学史上这样不公平的现象是很多的。猪口提到，江户幕府某士读篁园诗文稿，认为其中数十篇赋皆可诵，并称如有人撰写《江都文苑传》的话，则篁村应列为巨匠。猪口还提到篁园的《谷墅赋》，认为当属"古今邦人赋中压卷之作"。因有二千三百字之长，故此处不拟引录。这里引其五古长诗一首《詈蚊》，其中用了很多中国典故，也用了不少僻奇字，但风趣可读，对蚊子吸人血的描写十分生动，令人佩服。从诗中可知篁园读过欧阳修的《憎蚊诗》。诗中"谶犹传晋谣"句，猪口不详其意，其实是一僻典：晋惠帝时洛阳南山有蚊作声曰"韩尸"，人便传说韩谧将尸戮，俄而韩氏被诛。

> 洪炉陶万品，虫豸诚非一：
> 尔雅录蟏蛸，唐篇载蟋蟀。
> 结阵蚁输粮，趋衙蜂酿蜜。
> 蚓以饮泉廉，蝉因餐露洁。
> 巧思蛄推丸，美才蛙拒辙。
> 劈琴蛱趑腾，击鼓蛙嘈囋。
> 蜻蜓眼悬珠，蛱蝶眉卷铁。
> 蜮或拂红灯，萤能照缥帙。
> 嫋嫋蛮歌涂，诜诜螽乳穴。
> 蚊子最么么，禀兹芜秽质。
> 不是蚋蝇俦，定应蟊蠈匹。
> 辛螫逾虺蛇，饕婪过蚋虱。
> 长脚豹纹攒，薄翎龟兆缺。
> 戢影避晨飔，引声乘旭日。
> 簇如雨纷纭，散似泉潵滴。
> 熇雾撒低檐，晴雷吼闲室。

都城六月天，火狱无计脱。

偶逢进微凉，暂拟忘毒热。

绕耳乍咿嘤，触眉何翻馺。

逐臭溺兰樽，营饥闯竹筥。

初寻绤衣疏，遂入纱绳密。

短吸萃丰肌，长嘘贪愤血。

隽味插棘芒，饱腹垂杞实。

驱疑白云颓，扑拍红露溢。

刺股利锥深，掠面飞箭疾。

血点赤珊瑚，疮成红绞缬。

拨炉屡添炷，爝烛频折聖。

猛攘腕将瘘，乱爬爪亦裂。

负山力虽微，蔽野威转烈。

鼀醯倦噬吞，蟋螗疲收掇。

势已逼齐桓，谶犹传晋谧。

范床不可眠，沈簟何堪叱。

偷生慕腥臊，抵死求肥腯。

共说解搏牛，敢论宜鸑鷟。

虞赋加诛订，欧诗穷憎嫉。

防萌宁有道，疗毒终无术。

愿剪犯霄竿，插以沧海月。

一挥起秋凉，九寓除夏孽！

箟园的一些小诗描写乡村风光，极有新意。如《渔村夕照》：

雨过江郭似潇湘，蓼岸花深潋夕阳。

半掩短篷图画里，笠檐红滴觉新凉。

又如《题画》：

朝随草径穿浓绿，暮过花堤踏坠红。

十里春村牛背稳，笛声吹断夕阳风。

《芭蕉》：

百尺沿檐展翠罗，嫩凉生处影婆娑。

寂寥堪听清宵雨，洒向吟窗破睡魔。

《秋江晓望》：

江天渔火白，晓色想枫桥。

荇破涵残月，芦鸣送急潮。

橹声烟未敛，帘影雨初消。

斗觉金乌涌，晨霞剪绛绡。

篁园更擅长填词。此事也湮没甚久，神田喜一郎《日本填词史话》给予高度评价。据统计，《篁园全集》中保存之词，竟有一百六十四首之多！神田指出，这般数量在中国历代作家中也是不多见的。而且，从极短的小令到最长的慢词，差不多各调皆备，如此壮观，值得惊叹！神田又指出，篁园的词大半是咏物之作，尤多吟咏四季花木。这些作品，从技术上看有的也颇不错，不过我们更欣赏的是他的记事、抒情、写景、题画类作品。这里略引几首，以作欣赏。小令如《点绛唇·题画》：

过雁声中，瑠田倒蘸红千树。爱兹幽趣，似鲈乡住。　　短舸何人，直划凉波去。天将暮，淡烟疏雨，望断潇湘路。

《卖花声·本意》写清晨卖花之声甚有韵味：

晓雨润芳菲，紫裹红欹。满篮娇露欲干迟。十二铜街都叫遍，羞杀莺儿。

余韵更清奇，玉茧抽丝。褰帘买取几新枝。的是绣闺人未起，蝶也先知。

长调如《夺锦标·观竞渡》，描写颇有气势，临末余音绕梁，张弛有致：

乳燕将雏，晴鸠唤妇，胜日刚逢双五。好是兰汤浴后，衣试蕉纱，盖浮蒲缕。望清泚一碧，拥朱舫游人如堵。问骚魂可倩谁招，旧俗徒传竞渡。

双鹢齐张彩羽，倒蹴波心，万片雪花掀舞。仿佛昆池习战，叠鼓雷轰，戏旗风怒。忽喧呼报捷，又惊飞沙湾鸥鹭。渐黄昏几队归桡，静载将蟾光去。

集中最长的一首是二百四十字的《莺啼序·夏日园居杂述》。据《词律》云："词调最长者惟此序，而最难订者亦惟此序。盖因作者甚少，惟梦窗（吴文英）数阕与《词林万选》所收黄在轩一首耳。"而日本人篁园居然也填了一首，且该词层次分明，颇有情致，实为难得！

新鹃叫残晓月，恰繁阴似水。帐纱淡，院宇深沉，宝猊犹绾烟穗。叹昨雨，驱春色去，花妆洗了胭脂泪。只多情，紫燕啣泥，更补香垒。　　谢墅林泉，装园卉石，算经营擅美。又何如，佳景天然，偏能悦目娱耳。浸幽阶，鸳池拭碧；压低槛，螺峰攒翠。剩松蝉，断续凄吟，缀商流徵。　　清和好候，薄暖轻寒，正练裕堪试。徐步处，草毡平展，槐幄深护；豆摘蛾眉，茶挑鹰嘴。临溪涤砚，看山移榻，乌丝偷谱归田赋。况西窗，倦卧饶凉思。帘疏簟滑，悠飏弄袖薰风，暗添黑甜滋味。　　韶容顿变，壮志全销，厌蜎纷世界。独喜那，广文官冷，不异抽簪；楠酒三杯，芸签一几。红尘迹远，青云缘浅，怎妨门外轮蹄闹，缩乾坤，收入仙壶底。笑他走利奔名，坏蚁争粮，壑鱼逐饵！

以上，我们已知篁园甚至填写过一些少有人写的僻调。而他的咏物词中，还写到他人颇少涉及的一些物品。如《水龙吟·古刀》：

帝炉喷出红云，全灵恰应穿针节。飞廉击橐，赫冲装炭，锻成英铁。莲锷雪凝，麦芒星碎，冷涵毛发。向晴窗挥弄，神光四射，惊白昼，生长睨。

万古腥氛未灭，认模糊，染残蛮血。沉冤暗恨，凭谁可诉，世无欧薛。虎气冲坟，龙精吼筐，月凄霜洌。尽冯懽老去，一片雄心，共铦锋折！

正如神田指出的，日本人填词能达到这种水平，是值得惊叹的！从集中看，篁园十分刻苦地向宋代名家学习，作品中步苏东坡、贺方回、史梅溪等人韵的就有好几首。虽然难免有"虎贲中郎"之感，但篁园应是江户时代最杰出的词作家。其作品具有堂堂大家风度，成就实胜于关西的田能村竹田。可惜的是，其被世人知晓的程度远不及竹田。

日下部查轩更是以前从来不为日本汉文学史提及的作家，至其生平及生卒年均属未详。首次写到的是神田喜一郎的《日本填词史话》，他经过尽力探索，亦仅知安政五年(1858)刊行的采录其五言古诗四首的《近世名家诗钞》中称"日下部香，字梦香，号查轩，江户人"。神田经查《篁园全集》《霞舟诗集》等，考知查轩又号梅龛、梅岩等，其居则称鹿滨吟筑、剪淞楼等。他可能是野村篁园的学生，与友野霞舟、设乐翠岩等人均为幕府儒士，后从幕僚隐退，以篁园为中心，专注于填词创作。查轩有《梦香词》，共有长短调四十多阕。神田认为，到他为止日本词人的作品中还没有佳品如此之多者。神田书中共选录其词十三首。中国著名词学家夏承焘《域外词选》又从中选了十首，列于卷首。神田说"特别牵动我心的"是他隐退时写的《水调歌头·秋感》：

林壑卸簪组，气味似沙弥。曾因梅以为姓，姓字怕人知。容膝茅茨十笏，刮眼《楞伽》一卷，身世共相遗。莫谓醉彭泽，天命复奚疑。　芙蕖露，梧桐雨，岂维私？萧疏赢得短鬓，犹未制罗衣。秋冷锦机投壁，云霄玉筝分柱，已是夜凉时。灯火小于豆，寻句捻霜髭。

《紫萸香慢·重阳》，感怀抒情，亦颇动人：

恰雏晴，轻岚深翠，一般稍报佳辰。更菊黄萸紫，遗羁旅、倍思亲。世路这番多累，奈登高望远，且拟参军。但盈尊白酒，浅酌整乌巾。我老矣，霎时易醺。　因循。宦薄家贫，何处寄此孤身？想陶公韵事，滕王胜躅，悉作埃尘。尚赢好词雄句，沉吟际、旋伤神。叹人间岁华如水，况兹秋暮，听了落木纷纷，风断雁群。

查轩的咏物词也颇多，《永遇乐·秋蝶》一阕，神田认为是佳作，尤其是"静拂斑苔，徐随锦叶"二句，捕捉到了秋蝶的幽艳姿态，当是妙句：

一霎秋晴，三竿嫩日，犹作蓬栖。老菊含霜，衰兰泻露，点淡芳丛暮。蜇音初急，蛩声已断，梦里生涯未悟。奈凄飔，倦翎娇态，双双不复高举。

园林寂寞，燕归莺喋，烟景更殊前度。静拂斑苔，徐随锦叶，欲学银鸾舞。粉衣零落，定栖无处，总是被风情误。向凉阴，还堪朗咏，颍州妙句。

神田指出，查轩在日本填词史上占有极高的地位，虽不像田能村竹田那样是富于纤细趣味的艺术家，但其锻炼之功和用力之勤则相伯仲。这样水平的词作家却长久地湮没于世，使神田，也令我们感慨万分。

古贺谷堂(1778—1836)，名煃，幼名文太郎，字溥卿，通称太郎左卫门、修理、藤马，号谷堂，又号清风堂、琴鹤堂、潜窝等。为"宽政三博士"之一古贺精里的长子。少年时在江户从其父在私塾中学习，又受昌平黉内柴野栗山、尾藤二洲两博士的熏陶，后又与大阪中井竹山、安艺(广岛)赖春水等交游。曾归故乡肥前(今佐贺县)，任藩校弘道馆教谕和教授。文化十四年(1817)移居江户任世子之傅。文政六年(1823)在江户住所创设学问所明善堂及讲武堂。谷堂治朱子学，又善诗文。俞樾《东瀛诗选》称其诗"多雍容大篇。其《忆昔游》一篇，几及二百韵，以太长不及录，然其才藻之富可见矣。《秋怀八首》寄托遥深，集中名作也。"《秋怀八首》显然是学杜甫的《秋兴八首》，但谷堂所作全然是"本地风光"，如其一：

西肥城郭古诸侯，满目人烟接地浮。

> 紫海潮声高永夜，天山雪色入深秋。
>
> 白沙衰草行临野，落日凉风独倚楼。
>
> 十岁龙钟书剑客，追怀往事不胜愁。

其他几首多有涉及日本古史及古迹者，最后其七、其八两首抒发胸怀，尤见书生本色：

> 碧海云山秋气清，西风孤雁过高城。
>
> 三冬文史违心事，百岁光阴掷利名。
>
> 空想甘棠歌蔽芾，曾闻殿栏折峥嵘。
>
> 哀哀赤子劳田亩，进奉何须充大盈！
>
> 千秋意气向谁论？自恨平生未报恩。
>
> 雨洒空床寒破褐，霜催枯柳静荒园。
>
> 山阳闻笛秋风泪，湖海怀人月夜魂。
>
> 独立天涯回首处，浮云惨淡向中原。

谷堂还有《拟寄留学生晁卿》诗，晁卿即奈良朝晁衡(阿倍仲麻吕)。晁衡居华五十多年，深爱中国，同样也深爱日本，是值得中日两国人民世世代代崇敬的。然而，从江户时代起，日本却有少数人竟然骂晁衡"叛国"。例如，安积澹泊著《大日本史论赞》，竟说晁衡"留居不归，更姓易名，受爵为官，是为蔑视祖先"。谷秦山(1663—1718)、近藤芳树(1801—1880)、藤田东湖等人，亦多有非议。真可谓妄加罪名，厚诬先贤！而江户大儒、林鹅峰之父林罗山则为晁衡驳诬。谷堂此诗亦肯定了晁衡。"梦回三笠秋宵月"说的就是晁衡归国时吟唱的那首著名的和歌(天の原)：

> 长风破浪一书生，秘阁当年骋大名。
>
> 异域君臣新结义，故乡桑梓岂忘情。
>
> 梦回三笠秋宵月，赏隔九重春日樱。
>
> 侧席方思怀璧士，归来早照旧神京。

古贺侗庵(1788—1847)，名煜，字季晔，通称小太郎，号侗庵，又号蠖屈居、古心堂、蚓操子等。他是古贺谷堂的弟弟，古贺精里的第三子。宽政八年(1796)其父成为江户昌平黉儒官时，侗庵即随父赴江户读书。文化六年(1809)被幕府擢为儒者见习，与父一起出仕昌平黉，当时称为美谈。又应佐贺藩江户樱田邸内的明善堂之邀，为藩士子弟讲课。从教四十余年，门生极多。恫庵亦善诗文，而尤以文著，时人称为"笔力扛鼎，极有气骨"（川田瓮江语）。如他写的《女丈夫传》，叙事生动，颇令人联想到柳宗元的《童区寄传》。又如《题富士山图》，不仅文字精练，还提出了发人深思的议论：

> 登莲岳之绝巅以四望，山如蚁垤，而海似杯。风在下而云霭衣袂，令人胸豁神王，翩乎有遗世之想。是亦人生之至快乐也。人之希享斯快乐者，滔滔皆是；而克酬素志者，不过亿万中之一二。予观世人之谈富士，详确明晰，瞭然如曾跻攀者；考其实，彼未始梦睹，特览丹青仿描，强不知为知。乃知言之易，而其至难在行之也。今人于圣贤大道，未始践行其一端，及宣之于口，则横说竖说，流畅不穷，类践履已熟者，又奚异于目击画图之山以资雄辩者哉！斯弊在吾侪儒生为最甚。予展斯图，不觉汗涔涔下，非独叹毕生不获偿登岳之愿而已也！

西岛兰溪（1780—1852），名长孙，字元令，通称良佐，号兰溪，别号坤斋、孜孜斋。本姓下条。早年受教于昌平黉教官西岛柳谷（1760—1823），后成为柳谷的养子，故改姓西岛。兰溪博览强记，是当时最有名的朱子学者。又长于典故考据，善诗文，著有《敝帚诗话》等。他终生不仕，与林柽宇、安积艮斋、松崎慊堂交厚。俞樾赞誉他"学问该博"。长户让为其诗集作的跋中称他"经传史乘，昕夕讲论；稗官小说，莫不该串"。俞樾曰："读其诗，信然。如云'阿茶娇有堪钟爱，老罢愚无所取材。''阿茶''老罢'之对，亦非俭腹所有也。"俞樾并未讲解这两词的出处，而俭腹如我，经查考方略有所知。唐代李匡义《资暇集》："阿茶：公郡县主，宫禁称为'宅家子'，盖以至尊以天下为宅、四海为家，不敢斥呼，故曰'宅家'，亦犹陛下之义；至公主已下，则加'子'字，亦犹帝子也。又为'阿宅家子'，'阿'，助词也。急语乃以'宅家子'为'茶子'，既而亦云'阿茶子'；或削其'子'，遂曰'阿家'；以'宅家子'为'茶子'，既而亦云'阿茶子'；削其'子'字，遂曰'阿茶'。一说汉魏已来宫中尊美之称曰'大家子'，今急讹以'大'为'宅'焉。"金朝元好问《德华小女五岁能诵余诗数首，以此诗为赠》云："牙牙娇语总堪夸，学念新诗似小茶。"元氏自注："唐人以茶为小女美称。"而"老罢"，钱谦益《杜工部集》据唐代顾况语曰："闽俗呼子为'团'，父为'郎罢'。此云'老罢'，亦戏用闽俗语也。"如杜甫《闻斛斯六官未归》："老罢休无赖，归来省醉眠。"兰溪此诗《甲午岁晚》作于1834年五十五岁时：

> 双鬓之丝不速来，少年英气已寒灰。
> 阿茶娇有堪钟爱，老罢愚无所取材。
> 落月摇摇风里竹，残星点点雪中梅。
> 哂吾结习难除去，乘醉呵毫役拙才。

兰溪善七律，再录数首。如《山院避暑》：

> 吟游半日恰如年，不识尘寰炎暑天。
> 潭影澄边偕鹤立，松涛静处让僧眠。
> 长江主簿诗中佛，华岳高人梦里仙。
> 云板一声残照尽，山萤几点度昏烟。

《乐山亭秋眺》，程千帆评曰："自负不浅，颔联实工。"孙望赞道："平易畅适，不事雕巧。"

> 温酒林间拾堕樵，心田俄尔拔愁苗。
> 霜威未肃篱无菊，暑寇初平树有蜩。
> 牛笛呜呜和赛鼓，村翁偻偻挈垂髫。
> 自嗤佳句来天外，未许常人漫续貂。

《题秋山图》状景细腻：

> 山骨稜稜眼界寒，凝岚点点逐毫端。
> 悬崖水似蛇趋壑，小市家如蚁作团。
> 树有鸟巢知叶尽，桥无人迹觉霜干。
> 真成若遇图中景，不厌贪行脚力酸。

七绝更为兰溪所擅。《落叶》一首，只以第二句正面点题，而后二句则叶落已尽矣。虽咏落叶而不着一叶字，意味隽永：

> 楮衾菊枕得眠迟，叩户真如雨作时。
> 从此秋声无处著，唯留宿鸟守闲枝。

《野塘月夜》亦风致独绝，新颖可诵：

> 残笛声声呜又停，清晖如昼失流萤。
> 知他渔客烹茶处，留得芦根火一星。

《雨后》清新、闲适，生气扑面而来：

> 风战井梧知晚晴，书余炼句倚轩楹。
>
> 石凹残水不盈掬，时有雀儿来浴鸣。

《家塾漫吟》则慵倦之感袭人：

> 麻喀困眼借茶权，正是懒晴乍暑天。
>
> 半板儿书犹未熟，冬青花落舞风前。

《出郭值雨》也读后颇有回味：

> 旗亭买醉借蓑行，村雨纤纤雪未成。
>
> 腐叶沉为爵头色，一渠流水慢无声。

朝川善庵(1781—1849)，名鼎，字五鼎，号善庵，又称乐我室、学古塾。儒者片山兼山之子。因二岁时父亡，由医生朝川默斋抚养，故改姓朝川。曾师从折衷学派的山本北山，北山视为神童。又随养父到京阪，与诸名家交游。宽政十年(1798)游长崎，又至萨摩。在游历中学业大进，名声大起，诸侯纷纷给予礼遇。后归江户，教授儒生。又曾为松浦侯的儒臣。善庵儒学著述甚多，诗也有佳作。如《江村秋晚》，写农民割稻。农民刚收镰回家，新月却又像镰刀挂在树头，颇有诗意：

> 霜黄露白秋初老，十里江村刈稻忙。
>
> 日暮才收农具去，如镰新月挂枯杨。

《渔家妇》写渔民生活，末句看似"不关心"，实际饱含辛酸苦辣：

> 潮高海阔夕阳阴，叶似渔舟浮又沉。
>
> 百尺风波奇险极，妻孥看惯不关心。

宫泽云山(1781—1852)，武藏(今埼玉县)秩父人。名雉、达，字神游、上侯，通称新吾，号云山、细庵、小无弦、再生翁、破砚翁、小青轩、酒肉头陀等。曾赴江户师从市河宽斋，出入江湖诗社。在故乡秩父开塾，又去江户，住浅草。后于文政元年(1818)顷回秩父办诗社。与京都的中岛棕隐、大阪的奥野小山等交往。曾编有《唐诗佳绝》《宋诗佳绝》《金诗佳绝》《清诗佳绝》等书，著有《云山堂百绝》《破砚随笔》《破砚诗话》等。俞樾《东瀛诗选》录有其《秋声》一诗，乃选自关重弘《近世名家诗钞》者：

> 金铁铮铮喧耳边，通宵搅睡百忧牵。
>
> 忽忘皎月明河夜，呼作惊风骚雨天。
>
> 潘岳闻来鬓应雪，欧公赋去笔如椽。
>
> 知他渐沥浑无赖，不到朱门歌舞筵。

塘它山(1783—1849)，名公恺，字公甫，通称鸿之佐，号它山、稚松亭。越前(今福井县)人。初仕于越前大野藩，后去江户从大田锦城学，又师事佐藤一斋。奉朱子学，博学多识。后仕姬路藩，在江户藩邸学问所教授诸生。学术著述甚多，又有《它山存稿》文二卷、诗五卷。俞樾《东瀛诗选》云："它山著述等身，其所著有《论语折衷》《孝经改观》等书，是亦深于经学者也。文集中颇有论政、论学、论古之作，而诗多纤巧之题，殊不可解。略登数首，以存其诗。"从俞樾所选数诗来看，亦有颇可一读者。如《松化石》，历来写化石的人不多：

> 劲节轮囷耐老苍，不知砥砺几星霜。
>
> 暂为辟谷山中赤，却化传书坁上黄。
>
> 虞夏丘陵傲寒沍，汉唐池馆卧荒凉。
>
> 介如常厌茑萝绊，紧锁莓苔辞栋梁。

《落星石》则是写陨石，亦不多见：

> 帝憎垂象漏天机，陨坠榛丛失彩辉。
>
> 蜀垒虎蹲苔藓滑，宋墟熊伏草茸肥。
>
> 平泉聚异夸池馆，艮岳贡珍从海圻。
>
> 顽块如遭女娲宠，斑斓将向旧躔归。

《竹醉日》：

> 此日此君游醉乡，婆娑姿态倚池塘。
>
> 定知高节不濡首，却怪虚心有别肠。
>
> 金爵挥时惊月碎，绿筜浇处觉风香。
>
> 因嫌七友过沈湎，才是春秋酤一场。

竹醉日即栽竹之日。宋代范致明《岳阳风土记》云："五月十三日谓之龙生日，可种竹，《齐民要术》所谓竹醉日也。""此君""七友"，均为有关竹的著名典故。

萩原嵩岳(1790—1829)是前述萩原大麓之子,名善韶,字文华,通称驹太郎、英助,号嵩岳、乐亭。其弟萩原绿野(1796—1854)、其子萩原西畴(1829—1898)均以学者闻名。嵩岳精于经学,著有《论语小说》《孟子私说》《大学私说》《左氏解闭补》等。俞樾《东瀛诗选》中说:"一门之中,父子自相师友。使在中华,亦不让元和之惠氏、高邮之王氏矣。"俞樾仅见《鹿鸣吟社集》中嵩岳之诗,即称赏为"饶有神韵"。如《宿鹿野山》:

> 群峰争彩夕阳曛,海色苍茫沈暮氛。
>
> 深洞龙归一山雨,绝巅人宿半床云。
>
> 上方灯影穿烟彻,下界泉声入夜闻。
>
> 忽讶身为步虚客,空窗仰卧摸星文。

《山晚》一诗极具幽趣:

> 千嶂苍苍暮色凝,幽襟偶尔小窗凭。
>
> 松云过处蓬门暗,萝月落时潭水澄。
>
> 温酒火分烧栗火,读书灯共绩麻灯。
>
> 山翁相对无宾主,醉至醺然各曲肱。

《花朝日与田善之弟公宠步江东》写美妙春光亦至妙:

> 雨罢朝来烟景融,吟笻路熟大江东。
>
> 寻诗人向堤边去,买酒家从杏外通。
>
> 野庙松林春社后,茅檐菜圃午鸡中。
>
> 韶光九十今方半,吹遍郊外花信风。

二十、安积艮斋、安井息轩等

这一节继续介绍江户后期关东一带的汉文学作家。随着他们岁龄的更趋年轻,著名作家和优秀作品也相对比以前要少一点了。另外,这一时段江户等关东地区还有一些诗人、文人,本书要留在本章最后的《维新志士诗人》一节中去写。

安积艮斋(1790—1860),名信,又名重信,字思顺,通称裕助,号艮斋。学成后,住在江户骏河台某小楼,因能遥望富士山,故又号见山楼。其父是奥州(今福岛县)二本松藩郡山祠官。二本松儒官今泉德辅是其父的表兄弟，艮斋自小就从德辅及八木敬斋等人学。德辅预言"此儿将来必成伟器"。艮斋十七岁娶妻，其妻嫌其貌不扬而离弃，艮斋于是更发愤向学。赴江户，投佐藤一斋为学仆。后又成为林述斋的门人，并与竹村悔斋、林梣宇等交游。文化十一年(1814)，他在神田骏河台开塾授徒。三十四岁时加入海鸥社，四十一岁时刊行《艮斋文略》三卷，名声大振。四十六岁为丹羽侯文学侍从。天保七年(1836)回乡，任二本松藩儒。十四年(1843)任藩校敬学馆教授。嘉永四年(1851)为幕府儒官、昌平黉教授。

俞樾《东瀛诗选》说："艮斋官儒官，以经学为教。观其《甲午元日》诗，颇以文中子自命。故云：'丈夫立勋业，不在爵位尊。教诱诚尽力，云龙必腾骞。岂无房与魏，翊赞济元元。'亦可见其志矣。《文略》三卷而诗止一卷，然颇多可传者，盖亦学人之诗也。"可见，艮斋本质上是个学者，主要以文章名世。其论文有《文论》一篇。又有《题赤壁图后》文，认为天下何处无风月，而赤壁所以闻名于世者全赖苏轼文章，苏子三寸不律远在周郎三万精兵之上，所以文者不朽之盛业也。他的名文还有《雾岛山记》等。此处引录其《小洞天记》以见一斑：

　　谷堂古贺先生，尝自号顽仙，因又扁其室曰"小洞天"，俾社友为之记。或者疑之以为神仙之说怪诞不经，圣贤所不道，其所谓洞天福地尤属无稽，而先生有取焉，恐非所宜也。予谓不然。身在魏阙而心游江湖，不囿于利欲，不婴于世故，佥然独立于风尘之表，而与造物者为友，是亦仙也。何必卉衣木食、岩栖涧饮，然后为安期羡门之徒哉？今先生，磊伟俊迈，有挥斥八极之怀，而于声利无所缁焉，殆亦仙中之豪矣。而犹自称顽，盖谦也。且先生偃仰此室，繙五车之书，抽二酉之藏，含其芳腴，咀其精华，钻味弥深，欣然会心，乃曰：此我之服食导炼也。绿酒青樽，击肥鲜而纷罗，轻斝深盏，邀花月而酣嬉，陶然一醉，神融气和，乃曰：此我之沉瀣醴酥也。挥麈凭几，胜流环坐，析学术之源委，辨古今之成败，言谈云起，文采葩流，乃曰：此我之阆苑欢会也。浩兴所到，援笔挥洒，词华墨妙，绚烂粲蔚，泄天机于毫端，缩万象于尺幅，乃曰：此我之烟霞风云也。蕞然斗室，延袤不盈十笏，而蓬山桃源之趣悉具焉。苟非有文辞者，不得闻其户。则谓之洞天，奚不可者？夫以先生才学文章，风韵雅度，其盛如此，而又以精里先生为父，以伺庵先生为弟，名贤硕儒，萃于一门，犹之龙门之司马，青箱之王，眉山之苏。声光烨烨，照耀海内，此又上清真人之所冀而不能获焉。而先生兼之，何洞天福地如之！而犹谓之小，尤谦也！今夫鸾凤之为物，五彩金翠，无所不备，不惟人知其美，虽在鸾凤亦应顾影而自怜也。今以先生之才学门地如彼，岂不自知其宏博华奕，而退托之谦如此，安知其所谓退托者乃不为其所以自负之大也邪？然则先生果仙之硕者乎？抑仙之豪者乎？先生之室，果洞之小者乎？抑洞之大者乎？我将持瓢酒，驾风月，一敲洞门以问之。先生其必哑然，叱我为狂仙。

俞樾称艮斋之诗为"学人之诗"，"颇多可传者"，实是很高的评价，且洵非虚誉。艮斋的诗，多潇洒散淡之情，格调高致。如五古《晓行》：

> 野水浸寒星，村家在何处？
>
> 寒塘不见人，凫雁烟中语。

五古长篇《寄户川中书君二十韵》，写一位出身富贵但谦虚好学的青年，对其鼓励备至，也表达了作者的志趣。又有五古《寓舍望岳莲》，写面对富士山的心理活动，卒章显志：

> 昔居骏台上，楼中揖名山；
>
> 今寓藩邸里，名山落窗间。
>
> 名山吾旧识，一笑开屏颜。
>
> 朝阳红菡萏，暮色翠鬙鬤。
>
> 灵淑所钟聚，实为神仙寰。
>
> 人世何扰扰，鬓发已斑斑。
>
> 逃世固匪易，辞官亦太艰。
>
> 伟哉向子平，家事不相关，
>
> 翀举驾天风，名山尽跻攀！

七古《侠客行》尤为难得，歌颂了英勇无畏、为民请命的"侠客"，揭露了社会阶级的严重对立，还写了人民对"侠客"的保护，是非常罕见的好诗：

> 妙义山高青巉巉，狂峰怪岩剑铓列。
>
> 山下相接数百村，土瘠田确色如涅。
>
> 昊天胡为降凶馑，长夏淫霖冷淅淅。
>
> 九谷不登百蔬萎，生民何处得餔啜！

鹄形蓝面骨柴立，病不能行足蹩蹙。

哭声震野天亦悲，饿莩横途羁旅绝。

爰有侠客尚义气，忧愤槌胸齿牙齧。

三尺宝刀挟腰间，叩门便向富豪说：

"我沥心血尔其听，今年阖国罹灾孽。

汝家僮仆余粱肉，穷民不得餍麧屑。

汝家婢妾被罗纨，穷民身上衣百结。

汝家积金拄北斗，货宝磊落溢梁梲；

穷民不能名一钱，夫妻仳离成永诀。

汝辈豪奢是谁恩？四海无虞兵尘灭。

风俗自靡人自懈，便得乘时逞黠黠。

驱役良民为奴伶，顷田占夺连畛畷。

贸迁何唯什一利，价如嵩丘极饕餮。

汝家千百筐篚物，尽是亿万生灵血！

天道好还荣岂久？他年籍没无遗孑！

何不如今行阴德，赈散金谷救涸辙？

汝若冥顽不肯听，我将试此腰间铁！"

猛气如虎声如雷，怒发森竖双眦裂。

富商豪农面成灰，鼠伏哀情客心折。

捧出黄白烂如花，微笑提之出门闑。

传呼穷民悉挥霍，三千金钯尽一瞥。

富人喧呶诉豪夺，县吏侦察将缧绁。

穷民感恩相保护，神出鬼没不可挈。

一朝去为云水身，鸿翔寥廓谁能缀？

但见妙义高巇巇，天风吹人冷如雪！

艮斋的律诗也写得不错。如七律《怀古八首》，苍凉感兴，可惜所写均为日本古史，中国读者难以深入鉴赏，在此不录。艮斋一些抒写逸怀的诗，颇有南宋杨、范诸公的风致。如《偶兴》：

自甘无用卧柴关，花落鸟啼春昼闲。

有客来谈人世事，笑而不答起看山。

《王子村晚归》：

> 绿树冥冥日已斜，炊烟摇曳两三家。
>
> 数声云雀知何处，一路薰风野菜花。

《秋晚游王子村》：

> 人生最好是闲游，每把青钱挂杖头。
>
> 枫叶疏钟山寺晚，菊花流水野村秋。
>
> 心如笼外初飞鸟，身似江中不系舟。
>
> 真乐从来随处在，那须骑鹤到扬州？

相似的还有七律《秋晚》：

> 满庭黄叶拥柴关，墙上新添一桁山。
>
> 病骨还如秋月瘦，吟心未似岭云闲。
>
> 鸟归斜日残霞外，人过疏林曲栈间。
>
> 野性自无圭组恋，但逢清景即开颜。

《墨水秋夕》则明显有异于其他诗人之咏隅田川：

> 霜落沧江秋水清，醉余扶杖寄吟情。
>
> 黄芦半老风无力，白雁高飞月有声。
>
> 松下灯光孤庙静，烟中人语一船行。
>
> 云山未遂平生志，此处聊应濯我缨。

仁科白谷(1791—1845)，名干，字礼宗，通称源藏，号白谷。其父为冈山藩伊木氏家臣，与龟田鹏斋深交。因此，白谷早年赴江户，入鹏斋门下受学。学成在江户讲学。晚年居京都。著有《凌云集》等。龟田绫濑、久保天随对其诗评价较高，其实他的很多诗韵味不足。今录若干可诵者，如《云州杂诗》，颇有气势：

> 大岳削成三万丈，绝巅缥缈有无中。
>
> 吹散雪冰来作霆，涛声动地北溟风。

《琵琶湖》：

> 湖南湖北翠重重，岛上新篁浦上松。
>
> 莫道化工图不巧，远山青淡近山浓。

为柏木如亭书屋写的《题柏纯甫梅花书屋》:

> 清癯莹澈照茅寒,老骨枝头月半弯。
>
> 夜深正批《离骚》罢,枯坐不眠雪满山。

友野霞舟(1791—1849),名瑍,字子玉,通称雄助,号霞舟,别号昆冈、锦天山房。从小跟塾师川井东海学,后入昌平黉,师从野村篁园。天保十三年(1842)成为昌平黉儒员。 翌年,任甲府徽曲馆学头。后又任昌平黉教授。霞舟善诗文,曾出版《霞舟吟卷》,另存世有未刊诗集十四册之多。他曾奉幕府大学头林复斋之命,于弘化四年(1847)编成彼邦藤原惺窝以下至天保初(约1830)二百多年间一千四百六十余人的汉诗选集《熙朝诗荟》。此书仿清代朱彝尊《明诗综》、王昶《湖海诗传》例,名氏之下,系以小传,附以诗话。后又仿《明诗综》《湖海诗传》将小传部分裁出单行(即《静志居诗话》《薄褐山房诗话》),成《锦天山房诗话》。该诗话虽多引他人的评述(尤其是江村北海的《日本诗史》),但也间有自己的见解,被视为日本诗话的集成之作。霞舟对江户汉诗的编选和评述有重要贡献,其本人的诗也可一读,但可惜与他的老师野村篁园一样,其著作未能被中国的俞樾读到和引用。霞舟有五言长诗《题熙朝诗荟五十韵》,历述日本汉诗发展史,主要对江户幕府以来著名诗人作了评价,从藤原惺窝到鸟山芝轩,最后云:

> ……
>
> 尔来百余祀,辈立难数度。
>
> 家握隋侯珠,人珍荆山璞。
>
> 专集几千万,缥帙纷交错。
>
> 车载可汗牛,庋藏欲拄桷。
>
> 遣辞有巧拙,立言有纯驳。
>
> 洪纤虽异科,莫非鸣盛作。
>
> 我素好景骚,蓁墙景先觉。
>
> 晨昏繙遗编,一一供咀嚼。
>
> 研寻不知疲,幽遐遍搜索。
>
> 诗话扬菁英,系传摘概略。
>
> 只恨才空疏,奇篇或轶落。
>
> 既非竹垞精,亦乏虞山博。

> 安能得若人，抵掌共商榷！

霞舟有一首《题赵松雪画马》，则显然是学明人题赵孟頫画之诗，对丧失民族气节的赵氏作了讥刺：

> 落笔纵横夺化工，精神骨相与真同。
>
> 龙姿元是江南种，底事长嘶恋北风？

他的《题桃花源图》也可一读：

> 桃溪风暖落花繁，照地红霞拥洞门。
>
> 耕稼犹谙秦岁月，版图未入汉乾坤。
>
> 数声鸡犬知何处，十亩桑麻别有村。
>
> 一自渔郎停棹后，长教尘世说仙源。

《江畔独步寻花》也很有诗意：

> 雨后梢头渐已稀，停筇惆怅立斜晖。
>
> 青苔地上红无数，忽被风吹又乱飞。

据说霞舟在临死之前对其学生浅野梅堂还吟诗一首：

> 性命托天身托医，体虽羸疾意安怡。
>
> 耻无勋业半张纸，徒有闲吟万首诗。
>
> 祷福神祇果何益？乞灵艸木未全痴。
>
> 可怜簸弄英雄杀，造化真成是小儿。

霞舟还很喜欢填词，今见有三十六首，多花木之咏，走的是温庭筠、冯延己一路。有几首跳出这一路数之作倒颇可观，如《酹江月·梅龛邀集鹿滨吟筑》：

> 稻畦穷处，绿溶溶、一道长江横截。呼取短航过野渡，村犬走来迎客。露老枫梧，霜寒桔柚，认得幽人宅。茶烟成缕，依稀远出林隙。　　昨夜雨塌鸥沙，潮吞蟹簖，顿觉人烟隔。自古云山无定主，半日偕游情适。菰米炊香，芋魁羹脆，此味真清绝。请君留赏，归舟满载明月。

霞舟这首词的标题中提到的梅龛，即同为野村篁园学生的日下部查轩，我们已在前一节写过了。

尾藤水竹(1795—1854)，名积高，字希大，号水竹，又号弦庵、五拙子。

为尾藤二洲之子，与赖山阳为外从兄弟。水竹为人豪爽，不事产业，一贫如洗，但时有游寓寄食之徒投奔他。浅野梅堂称他"雄文藻辞，不让乃父。为人慷慨激昂，时则酣歌击剑，有古豪士之风"。水竹与佐藤一斋、松崎慊堂、渡边华山、藤田东湖、林鹤梁、野田笛浦、安井息轩、盐谷宕阴等人交游。晚年在友人的劝说下，担任浦贺奉行浅野梅堂的步队长，但未久即以病辞。临逝世前，他的学生、土浦藩郁文馆教授中田平山来看望，携来白梅并赠诗一首："水竹先生素安贫，肯将富贵污吾身。岁寒松柏更增色，腊尽雪梅还绝尘。千古清风周逸士，一生陋巷鲁贤人。悠然既乐彼天命，时止时行得性真。"诗序云："嘉永癸丑十二月，水竹先生穷乏尤甚，而处之泰然，余不堪感叹，乃赋以献。"此诗可见水竹之人生态度。而水竹一见诗和梅，即伸出左手题诗《水竹左笔》一首：

> 寄来清白一瓶梅，裁得真情又快哉。
>
> 可识君心虽微物，向人忠信即推开。

水竹又有《杖铭》一首，亦见其性情：

> 不驻五侯之门，不曳九轨之途。
>
> 樵于山渔于川，只与尔相提扶。

水竹亦善文，明治文人本城问亭在《尾藤水竹事略》中称"其文如其人，奔放肆恣，以达意为主，不务雕饰"。兹录其短文《管幼安》一则：

> 凡物之所贵在活用。苟不能活用之，皆为无用之死物。今夫六经之文，其为用岂俟言哉？然不知活用之方，徒为纸上之空谈，不讲可也。老庄之书，妄诞怪迂，无用之极耳；然能活用之，亦足以有为。曹参之为相，汉文之为帝，得之老子，而施之政事如彼，其卓卓矣。无他，得活用之方也。彼空山幽林独善其身而不为世用者，往往亦老子徒，而是岂知活用者哉？管宁当三国鼎峙之时，三征九辟皆不就，人以为高，余曰：是不善学老子者耳。天下可有为之时，而其志果于隐逸，固非知道者。且夫挥金割席之事，可谓未忘情者矣，然则于其徒之所贵亦未尽者欤？虽然，当人人知进不知退之世，退然如外名利者，或可以医习俗矣。是亦无用之用矣哉！

萩原绿野(1796—1854)，上野(今群马县)人。名承，字公宠，通称凤二郎，号绿野、敬斋、静轩、石桂堂、一枝庵。他是本书前已写到的萩原大麓之子、萩原嵩岳之弟。从小从父学。善诗，有《石桂堂集》二卷等。俞樾《东瀛诗选》称他"颇能绍其家学,以经术闻,而诗笔则似驾父兄而上之,其佳处直逼中晚唐矣。以三世儒门而高据词坛,学人才人泂无二致也。"但从俞樾所选诗看,绿野的诗似未必高于其父兄。今录数首以鉴赏,如《晚秋晓起》:

> 林白四邻鸡已鸣,竹梢残月影微明。
>
> 课书忙与栖鸦起,世事纷从朝日生。
>
> 老雨芙蓉才有色,过秋络纬咽无声。
>
> 双跗习静东窗下,夜气不亡心自清。

《秋夜读书》:

> 河影西倾残暑空,闲移乌几对帘栊。
>
> 秋深庭砌虫声近,夜静邻篱棋响通。
>
> 千古文章孤灯下,百年风月一窗中。
>
> 独于先哲求此意,四海悠悠与孰同?

《观海歌,送滕士遄赴松前》还表达了欲以中国传统思想(德)以抵御沙俄的主张:

> 北海之观天下雄,地接靺鞨眼界空。
>
> 蓬浮远自万里外,震动坤轴起飓风。
>
> 怒涛拔地立千丈,恰似雪山摩苍穹。
>
> 乍崩乍腾万雷响,余波打岸烟雾濛。
>
> 俄顷风止天色变,时见金乌浴海中。
>
> 鲸鱼吹涝云边黑,珊瑚射浪水底红。
>
> 北海元是多珍宝,沙岸无处不玛瑙。
>
> 渔人往往拾鲛绡,锦文腻光胜鲁缟。
>
> 地寒万里青草无,海中货贝饶于稻。
>
> 利之所在害亦随,侧闻黠夷窥边陲。
>
> 请看危礁尖似剑,何效吴江设铁锥?
>
> 况乎波涛险如此,洋舶触之桅樯摧。
>
> 呜呼地形不可恃,唯在德以维持之。
>
> 今日送君唱此歌,愿使肉食之人知!

俞樾选录绿野之诗,是直接从其《石桂堂集》中选的,其时他尚未见其父兄之诗,所以上引他对其诗的比较、评价,当是从该集日人所作序跋而来。俞樾后从"江尻兴采录其父子兄弟及诸弟子诗为《鹿鸣吟社集》"中选录了其父兄的诗(本书前已写到),增辑于《东瀛诗选》的补遗卷。

鹿鸣吟社中有两位诗人,不详其生平,因诗颇可读,不忍弃去,附述于此。村井兰溪,名维熙,字公缉。有《书怀》一诗。诗中写到的《归田录》为欧阳修所作笔记,但兰溪提到它不过是借其书名以表明自己愿意却聘归田而已:

> 筋骨衰来身欲老,蹉跎辜负壮年初。
> 案间常置《归田录》,筐里曾藏却聘书。
> 蓑笠原非傲绅冕,英雄何厌隐樵渔。
> 古人清节多皆尔,余亦虽贫常晏如。

《寄小野田伯贞》又以同样的思想来颂扬和劝勉友人:

> 退栖避世掩茅茨,高卧幽偏独自怡。
> 栗里归耕酬宿志,襄阳多病误明时。
> 文诗高古稀知己,意气权奇欲许谁?
> 年老无名君莫愧,古来贤达隐山陂。

山边琳,字士瑯,相模(今神奈川县)人。他有《赠村井兰溪》一诗,也赞扬了兰溪的这种清高之风:

> 清节人间扫地空,于君今日见高风。
> 懒边淡味茶三碗,吟处闲媒书一笾。
> 收拾江山横笛里,剪裁花月小诗中。
> 应知夜夜归田梦,不伴樵童必钓翁。

不过,山边琳自己却疲于当官。他有一首《书怀》,略带无奈的自嘲:

> 新荷君恩荣有余,不才自愧钓虚誉。
> 犬惊穷巷迎征币,鹤怪衡门系使车。
> 公事关心诗近废,佳期负约友稍疏。
> 狂奔日日在家少,闲却吟窗半案书。

鹰羽云淙(1796—1866),志摩(今三重县)人。名龙年,字壮潮、半鳞,通称主税,号云淙。文化六年(1809)十四岁时赴江户,入昌平黉,师从林柽宇。寓江户达二十年,善诗文,与松崎慊堂、大窪诗佛、菊池五山等人交游。又与鸟羽(今三重县)藩儒小滨朴斋相亲,因朴斋的推荐于弘化二年(1845)五十岁时仕鸟羽藩,为蒲校宾师,后任督学。其诗我们从俞樾《东瀛诗选》中得见一首《花后》,为选自关仲毅(重弘)《近世名家诗钞》中者,既伤感又达观,可诵:

> 天以痴情与此身,淡愁萦骨自眉颦。
>
> 东君亦止九旬客,大块动无中寿人。
>
> 举手谁能麾落日?放声吾欲哭残春。
>
> 明朝且赴牡丹会,逝者尽陈来者新。

生方鼎斋(1799—1856),名宽,字猛斋,通称造酒之助,号鼎斋。上野(今群马县)人。曾师从卷菱湖(1777—1843),并参加梁川星岩的玉池吟社。《玉池吟社集》收有他《溪亭秋夕》一诗,描写一种自由且无拘束的生活:

> 溪居常寂寥,而况秋风夕。
>
> 新月尖于镰,树间光可迹。
>
> 园翁送青蔬,钓翁携金鲫。
>
> 地炉煨山酒,微酣各取适。
>
> 听他倒自眠,不复具枕席。
>
> 席即溪上云,枕便溪边石。

野田笛浦(1799—1859),名逸,字子明,通称希一,号笛浦。丹后(今属京都)田边人。十三岁时赴江户入古贺精里门下求学,刻苦勤奋,学业大进。藩主闻知,特付学资以助成之。文政九年(1826),有中国商船漂流到日本清水港,县令羽仓简堂与幕府儒员古贺侗俺相商,决定派一位汉文笔谈能力强的人上该船,将其护送到长崎,二十八岁的笛浦正在昌平黉学习,即因侗庵之荐,担当此任。笛浦与船上江芸阁、朱柳桥等清人诗文交往,才辩纵横。在到长崎前两个月间,唱和的诗文褏然成册,后题为《得泰船笔语》,广为流传,一时文名大显。后又参与藩政,主持文教,颇有成绩云。僧月性编有《近世名家文钞》,共录四人,将笛浦与篠崎小竹、斋藤拙堂、坂井虎山称为四大家。大阪书商北尾墨香编印《摄东七家诗钞》,也将他与菊池五山、安积艮斋、大槻磐溪、斋藤拙堂、梁川星岩、中岛棕隐合称为七大家。笛浦有《海红园诗稿》行世。俞樾《东瀛诗选》提及:"笛浦曾有《春游》诗云:'落花深一寸,不怪马蹄迟。'其语殊俊,而稿中未之见。盖余所见《海红园稿》乃坊间刻入《摄东七家诗》者，非其全集也。姑就此采辑，当不免有遗珠矣。"今略举笛浦诗数首。《秋晓》情景交融颇有诗味：

> 孤灯明灭小于萤，乱竹敲窗晓有声。
>
> 一梦未成天尚早，几行秋雁带星征。

《秋夜书感》颔联尤佳：

> 篝灯焰尽漏声长，半炷全销榻上香。
>
> 人对好书如遇友，雁传远信似还乡。
>
> 秋深霜气侵帷帐，夜久月痕临屋梁。
>
> 抛掷粉榆成底事，风花赢得十年狂。

《访涉趣园，园在小雨村》则描写山村野景与闲适心情颇细：

> 小雨新晴风意清，半帘树影乱纵横。
>
> 门前渠浊看鸦浴，坞外田荒任马耕。
>
> 千顷青秧冲水出，数茎紫笋破苔生。
>
> 笼禽与客闲相似，满院棋声不复惊。

笛浦又善文，尤擅长议论文。即使叙事文也多夹议论。其名文有《林谷山人诗集序》《藤树先生画像记》《碧筜诗卷序》《海月楼记》《纸鸢说》等，今录其短文《题南岭后赤壁图》以见其风格：

> 谓之兰亭邪？有月矣。有月有鹤，有风流髯太守，山欲鸣而谷欲应，断岸千尺，在于咫尺，不是后赤壁图乎？夫画精矣，然画史之所徵者，太守之赋也，徵于其赋而不睹其游，而无乃妄意为之乎？曰：观彼鹤邪？其翼可以行万里矣，其寿可以保千年矣，于千年前夏然掠太守舟，于千年后不择万里之远而翩跹横我屋者，唯有鹤存焉。虽然，鹤之为数极多矣，纵使其鹤存，孰辨其为太守之鹤也？鹤而不可辨，何以徵太守之游也？余熟视此画久之，有知其所以徵焉。呜呼，地殊人没，物换星移，亘古今、极远近而不变者，月也。照赤壁、照太守者，即照吾地、照吾颜之月也。其可徵者，莫过于月也。故画史必徵于月而画之，月亦有光于此画矣。世若不信之，则举此画与此文以问之天上之月！

安井息轩(1799—1876)，名衡，字仲平，号息轩。为安井沧洲之子。

出生于日向宫崎,文政三年(1820)去大阪,从游于崎小竹。刻苦学习三年,矻矻无少懈,起早摸黑,为人所难为。因兄殁,回家受家业。七年(1824)又赴江户昌平黉学习。九年(1826),兼为藩邸侍读,同时向松崎慊堂学经学。慊堂为当世大儒,不轻易许人,但对门徒说:"安井生古人也,吾岂得以弟子畜之!"其后慊堂研究石经时,还常常询之息轩。天保元年(1830)任饫肥藩儒臣,参与藩政。因遭妒忌,受排挤,即退隐。六年(1835),因父丧请假东行,后再入昌平黉。文久二年(1862),任昌平黉教授。息轩为江户后期著名学者,主要致力于汉唐的儒学经典注疏,考据精确,颇有卓见。曾与盐谷宕阴、芳野金陵、藤田东湖、羽仓简堂、藤森天山等人结为文社。又与宕阴、金陵一起被人称为"安政三博士"。六十六岁时致仕,明治维新后为饫肥侯世子之师。开塾名三计塾。

息轩儒学造诣颇深,又雄于文,曾得中国学者黄遵宪高度评价。黄在为其《读书余适》一书所作序中甚至称其文"殊有我朝(按,指清朝)诸老之风,信为日本第一儒者,物茂卿(按,荻生徂徕)、赖子成(按,赖山阳)辈恐不足比数也"。其《三计塾记》《题瀑布图》《名辨》《题地狱图记》《文论》等等,均朗朗可读。今略引几则短文,以见其文才。如《题瀑布图》,颇似明人小品:

> 剽然抛于岩,树摇草靡,红惊绿翻,觉冲激震撼,鸣动四壁。石上对酌者三人,仰顾指点,笑容可掬,不问知其为青莲辈也。幅无款识,然徵之纸与墨,盖亦数百年之物。嘻,孰作此尤物,使予得一洗尘喧而悠然日卧匡庐之中也!

《三计塾记》则层层说理,循循善诱:

> 三计者何?一日之计在朝,一年之计在春,一生之计在少壮之时也。何以名吾塾?虑诸生之晏起与春嬉也。凡游吾塾者,皆有志于此道者也,何为过虑其晏起与春嬉也?人少则恃于年,气盛则动于物,恃于年而动于物,惰嬉之所由生也。惰嬉既生,则一生之计亦荒矣。物之生于天地间,唯人为贵,而我得为人;人以男为贵,而我得为男;男以士为贵,而我得为士。天之与我厚矣!而君父资我,使我学至大至高之道,则又士中之最厚者也!而终不自标异于世,蠢蠢乎游嬉于走尸行肉之中为得计,与虱栖裈何择?故入吾塾者,不可不思三者之计也!思之有术焉:一生之计在一年,一年之计在一日,日复一日,心与习化,见夫惰嬉者,邈焉不接于心,

然后天与君父之恩皆可得而报，而我之所以为责者伸矣。此三计之本也。

《文论》论"立言"之本与末，十分劲辨，有先秦诸子雄风：

> 自"立言"列"三不朽"，操觚之士呶呶乎多言矣哉。然或数百年而
> 埋，或数十年而埋，或身未死而世无复知有是言者。其卓然立于千载者，
> 盖无几耳，安在其为"不朽"哉？夫"德"至矣，虽则隐处，天下传称之，
> 百世之下，可以激顽兴懦，固非事业施于一世者之所能及也，况于其能被
> 诸当世者乎？"功"则次焉，然亦能拨乱反诸正，转衰为盛，生民以荫，
> 国家以安，其为不朽固宜矣。而世乃欲以空言与二者争光于千载，顾不难
> 乎？盖"言"有本有末：气如烈焰，势如浩河，波澜以拓之，抑扬以激之，
> 伏应有度，接开有趣，金声而玉振之，是求于末者也；仁以贯之，忠以翼
> 之，参之情义，以折其衷，伍之时势，以通其变，其寓于物，发于不得已，
> 而止于不可行，而孝友慈祥之意每行于其中，是求于本者也。言与道离，
> 犹无载之车，其转虽利，其谁行之？是故善立言者，必先求道，道既通矣，
> 融化而出之。以言于制度文物，彰著而核；以言于治民济众，慈良而怛；
> 以言于料敌御侮，明辨而晰。微摘其蕴，大批其窾，事势民情，烛照而数
> 计之。以至乎山之耸于上，水之湛于下，禽兽虫鱼之扰扰于两间，刻镂雕琢，
> 无复遁形。而一与世相关，感慨系此，使读者感愤激昂，以兴起于百世之
> 下，大可以治世安民，小可以尚志修行，然后言可得而立也。然言之不文，
> 不足以行远，故本既得矣，又必求之末。其字必炼，其句必洁，其章必劲，
> 而其篇必赏。权而衡之，以视其平；磨而切之，以察其句。若荆璞出于山，
> 琢而成之，则存乎其人矣。若夫专求之末，必驰于机变之功，浸淫乎邪径，
> 虽绚烂可观，久之则其味索然竭矣。是谓之技，与侏儒俳优何择？又安望
> 其能与夫二者并立于天地之间乎？

芳野金陵(1802—1878)，名世育，字叔果，通称愿三郎，号金陵，又号
匏宇。其父芳野南山也是汉诗人，初从其父学。文政六年(1823)赴江户，
师事龟田鹏斋及其子绫濑。后在浅草开塾授徒。弘化四年(1847)仕骏河
田中藩主为儒臣。嘉永六年(1853)美舰来航，威胁德川幕府，金陵满怀
忧国之心，秘密上书阁老久世侯，并研究海防、兵制等实学。还在田中藩
提倡财政改革、兴办文武学校、推行养老之典等等。文久二年(1862)，应
幕府之聘任昌平黉儒官，并建议改革学制。明治元年(1868)任大学教授。
三年，大学废，免职退居大塚，以授徒、著述终老。

金陵著作甚多,可惜遭遇火灾,今仅存《谭故书余》二卷、《金陵遗稿》十卷。金陵尤善文章,松平天行(1863—1946)认为,蘐园古文辞曾风靡一时,但齿冷久矣,而至金陵稍稍带其余习。读明治诸家,至《金陵遗稿》,有柳暗花明之感,觉得古气森然,云物顿异。今引其论述书法之短文《牧大信归去来帖跋》,一方面可以欣赏其古文的文笔,同时也可窥知中国文化(书法其一端也)直至幕末时期仍对日本具有何等强大的影响:

> 牧大信受书诀于卷菱湖,钩指回腕,心践其规模。既而放浪江山数年,参变化乎流峙,会真理乎风云,色相化而天机张矣。此帖笔力遒劲,字字入化境,洵可嘉尚也。於戏,生年壮气锐,烟霞之情未可回,则其化岂特止于斯? 化之又化之,可以入神矣!

林鹤梁(1806—1878)亦同时善于汉文者。原名戆,后改名长孺,字业,通称伊太郎、铁藏,号鹤梁,又号醉亭、苍鹿、鹤桥、梅花深处主人等,斋名素芳堂。上州(今群马县)人。本姓西川,三代相承为幕府武库之吏。鹤梁开始从井田苏南学,又向堆桥某学剑术。十七八岁时投身于侠客之群,又由堆桥氏介绍买了林古十郎的股票,由此改姓林。此时与五代五峰、古贺谷堂、藤森天山、远山如云等人交游。二十四岁那年读《史记·项羽本纪》,大受启发,决意折节向学,遂向长野丰山(1783—1837)学文章,向松崎慊堂学经义,自此文名渐显。又与尾藤水竹、藤田东湖等人交游。弘化二年(1845),擢为甲府徽典馆教授,翌年又进为学头。与浅野梅堂、乙骨耐轩、冈本花亭、川路圣谟诸名士亲交。又散财救济贫民。嘉永元年(1848)转任寺社奉行吟味物调役。六年,任远州中泉代官。为官以清廉爱民闻名。幕府末期以儒者而为代官者本不多,鹤梁与冈本花亭、羽仓简堂被人称为"三大名代官"。美舰来航时,首倡锁港,并撰《战论》一文。明治维新后,在麻布下帷授徒不复出。

松平天行指出,鹤梁少壮时尚意气,其文宜具骨力,然而却往往孱弱,唯《与小松生论出处书》风霜凛然,有廉顽立懦之概。认为仅此一篇已足。但猪口笃志指出,像《群瞽图卷摹本序》《静古馆记》《去陈言说》《读〈项羽纪〉》《高桥生传》《记熊泽助八事》《丰山长野先生墓表》诸篇亦皆佳文。其实,《群瞽图卷摹本序》描写虽细致,文笔确实略显孱拙,而且其最后的议论也不免牵强之嫌:

> 僧月仙《群瞽行旅图》一卷,系随念寺所藏,余借而览之。卷中所图:

策杖行者一二人，或五六人，且连且断，乱次以进，此为卷首。负琵琶行者，俯首行谈者，闻吠声惊走者，惊倒者，举杖逐犬者，奋杖拟击者，误击人者，遭一击而倒者，弹琵琶者，闻琵琶而惊者，口吹烟、两手弄烟管者，左手持烟管、右手搜火气者，按摩者，令人按摩者，放屁者，蹙额掩鼻者，笑而背者，摇摺扇以避臭气者，此为卷中。寨裳拟涉河者，匍匐桥上者，桥断没水者，此为卷尾。合计凡百三人，其俯仰行止、坐作走倒之态，欢乐欣笑、疑惧悲惊之情，描写精巧，一一逼真，构思变化，笔笔不同，可谓奇画矣。余展观之际，不胜赏赞，而又有所感焉。余试阅历代之史，其浮竞躁进者，卷首之瞽也；无知妄作、自误误人者，卷中之瞽也；晚节蹉跌、遂丧其身者，卷尾之瞽也。彼月仙亦老于禅者，岂寓规戒于此画乎？观毕，乃令吉田久道摹写一本以藏之。因录前言于卷首。

倒是作于1836年的《读〈项羽纪〉》，记述了自己折节学道之始，又能正确看待自己的时代与机遇，可读：

余少好游侠，后有所感激，折节学道。古之豪杰济大业者，其规画既定于髫龀之时，今改过时年二十四，不已晚哉？及读《项羽纪》，乃知羽起时，年亦二十四。非有封侯之素、万金之富，一旦拔起闾伍之间，率诸侯灭暴秦，龙骧虎视，鞭挞宇内，其志虽不成，何其壮也！呜呼，大丈夫固宜如此耳！而羽死之年三十一，余今年三十一，与羽死年亦适同。噫，余以羽起之年而起，不能显于羽死之年，碌碌俯首于缃素间，何才不才之悬绝也！然吾想，使羽生于我邦，而遇今之升平乎，则虽以羽之武力，其不能立功赫赫如彼也，必矣。吾第当专力于斯文而已矣，则不必以愚而终也。天保丙申正月上澣。

盐谷宕阴(1809—1867)也是同时期善文章者。名世弘，字毅侯，通称甲藏，因生于江户爱宕山下，故号宕阴，别号晚香庐、悔山、九里香园等。其祖父和父亲均在江户行医。宕阴从小喜军戏，从其父学句读，能朗朗诵读，外出就师便崭露头角。十六岁时入昌平黉学习，师事松崎慊堂，刻苦勤勉。二十一岁游关西，归来文章满囊。其父满意地说："儿成吾志，吾无憾矣！"父死后宕阴下帷授徒，事母甚孝，但家境贫寒。松崎慊堂怜悯之，向滨松侯推荐，成为文学侍从，后入藩侯台阁任顾问。他曾奉藩侯之命，仿宋代柴望的《丙丁龟鉴》，将日本历史上的天灾人祸史事编撰成《丙丁炯戒录》呈给当局。藩侯退休后，他又辅导幼君，并参与藩政。中国发生鸦片战争后，他十分关注，特编撰了《阿芙蓉汇闻》，又写了《筹海私议》

等文,强调加强海防,抵御西方国家入侵。嘉永六年(1853)美舰来航,岛内惊慌,宕阴曾上书当局,并著《隔靴论》。文久二年(1862),与安井息轩、芳野金陵一起成为幕府儒官,任昌平黉教授。后人称为"安政三博士"。其学并不墨守官方的程朱之学,而是重视汉注唐疏,并崇尚实用。

宕阴爱好儒学和汉文学,但不喜被人称为儒者,并有诗曰:"不愿死入《儒林传》,轻甲一联藏在家。"他不仅从小爱军戏,后来还向上原氏学枪术,向清水赤城学兵法。宕阴还著有《鞭䭿录》等书,其有名的文章有《游墨水记》《送安井仲平东游序》《书俄罗斯图末后》等。《送安井仲平东游序》一文,近藤春雄《日本汉文学大事典》不仅将它作为专条,而且全文收入。他的《读〈读孟尝君传〉》是批评王安石的,仔细想想也许颇有点道理:

> 王安石谓田文,鸡鸣狗盗出其门,此士之所以不至。以予观之,魏子、冯骥之出其门,由养鸡鸣狗盗也。鸡鸣狗盗且养之,矧非鸡鸣狗盗者乎?且有郭隗而有乐毅,有徐庶则诸葛亮出;有魏、冯而未能致天下之士者,身从北面故也,焉得以南面制秦责之?然文未足言也。安石为首辅,而延蔡京、吕惠卿之徒,以扰天下,非由好同恶异耶?夫好同恶异,由无养鸡鸣狗盗之量耳!呜呼,安石特雕虫文士,亦鸡鸣狗盗之流哉!

宕阴的《题〈鞭䭿录〉》也很短,但每个读书治学者都值得一读:

> 驽马可致千里邪?曰可。何以知其可也?吾闻之荀卿氏,曰:"骐骥一日而千里,驽马十驾则亦及之矣。"使荀卿妄人邪,则已;苟荀卿之非妄人邪,则必不敢欺后人也。然则十驾之术如何?曰:鞭之鞭之,鞭之而又鞭之,今日行十里,明日行十里,行行不息,百年如一,必至所志,毙而后已,其是庶几及之与?予,驽骀也,而有志于千里。以古人为鞭,挥之以气,以追骐骥之风。宁中道而毙,不愿蠢蠢然帖耳乎皂枥之间也。作《鞭䭿录》。

这一时期擅写汉诗的,有一位不大为研究者提到的斋藤竹堂(1815—1852),名馨,字子德,通称顺治,号竹堂。竹堂出生于陆奥(今宫城县)仙台远田郡,其家世代仕于陆奥国涌谷伊达氏。竹堂自小聪敏,十六岁去仙台,师从大槻清准(1773—1850)。天保六年(1835)赴江户,入增岛兰园(1769—1839)门受学,后又入昌平黉,师从古贺侗庵。弘化元年(1844)为昌平黉舍长。竹堂的诗文深受安积艮斋、野田笛浦、梁川星岩等人的赞赏。弘化二年(1845)回乡,翌年春携母及妻重返江户,在下谷相生町设馆授徒。仙台藩主欲礼聘他为藩学馆教官,不幸罹病,逝世时年仅三十八岁。竹堂有两兄长,均年轻时客死江户,竹堂临终有《辞世》诗,令人伤感:

> 阿母东迎百里程,晨昏赍志若为情。
>
> 唯余一事幸然处,埋骨青山伴二兄。

竹堂有一些小诗,十分清新可诵,如《冬晓》:

> 晓窗分外白,自起吹灯灭。
>
> 不知霜月残,误道是新雪。

又如《小景》:

> 半篙秋水绿,两岩有渔舟。
>
> 相见俱无误,新鱼欲上钩。

又如《早行》:

> 晓郊烟雾白,不辨路纵横。
>
> 满地皆澎湃,人如踏海行。

他的七律也见功力,如《秋日》,末联颇感动人:

> 不用名园数亩宽,一区占取小林峦。
>
> 且称三径老元亮,肯比东山旧谢安。
>
> 庭有闲花秋自好,家无栖鹤梦常寒。
>
> 故人虽在皆千里,落日看云独倚栏。

《蹉跎》则在思乡的心情中抒发了求学报国的豪情:

> 蹉跎客志感居诸,云路求知计自疏。
>
> 满匣清风秋试剑,一窗寒雨夜抄书。
>
> 虎随狐去时焉耳,蝇惑鸡来命也欤?
>
> 杜子飘零犹许国,此心未敢负当初。

他也写过像《西瓜》这样轻松美妙的诗:

> 劈将红玉满盘盛,已觉凉风齿颊生。

秋月欲沉栽处影，寒冰忽碎嚼时声。

何曾掬雪身初冻，不是餐霞骨亦轻。

笑杀金茎一杯露，无由疗得病长卿。

竹堂还有写得极妙的七古。如《小儿迷藏图》，充满童趣：

暗中摸索东西走，白日不分左与右。

朦胧有影捉无由，嫣然一笑齐拍手。

中有丫鬟小女郎，前头欲走步郎当。

休怪渠侬频见捉，罗带三尺拖地长。

又一首《百鬼夜行图》，笔致风趣奇异，临末笔锋陡然一转，表达了愤世之情，与百年前秋山玉山的《钟馗掣鬼图》有异曲同工之妙：

阴磷照地翳复明，丑夜草木眠无声。

腥气逆来风一道，鬼官肃肃作队行。

伞盖当中僧相国，三目注人烂生色。

红衫小鬼小如儿，执杖持烛从其侧。

是谁氏女白衣裳？皓齿粲然喷血香。

毂觫作首伸复缩，一伸忽为十丈长。

鬼兮鬼兮何多趣，形影迷离半云雾。

嗟哉，鬼外有鬼人不知，白日横行纷无数！

吉川天浦(1816—1858)是常陆(今茨城县)人，名坚，字多节，号天浦，通称仲之助。他是宫本茶村(1793—1862)的学生，曾入昌平黉学习。遗著有《无所苟斋诗钞》二卷。俞樾《东瀛诗选》云："吉川幼而好学，未弱冠即工诗，然其志趣闳远，不欲以诗鸣。讲求国典，稽考经史，将大发之于文章经济。而天不假年，甫及强仕而卒。有遗言告其弟曰：'我恶夫诗之无用于世而灾枣梨也。我死勿刻遗稿。'此二卷之刻，盖其两弟确与劲为之，非其雅意也。然其诗实俊逸有新意，在近时诗人中卓然成家矣。"俞樾还提到："集中有《漫笔所成》绝句八十二首，以太多不录，然天机盎然，诗中有画，余甚喜诵之。如云：'一牛不待驱，亦自就凉处。''人住白云里，不知有白云。''出门待月升，月在前溪水。''两岸坠红多，舟中花可掬。''渔郎何处去？舟在桃花岸。''一艘提筐去，隔林知有村。'如此等类，皆使人翛然意远也。"

俞樾称天浦诗中有画，他的题画诗也写得好。如《题画》之一：

> 野碓舂春溪水喧，溪云半掩数家村。
>
> 城中米价无人识，县吏终年不到门。

之三：

> 晴川漾漾碧如瓢，新树映波风影凉。
>
> 为是苍苔含雨气，铺蓑矶上钓斜阳。

天浦自己也会作画，如有题为《自题芦中归钓图》，其一云：

> 扁舟短棹唱沧浪，好与闲鸥寻旧盟。
>
> 诗句松陵渔具咏，烟波苕雪钓徒名。
>
> 风中疏笛芦花月，雁外孤村枫树晴。
>
> 笑忆谈经重席坐，鸿都门下一书生。

木内芳轩(1827—1872)，名政元，字子阳，通称源五郎，号芳轩。信浓(今长野县)人。曾师从宫泽云山、梁川星岩等，参加大沼枕山的下谷吟社。在枕山编选的《下谷吟社集》(1875年刊)中选有他的诗。善七律，田园诗尤佳。如《村居》：

> 天赐一身闲自由，无能赢得百无愁。
>
> 敢期锄菜蜀先主，且学种瓜秦故侯。
>
> 枯淡山厨贫亦乐，轻肥官路富如浮。
>
> 功名已掷英雄志，学取乡居马少游。

蜀先主指刘备，"锄菜"事未详；秦故侯指邵平，种瓜于长安城东；马少游为马援从弟，曾劝马援乡居。

其《四时杂兴》也善学宋人。其一写春天：

> 浩荡春风几日晴，莺莺燕燕太忙生。
>
> 一栏柳絮春无赖，半榻梨花梦有情。
>
> 曾向酒边开乐国，忽于吟处筑愁城。
>
> 闭门输与繁华子，犹趁残芳恣意行。

其二写夏，颈联颇有味：

> 田宇窗前夏景清，雨余秧毯绿方成。

> 联拳白鹭新添侣，脱尾玄鱼昨发声。
>
> 代枕古书多异梦，抄诗败笔足幽情。
>
> 疏慵自觉宜闲处，十数年来不入城。

其三当写秋，颈联以元画家对唐诗人，妙极：

> 落木柴扉绝往还，隔溪露出几屏颜。
>
> 禅林暮色鸦千点，樵路寒光月一弯。
>
> 壁上画图黄子久，案头诗卷白香山。
>
> 都门故旧无消息，安得山房共此闲？

其四写冬天：

> 诗书堆里一灯明，删却浮华累更轻。
>
> 老婵废炊姑舍是，稚儿问字可怜生。
>
> 寒林收霰风无势，古涧敲冰月有声。
>
> 多少绮罗丛底客，夜眠输我纸衾清。

芳野复堂(1830—1845)是早夭的一位诗人。他是前面写到的芳野金陵的长子，下总(今千叶县)人。名长毅、毅，字伯任，通称纯藏，号复堂。曾师从龟田绫濑。有《复堂遗稿》一卷。俞樾《东瀛诗选》云："复堂幼慧，年九岁《五经》及《文选》皆卒业。年十二作《送村山平叔序》，论四端得之天，四德成于人，具有条理。见者以大器期之，乃年甫十六而卒。苗而不秀，亦可哀矣！"今引此少年诗人诗二首。《晓色》：

> 风送朝光拂宿烟，青山无数岸头连。
>
> 依稀难辨春帆色，乍入树腰又树巅。

《栽竹》：

> 偷闲手自垦芜榛，移得溪边细绿筠。
>
> 茅宇赖忘三伏热，荒庭长有四时春。
>
> 亭亭高节标孤介，谡谡清音洗俗尘。
>
> 与汝长期岁寒友，此中何学七贤人。

山崎桃溪也是一位少年早夭的诗人。名知风，字子温，号桃溪。江户人。在日本人所有的汉文学史书中均未提及。生年亦不详，估计在江户末期。我们能读到他的诗，是因为俞樾《东瀛诗选》在补遗卷中，从竹内子行所编《嘤鸣集》选录了他七首诗。俞樾说："子温年十七而卒，其父执黑田子友哀其苗而不秀，知竹内子行有《嘤鸣集》之刻，乃录其诗如干首，俾附三集之末。余录其诗，亦稍从宽焉，冀存其人也。"而从所录诗来看，确实很不错，甚至不比成人差，俞老似乎不必言"稍从宽"焉。如《春昼》：

> 小亭闲坐意无聊，试傍门扉插柳条。
> 翠影当帘天日午，街头吹过卖饧箫。

又如《夏日闲居》：

> 删尽世间尘俗思，疏慵自养送生涯。
> 柳阴试煮新封茗，蕉叶时题旧制诗。
> 满院蝉声人去后，半帘日影梦回时。
> 静闲偏爱吾庐好，首种幽花补短篱。

又如《暮江所见》：

> 暝色苍茫薄暮天，芦花深处刺鱼船。
> 无端惊起汀边鹭，点破秋江一幅烟。

又如《春夜》：

> 东风剪剪起轻寒，水漏声中灯欲残。
> 淡月当阶人未寐，梨花如雪扑栏干。

不知不觉已录下四首，余下三首其实亦颇可诵。由此我们惊异于桃溪的才华，为其不幸早逝而深感可惜。同时我们也可再次看到江户、明治之际日本汉诗之成熟与发达。

这节最后还要写两位生卒年不详的诗人。平塚梅花，横滨人。此人在以往日本人所撰任何有关汉诗、汉文学的书中均未写到，又是一位现已被完全埋没的诗人。生平亦不详，仅知其名真宝，号梅花先生，著有《秋锦山房诗钞》三卷。而我们所以了解这些，也是全靠最初将他挖掘出来的中国学者俞樾。可惜俞樾没有作更多的介绍与评价，而梅花的诗其实是很有水平的。如《十月十八日金洞上人新缔诗社，同枕山先生赴其会，席上赋赠》，可知梅花年辈可能与大沼枕山同，又可知此时丛林中仍有诗僧在办吟社：

秋尽草木凋，丛竹俱萧疏。

延宾开吟社，蹰约寻精庐。

幽径烟际寺，灵境隔林墟。

日晚法鼓静，钟梵亦寂虚。

山鸟响林薮，石泉绕阶除。

空门本非空，妙法岂鹿车。

名利尘不到，栖真自淡如。

好与道人伍，联床一啸舒。

《新秋宿拈华山房，雨霁夜色朗然，乃赋一律》，诗中"管谷""樱川"皆地名：

山房静坐不成眠，篁冷灯幽宵可怜。

管谷露深虫切切，樱川雨足水溅溅。

月移凉影来窗下，秋送悲声到枕边。

别院乍听钟磬响，几多僧衲拜金仙。

以上二诗反映了梅花好与僧人交游。他其他的一些感怀诗也表达了一种闲达的心境。如《冬日寓兴》：

橐囊敢用贮赢钱，石火光中又一年。

福以闲身为己有，贵将无事作私权。

新梅欲问订幽约，旧卷倦看媒懒眠。

老境侵寻宜习静，风流罪业未离缘。

又如《岁晚杂感》，颈联极有意境：

柴扉一任薜萝遮，后版桥西幽径斜。

钟递寒声来远寺，松分翠影过邻家。

评诗静煮长瓶水，校字闲挑短烛花。

幸自软红飞不到，绳床孤坐避尘哗。

又如《横滨新居》：

小茅亭架小嶙峋，老子幽栖避世尘。

一缕饭烟朝袅绕，半床书帙夜披陈。

接山易引笕泉净，远市难尝厨菜新。

> 若得闲钱买闲地，多栽花卉与松筠。

"半床书帙"写出爱书如癖之痴情。颈联已说无新鲜蔬菜可尝，但尾联写若买闲地却忘种菜而欲种花竹，亦可发一笑。

岩田晴潭，名澂，字秋月，号晴潭。江户人。其诗被远山云如等人编刊的《玉池吟社诗》(1845年刊)选入，可知他亦是梁川星岩创办的玉池吟社诗人。俞樾编《东瀛诗选》中选录其《幽居晚秋》二首，诗味甚醇：

> 遮障秋寒窗户缄，朝来霜气肃松杉。
> 园蔬甲坼绿堪摘，庭草心枯黄不芟。
> 天地视人如海粟，光阴载我似风帆。
> 散樗随分幽娱足，家酿半瓶书一函。

其二：

> 十年世味厌酸醎，幸有时新供老馋。
> 霜后江鲈归密网，雨余山药落长镵。
> 半宵香梦菊花枕，一领秋风荷叶衫。
> 贫士是常何足说，只应疏放拟康咸。

诗末"康咸"当指嵇康、阮咸。

二十一、水户和纪势地区

如前所述，江户后期汉文学仍然有两大中心：关东的江户城和关西的京阪近畿地区。其次，镇西亦颇多诗人(除了广濑兄弟及其后人，本书将在后面专节论述以外，已见前述)。另外，在其他地方，也活跃着一批汉文学作者。为了尽可能全面地反映江户后期的汉文学全貌，本书需要用两节篇幅叙述其他一些地方的较有成就的作者。本节写水户和纪势地区。

前已写到，水户一直是日本汉学和汉文学的一个重镇。江户后期，这里也有几位较知名的汉文学家。如藤田幽谷(1774—1826)，名一正，字子定，通称熊之介、次郎左卫门，号幽谷。初从志水元祯学句读，后入藩儒立原翠轩(1744—1823)门下。天明八年(1788)入彰考馆为馆生，后成为编修员。前已写过，自江户初期起，水户就有修史的传统。享和初年(1801

年顷),彰考馆校订《大日本史》毕,即将上梓时,幽谷与其师翠轩对书稿有不同意见,竟至尖锐对立。这说明幽谷很有主见,能独立思考。文化四年(1808),幽谷任彰考馆总裁。

幽谷在少年时,曾作《正名论》一文呈幕府老中松平定信,可以看出他主张的是传统儒家的君臣大义。他的诗也多以说理为主。今录其《偶题》以见一斑:

> 春秋频代序,世事为谁忙?
>
> 少小耽坟典,乾乾从自强。
>
> 焚膏继日晷,夜冷读书床。
>
> 北风吹破屋,寒月隐幽篁。
>
> 畹晦蕙兰萎,门庭松菊荒。
>
> 感来屡掩卷,壮士独悲伤。
>
> 大道多歧路,臧获两亡羊。
>
> 欲窥圣人室,未入夫子堂。
>
> 休论经国业,不朽岂文章?
>
> 斐然何所作,嗷嗷慕古狂。
>
> 功名非我好,无意问行藏。

幽谷有很多学生,会泽正志斋(1782—1863)即其一。此人名安,字伯民,通称恒藏,号正志斋,又号憩斋、欣赏斋。自幼聪明好学,师事幽谷。宽政十一年(1799)成为彰考馆的写字生。享和二年(1802)为留守居下役,迁江户。文化元年(1804),父母相继亡故,接着他做诸公子的伴读。文政五年(1822),迁回水户,在南街开塾授徒。翌年,任彰考馆总裁代役。七年(1824),英国捕鲸船入境登陆,他受命与之交涉,令其退去。此时日本多闻外警,幕府屡下"攘夷"之令,他曾著《谙夷问答》之书。八年(1825),又著《新论》二卷,翌年呈给当局。适逢幽谷病逝,即替代任彰考馆总裁。未久,因病辞,仅任教授。十二年(1829),因与总裁川口长孺不合,连教授亦辞去。不久,水户藩主换人,天保二年(1831),又被任彰考馆总裁。九年(1838),与藤田东湖、青山拙斋等人创立弘道馆,后任弘道馆总裁。由上可知,正志斋主要是位学者和教育家,同时又是主张加强海防、抵御外敌之士。他的《新论》非常有名,可称江户末期维新斗士的先驱。其诗不足观,文则慷慨激昂,流畅可读。今录其《新论》开头部分的一段,以见一斑：

> ……而今西荒蛮夷，以胫足之贱，奔走四海，蹂躏诸国，眇视跛履，敢欲凌驾上国，何其骄也！是其理宜自陨越，以取倾覆焉。然天地之气，不能无盛衰，而人众则胜天者，亦其势之所不能已也。苟自非有豪杰奋起，以亮天功，则天地亦将为胡羯腥膻所诬罔然后已矣。今为天下论其大计，天下之人愕然相顾，莫不惊怪，溺旧闻而狃故见也。兵法曰：无恃其不来，恃吾有以待之；无恃其不攻，恃吾有所不可攻也。然则使吾治化洽浃，风俗淳美，上下守义，民富兵足，虽强寇大敌应之无遗算则可也。若犹未，则其为自逞自逸者，果何所恃也？而论者皆谓彼蛮夷也，商舶也，渔船也，非为深患大祸者焉。是其所恃者，不来也，不攻也，所恃在彼而不在我。如问吾所以恃之者，与所不可攻者，则茫乎莫之能知也。嗟夫！欲见天地之免于诬罔，将何时而期之乎？臣是以慷慨悲愤，不能自已！

此时水户较有成就的诗人，是藤田幽谷的儿子藤田东湖(1806—1855)。名彪，字斌卿，通称虎之助，后改诚之进，号东湖。东湖少年时好习武，向冈田十松、伊能一云斋学刀枪之术。一天，其父幽谷教诲他："牛马有力，遂被养，为人役。汝终将为人役，亦复何言；苟欲明道于天下者，安可不学耶？"东湖从此便发愤向学，曰："绛灌无文，随陆无武，古人所笑。丈夫奈何不学！"师从龟田鹏斋、大田锦城，学业大进。未久，其父亡，东湖继其禄，为彰考馆编修，并兼摄总裁。东湖深得水户藩主信任，辅助藩主改革藩政。东湖也是尊王攘夷论者，议论风生，关心国是，为水户学中心人物之一。后赴江户，与佐久间象山等人结交。弘化元年(1844)，藩主德川齐昭失势，他亦受谗而被幽禁于江户小石川邸。次年被解往向岛小梅村水户藩狱中。嘉永六年(1853)，美国军舰直逼江户，幕府恢复齐昭之职，东湖亦复出。正当舆论期待他重新活跃时，因江户地震而遇难。东湖的一些诗文也是幕末志士文学的代表作，对西乡南洲等维新人士有巨大影响。他的《言志》，是自我写照：

> 俯思乡国仰思君，日夜忧愁南北分。
>
> 惟喜闲来耽典籍，锦衣玉食本浮云。

《将徙小梅，过吾妻桥畔有感》是1845年他被解往小梅村幽禁途中所作：

> 青年此地尝遨游，花下银鞍月下舟。
>
> 白首孤囚何所见？满川风雨伴羁愁。

《三月十四日即事》一诗，是禁居中所作抒怀诗，诗中提到陈胜、吴广、诸葛亮、庞统四位中国古人，表达了他的壮志：

> 自笑幽居枕墨江，闭门唯听水潺淙。
>
> 陶陶清兴酒三楂，落落雄心剑一双。
>
> 燕雀何知胜与广？龙凤谁访葛与庞？
>
> 多情独有春天月，夜夜婆娑到小窗。

东湖在被囚禁期间还想起了中国的文天祥。他在狱中最有名的一首诗就是《和文天祥正气歌》，有小序，今不录，其诗云：

> 天地正大气，粹然钟神州。
>
> 秀为不二岳，巍巍耸千秋。
>
> 注为大瀛水，洋洋环八洲。
>
> 发为万朵樱，众芳难与俦。
>
> 凝为百炼钢，锐利可断鳌。
>
> 苌臣皆熊罴，武夫尽好仇。
>
> 神州孰君临？万古仰天皇。
>
> 皇风洽六合，明德侔太阳。
>
> 不世无污隆，正气时放光。
>
> 乃参大连议，侃侃排瞿昙。
>
> 乃助明主断，焰焰焚伽蓝。
>
> 中郎尝用之，宗社磐石安。
>
> 清丸尝用之，妖僧肝胆寒。
>
> 忽挥龙口剑，虏使头足分。
>
> 忽起西海飓，怒涛歼胡氛。
>
> 志贺月明夜，阳为凤辇巡。
>
> 芳野战酣日，又代帝子屯。
>
> 或投镰仓窟，忧愤正惇惇。
>
> 或伴樱井驿，遗训何殷勤。
>
> 或殉天目山，幽囚不忘君。

或守伏见城，一身当万军。

承平二百岁，斯气常获伸。

然当其郁屈，生四十七人。

乃知人虽亡，英灵未尝泯。

长在天地间，隐然叙彝伦。

孰能扶持之，卓立东海滨。

忠诚尊皇室，孝敬事天神。

修文与奋武，誓欲清胡尘。

一朝天步艰，邦君身先沦。

顽钝不知机，罪戾及孤臣。

孤臣困葛藟，君冤向谁陈？

孤子远坟墓，何以谢先亲？

荏苒二周星，独有斯气随。

嗟予虽万死，岂忍与汝离？

屈伸付天地，生死复何疑？

生当雪君冤，复见张纲维。

死为忠义鬼，极天护皇基！

　　东湖这首诗，形式上模仿文天祥，但未步原韵；内容上则全是日本历史，并生造了一些名词，因此中国普通读者不能完全读懂，如"大连"指物部屋舆，"清丸"指和气清麻吕等，即使日本懂汉文的读者也未必能弄明白吧？不过，这首诗在尊王攘夷派人士中却影响甚大。其后，吉田松阴、国分青厓等人也都写了这样的《正气歌》。值得一提的问题的复杂性是，日本的尊王攘夷者后来有的又变成了鼓吹侵略者，这首诗便给他们派了另外的用场。再如，后来侵略中国的杀人魔王松井石根，就在1939年12月15日东京《日日新闻》上发表文章说："予幼年时代即因家父之教而私淑东湖先生。"接着松井便引用了东湖《正气歌》的开头几句，又说：我确信，只要将此"正气"信念深藏于我国朝野的对外观念中，帝国目下的内外政策的僵局就会自行消解云云。东湖这首诗会有如此魔力？这是我们意想不到的。

　　江户后期至明治初年水户最有成就的诗人，当是青山兄弟四人。四兄弟皆擅诗，古今极少见。几部日人写的汉文学史均未提及他们，是令吾人非常奇怪的。(仅猪口笃志的书,在明治时期写到老四,但评价不高。)
俞樾的《东瀛诗选》特以差不多一卷的篇幅来选录四兄弟之诗,才真正卓
有眼力。青山氏世世仕于水户藩。四兄弟之父青山拙斋(1776—1843),
名延于,字子世,为立原翠轩的学生,亦擅文辞,曾任彰考馆总裁,又参与
创设弘道馆,并任教授头取。后其长子延光亦任弘道馆总裁。四兄弟的
诗得以流传,是因为拙斋生前嘱咐,要他们编选一本《壎箎小集》。俞樾《东
瀛诗选》云:"伯卿(按,即拙斋长子佩弦斋)父拙斋曾督学校,而伯卿与其
弟三人亦皆以文学仕,一时荣之。拙斋尝语诸子曰:'他日辑汝等文,名
以"壎箎"。'其季子遵其遗意,遂有《壎箎小集》之刻。"今按,壎箎是中
国古代两种乐器,一土制,一竹制,《诗经·何人斯》云:"伯氏吹壎,仲氏
吹箎。"后因喻兄弟和睦,拙斋更以此欣指兄弟诗文唱和。俞樾又云:"一
家父子兄弟并擅词藻,亦云盛矣!诗以伯卿及季卿为最,其仲卿、叔卿之
诗似稍逊焉。然亦未敢竟以蜂腰置之也。"其实,以俞樾所选来看,老二、
老三之诗亦颇不弱;然而,日人的《日本汉文学大事典》及一些人物辞典
上却没有他俩的名字(我们也一时无法介绍此二人生平)。

青山佩弦斋(1808—1871),名延光,字伯卿,通称量太郎、春梦,号佩
弦斋、晚翠、春梦居士等。为拙斋长子,十一岁时即能写诗。文政七年(1824)
入彰考馆参与修史,天保元年(1830)升为总裁代役。十一年(1840)又任
弘道馆头取,主持全藩的教育,同时又与修《大日本史》。明治维新后出
仕新政府,任大学中博士。他的诗有的很有气势,有点李白的风格。《李
太白观庐山瀑布图》更是写李白的:

> 笔下有神驱迅雷,香炉峰畔紫烟开。
> 天公不惜银河水,直为谪仙倾泻来。

《登筑波山》五古长诗,状景奇异,最后所祷,颇具人情:

> 双峰何突兀,如马竖两耳。
> 其左为阴峰,巉峻去天咫。
> 吾登自东麓,绝巅仰如迹。
> 逶径穿浓绿,滑滑困泥滓。
> 才跻前峰去,一峰忽复峙。
> 已过乔林杪,转入穹谷里。
> 欻然抵峰肩,危蹊不受履。

满山皆钜石，厥状尽奇诡。

竦者为门阙，密者为壁垒，

腾者为蛟螭，怒者为虎兕，

悬者为秤锤，伏者为斧锜，

昂者为翔鸢，逊者为跃鲤，

伟者为神仙，狞者为牛鬼，

凹者为坎窞，坦者为床几。

铁绳供扳援，惴慄进复止。

祠在最高顶，临瞰胆为褫。

八州在脚底，尺寸攒千里。

蚁垤认群山，螺杯看众水。

天风吹我衣，白日无停晷。

去搜阳峰奇，登降转逦靡。

石崖虽镜削，非复前路比。

路穷有庙宇，烟光射栏紫。

山樱犹烂然，满枝留红蕊。

归路闻水声，荡击势如矢。

有寺曰中禅，飞甍踞山觜。

缔构太环谲，金碧难正视。

嗟此天下胜，乃属浮屠氏。

传言鸿荒日，海涛吞天起。

冲波惟此山，得名正由此。

是语太孟浪，无乃供莞尔。

吾来祷山灵，山灵能许否？

不愿兴宝藏，不愿生杞梓；

愿令风雨顺，丰穰万民喜。

既为东国望，岂无毓瑞美。

其他非所愿，欲去犹徙倚。

指顾两髻鬟，屹然暮云里。

　　再录短诗一首，是写会泽正志斋的《冬夜会欣赏斋》。下注"得俯字"，可知乃与正志斋唱和之作：

> 寒夜会高堂，拥炉吟转苦。
>
> 帘波带月翻，烛焰迎风俯。
>
> 醉墨落成云，霜林鸣似雨。
>
> 毫端试竞雄，谁是文中虎？

青山松溪(1820—1906)，名延昌，字仲卿，号松溪。余不详。乃青山家老二。他的诗有生活气息，如《自大船津舟赴铧田》：

> 扁舟直指铧田驿，驿在野桥杨柳傍。
>
> 多少人家皆面水，家家屋上露连樯。

又如《春日村行》，更宛似诚斋诗：

> 远山云霁雨初收，竹外人家绕曲沟。
>
> 何事村童相唤急？风筝倒挂桔槔头。

七古《送鸟羽兄归江户》，二联一换韵，流转浑成。所云"巢鸭""王子"皆地名，读其诗能遥想东京旧风景：

> 故人千里归武州，送别其登百尺楼。
>
> 樽前不辞今夕醉，为君一说昔年游：
>
> 东山春探万花窟，墨水夏销三伏热，
>
> 秋风巢鸭看黄花，冬日王子赏晴雪。
>
> 此地乐异江南娱，春草满庭手自鉏。
>
> 昼长茅堂无一事，惟阅颜柳欧虞书。
>
> 知君江南别家日，墨川樱花正奇绝。
>
> 花底佳人莺弄喉，堤上游客蚁缘垤。
>
> 今君归家负春光，万树绿阴栖残芳。
>
> 莫恨江南花飞尽，城西别有牡丹庄。

青山柳庵，名延之，一名重之，字叔卿，一字子孜，号柳庵。余不详。系青山家老三。他的诗亦不俗，其《暮秋十首》，今举其二，可以见其虽然身在乡居，但十分关心国是，有忧患感：

> 竹绕邻家隔小渠，桑樊园圃傍穷闾。
>
> 柴关谢客风开阖，石鼎煎茶云卷舒。
>
> 紫粟金藷迎老少，芋羹蔬食送居诸。

迩来惟耐伤时事，几日无心课读书。

又一首也透露了同样的心情：

雁阵横空爽气澄，一庭松菊露华凝。

人心险似航沧海，世上危于履薄冰。

醉月吟风真我计，匡君补过更谁能？

读书终日成何事，惟阅古今论废兴。

柳庵亦善长诗。今仅举《贺森豹卿自医官擢教职二十韵》。森豹卿（1814—1868），名尚尉、尉，通称太郎左卫门，字豹卿，号庸轩、静观庐，仕水户藩。可惜我们尚未能读到这位被称为"东海诗杰"的森氏的诗作，亦为日本汉文学史研究中一盲点。

东海推诗杰，名声满四方。

华笺堆几案，锦轴溢书床。

金石窗前响，蛟龙笔底翔。

天才殊出类，篇什凤升堂。

高洁唐韦柳，清真宋范杨。

不惟能讽咏，况复爱文章。

直欲师秦汉，安须学李王？

构词何雅澹，立意岂寻常？

最美家风盛，翻思祖德芳。

余论犹景仰，遗泽远播扬。

只此绍封日，应添奕世光。

使君新受命，知己尽称觞。

拔擢诚堪贺，荣迁本至当。

虽非千载遇，便是一乡望。

大道谙邹鲁，邪途阁老庄。

全然饱仁义，讵肯愿膏粱？

曾有刀圭术，今登翰墨场。

殷勤说经旨，勉励见温良。

同学宜兴起，旧盟亦主张。

凭君敦厚教，早晚致鸾凰。

　　青山铁枪斋(1820—1906)，名延寿，字季卿，通称量四郎，喜枪支，藩
侯赏赐铁枪，因号铁枪斋。为拙斋第四子。承家学，又师事藤田东湖。亦
仕水户藩，为弘道馆训导，又入彰考馆。明治后入修史局，因不得志，遂
挂冠离去，漫游国内。著有《铁枪斋诗抄》《读史杂咏》《题画百咏》等。
他的诗尤擅长篇，如《呈仲卿兄》一首，乃知其二哥松溪还是一位书法家。
诗末有自注："东坡诗：'不须临池更苦学，全取绢素充衾裯。'"

> 君不见，宏农张长史，苦学临池忘百忧？
>
> 又不见，江南僧智永，败笔堆积如山丘？
>
> 古来良工皆如此，未见意造驾前修。
>
> 眉山何事论独高，完取绢素充衾裯。
>
> 仲也嗜好自幼稚，搦管磨墨不少置。
>
> 月挥剡溪三千纸，日临行草一万字。
>
> 焚膏继晷尚不足，梦中画被被为毁。
>
> 摹尽晋唐迄宋明，玉筋散隶穷幽秘。
>
> 飘逸宛如舒翼鸾，俊快还若奔泉骥。
>
> 上比崔杜虽有谦，下方罗赵亦无愧。
>
> 僻邑无闻空峥嵘，声价何日溢四瀛？
>
> 堪嗟世间能书者，软俗投时漫博名。
>
> 吾亦夙昔好此艺，空疏曾守眉山契。
>
> 蹉跎至今无所得，始叹仲氏得三昧。
>
> 吾狂何以相抗衡，要将突骑决胜败。
>
> 冻砚拈来三十韵，词锋何如笔锋锐！

　　铁枪斋有一些长诗颇有情趣，如《蚊》一首，显然有学于欧阳修《憎
蚊诗》，因较长，不录。又如《笋》，十分风趣。藤田东湖批云："编诸苏、
陆集中，孰能辨真假？"广濑淡窗评曰："为不羁士写照。"而其三哥则云：
"巧而不□，奇而不怪，结末简洁可喜。"

> 龙孙吾所爱，当夏忽成列。
>
> 看守如养儿，缮篱御草窃。
>
> 谁知一寸萌，已有干霄质。
>
> 不忍为烹煮，日日相摧折。
>
> 难奈卓荦性，不肯拘小节。

> 纵横四走鞭，破土日坟裂。
>
> 小径与菜圃，为汝所凌蔑。
>
> 径以适我游，菜以侑我歠。
>
> 若无径与菜，何以养吾拙？
>
> 为是持横锹，对彼亦中辍。
>
> 殷勤思生路，中心为郁结。
>
> 二物不并立，穿劚岂所悦？
>
> 汝固无活理，休罪吾饕餮。
>
> 自今安汝分，慎勿事侵轶！

　　铁枪斋最精彩的也许当数山水长诗。尤其当他辞官漫游后写的诗，均气势奔放，如《月居瀑》一开头便道："官人一日脱樊笼，飘然去追云水鸿。"其最末几句豪气万丈："焉得彩毫如椽大，倒卷瀑水为砚池，盘礴一挥万仞壁，淋漓长逗龙蛇姿！"他又有一首《祭箭溪》，亦显然写于同时。此处因顾忌篇幅，仅录七古长篇《登筑波山》，以与其长兄同题五古相比较，显然高出多多：

> 壮哉筑山何崔嵬，上插乾门下坤维。
>
> 双峰秀出常阳地，绝顶俯瞰八州奇。
>
> 吾生畴昔劳梦寐，何料今日相攀追。
>
> 山脚佛刹亦宏壮，金碧照曜看朱阶。
>
> 石径入云迷西东，樛木攙天遮朝曦。
>
> 涧泉激石奔雷响，老藤倒谷密云低。
>
> 惊见古树猕猴集，满林鬤鬤挂兔丝。
>
> 硕石纵横纷难状，或如巨人或如螭。
>
> 崩崖欲坠窄压人，岩洞幽冥冷含飔。
>
> 峻阻往往縆铁索，悬厓又见驾危梯。
>
> 须臾攀来阴峰顶，双峰对立无高卑。
>
> 上有天神两祠庙，崇祀千载不曾衰。
>
> 威稜凛凛真可仰，绝巅屹立不倾欹。
>
> 祠旁还放千里目，要吐胸间十年诗。
>
> 诸山回环相罗列，宛见儿孙呈娇姿。
>
> 游人迭呼称奇绝，予独默祷心内悲。

　　曾闻绝顶望东武，此游元不为快睹。
　　吾公雄名振海内，一朝何事逢飞语。
　　臣寿感慨天一方，空抱孤忠抒无所。
　　欲仰清光不自由，徒望江南慰愁绪。
　　无奈烟霭锁不开，江南渺茫在何许？
　　唯见衮衮利根河，奔流一带注霞浦。
　　回头又看水阳城，云外缭白辫楼橹。
　　此下有吾诸兄家，诸兄今日知燕处？
　　吾悔不共诸兄来，必有杰句比李杜。
　　举手绝叫欲相招，狂态还恐渎庙宇。
　　登临犹有阳峰在，休为此峰空延伫。
　　俄顷去攀阳峰颠，坦涂较减阴峰阻。
　　宿霭澹澹犹未晴，沈吟绕祠独凄楚。
　　却念明日是重阳，细讨须期明日举。
　　苍卒去向大宝寺，大宝隔在湖水浒。
　　曳杖驰下椎尾道，旅亭传食日已晡。

　　铁枪斋还有一首《题渊边游萍英国铁道画》，歌咏了铁路这个新事物，十分生动：

　　缩地何须壶里仙？凿山新辟洞中天。
　　奔轮迸出乍无影，流得青空一缕烟。

　　江户末年水户最后的诗人，还应提到原伍轩（1830—1867），亦为日本人的汉文学史书中所未写及。他名忠成，字仲宁，通称任藏、市之进，号伍轩、尚不愧斋。曾入弘道馆，受业于会泽正志斋、藤田东湖。后赴江户入昌平黉，从古贺谨堂（1816—1884）学；又从羽仓简堂（1790—1862）、盐谷宕阴、藤森天山学。学成后归水户，任弘道馆训导，又开家塾教授子弟。文久二年（1862），因德川庆喜之招，参与国政改革。后因幕臣妒忌，遭刺杀。著有《尚不愧斋存稿》等。他的诗也可归入"志士诗"，如《送仙台冈鹿门》，颈联尤令人思深而意哀：

　　西风拂袂马蹄寒，临别今朝泪未干。
　　大喜交情坚似漆，长嗟世态倒如澜。

防夷谁划千年计？当路人偷一日安！

君去休言知己少，平生惟有寸心丹。

他的《静坐》一诗，说理谈文，启人深思，亦可一读：

静坐观物理，天地皆是文。

窗引前山色，紫翠半带云。

轩临清江水，东风织成纹。

暖入春园里，点缀各相分。

彩艳如有意，红罗缠翠裙。

中有琼瑶树，粲然送奇芬。

鸣禽如得意，飞蝶乱缤纷。

浩荡造化巧，对之情欲醺。

因知文章法，岂在空云云。

会得自然意，风姿便不群。

"清新庾开府，俊逸鲍参军。"

古人高雅风，千岁所曾闻。

顾视柴门外，世事何纷纭。

　　这一时期，伊势(今三重县)、纪伊(今和歌山县)也出了几位著名的汉文学家。就像在江户、京阪以外，水户隐然成为次一等的汉文学发达地一样，纪伊、伊势一带(或称纪势地区)也有其培养汉文学家的较厚的土壤。因为培养学问和文艺的环境，总是与历史的或地理的因素密切相关。纪势地区离京都、大阪较近，自古学者较多，学风淳厚。伊势是所谓皇大神宫的所在地，纪伊则与大和、河内相连，自古出尊皇人士。在幕末尊王攘夷论高张之时，纪势的汉文学家不受其影响是不可能的。但又如同水户一样，较偏重于纯学术的人多一点，因此，文章家也比诗人要多一点。按照猪口笃志的讲法，似乎伊势的汉文学家以文章为主，纪伊的则以诗为主。其中最有名的可举斋藤拙堂、土井聱牙、菊池溪琴三人为代表。猪口称之为"江户三百年掉尾之雄"。

　　斋藤拙堂(1797—1865)，名正谦，字有终，通称德藏，号拙堂、拙翁、铁研等。他是伊势津藩藩士，生在江户柳原的津藩邸，从小颖悟，及长入昌平黌学习，师事古贺精里。尤致力于文章，卓然有成。藩主创立有造馆时，即任儒官，时年二十四岁。常游京都，由野田笛浦引见赖山阳。山阳初以书生视之，及见其文，大为称赞，遂以友人待之。文政七年(1824)，藩主又聘他为侍读。天保十二年(1841)任郡宰，弘化元年(1844)任督学。期间举人才，购书籍，刊印《资治通鉴》，设办演武场等，办了不少实事。他藩派人来有造馆学习的就有几十人之多。安政二年(1855)赴江户谒见将军德川家定。家定想聘他为昌平黉儒官，以多病为由谢辞。其节操、德行为世所重，龙野侯、大垣侯等对他执宾师之礼。安政六年(1859)隐退，居茶磨山庄。庆应元年(1865)病逝，谥文靖先生。

拙堂治学初奉朱子学，后博采诸家。精古文，通史传，诗宗盛唐，文更著名。中国发生鸦片战争，他十分关心，曾著《海外异传》一卷。其最有名且对日本汉文学有重要影响的著作，是《拙堂文话》，正续各八卷。拙堂自序云："诗之有话，尚矣。四六与诗余，亦皆有话。何独遗于文？文而无话，岂非缺典乎？余夙以为遗憾。"于是他创撰此书。可以说，中国文论中的这一名目上的缺项，居然是由日本人的拙堂作了填补。拙堂此书，对日本的汉文历史及各家作品作了评述(本书在前面已时有引用)，也有大量议论中国文章的。例如，书中评论了秦代李斯的《谏逐客书》，钱钟书先生《管锥编》中就指出"殊有入处"，并称赞道："斋藤论文，每中肯綮。李元度《天岳山馆文钞》卷二六《〈古文话〉序》：'日本国人所撰《拙堂文话》《渔村文话》，反流转于中国'，是同、光古文家已睹其书。随机标举，俾谈艺者知有邻壁之明焉。"拙堂能获得钱大师这样的评价，实属光荣之至。(这里顺便说明一下，《渔村文话》作者海保渔村〔1798—1866〕与拙堂同时人，也是汉学家。《渔村文话》也与《拙堂文话》被人称为双璧；但《渔村文话》主要是论述文章的写法，且是夹着片假名写的。所以渔村其人其书本书不予引述。)当然，《拙堂文话》写得颇随意，没什么"体系性"，但保存了一些史料。(如卷八之末写到"文禄朝鲜之役"，便不打自招地记录了日本历史上侵略朝鲜掠夺其文物的罪行，还保留了一篇写得很不错的"朝鲜汉文学"作品呢。)同时，《拙堂文话》的文笔是颇老到的。

猪口笃志的《日本汉文学史》中引录了拙堂的《云喻》一文，以云喻文，说理生动，文笔流畅之至。而拙堂更有不少游记也写得非常好，如《下岐苏川记》《游箕面山记》《入京记》等等。《下岐苏川记》一文，近藤春雄《日本汉文学大事典》不仅将它作为专条，而且全文收入。他的《梅溪游记》共有九篇，是他三十四岁时同友人服部文稼、梁川星岩(公图)和星岩之妻红兰、福田半香等人赴月濑之梅溪"探梅"的游记。在日本文学史上更享有盛名。近藤《日本汉文学大事典》不仅为它写有专条，也全录了其二、其三两篇。月濑位于大和境内(今奈良县添上郡月濑村)，即因拙堂此文而闻名于世，成为著名游览胜地。从《梅溪游记》之二中，可以知道拙堂对中国的赏梅胜地也相当熟悉：

> 一目千本，尾山八谷之一也。花最饶，故有此名，盖比芳野樱谷云。余与同人出三学院，下前崖，觉山水与梅花皆已佳绝。任意而行，至一大谷，文稼识而言之。径诘曲上，花夹之。步出其间，如蹑白云而行。数百步达巅，弥望编然，与溪山相辉映。余尝游芳野，观其一目千本，有此盛而无此胜；又尝观岚山樱花，有此胜而无此盛也。更求之西土以梅花名者，杭之孤山，境盖幽，花则寥寥；苏之邓尉，花颇多，地则热闹；唯罗浮梅花村，对峻峰，临寒流，而花尤饶，庶几可比我梅溪欤？日已敛昏，花隐淡烟中，千树依幻，不见其所极。暗香蓊葧袭人，闻溪声益益近且大，至咫尺不辨色而后去。

拙堂的第三则游记写得更精彩，让我们来欣赏：

> 昏黑还入院，欲俟月升，复出观花也。余平生想梅溪月夜之奇，欲一游并之。每岁春，有人自伊来者，辄询之。花之开谢与月之亏盈，每龃龉不相合。迟之七八年，至于今岁，欲以今月望前来。然以地在山中，著花殊晚，其盛开常在春分前后数日，而春分在今月之末，如其无月何！忽思邵康节诗云："赏花慎勿至离披。"私谓，及半开则可，何待其烂漫？遂以望后三日来。岂意花开已七八分，或将十分，实望外之喜也。独断日已落，黑云覆天。意殊怅怅，张烛欲饮。此行购樽容五升者，满贮酒，命奴负荷。呼取之，酌不数巡而竭。怪诘之，乃知奴醉坠地，致倾覆，益怅恨。买村酒，得数升来，洗盏更酌。虽甜不适口，亦自醺然。文稼风流士，公图以诗名海内，而半香善画山水，余人亦皆吟咏挥洒，少慰愁闷。俄而小奚来报曰："云破月出矣。"众惊喜欲狂，舍盏走出。时将二更，月色清朗。步抵真福寺，枝枝带月，玲珑透彻，影尽横斜，宝细玉钗，错落满地。水流其下，锵然有声，觉非人境。傍岸西行，前望月濑，水清如寒玉，漾月影，霭作银鳞。而两山之花，倒蘸其上，隐约可见。一棹中流，山水俱动。吾平生之愿，至是酬矣！

拙堂的诗不及其文有名，但俞樾认为："拙堂诗才横溢，咏古之作颇权奇自喜。然读其《郡署感怀》诗曰：'民病难医多债负，岁丰亦苦有亡逃.'又曰:'弊余郡务多盘错,讹后民风难廓清.'可知其治郡时必有政绩,非徒以诗人传矣。"拙堂的咏古,多为日本历史,鼓吹"尊王大义"之类,缺乏诗意,且一般中国读者不易欣赏。今录其较佳者《续琵琶行,赠山阳外史》,即赠赖山阳一诗,并可见他的历史观:

> 君不见,相国势焰天亦热,甲第连云逼禁阙,
> 女登坤位孙至尊,一家尽入鸳鹭列。
> 伯埙仲篪才艺优,佳辰令月簇贵游,
> 夺将诸藤金紫色,百花韡韡耀皇州。
> 谁其花颜献媚者,桃僵李代斗娇冶,
> 敢言原草有荣枯,颂鹤颂龟侑琼斝。
> 监僮三百防人口,我能止谤常自负,
> 岂知鬼神瞰高明,夸者毕竟不能久。
> 岳南一夜水禽惊,十万军溃河上营,
> 一摄二赞终不保,西海鱼腹葬簪缨。
> 二十余年荣华梦,一编平语人悲痛,
> 长门何异厓门惨,翻入琵琶供娱弄。
> 赖子雄才修外史,巨笔断自源平起,
> 史眼如炬烛千古,却从矇师受细技。
> 竭来访君鸭水湾,樽前论文两心欢,
> 叡岳影落寒流上,併取峨洋入栏干。
> 更撼龙头劝大白,转关濩索玉轸促,
> 谁知陶真裂帛声,听作伯牙山水曲。

其实,倒是拙堂的一些感怀诗、纪游诗来得亲切可读。如《高雄》一诗,描写京都西北部高雄山,末两句显然是从杜甫名句"焉得并州快剪刀,剪取吴淞半江水"脱化而来的:

> 一带红云映碧流,游人多在夕阳楼。
> 笔锋谁有并刀快?剪取溪山锦绣秋。

又如《甲午秋,余年三十八,始见鬓丝》:

> 惊见秋霜入鬓新,客窗自吊镜中身。
> 才惭欧子称翁早,龄过潘郎与老邻。

篝火读书仍故我，章台走马属他人。

茶烟禅榻缘犹未，忍受都城满面尘。

《内人久病，将携就医于京师，赋此示之》一诗，第三句有自注："余亦久患脚疮，至是稍差。'脚中有鬼'，宋·梅询语。"可知拙堂对宋诗浸淫之深。

汤药相支及岁华，东风吹绽玉兰芽。

嗟余脚里犹留鬼，怜汝杯中未辨蛇。

须把愁机挂墙壁，且休倦绣傍窗纱。

治方别在青囊外，去看京城锦样花。

土井聱牙(1817—1880)是拙堂的学生。名有恪，字士恭，通称几之助，号松径，后改号聱牙，又号潆庵。其父为津藩儒医。初从石川竹崖(1793—1843)学经义，后从川村竹坡(1797—1875)、斋藤拙堂学古文。从小左眼失明，仍发奋向学。天保八年(1837)二十一岁，任藩校有造馆助教和讲官，受命校订《资治通鉴》。弘化二年(1845)升为《通鉴》校刊总裁。为学初奉程朱，后喜清儒考据。又善画竹。聱牙为人豪放谐谑，富有逸话。其诗文亦奇矫，猪口甚至称其文乃幕末、明治初年第一人。聱牙私淑韩愈文章，甚至在庭内设庙时时拜祭，而其《捕鼠说》则颇有柳宗元小品文风格。其《钞书自序》一文，对读书人颇有启发，文字也佳，因不嫌其长抄录如下：

成童多疾，龋缺六齿，眸子亦仅存只。坐稍久，则手痹足广追，或不能自举。谋诸医，则曰："写细字尤害，而看书次之。"乃遂谓："看书，吾之基业。必不得已而去于斯二者，则细字不写者亦可。"自兹之后，读一书必几次绎复，以谙取为务。记性虽薄，而人十己百，颇亦有所得。登之于口，展之于笔，久已忘世上有钞书也。其后承乏教职，日周旋于诸老先生之前，耳其话言，瞻其文辞，适适然骇其博，邈邈然自失也。猛起察其所以然，殆类根于钞书者。于是余意始惑焉。又有新学小生，其文辞熠燿，每惊坐人，造语奇僻。吾复察之，其人常羞于人前作文，偶有作焉，枯淡不足观；历日一归家，示其所改构，则文境一新，罗列瑰宝。盖其人亦有一张兔册藏在秘篋，恃之以炫博者也。于是余意滋惑焉。乃试学其所为，寻斧斤于艺林。犹不敢虚医戒，日以三纸为度。若是者一年矣，所钞者堆堆将尺，而我文辞不为之加雄，记性则更下旧数矣。每一作文，目劳于检寻，手倦于披阅，竟未能一纵其志。恍然悟曰：有是哉！人各有能有不能，如钞书，决非吾之所能也。大丈夫为学，不成则已；成必藏古今于胸膈，运万物于一心。岂能区区从事钞书，寄性于毛楮，以欺后学？且钞书者，其意在一阅不复读，是慢也。十年操觚，徒成其慢。设不幸夜半有力者，负钞书而走，则其余所存，吾唯见俨然骸骨著儒服坐太学耳！纵令其人本钞书之功，以致淹通群书，亦唯一部肉《类函》，国家将何赖哉？于是破研折笔，绝意于钞书，复修诰取之课，晨夕朗诵。其前时所钞者，千有余纸，戢为数卷，庋之高阁，以供蠹餐。犹未肯付之炎火者，将一以充病时之娱乐，一以志今者之悔悟，而备他日之复有惑也。

菊池溪琴(1799—1881)是纪伊(今和歌山县)人，名保定，字士固，通称孙左卫门，号溪琴，晚改号海庄，别号海叟、生石、琴渚、慈庵、七十二连峰、连峰等。溪琴的远祖为南朝大臣菊池武光，祖、父等世代为豪农。他喜爱文学，十三岁赴江户师从大窪诗佛，与佐藤一斋、赖山阳、广濑旭庄、梁川星岩、藤田东湖、佐久间象山、大槻磐溪等名士交流。曾组织古碧吟社。天保七年(1836)因荒灾，曾与大盐平八郎一起向当局上救济策，并回乡散私财救济贫民数百人。他关心海防，美舰来航后曾组织农兵队、修筑堡垒、配置大炮。明治维新后曾短期在民政局和教部省任职。

溪琴作为大窪诗佛的学生，有青出于蓝之誉。其诗冲澹高古，神韵悠扬，允称妙手。猪口笃志认为是"纪州所生祇园南海以后第一诗人"。当时大诗人广濑旭庄对他评价似乎更高，有《题溪琴山房诗后》长诗一首，我们将在述论旭庄一节里引用，请参看。中国诗人、学者黄遵宪在与冈千仞笔谈时称溪琴诗"骨气极好"，不过又认为"至其长篇，时有剑拔弩张、不胜其力之态"。中国诗人、学者俞樾在《东瀛诗选》中说溪琴"生于偏僻之壤，而能以诗鸣。其五古颇得冲澹之致；七古则雄奇飘逸，有谪仙余韵；近体诗亦多可诵者。如'竹外棋声春雨寺，花前诗思夕阳栏'，旖旎可喜。又如'十年世事只头白，四海几人能眼青'，兀傲自负。虽未入选，实佳句也。又有'梅邻古寺愈清瘦，人与青山共少年'之句，亦佳。"溪琴的五古，如《山中》《岚山逢春樵道人》等，果如俞樾所说，"颇得冲澹之致"；但五言组诗《岐岨山中》七首，则颇清奇古僻。而且，诗题注明"以'红叶青山水急流'为韵"(以此七字为每首第四句的韵脚)，此虽带文字雕琢游戏之嫌，但能"戴着镣铐跳舞"，写到这种程度，实在不易。下面请一一欣赏：

曾自五丁凿，遥遥一线通。
苔矶带雨绿，霜槲破烟红。
云涨苍山没，溪回石路穷。
行闻樵者语，山下窬寒熊。

关河远跋涉，秋暮山重叠。
客袖薄于云，乡情多似叶。
芒鞋亲短策，蔬食弹长铗。
尚有客魂豪，行看弋者猎。

板屋依林坰，寒泉入小庭。
敲云孤磬冷，燃梦一灯青。
乌起月侵砌，风鸣叶打棂。
卧知霜威重，衾薄睡频醒。

中山百二关，险隘老杉间。
藤络临潭石，云沈欲雨山。
四时岩蕚发，千古岳莲闲。
暮吊英雄迹，凄然泪自潸。

疏钟万木里，萧寺何处是？
行见归林云，坐闻鸣磵水。
蔓枯薯蓣脆，叶落茉莫紫。
为掷羁旅愁，欲追赤松子。

健竹青蓑笠，潭明影如揖。
思家晓月遥，为客年华急。
霜重野狐愁，叶零山鬼泣。
总惊千里魂，只见单襟湿。

单身辞帝州，来踏信中秋。
树抱荒城古，水摇危栈流。
家书封暗泪，灯火照清愁。
为问故园月，寒衣已寄不？

溪琴诗的冲澹之雅是向王维等唐贤学习的。他有六言诗《仿右丞》

可证。虽说是仿，写得却不错。今选录三首：

> 鸟倦已归江树，帆迟犹逐晚晴。
>
> 沙浦潮来雨歇，山城钟尽云行。

> 青山皆绕古驿，野水半涵人家。
>
> 渔老归时柳絮，耕牛行处桃花。

> 竹绿自有清韵，山青何关世情？
>
> 门荒不见人影，窗静只闻水声。

溪琴的《读王孟韦柳》四首，更生动地写出了他向王维等唐贤学习的体会：

> 手把《辋川集》，顿忘风尘情。
>
> 此时夕雨歇，一禽隔花鸣。
>
> 幽事无人妨，坐见溪月生。

> 造语无痕迹，虚妙发天真。
>
> 洋洋三千顷，江清月见人。
>
> 潇洒孟夫子，如见洛水神。

> 偶吟苏州句，窗空灯火闲。
>
> 诗思如云影，摇曳肺腑间。
>
> 夜深声尘绝，竹雨响山寒。

> 柳州如名剑，字字发光芒。
>
> 把之吟深夜，逸响何琅琅。
>
> 灵气不在多，莫邪一尺霜。

溪琴的七古《鲸鱼来》，有小序曰："乙未(按，1835年)，鲸鱼数十，来集栖原之海。余作《鲸鱼来》，伤其非可来处而来也。"写的是鲸鱼集群赴浅海自杀。类此事今犹时见于新闻，其原因尚未大明。溪琴此诗也可视作一种自然科学史料了。当然，溪琴此诗另有寓意，读者自可体会：

> 鲸鱼来栖原之海，鲸大海浅鲸常馁。
>
> 蹄涔辙鲋汝当悔，横海之志何所施？
>
> 撼山长鬣徒磊磈，山人伤之为裁诗。

鲸兮鲸兮慎勿陷祸机，

世路崎岖不可近，淳朴古风今皆违。

吁嗟，鳞介之族何荼毒，短铤长镐相追随。

独有南溟堪窟宅，一带豫山翠如围。

好潜此间莫轻出，待我骑汝朝紫微。

溪琴也是七律高手，这里就选《杂诗(效剑南体)》一首：

新结墙东十笏亭，芦帘蒲席似虚舲。

泉从绿绮弦间泻，山向银丝砚上青。

供茗婢听话玄理，乞书僧索写黄庭。

墨浓纸滑毫如舞，蜷蜿蛟龙卷雨腥。

二十二、东北、中部、中国、四国

江户后期，在日本的东北地区也出了几位有名的诗人。如大槻磐溪、窪田梨溪等。

大槻磐溪(1801—1878)，名清崇，幼名六次郎，通称平次，字士广，因爱陆中磐溪奇景，因号磐溪，又号宁静子。陆前(今宫城县)仙台人。其父大玄泽为仙台藩医，因修订杉田玄白的《解体新书》而扬名，被视为日本荷兰医学之祖。其哥亦为兰学家。磐溪十六岁入昌平黉，师从林述斋(1768—1841)。天保三年(1832)任仙台藩主侍讲。弘化、嘉永年间(1844—1853)，研究西洋炮术，主张港口开放。文久二年(1862)任仙台藩校养贤堂的学头。明治元年(1868)任仙台藩主的军事秘书。在戊辰之役中，仙台藩与奥羽越列藩联盟，仙台藩主为盟主而磐溪为之谋，顽抗倒幕军，兵败后被捕入狱。明治四年(1871)被赦，隐居东京以终。

磐溪的文章受教于葛西因是(1764—1823)及松崎慊堂，诗则得益于梁川星岩。俞樾在《东瀛诗选》中认为磐溪"诗清丽可诵，且能为五七言古诗，乃东国所难也"。其实，日本诗人中擅七古的人颇不少，但磐溪古诗写得也确实不错。如五古《送侄栋归仙台》，其中说："仙台亦诗国，劲敌四面多。就中推二井，登坛建高牙。苟不量力进，一战能无蹉？敌之自有道，古人与研磨。亡论杜与韩，苏陆亦网罗。运来供驱使，何敌不倒戈？"

磐溪这是教诲其侄儿如何写诗，强调要向杜、韩、苏、陆这样的中国大诗人学习。当然这也正是他自己的成功之道。同时，他还透露了仙台诗人有"二井"（其自注云："谓油井、松井二家也"）为劲旅。据考，当为油井牧山(1799—1861)、松井竹山(1804—1862)。但我们对此二人的诗一无所知。可知日本汉文学史中待发掘、研究之盲点是很多的。

磐溪的古诗今录举两首。《金源古钟歌，为饫肥侯赋》，小序云："款曰'承安六年辛酉二月造，天井寺金堂悬排入，重四十斤半'。（按，承安，金章宗年号，而天井寺系韩国寺名。）盖侯祖公征韩之役取此钟以为军号云。"原来，这首诗记载的是日本历史上侵略别国、掠夺财物的丑行：

> 古钟一口金国器，承安辛酉有款识。
> 算来六百五十年，古色蔼然滴翡翠。
> 高尺四寸围倍之，铸造古雅精而致。
> 纤月破云弓样张，天女御风舞态媚。
> 上带下带篆草花，龙首蜿蜒绕钮鼻。
> 维昔韩国全盛时，金堂悬排天井寺。
> 连鼓一百八回声，惊醒三十六房睡。
> 一旦国破归祖公，铿以立号供武事。
> 三军士卒应声兴，八道夷民争先避。
> 呜呼同一古钟耳，运用在人功则异。
> 一自虎皮包干戈，钟悬城楼久捐弃。
> 今公一瞥惊神奇，便命儒臣作之记。
> 记成好古情愈深，微词艺林远寄示。
> 外臣崇敢与知防，仰唱长歌寓讽意。
> 爱护苟念祖宗勋，岂云玩物丧其志。
> 君不见，简公好乐任子产，抱钟而朝郑国治！

承安，日本也有此年号，但仅四年；承安六年辛酉则确是金章宗年号，即泰和元年(1201)，距今已有八百多年了。查日本吉川弘文馆出版的《对外关系史综合年表》，知此钟至今犹存日本。磐溪此诗颇有史料价值，但他对本国和祖先的侵略、掠夺行径非但没有谴责，反而还洋洋得意，甚至还称誉为"祖宗勋"，则显然是错误的！

《读书》一诗，则写出了书生本色：

> 三百六十日，无日不读书。
>
> 钩玄又提要，所得尽有余。
>
> 《语》《孟》多新解，颇足补程朱。
>
> 小史叙近古，志在起懦夫。
>
> 文章不量力，所愿学韩苏。
>
> 诗多自放语，聊亦供游娱。
>
> 持此区区业，免为游惰徒。
>
> 俯仰老文字，天地一蠹鱼。

磐溪的近体也颇有佳作。如《三月上巳集〈兰亭序〉中字三首》，这样的集字诗有相当难度，要从寥寥不足四百字里选字写出三首诗，还要写出诗意，颇不易得：

> 今年癸丑暮春节，又遇兰亭修禊期。
>
> 曲水流清生激浪，和风天朗引游丝。
>
> 畅情是日群贤集，托迹斯文后者知。
>
> 静世随时娱乐在，无将老少异欣悲。
>
> 山阴故事昔人游，今日同娱亦有由。
>
> 曲曲激湍春映带，欣欣茂竹地清幽。
>
> 岂随静燥殊怀抱，不取彭殇陈短修。
>
> 此会虽然少丝管，又将觞咏寄风流。
>
> 会稽盛集永和年，当世兴怀犹快然。
>
> 曲水于今修禊事，春风万古有崇山。
>
> 游娱趣在形骸外，感慨情生俯仰间。
>
> 能托流觞终日乐，兰亭自异竹林贤。

他的《题〈岐亭余响〉二首》亦佳，唯不知《岐亭余响》何人之作，此又是日本汉诗研究中一盲点。今录其一：

> 何必茅檐与竹门？心闲朱邸即山村。
>
> 本知人挟冰清气，不怪诗无斧凿痕。
>
> 佳友兼收联璧士，才臣独蓄八叉温。
>
> 斗吟一戏也千古，长使后生销暗魂。

《南村夜归和油井某韵二首》也耐读，油井当即前面提到的油井牧山，可惜未见原诗。

> 南郊十里向归程，远桥隔城知几更。
>
> 缺月光斜半峰暗，寒星影落一川明。
>
> 老松夹路参差出，乱石排云自在横。
>
> 谁屋孤灯人未寐，细风穿竹送书声。
>
> 缤纷落叶暗山程，何处霜钟报二更。
>
> 松影婆娑孤鹤宿，云容斑驳数星明。
>
> 寒岩依树三家住，幽涧通人独木横。
>
> 夜半归来天若墨，老枭唤雨一声声。

七绝《残寒》似有哲理寓意：

> 残寒挟雪太无情，勒住东风出谷莺。
>
> 却是纸鸢张气势，飞扬天半弄春声。

他的五绝也有好诗，如他很崇敬中国南宋爱国诗人、画兰不画土（寓意国土沦丧）而露根的郑思肖（所南），作有一首《题露根兰》：

> 西山食薇蕨，犹是周土毛。
>
> 画兰不画地，最觉所南高。

他也曾作墨兰图，但不露根，自题句云："深山幽谷皆王土，不学所南描露根。"其实这仍然表明他是很崇敬所南的。

最后，我们要提到他的也许带有文字游戏性质的七律《藕潢先生见示八音一贯之作，效颦赋五首以呈》。藕潢即林复斋（1800—1859），磐溪老师林述斋之子。所谓"八音一贯之作"，即"八音诗"，源自中国。所谓八音诗，就是将首见于《尚书·洪范》论及的我国古代八种制作乐器的物质"金、石、丝、竹、匏、土、革、木"八个字，依次用于每句或每联之首。属嵌字类杂体诗。由于"束缚"较大，我国古代不少八音诗在意思上不甚连属。今知最早为南朝陈的沈炯所作，为五古。我国古代八音诗五古为多。据我考知，最早写七言八音诗的是北宋的孔平仲，而且写得最多，今见七古七首，另有五古十首。而七律八音诗当然最难写，今仅知元明之际林清写过一首。而磐溪一举写了五首七律，而且意思、意境均非常不错，真是不简单的。林复斋原作尚待查找，另外，我见到与磐溪同时的藤森天山等人也曾写过八音诗(本书下面将写到)，很值得今人欣赏与研究。此处录磐溪写的其中二首：

> 金马何须避世尘，石泉幽处好容身。
> 丝纶原自在贤相，竹帛只应论古人。
> 匏系生涯惭盛世，土崩天下想千春。
> 革坚兵利今无用，木铎只期风俗淳。
>
> 金章斗大欲何为？石室藏书聊自期。
> 丝雨片风寒物候，竹门柴户淡生涯。
> 匏尊有酒尽堪友，土偶无言真可师。
> 革削吟成若相寄，木桃敢望报琼诗。

米泽诗人窪田梨溪(1817—1872?)，本姓平氏，名茂遂，字逢辰，号梨溪。他是山田蠖堂的学生(蠖堂亦是诗人，我们将在后面写"志士诗"时写到)。文政、天保间(1830年前后)任米泽藩校兴让馆的提学。幕府末年，曾奉藩命奔走处理各种事变。庆应元年(1865)，与竹股久纲、浅间彰等联名上书要求振兴藩学。其确凿的卒年未详。猪口笃志指出，江户末年在米泽也是汉诗人辈出，蔚为大观。他们多为蠖堂的学生，而梨溪则是大弟子。蠖堂自杀后，梨溪便是实际的中心人物。然而有关梨溪的生平事迹人们却所知不多。其作品则知蠖堂的学生们曾出过一总集《壖埆集》，收有梨溪及中川雪堂、木滑痴翁、笹生忠八、小幡忠敏、樱渫等人七言古诗共一百二十首，为天保十一年(1840)所编。又有人在明治四十一年(1908)为他出一诗集，从其三百多首遗作中选了一八九首。

今从猪口《日本汉文学史》中见到所选梨溪作于庆应元年(1865)的《冬至对酒》，可以推算出他的生年，但此诗甚拙，实不值一读。猪口所选四首诗中有两首尚可一读。《夜泊》云：

> 茫茫客恨满江天，眠觉楚乡漂泊船。
> 霜雁声悲残夜月，苇蓬火白晓渔烟。
> 浮沈自古叹荣辱，忧乐于今有后先。
> 千里水程任所在，不知解缆向何边。

《贫交行》还值得咀嚼:

> 一坛酒，可结欢；一穗火，心可论。
>
> 浓者先败淡者成，厄言不要比金兰。
>
> 君不见，朝羁龙今夕屠虎，俄然失势弃如土?
>
> 不若呼杯剪园荁，连夜聚首话夜雨。

这时在中部地方的爱知、岐阜、福井、石川、新潟等地，也有几位诗人可述。

冈田新川(1737—1799)，名宜生，字挺之，通称仙太郎、彦左卫门，号新川，又号畅园、杉斋、朝阳、甘谷等。尾张(今爱知县)人。其父为尾张藩世臣。新川是前面写到过的尾张藩儒松平君山的学生，跟君山学经史。天明三年(1783)成为藩校明伦堂的教授。宽正四年(1792)升任督学，总理学政，后又任继述馆总督。新川曾从流传到日本的唐代魏徵编《群书治要》中抄录刊行了《今文孝经郑氏注》，其后被清代鲍廷博采入《知不足斋丛书》，由此在中国学界也颇闻名。新川亦善诗，如小诗《猫》，妩媚可爱:

> 爱此乌圆子，明眸绝点埃。
>
> 似学佳人态，时时洗面来。

《家鸭》也较生动，末句令人莞尔:

> 水面频澡浴，沙边又缓行。
>
> 驯人安饮啄，竟日自呼名。

《和泉式部墓》则凭吊了平安时代与紫式部、清少纳言并列为"三才女"的女歌人和泉式部:

> 宫中女史擅婵媛，一片残碑傍小村。
>
> 尚有蔷薇花自媚，行人驻马吊香魂。

新川善于用汉诗形式写日本名士佳人。除上诗写和泉式部外，尚有纪念江户初期汉诗人的《中江藤树》等；也善于写日本名山佳川，如《比叡山》《武藏野》等。其《武藏野》诗曰:

> 草色平空路几条，娟娟冷露万珠跳。
>
> 秋高爽气横苍野，月满寒光拂绛霄。
>
> 隔水才闻人语响，望乡偏觉客心遥。

行吟夜久衣帽湿，旅鬓如霜皎不消。

赤田卧牛(1749—1822)是飞驒(今岐阜县)人，名元义，字伯宜，通称新助，号卧牛。其家从事造酒业，而他则自学经史诸子。曾向津野沧洲学诗，慕徂徕学风，并喜欢蘐园派的诗。又曾向江村北海学习。俞樾《东瀛诗选》指出："飞驒之为地，在彼国为最僻，至比之蚕丛鱼凫，声教隔绝，文学之士盖罕有焉。伯宜生其地，独能以文名一时，亦可谓豪杰之士矣。"

卧牛的田园诗写得不错，如《江上晚归》，中国学者程千帆认为："写生能手，妙在不着力。大历诸子集中往往遇之。"

罢钓秋风暮，江村路自斜。

寒波涵夕景，残柳宿归鸦。

十里芦花岸，孤村渔父家。

渐知初月出，人影落晴沙。

他的七古《田家行》，通过记述邻僧的话，描写了1798年近畿的一场大火，同时还批评了曾经不可一世的丰臣秀吉，是难得的发人深思的诗：

田家留客新沽酒，中元之节招邻友。

秋霖三日暑初收，禾黍油油正竟亩。

开轩对客劝尽觞，亲友欢会在一堂。

偶遇邻僧来相话，云是近旋自西方。

"西方千里帝王都，壮观钜丽天下无。

丰公昔创大佛殿，巍然山立城南隅。

天何为降此灾祸，一夜雷击生烈火。

烈火熇爆上烧天，须臾霹雳梁栋堕。

维岁戊午孟秋初，毗卢一化无遗余。

官民争叫救不得，大殿门廊尽邱墟！"

满坐听之为惋叹，佛法亦尔有屯难。

吾闻丰公霸国年，铸成此像声赫然。

大名威震三韩外，自谓万代长相传。

丰公胆略费无计，佛如金山藕如船。

秦造金人何足道，汉铸铜狄不并肩。

广厦崔嵬称巨像，势压百二旧山川。

丰公功成不回瞬，十有五年空灰烬。

> 二世败亡由再新，岂意洪钟忽生衅。
>
> 一治一乱自有时，天意由来谁得知？
>
> 国运忽移木代铜，宽永铸钱文德隆。
>
> 货利布民擅饶益，政泽全与佛心通。
>
> 佛心无相真清净，聚沙不废造塔功。
>
> 始知淫祀本无福，莫恃一代盖世雄。
>
> 权贵生奢心益侈，古来僭滥孰存祀？
>
> 天之威汝戒汝骄，如有阴愿戮其死。
>
> 君不见，三泉锢得营夜台，牧童失火竟煤灰，
>
> 玉鱼金碗人间卖，功名富贵安在哉！

这里要顺便写到一位"诗童"，我们仅知其诗名叫滕轨，字世式，美浓（今岐阜县）关邑人。生卒年不详。江村北海《日本诗选》仅选其一首诗，并曰："世式作此诗，年甫十二。余选此集，不录童子之诗，以后来造诣、地位不可预卜也。但若此篇，颇能成章，自当与选，因不拘例云。"江村此书编成于1773年，则滕轨可能是1762年或略前几年出生的。这首也许是《日本诗选》中唯一的童子诗，题为《秋日同诸君登白华大悲阁》，写得甚是老到，亦可奇也：

> 随缘探胜此登临，缥缈晴岚映夕阴。
>
> 涧静飞泉悬素练，秋深落叶布黄金。
>
> 慈云长拥诸天座，觉路相通七宝林。
>
> 却笑城中弦管盛，不如山水有清音。

高野真斋（1787—1859），名进，字德卿，通称半右卫门，号真斋。原姓广部，其父为福井藩（今福井县）藩士。享和三年（1803），他成为福井藩儒高野春华（1761—1839）的养子，故改姓。他曾师从佐藤一斋、林述斋，又跟山本清溪（1754—1823）学习。后为福井藩校明道馆的教授。他还通兵法，善琵琶。其诗引录两首。《古战场》：

> 十里愁阴惨不开，荒原吊古去徘徊。
>
> 当年逐鹿人安在？今日放牛童自来。
>
> 青史有名唯将帅，断碑无字只莓苔。
>
> 黄昏转觉荒凉甚，数点秋磷起路隈。

《咏贫女》：

> 举案齐眉也略能，几人争及涣春冰。
>
> 过时未免逢人怪，薄命于今转自憎。
>
> 俗眼定嫌脂粉淡，妍姿难着绮罗增。
>
> 东风寂寞黄昏后，自掩荆扉点纺灯。

横山致堂(1788—1836)是加贺(今石川县)人，名政孝，字谊夫、多门、图书，通称藏人，号致堂。及长，任金泽藩参政，并师从古贺侗庵，著有《致堂诗稿》八卷。俞樾《东瀛诗选》对他评价颇高："致堂为加之世臣，封邑万石，世参国政，而性嗜学，尤好为诗。其诗近体多而古体少，且其题亦多述怀、书事、偶成、偶作之类，然味其词意，有美秀而文之致，殆所谓身处朱门、情游江海者乎？亦可云不有献子之家者矣。"俞樾还提到他的妻女都能诗："其元配名兰蝶，继室名兰畹，并能诗，故集中闺阁唱和之诗甚多。有二女，长曰琼翘，次曰琼蕊。琼翘自幼即娴诗画，年十二岁能为父写'梦云轩'榜，其慧可想。一门风雅，令人神往矣！"俞樾不仅选了他近六十首诗，还录有未入选诗中的一些佳句，如"双砧深巷秋敲梦，一笛高楼夜唤愁。""对月喜如逢旧友，读书快若得新交。""与竹犹堪比强健，向梅恰好斗清癯。""庭花开落即为历，山鸟去来皆是朋。"并评曰："新词丽句，楚楚可诵，全集皆此副笔墨也。"遗憾的是，日本人撰写的几本汉文学史、汉诗史上，却均未提及此人，真是被埋没了！

致堂前妻的一首诗，保存在他的一首诗题(序)中：《灯下检箧，见亡妻兰蝶〈雨夜听虫〉诗云："灯花挑尽影逾幽，点点雨声听枕头。夜静人闲眠未就，莎蛩自咽诉清愁。"兰蝶下世已五年矣，追和其韵，以寓感叹》，致堂和诗曰：

> 残墨看来灯更幽，几多往事到心头。
>
> 莎蛩似记当时句，彻夜相吟抵死愁。

致堂还有《题兰蝶遗稿后》等诗，均是感情真挚之作。又有《次韵答内》诗，也可能是写给继妻的，诗注中保存了原诗："淡日晴来近午天，春归四月昼如年。穿帘乳燕双飞去，独倚栏干懒抚弦。"致堂和诗云：

> 家书忽到客愁边，见说清和日似年。
>
> 忆得春葱废银甲，燕泥应有浣冰弦。

程千帆认为此诗"情致婉丽，工于想象"。相似的诗还有《近得家书，书中有〈冬晴〉诗云："初晴天气恰如春，红日升来眼界新。寄语幽禽莫相近，捲帘时有倚栏人。"清婉可爱，因和其韵以寄》：

> 荏苒流光又近春，悬知别恨逐时新。
>
> 幽禽元是无情物，不管栏前惆怅人。

此诗第三句颇令人联想到约与致堂同时的中国诗人龚自珍《己亥杂诗》中的名句"落红不是无情物"，不过己亥已是致堂死后二三年了。从上举致堂与其妻的唱和诗中，也可窥江户汉诗普及和发达之一斑。

致堂虽身在官府，但仍是性情中人。他有《梦云轩》一诗，序曰"予梦入白云堆中，因名官舍曰'梦云'"，诗云：

> 官居风味谁能会？形迹胸怀更莫分。
>
> 只有梦魂留不住，时时飞入故山溟。

前引俞樾评语，说到"梦云轩"榜，致堂也有诗纪之：《余向寓荏土官舍，梦入白云堆中，因名曰梦云轩。轩固无匾榜，女琼翘时岁十一，闻之自书"梦云"字以当钱，因持来裱而为榜，揭之坐隅》(按，可知俞樾将十一岁写错为十二岁了)，诗云：

> 轩唤梦云题榜无，琼翘弄翰为爷书。
>
> 装成高揭承尘上，初觉官居真我居。

其《寄女琼翘》也极富人情味，第二句有自注"琼翘近学画兰"，第三句有自注"刻'深窗清趣'印与之"，诗如下：

> 怜尔今年年已十，学书学画解家风。
>
> 深窗如许有清趣，莫羡他家罗绮红。

俞樾称道的他的一些咏怀诗，确实佳作甚多，如《荏土官舍偶书》：

> 落落乾坤役役身，青袍白马奈风尘。
>
> 客居有酒客迎客，春昼无花春不春。
>
> 梦绕碧山乡思远，信传锦字旅愁新。
>
> 人生触处君休厌，万事浑如肘屈伸。

《自咏》：

> 曾自胸中藏古今，何愁举世少同襟？

> 年光又过一弹指，老味初成百炼金。
>
> 但使诗书长在眼，可教声利不关心。
>
> 人间幸有斯文好，岂必蓬壶涉海寻。

致堂一些写虫声、水声的诗，也极有情趣，如《枕上作》：

> 隔幖灯火小于萤，幽情初回近五更。
>
> 虫语满庭元自乐，被人枉作恨秋声。

《水声》：

> 穿崖注石入清池，倾耳听来与夏宜。
>
> 一段心期晚凉后，十分幽事月明时。
>
> 自然琴韵本无怨，别样珮声长更奇。
>
> 休挽天河洗胸次，好将数滴沁诗脾。

致堂还有《一日读〈归去来辞〉，集字为诗，禁用辞中韵》，虽有点集字游戏味，但仍葆陶诗风味，而且原辞仅四百字，又要"禁用辞中韵"，致堂竟一共写了八首，真是有难度的。今略举其前三首，以见一斑：

> 松西寻路入，独鸟出相迎。
>
> 何恨春光去，犹欣景物清。
>
> 几时遗世事，聊复悦吾情。
>
> 倚策瞻前岫，无心云自生。
>
> 亲交聊得三，乃是酒诗琴。
>
> 衡宇无人问，风光关我心。
>
> 南窗常寄傲，东皋可登临。
>
> 还出松门去，崎岖远相寻。
>
> 良辰常可乐，孤往不无聊。
>
> 引杖诗时就，临流酒未消。
>
> 无心知鸟倦，矫首觉天遥。
>
> 已是遗欣戚，摇摇怀欲飘。

致堂也会填词，还曾撰写过指导填词的《诗余小谱》一书。可惜其词作及该《小谱》（可能未刊）我们均未能看到。致堂不仅其妻女均能诗，而且其儿子兰洲也写诗词，本书将在下一章中写到。

蓝泽南城(1792—1860),越后(今新潟县)人。名祗,字子敬,通称丈助(要助),号南城。其父为汉学家蓝泽北溟(1756—1797)。幼承家学,师事片山兼山,以讲学为业。著述甚富,为古注学者。汉文学作品有《南城三余集》等。他的《荞麦面》诗,歌颂了山村拉面师傅的高超技术:

> 山夫打荞手,妙胜面铺翁。
>
> 萦箸垂三尺,尾犹蟠碗中。

《田家秋晚》也颇有情趣。诗末的"老案山"是作者从"案山子"一词新创的。很多日本学者认为案山子是日语词,其实在唐宋禅林语录中常见。唐代类书《艺文类聚》已把农田中惊鸟用的稻草人称为案山子。该诗如下:

> 残稻全收薄暮间,月横镰影亦西还。
>
> 一蓑犹立何为者,独守空田老案山?

又有《秋燕》,用了拟人手法,让燕子回忆一年度过的美好时光,首尾呼应,依依难舍:

> 啁噍梁下暂低翔,旧馆恩深不可忘。
>
> 去住两情难自决,雄雌对语似相商。
>
> 柳絮飞时参社会,菊花开处背秋光。
>
> 一年风物皆谙熟,回首他乡是故乡。

宇野南村(1813—1866),名义以,字士方,号南村,通称忠三郎。美浓(今岐阜县)人,大垣藩士。著有《南村遗稿》二卷。俞樾《东瀛诗选》称:"士方亦曾游星岩之门,在玉池吟社之列。遗诗不多,亦颇可诵。《咏史》十首,盖咏彼国时事,语意不尽可晓,然实杰作也。"但他的《咏史》诗中,也时有歌颂侵略和霸权之作,如其一,有"扬武屡征高丽国"之句,其九又有"鸭绿江头将饮马,鸡林耳塚草茫茫"之句,其八则有"四海始知天子贵,一朝新辟霸王图"之句。日本历史上的对外侵略是不应该歌颂的,这些诗也是被侵略国家的人民所无法接受的!

南村擅七律,有的颇可读,如《赠柳溪翁》:

> 潇洒风神脱俗尘,百篇诗就更清新。
>
> 曾无白日登天者,常有青山避世人。

> 洞口云深堪种药，溪边水净好垂纶。
>
> 任他京洛旧知友，时笋吟肩接搢绅。

又如《奉呈星岩先生》：

> 风樯雪栈八千里，沟断泥鸿三十秋。
>
> 盛世鸣诗非左计，故丘投老亦良筹。
>
> 园中枳菊鲁望赋，江上莼鲈张翰舟。
>
> 今日归来未为晚，满簪尚黑九分头。

小原铁心(1817—1872)亦是美浓人。名忠宽，字粟卿，通称仁兵卫，号铁心、是水、醉逸。其家世代为大垣藩重臣。铁心是斋藤拙堂的学生，与梁川星岩交流，参与星岩的白鸥社、玉吟诗社，并自己组织咬菜社，与大垣藩士人诗文唱酬。他历仕三代藩主，任学馆督学，培养人才，为该藩的文教事业尽力。明治维新时，他也是位慷慨家，坚持大义名分论，与佐久间象山、藤森天山、高岛秋帆、大槻磐溪、小野湖山等人交游。维新后任江户府判事、本保县权知事等职。著有《铁心遗稿》等。俞樾《东瀛诗选》认为"其诗虽流连风景，往往微寓时事，有少陵'每饭不忘'之意，盖亦不止以诗传者也"。

铁心的《横滨杂诗》(六首)反映了西方列强对日本的渗透，如其三：

> 大舶如鳌锭近湾，动山炮响胆先寒。
>
> 夕阳风急飐章旆，红是英夷青佛兰。

又如其四：

> 圭屋扇檐棍子丹，竿头阛旆画青鸾。
>
> 水晶帘下红灯点，此是洋僧奉教坛。

他的《与舁夫》，同情穷苦的劳动人民，有仁者之心：

> 风雪涨，断猿哀，百折坂路掠面来。
>
> 舁吾舆者将何物，一步一喘殆欲绝。
>
> 我夫人也何无情，安坐舆中鼾睡行？
>
> 有若郡吏习为弊，坐视穷民毙逋税？
>
> 悚然下舆谢且言："舁夫舁夫汝亦人！"

山本木斋(1822—1896)，越前(今福井县)人。名居敬，字公简，通称平太郎,号木斋,又号翠雨亭、松菊犹存处、吹竽陈人、菊如淡人等。其家世代为福井藩士。十四岁时入福井藩儒高野春华之门,学诗文。嘉永三年(1850)承家职,文久三年(1863)为藩校明道馆外塾师范,翌年兼任明道馆学谕,又为训导。明治二年(1869)明道馆改名明新馆,又任佐教。废藩后任福井师范学校教谕。木斋在明治后生活了二十九年。著有《木斋遗稿》二卷。其诗略引数首。如《萤》,颇令人想到杜牧名诗《秋夕》的韵味:

> 无月无风雨湿庭,谁挥团扇捉流莺?
>
> 稚子不睡纱笼畔,邻女来分三两星。

《小春出游》:

> 霜后晴光趣最深,菊园枫寺尽幽寻。
>
> 山僧扫去门前叶,化作茶烟出远林。

俞樾在《东瀛诗选》的补遗卷中,曾选录了木斋早年的一首《落花》:

> 忍看倦蝶与慵莺,九十春光一梦荣。
>
> 别院晓风词客恨,深楼暮雨美人情。
>
> 嫣红姹紫迹何在?稚绿幼青阴欲成。
>
> 霜叶敲窗漫萧索,何如春砌落无声。

俞樾此举对木斋很有鼓励,过了多年,他还作了一首《余少时所作〈落花〉诗一首,载在俞曲园樾学士所选〈东瀛诗选〉中,亦可谓海外知音矣,偶有所感,赋一律》:

> 无复飞红到枕边,闲怀往事独萧然。
>
> 谁图少日宴间作,忽值知音海外传?
>
> 鞭影晓坊湿花露,鬈丝禅榻起茶烟。
>
> 前时诗客衰残甚,绿树窗中听雨眠。

他写赠中国友人的《方继儒见过,赋赠兼送别》也很值得一读:

> 万里乘槎游日本,嗟君胆气故豪雄。
>
> 诗成异境获神助,身历诸州谙土风。
>
> 言语略通文字外,性情方识顾瞻中。
>
> 今宵奇遇虽堪喜,还恐明朝怨别鸿。

长户得斋,生卒年不详,美浓(今岐阜县)加纳人。名让,字士让,通称宽司,号得斋。为加纳藩士,辞仕而赴江户,入佐藤一斋门学习。数年后游历北陆、奥州,又赴江户入林述斋门。后在筑地开塾教书。后又仕加纳藩,任儒官,为世子侍讲。嘉永五年(1853)刊行《得斋诗文钞》三卷,有林藕潢序和梅辻春樵跋。俞樾《东瀛诗选》云:"得斋少登仕籍,复辞官游学,受学林快烈之门,亦可谓有志之士矣。为诗文,忧乐愉戚流溢楮墨间,颇有洋洋洒洒之致。喜为古体,虽不免有平易之病,然叙述详尽,其原出于香山。如《安土怀古》一篇,不可云非诗史矣。"《安土怀古》一诗颇长,是歌颂丰臣秀吉为命世英雄的,兹不录。其《岐阜怀古二首》为七律,其一也是缅怀丰臣秀吉的,可见其诗风格:

> 岐山百仞郁峥嵘,万古俱高阿吉名。
>
> 云气自留旌旆色,江流长逆鼓鼙声。
>
> 层宫有址寒鼪啸,败堞无人蔓草生。
>
> 追抚英雄创业迹,满襟悲激泪纵横。

得斋曾漫游,写有一些古体诗描述中部地方山水之险峻,如《不知亲》《富山》《至神冈,土人啧啧说平潟之胜,乃枉路一过,果不爽所闻,赋此志喜》等,也因较长而不引。其《新筑书事》,有安适隐居之想,颇可一读:

> 东托西依已十年,即今初缔小茅椽。
>
> 窗前自植新修竹,架上先排旧蠹编。
>
> 半亩犹知容膝易,一杯时寄曲肱眠。
>
> 此间还爱坊廛远,不放淫哇到耳边。

此时,日本的中国地方,如广岛、山口、冈山、鸟取、岛根等地,也有一些汉诗人可述。

刘琴溪(1752—1824),安艺(今广岛县)人。本姓田西,名元高,字伯大,通称七岁,号琴溪。初从广岛藩儒寺田临川(1678—1744)修朱子学,因喜欢徂徕学,又入临川的学生福山凤洲(1724—1785)处研修蘐园古文辞。后仕广岛藩,为乡校讲习所教授,又在家塾静文堂讲课。后隐退居于浪华(大阪),在平野町开塾授徒。著有《静文馆诗集》三卷等。其诗引见数首。如《三五七言》(按,此体创自李白),情调颇为上扬:

> 晨鸡鸣,晓月倾。

> 昨日非今日，新盟代旧盟。
>
> 百岁若无离与会，悲欢何必在人生。

又如《牧童词》，显然有模仿唐人樊川诗意处，但仍颇有味：

> 秋风短笛送归鸦，薄暮垂鞭野径斜。
>
> 举手遥从牛背指：一村烟火是吾家。

玉乃九华(1797—1851)，周防(今山口县)人。名惇成，字成裕、裕甫，通称小太郎，号九华、松雪洞。其父为岩国藩侍医，其家世世业医。他曾入龟井塾，师从龟井昭阳学徂徕学。天保五年(1834)任岩国藩医员并兼学职。十二年(1841)专任儒官。弘化三年(1846)为藩校养老馆学头，统领学政，为推广徂徕学而讲授朱子学。著有《风雅》二卷、《松云堂遗稿》二卷。

九华喜读陶潜诗，这从他的诗中即能看出，如《记梦》：

> 飞花片片满山红，乘兴溪舟遭路穷。
>
> 平野桑田春雨后，几家鸡犬夕阳中。
>
> 醉眠将就桃源梦，铃响乍惊檐角风。
>
> 谁识渊明手所记，得无与我枕边同？

又如《偶成，用陶渊明〈拟古〉韵》：

> 肩竿者谁子，手携鱼贯柳。
>
> 春雨濛如烟，渡口呼舟久。
>
> 使童往迎之，闲话得吾友。
>
> 檐梅花未残，对酌一壶酒。
>
> 共喜怀抱同，相期永不负。
>
> 客起烹其鱼，真率见情厚。
>
> 我亦摘园疏，野人何所有。

稻垣寒翠(1802—1842)，名茂松，字木公，通称武十郎，号寒翠，又号雪青洞、研岳。美作(今冈山县)津山人。曾师从古贺侗庵，后为津山藩儒。寒翠的诗在今见所有日本汉文学史书中都未见提及，但我们看到他的两首七绝很有诗味，觉得值得介绍。《遇微雨村路中》写小景小遭遇，诗趣益然：

> 野人篱落晚晴清，含露蔷薇亦有情。
>
> 村犬疑吾盗花者，尾来桥上吠三声。

《山中重九》，结句似平而奇：

> 雄剑十年游四方，一朝抱病卧山房。
>
> 可怜今日黄花酒，翻自故乡忆异乡。

正墙适处(1818—1876)，名薰，字朝华，号适处、研志堂。鸟取藩儒。曾师从佐藤一斋和篠崎小竹，著有《研志堂诗钞》。其《寄家书》一诗，中国学者程千帆认为"极见性情之厚，可谓善养者也"，孙望也评曰："客路感秋。拈琐琐细节而体贴思亲之情毕见。"诗中"暖眼"指眼镜：

> 十年客路尚迟留，蓬鬓霜寒易感秋。
>
> 自恐老亲劳暖眼，乡书不敢写蝇头。

出云(今岛根县)诗人金本摩斋(1829—1871)，名相观、观，字善卿，号摩斋、椒园，通称显造、善卿。曾师从篠崎小竹，后在大阪开塾。有《乐山堂诗钞》五卷。俞樾《东瀛诗选》说："善卿年十七入都门，赋《辞乡诗》，有'心鄙附骥蝇，目送化鹰鸠'之句，其意气可想。年二十九，掌教于伊丹，其友人泉全斋怂恿以诗稿行世，不可。全斋固强之，乃刻此五卷。皆其三十岁以前所作也。词气甚盛，才藻亦富。有《酬清江道士》一篇，用十五咸全韵，奇恣可喜。诗之所贵，固不在此，然其才固不可及也。晚年所造，未知何如，然即此亦足传矣。"可惜日本人所著汉文学史和汉诗史中，均未写到他。若无俞氏，此人又将埋没矣。摩斋与广濑旭庄为忘年交，所作长篇古体也颇有气势。如他二十六岁时写有《甲寅十二月七日辞熊谷氏送旭庄，二更左右达小原驿，其翌赋百韵诗为别，时大雪，故老云数十年来所无》，为五言百韵千字长诗，且是入声险韵，奇崛动人。惜太长，此处不便全引，仅录其后半涉及旭庄的部分：

> ……
>
> 客是胡为者？名望一世杰。
>
> 下帷浪华城，弦诵不暂辍。
>
> 杂遝人接踵，千门所棋列。
>
> 掉头却聘币，习仪假绵蕝。
>
> 经学马郑俦，文章汉唐轶。

谐箝曼倩口，辩结张仪舌。

如入高宗梦，必曰尔麹糵。

堪笑孟公绰，任不胜滕薛。

诗名旧轰世，梨枣争刊锲。

余尝获其集，焚香再三阅。

长句多创体，韵似为诗设。

直奴视元白，与李杜颉颃。

徒谓技止此，何识其胆烈？

凤著等身书，知音待来哲。

世多小人儒，孜孜谋餔啜。

泛然读经传，如何得心诀？

或负作家名，模拟兼剽窃。

绮丽流纤佻，雄壮涩诡谲。

余亦抱微志，耻践世儒辙。

其奈贤与愚，判然泾渭别。

尝闻千里马，作驹已汗血。

虽然天禀殊，岂忍为弃楔？

七八岁学字，从爷问波撇。

稍长解作诗，贪多信笔缀。

遂有孝标淫，遥夜往往彻。

兀然燎麻炬，秋窗伴蜻蜽。

嗟余非不勉，多病苦羸惙。

课程不进步，罢驾遭羁绁。

二十六春秋，谋生一何拙。

季子裘已敝，寒鞲伤单子。

青眼今遇公，不以余寒劣。

苍雁辱尺素，白战禁寸铁。（本月五日会聚星堂咏雪。）

曰"子年尚富，于我犹叔侄。

讲学吾老矣，子力所当竭。

规模要恢宏，尘滓务剔抉。

慎勿恃多才，终将嗟大耋。"

恳情共夜深，残灯花频结

……

摩斋又有七律《秋日有感，和广濑旭庄》，"鄂罗"即俄罗斯：

> 西风吹送鄂罗船，涌出城楼在目前。
>
> 赞许须同羊叔子，论兵谁继马文渊？
>
> 金瓯不缺今犹古，玉帐无眠夜度年。
>
> 君亦慨然投笔否？男儿只合画凌烟。

可知摩斋亦当时一慷慨士。其《感时》一首亦然：

> 庙堂深意定何如？独夜萧然感有余。
>
> 半壁秋灯人定后，一汀寒雨雁来初。
>
> 兵家废讲鱼鳞阵，学者争珍缺舌书。
>
> 怜煞贾生劳上策，终身只合侣樵渔！

《丁巳元旦》也颇有味，写出清贫过年，兼有谐趣：

> 厨灯渐灺焰将无，百八钟声彻九衢。
>
> 一夕寒威避傩母，万家春味入屠苏。
>
> 书童下笔新试，贺客门前名自呼。
>
> 迂性应遭穷鬼笑，朝来未换旧桃符。

《秋夜》则写孤寂，意境清幽：

> 孤衾梦破夜如何，摇落还疑山雨过。
>
> 起启书窗秋寂寞，满阶霜叶月明多。

江户后期，在四国岛也出了好几位诗人。这里我们首先提到江源琴峰。琴峰生卒年不详，约卒于化政中(1804—1829)。名高朗，字季融，号琴峰，有《琴峰集》。生平亦不详，但知其身为丸龟藩(今香川县)藩主。俞樾《东瀛诗选》选其诗颇多，并云："琴峰诗集甚富，虽止八卷，而诗至万余首。其诗皆近体。然以藩服之君崇尚风雅，且其所作皆登临山水、流连光景之词，而犬马声色之好一无有焉，可不谓贤乎？集中有寄松前侯诗云：'防御戎夷须藉武，经纶政教莫如仁。恩宣闾里省耕日，威耀郊原游猎辰。'则其所以为政者亦略见一斑矣。"迄今日本人所著汉诗史及汉文学史均未提及其人，很是奇怪。

琴峰写旅游途中野景之诗颇妙，如《守山途中》：

> 远山之麓淡烟苍，路入松间一线长。

野寺疏钟敲不尽，归鸦背上已斜阳。

又如《八月朔赴多度津途上》：

轻装小队去寻凉，行过槐堤又柳塘。
含露田头禾穗重，迎风畦畔豆花香。
软沙汀外鸥成社，浅水池中鱼作行。
马首残云渐收尽，忽看隔树出朝阳。

《盐屋村路上》还说出了一个浅显然而又重要的道理：

棉圃禾田一径通，踏车声响渡头风。
农家乐事君知否？只在轻徭薄赋中。

《箱根山中》六首，几乎首首好。今选三首。其写猎户获狼一首，颇肖本书前面提到的菊池五山的《狼》，也可与后面将写到的舻松塘《函港杂咏》其八对读：

濛濛漠漠又纷纷，万壑千峰看不分。
蓦地山风吹送雨，始知身入几重云。

溪风吹雨雨霏霏，漠漠湿云笼翠微。
听得路傍驿丁语：夜来猎户获狼归。

雾生蓦地埋幽谷，云起无端失远峦。
佛髻帝青谁辨得？众山恰似隔纱看。

《墨股川》写对岸之景亦如画：

驿亭鳞次水之隈，风度津头雾半开。
行人隔岸大如豆，寸马鞍头戴笠来。

琴峰也极善写闲居幽情。如六言《村居秋兴》：

一二片飞落叶，两三声咽残蝉。
门巷萧条无客，满庭叠尽青钱。

又如《舟中》五首，也首首妙，如其二、其三：

柁楼四面月明开，港口风生潮信回。
柔橹声传芦苇外，有人荡艇卖鱼来。

岭日将沉云敛余，海风乍动汐生初。

沙头童集捕红蟹，芦外翁来叉绿鱼。

《四月七日野外得五绝名》，甚多奇趣，实在不忍舍，全录于下：

郊村取路傍清渠，处处春深社雨余。

花颊柳眉天造画，蜗涎鸟迹自然书。

阁阁声中谷谷声，双双语处数蛙鸣。

渠侬何事情相异？蛙唤雨时鸠唤晴。

出尽林腰过野坰，菜花黄杂麦芒青。

行行渐觉海边近，一阵轻风吹面腥。

天女祠前望壑开，接空潮水响如雷。

夕阳红满青波面，多少征帆倒影来。

晚汐退回斜日天，涨痕干处淡生烟。

女儿捞蚬沙汀外，稚子叉鱼荻渚边。

上引五绝句第一首写到的"蜗涎"，在他的《梅雨新晴》中更化为妙句：

梅雨新晴水涨塘，低田高下插青秧。

蜗牛似客题名姓，写出墙间字一行。

一个藩主能写出这样多有情趣的诗，应该说是不简单的。汉文学史上实在不应该遗忘了他。

尾池桐阳(1765—1834)，他是赞岐(今香川县)儒医，名槃，字宽翁、宽斋，号桐阳，通称左膳。曾师从中井竹山(1730—1804)。著有《桐阳诗钞》。俞樾《东瀛诗选》云："东国词人，于古体微欠遒劲，宽翁独擅场焉。有赖山阳者，评其诗云：'本邦人七古易堕绵弱，此独不觉流易。'余颇叹为知言。如《南溟三鱼行》《咏梅七古》及《拟古》四首，皆其卓然可传者也。"又说："集中有《但州道中》一首，云'树影霜边瘦，溪声雨后忙'，此二语甚佳，通体未称。赖君评云：'后半粗率，可恨！'附记于此，以见彼国友道之真。"俞樾还提到"宽斋二子大邻、世璜并能诗，世璜刻其父子兄弟三人诗为一集，名曰《穀似》，盖取'式穀似之'之义。宽斋诗一卷，卷末又附刻其佳句数十联，今录其数联云：'晓潭猿并漱，春洞鹤同眠。''孤斟无客共,幽咏有僧从。''晴莎踏遍斜斜径,露槿编成短短篱。''吟须渐带茎茎雪,老气犹含字字香。''花栽后圃初安堵,燕绕低檐小卜居。''半圃香霞莺寄梦,一栏丽日蝶来宾。'可想见其风致也。"按,"穀似"一语,出《诗经·小宛》:"教诲尔子,式穀似之。"言用善道以教子,使之为善。语意深奥,连中国人懂的也极少,足见尾池父子高人雅致。可惜这位曾得赖山阳、俞樾如此好评的诗人及其二子,在日本人所撰汉文学史类书中竟又一无提及,甚至在《日本汉文学大事典》中连三人的名字也没有!

俞樾赞赏的《南溟三鱼行》,十分风趣。诗前有一短序云:"丙午之春,与松冈季孝、野间公宽游于京师,一日,谈及关东之胜,二子怂恿余游不已。盖公宽年力方锐,最有骐骥千里之思,季孝长于公宽五岁,余介其间,既重季孝建议,又不欲使公宽专夸谈,乃赋《南溟三鱼行》,决策而行。"丙午为1786年,算下来桐阳仅二十二岁。诗云:

> 南溟有三鱼,出游洛水涯。
> 大鱼携小鱼,将问东海奇。
> 余波及中鱼,中鱼无由辞。
> 上重大鱼言,下愧小鱼嗤。
> 潮程几千里,游泳不觉疲。
> 伟哉东海水,况遇安流时。
> 蜃楼空中耸,贝阙月底披。
> 或跳颓其尾,或怒鼓其鳍。
> 于物一何盛,经营各有期。
> 龙门非吾愿,香饵非吾资。
> 从容且相忘,风水听所之。
> 寄语故渊侣,莫讶归来迟。

他的七古,可引《画竹歌,赠竹屋山人》为例。诗中鼓励青年画家多读诗书以修身养性,尤为语重心长:

> 竹屋山人喜画竹,吮毫日坐竹中屋。
> 烟梢雨过呈翠阴,凤实风动递清馥。
> 意契神交三十年,朝模夕写百千幅。
> 淇水春波笔底流,湘江夜月壁间宿。
> 月影波光两相宜,只觉幽韵坐可掬。

> 我来偶踏三迳苔，立向北君歌一曲。
>
> 宋代与可伎尤精，只枝片叶贵于玉。
>
> 此翁何物养心肠？图史为粱骚雅肉。
>
> 君今抱才富春秋，辛勤应须践芳躅。
>
> 他日我将一段缣，乞取胸中千亩绿。

桐阳的大儿子尾池大邻，字臣哉，生卒年不详，号亦不详。俞樾《东瀛诗选》从《穀似集》中选其诗三首,《珠磨》《小田原》均凭吊日本古迹,《夜雪》一首颇耐读：

> 寒袭衾裯粟起肌，可知窗外雪如毽。
>
> 幽人半夜劳痴想：埋到庭梅第几枝？

桐阳的小儿子尾池松湾(1790—1867)，名世璜，字玉民，通称享平，号松湾。有《梅隐诗稿》等。俞樾书中亦选其诗，并提到他"有和小竹先生诗用'三'字韵至十七叠，亦可夺苏家行市矣"。俞樾竟将这十七首诗全选录了。兹录其一：

> 先生高趣我能谙，诗律遥攀陆渭南。
>
> 书插架头将过万，径从竹下已开三。
>
> 琴窗观月倾桑落，松院寻僧斗手谈。
>
> 多谢高歌起衰疾，一团和气句中含。

又见他有《春日杂诗》，颇富童趣：

> 纸鸢影闪半天春，处处东风涨软尘。
>
> 十字街头数声笛，儿童相逐卖饧人。

森田梅硐(1819—1865)是土佐(今高知县)人，名居敬，字简夫，号梅硐、紫山樵史，通称良太郎。师事佐久间象山，并向梁川星岩学诗，为玉池吟社社员。有《梅花鹤影庄诗》《梅硐初集》等。俞樾在《东瀛诗选》中介绍他时提到："星岩题其诗集有云：'冰瓯雪碗诗千首，月地花天酒一瓢。'可以想见其诗格矣。"《梅硐闲咏，次横山怀之见寄题之韵》可谓其代表作：

> 笔样山东镜水南，乔松护屋锁青岚。
>
> 茶和雪煮知香净，蔬带霜挑觉味甘。

> 有客敲门令鹤报，无人问字与鸡谈。
>
> 生涯何若守环堵，世路易迷九剧骖。

又如《书怀寄乡友广井子洌》：

> 西风坠叶送残蝉，抚旧感时心黯然。
>
> 买醉杏花春店雨，载诗明月暮江船。
>
> 同游迹与雪鸿似，一纸书凭云雁传。
>
> 远客不唯羁绪苦，梦魂落尔病床边。

《同箕浦、别府、刈谷诸君登五台山》：

> 过来林影又泉声，先后相呼采药行。
>
> 石丈衣荒貌尤怪，松公年老格逾清。
>
> 脚非世路能忘倦，目写青山偏益明。
>
> 溪南岭北寻一一，白云随处有将迎。

值得一提的是当时的土佐藩主山内容堂(1827—1872)也爱写汉诗。容堂名丰信，幼名辉卫，通称兵库助。嘉和元年(1848)袭封，因锐意提拔人才，改革政事，因而被称为贤侯。在井伊直弼专擅时，他因忤其意而被迫闲居。时势大变后，于文久二年(1862)参与幕政，并主张"大政奉还"。明治维新后任内国事务总裁等，未久因病辞职，专事诗文。他的小诗写得不错，如《偶成》：

> 水楼歌罢烛光微，一队红妆带醉归。
>
> 纤手烦张蛇目伞，二州桥畔雨霏霏。

又有一首《逸题》，也颇能显示其身份与儒雅：

> 风卷妖云日欲斜，多难关意不思家。
>
> 谁知此里有余裕，立马郊外看菜花。

德岛藩儒柴秋村(1830—1871)，名莘，字绿野，号秋村、佩杏草堂，通称六郎。他曾师从广濑旭庄、大沼枕山。俞樾《东瀛诗选》在补遗卷中仅收其《咏史》一首。诗中表达了对古代统治者骨肉相残的不满，也可见他对中国历史的熟悉：

> 看到功名殊可哀，自家骨肉愿分杯。

韩彭何怪皆葅醢，太上皇曾俎上来。

他的《蓝田松琴楼小集》，描述了在诗人谷口蓝田(1821—1901)书斋的一次小聚。中国学者孙望评曰："首二句松庭雨歇，三四句凉夜饮集，五六句胸中积慨，末二句故作振奋。侃侃道来，步骤井然。"诗如下：

空庭微雨歇，残滴在长松。

薄夜灯光淡，新凉酒味浓。

悠悠哀世事，落落话心胸。

百尺高楼上，莫为憔悴容。

他写给诗人、画家帆足杏雨(1810—1884)的《寄杏雨》，颔联见旷达襟怀，并似乎隐含游遍山川因而有济胜之才之意：

醉后呼儿整葛巾，舐毫临纸兴偏新。

胸中粉本皆诗料，天下名山是故人。

灌木千重能隔俗，良苗四面不知贫。

怜君日饮匏樽酒，裹足衡门养性真。

牧畏牺，字景周，号栖碧山人。生卒年及生平均不详。赞岐(今香川县)人。著有《诗牛鸣草》一卷。俞樾《东瀛诗选》录其诗，并云："栖碧诗多自写其闲适之况，读其自序，谓：'余蠢蠢焉如牛，时牟牟然鸣于碧草之间，其声即诗也。世有介葛庐，必莞然一笑矣。'其言颇诙谐有致。"牧畏牺其人湮没已久，但其诗实清雅之至，如《胡麻溪居杂述》数首：

幽栖与懒恰相宜，柴户欹倾不复支。

荷篑偶收温酒叶，索绹聊缚护梅篱。

寒流避石鱼行曲，乔木受风禽坐危。

何用山中深屏迹，姓名原自少人知。

纵有神方可奈何？烟霞泉石旧沉疴。

春秋探句犹嫌少，坐卧看山不厌多。

时趁溪翁携钓具，或随林客和樵歌。

樗材赋我天非薄，赢得清闲老涧阿。

避世方知幽味长，任他人笑我疏狂。

沙鸥林鹿相温暖，萝月松风自主张。

> 醉墨消闲杂行草，蠹书触兴补偏傍。
> 问余何意名栖碧，欲辩嗒然言已忘。

《星华道人来访赋视》：

> 山衲黄昏恰过时，梅兄含笑我吟诗。
> 别虚左席君休怪，月亦故人来不知。

又如《闲意》：

> 蔬羹麦饭澹生涯，个际幽情独自知。
> 密柳桥边烟暗处，瘦梅篱畔月明时。
> 闲留山衲谈诗法，静伴溪渔理钓丝。
> 犹良当年在京洛，几听夜雨梦茅茨。

松平定通，生卒年不详，伊予(今爱媛县)松山藩主。通称隐岐守，号聿修馆，著有《聿修馆遗稿》四卷。日本人的汉文学史都未写到他，只有俞樾《东瀛诗选》选有其诗，并云："松山侯冲龄袭封，恂恂儒雅，尤好为诗。年未四十而殂，其嗣侯刻其遗诗，跋其后曰：'先君于国政率之以检素，救宿弊，修旧典。'则其为一时贤侯可知矣。"定通的诗亦清雅可读，如《渔村路》：

> 芦荻萧条野水西，夕阳收尽断霞低。
> 扁舟系在板桥下，薄暮归来路不迷。

又如《江上钓兴》：

> 回看山水思依依，袖手终朝坐石矶。
> 香饵自香鱼自食，长竿却钓好诗归。

其古体《秋夜记归》，写尽乡思，而且关心百姓生计，确是好诗：

> 佳人伤春暮，丈夫感秋生。
> 余亦东征三钻燧，羁心摇摇似悬旌。
> 檐梧飒飒干叶坠，阶砌唧唧暗虫鸣。
> 霖余衰草卧幽色，风前败荷战寒声。
> 庭泥三寸没屐齿，蜗牛几处涎轩楹。
> 比月都下米价跃，一石粳米比瑶琼。

偶获乡书多忧伤，今年封邑岁不穰。

中夏连旬多风雨，野田随处伤农桑。

水涝滔滔襄丘阜，陆地犹能通舟航。

治城南北岳东西，远郡近郡多就荒。

感此奚啻忆鲈鲙？独坐空倚读书床！

广濑保水，生卒年不详，幕府末期、明治初期人，也是伊予（豫）（今爱媛县）人。名满忠，字远图，通称宰平，号保水。著有《炼石余响》一卷。他也是因俞樾发掘而存知的作家，而日本人所撰的汉文学史均未提及。《东瀛诗选》云："远图自幼从事开矿之役。盖东国产铜之山，大者有三：豫之别子也，奥之南部也，羽之秋田也。而别子山实为之甲。有住友氏者，业于此二百余年矣。远图为住友氏所委任，善于其职，积二十八年，擢为总宰。此卷皆山中所作，故曰《炼石余响》。簿领之余，不废吟咏，亦佳士也。"原来保水是一位铜矿的总裁，业余写诗，故为日本研究者所忽视。然而他的诗却水平甚高，尤善写乡村景象，如《绿阴》：

拥村新树失人家，唯见炊烟缕缕斜。

鹃语穿云留落月，蝶魂迷雨傍余花。

系船溪叟闲垂钓，设榻村婆静卖茶。

却笑三生狂杜牧，迟来枉自负繁华。

《冬日新居滨路上》则写渔村：

腥气忽冲鼻，渔家沿水多。

林鸦衔祭肉，村妇拾遗禾。

云暗丛祠树，风扬曲岸波。

归舟如上陆，帆影落寒坡。

《溆水舟中》写水上"卧游"：

春水百余里，舟船一路通。

枕横苹叶上，帆走菜花中。

杨柳莺衣雨，蒹葭鹭羽风。

饱看新活画，真个卧游同。

这样一些热爱生活和乡村美景的诗，很难想象是出于一个主管大矿的业主所为。他又有一诗《铜山不毛,目不见寸草,余所居之窗前适有隙地,因锄以栽松柏,幽致可爱,每夕移床于其间,亦薄领中一快事也,赋小诗四首以志喜》,兹选其二、其三:

> 晚酌是吾销暑方,小园移到白云床。
> 逃来薄领偲偲里,占断风边月底凉。
>
> 暮色苍然满户庭,鸣泉绕枕响泠泠。
> 松枝柏叶层层影,落我凉床梦亦青。

保水也偶有忧愤国事之作,如《有感书所见》:

> 慷慨平生志未灰,蓬窗决眥眼双开。
> 岛肩叠石疑军垒,洲觜堆沙认炮台。
> 沿海频年尽人力,列藩何日养民财?
> 徒教我辈怀幽愤,汽船腾腾往又来。

二十三、广濑旭庄及淡窗等

江户后期镇西(九州)最杰出的诗人,当是广濑淡窗和广濑旭庄兄弟,尤其是旭庄,实为日本第一流诗人、江户后期最杰出的诗人。

广濑淡窗(1782—1856),初名简,字廉卿,一字玄简,后改名建,字子基、求马,通称寅之助,号淡窗,又号苓阳、青溪、远思楼主人等。丰后(今大分县)日田人。生于一个有文化的商人之家,因自小体弱,不堪继承商业,便专心读书。六岁读《孝经》和《四书》,十岁从松下筑阴(1764—1810)学诗。十六岁,拜龟井南冥、龟井昭阳为师。在入龟井塾后,沐浴于蘐园遗风,研考古学义理,识见大进,诗艺也更为提高,但仍有模仿古人的倾向。一日,读到清高宗乾隆编选的《唐宋诗醇》,不禁感叹:"天地间竟有如此好诗!"从此反复研读这些中国古诗佳作,使自己的诗也终成一家。山岸德平《近世汉文学史》称他为"海西诗圣",猪口笃志《日本汉文学史》称他为"镇西第一诗人"。(本书则认为"第一"还当推其弟旭庄。)

淡窗还是一位著名的学者和教育家。他治学谦虚,不与人争,其学被列为折衷学。他又旁涉佛教和道教,可称一位通儒。文化四年(1807),

二十六岁的淡窗在家乡日田开家塾，初名成峰舍，后改称桂林庄，又称咸宜园。当时在九州地方，私塾仅有二三家，学生也仅有数十人而已。淡窗开塾后，因为规章严格，课程细致，教育有方，名声大振，来投者日增，甚至有九州以外地方来的。先后登录在册竟达四千六百一十七人之多，其中培养出不少人才。因此，淡窗是名副其实的教育家。

淡窗平生重诗教，门生亦从而效之。因此有"文人相轻"者，不称他为学者而有意贬之为诗人。门生为他不平，请示"何以御侮"。淡窗却自豪地说："余好诗，故谓余为诗人。……海内作诗者数以万计，竟不为人称之为诗人，余独得此名，岂非幸哉？"淡窗之诗如其号，崇尚清淡。他最喜欢的中国诗人是陶潜、王维、孟浩然、韦应物和柳宗元。其所著《淡窗诗话》，即以评论这几位中国诗人的作品为主。而《淡窗诗话》又显然受到中国历代诗话，尤其是清代袁枚《随园诗活》的影响。该书是淡窗去世后，由养子青村编成的。青村在序中说："先生壮年患眼，每夕坐暗室，置灯户外，使门生谈话，听以为乐，数十年如一日。偶有问及经义文辞，亦瞑目答之。侍坐者或笔记之，积成卷册，名曰《醒斋语录》，今抄其涉韵语者二卷。"即此诗话也。由此可想见，壮年以后的淡窗，其诗文也是在静坐冥思之中产生的。淡窗死后，其门人刻成《远思楼诗钞》初、二编各二卷。

其早年办学时写有《桂林庄杂咏示诸生》四首。其一曰：

> 几人负笈自西东，两筑双肥前后丰。
>
> 花影满帘春昼永，书声断续响房栊。

诗中表明他的学生来自筑前、筑后、肥前、肥后、丰前、丰后等地，极一时之盛。其二又云：

> 休道他乡多苦辛，同胞有友自相亲。
>
> 柴扉晓出霜如雪，君汲川流我拾薪。

又可知他还要求学生参加一定的劳动，自己解决生活问题。这种教育方法在当时日本也是少见的，俞樾《东瀛诗选》称其诗"平淡之中，自有精彩"。上面两首即是。再如《即景》：

> 人立衡门外，牛归古巷间。
>
> 夕阳低欲尽，树影大于山。

《筑前道上》也极有味：

> 野店葡萄架，驿亭枳壳墙。
>
> 有人来弛担，言语似吾乡。

《即事》写野景极细：

> 霜落溪间老苇苕，残流如线未全消。
>
> 寒沙一带多人迹，闲却崖头独木桥。

他有一首《咏史》诗，比古贺谷堂《拟寄留学生晁卿》更明确地驳斥当时有人对晁衡的污蔑：

> 礼乐传来启我民，当年最重入唐人。
>
> 西风不与归帆便，莫说晁卿是叛臣！

淡窗七律也颇有佳作，如《寄怀儿有台》：

> 故人家住在新原，一派清流近苹门。
>
> 春水浣沙薄叶渚，秋阳晒纸菊花村。
>
> 医过再世奇方富，诗到三思妙境存。
>
> 屈指曾游今数载，篱西修竹几生孙？

《秋晚偶成》：

> 半世行藏何处寻？独翻《周易》向宵深。
>
> 岂无朔雁随阳意？尚抱吴牛喘月心。
>
> 疏柳残枫秋欲暮，闲门穷巷雨成霖。
>
> 堪思往岁天涯客，卧病西风空越吟。

《养病》：

> 幽居形影自相仍，夏日空斋冷似冰。
>
> 终岁断腥兼断酒，一身疑俗又疑僧。
>
> 斜风细雨千竿竹，《周易》《阴符》半夜灯。
>
> 借问区区笼底鹤，仙山何处梦飞腾？

又有写于三十六岁的《卜居》一诗，更显出他甘于清贫的志趣：

> 永山南二里，有村名濠田。
>
> 茂林互萦带，流水自潺湲。

维岁之丁丑，我始经营焉。

屋以白茅茸，篱以枯竹编。

篱前种杨柳，屋后种琅玕。

圃有葵与藿，庭有菊与兰。

室中仅容膝，萧疏三四间。

上架一小楼，历历见南山。

西北开家塾，蒙士所周旋。

书声穿乱竹，旦夕琅琅然。

东是伯父宅，栖隐已多年。

窃追二阮迹，与结林下欢。

邑民十余户，信步亦往还。

每时买村酒，相会话团栾。

我有烟霞疾，而无名利缘。

即卜乐郊居，将学硕人宽。

临水弄游鱼，望林数归鸢。

何以名吾室？请名以"考槃"。

他的《隅川杂咏五首》，亦较为流传。第一首中，显然化用了杜荀鹤《送人游吴》中"人家尽枕河"和范成大《四时田园杂兴》中"童孙未解供耕织，也傍桑阴学种瓜"等句意：

十里清江蓝不如，人家往往架流居。

儿童未解操舟楫，也倚栏干学钓鱼。

第三首也令人想起唐宋人诗：

江上数峰如画屏，家家争引入窗棂。

豪奴非惜千金价，难买龟山半面青。

他的《江村》一诗，亦淡雅自然，诗中有画：

数家篱落水西东，芦荻花飘雨后风。

日暮钓鱼人已去，长竿插在石矶中。

他更有径用《淡窗》为题的五言绝句五首，今录其一：

明窗兼净几，抱膝思悠哉。

> 莫话人间事，青山入座来。

俞樾《东瀛诗选》中特地提到："读集中论诗五古一首，知其于此道三折肱矣。"淡窗论诗之作不少，如《赖子成评予诗卷见贻，赋此寄谢》，后半篇便写到："济南矜高华，公安尚新奇。蓬庐宜一宿，刍狗岂再施。三唐独不朽，李杜有余师。鸣鹤流好音，其子乃和之。神交无远近，勿谓隔山陂。"表现了他对中国诗道之见解。而俞樾特指的那首，肯定是《论诗赠小关长卿、中岛子玉》：

> 歌诗写情性，实随民俗移。
>
> 风雅非一体，古今固多歧。
>
> 作家达时变，沿革互有之。
>
> 苟存敦厚旨，风教可维持。
>
> 昔当室町氏，礼乐属禅缁。
>
> 江都开昭运，数公建堂基。
>
> 气初除蔬笋，舌渐涤侏离。
>
> 犹是螺蛤味，难比宗庙牺。
>
> 正享多大家，森森列鼓旗。
>
> 优游两汉域，出入三唐篱。
>
> 格调务摹仿，性灵却蔽亏。
>
> 里靥自谓美，本非倾国姿。
>
> 天明又一变，赵宋奉为师。
>
> 风尘拂陈语，花草抽新思。
>
> 虽裁敩辟志，转习淫哇辞。
>
> 楚齐交失矣，谁识写雄雌？
>
> 寄言关及岛，更张良在兹。
>
> 鸡口与牛后，趋舍君自知。
>
> 我亦丈夫也，李杜彼为谁？
>
> 谁明六义要，以起一时衰！

正如中国学者程千帆评此诗所说："可作日本汉诗史读。知东邦诗歌流变，与吾土大略有桴鼓之应也。"

最后，淡窗的一首古诗《读小说》，也想在这里介绍一下。虽然我们尚不知他读的是什么小说，诗却似乎不错；但诗中用"断袖""分桃"语，如写的是所谓"南风"，则未免恶心矣：

> 濯如春月柳，娇如秋水莲。
>
> 向君不敢语，背君泪成泉。
>
> 复关咫尺即千里，怀中锦字凭谁传？
>
> 昨夜灯花新报喜，无端邂逅小神仙。
>
> 青翰舟里携吾手，绣被香暖梦相牵。
>
> 千金一刻欢何极，双袂掩面却潸然。
>
> 明誓同月有时缺，芳容似花几日妍。
>
> 岂言断袖非良意，或恐分桃是恶缘。
>
> 为君更固金兰约，不比桑中契易迁。
>
> 请君勿惜频来往，一日不见如三年。

　　广濑旭庄(1807—1863)是比淡窗小二十五岁的弟弟。名谦，幼名谦吉，字吉甫，号旭庄，晚年号梅墩、秋村。传说其母梦吞大星而生旭庄，释豪潮为解梦说："星乃文明之象，此子必以文著。"旭庄果然自幼才气敏捷，辩论爽快，读书一目十行，过眼不忘。他十岁时跟兄淡窗学习古文，十四岁学写诗，十五岁时游学筑前(福冈)，入龟井昭阳门近三年，曾以《释行》一诗受昭阳击赏，由此以才子闻名。文政八年(1825)赴久留米，逢桦岛石梁(1754—1828)。不久回家治眼病。(旭庄同淡窗一样，从小身体虚弱，而且也患眼病。)十年(1827)，持淡窗的介绍信，拜访备后国(今广岛县)菅茶山。茶山抱病接见他，欣喜评价道："吉甫笔舌，天下无双，当为后进领袖。"归途，旭庄又拜访了赖杏坪。稍后几年，他时常生病在家休养。不久，便代替淡窗主持家塾，同样得到生徒的尊敬。天保七年(1836)，游学大阪，翌年赴江户，交结诸名家。因淡窗生病而回。九年(1838)后，旭庄又多次出游大阪等地。十五年(1844)在江户开私塾。文久元年(1861)归乡开雪来馆。曾结交勤王志士赖鸭厓、佐久间象山、吉田松阴、桂小五郎等人。

　　他从二十七岁起开始记详细的日记《日间琐事备忘录》(1833—1863)，常说："吾一生精神寄于日录，百年必有知我者。"据说有手稿一百六十六册，未知今尚存否，当是极珍贵史料！汉文学作品主要有《梅墩诗钞》及《九桂草堂随笔》等。

　　旭庄是日本最杰出、最有才华的诗人。但几部日本学者写的汉文学史，均没有对他作出特别的评价，最多将他与淡窗并列而已，或只是称淡窗为"九州第一诗人"。言下之意,旭庄最多只是小小九州岛的第二诗人。对他作出最高论赞的,是中国学者、诗人俞樾。在其编选的《东瀛诗选》中,一人占一卷的只有四人(服部南郭、菅茶山、梁川星岩、僧六如),而一人占二卷者独旭庄一人,可谓突出之至! 俞樾对他的评语更是推赏之极:

> 吉甫诗,才气横溢,变幻百出。长篇大作,极五花八阵之奇;而片语单词,又隽永可味。铁砚学人斋藤谦,称其构思若泉涌,若潮泻,及其发口吻、上笔端,若马之注坡,若云翻空而风卷叶,虽多不滥,虽长不冗。洵知吉甫之诗者矣。吉甫摆脱尘务,不入仕途,所亲则墨客骚人,所好则江山风月,宜其为东国诗人之冠也。诗美不胜收,故入选者甚多,分为上下卷云。

> 集中如《夷鲷诗》《阿波黑崎马入室诗》,意境似涉猷骸,有评者曰:"人之取舍各别。沧浪、归愚之徒必割席拒之,东坡、瓯北之辈则相视莫逆矣。"颇为知言。今于二诗去一存一,为二家持其平焉。然吉甫于诗律甚细,有《春夜闻雨》诗云:"湿及琴书际,暖回衾枕中。"初稿"及"字是"入"字,后易之。或问故,曰"嫌其似梅雨诗耳"。此亦可见其非浪使才情也。

中国研究者高文汉在《中日古代文学比较研究》中说,旭庄实际的文学成就并不像俞樾评价的那么高。其实说此话时,他大概连《东瀛诗选》所选的旭庄的诗也没读过,而只是读了日本人写的汉文学史书中所引的旭庄的几首短诗吧? (这从其所引上述俞樾语乃是从日人引文转译过来,而非俞氏原文,即可知晓。)而日本学者的鉴选能力,有时实在不能令人信服。如仅看了他们所选的诗,就大胆评骘,是要上当的。俞樾对旭庄的评价极有眼力,我认为十分正确。历史上有过以"日东李杜"称许某位日本诗人的事,倘如一定要推选"日东李白"的话,愚认为非旭庄莫属。俞樾称其诗"美不胜收",窃亦有同感。本书写到的诗人,录引其诗作时,我均作过挑选,一般代表其最好水平,而非篇篇如此水平;而我读旭庄诗,常觉得爱不忍舍之诗太多,如按照选其他人的相同标准引录,终将篇数太多太多,于是只得割爱。而且,正如俞樾和斋藤拙堂说的,旭庄诗之佳者,多为长篇大作,而几部日本学者写的汉文学史,大概因为顾虑太占篇幅,引录的只是几首短诗,而且不见得是其代表作,中国研究者如果仅看这些书,当然会感到俞樾对旭庄的评价过高了。也是有鉴于此,本书不得不多引几首当得起俞樾好评的长诗来。正如明代学者胡应麟在《诗薮》中说的:"古诗窘于格调,近体束于声律,惟歌行大小长短,错综阖辟,素无定体,故极能发人才思。"胡氏又说,七言长歌"非博大雄深、横逸浩瀚之才,鲜克办此"。这些话如果用在旭庄身上,正是非常贴切的!

俞樾所选旭庄诗共一百七十三首,多为长诗,其中包括旭庄最长的一首《送桑原子华归天草》七言古诗。而据中国学者马歌东《梅墩五七言古诗管窥》统计,旭庄行世之诗共一千四百七十一首,五七古之作多达三百六十四首,约占四分之一。而这些五七古又特多长诗。五古,二百字以上的有二十九首,三百字以上的有七首,最长的《论诗》共一千二百字;七古,一百字以上的九十六首,二百字以上的六十三首,二百八十字以上的四十一首,最长的《送桑原子华归天草》共一千八百三十四字。真如旭庄的友人吉田喜为《梅墩诗钞初编》写的跋中说的:"浩浩荡荡,殆乎与大海争势,使观者望羊旋面目。吉甫诚长于用长也夫!"

当然,长未必就是好。但旭庄的好诗,确实以长诗为多,功力极深。为了说明这一点,本书只能有节制地引用几首。今存旭庄诗,已有大量遗逸,据其自述,在三十九岁前所作诗,便已远远超过三千。见其《除夜祭诗》:

> 我年十四初学诗,尔来二十六年役神思。
> 寝而不眠食忘味,未至强仕鬓成丝。
> 乐天长短三千首,我诗之数远轶之。
> 短篇二十字,长篇一千八百字有奇。
> 世人多好趋绝句,谁观如是聱牙巨什为?
> 千载子云难必得,到底我诗唯我知。
> 忽有一我来箴我:"自君耽诗浩气饥。
> 书易礼乐久抛弃,烟花雪月日追随。
> 多少精神耗无益,何不早悔少壮时?"
> 闻此惭恨容无地,欲投火中弃水涯。
> 又有一我来谕我:"诗是旧交无相遗。
> 君无一事胜庸众,君之为君独在兹。
> 桃李无花同樗栎,虎豹作鞟毋乃痴?
> 外趋道学内行背,不如诗名千古垂。
> 儒林文苑名虽异,要之学在不自欺。"
> 闻此我心还一变,欲弃欲存几狐疑。

又有一我劝中立："或存或弃分醇疵。"

两我所言有偏颇，一我所劝似无私。

乃艾芜杂弃廿卷，辑存数卷恰得宜。

作诗祭诗诏诗曰："久矣哉，君之惑我教我嬴。

既交之君吾不拒，未交之君吾将辞。

明年丙午吾不惑，君欲惑我术难施；

次年丁未吾未怠，远君应如旨酒与妖姬。

今日以往君无至，君至将捕付于丙丁儿！"

此诗幽默之极，竟有三个"我"来与诗人谈诗。读到最后对诗的祭诏，令人联想到辛稼轩词《杯汝来前》。而更妙的是，第二天他又续作长诗《丙午元日》，"诗"竟来教训诗人了：

除夕已作《祭诗》诗，诗来入梦述答辞：

"梅墩子，梅墩子，与我绝交一何痴！

读否《南华·齐物论》？天籁之说知不知？

明镜常应未曾倦，卮言日出无已时。

达人所观即如是，何用抵死殚神思？

无心作诗诗自至，譬如云破明月现，暑去清风吹。

有心作诗为诗缚，譬如聚萤照暗室，摇扇求微飓。

梅墩子，梅墩子，汝言千载子云难得期。

口虽云尔心则否，好名一念毫不衰。

与其与我成契阔，不如与名相忘无所縻。

兴来一日百召我，我辄相应不迟迟；

无兴一年不召我，我永屏迹窜天涯。

胡为弃我旧来好，比以旨酒与妖姬？

今后以我为红友，不至使君醉如泥；

以我为翠袖，不至蛊君为画眉。

密于酒色淡于水，近之远之莫不宜。

我绝乎子子绝我，他日噬脐何可追！"

蘧然危坐吾忘我，今之责余者为谁？

四顾寻索终不见，呼童出户走迹之。

童复命曰："天方旦，应天门外万人驰。

公兮侯兮具卤簿，峨冠冲云肃威仪。

夫子之门无人迹，又无红刺贴门楣。

贺客总向朱门往，君方言有客，吾谁欺？"

噫嘻呜呼我知矣，急扫书室具酒卮。

呼曰："今朝一年第一日，一家安稳百事熙，

请先生者为上客！"诗忽告曰："某在斯。"

　　从上面两首诗已可充分感知旭庄是鄙弃名利，以诗立命之人。他还曾为江户诗人菊池溪琴、大槻磐溪、村上佛山等人的诗集题写过长诗，都很精彩，还表达了他的诗学见解。这里我们只能挑一首《题大槻磐溪诗集》。诗中显然表露了一点"夜郎"心态，但我们可以一笑置之。毕竟这是一首可使我们"西人"佩服的长诗：

古来文人多相忌，不然相誉互谄媚；

吾题磐溪诗，不敢贡谀况敢刺。

尝论吾邦胜支那，不独皇统万年无替坠，

富岳白雪拄苍穹，天桥松岛更奇异，

芳野山樱月濑海，十里如云别天地，

加之湖水有琵琶，瀑布有那智，

求诸西土名胜中，虽偶有一恐无二，

下及海参松鱼及年鱼，棘鬣之味尤脂腻。

万物元气发为文，当有才人磊磊落落拔其萃。

我闻"文章经国之大业，不朽之盛事"，

然而作者寥寥如晨星，若遇西人逡巡三舍避。

百余年来豪杰徒扼腕，仰栋殚神思。

欲逐陶谢李杜参翱翔，汗流走僵难得遂。

千古遗憾莫甚焉，吁嗟吾知病所自。

田舍之人寡见闻，腹乏书卷欠炼致；

都会之人半售文，唯愿少劳而多利。

是故二十八言四十言，此外难复加一字。

独感磐溪之撰异时人，其才横逸力赢顽。

托兴已雄快，取材更具备。

寸心秉擒纵，万象就呼试。

雅俗细大悉兼综，殆为化工泄深秘。

或道豪放虽有余，深婉不足亦相类。

余曰否，不然，物宜有序次。

试看近人诗，形容娇惰精神萎。

譬如宴安花柳人，唯须大声一喝觉其睡。

金以克木火克金，诤至无诤是本意。

况君强壮未艾者，他日所臻当不訾。

啮蹄奔逸千里驹，变为称德之良骥。

劈云坼石大炮声，化为鸾歌与凤吹。

偃武讲文诗道亨，逆取顺守诗国治。

二编三编又四编，愈变愈进愈纯粹。

终与东方风土精华恰相称，足使西人皆感愧。

　　旭庄诗中有不少是写友情、写别离的作品，俞樾在《东瀛诗选》中所选的他的第一首诗《四月二十九日发药师寺，村恒真卿兄弟、别直夫兄弟、冈养静送于松江》，就是一长篇佳作，值得欣赏。第一句的一个"擎"，就堪称炼字精当！诗中还一一记下五位朋友的临别赠言，话语朴实，具见真情：

乱峰擎晨曦，远城鸣早鼓。

时哉天正明，束装出蓬户。

相送人多少，行色满林坞。

朝飚飘客衣，枫露飞如雨。

取路沿海滨，渺茫逞远睹。

山轴蟠湾阴，潮头蚀沙浦。

影尽天际帆，声来雾中舻。

波耀眼花迸，松爽头风愈。

矶白海鸥来，洲黄野花吐。

西行景更佳，宛如阅画谱。

道远日将沈，乃于村端祖。

临别而乞言，我意欲学古。

大恒进赠言："勿为怨之府，

勿御好友规，勿受恶友蛊，

勿爱繁弦声，勿耽长袖舞，
直尺师邹贤，惜寸则神禹。"
小恒进赠言："动宜踏规矩，
与有武仲圣，甘为参也鲁，
迁事罢屠龙，英气除暴虎，
吉人之言寡，故无我敢侮。"
大别进赠言："黾勉福所聚，
或绳于其颈，或锥于其股，
吕蒙期刮目，马卿曾题柱，
待子归来时，一战伯艺圃。"
小别进赠言："学文犹用武，
读书似得人，闻教如得土。
失土且失人，不过为亡虏，
少年不可夸，英才岂可怙，
一败涂地人，古来以千数。"
冈生进赠言："养生以为主，
若欲立功名，当先安腹肚，
志虽在三余，身或困二竖，
过食与过眠，皆是翦性斧，
唯须强骨筋，而济风尘苦。"
五贤言虽殊，一一皆可取。
服膺若无陨，岂谓止小补。
言谈未及终，放舟出水浒。
远云接鳌身，积水沈鹏羽。

《大氏父子送余，到川上时霖后大涨》一诗，也是写送别的。入声促韵，情深切切，同样也描写了景色，描写了对话，极感人：

别离逼今朝，歌舞思前夕。
灯下有杯盘，枕边尚肴核。
客起在西厢，托僮理征策。
主坐依东楹，教婢扫晨席。
家人呼狗来，与食命守宅。

客怪问其故，举家欲送客。
客向主人言："相送果何益？
再会岂无期？珍重唯自惜。"
主惨如不闻，客辞殆及百，
终尾客后来，迤逦度堠驿。
驿傍有巨川，满目嫩莎碧。
霖雨添涨痕，远势连皋泽。
云光遥和涵，风响互翕辟。
出山又入山，窈窕百里白。
涌波翻浮凫，猛声转底石。
萍叶栖树头，浪花殴人额。
大鱼瞥飞跳，矫矫似挥戟。
或如白羽箭，编鳞自乱掷。
客观之心沮，将行频踟蹰。
主观之色欢，拍掌谢河伯：
"留客术虽疏，留客情犹积。
水哉何多谋，成我留客癖。
君岂得辄过，水方深八尺？
勿妄轻性命，休好陷艰厄。
不被尖石伤，必为恶蛟获。
可复还我家，君去欲安适。
非无水落时，何用自窘迫？"
援衣不许前，竭辞苦相责。
客亦如不闻，凭岸阋川脉。
回头谢主人："已知君心赤。
夏天少快晴，云谷多变易。
今日已冥濛，明晨亦阴霖。
不如速别离，莫为情绪役。
我今虽不行，离恨终难释。"
一跃上渚舟，篷破水相拍。
征人已飘飘，送者犹啧啧。
乱石掣舟底，喷浪生板隙。

　　不厌劳股肱，几回失魂魄。

　　舟胶闻沙声，飞身上岸脊。

　　主客尚相望，唯认头上帻。

　　向来多言谈，稍稍成陈迹。

　　行应千山重，今已一水隔！

　　《夏日小竹筱翁来访新居，见余午睡，题诗而去，既觉，惭愧不及，走笔赋一诗以谢》，也是写友情的，妙在还写了自己的梦境，并将客人的诗也完整地写了进去。如此写法，古今罕见。而且所写梦境中还流露出诗人对劳动人民的关心和同情：

　　新居扰扰又匆匆，贺客日日来西东。

　　应接无暇视听倦，姑曲一肱学盲聋。

　　心惫体疲多怪梦，梦里官道曲如弓。

　　夹道新秧绿冉冉，双鹭蹁跹下晚风。

　　俄见黑云蔽天至，电光千道送丰隆。

　　须臾沟浍浊流溢，满目秧苗一扫空。

　　野老相视仰天哭，哭且前行于深丛。

　　丛中别有大都会，十里珠帘带绮栊。

　　衣香鬓影纷无数，长桥偃水落彩虹。

　　忽呼有火万人走，烈焰焦云似血红。

　　吾惊而仆仆而觉，觉来满帘火云烘。

　　案上何人书廿字，字字如龙气象雄：

　　"欲赋新居颂，访来午睡中。

　　休笑题凡鸟，为恐惊周公。"

　　末书"小竹散人某"，视之惭悔切寸衷。

　　宾来不迎去不送，睡之与醉其罪同。

　　蒋济固当丛箭射，边韶安免鸣鼓攻？

　　文过敢陈黑甜美，赐诗须以碧纱笼。

　　枯肠摹索冥搜苦，无端睡气复朦胧。

　　旭庄这类充满人情味的佳诗甚多，又如《长滨到其顺寓居》，写的则是自己作一回不速之客的经历。其中描写了一位医术高超、平等待人的医生与"渔弟樵兄"间的淳朴友谊，感人至深！

我品主人翁，宜入《卓行传》。

精神满其腹，和气溢于面。

如坐春台巅，闲听百鸟啭。

方正接权豪，忻愉待孤贱。

加之方术精，才敏而心炼。

攻病出奇兵，霆击神鬼变。

离家千里余，侨居在僻县。

土室无三弓，萧然不自炫。

谁开桃李蹊，名声须臾遍。

渔弟与樵兄，感服相眷恋。

深山遥浦间，如佛菩萨现。

往者犹疼痛，归者已欢扑。

我在尾路时，偶然来相见。

殷勤进致言："仆近寓海甸，

君归必相过，舟路亦所便，

侨居虽窘匮，唯愿供一宴。"

我自闻此言，归心急于箭。

即日赴其家，客先主为殿。

主人未及备，客来如奔电。

犹敌来捣虚，城郭万无缮。

虽有孙吴筹，不敢容易战。

忽见人影夥，主客互惊眩：

老壮六七人，秋原方耕佃，

闻邻有急难，奔归遍相援。

一人司拂席；一人司办膳；

一人提樽来，村醪聊自荐；

一人方烹鱼，聚炭急挥扇；

一人已割鲙，清莹碎玉片；

一人在灶阴，鼓杆制麦面；

一人事奔驰，力疲心未倦。

谁图仓卒间，得当此盛馔！

忸怩不敢尝，主人谦自谴。

于是混主宾，把卮恣饮嚼。

有舞有吟诗，长技各自擅。

我独默不言，醉腕斜举砚，

欲赋一首诗，庶几谢殊眷；

不如倩画家，短幅写素绢，

悉摹此时状，副之我诗卷。

携归夸家人，观者应相美。

长思今日情，常悬在书院！

旭庄善于描写场景。上一首写村邻奔走相助，紧张热烈，井然有序，如见其人；还有一首《宗立及诸子邀饮于宫市酒楼，分韵得二字》，同样写宴席，则众友醉态可掬：

朝到白沙江外祠，午游黄叶林间寺，

晚饮红窗市上楼，主人爱客无倦意。

钓水采山珍味饶，腾蛟起凤英才萃。

坐中之人知几名？曾无一个不烂醉。

吞而坐有如瓷瓶，满而倒有如欹器。

诗客舞来风松摇，娇娥倦去海棠睡。

浸坐酒同晚潮添，缠头钱如秋叶坠。

豪歌震屋瓦皆飞，街人仰看惊且避。

兴来清似伯夷难，坐乱和如柳惠易。

饮中八仙歌可赓，林下七贤人同类。

楼高百尺醉人凭，心不自危观者悸。

下瞰俗子如裸裎，汝徒一场傀儡戏。

疏帘半钩眼界遥，南极巉岏北艺备。

远峰叠峦雁齿齐，仿佛来点杯底翠。

莫怪醉胸磊块多，一喉吞入诸州地。

看山已想度云时，望海更思浮月事。

屈指从头数旧欢，如此佳会无有二。

旭庄还特别擅长描写特异景观，多有奇句，令人叫绝。如《吐月峰》：

日落山气寒，谷静泉声邃。

何物来打人？腐果如雨坠。

异哉暗中风，恐有山夔至。

明月出前峰，清光天所赐。

苔涧射潜鳞，云巢照栖翅。

我误唾青藓，玲珑成鲛泪。

瘦杉与古藤，枝叶极诡异。

月行度其间，明华穿深翠。

犹如千尺龙，高张攫珠臂。

柳州八记中，斯境当何记？

另有一首《将著广岛，雨降，舟不得进，比入港口，夜既二鼓》，写巨涛恶浪之突来，读之惊心动魄。纷纭挥霍，极尽形容：

痴云不解事，忽来夺月明。

漫漫大海里，茕茕小舟行。

海岩多异状，黑影立狰狞。

啼禽作鬼啸，一声使人惊。

恶涛前后起，遮舟出奇兵。

揶揄不肯遣，欺我暗如盲。

勃谿何所怒，我避彼犹争。

少焉攻益急，人与舟皆倾。

篙师赌性命，始袒后竟裎。

挥棹如用戟，敌强奈难赢。

同舟卅余辈，相视忧苦并。

奋起皆戮力，一时攀棹撑。

有以歌佐者，舌强咽无声；

有以符禳者，语涩咒难成。

龙虎互搏斗，胜败几回更。

艰哉数刻路，似经千里程。

譬之秦围赵，几陷邯郸城。

毛遂求楚救，李同斫秦营；

善战魏公子，高谈鲁先生。

唯因众人力，幸免前日阮。

须臾潮候变，舟去一毛轻。

遂乘逐亡势，不为城下盟。

云去月光美，宇宙忽澄清。

广岛虽已到，怖心跃未平。

客窗暂假寐，松籁波涛鸣。

梦落大瀛底，赤手战巨鲸。

　　旭庄有一首《戒相良生》，是教导一位已故忘年友的孩子（不良青少年）的诗。谆谆告诫，苦口婆心，也体现了诗人善良的人性：

乃考兰雪翁，吾辱忘年友。

有肴引我供，无酒就我取。

子生甫数年，翁化无是叟。

乃兄承箕裘，遗业颇善守。

携子入吾门，尔时子龄九。

脱衣以网鱼，抛卷而斗狗。

吾往提子回，系之门前柳。

无几吾远游，索居岁月久。

闻子出家园，东西南北走。

往年吾归乡，遇子长溪口。

依依不忍离，送我至筑后。

途中问令兄，曰"渠太嗜酒，

终为酒所中，不得长其寿。

素有兄五人，今也皆乌有。

二姊亦嫁人，茕然一老母。"

其言出肺肝，吾敬不敢狃。

客年至江都，相逢执子手。

子师冬树君，方为良医首。

君昔交乃翁，怀旧情诚厚。

数百弟子中，爱子无比偶。

贻之以衣裳，颂之以琼玖。

子犹有童心，更为损者诱。

夙夜花柳街，宴安酒肉薮。

君恼之进规，口诺心不受。

君以我旧师，纳约将自牖。

遣子寓吾家，子听吾教否？

年既过弱冠，有过谁敢殴？

唯当用法言，严刻行弹纠。

道义尚混沌，吾且为分剖。

心情已纵慢，吾且加械杻。

乃母事乃翁，多年操井臼。

而育子弟兄，辛劬至耆耇。

衰老未得安，薪水依诸舅。

子身在天涯，季路米难负。

风树若关思，一事何可苟？

食粗未足忧，衣敝宁为忸？

此心苟无玷，万众仰山斗。

身卧锦衾烂，手拥佼人惭。

忠孝不存心，满腔含群垢。

巧言虽如人，其实等鹦鹉。

劝子自今勤，旧秽皆付帚。

学圃播良苗，心田拔莨莠。

虽同懒生居，独如泥中藕。

乃兄因酒天，切莫亲杯卣。

兰书宏异闻，芳名永不朽。

归侍阿母傍，孝居诸兄右。

行善致介祜，蜚誉得佳妇。

子孙日众多，家世复殷阜。

上报冬树君，下及鲲生某。

果能如是乎？往过何足丑。

吾代乃翁言：讦直宜莫咎！

　　旭庄有严重的目疾，他在学问和创作上能有如此成就是非常不容易的。他的一首《病目》，极风趣和生动地反映了这一点：

　　　　余目太瞻焉，颇似徐偃王，

遥眺十步外，恰如隔垣墙。

望牛或疑马，认犬乃呼羊，

捕蚤忽称虱，视蛩时为螫，

枇杷为桃李，芦苇为蒲蒋，

鹳鹤为鸿鹄，凫鸭为鸳鸯。

不能辨同异，安能分短长？

难知大与小，何况青与黄？

天之赋形体，均平似衡量，

耳目及鼻口，安排皆有方。

目因视修职，口以言为常，

耳能分群响，鼻自辨众香。

有薰必有莸，病鼻非所妨；

沈默忘世故，聋喑亦何伤？

我所尊者目，病目诚怅怅。

浩浩数千卷，漫漫几万章，

不能视而读，何缘铭肺肠？

幸吾目所见，能及几案傍，

低头亲书籍，两眸日月光。

矫头望外物，万象烟雾茫。

皇天所赋与，我心岂可忘？

读书绝其外，此意宜对扬。

是故终日读，目劳不暂遑。

看书如行路，睡眠乃裹粮。

蝉鸣夏日永，炎旱燠几床。

未毕青编路，敢入黑甜乡！

旭庄的《雨夜与松园、象山、溪琴话怪》，也是令人不愿释手的好诗，光怪奇离中不仅显示了作者的博学，同时有思想的闪光，最末几句尤其发人深省：

夜雨萧然窗纸鸣，窗间灯色黯不明。

阮瞻虽执无鬼论，张华亦炫博物名。

荒凉野寺栖磷火，颓废山祠现木精。

蚁都客住三年许，鱼背舟过十日程。

水虎非虎来无迹，天狗岂狗去有声。

变幻灵狐九尾曳，蹒跚老夔一脚行。

深谷闻风是蟾息，阴潭见烛即龙睛。

说至大蛇百端起，或曰妖饕用人牲，

或曰箕口吹毒雾，中人昏睡如宿醒。

刘累醢龙何足异，岨山腊此作和羹。

辨博辞赡欺炙毂，百怪冲口滚滚生。

自诧今生虽非怪，前身为怪通怪情。

夏后之鼎谁能见？人逢不若几震惊。

说鬼语怪非无识，此理难使拘儒评。

君不见，白日腰剑首冠冕，中有鬼怪不易辨！

　　旭庄之兄淡窗曾有诗论诗，可作日本汉诗史看；而旭庄则有诗论文，亦可作东瀛汉文史观。下面这首《题稻垣木公文稿》值得日本汉文学史研究者反复研读。其诗题下有小注云："文稿诸家评既备，余无所容喙，故赋此塞责。"诗中又有小注："龙说、蚊喻、文实、轻重，皆其文题目。"可惜稻垣这部有着"诸公"历历题序的"未见出其类"的日本重要文论稿，今未见。稻垣其人也不详。是又为日本汉文学史上一个盲点！

商榷本朝文，古者载《文粹》。

渊源于陈隋，俪六又骈四。

辞赡味则索，内枯而外腻。

中古无儒先，僧充皇华使。

典册杂梵语，咒偈当序记。

庆元多大儒，博闻诧强识。

规矩不尝循，字句或倒置。

樗栎高参天，终被匠石弃。

渐至百年前，体裁粗具备。

余子不足讥，谫叟焰尤炽。

声言溯秦先，实窃奉明季。

寸锦费百缝，千割得一截。

酿蜜蜂翼疲，制裘狐腋萃。

华丽虽可观，聱牙拂人意。

近时病其硬，换之以巧缀。

吟咳修边幅，小胆怀危惴。

碧海拒鲸鱼，兰苕控翡翠。

刻划摹八家，衣冠误真伪。

王朗学子鱼，同貌即异致。

唐贤临二王，所失在柔媚。

傍观今日人，弊习不一二。

过半业骈文，啬劳无远志。

仅仅数十言，唯贪题跋易。

才高弄狡狯，烟花写冶思；

才卑泥墨绳，分厘析字义。

要为无益文，未足称盛事。

若使西人观，应嗤侏儿戏。

天保与享保，优劣难轩轾。

今读木公文，快如干莫利。

无一不尽善，记传书序议。

《龙说》与《蚊谕》，婉约含讽刺；

《名实》与《轻重》，精窍补政治。

雄奇追贾生，条畅亚陆贽。

磈砢多节目，即是栋梁器。

瑾瑜不掩瑕，故能为宝瑞。

岂无微疵存，未足为巨累。

况又经诸公，历历相揭示。

众医治小癣，剔刺无不至。

我复欲何言？逡巡自遁避。

窃惟东方文，未见出其类。

谁配韩柳伦，谁占欧苏位？

欲骋文场中，犹当有余地。

谫劣如吾侪，固非所敢企。

勇往逞龙摅，此事于君冀。

洞观古与今，俨然卓赤帜。

旭庄评论明代诗歌的《读〈盛明百家诗〉》，也值得我们高度重视。诗中不仅表达了对祖徕以来的古文辞派诗人的弊端的批评，而且进而批评了中国明诗中盲目拟古的倾向，最后响亮地提出了"诗者人精神"以及"吾诗我为主"的主张。这比中国诗人黄遵宪(1848—1905)说的"我手写我口，古岂能拘牵"要早。该诗如下：

> 我读有明诗，十篇九拟古。
>
> 汗流追曹刘，目迎送李杜。
>
> 譬如黄皯妪，而扮霓裳舞。
>
> 死气蔽纸腾，掩卷几欲吐。
>
> 燕国慕唐虞，君臣遭杀房。
>
> 女娲能补天，学之为吕武。
>
> 车战唐时崩，周官新室腐。
>
> 刍狗一乃抛，火牛再见侮。
>
> 古代之所行，时移难尽取。
>
> 舜禹承其君，夏后传自父。
>
> 拒女鲁男子，增灶汉虞诩。
>
> 只则圣之时，不用胶于柱。
>
> 诗者人精神，何必立父祖？
>
> 舍耘他家田，吾诗我为主。
>
> 莫倩古人来，逆旅于我肚。
>
> 宁创新翻词，休拟古乐府。

以上所引均是长诗，其实旭庄的短诗写得也不错。这里也略引几首，以见一斑。他有《宜园诸胜六首》，其二是《淡窗》：

> 茶烟淡而飏，池月淡而止，
>
> 瓶水淡而寒，浑在一窗里。
>
> 谁知主人心，淡如烟月水？

他又有七律《淡窗》一首：

> 举世无人尚太羹，吾斋独以淡为名。
>
> 青山一角飞鸿影，红蓼半沟流水声。
>
> 得异书时愁客至，移嘉卉后恐天晴。

夏宵风与秋宵月，才入斯中特地清。

《李斯》这首读史诗亦值得介绍：

> 黔首不愚唯自愚，诗书烧尽任刑诛。
> 艰难创业无三世，容易亡身先独夫。
> 汉代吴公称善吏，周时荀况仰通儒。
> 师生如此君如彼，史传偏疑事近诬。

七律《汤平》，首联所写颇像当今我国旅游点农村的景象：

> 往往村家不业农，唯开宾馆务庖瓮。
> 溪光百派凑孤市，麦叶千畦蚀乱峰。
> 雨向暮时多作雪，春过半后尚如冬。
> 望中忽得山巅寺，其奈荒磎难曳筇。

《冬夜不眠》写寒夜苦思创作，令人感动：

> 酒诗成债两来攻，寂寞侨居四壁空。
> 灯亦多情肱枕外，梅何得意胆瓶中。
> 寒鸦啼后犹难旦，冬雨晴时忽作风。
> 欲写胸间愁万斛，起提冰砚向炉红。

《人影》题目是写影，实际也是写诗人苦思之苦。可知旭庄好诗很多，都是他耗费心血所得。

> 独行潭底句三年，苦思谁向贾浪仙？
> 残月半轮清似水，秋风一病瘦如烟。
> 虽奔恐后鬼追后，欲踏难前师在前。
> 忽为浮云遮日隐，怜君出处也知权。

总之，俞樾称他为"东国诗人之冠"，他是当之无愧的！

淡窗、旭庄的后人中，也有颇能为诗者，值得附带记述。俞樾在《东瀛诗选》补遗四集里选了广濑青村、广濑林外等人的作品(但看来俞樾并不知道他们与淡窗、旭庄的关系)，可见青村等人在江户末、明治初的汉诗坛上自有其成就和地位。

广濑青村(1819—1884)，名范治，字世叔，号青村。本为矢野广德之子，年十六岁师事淡窗，因学习努力，数年后成为都讲。淡窗收其为养子，后并继家业,安政二年(1855)成为家塾咸宜园的第二代塾主。文久二年(1862),他将塾政让给林外,自己应府内藩主之聘任宾师,并督理藩校游焉馆。明治维新后,赴东京任修史局修撰。后又在神乐坂创办私塾东宜园,还在华族学校等处任教。青村学宗程朱,晚好老庄。猪口笃志认为其诗与淡窗、旭庄异曲同工而自成一家,评价虽嫌过誉,但其诗确有可诵者。如《题梅轩菊池翁诗卷后,依令嗣三溪氏韵》,洋溢着忠义之气:

> 读过新篇且敛襟,堪知一片苤臣心。
>
> 功成白发千茎外,身卧青山半亩阴。
>
> 谏草已焚吾事了,朝衣未典主恩深。
>
> 闲中犹滴忧时泪,岂比迁夫寄远林。

七古《观渔梁》,也很耐读。前半部分很有气势,后半部分笔锋一转,描述了教书匠的清贫生活:

> 藤蔓绸缪万竿竹,横划江心鱼路瘝。
>
> 奔流如箭射梁身,竿缝遍悬几条瀑。
>
> 淫霖始歇旭光开,腥风一霎波千堆。
>
> 跃鱼倒飞半空里,须史刺泼上梁来。
>
> 溪多鳞族孰是最?香鱼宜炙又宜脍。
>
> 石髓半凝红炭边,银丝齐解霜刀外。
>
> 忆昨南泛火海涛,苓洲南畔驻征蒿。
>
> 渔家八九农一二,鱼价太贱蔬价高。
>
> 约鬐缚尾或贯柳,晨庖夕俎鳞如阜。
>
> 海月瑶柱石决明,棘鬣戟须靡不有。
>
> 北归重上旧讲堂,手诔蠹鱼拂缥缃。
>
> 残月在窗晨读早,寒灯照座夜吟长。
>
> 一商论价比尺璧,贫厨何曾奏骕骦。
>
> 露叶摘来芜菁青,霜根洗去芦菔白。
>
> 日舐兔毫耸吟肩,形容枯槁似癯禅。
>
> 诗带秋蔬春笋气,梦悬蜑雨蛮烟天。
>
> 偶将溪鳞供酣醉,醉中并写南游事。
>
> 安得数尾寄北堂,目断云山万重翠。

广濑林外(1836—1874)，名孝，字维孝，号林外。他是旭庄之子，淡窗之侄，早年在家塾咸宜园读书，与长三洲(1833—1895)、田代青溪(1833—1876)并称为"宜园三才子"。淡窗逝世后，他继青村掌管咸宜园。维新后赴东京，由长三洲推荐入修史馆。未久病殁。林外喜读史，亦善诗，其诗有颇肖旭庄者。如《舟中书怀》二首，文字浅白，哲理深刻：

> 无事使人闷，多事使人忙。
> 在家苦日短，在舟愁日长。
> 斯心随境变，毋乃太仓黄。
> 随境皆可适，不如与之忘。
>
> 十里或经旬，千里即顷刻。
> 风潮有逆顺，楫橹非汝力。
> 咄哉天下事，欲以人巧克。
> 君子盖世功，歉然无德色。

《都下童儿》亦发人深思：

> 都会见儿童，无一不才子。
> 总角方丱然，清辩如流水。
> 二十犹便儇，三十平平耳。
> 开荚何倏忽，有如桃与李？
> 豫章参天材，生在深山里！

《鬼城》则颇奇诡：

> 巨石如相揖，老木如相拱。
> 一径在其间，危礳难旋踵。
> 诘曲穿螺壳，狭窄入针孔。
> 奇险来不已，使我心懔懔。
> 绝巅转幽静，浮虑澹不动。
> 鬼气忽袭人，怪云压头重。

林外亦有慷慨不平之诗，如《除夕祭文》：

> 谁把丈夫凌霄志，碎为风云月露字？
> 案头青灯光荧荧，照见一片不平气。

　　　　　火舶奔兮轶马群，北风奋发吹战云。

　　　　　呜呼，序记铭赞何所用？文可祭兮文可焚！

　　他的《镰仓僧一沤送至金泽赋赠》很有人情味。从镰仓到金泽的路很长，其间尽是山岭，真是不容易的：

　　　　　山中趺坐道机新，意气萧然谢俗因。

　　　　　相送依依不能别，高僧却似世间人。

二十四、星岩、天山等幕末志士诗人

　　十九世纪中叶，日本国内社会矛盾日益加剧，幕藩体制弊病愈发突出，人们对统治当局的不满更趋强烈。正在此时，西方势力又不断向东侵略扩张，在中国发动鸦片战争，逼迫清朝签订了一系列丧权辱国的不平等条约，使中国迅速处于被列强瓜分的险境。这对日本的知识分子也是具有极大的撼震力的。因为西方的舰船也不断来日本，特别是嘉永六年(1853)，美国海军准将、东印度舰队司令佩里(M. C. Perry)率军舰四艘抵日叩关，在久里滨将美国总统给德川幕府的信交给浦贺奉行，强迫日本开国。翌年，又率军舰七艘驶入江户湾，威逼幕府与之签订所谓《日美亲善条约》，继而俄、荷、英、法诸西方国家亦逼幕府与之签订类似条约，从此打破了幕府的锁国体制，引起国内政治和经济上的混乱。这时，日本涌现了一批忧国人士，他们或主张尊王(恢复天皇的统治)，或主张攘夷(抵抗西方侵略)，还有主张倒幕(打倒幕府)、开国、维新等等，有些人并因此而献出了生命。人们一般称他们为"志士"。其实，这些人的主张和思想是各种各样的。他们中有不少人是汉文学家。明治维新成功后，有关方面还为一些在维新运动中牺牲的人的诗文编纂出版了《殉难前草》以及《后草》《遗草》《拾遗》等。猪口笃志的《日本汉文学史》中专门列了《志士文学》一节。猪口在书里，不拘于作者殉难与否，凡是在维新成功前为国事奔走呐喊的人士的汉诗文，均在其书这一节论述范围之内。我觉得这也不失为一种便于叙述的写法。因此，本书也将这类积极从事政治活动的作家，专列论述，作为江户时期汉文学的殿军。(本书前面写过的有些作家，如赖山阳、藤田东湖等，其实也可以放到这一节来写。)

需要指出的是，首先，如前所说，这些"志士"其实在思想上并非完全一致，对其"爱国"思想也应该作具体分析，并不能笼统地完全予以肯定，尤其是有的人由鼓吹尊王攘夷而崇尚血腥的武士道精神，叫嚷对外扩张，就更不应该肯定；其次，这些"志士"中，除了梁川星岩、藤森天山等少数几位外，大多诗文水平不算上乘，但考虑到一些作品在当时有影响，所以也应给予引述。有些中国和日本的研究者认为，这一时期日本汉诗的主流即为所谓"志士诗"，或者认为所谓"志士文学"就是这时日本汉文学的代表，这种观点很值得商榷，是想当然的说法，并不符合事实。因为，第一，所谓"志士"毕竟只占当时汉文学家中的少数，而且除了梁川、藤森等人外，大多在文坛上并不占重要地位；第二，这些"志士"们的诗文，也并非全是慷慨悲壮的所谓"志士文学"，他们中的有成就的诗人的佳作，内容丰富多彩，而且很多并不能称之为"志士诗"。因此，我们在这一节中要摆脱所谓"主流论"的束缚，客观地论述这些被人视为"志士"的积极参与政治活动的汉文学家的作品。只要其诗作有艺术价值，不管是否属于"志士诗"，都予以评述。

猪口笃志的《日本汉文学史》的《志士文学》一节，一共记述了十八位作家；本书又增加了好几位。由于"志士诗人"人数不少，本书分成两节来写，略依各人生年先后排列。

长尾秋水(1779—1863)，名景翰，字文卿，通称真次郎，后改称藤十郎，号秋水，别号卧牛山樵、玉立山樵、青樵老人、王暮秋。越后(今新潟县)村上人。从小有英气，赴江户求学，又赴水户游学，钻研十多年，慨然有四方志，与尊攘志士交往。当沙俄威胁南下时，他于文政二年(1819)赴北海道松前观察地形，赋诗二十首，强调应加强北方的防御。又游历各地，纵论国事，人或目为狂者，同情他的人甚少。天保末年(1843年顷)回乡，以教育子弟为业。约七年后又游九州，远至熊本。此时海警又起，事实证明了秋水的忧患之论是有道理的，但此时他年寿已高，只能归乡养老。秋水的诗，大半已散佚，艺术水平不算高，如《松前城下作》，猪口笃志认为是"古今绝唱"，其实很一般：

> 海城寒柝月生潮，波际连樯影动摇。
>
> 从此五千三百里，北辰直下建铜标。

《渔父》一诗,隐含不遇之感:

> 万顷烟波一钓篷,飘然吹笛入秋风。
>
> 圣朝曾下徵贤诏,不及芦花深泽中。

梁川星岩(1789—1858),名孟纬,初名卯,字公图、无象、伯兔,通称新十郎,号星岩,又号诗禅、三野逸民、天谷道人、夏轩老人、百峰、老龙庵等。美浓(今岐阜县)安八郡人。星岩自幼聪颖,七岁在故乡从太随和尚念书。十二岁父母相继亡故,依从叔为生。十八岁,即文化三年(1806),赴江户,叩古贺精里门,欲入昌平黉学习,但未成功,遂入山本北山的奚疑塾学习。当时,北山为矫正一味学李王的古文辞派之弊,特设竹堤吟社。市河宽斋为提倡宋诗,也组织江湖诗社,从游者有菊池五山、大窪诗佛、柏木如亭等。一天,星岩读了葛西因是的《通俗唐诗解》,翻然改宗唐诗。不久诗艺大进,以至五山、诗佛等人惊叹"后生可畏"。在江户的三年间,星岩还改掉了喜好邪游之癖,并赴京都访名儒诗豪。回乡后,文化七年(1810)再寓奚疑塾,成为"北山门下十哲"之一(其他九人为山中天水、小川泰山、大田锦城、朝川善庵、宫本篁村、宫本茶村、大窪诗佛、柏木如亭、雨森牛南)。文化十四年(1817)归乡后,与柴山老山、村濑藤城、江马细香等人结成"白鸥诗社"。文政三年(1820),与红兰结婚。后又遍游西部各地,与菅茶山、赖杏坪、赖山阳、龟井昭阳、广濑淡窗等人交游。文政十二年(1829),出版诗集《西征集》,名满天下。天保三年(1832),移居江户,与藤田东湖、林桂宇、大槻磐溪、松崎慊堂、菊池溪琴等人交游。五年(1834),在神田的玉池之畔,创办玉池吟社,门户极盛,学生有冈本黄石、远山云如、小野湖山、大沼枕山、森春涛等。十二年(1841)游房总,访羽仓简堂,归作《读魏默深〈海国图志〉》诗,云:

> 百事抛来只懒眠,衰躯迫及铺麋年。
>
> 忽然摩眼起快读,落手邵阳筹海篇。

此诗甚佳,邵阳即魏源。当时正是西方对中国发动鸦片战争之际,星岩对此十分关注,并担忧日本的国防。弘化二年(1845),他曾写有"一饱安然吾所愧,会须入海斩长鲸"之句,即显示了他抱有"尊王攘夷"之志。嘉永六年(1853)佩里率美舰来要求开港,接着幕府当局与美、俄、英、荷等国签约,国内舆论沸腾,掀起倒幕运动。此时星岩曾访问吉田松阴。安政元年(1854)著《春雷余响》十卷，多感慨时事之言。他积极参加一些政治活动，当时与梅田云滨、赖鸭厓、池内陶所一起，被人称为"尊王攘夷四天王"。后因得霍乱病故。死后没几天幕府即兴大狱，梅田云滨、吉田松阴等均被捕，星岩若不死必危险。世人因称其"善于诗(死)"（日语"诗""死"同音）。

星岩是当时著名诗人，可说是居诗坛盟主地位。俞樾《东瀛诗选》选其诗独成一卷，对他评价甚高，并摘录了很多佳句："星岩乃东国诗人之卓卓者。林䤵序称其'以烟霞风月为室宇，江湖山林为苑囿，鸟兽禽鱼、花木竹石为臣仆姬妾。'余读其诗，多流连风月、登临凭吊之作，信林君之言不谬也。七言律尤工。此编采辑虽多，然佳句固不尽于此，如云：'灯影最宜秋冷澹，酒香刚称夜氤氲。''鹤闲益见昂藏气，琴古方成疏泛声。''夜静溪声微入户，天寒月色淡笼花。''寒风有力吹沙走，枯叶无声借雨鸣。''左计应同棋败局，养心聊学笔藏锋。''漉花网已先春结，载酒船应待月划。''千树叶红寒水见，一丝发白夕阳知。''诗境或从贫后进，酒杯未肯病来抛。''青意渐回人字柳，东风微峭虎文波。''石阶浅溜蜂医渴，花楦微风蝶曝衣。'，清辞丽句，皆可诵也。其室人张氏亦能诗，有《红兰小集》。"于此亦可知，俞氏认为星岩诗之佳者大多乃"清辞丽句"，而并非有些人津津乐道的所谓"志士诗"也。

星岩的"烟霞风月"之诗确实多生气勃勃，清新可爱，如小诗《孤村烟雨》：

> 东舍连西舍，高田接下田。
> 蒙蒙秧叶雨，度涧半成烟。

《雨中日阪小憩》：

> 篮舆带云度，咫尺面模糊。
> 山磴相高下，人家乍有无。
> 雨流溪语大，风籁树声粗。
> 忽认小帘出，一杯聊可沽。

他的七绝佳作甚多，如《郑所南墨兰》，是写中国宋末爱国诗人郑思肖的无土墨兰的。"鞠山"即郑父菊山，"十空经"指郑氏传记中记其曾作《大无工十空经》（意思是"空"字无"工"而加"十"，"宋"字也，即寓意为《大宋经》。）"留取丹心"句则显然化用了郑氏同时代爱国诗人文天祥的名句。由此可知星岩对中国历史典故了解颇深：

> 鞠山儿子有宁馨，双鬓飘萧雪涕零。
>
> 留取丹心归楮墨，余香吹入十空经。

再如七绝四首《余玉池之寓，隙地皆种蔬，亦贫家小经济也。今兹十月五日，以冬蔬命题，同诸子赋》，从题目看就非常亲切感人。其第一首云：

> 十月林园液雨滋，烟芽露甲绿参差。
>
> 庾郎三韭李侯二，未害贫厨并荐之。

"李侯二"用了一个中国的僻典，星岩有自注："《洛阳伽蓝记》：陈留侯李崇为尚书令仪同三司，富倾天下，而多俭悋。恶衣粗食，常无肉味，止有韭薤。崇客李元祐语人云：'李令公一食十八种。'人问其故，元祐曰：'二韭（按，音谐"九"）十八。'闻者大笑。"而对"庾郎三韭"，星岩无注，也许他对中国掌故了如指掌，便以为人皆知之；其实现在即使中国学者又有几个能知道的？"庾郎三韭"典出《南齐书·庾杲之传》：杲之"清贫自业，食唯有韭菹（按，腌过的韭）、瀹韭（按，汤煮的韭）、生韭杂菜。或戏之曰：'谁谓庾郎贫？食鲑常有二十七种。'言三九（按，音谐韭）也。"

星岩的七绝《耶马溪》，写奇山异景，旭日如轮，大气磅礴，崛特无比：

> 日车红闪晓风回，树树晴烟次第开。
>
> 青压马头惊欲倒，万峰飞舞自天来。

《御塔门》一诗，将中国典故（大禹治水、隋炀凿河）与日本古迹（平安末期武将平清盛所筑之塔）巧妙结合，写出广岛吴市南部音户濑户峡江奇景：

> 连山中断一江通，禹凿隋开岂让功。
>
> 薄夜潮声驱万马，平公塔畔月如弓。

《三笠山下有怀安倍仲麻吕》则是怀念终老在唐的平安时代著名诗僧晁衡的诗。三笠山在奈良东北，晁衡曾有和歌咏之，流传千古：

> 风华想见晁常侍，皇国使臣唐客卿。
>
> 山色依然三笠在，一轮明月古今情。

《舟夜梦归》前两句写梦境,后两句写醒后实情,诗句婉转,感人至深:

> 一瓮村醪三径秋,分明兄劝弟相酬。
>
> 蓬窗梦破潇潇雨,人在东宁万里舟。

他晚年写的《读小栗十洲遗稿,有如亭山人序,彼此触怀,潸然题一绝句》,也很动人:

> 读罢遗编掩复开,故交零落转堪哀。
>
> 山人有序伤长逝,逝矣山人亦不来!

星岩还有七绝《琼浦杂咏》十余首,风味独特,均可作日本竹枝词读。因考虑到篇幅,不再引了。星岩的七律亦佳作颇多,如《三月廿八日病愈赴子成招饮》。子成就是赖山阳:

> 子规声里雨如丝,客舍京城病起时。
>
> 流水漾愁终到海,风花为雪不还枝。
>
> 百年肝胆无人见,近日头颅有镜知。
>
> 唯此平生茅季伟,招吾灯下倒清卮。

此诗正如中国学者程千帆所说,"颔联流美,颈联勃郁,盖从老杜'勋业频看镜,行藏独依楼'化出。独依楼既无人见也。"又有孙望评曰:"前六句只在病起落寞、愁感不解上盘旋。一结以'唯此'为转,折到正题招饮,则知我者尚有茅季伟在,斯真可喜可慰也。""茅季伟"又用了一个中国僻典:《后汉书·郭泰传》中说,名士郭泰借宿茅季伟家,次日茅杀一鸡,郭还以为是招待自己,不料茅乃以鸡奉母,而与郭共饭蔬食。郭认为茅贤。星岩用此典极生动地表明了他与赖山阳相互理解,志同道合。

七律《雨雾夜坐感旧而作》亦深得唐人意境:

> 屋角天光雨洗开,更怜余湿在莓苔。
>
> 流萤非鬼当阶灭,明月如人出树来。
>
> 老我吟呻空度夜,共谁言笑且啣杯?
>
> 记曾竹下对嵇阮,声绝醉魂呼不回。

又一首《夜坐与家人闲话,偶得长句》亦耐体味:

> 当门高树已无蝉,湖北湖南征雁天。
>
> 四壁虫声凉似水,一篝灯火夜如年。

为防口过只说鬼，未害妄谈时及仙。

直到僮奴并和睦，团栾炒栗不思眠。

《题冰华吟馆壁》七律八首，首首可诵。今引其三、其五：

岂止烟霞兄弟称，游鱼浴鸟亦同朋。

半塘芦苇秋闻雨，近水楼台夜见灯。

心无多累方归道，头有残毛未是僧。

借得一枝栖且稳，从他世路日凌兢。

嗜好平生只缥囊，古书虽在古人亡。

宣城霞绮弄残艳，楚泽蓉裳吹剩香。

才子谈兵唐小杜，列仙玩世汉东方。

九原可作吾将与，空对遗文挹异芳。

星岩也是古风大家，笔力雄健。中国现在难得有几本日本诗选，或谈日本汉诗的书，而大多不选长篇古诗，大概因嫌字数太多。其实古诗长篇最能看出功力。兹不计其长，选录星岩几首精彩七古。如《食石决明》一诗，体现了作者对劳动人民的感情，"衣饭全在风涛中"一句，最是亲切动人；他也批评了"上国贵人"的奢侈生活。（"上国"当指中国；岂料如今完全颠了倒，中国的山珍海味全往日本跑！）最后两句，还为自己的贪吃找了个漂亮的理由（为了明目），令人莞尔：

君不见，乌羽之海百川注，三十六岛纷棋布，

岛面比比皆蜑户，蜑女善没仍善捕？

衣饭全在风涛中，介物璀璨来无数。

我行正逢寒雨霁，海光磨镜山泼黛。

渔刀陆续送羹材，玉珧沙蛤梅花蛎。

就中珍绝九孔螺，此味一出百可废。

我是南朝嗜痂刘，怜汝能为孟灵休。

嗟乎怀璧乃其罪，长镵见铲莫浪尤。

君不见，上国贵人重珍味，千里飞尘烦厮置，

金盘雕俎馔夫荐，一餐何啻万钱费？

岂如此间一枚五六钱，咄嗟来登饮客筵？

莫怪老饕不放箸：要使衰目再瞭然，

读书万卷从此始，遮莫细字如蚕眠。

《竹洞山人画竹歌》歌颂了一位画艺和人品都十分高尚的山人。全诗亦写得元气淋漓：

竹洞山岭胸壁立，中潴万斛古煤汁。

吐向席间生滃云，但闻云中啾啾鬼神泣。

须臾云散见筼筜，元气淋漓满笺湿。

君不见，昔日老可守陵州，州竹入手走墨虬，

同时东坡师其法，后来仿之有丹邱？

山人所师抑谁法？笑曰：唯心是师不他求。

嗟哉，近世画工率巧黠，百方炫卖利之谋。

岂比山人方寸无纤芥，清风潇洒爽于秋？

愿此清风以医俗工俗，山人笑而摇手：休休休。

虚心其谁能到此？山人山人莫与俦。

噫嚱！山人山人谁与俦！

另有一首题画诗，画家吴小仙不知是否中国人，诗亦写得令人拍案叫绝。诗题为《吴小仙捕鱼图，为泽左仲题》：

半江夕阳半江雨，雨外咿哑急鸣橹。

笠檐蓑袂滴未干，江上数峰青欲吐。

谁其画之吴小仙，墨光黯澹生纸古。

耳边如闻袄霭声，使人恍然坐湘江曲、霅水浦。

一翁长臂挺叉入，乃知寒湍鱼方聚。

一翁赤脚蹋舡立，意象似欲下网罛。

柳下一翁坐垂纶，澄波相映澹眉宇。

甫里子欤漫郎欤？江上丈人之俦欤？

小童挈壶去何之，毋乃为翁贳村酤？

家人望翁获鱼归，晚炊欲熟烟缕缕。

渔兮渔兮一生安且乐，不比城中人士心长苦。

朝闻趑趄声，席帽障日黄尘土；

夕闻哑哑声，胁肩侍宴金谷墅。

日日挥汗成雨点，残杯冷炙见轻侮。

不知小仙此图果何心，决眦分毫细貌取？

得非欲因之醒彼辈瞢腾醉？不尔画妙入神亦何补？

呜呼，画妙入神亦何补！

星岩的《元元山人磁印歌》，则写了一位刻印的山人。其中还论述了印学史，古今罕见。以散文入诗，奇崛有致，最后议论突兀，亦想见诗人胸有块垒：

元元山人蠹蝉属，啖尽奇字腹厌足。

三寸生铁代管城，虫鱼缪篆随所欲。

其材维何黄粪土，埏之埴之化为玉。

青花陆离血晕斑，灿如芙蓉媚朝旭。

上戴龟蛇或天鹿，怪奇百出惊人目。

汝哥之窑何足论，不数成章邵氏局。

平安实是好事薮，制成一颗争攫取。

山人于我意何厚，持赠累累抵琼玖。

青缯为囊绶穿鼻，把玩摩抄不释手。

我闻神禹时治水，见元龟颔下有印皆古文，

后世图章肇于斯。

自从秦刻玉玺，后用金银铜铸成之。

赐之有差以为信，王侯以下百官司。

汉代重封检，下逮唐宋时，

神龙、贞观及宣和，御府收藏耀丹曦。

此外民间所刻纷然不可算，

杂用象牙、犀角、水晶、玛瑙、黄流离。

王冕当元季，始用花乳为私记。

从此冻石殊见珍，青田、寿山兄弟次。

遂令象牙、犀角、水晶、玛瑙、黄流离，

消亡光华减意气。

近来篆家间以磁，东方名流未尝试。

山人，山人，何从得其法而擅其名？

直恐更令青田、寿山家声坠。

君不见，汉皇雄略吞八荒，屡分虎竹出朔方，

> 甘泉论功谁第一，将军金印白日光？
>
> 吁嗟，丈夫入世必报国，不然拂衣归亦得，
>
> 浇季文字贱如土，何物痴儿列鼎食？
>
> 归欤归欤，清风明月满衡门，此生久拼老田园，
>
> 黄金斗大非吾事，只费山人泥一丸！

《明星津石歌》有序："吾乡西山之下有洞水，古所谓明星津者即此，多出怪石。顷从村长谷某购得一座，高约八七寸，其色苍黑，峰峦洞壑愁具，信稀世宝也。辄赋长句一篇歌之。"对末句诗，星岩有自注："白乐天品第牛相园中太湖石以甲乙丙丁。"

> 海岳砚山不可见，东坡仇池耳空闻。
>
> 世间好事何有此，夸耀燕石徒纷纷。
>
> 讵知吾乡西山下，孕灵蓄秀碧氤氲。
>
> 孟冬水落崖露骨，一星照烂芒角分。
>
> 谷生获之漫惊喜，且谓连城可立致。
>
> 巧偷豪夺吾何忍，阿堵千缗酬汝意。
>
> 盛以铜盆涵寒泉，忽见满堂流苍翠。
>
> 二华三茅不在外，岷峨巫峡此列次。
>
> 其小为霍大为宫，连峰沓嶂森角雄。
>
> 天龙衔衔张鳞鬣，前蹲象狮后黑熊。
>
> 一缕能系万钧重，叩之有响腹箜篌。
>
> 上洞下壑路互通，窗棂八面何玲珑。
>
> 咸曰自非巨灵运神斧，谁能极此雕剜工？
>
> 岂知沙磨水弹年已久，遍体自然成嵌空。
>
> 君不见，道君盘固千夫举，舟车运奉何其苦！
>
> 何似此石一拳许，可以袖之盆可贮？
>
> 嗟予老矣罢远征，卧游聊自寄幽情。
>
> 苏仙米颠今安在？九原可作吾与评：
>
> 纵令洞穴通小有，三十六峰刺天青，
>
> 有此一物太奇异，亦未肯居乙丙丁！

星岩慷慨激昂的"志士诗"并不多，像七古《菊池正观公双刀歌赠士固》可以算一首：

> 士固手中双龙精，倚天拔鞘电虹明。
>
> 云是吾祖之所佩，魑魅奔逃蜩蜗惊。
>
> 乃祖持之佐天子，一心忠赤照前史。
>
> 当时国仇塞八埏，敌势来如风雨驶。
>
> 咄何蛇豕敢抗衡？此贼不歼誓不生！
>
> 跃起大呼提刀出，翦人如草肃无声。
>
> 裲裆血裹数升镞，百战归来笑扪腹。
>
> 事成不成皆天耳，力扶大厦西南覆。
>
> 嗟哉，死竭臣职生臣忠，尽瘁何人能始终？
>
> 奕世勤王节不变，菊池楠氏将无同。
>
> 五百年前去鸿灭，子孙尚护两条铁。
>
> 如见严霜烈日心，寒芒刺刺吹腥血。
>
> 襄我西征吊遗踪，筑河喷怒何汹汹。
>
> 至今民俗钦忠义，为说明公挫二凶。
>
> 呜呼，当今海内无氛祲，所忧艺苑榛芜甚。
>
> 以文继武岂不可，削而平之是汝任。
>
> 士固士固其勉旃，祖宗神灵在汝前！

星岩晚年还有一首七绝《失题》，是直接抨击德川幕府外交无能的，诗意浅露，但可一读：

> 当年乃祖气凭陵，叱咤风云卷地兴。
>
> 今日不能除外衅，征夷二字是虚称！

另外，星岩还尝试过写词。在《星岩集》闰集的目录中，有《花影庵词》《玉雨山房词》的书名，可惜闰集中实际未见。今仅在丙集中见到《渔歌子·游城南而作》二首，水平一般，这里就不引录了。

前引俞樾论星岩语，末云"其室人张氏亦能诗"，指的就是其妻梁川红兰(1804—1879)。原姓稻津，名景，幼名景婉，字玉书，号红兰。又有中国式笔名为张景婉，故俞樾称其为张氏。红兰十七岁时嫁给星岩，曾随星岩到处游历，并参与尊王攘夷派的活动。星岩死后，"安政大镇压"时红兰被捕，遭受重刑，拒不屈服。后被释，在京都设塾教授子弟。红兰是江户后期有名的女诗人，与龟井小琴(龟井昭阳女儿)、江马细香(赖山阳的学生)、原采苹(原古处女儿、龟井南冥的学生)等著名闺秀诗人并称。红

兰的诗,颇像小野湖山为《红兰小集》题诗说的:"优柔清婉人相似,卓越高情世莫如。"如她的《寒夜待外君》:

> 四邻人已定,灯火夜阑残。
>
> 雪逆月光白,云随风势团。
>
> 家贫为客久,岁晏怯衣单。
>
> 鼓半起烹粥,思君吟坐寒。

她的《秋近》,从视觉、嗅觉、触觉、听觉入手,事事扣住"秋近"来写,妙在凄清而未甚萧瑟:

> 茉莉花开满院香,灯痕梦影夜初凉。
>
> 空阶一霎吟蛩雨,已送秋声到客床。

她的《病中夜吟》殆作于丧夫之后。病中犹吟诗,令人感动:

> 腊尾春头病渐平,医生故为禁诗情。
>
> 残灯背影闲刀尺,孤枕和愁梦弟兄。
>
> 鬼伯手疏应脱命,蜗牛角折免争名。
>
> 羸孱最怕风威烈,辜负吟窗雪月明。

红兰还有一首《闻长州战争》,写到幕府讨伐长州藩的战事,实际指出幕府并非王朝之臣,并表示妇女也应有参政之权,反映了她的思想:

> 闻说西海扬战尘,皇朝谁是爪牙臣?
>
> 慨然有泪君休笑,英吉夷酋亦妇人。

藤森天山(1799—1862),名大雅,字淳风,通称恭助,号弘庵,晚号天山。播州(今兵库县)人。其父仕播磨藩,天山继父业曾任藩侯世子的侍读。初学文章于长野丰山(1783—1837),后又与柴野碧海、古贺谷堂、古贺侗庵等游。天保五年(1834),成为土浦藩主的宾师兼藩校郁文馆教授。后因受俗士妒忌,称病辞职。弘化四年(1847)回江户,下帷授教,学生渐渐增加。嘉永六年(1853)美舰来日,在愤激的心情下著《海防备论》二卷,呈水户齐昭(烈公),又撰《刍言》六卷,议论明快,名声大扬。由此遭到幕府大老的嫌恶,被逐出江户。安政六年(1859)大搜捕时被因。出狱后,名声愈重。

天山主要写议论文章,其散文如《春雨楼记》也尚可读。猪口笃志认为其诗"参酌历代,寄托深远,有逸气,五言古风得其妙"。但猪口书中所引《官仓鼠》《至日书怀》两篇五古，虽然或影射了贪官污吏，或抒发了胸中不平，然而从艺术上说均平平无味。俞樾《东瀛诗选》中说："余读其《书闷》一首及癸丑除夕所作，信乎其为东国有志之士也。诗亦有逸气（按，猪口"有逸气"之评语殆从此来），非徒以字句求工者。"今先欣赏俞氏提到的两首诗。《书闷》确实写得好，颔联尤佳：

> 高楼把酒倚长风，百感中来不可穷。
> 奸吏常言通互市，迂儒动欲议和戎。
> 名场老矣头将鹤，故国归欤意似鸿。
> 一片葵心犹未已，唾壶击碎气徒雄。

《癸丑除夕》当作于1853年，也是满腔忧愤：

> 世事多艰两鬓丝，衡门谁说可栖迟？
> 明廷方讲怀柔策，狂房犹持桀黠辞。
> 诸葛千年空有表，杜陵当日岂无诗？
> 剪灯半夜吟摇膝，儿女错为添岁悲。

他还有首《读史偶感》，也有抑郁不平之气：

> 抛书长叹激悲风，成败论人古今同。
> 臧获乘时皆不朽，谁知埋没几英雄！

只是这类标准的"志士诗"，在天山的集子中实际并不多见。他还写了多首《物外杂题》，从形式上说，是不多见的六句三韵体。今亦举两首以作为其诗"有逸气"的代表：

> 举世忌孤寒，薄俗不我与。
> 俯仰天地间，青山独可语。
> 琴则对山横，茶则对山煮。

又一首，通过问答坦露心迹：

> 有客来问我："可处将可出？"
> "水到渠自成，出处何所必？
> 奔竞固已厌，亦无心高逸。"

他还写过不少题为《幽居》的诗，多为五古，下一首则为律句：

> 新筑团蕉小，幽篁分一丘。
> 风炉烹蟹眼，晚馔荐猫头。
> 改句从僧议，移花共妇谋。
> 天公更游戏，封我睡乡侯。

像这样幽默的诗，还有《移竹》。旧俗农历五月十三称"竹醉日"，谓宜移竹。

> 今日乘君醉，移来与结邻。
> 明日君醒处，只须恕醉人。

又有《入春连日风寒，八日风止，颇有春意，同诸子出采梅于城北真锅村，梅花未开，戏作一绝》：

> 闭户先生出户来，可知此日暖方回。
> 奈何梅蕊慵于我，逢著春风不肯开。

有一首《赤崖》，写渔村极有特点：

> 寒月苍苍海气昏，蛎墙螺屋自成村。
> 知他渔老归来晚，结网灯明未掩门。

甚至有的近似文字游戏的诗，天山也写得极好，极为难得！如《同元吉、大车、子友、识此、舒公、留皮分赋八居，起用"金石丝竹匏土革木"，韵限"溪西鸡齐啼"，得溪居》。末句泉声称啼似颇怪异，但天山自注此是用杜牧诗句。

> 金印抛来住碧溪，石床近接石矶西。
> 丝纶事业同蕉鹿，竹帛功名付瓮鸡。
> 匏蔓上窗阴渐合，土花侵砌绿初齐。
> 革除结习情愈静，木末泉声绕舍啼。

《又得舟居》一首，显然亦作于同时：

> 金仙门外有清溪，石笋维舟孤塔西。
> 丝补鱼罾随宿鹭，竹编篷篾趁晨鸡。
> 匏樽酌月室家乐，土缶和歌风俗齐。

草鸟履霜非我事，木兰枻上听莺啼。

本书前面写到大槻磐溪时，已经介绍过"八音诗"这样一种很有趣、也很难写得好的杂体诗。"八音诗"或"八音歌"，在一些大型辞书上还可能查到解释；至于这里天山诗题中提到的"八居"，则是现今任何辞书中都没有收入之词。"八居诗"这种杂体，即使在近年北京大学出版社出版的鄢化志所著《中国古代杂体诗通论》这样的权威、详尽之书中也未论及。原因大概是"八居诗"创立于清初，历史较"八音诗"晚得多，"名气"也小得多，所谓"八居"的提法也不像"八音"那样有古文献上的依据，所以后来一般人都不知道。据我考索，清人魏裔介(1616—1686)《兼济堂文集》卷二十有八首七言，题为《癸丑初春奉和大名道心一孔公祖年台八居诗，一时作者林立，魏子惟度为之首倡，惟度名宪，闽人也》。从这个题目中，即可知"八居诗"的首创者为福建人魏惟度(宪)，当时唱和者甚多。癸丑为1673年，因此这种杂体的创始年代也就大致可知，必然在此前不久。从魏裔介的诗，可知这"八居"是指居住在八种不同的地方：山居、岩居、楼居、茅居、鄽居、船居、水居、村居。而从藤森天山诗的题目中"溪居""舟居"可知，这"八居"的名目也可略作调整。("舟居"与"船居"同义，但"溪居"不等于"水居"。)据《四库全书总目提要》，知魏宪是福清人，曾著《枕江楼集》；但四库馆臣也未见此书，所以我们今天已很难知道他初倡的"八居诗"是怎样写的。

但据我所知，魏宪所创的这种诗体当时就传到了日本，引起不少日人仿作。江村北海《日本诗史》中说："白石尝和清人魏惟度《八居》七律八首，以'溪西鸡齐啼'为韵者，请沧浪嗣响，遂传播京师。京师文人，效而和者数十人，坊间梓而行焉。白石览之，前作有与诸人和诗相类者，因再作八首，语无牵强，押韵益稳。"可惜新井白石与室鸠巢(沧浪)的八居诗，以及京都刊行之诗集，我们今天都未能看到。白石与鸠巢的年龄大致比魏裔介要晚四十来岁。可知日本数十位汉诗人竞相效和八居诗时，离魏宪初倡之时也相隔不会太远。

现在再回到天山的诗。他们不仅写"八音"，同时又是"八居"，再加上韵脚用"溪西鸡齐啼"，这就等于是戴上三重镣铐来跳舞了！"溪西鸡齐啼"是我国古代称作"吃语诗"(又称"吃口诗")的名句。唐代温庭筠有"西溪迷鸡啼"之句，而"溪西鸡齐啼"比温句更"吃口"，乃明代徐晞之句(参见赵翼《陔余丛考》)。白石、天山等人的汉诗造诣之深，即此可见一斑。更何况天山的这二首诗(是否也写满八首？待考)，又是写得那么好，也完全当得起江村北海说的："语无牵强，押韵益稳。"

山田蠋堂(1803—1861)，名政苗，字实成，号蠋堂。羽前(今山形县)米泽人。其父为兴让馆总监，小时在父亲的严厉管教下努力向学。天保四年(1833)赴江户，师事古贺侗庵，在侗庵的劝说下入昌平黉学习。初致力经史，后通读历代诸家集，在诗文写作上自出机杼。其学学程朱，又不墨守。讲经明晰融通，至其下帷授徒时门生甚多。因此，邻藩上山侯的儒臣金子得所(1823—1867)把他与安井息轩、盐谷宕阴并称为"天下三杰"，并对他执弟子礼甚恭。安政七年(1860)，应上山藩主之招，为世子师范，并主持全藩的文教工作。后来还成为该藩练兵总督。蠋堂立意改革兵制，并将其意见撰成《蠋堂一家言》。但因与提倡西洋炮术的人意见不合而被免职。然而他在上山藩与金子得所携手，端正士风，提倡勤俭，使该藩成为有名的"善国"。但突然间他被本藩召回，并被禁囚在米泽，罪名是攻击当局。他便在一个雨夜自杀了。蠋堂的诗略引二首，如《书感》：

> 唯有终古未落天，至今未闻不死人。
>
> 何况札瘥无虐日，倏忽谁保泡沫身？
>
> 饶能活得一百岁，过眼浮荣许多春。
>
> 世人何事暗名利，蝇营一生老红尘。
>
> 究竟所得知多少？鬓端上霜有薄宦。
>
> 君不见公庭昨日拜白麻，北邙今日烧纸钱！

又如《涉园杂兴》：

> 僻性几年与世违，萧萧深锁读书帷。
>
> 斜风细雨花开日，犹有人来敲竹扉。

藤井竹外(1807—1866)，猪口书中也将他的诗文列入"志士文学"，但未介绍其作为志士的行为。竹外名启，字士开，号竹外，又号雨香仙史。摄津(今大阪府)高槻人。为高槻藩士。称他为志士诗人，大概主要因为他是赖山阳的学生，又鼓吹尊皇思想。今其墓亦在赖家墓域内。竹外向山阳学诗，又与梁川星岩、广濑淡窗、森田节斋、池田陶所等交厚，这些人都称赞他的诗好。他与森田节斋、山田方谷被并称为"关西三儒"。竹外尤善写七绝，有"绝句竹外"之称。俞樾《东瀛诗选》中提到他的《竹外二十八字诗》，说："竹外嗜酒工诗，而为诗专攻七绝一体。此集二卷，七绝外无他体也，是亦于诗家中独树一帜者矣。"梁川星岩评曰："以横溢之才，专工七绝一体，并有一字或推敲经数年者，此为其二十八字横绝一世之所以也。"但我们还看到了他写的五言诗，如《蟹》：

> 天然具八足，戈甲宛军装。
>
> 本是无肠子，横行也不妨。

俞樾的《东瀛诗选》的《补遗》卷，还选入了他的二首诗，一为七律《登天王山绝顶有僧庵》，写得也不错：

> 盘空细路像羊肠，振策登登到上方。
>
> 二水北来分甸服，孤峰南面是天王。
>
> 欲呼老衲寻遗事，谁造雄文吊战场？
>
> 仿佛衔枚轻骑走，松声一阵午风长。

如果说这首诗中隐隐写了他的尊皇思想的话，那么，另一首古风《诀子松短歌》就更明显了：

> 樱井驿，摄州路，当路千年古松树。
>
> 支干似指东与西，传是楠公诀子处。
>
> 如龙如虬郁阴森，勿剪勿伐直至今。
>
> 问汝老腹藏何物？依然犹有捧日之赤心。
>
> 吁嗟乎，君不见南风不起北风起，
>
> 此松怒号何时止！

竹外虽然各体诗都会写，但他写得最好的确实还是七绝。他最有名的一首七绝，大概是怀古诗《芳野》，显然是从唐贤所咏"白头宫女话玄宗"诗意化来的。此诗与赖杏坪、河野铁兜的同题材绝句，被人称为"芳野三绝"：

> 古陵松柏吼天飚，山寺寻春春寂寥。
>
> 眉雪老僧时辍帚，落花深处说南朝。

他的《风雨望宁乐》，也是以南朝来寄托尊皇思想，并以佛塔、寺庙之高大，来和低而不见的帝陵作对比，感叹皇室地位之沦落：

> 半空涌出两浮图，更有伽蓝俯九衢。
>
> 十二帝陵低不见，黑风白雨满南都。

竹外的《柳》，最后一句当是影射时局，批判幕府黑暗肮脏的：

> 自从卜宅此栽柳，吹过东风二十春。
>
> 休把长条轻拂地，如今地上更多尘。

最显示"志士文学"面目的，当数《偶作》，是"攘夷"诗的代表：

> 大声谁敢告洋夷：回汝火轮回汝旗！
>
> 四百万人磨剑待，更无一个不男儿！

竹外还有一些颇似诚斋体的诗，十分有味。如《过鸟饲村》：

> 野水穿村通小舠，落花满店卖香醪。
>
> 东风吹老渐无力，个个纸鸢飓不高。

又如《春日田园》：

> 种桃绕屋是吾家，村村村头团绛霞。
>
> 嫁女西邻呼可答，隔花机杼时咿呀。

又如《春晓过西冈田舍》(按，"黄栗留"即黄莺)：

> 破晓一声黄栗留，如酥小雨润春畴。
>
> 杏花深处半开户，早有山翁起饭牛。

又如《女萝》，极其风趣：

> 我对青萝静整襟，一言肯受主人箴：
>
> 逾园勿向邻家去，纵是无心似有心。

他的《哭竹》六首，充满"环境保护意识"。其小引是极佳小品："予南邻为薮氏园，万竹障日，三伏生秋，与予宴息所仅隔一墙。卯饮午睡，或中夜讽读，每藉此以助兴致。戊申(按，1848年)七月，至自江户，则荡然不复见一竿矣。问之，始知其为所斧伐。痛惜之余，作诗六篇哭之。"今录一首：

> 吁地寻君君不见，并无一个锦褓儿。
>
> 欲知双袖湿多少，恰似今春哭女时！

"锦褓儿"指竹笋。锦褓是锦制的褓裸，以喻笋壳。宋代苏轼《送笋、芍药与公择》："骈头玉婴儿，一一脱锦褓。"宋代袁文《瓮牖闲评》等书谓出自唐人(陈按,据《广群芳谱》等书说是储光羲)食笋诗:"稚子脱锦褓,骈头玉香滑。"宋代张孝祥也有"骈头曾脱锦褓儿"句。可见竹外此处用典多么高妙。

竹外也有鼓吹侵略的劣诗,如《丰公裂明册图》:

> 玉冕绯衣如粪土,册书信手裂纵横。
>
> 自从霹雳震万里,直到如今尚有声。

1593年,日本侵朝战争告一段落,明使赴日进行谈判。据赖山阳《日本外史》卷十六,丰臣秀吉听到明朝册书说"封尔为日本国王"时,立刻"变色,立脱冕服,抛之地,取册书撕裂之,骂曰:'吾掌握日本,欲王则王,何待髯虏之封哉! 告而君,我将再遣兵屠而国也!'"其后又再度出兵。竹外竟歌颂这种一再遣兵屠他人国的"战神"!

二十五、其他幕末志士诗人

佐久间象山(1811—1864),名启,字子明,通称启之助,又称修理,号象山。信浓(今长野县)松代藩士。他是江户末期"开国论"主要代表者。幼好学,十四岁学作诗,十五岁学《易》。十六岁从藩老镰原桐山(1774—1852)学,桐山叹为千里驹。天保三年(1832)赴江户,入林家门,从佐藤一斋学诗文。一斋的学问是"阳朱(熹)阴王(阳明)",象山则喜欢朱子理学。未久,梁川星岩在江户开玉池诗社,象山与之结交。七年(1836)归藩,教育子弟。这年全国大饥馑,象山提出赈救之策,并参与救灾。翌年,发生大盐平八郎起义,象山认为这是阳明学弊病造成的,主张振兴朱子学。十年(1839),任江户藩邸学问所头取。1840年中国发生鸦片战争,象山十分关注,并开始研究西方科学。十二年(1841),随松代藩主驻守海防,任顾问,后又向江川坦庵学炮术,并撰《海防八策》,主张加强海防,并加强忠孝仁义教育。弘化三年(1846),藩主辞官,象山亦随之还乡,开塾教学。嘉永四年(1851),重返江户,设塾开讲《易经》、兵学和炮术。佩里率美舰来后,象山又任军议役,上呈《急务十条》。未久,俄舰亦来叩关。象山认为应该出去了解外国的情况,便秘密怂恿学生吉田松阴偷渡出国。安政元年(1854),佩里再次来航,松阴私投美舰,未遂被捕。象山亦连坐被抓,押送回藩。此后被监禁九年之久，期间撰成《省侃录》一书。被赦后，回京都，参与幕政。象山是"勤王家""开国论者"，主张所谓"和魂洋才"，因此深受攘夷派的痛恨，最后为攘夷派所暗杀。

象山主要是一个理学家和政治家，俞樾在《东瀛诗选》中说："象山精于泰西之学，观集中《读宋氏宇宙记》一诗，盖以独乙人宋墨尔氏为泰西之郯子矣。今存《望月》一篇，以见其学之精当。嘉永时，象山坐吉田义卿事下狱，读狱中诸作，忠义之气溢于言外，其《泄泄八章》尤令人长太息也。"独乙即德国。俞氏提到的《望月》即《望远镜中望月歌，和阮云台》，确实颇值得一读。阮云台即清代大学者、诗人阮元，曾作有《望远镜中望月歌》。象山诗曰：

天体翕力自成圆，神气驱之相转旋。
轻者拱重本常理，何疑地月绕日天？
汉人古来不识月，只道月中有仙阁。
释氏漫说阎浮树，月中何得写外物？
阮子所论亦妄耳，暗者非山明非水。
伏毁为虚金石烂，但有灰烬表达里。
河涸海竭知几日，纵有生物安得食？
月在造物已无用，惟须为吾添秋色。
海客谭天非凿空，推算兼资窥远筒。
环山高低可指数，山间时见火光红。
月轮悬天虽似小，应陨沧海或巨岛。
劫数未尽三万年，后死犹看夜月皎。
地月维星录曜灵，我是主星彼附星。
有人在彼望我地，不怪也成巨月形。
但讶素影一处见，终古不动钉玉片。
中央望之我在顶，如其四边则对面。
婆娑旋转五大洲，惟恨洋中难认舟。
疾风虽快不可御，宵颢无力驾气球。
何人得飞入月中，夜夜饱看十倍秋？

象山诗以说理为主，诗味不免寡如，但颇有激情，不少可归于"志士诗"。如《无题》：

> 浇风散古道，人情日谲诡。
>
> 赫赫天日下，行立半狐鬼。
>
> 割股庐墓侧，未必是孝子。
>
> 敝车驾赢马，未必是廉士。
>
> 所以阮步兵，白眼世人视。

又有一首《无题》：

> 已逼安危际，谁能培国脉？
>
> 和亲计非失，屏怯机屡错。
>
> 固国自有道，驭戎自有略。
>
> 折冲存其人，岂在禄与爵！

《穷巷》则较有意境：

> 穷巷守吾静，小园思澹然。
>
> 晚风穿竹细，晨露上荷圆。
>
> 鲸鳄横舟路，烟尘暗日边。
>
> 老夫衰无力，何以正乾坤！

俞樾提到的《泄泄八章》，是八首四言诗，其实甚无诗味，兹不录。其狱中忠义之诗，则可以《狱中写怀》为代表：

> 久忧边事叹天远，忽坠此中悲海深。
>
> 欲为皇朝存至计，敢因吾利劳知音。
>
> 鸡鸣不已晦冥夜，鹤韵应通蓊郁深。
>
> 寄语吾门同志士：莫将荣辱负初心！

他的古风《有叹》，悲愤激昂，牢骚满腹，也是"志士诗"中佳作：

> 不可谏者，昨日之事害已成；
>
> 不可测者，今日之势心更惊。
>
> 陆有豺狼水有鳄，檃枪焚惑照天赤。
>
> 陵犯成风多骄恣，天下名言倒且错。
>
> 肉食失计但窃位，藿食那不脑涂地！
>
> 大厦将倾非所支，明者只应尚其志。
>
> 我既不能学伍子胥，抉眼悬城门；

又不欲学藤房卿，髡发逐水云；

只愿得似武陵桃源处，肥遯高隐，

世上荣枯盛衰永不闻！

象山在狱中还曾撰《樱赋》一篇，猪口笃志将此作为尊皇的名文收入其《日本汉文学史》中，又云天皇读后题诗五首，曰"皇国他年有萧统，《选》中亦自不寒寥"。但就文章而言，写得堆砌铺陈，缺少灵气。这里就不值得引了。

森田节斋(1811—1868)，名益，字谦藏，号节斋，又号节翁。大和(今奈良县)五条人。节斋从小特立独行，不修边幅。后赴京都，从猪饲敬所学，又师从赖山阳。因显露才气，受到山阳的垂青和表扬。后又赴江户，入昌平黉学，与野田笛浦、盐谷宕阴等人切磋。约二十岁回乡，又曾赴伊予跟从近藤笃山(1766—1846)学。随后在备中(今冈山县)的上成和京都等地执教。所到之处都鼓励弟子涵养忧国救世之气，不要拘泥于章节间。因此，其门下气节之士颇多，如有吉田松阴、久坂玄瑞、梅田云滨、赖鸭厓、宫部鼎造等。节斋名声日高，诸侯相聘者甚多，他短期应聘后都辞去，以便不受拘束地撰写警世经国的诗文，并参与一些尊王活动。后因受到幕府监视侦察，只得剃发佯装，别号愚庵。在学生的掩护下辗转躲避，死于客地。

节斋有一首偶成之作，可称"志士诗"：

闻说洋夷开衅端，书生何用弄文翰？

中秋深夜云晴后，三尺剑光照月看！

节斋年届五十方娶妻，其妻小仓无该是他的学生，虽因幼年时患疱疮而满脸疤痕，但善诗文，山岸德平《近世汉文学史》中甚至称她为"海内第一女学士"。节斋娶她时，曾作诗问她：

二十岁耽文盖奇，苦心唯有节翁知。

寄言门下孟光女：除却吾侬欲嫁谁？

可知无该当时只有二十来岁。无该即作和诗："海内文章今属谁？词场尽称节翁奇。先生如许执箕帚，半作良人半作师。"这也可称为一段佳话了。

海田云滨(1815—1859)初名义质，后改定明，通称源次郎，号云滨，又号湖南、东坞。若狭(今福井县)小浜藩人。八岁入藩校顺选馆读书，文政十二年(1830)去京都,在望楠轩学习。翌年赴江户,师从藩儒山口菅山(1772—1854),与佐久间象山、藤田东湖等结交。天保十二年(1841),从父游历关西、九州,归京后开办湖南塾。十四年(1843)应邀任望楠轩讲主。云滨积极参与尊王攘夷活动。安政元年(1854)九月,俄国军舰开入大阪湾,云滨曾与一些志士去武装袭击,可是俄舰已开走。行动前他曾作《诀别》一诗。在幕府当局的"安政大镇压"中被捕,病死于狱。云滨的《诀别》写得义无反顾,在当时颇有影响:

> 妻卧病床儿叫饥,挺身直欲拂戎夷。
>
> 今朝死别与生别,唯有皇天后土知!

大桥讷庵(1816—1862),名正顺,字周道,一字承天,通称顺藏,号讷庵。上毛(今群马县)人。受业于佐藤一斋,成为宇都宫藩儒。佩里率美舰逼幕府开国后,讷庵不断上书反对,并与水户藩士一起密谋暗杀幕府老中,因事泄被捕,死于狱中。讷庵流传的诗是标准的"志士诗",如《狱中作》:

> 刑死累累鬼火青,枕头时觉北风腥。
>
> 婆心忧世夜难眠,起向窗端看大星。

《述志》则提到中国明代爱国志士杨椒山:

> 仓皇屈膝拜夷蛮,苟且谁知酿后艰?
>
> 恨杀满朝林立子,一人无复似椒山!

《辞世》是他临牺牲前写的,"秋津洲"是日本的古称:

> 尊王攘夷岂无时?何计危言却被疑!
>
> 至今盖棺吾已矣,秋津洲里一男儿!

释月性(1817—1858),字知圆,号清狂,周防(今山口县)人。文政十二年(1829)出家,天保二年(1831)入肥前(今佐贺县)善定寺,拜不及和尚为师,又跟从广濑淡窗学生恒远醒窗(1805—1861)学写诗。七年(1836)去广岛,入坂井虎山塾学习,更去佐贺向草场佩川学。十四年(1843)赴大阪,入崎小竹门,并被擢为都讲。期间又与斋藤拙堂、野田笛浦、森春涛等人交流,还与梁川星岩、梅田云滨、赖鸭厓等尊攘志士通声气。嘉永元年(1847)归乡,开私塾,又为尊攘事奔波,访问广濑淡窗、旭庄兄弟,还访问吉田松阴。安政三年(1856),应本愿寺邀请赴京都,居东山别院,继续为尊攘事业奔走。因一再强调加强海防,被人称为"海防僧"。他的活动招致幕府的忌视,而他又正巧得病而圆寂了。有《清狂吟稿》三卷。

月性虽然是个和尚,但向众多大诗人请教、交流,所以他的诗写得不错。其中最有名的当推《癸卯秋将东游,赋此书壁》一诗,作于1843年:

> 男儿立志出乡关,学若无成死不还。
>
> 埋骨岂唯坟墓地,人间到处有青山。

诗载《清狂吟稿》《清狂遗稿》及关重弘等编《近世名家诗钞》,流传文字略有异同,如"死不还"又作"不复还","岂唯"又作"何期"等。且在日本,其诗作者亦有异说,有说是村松文三(1824—1874)所作的;不过一般还是认为月性所作。此诗用了李白墓传说在太平州南青山的故事。(宋代赵德麟《侯鲭录》卷六云:"或曰太白平生爱谢家青山,葬其处。")诗句出于宋代苏轼《狱中寄子由》"是处青山可埋骨,他时夜雨独伤神",陆游《醉中出西门偶书》"青山是处可埋骨,白发向人羞折腰"及元代顾瑛《自题小像》"儒衣僧帽道人鞋,天下(按,一作到处)青山骨可埋"。(明代都穆《南濠诗话》认为陆游用苏轼句。)这首诗在中国也极有名。《毛泽东年谱》注云:"这首诗曾载《新青年》第一卷第五期,原文是'男儿立志出乡关,学不成名死不还。埋骨何须桑梓地,人生无处不青山。'署名西乡隆盛。"可是,据知在梁启超主编的《新民丛报》上即已刊此诗,署名即为西乡。可知在我国早已将其作者名字搞错了。(也可能是梁启超有意搞的,因为西乡是梁在改良运动中极力推崇的偶像。)大概因为毛泽东年轻时抄写过此诗,曾一度误传为青年毛泽东所作。还有中国共产党"一大"代表邓恩铭、1928年加入中共的广西壮族青年黄治峰等,大概在年轻时也曾抄写过此诗,后来也分别有文章误传他们是此诗作者。此外据说还曾被误传为丁文江、胡陈杰等人所作。可见此诗深为我国热血青年喜爱。日本汉诗在中国有如此影响者,殆乎独一无二。

月性的《除夜》也显示了一个"志士"的心情:

> 忧世伤时坐不眠,孤灯影里送残年。
>
> 中心郁似坚冰结,且待东风得涣然。

《闻下田开港》一诗，则表达了反对美国强使开港：

> 七里江山付犬羊，震余春色定荒凉。
>
> 樱花不带腥膻气，独映朝阳薰国香。

日柳燕石(1817—1868)，名政章，字士焕，通称长次郎，后改耕吉，号燕石，又号柳东、吞象楼、双龙阁。赞岐(今香川县)人。十四岁跟某医生学习，会诗文、书画。为人豪侠，手下聚赌徒数百人。嘉永元年(1848)游京阪，结交勤王志士，回乡后积极支持维新志士。因曾隐藏高杉晋作，而于庆应元年(1865)被高松藩逮捕。在狱中四年，于明治元年(1868)被释放，上京都，后参加北伐，于阵中病故。燕石有一首《问盗》诗，借"盗"之口斥责幕府官僚和诸侯们对百姓公然剥削实比盗贼凶恶得多：

> 问盗何必漫害民，盗言我罪是纤尘。
>
> 锦衣绣袴堂堂士，白日公然剥取人！

燕石有一首《送人使米国》被俞樾选入《东瀛诗选》，当作于晚年。虽然仍以神州自居，斥美国为蛮奴，但诗中还是对西方的先进机械表示了赞美：

> 神州仁泽及东偏，使节新通米利坚。
>
> 铁路穿云平似砥，火船截浪急于弦。
>
> 壮游直继张骞志，久滞休经苏武年。
>
> 纵令蛮奴谙汉字，笔锋应避汝雄篇。

赖鸭厓(1825—1859)是赖山阳的儿子，名醇，字子春、士春，通称三树三郎，号鸭厓，又号古狂生、百城生。八岁时父死，从其父门人儿玉旗山(1801—1835)念书。天保十一年(1840)十七岁赴大阪求学，入后藤松阴(1797—1864)塾，同时师从崎小竹。十四年(1843)，入昌平黉学习，与佐藤一斋、菊池五山、梁川星岩等结交。因不满幕府的奢侈和昌平黉学风，推倒上野宽永寺石灯，因被勒令退学。弘化三年(1846)游虾夷、奥羽、北陆等地，嘉永二年(1849)回京都，结交四方反幕志士，从事攘夷活动。安政五年(1858)在"安政大镇压"中被捕，押解江户，次年被斩首。鸭厓善诗，如《春帘雨窗》，颇有意思：

> 春自往来人送迎，爱憎何事别阴晴？
>
> 落花雨是催花雨，一样檐声前后情。

《登安土城墟》凭吊古迹，状景甚美：

> 安土墟高云里攀，霸踪化作老禅关。
>
> 晚霞如火人回首，一点青螺是叡山。

七律《起坐》寄情深远：

> 锵然古剑匣中鸣，破壁寒星透影明。
>
> 风惨老天干不雨，霜深衰叶坠无声。
>
> 蠹编治乱闲愁集，鲸海朦胧奇梦生。
>
> 起坐题诗笔锋折，层冰夏夏在陶泓。

鸭厓的古诗《龙风行》作于1848年盛夏，描写了他在旅游出云埼时所亲遇的龙卷风，惊心动魄。写龙卷风的诗极少见：

> 祝融握柄炎威烈，铄石镕金地欲裂。
>
> 荒沙万里如焚灰，海水沸腾波浪热。
>
> 一团黑气现洋天，白日雨点大如拳。
>
> 撼地回飚走沙砾，屋瓦争翻门柱颠。
>
> 妖云乍把天地裹，阴阴之中闪赤火。
>
> 海水狂奔立半空，龙骧万斛纷掀簸。
>
> 恍惚如有恍惚无，蜿蜿蚰蚰冲空虚。
>
> 左挟河伯右海若，灵怪神奸皆纷挐。
>
> 户户仓卒儿女泣，祝神捧符争惊慑。
>
> 吾独对此发狂怀，绝叫登楼坐且泣。
>
> 近闻鲸鳄太冥顽，眸然横海腾波澜。
>
> 汝宜及时逞爪擘，不然汝神不足神。
>
> 我且御汝凌太荒，手斩妖鱼膏剑铓。
>
> 汝已收云入混茫，呜乎，
>
> 汝已收云入混茫，明月出海天苍凉！

鸭厓在被捕押赴江户途中，曾作《过函岭》一诗，想起早年赴江户求学经过箱根时情景，感慨万分：

> 当年意气欲凌云，快马东驰不见山。
>
> 今日危途春雨冷，槛车摇梦过幽关。

鸭厓在就义前还写过《辞世》一诗，末联尤令人伤感：

> 排云手欲扫妖荧，失脚堕来江户城。
>
> 井底痴蛙过忧虑，天边大月欠光明。
>
> 身卧鼎镬家无信，梦斩鲸鲵剑有声。
>
> 风雨他年苔石面，谁题"日本古狂生"？

鸭厓不愧为山阳的儿子，诗也写得不错；然而猪口的《日本汉文学史》的"志士文学"一节内，竟然没有写到他，真乃为此诗末联所不幸而言中耶？

河野铁兜(1825—1867)，名维黑，字梦吉，通称绚夫、俊藏，号铁兜，别号秀野。播磨(今兵库县)揖东郡(今姬路市)人。铁兜初从赞岐丸龟藩儒吉田鹤仙学，后成为梁川星岩的学生。十四岁时，曾一夜赋诗百首，有神童之美誉。弘化二年(1845)在摄东郡伊津村开业行医三年。后游学江户，遍访名儒。嘉永四年(1851)，仕林田藩主，任藩校致道馆教授。六年(1853)，游学九州。安政元年(1854)游赞岐、大阪，访木下村、草场佩川、广濑淡窗诸人，诗囊充实。二年(1855)回播磨，开私塾名"秀野草堂"，教育子弟。据说，当美舰来航之际，铁兜为藩主建部氏的二条城守，曾微行至京都陈策，使当局免误"大义"云。

据汉文学史家神田喜一郎说，像他那代人，一提起铁兜，马上会想起被称为"芳野三绝"之一的《芳野》(另二首为赖杏坪的《游芳野》和藤井竹外的《芳野》，已见前述)，可知此诗的知名度：

> 山禽叫断夜寥寥，无限春风恨未消。
>
> 露卧延元陵下月，满身花影梦南朝。

铁兜很少有"志士"气味的诗，他的一首《拟古》，实在没什么意思，却颇受一些日本男人喜欢，甚至在《日本汉文学大事典》这样的工具书中竟还专门有此诗的条目：

> 生子当如玉，娶妻当如花。
>
> 丈夫天下志，四十未成家。

《夜读》一诗倒写出书生本色：

> 破屋寒毡二十年，五更灯火伴陈编。

> 何当还了读书债，花影日高窗下眠？

他的一些七律也颇具书生气，如《独坐》：

> 深村小巷有谁经？独坐无聊早掩扃。
>
> 茉莉细花凉雪白，芭蕉大叶乱旗青。
>
> 穷知天命自能运，病觉妇言还可听。
>
> 起点读书窗下火，西南檐宇渐冥冥。

他有《短歌十首寄赖子春》，子春即鸭厓，其中有句曰："我与子春兄弟约：汝母我母何厚薄。慈颜一笑杯少停，夕照半衔华顶阁。"可知他们关系的密切。其中有一首，表达了铁兜在诗文创作上的自负：

> 十五负笈辞乡塾，六经三史看已熟。
>
> 怀刺生毛少所知，十年灯花犹骨肉。
>
> 湖海文章一代盟，不为桓文誓不生。
>
> 愿汝云龙长上下，与我人间第二名。

铁兜在这十首诗中还有句云："有耳谁不爱艳词？我亦牛背习横吹。愿倚纤纤玉人指，唱我桃花本事诗。"另外，他在《和伯美作十首》中又有句说："始作诗来二十年，集中长短过三千。纪行无法文人笑，酒令有才歌妓怜。"一可知其诗作数量不少，但逸佚过多；二可知他还写过不少艳体诗及不拘诗法的作品。今更知铁兜还写过词，可惜现在只见到两首，调寄《青玉案》，均谈篆刻。这类诗词本不多见，其中一首尤奇。词中提到的涛、龟两篆刻家，可惜均不知为谁，君则指行德玉江：

> 锵锵笔响书窗里，忽镌出图章是。金固石顽何足累。锐锋一触，电流星坠，灿烂奇文字。　　涛兮不起龟兮死，健腕谁摩二家垒？千万望君成大器！读书闲课，校诗余事，只个毛锥子。

西乡南洲（1827—1877），名隆盛，幼名小吉，通称吉之助，号南洲。他是有名的政治家和军事家，与木户孝允、大久保利通，被人称为"维新三杰"。自幼入藩校学习，十四岁时任郡方书役。二十六岁师从伊藤茂右卫门，修阳明学，又跟无参和尚学禅。二十八岁时，被藩主视为伟器，派赴江户访藤田东湖，从而大开眼界，积极从事所谓"公武合体"（即谋求朝廷与幕府妥协以稳定幕藩体制）的政治活动，稍后又成为尊攘派，并进而成为武力讨幕派的领袖。戊辰战争(1868年)时任讨幕军指挥,屡建战功,并和平占领江户城。明治政府成立后,任参与、陆军大将、近卫都督等要职。1873年他坚持所谓"征韩论",遭反对,便下野归里,在鹿儿岛创立"私学校"。1877年,以"私学校"为中心的没落士族举兵反政府,他被推为首领,发动西南战争。未久失败,剖腹自杀。初被政府定为"叛贼",后天皇念其尊攘有功,恢复其名誉。至今东京上野公园中仍立着他的铜像。

南洲的诗平白易晓,有的慷慨激昂,有政治家风度。如《偶成》:

> 几历辛酸志始坚,丈夫玉碎耻砖全。
>
> 我家遗法人知否?不为儿孙买美田。

《失题》:

> 世上毁誉轻似尘,人生百事伪乎真。
>
> 追思孤岛幽囚乐,不在今人在古人。

《示子弟》:

> 我有千丝发,鬇鬇黑于漆。
>
> 我有一寸心,皓皓白于雪。
>
> 我发犹可断,我心不可截。

尤可提及的是他作于明治七年(1874)的《月照和尚忌赋》,是纪念十七年前与他一起从事尊王攘夷运动而牺牲的战友月照的。当时安政大狱起,大老井伊直弼逮捕志士,月照与南洲相议:"事已至是,难必及矣,吾侪有蹈海而死耳!"于是二人月夜投海,南洲为渔民救起,而月照终于死矣。此诗忠愤满腔,死生契阔之感极深,为明治初期难得的好诗:

> 相约投渊无后先,岂图波上再生缘?
>
> 回头十有余年梦,空隔幽明哭墓前!

吉田松阴(1830—1859),名矩方,字义卿,通称寅次郎,号松阴,又号二十一回猛士、蓬头子等。长州(今山口县)萩松本村人。其父是萩藩士。六岁时他过继给任兵学师范的叔父,因此从小跟叔父学《武教全书》等。十一岁时还给藩主讲《武教全书》。嘉永三年(1850),为研修兵学而游九州,师事山鹿高绍、叶山高行,与草场佩川、宫部鼎藏等交游。四年(1851)四月,去江户,师事安积艮斋、古贺茶溪、佐久间象山等,与江五郎、宫部鼎藏等商议国是。六月，与宫部去日本东北旅行，在水户时曾与会泽正志斋、丰田天功等交往。由于未经藩主同意而周游各地，回藩后被削士籍，并一度被幽禁。未久解禁，六年(1853)又赴江户，六月，美国佩里率军舰来，岛内骚动，松阴访佐久间象山，为了了解国外情况，探寻御侮之道，他决心偷渡出国。七月，听说俄舰要来长崎，便向象山告别，象山以诗送之(已见前述)。可是待他赶到长崎，俄舰已离去。安政元年(1854)正月，佩里又来航，松阴企图上舰，被拒。继被幕府逮捕入狱，后禁闭在萩藩老家。藩主爱其才，让他在家教子弟读书。五年(1858)，幕府大老不待天皇批准，又与美国签订了有失主权的通商条约，举国激愤。松阴派数名学生去京都侦探，得悉幕府要派间部诠胜来京都并开始逮捕尊王攘夷志士，于是松阴策划伏击间部，但事泄被捕。翌年被幕府命令押解至江户，并处以死刑。年仅三十。

松阴在日本受到西方列强压迫时，表达出强烈的忧国情怀，最后以身殉之；但同时，他的思想中也有非常错误的成分。他在《讲孟余话》中说，他被幽闭于室，但"日夜谋併吞五大洲"。他认为日本应该"急修武备。舰粗具，炮略足，则宜开垦虾夷，封建诸侯，乘间夺取堪察加、鄂霍次克，谕琉球朝觐会同比内诸侯，责朝鲜纳质奉贡如古之盛时，北割满州之地，南收台湾、吕宋之岛，渐示进取之势"。他要当局将失之于美俄者，取偿于朝鲜和中国。这是多么可怕的侵略思想！日本军国主义后来不正是这样做的吗？对此我们绝对不能赞同。

松阴写过一些"志士诗"，如《矶原客舍》，作于宽永五年(1852)。诗中借梦来抒发抵御海上强敌的激情：

> 海楼把酒对长风，颜红耳热醉眠浓。
> 忽见云涛万里外，巨鳌蔽海来艨艟。
> 我提吾军来阵此，貔貅百万发上冲。
> 梦断酒解灯亦灭，涛声撼枕夜冬冬。

松阴的《和文天祥正气歌》，是继藤田东湖同题诗以后非常有名的，而且松阴还算是步韵诗。他的诗中也用了不少日本的历史"典故"，中国读者不易理解。他歌颂象征日本的琵琶湖和富士山，又毫无必要地贬低中国"嵩华何足论"。诗的艺术性很差，但因其在彼邦特别"有名"，故抄示于下：

正气塞天地，圣人唯践形。

其次不朽者，亦争光日星。

嗟吾小丈夫，一粟点苍溟。

才疏身侧陋，云路遥天廷。

然当其送东，眼与山水青。

周海泊舟处，敬慕文臣笔。

严岛鏖贼地，仰想武臣节。

赤水传佳谈，樱留志士血。

和气存郡名，孰扣清磨舌？

壮士一谷笛，义妾芳野雪。

墓悲楠子志，城仰丰公烈。

倭武经虾夷，田村威鞣鞨。

嗟此数君子，大道补分裂。

尾张连伊势，神器万古存。

琵琶映芙蓉，嵩华何足论？

最是平安地，仰见天子尊。

神州临万国，乃是大道根。

从墨夷事起，诸公实不力。

已破袄教禁，议港州南北。

名义早已误，宁遑问失得？

天子荐轸念，四海妖氛黑。

奉敕三名侯，鸡栖凤凰食。

其他忧国者，必皆沟中瘠。

叹息五六岁，世事几变易。

幸有圣皇在，足以兴神国。

如何将军忠，曾不拂洋贼？

大义自分明，孰惑辨黑白？

人世转瞬耳，天地何有极？

圣贤虽难企，吾志在平昔。

愿留正气歌，聊添山水色。

松本奎堂(1831—1863)，名衡，字士权，通称谦三郎，号奎堂。三河(今爱知县)刈谷藩士。嘉永五年(1853)赴江户入昌平簧学习,与松林饭山、原仲宁、冈鹿门等同学。学成归藩,为儒员,教授藩士子弟。后因得罪老臣而服刑三年。安政六年(1859)在名古屋开塾,文久元年(1861)闭塾,与松林饭山、冈鹿门等在大阪开双松冈学舍,并开展攘夷讨幕运动。当时的"大和义举""天诛组"的蹶起等,奎堂均是首谋。文久三年(1863)因被追讨军的枪弹打中而死。著有《奎堂遗稿》二卷。俞樾《东瀛诗选》中说:"奎堂以大和义举战没,当时以逆党目之,故其稿散佚几尽。论定后,其门人辈蒐辑得此二卷,刻以行世。小诗多流丽之作,而古诗颇有奇气,薄井飞虹称其慷慨大节,震耀海内。诗固如其人乎!"

小诗《偶成》三首可为"流丽之作"的代表,其二云:

> 读了《南华》坐少时,午山含笑入茅茨。
>
> 流莺声断前溪碧,照水樱花雪一枝。

《湖东杂诗》二首也是,其一云:

> 四围山色翠高低,春入湖村雨一犁。
>
> 缕缕茶烟家五六,菜花篱落午鸡啼。

《消夏杂咏》则令人萧然意远:

> 万斛清凉自别天,此身疑是小神仙。
>
> 卷帘山紫水明处,移榻竹深荷净边。
>
> 病后婆心调鹤食,闲中公事灌瓜田。
>
> 微酡最好高楼晚,石枕藤床抱月眠。

其"颇有奇气"的古诗,似可以《老将》一诗为代表:

> 面生冻黎头生雪,十围腰已欲磬折。
>
> 冲虚豪气未全消,身材犹夸百炼铁。
>
> 一饭斗米肉十斤,上马下马如电瞥。
>
> 自说少年战斗事,口角飞沫眥欲裂。
>
> 大寒沙漠风如刀,蹴雪踏冰马蹄热。
>
> 一击授首左贤王,笑提长剑拭其血。
>
> 攻城野战数奏功,幕下人称一时杰。
>
> 人间万事塞翁马,天上月亦有圆缺。

> 功名之下难久居，末路终自成蹉跌。
>
> 如今落魄在江湖，酣歌颠倒眼生缬。
>
> 莫言老去骨稍软，口中犹存三寸舌。

　　与西乡南洲、大久保利通被人合称为"维新三杰"的木户松菊(1833—1877)，也是一位诗人。山口县人。他名孝允，号松菊，通称小五郎，后又改称贯治、准一郎。十七岁时，入吉田松阴门下学兵学。佩里率军舰来日本后，曾参加守卫相州。1862年后，担任藩政要职，与久坂玄瑞、高杉晋作等人共同推进尊王攘夷和倒幕维新运动。明治初年，参与起草《五条誓文》，力主版籍奉还和废藩置县等政策，还反对"征韩"。他留有《松菊遗稿》等书。他的《偶成》《逸题》诸诗颇有意味。如以下诸诗：

> 才子恃才愚守愚，少年才子不如愚。
>
> 请看他日业成后，才子不才愚不愚。

> 一穗寒灯照眼明，沈思静坐无限情。
>
> 回头知己人已远，丈夫毕竟岂计名。

> 世难多年万骨枯，庙堂风色几变更。
>
> 年如流水去不返，人似草木争春荣。

> 邦家前路不容易，三千余万奈苍生。
>
> 山堂夜半梦难结，千岳万峰风雨声。

> 留无补国去非情，孤剑与心多不平。
>
> 欲诉忧愁美人远，满城梅雨杜鹃声。

　　据说这里写的"美人"不是指美女，而是指贤人君子，即维新志士。
　　桥本景岳(1834—1859)，名纲纪，字伯纲，通称左内，号景岳，又号藜园。越前(今福井县)人。其父为福井藩医。自幼聪敏，初从藩儒吉田东篁(1808—1875)学。十四岁即作《启发录》，人人惊异。十六岁时从大阪绪方洪庵学兰学。二十一岁，又从江户杉田玄白学兰学及医学。藩主爱其才，让其参与改革藩政，并任藩校明道馆学监。安政四年(1857)，幕府发生将军继嗣问题，景岳奉藩主命拥立一桥庆喜。继而兴大狱，景岳被捕，未久被杀，年仅二十六。西乡南洲曾说："先辈藤田东湖，同辈桥本左内，两人岂我辈所能及耶！"武田耕云斋也说："我友藤田东湖，海内无双之士；

今遇桥本左内，为又一东湖。"猪口《日本汉文学史》中认为，"安政大狱"失去吉田松阴和桥本景岳，是国家最大的损失。

俞樾《东瀛诗选》说："蘽园年壮气盛，慨然欲有所为，竟以草茅危论罹朋党之祸。其狱中作诗有云：'昨夜城中霜始陨，谁知松柏后凋心。'又云：'文山大节尝心折，土室犹吟《正气歌》。'闻者哀而壮之。"明治初，其弟刻其《蘽园遗草》二卷，俞氏认为"诗多近于率直，然非婟婴媚世者所敢望也"。

景岳的古诗《寓感》《官舍》《蕃山熊泽先生手简真迹歌》等，颇见功力；近体也写得好，如《晚秋偶作》，但末句并不以忧国之士自居：

> 细雨冥烟晚渐收，寒螀哀雁唤吾愁。
> 半窗霜月怀人夜，一枕凄风落叶秋。
> 凡骨知难任将相，素心常欲伴凫鸥。
> 移家负郭终无计，惆怅非由为国忧。

《十一月十七日赋即事》一首，前半牢骚，后半潇洒：

> 断雁声悲带泪痕，如陈上帝诉吾冤。
> 亲朋畏祸无书牍，寒枕思家有梦魂。
> 塾养蒙童时授字，厨教痴仆屡蒸豚。
> 屏居却是幽居好，谢绝来宾昼掩门。

《杂感二首》则慷慨悲愤，信乎其为有志之士：

> 一木谁支大厦颠，自招倾覆转堪怜。
> 摘瓜抱蔓迷谁悟？煮豆燃萁忍更煎。
> 清馥自薰兰在谷，幽光空媚玉藏渊。
> 平生感愤难消尽，吐向寒窗故纸堆。
> 义愤孤忠世所捐，丹心久许达苍天。
> 眼前轗轲吾无怨，身后姓名谁有传？
> 去国屈原徒著赋，投荒苏轼喜谈禅。
> 疏慵非怕先鞭者，午夜闻鸡悄不眠。

《书感》亦悲愁满溢，难以自已：

> 肯戴南冠学楚囚，弊残犹著鹔鹴裘。

故山依旧怨猿鹤，雄气于今贯斗牛。

风雨常疑从北至，海波底意解东流。

悲酸满目有谁曾？日暮江城处处愁。

俞樾提到的《狱中作》二首，在当时尤其有名，也是"志士诗"的代表作：

二十六年如梦过，顾思平昔感滋多。

天祥大节尝心折，土室犹吟《正气歌》。

苦冤难洗恨难禁，俯则悲痛仰则吟。

昨夜城中霜始陨，谁识松柏后凋心？

前原梅窗(1834—1876)，长州(今山口县)藩士佐世彦七的长子。后改姓前原。字子明，号梅窗，通称八十郎。七岁入学，二十四岁入松下村塾，师事吉田松阴，参加尊王攘夷和倒幕运动。明治政府成立后，历任越后知事、参议、兵部大辅。因与木户孝允等人意见不合，于1870年9月辞官归萩，成为长州藩反政府士族的首领。1876年10月，在萩率众发动武装叛乱，旋被平定并处死。

他的一首佚题诗，反映了为维新变法而终日奔走的情形。诗中的"美人"，殆与前引木户某诗一样，是指贤人志士。

汗马铁衣过一春，归来欲脱却风尘。

一场残醉曲肱睡，不梦周公梦美人。

又一首《咏高杉晋作》，歌颂的是我们下面将写到的他的同乡、同窗、同志高杉东行：

军谋终夜剪青灯，晓闪旌旗气益增。

凛冽寒风面欲裂，马蹄踏破满街冰。

久坂玄瑞(1839—1864)，名通武、诚，字实甫，通称玄瑞、义助，号月斋、秋湖。长州(今山口县)萩人。其家世代为藩医，玄瑞初亦在藩医学所好生馆学习，但他不喜为医，即入吉田松阴的松下村塾学兵学，与高杉晋作并称为"松门双璧"。后又向芳野金陵学汉学和诗文。虽仕于山口藩，但立志尊王攘夷，常往来于江户、京阪间，交结各地志士。文久二年(1862)参与焚烧英国公使馆，其后又任"奇兵队"队长，参加与西方舰队的炮战。

元治元年(1864)在"禁门之变"中受伤,自刃而死,年仅二十六。其遗诗略引两首,均失题:

> 皇国威名海外鸣,谁甘乌帽犬羊盟?
> 庙堂愿赐尚方剑,直斩将军答圣明。
>
> 去年海内乱如麻,生死不期讵忆家?
> 此夕萧条无限恨,山堂春雨听鸣蛙。

松林饭山(1839—1867),名渐,字伯鸿,一字千逵,幼字福次郎,通称廉之助、渐之进,号饭山。筑前(今福冈县)人。其父行医。饭山自幼被唤为神童,十二岁时在藩侯前讲唐诗,因而被赐俸就学。嘉永五年(1852)跟随藩侯赴江户,入安积艮斋门下读书。与前述松本奎堂及另一位松原竹松,并称为艮斋门下"三松"。安政四年(1857),入昌平黉学习,被擢为诗文写作课代表。六年(1859)归藩,任藩校五教馆教授,列为上士。后又常在京阪一带活动,结交诸藩名士,纵论时事,参与藩政,鼓吹尊王攘夷。由此招致忌恨,被暗杀,年仅二十九。饭山善诗文,名文有《林子平画像记》《题雷万春面中六矢图》《游千绵溪记》等。《林子平画像记》写了一个忧国忧民的志士林子平(1738—1793),颇能见其思想。今引录其前半部分,以作鉴赏:

> 仙台冈天爵,贵藩人林子平画像一轴来,示余曰:"此摹林氏传家肖像也,请子为记焉。"余受而观之,摹写入神,须眉皆生动。嗟乎,士负不世之才,抱绝人之明,而轗轲困顿,不得施于用,垂空言以传世者,盖有待于后之在位者。而后之在位者,徒诵其言,而不能有所施,虽则有所施,而不能尽用其言,竟致天下之祸,溃裂四出,而莫之救,使其人独获知言之名,如吾子平者是已。子平家贫,无妻子,常痛心于外夷,著《海国兵谈》《三国通览》诸书,言触忌讳,幽囚以死。自今观之,何其见之明,言之切!而当时在位者,既狃承平,曾无远虑,无怪乎以子平为罪也。余闻子平在藩邸,一日擐甲上马出邸门,直入水户侯邸。门卒诘其故,曰:"马逸也。"问其姓名,曰:"仙台林某。"卒白之侯,侯素闻其名,召入。蓬发鬇鬇然,眼光射人。问曰:"汝非著《海国兵谈》者耶?"曰:"然。"因赐酒遣还。盖其放荡不羁,类疏狂者之为,而其实睠睠忧世,未尝食顷忘也。今观其像,盖使人想见其生平之概焉。……

饭山的诗亦颇见性情,如《偶成》:

> 自家漫道长经纶,满腹文章不救贫。
>
> 说与山妻休诉苦,一生多幸配才人。

《自题文存》也很是风趣,有自知之明:

> 纷纷毁誉乱如丝,不是谀辞即妒辞。
>
> 磨得一查方雨镜,自家妍丑自家知。

失题七绝一首,颇带自嘲:

> 簟纹如水绝纤尘,退食归来与枕亲。
>
> 一卧风窗凉味足,难分世上附炎人。

以上数诗,均与"志士诗"无关;而另有失题七古一篇,咏赤穗四十七人事,倒与"志士诗"沾得上边,可惜缺少诗味,此处不录。

高杉东行(1839—1867),名春风,字畅夫,通称晋作,号东行。亦长州(今山口县)萩人。十九岁时入藩校明伦馆读书,后入吉田松阴开设的村下村塾,与久坂玄瑞被并称为"松门双璧"。后赴江户,入昌平黉。未久,"安政大狱"起,吉田松阴也被当局押解到江户,东行曾为营救松阴而奔走。松阴被杀后,东行又访问过佐久间象山、横井小楠等人。万延元年(1860)任明伦馆都讲,文久元年(1861)任世子近侍。二年(1862)三月,奉藩命乘船赴中国上海,了解世界形势。同年八月回藩后,主张勤王大义,试图将藩论统一到尊王攘夷上来。元治元年(1864)曾被捕。东行曾组织"奇兵队"袭击幕府军,有战功。后因病在讨幕运动中逝世,年仅二十九岁。

东行遗留下一些诗文,大多词意浅露,如《学舍偶成》:

> 不为浮名屈此身,青天白日见天真。
>
> 明伦馆里谈经义,毕竟明伦有几人?

像《春晓》这样的诗,还算有味:

> 满庭晓色画中诗,残月穿窗枕上移。
>
> 不识昨宵微雨过,杏花花发两三枝。

悲壮的"义士诗",则有《囚中作》:

> 孤身在缧绁,胸间百忧集。

> 只知有今朝，不知有明日。
>
> 晚鸦叫屋上，旭日透狱窗。
>
> 拜之空涕泪，闻之又断肠。
>
> 断肠非恨冤，涕泪非惜命。
>
> 外患迫我君，如何此邦政！

又有《狱中作》：

> 夜深人定四邻闲，短烛光寒破壁间。
>
> 无限愁情无限恨，思君思父泪潸潸。

又如《八月六日招魂场祭事，与奇兵队诸士谒之，此日行军如出阵式》：

> 猛烈奇兵何所志？要将一死报邦家。
>
> 可欣名遂功成后，其作招魂场上花。

最后，我们提到云井枕月（1844—1870），本姓中岛，名守善，字居贞，号枕月，明治后又号龙雄，化名桂香逸、远山翠等。米泽（今山形县）人。初从山田蠖堂学，安政五年（1858）进藩校兴让馆学习，成绩拔群。元治二年（1865）奉藩命赴江户任警卫，其时游于安井息轩之门。庆应二年（1866）回米泽。其后幕府宣布"大政奉还"，但仍发生讨幕之战。枕月认为是萨长的阴谋，起草《讨萨檄》，因而被人怀疑是奥州联藩的头目。明治后一度任兴让馆助教，及集议院议员，但不久以内乱罪被捕并处死，年仅二十七。明治二十二年（1889）宪法公布时，赦其罪。

猪口笃志的《日本汉文学史》把枕月也列入"志士文学"一节，是有点"另类"的，但枕月确实也是维新历史剧中的一个牺牲者。他的诗的内容也多议政或涉及时事，不过艺术性不高，还常有连韵也不押者。今略引二首，如《赠执政某》：

> 妻妾是知君是忘，此时社稷奈存亡。
>
> 愿将慷慨书生泪，洗尽庙堂奸吏肠。

《有感》：

> 欲求死所向何处？深愧志乖身尚全。
>
> 热血呕来丹若渥，回天事业有空拳。

到这里，本书便写完了江户时代汉文学。

这一时期，日本汉文学达到了它的最高峰。不知不觉地，本书这一章所写的字数，竟占了全书篇幅的四成还多。这是不是有点太多了呢？然而，我对照日本学者猪口笃志的《日本汉文学史》，他写的江户时代所占全书的篇幅，竟然与本书的比例几乎是一样的。这就说明了江户时代汉文学确实值得以这样的篇幅来写。因为，这一时期出现了大量的优秀作家和作品，确实是日本汉文学的黄金时代。

江户时代结束了，但汉文学却依然未见衰退之态，它还得继续风光一段时间。